Cardinal WISEMAN

FABIOLA

ou

L'ÉGLISE des CATACOMBES

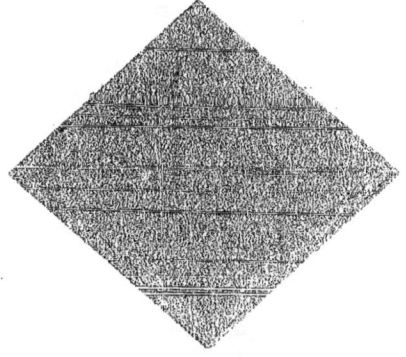

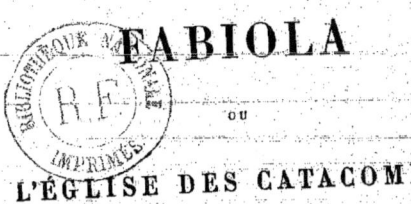

FABIOLA

OU

L'ÉGLISE DES CATACOMBES

1re SÉRIE IN-4°

N° 1114

Fabiola saisit son stylet de la main droite, et en frappa Syra
presque au hasard. (P. 43.)

FABIOLA

ou

L'ÉGLISE DES CATACOMBES

PAR

S. ÉM. LE CARDINAL WISEMAN

ARCHEVÊQUE DE WESTMINSTER

TRADUIT DE L'ANGLAIS

PAR M. RICHARD VIOT

ET PRÉCÉDÉ D'UNE INTRODUCTION PAR LÉON GAUTIER

ÉDITION ORNÉE DE 10 GRANDES COMPOSITIONS DE JOSEPH BLANC
GRAVÉES PAR MÉAULLE
ET DE NOMBREUSES GRAVURES
D'APRÈS LES MONUMENTS ANTIQUES

TOURS

MAISON ALFRED MAME ET FILS

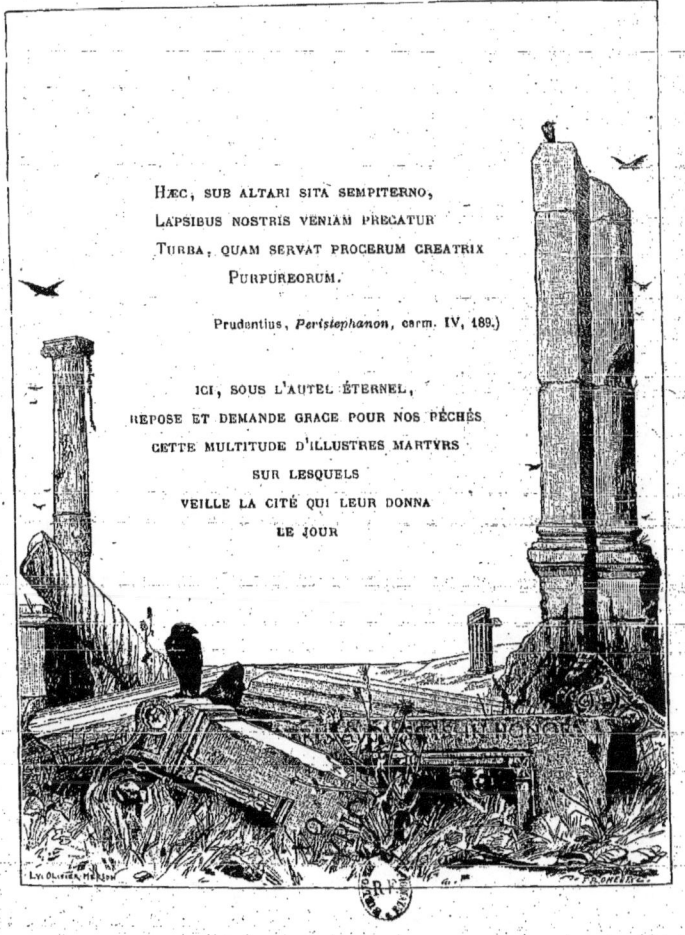

HÆC, SUB ALTARI SITA SEMPITERNO,
LAPSIBUS NOSTRIS VENIAM PRECATUR
TURBA, QUAM SERVAT PROCERUM CREATRIX
PURPUREORUM.

Prudentius, *Peristephanon*, carm. IV, 189.)

ICI, SOUS L'AUTEL ÉTERNEL,
REPOSE ET DEMANDE GRACE POUR NOS PÉCHÉS
CETTE MULTITUDE D'ILLUSTRES MARTYRS
SUR LESQUELS
VEILLE LA CITÉ QUI LEUR DONNA
LE JOUR

INTRODUCTION

N oublie vite en France, et peu de nos lecteurs sans doute se rappellent la vive et profonde impression que produisit en 1854 la publication d'un nouveau roman anglais, dont l'auteur était un cardinal de l'Église romaine. Quatre ans auparavant, le pape Pie IX, par un coup d'État admirable et dont on ne trouverait peut-être pas un second exemple dans toute l'histoire ecclésiastique, avait solennellement rétabli la hiérarchie catholique en Angleterre, et osé nommer un archevêque de Westminster. De Westminster! « Quelle audace! » s'écriaient les protestants. « Quel courage! » répondaient les catholiques, qui formaient un groupe encore peu nombreux, mais déjà très vivant et plein d'espérance. Somme toute, le cardinal Wiseman, archevêque de Westminster, était loin d'être alors populaire de l'autre côté du détroit, et il semblait que sa nouvelle œuvre, *Fabiola*, fût condamnée fatalement à la même impopularité. Il n'en fut rien, et le succès fut considérable. Tous les journaux anglais, toutes les revues s'occupèrent à l'envi de ce livre, qui exhalait je ne sais quel charme frais et pénétrant. Ce n'était pourtant qu'un roman archéologique, et ces deux mots, si singulièrement accouplés, ne présageaient rien de séduisant. Mais enfin, que voulez-vous! dès les premières pages on était conquis. Parmi ceux que l'on appelle en Angleterre « puséistes » et « ritualistes », il y a de belles âmes que tourmente le souci de la Vérité, et qui à tout le moins en recherchent le voisinage. Cette aimable figure de saint Pancrace, placée sur le seuil du livre, cette mâle physionomie de saint Sébastien, et par-

dessus tout cette délicieuse apparition de sainte Agnès, emportèrent
l'enthousiasme universel. On peut dire que sainte Agnès conquit alors
l'Angleterre, et il est difficile de supputer le nombre d'âmes que
Fabiola achemina vers la Vérité. Il ne faut pas oublier que l'élément
« naturel » eut sa part dans un triomphe aussi inattendu, et que la
science profonde de l'auteur contribua à l'heureux effet de son œuvre.
« Hé quoi ! l'on trouve dans les catacombes des images révérées de
la Vierge et des saints ! il y aurait dans ces cryptes saintes certains
sièges qui ressemblent à des confessionnaux ! et les dogmes catholiques, pour tout dire en deux mots, remonteraient vraiment à une
aussi glorieuse antiquité ! » On s'étonnait d'abord, on se convertissait
ensuite. O puissance d'un bon livre !

En France, le succès ne fut pas moins éclatant, mais il fut peut-
être moins profond. *Fabiola* n'est guère lue chez nous que dans les
familles catholiques, et c'est le livre que l'on conseille tout d'abord
aux jeunes filles sortant de leur couvent. Hélas ! c'est presque le seul
qu'on leur puisse alors conseiller, et il est trop certain qu'en France
les romanciers ne travaillent point pour les âmes pures. Il est possible, en Angleterre, de laisser errer les romans nouveaux sur la
table du salon ; il les faut, en France, cacher sous clef au fond de
quelque armoire, où certains curieux et certaines curieuses par-
viennent trop souvent à les découvrir. Bref, nos adversaires n'ont
guère lu l'œuvre du grand cardinal anglais, et nous le regrettons
profondément. Elle leur eût fait beaucoup de bien, et à notre chère
France, qui est le plus charmant... et le moins traditionnel de tous
les peuples. C'est, à coup sûr, le pays où l'on connaît le moins ses
origines nationales ou religieuses. Au delà de 1789, nos compatriotes
ne voient rien qu'un vilain brouillard qu'ils ne se soucient pas de
dissiper. Le moyen âge leur apparaît, suivant un mot récent de
M. Renan, comme une effroyable et singulière aventure, et les antiquités chrétiennes leur sont absolument étrangères. Combien y a-t-il
de Français qui connaissent les catacombes, et qui souhaitent de les
connaître ? *Fabiola* renferme à leur adresse la plus salutaire et la
meilleure de toutes les leçons.

Ce n'est pas le seul enseignement que nous devions à cet excellent
livre, à cette œuvre féconde. Il existe de par le monde un préjugé
tenace contre la possibilité du roman honnête, du roman chrétien.
On nous a servi sous ce nom tant d'œuvres sottes ou odieuses, que
beaucoup parmi nous se déclarent suffisamment renseignés et absolument écœurés. « La cause est entendue, » disent-ils. « Le genre
n'existe pas et n'a pas même le droit de naître. » Rien cependant
n'est plus injuste que la sévérité d'un tel verdict, et *Fabiola* n'est
pas, à beaucoup près, le seul roman qui soit une protestation vivante

contre un jugement aussi excessif. Je ne m'imagine pas, quant à moi, que l'on puisse jamais nous interdire d'observer l'âme humaine, de l'analyser, de la décrire, et d'incarner en quelques personnages fictifs toutes les passions qui nous agitent, tous les vices qui nous rongent, toutes les vertus qui nous sauvent. Je ne saurais me persuader qu'on puisse nous défendre de mettre aux prises le Mal et le Bien, et de donner à celui-ci une victoire achetée par une lutte longue et rude. Comment! les chrétiens n'auront pas le droit d'être, en quelque manière, les historiographes de la grande lutte humaine, et de se servir à cet effet de la fiction comme de la réalité! Une telle étroitesse nous révolte, et il faudrait en finir avec tous ces jansénismes. Certes, nous avons le droit strict d'être rigoureusement purs et de ne pas souiller par un seul épisode, par un seul personnage, par un seul mot de nos romans, la tranquillité et la pureté d'une seule âme. Mais est-ce que le cardinal Wiseman s'est rendu coupable d'un tel crime, et ne nous est-il pas donné de l'imiter très légitimement? Il se proposait d'écrire toute une série d'autres romans sur l'Église des basiliques, sur l'Église des cloîtres, sur l'Église des écoles. Que n'entreprenons-nous de les écrire sur les modèles de sa première œuvre, avec la même délicatesse de touche, la même sûreté de doctrine, la même précision de science? N'écrivons pas de mauvais romans, et ayons horreur des médiocres; mais ne reculons pas devant les bons.

A cette édition nouvelle de *Fabiola,* on a voulu donner l'austère parure d'une illustration scientifique. L'archéologie, qui passait, il y a cinquante ans, pour être la spécialité de quelques érudits ennuyeux et ridicules, est aujourd'hui devenue la plus populaire de toutes les sciences. Dans les notes de ses classiques, le petit écolier de dix ans contemple avec ravissement les images exactes de ces temples et de ces statues antiques, dont il a tant entendu parler, mais dont il ignorait la beauté sévère et divine. Dans les facultés de province, voire même dans quelques pensions de jeunes filles, on a fondé des cours d'archéologie grecque, romaine, nationale. Les femmes se passionnent pour la science « nouvelle », et se sentent portées vers elle par une véritable aptitude longtemps méconnue. Ce que l'on demande aux livres de luxe, c'est une illustration sainement archaïque, et pour la première fois les lecteurs de *Fabiola* vont avoir la joie de rencontrer ici ce trésor longtemps attendu. On a pour eux interrogé Herculanum et Pompéi; on est descendu pour eux dans les saintes ténèbres des catacombes, où l'on veut aujourd'hui les conduire à leur tour la lampe à la main, la science aux lèvres. Ils vont éprouver le noble plaisir de voir tous les personnages de ce roman (car enfin c'est un roman) se mouvoir dans leur véritable milieu, dans l'atrium d'une maison romaine ou dans les galeries d'une crypte restituée par un Rossi. Voyant plus clairement, ils comprendront mieux ; comprenant mieux, ils aimeront davantage, et l'image, une fois de plus salutaire, les conduira à la Vérité et au Bien.

Tel est le but que se sont proposé les éditeurs de *Fabiola*. A leurs yeux, l'archéologie n'est pas seulement une science, mais un culte : le culte du passé. Ils s'estimeraient heureux d'avoir donné à quelques intelligences le goût vif des traditions antiques, et feront tout, dans leur humble sphère, pour qu'on ne puisse jamais appliquer à notre chère France cette parole terrible et juste : « Les seuls peuples qui aient le droit de compter sur l'avenir sont ceux qui aiment le passé. »

LÉON GAUTIER.

PRÉFACE

Q<small>UAND</small> on forma en Angleterre le plan d'une *Bibliothèque catholique populaire*, on le soumit à l'approbation de l'auteur du petit ouvrage que nous publions aujourd'hui. Non seulement il encouragea ce dessein, mais il alla même jusqu'à proposer une série de récits qui seraient une peinture vive et fidèle de l'état de l'Église aux différentes périodes de son existence. Le premier de ces récits, par exemple, aurait pour titre l'*Église des catacombes;* le second, l'*Église des basiliques;* chacun d'eux embrasserait une période de trois siècles. L'*Église du cloître*, et peut-être même l'*Église des écoles*, pourraient être l'objet de deux autres études.

En développant ce projet, il ajouta, ce que le lecteur trouvera sans doute fort indiscret, qu'il entreprendrait volontiers la première partie de ce travail, afin de mieux faire comprendre son idée. Il fut pris au mot, et vivement pressé de se mettre à l'œuvre. Après y avoir mûrement réfléchi, il accepta, avec cette réserve que ce ne serait pas un travail de longue haleine, mais une simple récréation pour ses heures de loisir. C'est à cette condition que l'auteur a pris la plume dès les premiers jours de cette année : il a été fidèle à sa promesse.

Ce petit livre a donc été écrit en mille endroits, à toute heure, le matin, le soir, à bâtons rompus, chaque fois qu'un devoir inflexible se laissait dérober quelques instants, et que le corps et l'esprit se refusaient à de plus graves occupations; à l'auberge du grand chemin, pendant la halte du voyage, dans les situations et les circonstances les plus variées, parfois les plus pénibles. C'est par fragments qu'il a été composé : dix lignes aujourd'hui, demain cinq ou six pages; la plupart du temps sans livres à consulter ni ressources d'aucune sorte. Dès le commencement il fut pour l'auteur ce qu'il en attendait, une véritable récréation, et ramena souvent dans son âme la paix, la tranquillité, grâce aux souvenirs qu'il réveillait et aux associations d'idées qu'il faisait naître; en réunissant dans son esprit les débris épars de ses anciens travaux et des lectures de sa jeunesse, il a pu vivre familièrement avec les hommes et les choses d'un siècle meilleur que le nôtre.

Mais pourquoi tant d'explications au lecteur? Pour deux raisons.

D'abord il est fort possible qu'une pareille méthode laisse quelque trace dans le cours d'un ouvrage : on pourra le trouver disparate, décousu; s'il en était ainsi, on en devinerait facilement la cause.

En second lieu, le lecteur ne devra point s'attendre à un savant traité des antiquités ecclésiastiques. Rien n'eût été plus facile que de jeter un vernis scientifique sur ce petit livre, et d'encombrer la moitié de ses pages de notes et de renvois. Ce ne fut jamais la pensée de l'auteur; il a plutôt désiré de familiariser son lecteur avec les usages, les habitudes, la condition, les idées, les sentiments et l'esprit des premiers siècles du christianisme. Pour cela il fallait être fort au courant des lieux et des choses de cette époque, et y joindre une connaissance familière et plus intime que savante de ses annales. Par exemple, des monuments comme les *Actes des martyrs* ont dû être fréquemment étudiés, plutôt afin de laisser des souvenirs durables dans l'esprit de l'auteur qu'au point de vue de la science et de la critique de l'antiquaire. Aussi a-t-il décrit les lieux et les monuments qu'il a pu maintes fois contempler lui-même, tels qu'il les voyait surgir dans son imagination, d'après ses souvenirs, et non d'après les livres.

Une autre source de documents a été largement exploitée. Tous ceux qui connaissent le Bréviaire romain ont pu observer que dans l'office de certains saints domine un style particulier qui décrit leur vie d'une manière tout à fait caractéristique. Ce résultat ne tient pas tant à l'ensemble du récit qu'aux expressions mises dans la bouche du bienheureux, aux brèves descriptions des événements de sa vie, répétées à chaque instant dans les antiennes, les répons et jusque dans les versets; il en résulte une individualité vivante, un portrait clair, net et d'une singulière perfection. Tels sont les offices des saintes Agnès, Agathe, Cécile et Lucie, et celui de saint Clément. Chaque personnage revit dans notre esprit sous des traits si distincts, qu'il nous semble le reconnaître et avoir vécu avec lui.

Si, par exemple, nous choisissons la vie de cette Agnès, nous sommes immédiatement frappés des circonstances suivantes. Évidemment quelque païen l'importune de son admiration ; elle rejette à plusieurs reprises l'offre de sa main et de ses biens. Tantôt elle l'avertit qu'il a été prévenu par un heureux rival auquel elle a engagé sa foi ; tantôt elle lui représente, sous les images les plus variées, l'objet de son choix, qui reçoit même les hommages de la lune et du soleil. Dans d'autres occasions, elle décrit les riches présents, les splendides parures dont se plaît à l'embellir Celui qui, par ses chastes caresses, a gagné son cœur. Puis à la fin, répondant à de plus vives instances, elle repousse l'amour de l'homme périssable, « dont se nourrit la mort, » et se déclare triomphalement l'épouse du Christ. On emploie les menaces ; elle répond que l'ange qui la protège saura bien la défendre.

L'histoire de sainte Agnès, grâce à ces fragments de son office, était aussi clairement écrite que l'est un mot dont on a réuni les lettres éparses. Mais dans le cours de ce récit on discerne une particularité vraiment admirable de son caractère. Il est hors de doute que la sainte avait toujours devant les yeux l'objet invisible de son amour ; elle le voyait, l'entendait, le sentait ; leurs cœurs étaient unis par une mutuelle et véritable affection, telle que le cœur de l'homme en ressent sur la terre. Elle semble marcher sous l'influence d'une continuelle vision et d'une douce extase causée par la présence de son époux, qui a vraiment orné son doigt de l'anneau, teint ses joues de son propre sang, et l'a couronnée de roses naissantes. Son œil est vraiment fixé sur lui ; elle ne cesse de le contempler et d'échanger avec lui des regards empreints du plus tendre amour.

Qui oserait altérer l'expression d'un type aussi pur, ou se hasarderait à lui en substituer un autre ? Qui oserait se flatter de tracer un portrait plus fidèle ou plus achevé que celui que nous offre l'Église ? Car, en mettant de côté toute recherche relative à l'authenticité des actes qui ont inspiré ces passages, et même sans s'arrêter à discuter avec dom Guéranger si la critique sévère d'un siècle passé n'a que trop légèrement rejeté de pareils documents ecclésiastiques, il est évident que l'Église, dans l'office de sainte Agnès, a voulu mettre sous nos yeux un exemple de la plus haute vertu, personnifiée dans le caractère de la sainte. Tel est le point de vue que l'auteur de ces quelques pages a cru devoir adopter.

Le lecteur verra lui-même si ce but a été atteint. Quoi qu'il en soit, si l'on compare les sujets traités ici, et qui se rattachent de près ou de loin au récit, avec un ouvrage élémentaire comme les *Mœurs des chrétiens* de Fleury, et si l'on tient compte de la somme d'érudition que l'on peut s'attendre à trouver dans notre travail, destiné à être très répandu, on pourra s'assurer qu'il contient, sur les pratiques et les croyances de ces temps primitifs, des notions tout aussi exactes que celles des ouvrages d'une forme plus savante.

Il ne faut pas non plus oublier que notre travail n'est pas une étude historique; excepté dans les derniers chapitres, il ne s'étend pas au delà de quelques mois. C'est plutôt une série de tableaux qu'un récit continu des événements. On a réuni dans un étroit espace, aux dépens de la chronologie, des faits qui s'étaient passés à des époques et en des contrées différentes. L'édit de Dioclétien et le martyre de sainte Agnès ont été avancés, le premier de deux mois, le second d'un an; l'épisode de saint Sébastien, dont la date est incertaine, n'a lieu qu'une année plus tard. Tout ce qui regarde la topographie chrétienne a été l'objet des plus grands soins. Un martyre arrivé à Imola a été transporté à Fondi.

Il était nécessaire aussi de donner une idée de la morale et des opinions du monde païen, comme contraste à celles des chrétiens, mais en voilant avec soin les plus tristes aspects de ce tableau, afin que rien ne forçât les yeux du chrétien à se détourner ou son front à rougir. Nous souhaitons de tout notre cœur que ce livre, qui a été pour nous un délassement, récrée aussi le lecteur livré à de plus graves occupations; qu'après l'avoir lu il puisse se dire qu'il n'a pas perdu son temps, ni livré son esprit à de frivoles pensées. Espérons plutôt que nous aurons réussi à exciter, pour ces âges primitifs, l'admiration et l'amour qu'un enthousiasme exagéré pour de plus récentes et de plus brillantes époques de l'histoire de l'Église est trop souvent parvenu à diminuer et à affaiblir.

Fig. 1. — Intérieur d'une maison romaine. (Pompéi.)

PREMIÈRE PARTIE

PAIX

CHAPITRE I

LA MAISON CHRÉTIENNE

'EST par un après-midi de septembre, en l'an 302, que nous invitons notre lecteur à nous accompagner dans les rues de Rome. Le soleil baisse déjà sur l'horizon : encore deux heures, et il aura disparu ; le ciel est pur, et la chaleur a diminué ; aussi une foule de promeneurs sortent de leurs maisons et se dirigent, les uns vers les jardins de César, les autres vers ceux de Salluste, pour jouir de la fraîcheur du soir et s'informer des nouvelles du jour.

Ce quartier de la ville où nous voulons conduire notre bienveillant lecteur est celui qu'on connaît sous le nom de Champ de Mars (*Campus Martius*). Il comprenait alors la plaine d'alluvion qui s'étend entre le Tibre et les sept collines de la vieille

2

Rome. Avant la fin de la république, cette plaine, livrée aux exercices athlétiques et militaires du peuple romain, avait déjà été entamée par la construction de quelques monuments publics. Pompée y avait bâti son théâtre ; Agrippa y éleva le Panthéon et les bains qui l'avoisinent. Peu après elle fut envahie par les demeures particulières, tandis que les collines, la plus aristocratique partie de la cité aux premiers temps de l'empire, furent réservées pour de plus grands édifices. C'est ainsi qu'à la

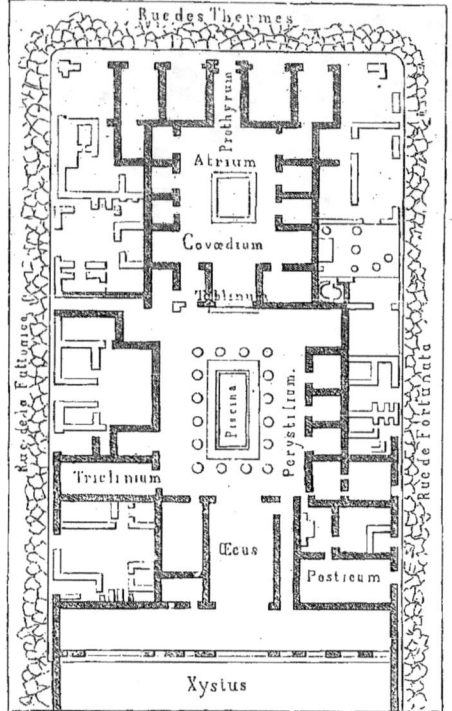

Fig. 2. — Plan de la maison de Pansa , à Pompéi.

suite de l'incendie de Rome par Néron, le Palatin se trouva trop petit pour la résidence impériale et le *Circus Maximus*. Les bains de Titus, élevés sur les ruines de la Maison d'or, s'étendirent orgueilleusement sur l'Esquilin ; ceux de Caracalla occupèrent l'Aventin. A l'époque de notre récit, l'empereur Dioclétien s'était emparé, sur le Quirinal, d'un vaste espace, assez grand pour plusieurs splendides palais, et y avait bâti les *Thermes* (bains chauds), non loin des jardins de Salluste, dont nous venons de parler.

L'endroit précis du Champ de Mars vers lequel nous dirigeons nos pas est si facile à retrouver, que nous pouvons l'indiquer avec exactitude à ceux qui ont quelque connaissance de la topographie de Rome ancienne ou moderne. Pendant la période républicaine, il y avait au milieu du Champ de Mars un vaste espace carré, entouré de palissades et divisé en sections; c'est là que se tenaient les *comices* ou assemblées électorales des tribus du peuple. Ces enceintes portaient les noms de *septa* ou *ovile*, à cause de leur ressemblance avec un parc ou une bergerie. Auguste exécuta le plan décrit par Cicéron dans une lettre à Atticus[1], et qui devait transformer ces constructions vulgaires en un magnifique et solide édifice. Les *septa Julia*, ainsi appelés depuis lors, étaient un splendide portique de mille pieds de long sur cinq cents de large, soutenu par des colonnes

Fig. 1. — Porte (avec l'inscription S A L V E) de la maison de Pansa à Pompéi.

et orné de peintures. On en a facilement retrouvé les traces : il occupait, le long du Corso, l'emplacement actuel des palais Doria et Veropsi, du collège Romain, de l'église Saint-Ignace et de l'oratoire de la Caravita.

La maison où nous invitons notre lecteur à nous suivre est précisément en face et à l'est de l'édifice, à l'endroit même qu'occupe aujourd'hui l'église Saint-Marcel, derrière laquelle elle s'étendait du côté du mont Quirinal. Semblable à la plupart des demeures patriciennes de Rome, elle couvre un terrain considérable; l'extérieur en est froid et morne; ses murs nus, sans aucun ornement d'architecture et peu élevés, sont percés de rares fenêtres. Au milieu d'un des côtés de ce carré se trouve une porte, *in antis*, c'est-à-dire simplement ornée d'un tympan ou corniche triangulaire reposant sur deux demi-colonnes. Notre qualité de « romancier » nous permettant d'user du privilège de l'ubiquité invisible, nous allons franchir le seuil en compagnie de notre aimable lecteur ou de notre « ombre », comme on l'eût appelé alors. Pénétrons sous le porche, sur les dalles duquel nous lisons avec plaisir, tracé en mosaïque, le gracieux

[1] Liv. IV, ép. XVI.

Salve (salut); nous voici dans *'atrium,* ou première cour de la maison,
entourée d'un portique ou colonnade [1].

Au centre de cette cour, dallée en marbre, une gerbe de l'eau la plus
limpide, amenée par l'aqueduc de Claude des montagnes de Tusculum,

Fig. 4. — Atrium de la maison dite « de Cérès », à Pompéi.

jaillit avec un frais murmure, monte et descend capricieusement, puis
retombe dans une vasque de marbre rouge, un peu élevée, d'où elle
s'échappe en onde transparente : avant d'atteindre le large bassin inférieur elle répand une douce rosée sur les brillantes fleurs et les vases
élégants gracieusement disposés alentour. Sous le portique on aperçoit

Fig. 5. — Atrium de la maison dite « d'Actéon », à Pompéi. (État actuel.)

des meubles somptueux et du plus grand prix : des lits incrustés d'ivoire
et même d'argent, des tables en bois oriental, chargées de candélabres,
de lampes et de mille riens délicats, en bronze ou autres métaux précieux, des bustes finement sculptés, des vases, des trépieds et des objets
d'art. Les murs sont couverts de peintures d'une époque évidemment plus
ancienne, mais qui néanmoins ont conservé toute leur fraîcheur et toute
la vivacité de leur coloris. Chaque peinture est séparée par des niches
ornées de statues représentant aussi des sujets mythologiques ou histo-

---

[1] La maison romaine de Pompéi, au palais de Cristal de Sydenham, aura familiarisé la plupart
de nos lecteurs avec les dispositions des demeures antiques.

riques; cependant on ne peut s'empêcher d'observer que l'œil ne rencontre rien qui puisse offenser l'esprit le plus délicat. Çà et là une niche
demeurée vide ou une peinture voilée nous indiquent que ces lacunes ne
sont point l'effet du hasard.

Le plafond, légèrement voûté, qui abrite l'espace entouré de colonnes,
est percé au centre d'une ouverture carrée, nommée *impluvium*, que
l'on a garnie d'une tenture ou rideau d'étoffe sombre, pour se préserver
du soleil ou de la pluie. Un demi-jour artificiel nous laisse seul apercevoir ce que nous venons de décrire et augmente l'effet des objets placés

Fig. 6. — Maison du Poète tragique, à Pompéi.

dans l'ombre. A travers une arche s'ouvrant en face de celle qui nous a
livré passage, nous distinguons vaguement une cour intérieure plus riche
encore, dallée de marbre à teintes variées et ornée de brillantes dorures.
L'ouverture supérieure, quoique recouverte d'un épais vitrage de talc[1]
(*lapis specularis*), et à demi voilée par un rideau, laisse pénétrer partout la
chaude et douce lumière du soleil couchant, qui nous permet enfin de
reconnaître pour la première fois que nous ne sommes pas dans un palais
enchanté, mais bien dans une demeure habitée.

Auprès d'une table placée en dehors de la colonnade de marbre phry-
gien est assise une matrone d'un âge mûr, dont le noble et doux visage
porte encore l'empreinte des chagrins qui ont dû attrister sa jeunesse.
Mais ces amers souvenirs ont cédé depuis longtemps à l'action d'une
puissante influence et d'une pensée plus douce, inséparablement unies

[1] Il paraît que les anciens, qui connaissaient l'art de la verrerie, n'avaient pas songé à réduire
le verre en lames pour en garnir les fenêtres. Ce qu'il y a de certain, c'est qu'ils employaient fréquemment à cet usage la pierre spéculaire, c'est-à-dire des lames de chaux sulfatée diaphane.
(Haüy, *Traité de minéralogie*, p. 150.)

dans son cœur. La simplicité de son costume contraste étrangement avec le luxe qui l'environne ; ses cheveux, déjà légèrement argentés, sont à découvert et disposés sans art ; ses vêtements, simples de couleur et de tissu, n'ont d'autre broderie que la bande de pourpre appelée *segmentum,* indice de son veuvage ; on ne voit sur sa personne aucun de ces bijoux et de ces ornements dont les dames romaines étaient si prodigues. Une seule chose semble indiquer quelque recherche : c'est une délicate chaîne d'or qui entoure son cou, et retient sans doute quelque objet précieux, soigneusement caché sur sa poitrine dans les plis de sa tunique.

Au moment où nous l'apercevons, elle s'occupe avec ardeur d'un travail qui n'est évidemment pas destiné à son usage personnel. Sur une large bande de drap d'or elle trace de riches broderies, avec un fil d'un or encore plus fin : de temps à autre elle a recours aux élégants coffrets placés sur sa table, et en retire tantôt une perle, tantôt une pierre précieuse montée en or, destinée à enrichir sa broderie. On dirait que ce sont là les riches parures de sa jeunesse, qu'elle consacre à de plus nobles, à de plus saints usages.

Mais à mesure que l'heure s'avance, sa physionomie si calme trahit une légère inquiétude, et sa pensée ne semble plus, comme auparavant, absorbée par son travail. Parfois elle en détache ses regards pour les diriger vers l'entrée de l'atrium ; elle tend l'oreille pour entendre un bruit de pas, et paraît désappointée. Ses yeux consultent le soleil, et s'abaissent ensuite sur une *clepsydra,* ou horloge d'eau, placée sur une console à côté d'elle. A l'instant où une anxiété plus vive commence à se peindre sur ses traits, un coup joyeux retentit à la porte de la maison ; aussitôt elle se penche en avant, la figure radieuse, impatiente d'accueillir le visiteur attardé.

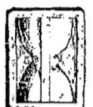

Fig. 7. — Clepsydre,
d'après un bas-relief du palais Mattei, à Rome.

CHAPITRE II

 N gracieux jeune homme plein d'ardeur et d'innocence traverse l'atrium et se dirige vers l'appartement intérieur, d'un pas si agile et si élastique, que nous aurons à peine le temps d'esquisser légèrement sa personne. Il est âgé d'environ quatorze ans; sa taille, déjà grande pour cet âge, est élégante et son maintien viril. Son cou nu et ses membres sont bien développés, grâce à de salutaires exercices, tandis que ses traits annoncent un cœur ouvert et généreux, et que sur son front élevé, entouré de belles boucles brunes, rayonne la plus vive intelligence. Selon l'usage des jeunes gens, il est revêtu de la courte *prætexta* qui descend au-dessous du genou; une *bulla* ou petite boule creuse en or est suspendue à son cou. Il revient de l'école, car le vieux serviteur[1] qui le suit porte un faisceau de papiers et de rouleaux de *velum* liés ensemble.

Pendant l'examen auquel nous venons de nous livrer, il a reçu les baisers de sa mère et s'est assis à ses pieds; elle le contemple quelque temps en silence, et semble chercher à lire sur son visage la cause de son retard inusité; car il y a une heure qu'il devrait être de retour. Mais le regard du fils rencontre celui de la mère avec tant de franchise, et son sourire est si plein d'innocence, que le moindre soupçon se dissipe à l'instant, et qu'elle s'adresse à lui en ces termes :

« Qu'est-ce qui vous a retenu aujourd'hui, mon cher enfant? Aucun accident, je l'espère, ne vous est arrivé en chemin?

---

[1] Coutume qui suggère à saint Augustin cette belle pensée que « les Juifs étaient les pédagogues des chrétiens, parce qu'ils portaient ordinairement pour ces derniers les livres qu'ils ne pouvaient comprendre eux-mêmes ».

— Oh! aucun, je vous assure, très douce mère[1]; au contraire, tout m'a si bien réussi, que j'ose à peine vous le raconter. »

Le regard à la fois souriant et suppliant de la matrone fit partir le jeune homme d'un joyeux éclat de rire; puis il continua :

« Allons, je vois qu'il faut tout vous dire. Vous savez que je suis toujours malheureux et que je ne puis dormir si je ne vous ai pas raconté les bonnes et les mauvaises actions de ma journée. (La mère sourit de nouveau, se demandant ce que pouvaient être ces mauvaises actions.) Je lisais l'autre jour que les Scythes avaient coutume de jeter tous les soirs dans une urne une pierre blanche ou noire, selon que le jour avait été heureux ou néfaste. Si j'agissais ainsi, je n'aurais qu'à marquer de blanc ou de noir les jours où il m'a été possible de vous rendre compte de tous mes actes et ceux où je n'ai pu remplir ce devoir. Mais aujourd'hui, pour la première fois, j'hésite, et ma conscience inquiète me fait craindre de vous rien cacher. »

Sans doute le cœur de la mère, déjà livré à l'inquiétude, se mit à battre plus fort qu'à l'ordinaire, et l'anxiété voila ses yeux de larmes, car son fils lui prit la main, la serra tendrement sur ses lèvres et dit :

« Ne craignez rien, mère chérie, votre fils n'a rien fait qui puisse vous affliger. Dites-moi seulement si vous voulez savoir ce qui m'est arrivé aujourd'hui, ou simplement la cause de mon retard.

— Dites-moi tout, cher Pancrace, lui dit-elle; tout ce qui vous concerne ne saurait m'être indifférent.

— Eh bien, alors, il me semble que cette journée, la dernière que je passe à l'école, a été singulièrement bénie de Dieu, quoique remplie d'étranges événements. D'abord j'ai été proclamé vainqueur dans la déclamation que notre bon maître Cassianus nous avait donnée comme travail du matin, et cela, comme vous allez le voir, a été la cause de très curieuses découvertes. Voici quel en était le sujet : « Le vrai philosophe doit toujours être prêt à mourir pour la vérité. » De ma vie je n'ai rien entendu d'aussi froid, d'aussi insipide (j'espère qu'il n'y a pas de mal à parler ainsi), que les compositions lues par mes compagnons. Ce n'était pas leur faute; quelle vérité possèdent-ils mes pauvres camarades? Est-il une seule de leurs vaines opinions qui puisse les entraîner à mourir pour sa défense? Mais pour un chrétien, que d'heureuses idées devait naturellement faire naître un pareil thème! Je l'éprouvai bien. Mon cœur s'embrasa, et toutes mes pensées semblaient me brûler, tandis que, rempli du souvenir de vos leçons et des exemples que je trouve au foyer domestique, je composais mon travail. Il n'en pouvait être autrement pour le fils d'un martyr. Mais lorsque vint mon tour de lire ma déclamation, je m'aperçus que mes sentiments m'avaient presque fatalement trahi. Dans la chaleur de la lecture, le nom de « chrétien », au lieu de « philosophe », s'échappa de mes lèvres; je parlai de « foi » au lieu de « vérité ». A la première imprudence je vis tressaillir Cassianus; à la seconde, une larme

---

[1] Expression particulière aux Catacombes.

brilla dans ses yeux, et il se pencha affectueusement vers moi, pour me dire à voix basse : « Prenez garde, mon enfant, des oreilles vigilantes vous écoutent. »

— Comment! interrompit la mère, Cassianus est-il donc chrétien? Je vous ai envoyé à son école à cause de sa haute réputation de science et de moralité, et maintenant, en vérité, je remercie Dieu de cette inspiration. Dans ces jours de péril et de crainte, nous sommes obligés de vivre comme des étrangers dans notre propre patrie; et c'est à peine si nous connaissons le visage même de nos frères. Certes, si Cassianus proclamait sa foi, son école serait bientôt déserte. Mais continuez, mon cher enfant, ses appréhensions étaient-elles bien fondées?

— Je le crains; car, tandis que la plupart de mes compagnons applaudissaient vivement mon ardente déclamation, sans en remarquer les méprises, les yeux noirs et menaçants de Corvinus étaient fixés sur moi, et je le voyais bien se mordre les lèvres de rage.

— Qui est Corvinus, cher enfant, et pourquoi se montre-t-il si courroucé?

— C'est le plus âgé, le plus fort, mais malheureusement le moins intelligent de tous ceux de l'école. Vous comprenez que ce n'est pas sa faute. Seulement, je ne sais pourquoi, il a toujours été pour moi plein de mauvais vouloir et de rancune, sans que j'aie pu m'en expliquer la cause.

— Vous a-t-il dit ou fait quelque chose?

— Oui, et c'était là le motif de mon retard. Car lorsque, sortis de l'école, nous étions dans la prairie qui longe la rivière, il m'insulta en présence de tous mes compagnons. « Venez, Pancrace, dit-il : il paraît que c'est la dernière fois que nous nous rencontrons *ici* (il appuya particulièrement sur ce mot); mais j'ai un compte fort long à régler avec vous. Il vous a plu de montrer à l'école votre supériorité sur moi et sur d'autres plus âgés et meilleurs que vous. J'ai surpris les regards dédaigneux que vous jetiez sur moi, en débitant avec emphase votre ridicule discours. Eh bien, j'y ai remarqué des expressions qui pourront vous coûter cher plus tard, sinon bientôt; mon père, vous le savez, est préfet de la cité (la mère tressaillit légèrement), et quelque chose se prépare qui vous touche de bien près. Avant que vous nous quittiez, je saurai me venger. Si vous êtes digne de votre nom [1], s'il n'est pas dénué de sens, combattons d'une manière plus virile qu'avec le stylet ou les tablettes [2], luttez avec moi, ou essayez le *cestus* [3]. Je brûle de vous humilier, comme vous le méritez, devant ces témoins de vos insolents triomphes. »

La pauvre mère, anxieusement penchée en avant, écoutait ce récit et osait à peine respirer.

« Qu'avez-vous répondu, mon cher fils? s'écria-t-elle.

---

[1] Le *pancratium* était l'exercice qui combinait tous les genres de combat athlétiques, tels que la lutte, le pugilat, etc.

[2] C'étaient les objets nécessaires à l'écriture dans les écoles : on traçait les caractères sur des tablettes enduites de cire, à l'aide de la pointe aiguë du stylet, dont l'extrémité aplatie servait à effacer.

[3] Bandage de cuir dont on s'enveloppait les mains dans le pugilat.

— Je lui fis doucement observer qu'il se trompait, et que jamais je n'avais fait volontairement rien qui pût l'affliger, lui ou aucun de mes condisciples, ni songé à réclamer une supériorité quelconque. « Quant à votre défi, ajoutai-je, vous savez, Corvinus, que j'ai toujours refusé de prendre part à ces luttes, où l'on ne se propose tout d'abord que le tranquille essai de ses forces et de son adresse, mais que la haine et la soif de la vengeance transforment en combats inhumains. Je souhaite d'autant plus vivement les éviter aujourd'hui, que vous brûlez de les entreprendre avec ces mauvais sentiments qui d'ordinaire n'en souillent que la fin. » Cependant nos camarades s'étaient rangés en cercle autour de nous, et je voyais évidemment qu'ils étaient tous contre moi, tant ils désiraient jouir du spectacle de ces jeux cruels. J'ajoutai alors avec gaieté :

« — Et maintenant, adieu, mes amis, que le bonheur s'attache à vos pas; je vous quitte comme j'ai toujours vécu avec vous, c'est-à-dire en paix.

« — Non pas, répliqua Corvinus, rouge de colère, je... »

Le visage du jeune homme s'empourpra subitement, il hésita, puis, tout tremblant et d'une voix étouffée de sanglots :

« Je ne puis continuer, dit-il, je n'ose achever.

— Je vous en conjure, pour l'amour de Dieu, par la mémoire chérie de votre père, ne me cachez rien, s'écria la mère en plaçant sa main sur la tête de son fils; je ne jouirai jamais d'aucun repos si vous ne me découvrez pas tout. Qu'ajouta ou que fit Corvinus? »

Après un moment de silence et de prière intérieure, l'enfant se remit et continua ainsi :

« — Non pas! s'écria Corvinus, non, vous ne partirez pas ainsi, lâche adorateur d'une tête d'âne[1]. Vous nous avez caché votre demeure, mais je la découvrirai; en attendant, recevez ce gage de la ferme résolution que je prends de me venger. » En disant ces mots, il me frappa si furieusement à la figure, qu'il me fit chanceler et trébucher, au milieu des cris de joie sauvages poussés par tous ceux qui nous entouraient. »

Un torrent de larmes qui s'échappa des yeux de Pancrace le soulagea et lui permit d'achever son récit.

« Oh! combien je sentais mon sang bouillonner à ce moment! Mon cœur semblait près de se briser. Je croyais entendre une voix qui murmurait dédaigneusement à mon oreille le nom de « lâche ». N'était-ce pas là une inspiration du démon? Je me sentais assez fort, la colère qui s'emparait de moi me le faisait croire, pour saisir à la gorge mon insolent ennemi et le jeter haletant sur le sol. J'entendais déjà les applaudissements frénétiques qui auraient salué mon triomphe et mis les spectateurs de mon côté. Ce fut là le plus rude combat de ma vie; jamais la chair et le sang ne s'étaient si violemment révoltés en moi. O mon Dieu! faites qu'il ne m'arrive plus d'éprouver si fortement leur effroyable empire.

---

[1] Une des nombreuses calomnies très populaires parmi les païens.

— Et que fîtes-vous, mon fils bien-aimé? » dit la tremblante matrone d'une voix étouffée.

Il répondit : « Mon bon ange chassa le démon, qui se tenait à mes côtés. Je pensais à notre divin Sauveur dans la maison de Caïphe, entouré d'ennemis qui l'insultaient, ignominieusement frappé à la face, et néanmoins toujours patient et miséricordieux. Pouvais-je agir autrement[1]? » Je tendis la main à Corvinus, en disant : « Que Dieu vous pardonne, comme je vous pardonne moi-même de tout mon cœur, et que ses plus abondantes bénédictions descendent sur vous. » Cassianus, qui avait assisté de loin à cette scène, survint alors, et aussitôt cette foule turbulente se dispersa rapidement. Je le suppliai, par notre commune foi, que nous avions mutuellement reconnue, de ne point châtier Corvinus pour ce qu'il venait de faire : il me le promit. Et maintenant, très douce mère, murmura le jeune homme gracieusement et tendrement appuyé sur le sein de Lucine, ne croyez-vous pas que je puisse appeler heureux un pareil jour? »

[1] Cette scène est historique.

CHAPITRE III

ENDANT cette conversation, le jour avait rapidement tombé. Une servante âgée entra sans bruit pour allumer les lampes placées sur les candélabres de bronze et de marbre, puis se retira discrètement. Une vive lumière éclaira ce gracieux tableau de la mère et du fils, absorbés dans un profond silence qu'ils n'avaient pas songé à rompre depuis que la sainte matrone Lucine, au lieu de répondre à la dernière question de Pancrace, s'était contentée de baiser son front brûlant. Ce n'était pas seulement une émotion maternelle qui agitait son cœur, ni même le doux et joyeux sentiment d'une mère qui, ayant formé son enfant d'après certains principes élevés, et d'une pratique difficile, les voit soumis à la plus rude épreuve et noblement défendus. Ce n'était pas non plus le bonheur de posséder un fils qui, dans un âge si tendre, montrait une vertu si héroïque. Certainement si la mère des Gracques présentait ses enfants aux matrones étonnées de la république romaine comme ses plus précieux joyaux, cette mère chrétienne, avec plus de justice encore, pouvait se glorifier devant l'Église du fils qu'elle avait élevé.

Mais l'heure avait sonné où une émotion plus profonde, ou, pour mieux dire, plus sublime, allait s'emparer d'elle. Ce moment était venu, si anxieusement et si impatiemment attendu, et qu'elle avait imploré avec toute l'ardeur suppliante d'un cœur maternel. Que de fois une pieuse mère consacre son jeune enfant, dès le berceau, au plus saint, au plus noble état qui soit sur la terre? Que de prières n'adresse-t-elle pas au Ciel pour qu'il puisse devenir un lévite sans tache, puis un saint prêtre au pied des autels! Avec quel soin jaloux elle surveille chacune de ses inclinations naissantes, et cherche avec douceur à diriger sa jeune âme vers le sanctuaire du Dieu des armées! Et s'il s'agit d'un fils unique, comme

Samuel l'était pour Anne, cette consécration de l'objet de sa plus tendre affection peut justement être considérée comme un acte d'héroïsme maternel. Que dire des anciennes matrones Félicité, Symphorose, ou de la mère innommée des Machabées, qui firent à Dieu le sacrifice de leurs enfants, et ne se contentèrent pas de lui en présenter un seul à la fois, ou même plusieurs, mais les lui abandonnèrent tous..., non pour être ses ministres, mais plutôt les victimes destinées à être offertes en holocauste sur ses autels.

C'étaient de semblables pensées qui remplissaient alors le cœur de Lucine, tandis que, les yeux fermés, elle l'élevait vers le Ciel pour demander le courage. Elle se sentit appelée à faire le généreux sacrifice de ce qu'elle chérissait le plus sur la terre; quoiqu'elle eût prévu et désiré ce cruel déchirement, ce ne fut pas sans de maternelles angoisses qu'elle en put recueillir les mérites. Et que se passait-il dans l'esprit de ce jeune homme resté, lui aussi, silencieux et recueilli? Songeait-il à la haute destinée qui l'attendait? Avait-il une vision de cette vénérable basilique que visiteront avec empressement, seize cents ans plus tard, l'antiquaire sacré et de pieux pèlerins; qui recevra son nom et le donnera à la porte de Rome qui l'avoisine[1]? Prévoyait-il que les âges de foi élèveraient en son honneur, sur les bords lointains de la Tamise, une église que les cœurs restés fidèles à sa Rome[2] bien-aimée chériront si vivement, même après sa profanation, qu'ils la rechercheront avec ardeur pour le lieu de leur dernier repos? Voyait-il en esprit ce dais ou *ciborium* d'argent, du poids de deux cent quatre-vingt-sept livres, que le pape[3] Honorius Ier élèvera au-dessus de l'urne de porphyre qui contiendra ses cendres? Pouvait-il s'imaginer que son nom serait inscrit dans tous les martyrologes, et que l'image de l'enfant martyr de la primitive Église, la tête ceinte d'une couronne lumineuse, serait placée sur de nombreux autels? Non, telles n'étaient point ses pensées; il n'était encore que le jeune homme chrétien, au cœur simple, qui trouve tout naturel d'obéir à la loi de Dieu et à son Évangile, heureux d'avoir rempli son devoir pendant cette journée, bien que l'accomplissement lui en ait paru plus rude qu'à l'ordinaire. L'orgueil et la vanité n'avaient aucune part dans ses réflexions; autrement, quel eût été l'héroïsme de sa conduite?

Lorsque, après cette douce et paisible rêverie, il ouvrit les yeux à l'éclat subit de la vive lumière qui remplissait la salle, il rencontra ceux de sa mère, qui le contemplait encore avec une expression de majesté sereine et de tendresse qu'il ne se souvenait pas de lui avoir jamais vue auparavant. Son regard était inspiré, son visage pareil à celui d'une vision, et ses yeux semblables à ceux d'un ange. Silencieusement, et presque sans s'en apercevoir, il se mit à genoux devant elle. Il avait raison : n'était-elle pas pour lui comme l'ange gardien qui l'avait préservé du péril? Ne devait-il pas

---

[1] Église et porte de San-Pancrazio.
[2] Old Saint-Pancras's, cimetière favori des catholiques jusqu'au moment où on leur permit d'acquérir des terrains particuliers.
[3] Anastasius Biblioth. *in vita Honorii*.

voir en elle le saint et vivant exemple de toutes les vertus qu'il avait eues
sous les yeux depuis son enfance? Lucine rompit le silence d'un ton plein
de gravité et d'émotion.

« Voici enfin le moment, mon cher fils, que j'appelle depuis longtemps
par mes plus ardentes prières, et après lequel j'ai soupiré de toute la tendresse d'une mère. Avec quelle sollicitude n'ai-je pas veillé sur le développement des vertus chrétiennes que je voyais germer en vous ! Avec
quelle reconnaissance envers Dieu n'ai-je pas vu votre docilité, votre douceur, votre diligence, votre piété et votre amour de Dieu et du prochain !
Votre foi vive, votre indifférence pour le monde, et votre charité pour
les pauvres remplissaient mon cœur de joie. Mais voici l'heure que j'ai
attendue avec tant d'angoisses et qui devait m'apprendre si vous seriez
satisfait du triste héritage des pauvres vertus de votre mère, ou le digne
héritier des plus nobles dons de votre père martyr. Cette heure, Dieu soit
béni! a enfin sonné aujourd'hui.

— Qu'ai-je donc fait, demanda Pancrace, pour changer la bonne
opinion que vous aviez de moi ou pour en être plus digne ?

— Écoutez-moi, mon fils. Je crois qu'en ce jour, qui devait être le dernier
de votre éducation, il a plu à notre miséricordieux Seigneur de vous donner
une leçon qui la vaut tout entière. Il a montré que vous aviez abandonné
les habitudes de l'enfance, et que dès à présent on doit vous traiter en
homme, car vous savez penser, parler et même agir comme un homme.

— Comment cela, ma mère?

— Ce que vous m'avez raconté de votre déclamation de ce matin,
répondit-elle, me prouve combien votre cœur était rempli de nobles et
généreuses pensées. Vous êtes trop sincère et trop honnête pour avoir écrit
et dit avec tant de ferveur que c'est un glorieux devoir de mourir pour la
foi, sans croire à de pareils sentiments et sans les éprouver vous-même.

— J'y crois de toute mon âme et je les sens dans mon cœur, interrompit le jeune homme : quelle plus grande félicité peut désirer un
chrétien sur la terre?

— Oui, mon enfant, vous avez bien raison, continua Lucine; mais
de simples paroles ne m'auraient point satisfaite. Ce qui vous est arrivé
ensuite m'a démontré que vous pouviez supporter intrépidement et patiemment non seulement la douleur, mais ce qui, je le sais, est plus pénible
encore pour le sang impétueux d'un jeune patricien, la honte cruelle d'un
ignominieux soufflet, les paroles et les regards méprisants d'une foule impitoyable. Bien plus, vous avez fait voir que vous aviez assez d'empire sur
vous-même pour pardonner à vos ennemis et prier pour eux. Aujourd'hui
vous avez foulé les sentiers les plus élevés de la montagne en portant la croix
sur vos épaules; encore un pas, et vous la planterez à son sommet. Vous vous
êtes montré le vrai fils du martyr Quintinus. Souhaitez-vous lui ressembler?

— Mère, mère, très chère et très douce mère! s'écria le jeune homme
d'une voix entrecoupée, serais-je bien son fils si je ne désirais pas lui ressembler? Quoique je n'aie jamais eu le bonheur de le connaître, son
image n'est-elle pas toujours présente à mon esprit? N'est-il pas l'orgueil

D'une main tremblante elle détacha de son cou la chaîne d'or...

de mes pensées ? Lorsque revient chaque année la commémoration solennelle de son martyre, et qu'on célèbre ce soldat de l'armée vêtue de blanc, rangée autour de l'Agneau, dans le sang duquel il a lavé ses vêtements, oh ! combien mon sang et ma chair frémissent de joie en songeant à sa gloire ! Combien je le prie, avec toute l'ardeur de la piété filiale, de m'obtenir non pas la gloire et les distinctions, ni les richesses ni les joies de la terre, mais la grâce de faire un noble usage de cet inestimable trésor, seul héritage qu'il m'a laissé en ce monde !

— Quel est ce trésor, mon fils ?

— Son sang, répondit-il, qui coule maintenant dans mes veines, et dans les miennes seulement. Je sais qu'il désire que ce sang soit répandu comme le sien, par amour pour son Rédempteur et en témoignage de sa foi.

— Assez, assez, mon enfant ! s'écria la mère, en proie à la plus vive, à la plus sainte émotion ; ôte de ton cou l'emblème de l'enfance, j'ai un meilleur gage à te donner. »

Il obéit, et se dépouilla de la bulle d'or.

« Vous avez hérité de votre père, reprit la matrone d'un ton plus solennel encore, un noble nom, une position élevée, de grandes richesses, tous les avantages de ce monde. Mais il est un trésor que j'ai réservé de son héritage, pour le moment où vous sauriez vous en rendre digne. Je vous l'ai caché jusqu'à ce jour, quoique j'en fasse plus de cas que de l'or et des bijoux. Il est temps de vous le donner. »

D'une main tremblante elle détacha de son cou la chaîne d'or qui l'entourait, et pour la première fois son fils remarqua qu'elle soutenait une petite bourse richement brodée de perles. Elle l'ouvrit, et en retira une éponge, bien sèche, il est vrai, mais d'une couleur foncée.

« Ceci est le sang de ton père, Pancratius, dit-elle d'une voix émue et les yeux en pleurs. Je l'ai recueilli moi-même lorsqu'il sortait de sa blessure mortelle ; cachée sous un déguisement, je me tins à ses côtés et je le vis mourir pour le Christ. »

Elle regardait avec amour et couvrait d'ardents baisers cet objet sacré ; des ruisseaux de larmes jaillirent de ses yeux et l'humectèrent de nouveau ; le sang, ainsi liquéfié, reprit une chaude et vive couleur, comme s'il venait de quitter le cœur du martyr.

La sainte matrone l'approcha des lèvres frémissantes de son fils, qui s'empourprèrent à ce saint contact. Il vénéra cette relique sacrée avec la profonde émotion d'un chrétien et d'un fils. Il crut sentir l'esprit de son père descendre en lui et remuer le plus profond de son cœur, afin de le disposer à répandre libéralement les flots généreux dont il était rempli. La famille entière lui semblait ainsi encore une fois réunie. Lucine replaça son trésor dans la riche enveloppe, la suspendit au cou de son enfant, et dit : « Lorsque ce débris précieux s'humectera de nouveau, que ce soit de flots plus nobles que les larmes qui peuvent couler des yeux d'une faible femme. » Mais le ciel n'en jugea pas comme elle : le futur combattant fut oint et le futur martyr consacré par le sang de son père mêlé aux larmes de sa mère.

3

CHAPITRE IV

u moment où s'accomplissaient les événements que nous venons de raconter, une scène bien différente se passait dans une autre maison, située entre le Quirinal et l'Esquilin. C'était celle de Fabius, chevalier romain, dont la famille avait amassé d'immenses richesses en affermant les revenus des provinces d'Asie. Son palais, plus vaste et plus splendide encore que celui que nous venons de visiter, renfermait une troisième cour ou péristyle, de grande dimension, entourée d'appartements très étendus, et remplie des produits les plus rares de l'Orient, sans compter les nombreux trésors de l'art européen. Des tapis de Perse couvraient le sol ; les soieries de la Chine, les étoffes aux mille couleurs de Babylone, les broderies d'or des Indes et de la Phrygie ornaient les meubles. Çà et là on voyait de curieux ouvrages en ivoire et en métal, dus à l'habileté des peuplades d'origine fabuleuse qui habitent les îles de l'océan Indien.

Quant à Fabius, le maître de tous ces trésors et d'immenses domaines, c'était le véritable type du Romain facile, bien décidé à jouir de la vie présente ; du reste il n'avait jamais songé qu'il y en eût une autre. Incrédule, il trouvait cependant tout naturel d'adorer tour à tour les nombreuses divinités de l'empire, à mesure qu'elles se succédaient devant lui : aussi honnête homme que qui que ce fût, il n'avait de compte à rendre à personne. La plus grande partie de son temps se passait à un des grands bains qui, outre les usages indiqués par leur nom, renfermaient encore dans leurs nombreuses annexes ce que nous appelons aujourd'hui clubs, salons de lecture ou de jeu, salles pour le jeu de paume, gymnase. Là, il prenait son bain, causait, lisait et cherchait à dépenser son temps : tantôt il se promenait nonchalamment sur le Forum, écoutait le discours d'un orateur, la plaidoirie d'un avocat; tantôt il entrait dans un des nombreux jardins publics fréquentés par la société la plus élégante de Rome. Puis il retournait chez lui, à peu près à l'heure de notre dîner, prendre part à un souper élégant, où se réunissaient quotidiennement ceux qu'il avait invités à l'avance ou recrutés pendant le jour parmi la troupe nombreuse de parasites à l'affût d'un bon repas.

Chez lui c'était un maître bon et indulgent : sa maison était parfaitement tenue par une foule nombreuse d'esclaves, et comme le moindre embarras était ce qu'il redoutait le plus, pourvu que tout ce qui l'entourait fût

Fig. 8. — Bains romains. Le tepidarium.

agréable, élégant, soigné, il laissait doucement aller les choses sous la direction de ses affranchis.

Toutefois Fabius n'est pas la seule personne que nous désirons présenter à nos lecteurs; sa fille, héritière de son opulence, partage avec lui le luxe et la splendeur de son palais; selon l'usage romain, elle porte le nom de son père, adouci néanmoins par le diminutif Fabiola[1]. Introduisons tout de suite le lecteur dans son appartement. On y pénètre par un escalier de marbre qui part de la seconde cour; autour de cette cour, mais à l'étage supérieur, s'étend une suite de pièces s'ouvrant sur une terrasse ornée d'une gracieuse fontaine qui rafraîchit l'air, et couverte d'une profusion de plantes exotiques les plus rares. On a rassemblé dans ces salles les chefs-d'œuvre les plus curieux de Rome et de l'étranger. Un goût raffiné, aidé de grandes ressources et d'occasions particulières, avait évidemment présidé à l'arrangement de cette précieuse collection. Comme nous arrivons presque à l'heure du repas du soir, nous pouvons apercevoir la

[1] On prononce en mettant un accent tonique sur l'i.

maîtresse de ce lieu élégant se disposer à y paraître avec toute la splendeur
convenable.

Fabiola est étendue sur un lit de repos incrusté d'argent et dû à l'art
des Athéniens, dans une chambre de forme cysicaine, c'est-à-dire éclairée
dans toute sa hauteur par d'immenses fenêtres qui s'ouvrent sur la terrasse
garnie de fleurs. En face d'elle est suspendu un miroir d'argent poli, assez
grand pour réfléchir une personne debout; à côté, sur une table de porphyre, se trouve une quantité innombrable de parfums et de cosmétiques
rares, que les dames romaines aimaient avec passion et achetaient à des

Fig. 2. — Bains romains. Le *frigidarium*.

prix fabuleux[1]. Sur une autre table en bois de santal des Indes étaient
étalés, dans leurs précieuses cassettes, des joyaux et des bijoux, parmi
lesquels la jeune Romaine devait choisir la parure du jour.

Nous n'avons ni l'intention, ni le talent de peindre les personnes ni
d'esquisser leurs traits; nous préférons nous occuper des intelligences.
Contentons-nous donc de dire que Fabiola, alors âgée de vingt ans, n'était
pas la moins remarquable de toutes les personnes de son rang, de son âge
et de sa position, et que plus d'un jeune patricien recherchait son alliance.
Mais elle contrastait singulièrement avec son père par son genre d'esprit
et son caractère. Hautaine, fière, impérieuse, irritable, elle dominait en
princesse tous ceux qui l'entouraient, à part une ou deux exceptions, et
exigeait les plus humbles hommages de tous ceux qui s'approchaient d'elle.
Fille unique, car sa mère était morte en lui donnant le jour, elle avait été

[1] Il fallait tous les jours le lait de cinq cents ânesses pour un seul des cosmétiques de Poppæa,
femme de Néron.

élevée avec trop d indulgence par son insouciant et excellent père. Les
meilleurs maîtres cherchèrent à l'orner de toutes les connaissances qui
rendent une jeune fille accomplie, et on lui permit de satisfaire tous ses
plus extravagants désirs ; jamais elle ne s'était rien refusé.

Abandonnée ainsi à elle-même, elle avait beaucoup lu, surtout les
ouvrages sérieux, et s'était laissé complètement séduire par la philosophie
raffinée, c'est-à-dire par l'épicurisme sensuel et païen, alors fort à la mode
chez les Romains. Elle ne connaissait point le christianisme, ou plutôt
elle n'en avait jamais entendu parler que comme d'un système inférieur,

Fig. 10. — Bains romains. Le *caldarium*.

grossier et vulgaire ; en somme, elle le méprisait trop pour l'étudier. Quant
au paganisme avec son cortège de dieux, de vices, de fables et d'idolâtries,
elle se contentait d'en rire ; mais elle observait ses rites en public. Elle ne
croyait donc à rien en dehors de la vie présente, dont les plus délicats
plaisirs étaient sa seule préoccupation. Mais son orgueil même était le
bouclier qui défendait sa vertu ; elle avait horreur de la corruption de la
société païenne, et dédaignait les frivoles hommages des jeunes gens qui
l'entouraient d'attentions jalouses, sans réussir à autre chose qu'à l'amu-
ser par leur folie. On la croyait froide et égoïste ; moralement elle était
irréprochable.

Si, en commençant, nous semblons nous jeter dans de longs détails,
nous espérons que notre lecteur voudra bien les croire indispensables pour
lui faire bien connaître la situation matérielle et morale de Rome à l'époque
de notre histoire, que nous rendrons ainsi plus intelligible. S'il était tenté
de croire que nous lui décrivons des choses beaucoup trop splendides ou
trop perfectionnées pour une époque où le niveau de l'art et du goût avait

déjà baissé, nous nous permettrons de lui faire une observation. C'est que
l'époque supposée de notre visite à Rome n'est pas plus éloignée des meilleurs moments de l'art romain, par exemple, du règne des Antonins, que
le XIXᵉ siècle ne l'est des Cellini, Raphaël ou Donatello. Cependant dans

Fig. 11. — Lit de repos (Pompéi).

combien de palais italiens ne conserve-t-on pas leurs ouvrages, qu'on
estime très haut et qu'on ne cherche plus qu'à imiter! Sans aucun doute,
il en était de même dans les riches palais des vieilles et opulentes familles
de Rome.

Nous trouvons donc Fabiola étendue sur un lit de repos, tenant à la

Fig. 12. — Table (d'après une peinture d'Herculanum).

main un miroir d'argent garni d'une poignée, et dans l'autre un instrument fort étrange pour une si jolie main. C'est un stylet très aigu, avec
un manche d'ivoire finement sculpté et un anneau d'or pour le porter
Cette arme favorite des dames romaines leur servait à punir leurs esclaves,
à leur faire sentir leur colère pour la moindre faute, ou simplement
à exhaler leur mauvaise humeur. Trois esclaves sont employées en ce
moment autour de leur maîtresse. Elles représentent trois races diffé-

rentes, et ont été achetées à un prix fort élevé, non pas sur leur seule apparence, mais à cause des rares talents qu'on leur attribue. L'une d'elles est noire, mais elle n'appartient pas à la race dégradée du nègre ; ses traits, aussi réguliers que ceux des peuples asiatiques, indiquent une origine abyssinienne ou numide. On lui suppose une très grande connaissance des plantes, de leurs usages pour la toilette et de leurs propriétés

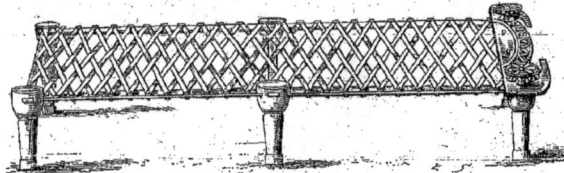

Fig. 13. — Lit de repos (Herculanum).

médicales ; peut-être en sait-elle faire un plus dangereux emploi, pour la composition des philtres, des charmes et même des poisons. Elle n'est connue que sous le nom d'Afra, qui est celui de son pays. La seconde est une Grecque choisie pour son habileté à parer sa maîtresse avec goût et pour l'élégance et la pureté de son accent ; aussi l'appelle-t-on Graïa. Le nom de la troisième, Syra, nous apprend qu'elle vient d'Asie : elle se fait

Fig. 14. — Siège riche (*Peinture et Architecture antiques d'Herculanum*; Naples, 1787; supplément).

remarquer par un talent exquis pour la broderie et une extrême diligence ; tranquille et silencieuse, elle est complètement absorbée par les devoirs qui lui sont imposés. Les deux autres, bavardes, étourdies, ne manquent pas de vanter bruyamment le moindre de leurs ouvrages. A chaque instant elles adressent à leur jeune maîtresse les flatteries les plus extravagantes, ou s'efforcent de recommander à sa faveur celui des jeunes débauchés prétendant à sa main, qui les a le plus libéralement et le plus récemment payées pour ce service.

« Que je serais heureuse, très noble maîtresse, dit l'esclave noire, si je pouvais ce soir me trouver dans le triclinium [1] pour juger du brillant effet que ce nouveau *stibium* [2] fera sur vos hôtes ! Il m'en a coûté bien des essais avant d'arriver à cette perfection : je suis sûre que l'on n'a jamais rien vu de pareil à Rome.

— Quant à moi, interrompit la rusée Grecque, je ne prétends pas aspirer à un si grand honneur, et je me tiendrais pour satisfaite si, me

Fig. 15. — Une esclave (d'après une peinture d'Herculanum).

trouvant seulement à l'entrée de la salle, je pouvais être témoin de la vive admiration qu'excitera cette merveilleuse tunique de soie. Elle est arrivée avec le dernier envoi d'or d'Asie ; rien n'égale sa beauté, et j'ose dire que l'arrangement de ses plis, fruit de mes études, n'est pas indigne de la richesse du tissu.

— Et toi, Syra, dit sa maîtresse avec un dédaigneux sourire, quels sont tes désirs ? N'as-tu rien à vanter de tes œuvres ?

— Mon seul désir, noble dame, est de vous voir toujours heureuse, et il n'est rien dont je puisse me vanter, car je crois n'avoir rempli que mon devoir, » répondit-elle avec modestie et sincérité.

Cette réponse déplut à l'altière Romaine. « Esclave, dit-elle, il me semble

[1] Salle à manger.
[2] Antimoine dont on se noircissait les cils.

que tu es fort avare de louanges; on entend rarement une parole agréable sortir de ta bouche.

— Et de quelle valeur serait-elle, répondit Syra, venant d'une pauvre servante comme moi, pour une noble dame accoutumée à entendre tous les jours les gens les plus polis et les plus éloquents? Croyez-vous à la louange lorsqu'elle s'échappe de leurs lèvres, et ne la méprisez-vous pas quand elle vient de nous? »

Fig. 16. — Une esclave (d'après une peinture de Pompéi).

Ses deux compagnes lui lancèrent un regard de haine. Fabiola aussi était furieuse de ce qui lui semblait un reproche : un sentiment élevé dans une esclave !

« En es-tu encore à apprendre, répondit-elle orgueilleusement, que tu m'appartiens, et que je t'ai achetée fort cher pour me servir comme bon me semble? J'ai le droit au service de ta langue, tout autant qu'à celui de tes bras. S'il me plaît d'être louée, flattée, ou de te faire chanter, tu auras à obéir, que tu l'aimes ou non. Singulière idée, en vérité, qu'une esclave puisse avoir une autre volonté que celle de sa maîtresse, à qui sa vie même appartient !

— C'est vrai, répondit-elle avec douceur et dignité, ma vie et tout ce qui se termine avec elle, mon temps, ma santé, mes forces, mon corps, mon souffle, sont à vous. Tout cela, acheté de votre or, est en votre possession. Mais je considère toujours comme mon bien ce que la richesse d'aucun empereur ne peut acheter, ce qu'aucun esclavage ne peut enchaîner, ce que le temps ne peut contenir.

— Et qu'est-ce donc, je te prie?

— Une âme.

— Une âme! répéta avec surprise Fabiola, qui n'avait jamais entendu une esclave réclamer la propriété d'une pareille chose; permets-moi de te demander ce que tu entends par là.

— Je ne saurais m'exprimer comme les philosophes, répondit Syra. Pour moi l'âme est un sentiment vif, intime, que j'existe en compagnie d'êtres supérieurs à ceux qui m'entourent, sentiment qui répugne à la destruction, de même que l'instinct nous fait craindre ces deux alliées, la maladie et la mort : aussi le mensonge et la flatterie lui sont-ils odieux. Tant que je posséderai dans mon cœur ce don invisible et immortel, il me sera impossible de m'abandonner à de pareilles fautes. »

Cette scène était presque incompréhensible pour les deux autres esclaves, pétrifiées d'étonnement à la vue de l'audace de leur compagne. Fabiola aussi était stupéfaite; mais, son orgueil reprenant bientôt le dessus, elle dit avec une visible impatience :

« Où as-tu appris toutes ces folies? Qui t'a enseigné à bavarder ainsi? Pour ma part, j'ai étudié pendant bien des années, et j'en suis venue à cette conclusion, que toutes ces idées de l'existence de l'âme sont autant de rêveries de poètes ou de sophistes. Et toi, ignorante et grossière esclave, prétends-tu être plus instruite que ta maîtresse, ou crois-tu vraiment que lorsque, après ta mort, on aura jeté ton cadavre avec ceux des autres esclaves tués par la débauche ou les coups de fouet, et qu'on doit brûler ignominieusement sur un bûcher, crois-tu qu'après que toutes ces cendres auront été jetées dans une fosse commune, tu survivras, toi, avec la conscience de ton être et l'espoir d'une vie de bonheur et de liberté?

— *Non omnis moriar*[1], comme dit un de vos poètes, répondit modestement l'esclave étrangère, mais avec un regard si ardent, que sa maîtresse en fut étonnée; oui, j'espère, et même je *veux* survivre à tout cela. Bien plus, je crois et je sais qu'il y a une main qui retirera un à un tous les os de mon corps de ce charnier que vous venez de décrire d'une manière si saisissante. Et il y a une puissance qui appellera devant son tribunal les quatre vents du ciel, et leur fera rendre compte du moindre atome de mes cendres dispersées par leur souffle; je rentrerai en possession de mon corps, qui ne sera plus votre esclave ou celui d'aucune autre; je serai libre, heureuse, glorieuse, destinée à aimer et à être aimée éternellement. Cet espoir certain est caché dans le fond de mon cœur[2].

— Quelles sont ces étranges visions de ton imagination orientale, qui te détournent de tes devoirs? Il faut t'en guérir. A quelle école de philosophie as-tu appris toutes ces sottises? Je n'ai jamais rien lu de pareil dans les auteurs grecs ou latins.

[1] Je ne mourrai pas tout entière.
[2] Job, XIX, 27.

Dieu vit ce joyau précieux s'échapper de la main d'une esclave.

— Dans mon pays, et à une école où l'on ne connaît et où l'on n'admet aucune distinction entre le Grec et le barbare, entre le maître et l'esclave.

— Comment! s'écria avec impétuosité l'altière Romaine, sans attendre cette existence idéale qui doit suivre la mort, tu prétends déjà te dire mon égale! Eh! qui sait, peut-être ne me donnes-tu que le second rang? Allons! dis-moi sur-le-champ, sans te permettre aucune équivoque, sans me rien déguiser, est-ce là ton idée, oui ou non? » Et elle se redressa dans l'attitude de la plus vive curiosité. Son agitation augmentait à chaque mot de la calme réponse de Syra; de violentes passions semblaient lutter en elle, lorsqu'elle entendit ces paroles :

« Très noble maîtresse, bien supérieure à une pauvre esclave par la position, la puissance, le savoir, le génie, et par tout ce qui enrichit et embellit l'existence, par toutes les grâces du corps et la beauté des traits, par le charme de tous vos mouvements et la séduction de vos paroles, vous êtes fort au-dessus de toutes les rivalités, et les envieuses pensées d'un être aussi humble et aussi insignifiant que moi ne sauraient vous atteindre. Mais puisque vous m'ordonnez de répondre à votre question avec simplicité et franchise (elle s'arrêta, hésitante, mais un impérieux regard de Fabiola la contraignit d'achever), je vous prierai donc de juger vous-même si une pauvre esclave ayant l'invincible conviction qu'elle possède en elle une intelligence spirituelle, vivante, immortelle, dont la seule véritable demeure est dans les cieux, et dont le seul prototype possible est la Divinité, peut se croire inférieure en dignité morale, ou dans le domaine de la pensée, à un être qui, malgré ses qualités, avoue ne pas désirer une destinée plus belle, ni reconnaître en lui un but plus sublime que n'en attendent ces jolis chanteurs, privés de raison, qui se heurtent, sans aucun espoir de liberté, contre les barreaux dorés de leur cage[1]. »

Les yeux de Fabiola étincelèrent de fureur; pour la première fois de sa vie elle se sentait réprimandée, humiliée par une esclave. Elle saisit son stylet de la main droite et en frappa Syra presque au hasard. Celle-ci ne recula pas, mais porta instinctivement son bras en avant pour se préserver, et la pointe de l'arme, s'abattant sur elle du haut de la couche, lui fit une blessure plus profonde que toutes celles qu'elle eût jamais reçues. La douleur fut si vive, que les larmes jaillirent de ses yeux, tandis que son sang coulait abondamment. Fabiola, honteuse à l'instant de cet acte cruel, quoique involontaire, se sentit encore plus humiliée devant ses esclaves.

« Va, dit-elle à Syra, qui étanchait le sang à l'aide de son mouchoir, va trouver Euphrosyne, elle pansera ta blessure. Je n'avais pas l'intention de te blesser grièvement. Attends un instant, il faut que je te dédommage. » Puis, après avoir cherché parmi les bijoux épars sur la table, elle ajouta : « Prends cet anneau, je me passerai de tes services pour la soirée. »

La conscience de Fabiola était satisfaite; elle s'imaginait que, par son

---

[1] Voyez la noble réponse que fit à son juge Evalpistus, esclave de l'empereur, dans les *Actes de saint Justin*. Op. Ruinart, t. I.

riche présent, elle avait amplement payé une humble servante pour le mal qu'elle lui avait fait. Et le dimanche suivant, non loin de son palais, dans le titre [1] de Saint-Pastor, le bon prêtre Polycarpe trouva parmi les aumônes recueillies pour les pauvres un riche anneau orné d'une émeraude, qu'il attribua à la générosité de quelque opulente dame romaine. Mais Celui qui veilla d'un œil jaloux sur le trésor des aumônes à Jérusalem, et remarqua le denier de la veuve, vit ce joyau précieux s'échapper de la main d'une esclave étrangère dont le bras était entouré de linges ensanglantés.

[1] Église.

CHAPITRE V

LA VISITE

ERS la fin de la conversation que nous venons de rapporter, et de la catastrophe qui l'a terminée, on vit apparaître subitement dans la chambre de Fabiola une personne dont la présence, si elle s'en fût aperçue, aurait coupé court à l'une et prévenu l'autre. Dans les maisons romaines, l'entrée des appartements inférieurs était fermée avec des rideaux plutôt qu'à l'aide de portes; il était donc facile, surtout pendant la scène si animée qui venait de se passer, d'entrer sans être observé.

C'était là justement ce qui avait eu lieu; lorsque Syra se retourna pour quitter la salle, elle fut presque effrayée en voyant debout, et se détachant d'une manière saisissante sur la sombre tenture de pourpre, une figure qu'elle reconnut tout de suite, mais que nous allons rapidement décrire.

C'était celle d'une jeune fille ou plutôt d'une enfant, d'environ douze à treize ans, revêtue d'un costume dont la blancheur immaculée faisait toute la parure. Sur son visage apparaissait la simplicité de l'enfance unie à l'intelligence d'un âge plus mûr. Ses yeux ne reflétaient pas seulement l'innocence de la colombe que décrit le poète sacré [1], mais on les voyait souvent s'animer du feu de l'amour le plus tendre; ils semblaient chercher par delà toutes les choses visibles un être invisible, sur lequel ils se reposaient avec la plus vive tendresse, comme s'il était réellement présent devant elle. Son front ouvert, brillant de sincérité et de franchise, était bien le siège de la candeur, un doux sourire se jouait sur ses lèvres, et les traits expressifs de son jeune et frais visage ne savaient pas déguiser les sentiments variés et rapides qui remplissaient tour à tour un cœur généreux et dévoué. Tous ses amis, voyant qu'elle s'oubliait toujours elle-

---

[1] Tes yeux sont comme ceux de la colombe. (Cant., 1, 14.)

même, la croyaient partagée entre sa bonté pour ceux qui l'entouraient, et son affection pour l'objet invisible de son amour.

Lorsque Syra aperçut devant elle cette angélique vision, elle s'arrêta un instant. Mais l'enfant prit sa main et, la baisant avec respect, lui dit : « J'ai tout vu ; venez me rejoindre, au moment de mon départ, dans la petite chambre près de l'entrée. »

Puis elle s'avança ; quand Fabiola remarqua sa présence, ses joues se couvrirent d'une vive rougeur, car elle craignait que l'enfant n'eût été témoin de son indigne accès de colère. D'un geste fier elle congédia ses esclaves, et accueillit sa parente (car les deux familles étaient alliées) avec une cordiale affection. Nous l'avons déjà dit, chaque fois que Fabiola s'abandonnait à son violent caractère, elle ménageait certaines personnes. L'une d'elles était sa vieille nourrice Euphrosyne, esclave affranchie, à qui l'on avait confié le gouvernement intérieur de la maison. Celle-ci ne croyait qu'à une seule chose, à savoir que Fabiola était le plus parfait des êtres, la plus sage, la plus accomplie, la plus remarquable femme de Rome. L'autre était sa jeune visiteuse, à qui elle témoignait l'amitié la plus douce, et dont la société lui était extrêmement agréable.

« Vous êtes vraiment fort aimable, chère Agnès, dit Fabiola d'un ton plus doux, d'accepter mon invitation, un peu précipitée, de venir dîner avec nous ce soir. A dire vrai, mon père m'ayant amené aujourd'hui une ou deux nouvelles connaissances, je désirais vivement avoir auprès de moi une personne avec laquelle la politesse m'oblige de converser. J'avoue cependant que l'un de nos hôtes m'inspire un peu de curiosité. Il s'agit de Fulvius, dont le monde vante la grâce, les richesses et les talents, quoique personne ne semble savoir qui il est, ce qu'il fait, ni d'où il vient.

— Ma chère Fabiola, répondit Agnès, vous savez que je suis toujours heureuse de venir chez vous, ce que mes excellents parents m'accordent volontiers ; vous n'avez donc aucune excuse à faire pour cela.

— Et selon votre habitude, dit gaiement Fabiola, vous arrivez dans votre costume blanc, sans bijoux, sans aucune parure, comme si vous vous prépariez tous les jours à de nouvelles fiançailles. Vous me semblez toujours célébrer des noces éternelles. Mais, juste Ciel ! qu'est-ce que cela ? Vous êtes-vous blessée ? Ne voyez-vous pas sur votre tunique cette large tache rouge que vous avez à la poitrine ? On dirait du sang. S'il en est ainsi, laissez-moi changer tout de suite vos vêtements.

— Non, pas pour tout au monde, Fabiola ; c'est là le seul joyau, le seul ornement que j'entends porter ce soir. C'est du sang, celui d'une esclave ; à mes yeux il est plus noble, plus généreux que celui qui coule dans nos veines. »

La lumière se fit à l'instant dans l'esprit de Fabiola. Agnès avait tout vu. Douloureusement humiliée, Fabiola dit avec un peu d'humeur :

« Voulez-vous donc exposer à tous les yeux la preuve de la vivacité de mon caractère, qui m'a fait châtier trop sévèrement une esclave ?

— Non, chère cousine, loin de là. Je veux seulement garder pour moi même une leçon de courage et d'élévation d'esprit, venue d'une esclave, et que bien peu de philosophes patriciens pourraient nous donner.

— Quelle singulière idée! En vérité, Agnès, j'ai souvent pensé que vous faisiez trop de cas de cette classe du peuple. Après tout, que sont des esclaves?

— Des êtres humains, tout autant que nous, doués de la même raison, des mêmes sentiments, de la même organisation. Vous admettrez cela, sans doute, mais sans vous élever plus haut. Ils sont membres de la même famille; si Dieu, qui nous a donné la vie, est notre père, il est aussi le leur, et conséquemment ils sont nos frères.

— Des esclaves seraient nos frères ou nos sœurs, Agnès? Les dieux nous en préservent! Ils nous appartiennent, ils font partie de nos biens.

Fig. 17. — Sainte Agnès, d'après un verre antique.
(Garucci, *Vetri con figure in oro*.)

Fig. 18. — Sainte Agnès, d'après un verre antique conservé au musée du Vatican. (Perret, *Catacombes*, pl. 26.)

Je ne leur reconnais pas le droit de remuer, d'agir, de penser ou de sentir contre la volonté ou l'intérêt de leurs maîtres.

— Allons, allons, dit Agnès de sa voix la plus douce, ne nous laissons pas aller à discuter trop vivement. Vous avez trop de franchise et d'honneur pour ne pas sentir et être prête à reconnaître que vous avez été dépassée aujourd'hui par une esclave en tout ce que vous admirez le plus : en esprit, en raisonnement, en sincérité, en héroïque fermeté. Ne me répondez pas : cette larme me suffit. Mais, très chère cousine, je veux vous épargner le retour de scènes aussi douloureuses. Voulez-vous m'accorder une faveur?

— Tout ce qui sera en mon pouvoir.

— Eh bien, permettez-moi d'acheter Syra; n'est-ce pas ainsi que vous l'appelez? Vous n'aimeriez pas à la revoir près de vous.

— Vous vous trompez, Agnès. Je veux dominer mon orgueil pour cette fois, et reconnaître qu'elle mérite maintenant mon estime, peut-être même mon admiration. C'est un sentiment nouveau que j'éprouve en moi pour quelqu'un de sa condition.

— Mais, Fabiola, je crois pouvoir la rendre plus heureuse qu'elle ne l'est

4

— Sans aucun doute, chère Agnès; vous avez le pouvoir de rendre heureux tous ceux qui vous entourent. Je n'ai jamais vu d'intérieur de famille comparable au vôtre. Vous semblez mettre en pratique cette étrange philosophie dont parlait Syra, et qui n'établit aucune distinction entre l'homme libre et l'esclave. Ceux qui habitent avec vous sont toujours souriants, joyeux et pleins d'ardeur pour l'accomplissement de leurs devoirs. Personne n'a l'air de commander. Voyons, dites-moi votre secret. » Agnès sourit. « Je soupçonne, petite magicienne, que cette chambre mystérieuse que vous n'ouvrez jamais devant moi renferme les charmes et les philtres qui vous font aimer partout. Si vous étiez une de ces chrétiennes qu'on expose à l'amphithéâtre, je suis sûre que les léopards eux-mêmes viendraient s'humilier devant vous et se coucher à vos pieds. Mais pourquoi cet air sérieux, chère enfant? Ne voyez-vous pas que je plaisante? »

Agnès paraissait absorbée; ses yeux avaient cette expression de vive tendresse que nous avons déjà remarquée; elle semblait voir devant elle Celui qu'elle aimait d'un amour si pur, et converser avec lui. Elle revint à elle et dit gaiement : « Oui, c'est vrai, Fabiola; mais on voit souvent de plus étranges événements; dans tous les cas, s'il arrivait quelque chose d'aussi affreux, Syra serait bien la personne qu'on aimerait à avoir près de soi dans un pareil moment; aussi est-il indispensable que vous me la cédiez.

— Au nom du Ciel, Agnès, ne prenez pas mes paroles au sérieux, elles n'étaient qu'une plaisanterie, je vous l'assure. J'ai une trop haute opinion de votre bon sens pour croire à une telle catastrophe. Quant au dévouement de Syra, vous avez raison. L'été dernier, pendant votre absence, lorsque j'étais si dangereusement malade d'une fièvre contagieuse, il fallut employer le fouet pour forcer les esclaves à s'approcher de moi, tandis que cette pauvre créature me quittait à peine, et nuit et jour était à mon chevet, me prodiguant ses soins. En vérité, je crois que c'est surtout à elle que je dois ma guérison.

— Et ne l'aimez-vous pas pour tant de dévouement?

— L'aimer! moi, aimer une esclave! Enfant que vous êtes! Je la récompensai généreusement, quoique je ne puisse découvrir l'emploi qu'elle fait de mes dons. Ses compagnes m'assurent qu'elle n'économise rien, et ne dépense certainement rien pour elle-même. Bien plus, j'ai entendu dire qu'elle avait la sottise de partager sa nourriture de chaque jour avec une pauvre fille aveugle. Quelle singulière idée, n'est-ce pas?

— Très chère Fabiola, il faut absolument qu'elle m'appartienne. Vous m'avez promis d'accéder à ma demande. Dites-moi son prix, et laissez-moi l'emmener ce soir.

— Eh bien, faites comme vous l'entendrez, je ne veux pas marchander avec la plus irrésistible des solliciteuses. Envoyez quelqu'un demain chez l'intendant de mon père, et tout s'arrangera. Et maintenant que cette grande affaire est terminée entre nous, descendons trouver nos hôtes.

— Mais vous avez oublié de mettre vos bijoux.

— N'importe, je les laisserai pour cette fois : je m'en soucie fort peu ce soir. »

CHAPITRE VI

LE BANQUET

ᴸᴸᴱˢ trouvèrent, en descendant, tous leurs hôtes réunis dans le salon principal. Ce n'était pas un banquet de cérémonie auquel ils allaient prendre part, mais le repas ordinaire d'une maison opulente, où l'on était toujours prêt à recevoir de nombreux amis. Contentons-nous donc de dire que tout avait été disposé avec une exquise élégance. Les incidents du repas qui pourront jeter quelque lumière sur la suite du récit seront les seuls que nous raconterons à nos lecteurs.

Lorsque les deux jeunes filles entrèrent dans l'*exedra* (salle), Fabius, après avoir embrassé sa fille, s'écria : « Mais, chère enfant, malgré le retard que vous avez mis à descendre, vous êtes à peine convenablement parée! vous avez oublié tous les bijoux que vous mettez d'ordinaire. »

Fabiola, confuse, ne savait que répondre; elle était honteuse de la faiblesse qu'elle avait montrée après son accès de colère, et surtout de ce qui lui semblait maintenant une ridicule manière de s'en punir. Agnès vint à son secours, et dit en rougissant : « C'est ma faute, cousin Fabius, si elle est en retard et trop simplement mise. Je lui ai fait perdre son temps par mon bavardage, et sans doute elle a voulu me mettre à l'aise par son peu de recherche.

— Quant à vous, chère Agnès, répondit le père, vous avez le privilège d'agir comme il vous plaît. Mais, sérieusement, je dois vous dire que tout cela était fort bien quand vous n'étiez qu'une enfant; vous voici en âge d'être mariée[1]; il est temps de commencer à prendre plus de soin de votre personne, afin de gagner le cœur de quelque noble et digne Romain. Un joli collier, par exemple, et vous n'en manquez pas chez vous, ne

[1] Selon la loi romaine, les filles pouvaient se marier à douze ans.

nuirait pas à vos charmes. Mais vous ne m'écoutez point. Allons, allons, je gage que vous avez déjà fixé votre choix. »

Pendant presque tout le temps que Fabius s'adressait à elle, avec la meilleure intention du monde, quoique d'une manière si parfaitement mondaine, Agnès parut plongée dans une de ses profondes rêveries. Ses regards enchantés, comme les appelait Fabiola, étaient fixés, dans une souriante extase, sur un être invisible qu'elle paraissait écouter, sans jamais perdre le fil du discours ni dire une parole mal à propos. Elle répondit donc aussitôt à Fabius : « Oh! oui, bien certainement, j'ai choisi celui auquel j'ai engagé ma foi par l'anneau des fiançailles, et qui m'a ornée de magnifiques joyaux [1].

— Vraiment! s'écria Fabius, et de quels joyaux?

— Mais, répondit Agnès avec un regard tout brûlant d'ardeur et de simplicité charmante, il a entouré ma main et mon cou de pierres précieuses, et suspendu à mes oreilles des perles inestimables.

— Bonté divine! qui cela peut-il être? Voyons, Agnès, ne me direz-vous pas un jour votre secret? Sans doute c'est votre premier amour : puisse-t-il durer longtemps et vous rendre heureuse !

— Pour l'éternité, » répondit-elle en se détournant pour rejoindre Fabiola et entrer avec elle dans la salle à manger. Ce dialogue échappa par bonheur aux oreilles de cette dernière; car elle eût été vivement blessée en pensant qu'Agnès avait caché à sa meilleure amie ce qu'elle considérait comme la plus importante préoccupation de son âge. Mais, pendant qu'Agnès la défendait, elle s'était éloignée de son père pour s'occuper des autres invités. L'un d'eux était un lourd et épais sophiste romain, sorte d'encyclopédie vivante, nommé Calpurnius; un autre, Proculus, n'estimait que la bonne chair et fréquentait assidûment la maison. Deux autres personnages étaient présents qui méritent plus d'attention. Le premier, évidemment un favori de Fabiola et d'Agnès, avait le grade de tribun ou officier supérieur dans la garde impériale ou prétorienne. A peine âgé de trente ans, il s'était déjà distingué par sa bravoure, et jouissait de la plus haute faveur auprès de l'empereur Dioclétien, en Orient, et à Rome, près de Maximilien Hercule. Exempt de toute affectation dans ses manières ou ses habits, d'une belle tournure et causeur fort aimable, malgré tous ces avantages, il méprisait ouvertement les sujets futiles qui préoccupaient généralement la société. Bref, c'était le plus parfait modèle d'un noble cœur, une jeune homme plein d'honneur et de pensées généreuses, vaillant et fort, sans l'ombre d'orgueil ou de forfanterie.

Le dernier des convives contrastait singulièrement avec lui; c'était Fulvius, le nouvel astre du monde élégant, auquel Fabiola avait déjà fait allusion quelque temps auparavant. Jeune, d'une tournure efféminée, vêtu avec la plus extrême recherche, les mains chargées de bagues étincelantes et les vêtements de bijoux, s'exprimant avec affectation et un léger accent étranger, d'une politesse outrée dans ses manières empreintes d'une

[1] Annulo fidei suæ subharravit me, et immensis monilibus ornavit me. (*Office de sainte Agnès.*)

bonhomie et d'une obligeance apparentes, il était arrivé doucement et en peu de temps à se mêler à la plus haute société de Rome. Ce succès était dû en partie à ce qu'on l'avait vu paraître à la cour, et aussi à la séduction de sa personne. Il était venu à Rome suivi seulement d'un serviteur âgé. Était-il son esclave, son affranchi ou son ami? on l'ignorait. Ils parlaient ensemble une langue étrangère; les traits basanés, les yeux perçants et farouches du domestique, ainsi que son air peu avenant, inspiraient un certain degré de frayeur aux autres esclaves : car Fulvius avait pris un appartement dans ce qu'on appelait une *insula* ou maison louée par portions, l'avait meublé avec luxe et s'était entouré d'un nombre suffisant d'esclaves pour un jeune homme. La profusion plutôt que l'abondance se faisait remarquer dans l'arrangement de sa maison. Dans cette Rome païenne, corrompue et dégradée, l'obscurité de sa vie et son appa-

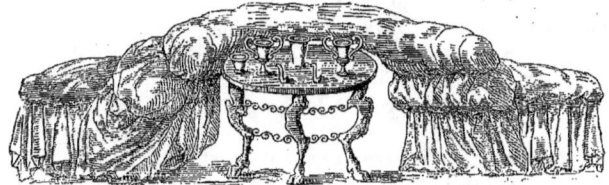

Fig. 19. — Table dressée pour un repas (d'après une peinture de Pompei).

rition soudaine furent vite oubliées à la vue de ses richesses et au charme corrupteur de sa conversation. Cependant un observateur attentif aurait bientôt remarqué la mobilité inquiète de ses regards, son attention à observer et à écouter ce qu'il voyait ou entendait autour de lui, signe évident d'une insatiable curiosité. Dans ses moments d'oubli, le feu sombre de ses yeux, ses sourcils froncés et le mouvement méprisant de sa lèvre supérieure, inspiraient un sentiment de défiance et indiquaient que cet extérieur poli et doux voilait un cœur plein de duplicité et de malice.

Les convives furent bientôt à table; comme les dames étaient assises pendant le repas, tandis que les hommes restaient couchés sur des lits, Fabiola et Agnès étaient ensemble à l'un des côtés; en face se trouvaient les deux jeunes gens que nous venons de décrire, et au milieu le maître de la maison et ses deux hôtes les plus âgés, s'il est possible d'expliquer ainsi leur position autour des trois côtés d'une table ronde, dont un côté, laissé libre pour faciliter le service, n'était pas entouré du *sigma*[1] ou lit demi-circulaire. Nous pouvons observer en passant qu'on se servait ordinairement à cette époque d'une nappe, luxe encore inconnu du temps d'Horace.

Lorsque les premières exigences de la faim ou de la gourmandise eurent été satisfaites, la conversation devint plus générale.

« Quelles nouvelles avez-vous apprises aujourd'hui aux bains? demanda Calpurnius; je n'ai pas le temps de m'occuper de pareilles futilités.

---

[1] Ainsi appelée à cause de sa ressemblance avec la lettre C, ancienne forme du Σ.

— De très intéressantes, répondit Proculus; c'est un fait avéré que le divin Dioclétien a envoyé des ordres pour qu'on achève ses Thermes en trois ans.

— Impossible! s'écria Fabius; j'ai été visiter les travaux l'autre jour, en me rendant aux jardins de Salluste; ils ont fait peu de progrès pendant l'année dernière. Une immense quantité de gros ouvrage reste encore à faire : sculpter le marbre, par exemple, et dégrossir les colonnes.

— C'est vrai, répondit Fulvius; mais je sais que l'on a expédié partout l'ordre d'envoyer ici tous les prisonniers et toutes les personnes condamnées aux mines, dont on peut se passer en Espagne, en Sardaigne et même en Chersonèse, afin qu'ils viennent travailler aux Thermes. Si l'on peut y employer quelques milliers de chrétiens, ce sera bientôt fait.

— Et pourquoi les chrétiens plutôt que d'autres criminels? demanda Fabiola, non sans quelque curiosité.

— Mais, en vérité, dit Fulvius avec le plus gracieux sourire, je ne saurais l'expliquer; il en est cependant ainsi. Je m'engagerais à découvrir un chrétien parmi cinquante ouvriers condamnés aux travaux.

— Est-ce possible! s'écrièrent à la fois plusieurs convives; comment cela ?

— Les condamnés ordinaires, répondit-il, et cela est bien naturel, n'aiment pas leur besogne, et pour les contraindre à l'accomplir il faut employer le fouet à chaque pas; lorsque le surveillant détourne les yeux, rien ne marche. De plus, il va sans dire qu'ils sont grossiers, rudes, abrutis, querelleurs, et ne cessent de murmurer. Mais, au contraire, les chrétiens condamnés aux travaux publics semblent heureux et sont toujours gais et obéissants. En Asie j'ai vu de jeunes patriciens ainsi occupés, dont les mains n'avaient jamais auparavant manié une pioche, ni les faibles épaules plié sous aucun fardeau, qui travaillaient péniblement, aussi heureux en apparence que s'ils n'avaient jamais quitté leur famille. Inutile d'ajouter que les surveillants font un usage très libéral du fouet et du bâton; c'est justice, car les divins empereurs ont ordonné que leur sort fût aussi dur que possible : cependant il ne leur échappe pas une plainte.

— Je ne puis dire que j'admire une pareille justice, répliqua Fabiola; mais quelle étrange race! Je suis extrêmement curieuse de savoir quel peut être le motif ou la cause de cette stupidité ou de l'insensibilité extraordinaire de ces chrétiens. »

Proculus répondit avec un sourire facétieux : « Voici Calpurnius qui pourra nous renseigner. C'est un philosophe, et j'entends dire qu'il peut discourir pendant une heure sur n'importe quel sujet, qu'il s'agisse des Alpes ou seulement d'une fourmilière. »

Ainsi défié, Calpurnius, prenant ce compliment au sérieux, commença d'un ton solennel : « Les chrétiens, dit-il, sont une secte étrangère; son fondateur florissait, il y a bien des siècles, dans la Chaldée. Sous le règne de Vespasien, deux frères nommés Pierre et Paul introduisirent ses doctrines dans la ville de Rome. Quelques-uns prétendent que ces deux personnages n'étaient autres que les deux frères jumeaux, appelés par les

Juifs Moïse et Aaron. Le dernier avait vendu son droit d'aînesse à l'autre
pour un chevreau dont la peau devait lui servir à faire des *chirothecæ*
(gants). Mais je n'admets pas cette opinion, parce que les livres mystiques
des Juifs rapportent que le second, voyant que les sacrifices de son frère
étaient accompagnés d'augures plus favorables que les siens, le tua, de
même que Romulus tua Remus, mais avec une mâchoire d'âne. Pour ce
méfait, le roi Mardochée de Macédoine, à la requête de sa sœur Judith,
l'attacha sur un gibet haut de cinquante coudées. Quoi qu'il en soit, ainsi
que je viens de le dire, Pierre et Paul vinrent à Rome; Pierre était un
esclave fugitif de Pontius Pilatus, et fut crucifié, d'après l'ordre de son
maître, sur le Janicule. Ses sectateurs, qui sont nombreux, ont fait leur
symbole de la croix, et l'adorent; ils considèrent comme le plus grand
honneur de souffrir des coups de fouet, et même une mort ignominieuse
est le meilleur moyen, à leur avis, d'imiter leurs maîtres, et d'aller les
rejoindre dans quelque endroit au milieu des nuages. »

Cette lucide explication de l'origine du christianisme fut écoutée avec
admiration par tous les convives, à l'exception de deux. Le jeune officier
jeta à Agnès un regard piteux qui semblait dire : « Faut-il rire ou répondre
à cet oison? » Mais elle mit un doigt sur ses lèvres, en implorant le
silence par un sourire.

« Eh bien, le résultat de tout cela, observa Proculus, est que les Thermes
seront bientôt achevés, et que nous aurons des jeux magnifiques. Ne dit-
on pas, Fulvius, que le divin Dioclétien viendra lui-même en faire la
dédicace?

— C'est tout à fait certain; il y aura des fêtes splendides et de grandes
réjouissances. Nous n'attendrons pas longtemps; déjà, et pour d'autres
raisons, on a envoyé en Numidie l'ordre de tenir prêts avant l'hiver un
grand nombre de lions et de léopards. » Puis, se tournant brusquement
vers son voisin, qu'il enveloppa d'un regard scrutateur : « Un brave
soldat comme vous, Sébastien, doit être ravi du noble spectacle de l'amphithéâtre, surtout lorsqu'on y châtie des ennemis des augustes empereurs et de la république. »

L'officier se souleva sur son lit, tourna vers son interlocuteur un visage
calme et majestueux, puis il répondit tranquillement :

« Fulvius, je ne mériterais pas le nom que vous me donnez, si je
pouvais contempler avec plaisir et de sang-froid la lutte, si on peut la
désigner ainsi, entre une bête brute et un enfant ou une femme sans
défense; car ce sont là des spectacles que vous appelez nobles. Non, je
tirerais volontiers mon épée contre les ennemis des princes et de l'État;
mais je m'en servirais d'aussi grand cœur contre les lions et les léopards
qu'un ordre de l'empereur lui-même déchaînerait sur les innocents et
les faibles. » Fulvius tressaillit; mais Sébastien plaça sur son bras une
main vigoureuse et continua : « Écoutez-moi jusqu'au bout. Je ne suis ni
le premier Romain ni le plus noble qui ait ainsi pensé. Souvenez-vous
des paroles de Cicéron : « Ces jeux sont magnifiques, sans aucun doute;
« mais quelle jouissance peut causer à un esprit délicat la vue d'un homme

« faible déchiré par une bête féroce ou d'un noble animal transpercé d'un
« javelot[1]? » Je n'ai pas honte de me trouver d'accord avec le plus grand
des orateurs romains.

— Ne vous verrons-nous donc jamais à l'amphithéâtre, Sébastien?
demanda Fulvius d'un ton doux, quoique provocateur.

— Si vous m'y voyez, répondit le soldat, comptez que ce sera du côté
des faibles, et non du côté des brutes qui veulent les mettre en pièces.

— Il a raison, s'écria Fabiola en battant des mains, et je clos la discussion par mes applaudissements. Je n'ai jamais entendu Sébastien parler
autrement que pour la défense des sentiments élevés et généreux. »

Fulvius se mordit les lèvres en silence, et tout le monde se leva pour
se retirer.

---

[1] Magnificœ, nemo negat; sed quœ potest esse homini polito delectatio, quum aut homo imbe-
cillus a valentissima bestia laniatur, aut præclara bestia a venabulo transverberatur? (*Ep. ad. Fam.*,
lib. VII, ep. 1.)

CHAPITRE VII

URANT la dernière partie de la conversation que nous venons de rapporter, Fabius, resté fort distrait, méditait sur les paroles qu'il avait échangées avec Agnès. Comme elle avait bien gardé son doux secret ! Quel heureux favori avait déjà gagné son cœur ? Ce cadeau de riches bijoux l'embarrassait particulièrement. Aucun des jeunes patriciens de sa connaissance ne pouvait les posséder ; et comme il parcourait tous les jours les plus grands magasins de Rome, il eût entendu parler d'une commande aussi considérable. Tout à coup une idée lumineuse traversa son esprit : ce Fulvius qui étalait tous les jours les bijoux les plus précieux apportés des pays étrangers était la seule personne qui pût lui faire de semblables présents. Il avait cru remarquer aussi les regards que l'élégant étranger jetait de temps à autre sur sa cousine, d'où il concluait qu'il était éperdument amoureux ; si Agnès ne paraissait pas partager son admiration, sans nul doute ce n'était là qu'un stratagème. Une fois bien convaincu de cette importante découverte, il se décida à favoriser les vœux des deux jeunes gens, et à étonner un jour sa fille par la sagacité qu'il avait déployée.

Mais laissons de côté nos nobles hôtes pour nous occuper des scènes plus humbles ; suivons Syra, qui vient de quitter l'appartement de sa jeune maîtresse. Lorsqu'elle se présenta devant Euphrosyne, l'excellente nourrice fut effrayée à la vue de la cruelle blessure, qui lui arracha une exclamation de pitié. Reconnaissant toutefois la main de Fabiola, elle était divisée entre deux sentiments opposés. « Pauvre enfant, dit-elle en lavant et en pansant la plaie, quel affreux coup ! Qu'avez-vous fait pour la mériter ? Comme vous avez dû souffrir, ma pauvre fille ! Aussi que de méchanceté il a fallu pour vous attirer un châtiment brutal, il est vrai, quoique infligé par la plus douce des créatures! (Vous allez vous évanouir par suite du sang que vous venez de perdre; prenez ce cordial pour vous soutenir.) Sûrement elle s'est trouvée dans l'obligation de frapper.

— C'est vrai, dit Syra avec un sourire, j'étais tout à fait dans mon tort, il ne m'appartenait pas de raisonner avec ma maîtresse.

— *Raisonner* avec elle! raisonner! O dieux! qui a jamais entendu jusqu'à présent une esclave raisonner avec sa noble maîtresse, une maîtresse aussi savante! Calpurnius lui-même aurait peur de discuter avec elle. Il n'est pas étonnant, en vérité, qu'elle ait été agitée au point de ne pas s'apercevoir qu'elle vous faisait tant de mal. Il faut cacher cela, afin qu'on ne puisse deviner que vous avez été si coupable. Ne possédez-vous aucune écharpe, aucun joli voile que nous puissions jeter sur votre bras en guise d'ornement? Toutes vos compagnes, je le sais, sont fort bien pourvues de ces objets élégants, qu'on leur donne ou qu'elles achètent; mais vous semblez vous en soucier fort peu. Voyons cependant. »

Elle se rendit dans le dortoir des esclaves, voisin de sa chambre, et ouvrit la *capsa* (ou coffre) qui appartenait à Syra; après en avoir bouleversé en vain le maigre contenu, elle retira du fond un voile carré de l'étoffe la plus riche, magnifiquement brodé et même orné de perles. Syra rougit profondément et la conjura de ne pas l'obliger à porter un objet si peu en rapport avec sa position, d'autant plus que c'était un souvenir de temps plus heureux, longtemps et péniblement conservé. Mais Euphrosyne, désireuse de cacher la faute de sa maîtresse, fut inexorable; la riche écharpe fut donc gracieusement attachée autour du bras malade.

Cette opération terminée, Syra se dirigea vers la petite salle située en face de la loge du portier, où les esclaves supérieurs pouvaient recevoir leurs amis. Elle tenait à la main une corbeille couverte d'un linge. Au moment où elle franchissait le seuil, un pas léger traversa rapidement la chambre pour venir à sa rencontre. C'était celui d'une jeune fille de seize à dix-sept ans, vêtue pauvrement, mais avec propreté et décence, qui lui jeta les bras autour du cou. Son visage était si joyeux et empreint d'une si vive affection, qu'un spectateur n'aurait jamais soupçonné que ses yeux, toujours privés de lumière, la tenaient séparée du monde extérieur.

« Asseyez-vous, chère Cécilia, dit Syra d'une voix douce en la conduisant à un siège, je vous apporte aujourd'hui un festin de roi : vous allez dîner somptueusement.

— Comment cela? Cela ne m'arrive-t-il pas tous les jours?

— Non; mais aujourd'hui ma maîtresse m'a envoyé un plat recherché de sa table, et je vous l'ai apporté.

— Qu'elle est aimable, chère sœur, et combien vous l'êtes davantage! Pourquoi n'avoir pas pris votre part de ce plat, qui vous était destiné plutôt qu'à moi?

— A vrai dire ce m'est un plus grand plaisir de vous voir jouir d'une chose que de la garder pour moi.

« — Non, chère Syra, non. Il n'en saurait être ainsi. Si je suis pauvre, c'est par la volonté de Dieu, et je veux chercher à m'y conformer; je ne dois pas plus songer à prendre ma part de la nourriture des riches qu'à me vêtir comme eux, tant que je possède l'habillement du pauvre. J'aime à partager avec vous votre *pulmentum*, qui m'est donné charitablement, je le sais, par quelqu'un d'aussi pauvre que moi. Grâce à moi, vous avez le mérite de l'aumône; vous me donnez la consolation de sentir que, devant Dieu, je ne suis toujours qu'une pauvre aveugle. Je crois qu'il m'aimera mieux ainsi que si je me nourrissais avec recherche. Mieux vaut être à la porte avec Lazare qu'assis à la table d'un riche.

— Combien vous êtes meilleure et plus sage que moi, ma chère enfant! je ferai ce que vous voulez. Je donnerai ce plat à mes compagnes; en attendant, voici votre très humble repas habituel.

— Merci, merci, chère sœur; j'attendrai votre retour. »

Syra se rendit à l'appartement des esclaves, et déposa le plat d'argent devant ses jalouses et avides compagnes; elles en témoignèrent peu d'étonnement, car leur maîtresse avait quelquefois pour elles ces petites attentions. Mais la pauvre et craintive Syra avait eu honte de paraître devant elles avec sa riche écharpe autour du bras. Elle l'enleva avant d'entrer: puis, craignant de déplaire à Euphrosyne, elle la replaça en sortant, aussi bien que possible, à l'aide d'une seule main. En traversant la cour pour aller rejoindre son amie aveugle, elle vit un des nobles convives de sa maîtresse, seul, l'air de mauvaise humeur, s'avancer dans l'atrium et se diriger vers la porte; afin d'éviter quelque brutalité, ce qui n'était pas rare, elle se cacha derrière une colonne. Elle n'eut pas plus tôt reconnu Fulvius, — car c'était lui, — sans être remarquée, qu'elle resta immobile, comme clouée sur le sol. Son cœur battait violemment dans sa poitrine, puis frémissait comme s'il allait cesser tout mouvement; ses genoux s'entre-choquaient; un frisson courut dans tout son être, tandis que la sueur mouillait son front. Ses yeux, démesurément ouverts, étaient fascinés comme ceux d'un oiseau en face d'un serpent. Elle porta la main à sa poitrine, et y traça le signe de vie; aussitôt le charme fut rompu. Elle s'enfuit à l'instant sans avoir été observée. A peine disparaissait-elle sans bruit derrière la portière qui fermait l'entrée de l'escalier, que Fulvius, les yeux fixés à terre, atteignit l'endroit qu'elle venait de quitter. Il recula d'un pas, comme effrayé par ce qu'il voyait à ses pieds; tout son corps tremblait violemment; mais, revenant à lui par un effort soudain, il s'assura d'un regard qu'il était seul. Oui, personne ne le voyait, excepté Celui dont il ne se préoccupait guère et qui lisait alors dans son cœur dépravé. Il regarda de nouveau cet objet, et se baissa pour le ramasser, non sans hésitation et en retirant sa main à plusieurs reprises. A la fin il entendit quelqu'un s'approcher, et, reconnaissant le pas martial de Sébastien, il enleva précipitamment la riche écharpe qui avait glissé du bras de l'esclave. Il frissonnait en la pliant; mais quand il aperçut avec horreur les taches encore fraîches du sang qui avait coulé à travers les bandages, il gagna la porte en chancelant et s'enfuit à son logis.

Pâle, malade, incapable de se soutenir, il se rendit dans sa chambre, repoussant avec rudesse les esclaves qui s'empressaient autour de lui, et faisant signe à son fidèle domestique de le suivre seul et de barrer la porte. Sur la table une lampe répandait une vive clarté; Fulvius y jeta l'écharpe brodée sans ajouter un mot, et désigna du doigt les taches de sang. L'homme au visage sombre resta muet; ses traits farouches prirent une teinte livide, tandis que son maître était blême de terreur.

« C'est la même, sans aucun doute, dit à la fin le serviteur dans une langue étrangère; mais celle qui la portait est très certainement morte.

— En êtes-vous bien sûr, Eurotas? demanda le maître en jetant sur lui les regards perçants d'un faucon.

— Aussi sûr qu'un homme peut l'être d'une chose qu'il n'a pas vue lui-même. Où avez-vous trouvé cela? D'où vient ce sang?

— Je vous dirai tout demain; car je suis trop souffrant ce soir. Quant à ces taches, qui étaient fraîches lorsque j'ai ramassé l'écharpe, je ne sais d'où elles proviennent, à moins qu'elles ne soient les signes de la vengeance, ou la vengeance elle-même, aussi terrible que les Furies savent l'inventer, et la plus cruelle qu'elles puissent déchaîner contre nous. Il y a *longtemps* que ce sang a été versé.

— Bah! bah! nous n'avons pas le temps de nous occuper de pareilles rêveries. Quelqu'un vous a-t-il vu ramasser le... la chose en question?

— Non, personne, j'en suis certain.

— Alors nous sommes sauvés. Il vaut mieux qu'elle soit en notre pouvoir qu'en des mains étrangères. Le repos et une nuit tranquille seront de meilleurs conseillers.

— C'est vrai, Eurotas, mais vous passerez cette nuit dans ma chambre. »

Ils se jetèrent tous deux sur leurs couches : Fulvius, sur un lit somptueux; Eurotas, sur un autre, plus petit et fort bas, d'où, appuyé sur son coude, il considéra longtemps à la lueur de la lampe, et d'un œil sombre et vigilant, le sommeil troublé du jeune homme. Il était à la fois son mauvais génie et son gardien fidèle. Fulvius s'agite, gémit en dormant; car il est oppressé par les rêves les plus sinistres. Il aperçoit d'abord au loin une cité magnifique, traversée par une rivière dont les flots étincellent comme le cristal. Une galère lève l'ancre, et sur le pont une figure agite vers lui, en signe d'adieu, une écharpe brodée. La scène change : le vaisseau est au milieu de la mer, et lutte contre une tempête furieuse, tandis qu'au sommet du mât flotte la même écharpe, semblable à une oriflamme immobile au souffle de la brise; soudain on entend un cri d'angoisse; le navire s'entr'ouvre sur un rocher et s'enfonce lentement dans l'abime. Mais à l'extrémité du mât, le tranquille pavillon, environné d'une troupe bruyante d'oiseaux de mer, domine encore les vagues. Puis un fantôme aux ailes noires se précipite, une torche à la main, et l'arrache du mât; interrompant sa course rapide, il le déploie aux yeux de Fulvius, avec une contenance irritée et sévère. Il y peut lire, écrit en lettres de feu, *Némésis* (Vengeance)!

Mais il est temps de rejoindre nos autres connaissances dans la maison de Fabius.

Syra, après avoir entendu la porte se fermer sur Fulvius, se recueillit un instant, offrit à Dieu une prière secrète, et alla rejoindre son amie aveugle, qui, ayant terminé son frugal repas, attendait patiemment son retour. Elle commença donc à lui rendre les devoirs quotidiens de la charité et de l'hospitalité, apporta de l'eau, lui lava les mains et les pieds, selon l'usage des chrétiens, peigna et arrangea sa chevelure, comme si la pauvre enfant était sa propre fille. En vérité, bien qu'à peine plus âgée qu'elle, ses regards étaient si tendres pour cette pauvre amie vers laquelle elle se penchait avec tant d'affection, ses accents étaient si doux, et ses mouvements si maternels, qu'on l'aurait prise pour une mère s'occupant de sa fille, et non pour une esclave servant une mendiante. Et cette mendiante aussi paraissait si heureuse, elle parlait avec tant de gaieté, et disait de si charmantes choses, que Syra s'attardait à son ouvrage pour l'écouter et la contempler encore.

A ce moment Agnès, fidèle au rendez-vous, arriva avec Fabiola, qui avait insisté pour l'accompagner jusqu'à la porte. Mais lorsqu'elle souleva doucement la portière, et aperçut le spectacle qui s'offrit à ses regards, elle fit signe à Fabiola de le contempler, en lui enjoignant d'un geste le silence. La jeune esclave était en face, à ses côtés son esclave volontaire se croyait à l'abri de tous les regards. Le cœur de Fabiola fut ému; jamais elle ne s'était imaginé qu'il existât sur la terre rien de tel que l'amour désintéressé entre des étrangers; quant à la charité, c'était là un mot inconnu à la Grèce et à Rome. Elle se retira tranquillement les yeux humides, et dit à Agnès en prenant congé : « Je m'en vais; cette fille, vous le savez, m'a prouvé cet après-midi qu'un esclave peut avoir une opinion. Je viens d'apprendre qu'elle peut avoir un cœur. J'étais stupéfaite, il y a quelques heures, lorsque vous me demandiez si je pouvais aimer une esclave; je crois maintenant que je pourrais presque aimer Syra, et je regrette à demi d'avoir consenti à m'en séparer. »

Comme Fabiola retournait sur ses pas à travers la cour, Agnès entra dans la chambre et dit en riant : « Cécilia, j'ai enfin découvert votre secret. Voici donc l'amie qui vous donne ces repas, selon vous, toujours préférables aux miens, que vous ne voulez jamais partager chez moi. Eh bien, si le dîner n'est pas meilleur, dans tous les cas je reconnais que vous avez trouvé une meilleure hôtesse.

— Oh! ne dites pas cela, douce Agnès, répondit l'aveugle : car c'est bien le dîner qui est le meilleur. Vous avez beaucoup d'occasions d'exercer la charité; mais une pauvre esclave ne peut le faire qu'en découvrant une pauvre fille comme moi, plus pauvre et plus abandonnée qu'elle. Cette pensée me fait trouver son repas plus exquis.

— Vous avez raison, dit Agnès, et je ne suis pas fâchée de vous voir ici afin que vous entendiez la bonne nouvelle que j'apporte à Syra. Fabiola m'a permis de devenir votre maîtresse, Syra, et de vous emmener avec moi. Demain vous serez libre, et vous deviendrez ma sœur bien-aimée. »

Cécilia battit joyeusement des mains, et, jetant les bras autour du cou de l'esclave : « Oh! quel bonheur! s'écria-t-elle. Que vous allez être heureuse maintenant, chère Syra! »

Syra, profondément troublée, répondit d'une voix émue : « O bonne et douce dame, avec quelle générosité vous vous préoccupez d'une pauvre esclave comme moi! Pardonnez-moi si je vous conjure de me laisser telle que je suis; chère Cécilia, je vous assure qu'ici je me trouve très heureuse.

— Mais pourquoi vouloir rester? demanda Agnès.

— Parce que, répondit-elle, il est plus parfait de ne pas abandonner la position à laquelle Dieu nous a appelés[1]. J'avoue que ce n'est pas celle où je suis née, et que d'autres m'y ont amenée. » Des sanglots l'interrompirent pour un instant; puis elle continua : « Il n'en est que plus clair pour moi que Dieu veut que je le serve ainsi. Comment puis-je songer à m'éloigner?

— Eh bien, dit Agnès avec plus d'ardeur encore, nous pourrons facilement arranger cela. Je ne vous affranchirai pas, et vous serez mon esclave. Ce sera tout à fait la même chose.

— Non, non, dit Syra en souriant, pas le moins du monde. Notre grand Apôtre nous instruit par ces paroles : « Serviteurs, soyez soumis en toute « crainte à vos maîtres, non seulement à ceux qui sont bons et modérés, « mais même à ceux qui sont rudes et fâcheux[2]. » Je suis bien loin de dire que ma maîtresse est un de ces derniers; mais vous, noble Agnès, vous êtes trop bonne et trop douce pour moi. Où serait ma croix, si je vivais auprès de vous? Vous ignorez combien mon caractère est orgueilleux et opiniâtre; je craindrais pour moi-même, si j'étais à l'abri de la douleur et de l'humiliation. »

Agnès était presque vaincue; mais elle aspirait plus vivement que jamais à posséder un pareil trésor de vertu, et dit : « Je vois, Syra, qu'aucun motif d'intérêt ne peut vous émouvoir : il me faut donc employer des arguments plus égoïstes. Je désire vous avoir près de moi, afin de profiter de vos avis et vos exemples. Allons, vous ne repousserez pas une pareille requête?

— Égoïste! reprit l'esclave, vous ne le serez jamais. A cause de cela j'en appellerai à vous-même de votre demande. Vous connaissez Fabiola et vous l'aimez. Quelle âme noble, et quelle riche intelligence! Quelles grandes qualités et quels talents supérieurs, s'ils étaient éclairés de la lumière de la foi! Avec quel soin jaloux elle veille à conserver en elle cette perle des vertus, que seules nous savons estimer à son prix! Quelle chrétienne véritablement grande elle ferait!

— Continuez, pour l'amour de Dieu, chère Syra, s'écria Agnès avec vivacité; avez-vous cet espoir?

— C'est l'objet de mes prières nuit et jour; c'est la pensée, le but et

---

[1] I Cor. VII, 24.
[2] I Petr. II, 14.

l'occupation de ma vie. Je veux essayer de la gagner par la patience, par l'assiduité et même par des discussions aussi extraordinaires que celle que nous avons eue aujourd'hui. Et lorsque j'aurai employé tous les moyens, une dernière ressource me restera encore.

— Quelle est-elle? demandèrent les deux jeunes filles.

— C'est de donner ma vie pour sa conversion. Je sais qu'une pauvre créature comme moi a peu de chance d'arriver au martyre. Toutefois on dit qu'il se prépare une persécution plus violente; peut-être ne dédaignera-t-elle pas de si humbles victimes. Qu'il arrive ce qu'il plaît à Dieu, je place entre ses mains la vie que j'offre pour sauver son âme. Oh! vous, la plus chère et la meilleure des maîtresses, s'écria-t-elle en se jetant aux genoux d'Agnès et arrosant ses mains de larmes, je vous en prie, ne vous placez pas entre moi et le but de mes efforts.

— Vous avez vaincu, Syra, ma sœur, dit Agnès (oh! je vous en prie, ne me donnez plus un autre nom); restez à votre poste, une vertu si sincère, si généreuse, triomphera; elle est trop sublime pour s'exercer dans une sphère aussi humble que celle de ma famille.

— Et moi, pour ma part, ajouta Cécilia avec une gravité comique, je prétends qu'elle a dit ce soir une très vilaine chose, et mis notre crédulité à l'épreuve.

— Qu'est-ce donc, chère Cécilia? dit Syra en riant.

— N'avez-vous pas dit que j'étais plus sage et meilleure que vous, parce que j'avais refusé de manger de je ne sais quel mets délicat qui aurait flatté mon palais pour quelques minutes, tout en me faisant commettre un acte de gourmandise; tandis que vous abandonnez votre liberté, votre bonheur, le libre exercice de votre religion, que vous offrez votre vie elle-même, pour sauver celle qui vous tyrannise et vous opprime? Oh! n'avez-vous pas honte de me parler ainsi? »

Un esclave vint annoncer que la litière d'Agnès attendait à la porte. Celui qui aurait pu voir les adieux touchants de ces trois jeunes filles, la noble patricienne, l'esclave et la mendiante, se serait écrié avec raison, ainsi que bien des gens l'avaient déjà fait : « Voyez comme ces chrétiens s'aiment entre eux! »

CHAPITRE VIII

 I nous nous arrêtons un instant près de la porte afin d'assister au départ d'Agnès et d'écouter la joyeuse conversation qui s'établit entre elle et Cécilia, nous entendrons Agnès la prier de se laisser conduire chez elle par un de ses serviteurs, car la nuit est venue. La jeune aveugle se divertit beaucoup de l'oubli de la patricienne, qui ne songe pas que la nuit et le jour lui sont indifférents, et que précisément par cette raison on l'a choisie pour guide dans les labyrinthes des catacombes, qui lui sont aussi familiers que les rues de Rome, et qu'elle parcourt à toute heure sans le moindre danger. En tardant ainsi à rentrer au palais de Fabiola pour demander de ses nouvelles, après tous les événements de cette journée, nous voyons qu'il y règne la plus vive agitation. Des esclaves armés de lampes et de torches s'élancent dans toutes les directions, et cherchent dans les moindres coins et recoins quelque objet égaré. Euphrosyne insiste pour qu'on le trouve; à la fin on abandonne les recherches, dont le succès ne laisse plus d'espoir. Le lecteur aura déjà sans doute trouvé la clef de ce mystère. Syra, selon les ordres qu'elle avait reçus, était revenue pour faire panser sa blessure; mais l'écharpe qui entourait son bras avait disparu. Elle ne put rien dire pour expliquer sa disparition, sinon qu'elle l'avait ôtée, puis remise certainement avec moins de soins qu'Euphrosyne, et elle en indiqua la cause, car le mensonge lui était odieux; à peine venait-elle de s'apercevoir de cette perte. L'excellent cœur de la vieille nourrice fut affligé de ce malheur, qu'elle pensait être bien grand pour une pauvre esclave, qui sans doute gardait précieusement cette écharpe afin de l'employer au rachat de sa liberté. Syra aussi était fort attristée, mais par des raisons qu'elle n'aurait pu faire comprendre à la bonne nourrice.

Euphrosyne fit interroger et même fouiller tous les esclaves, à la grande douleur et à la confusion de Syra ; elle ordonna ensuite une battue générale dans tous les endroits de la maison que Syra avait parcourus. Qui aurait songé à soupçonner un instant le noble convive de la table du maître d'avoir soustrait un objet, quelle qu'en fût la valeur ! La vieille affranchie en vint à cette conclusion, que l'écharpe avait été enlevée par un moyen magique ; elle était même très portée à accuser Afra ; l'esclave noire, qu'elle savait détester Syra, d'avoir fait usage d'un maléfice pour chagriner la pauvre enfant. Elle croyait que cette Africaine était une véritable Canidia [1] ; car elle était souvent obligée de la laisser sortir seule la nuit, sous prétexte d'aller cueillir, à l'époque de la pleine lune, les simples qui lui étaient nécessaires pour la préparation de ses cosmétiques, comme s'ils n'avaient pas les mêmes vertus en tout autre moment. Et tout cela pour composer de mortels poisons, pensait la méfiante Euphrosyne ; en réalité, c'était pour prendre part avec ceux de sa race aux hideuses orgies du fétichisme [2], pour assister aux entrevues qu'elle accordait à ceux qui voulaient consulter son art imaginaire. Ce fut seulement lorsqu'on eut abandonné tout espoir, et que Syra se trouva seule et à même de réfléchir avec sang-froid à tous les événements du jour, qu'elle se souvint de la pause que Fulvius avait faite en traversant la cour, à l'endroit même où elle s'était arrêtée auparavant, et de sa sortie précipitée un instant après. La lumière se fit tout à coup dans son esprit ; elle demeura convaincue qu'il avait ramassé l'écharpe tombée à terre. Il n'était pas possible qu'il s'en fût éloigné avec indifférence ; elle était donc en sa possession. Après avoir essayé de calculer toutes les conséquences possibles de ce malheur, elle n'arriva à aucune conclusion satisfaisante, se décida à tout abandonner à Dieu, et s'endormit d'un sommeil doux et réparateur, privilège d'une conscience pure.

Après avoir pris congé d'Agnès, Fabiola se retira dans son appartement. Lorsque les deux autres esclaves et Euphrosyne eurent terminé auprès d'elle leur service accoutumé, elle les congédia avec plus de douceur qu'elle n'en avait jamais montré jusque-là. Aussitôt après leur départ, elle se dirigea vers le lit de repos où nous l'avons vue pour la première fois ; mais, à son grand chagrin, elle y aperçut le stylet dont elle avait blessé Syra. Elle ouvrit un coffret, y jeta cette arme avec horreur, et cessa dès lors d'en faire usage.

Elle reprit le volume dont elle avait interrompu la lecture et qui l'avait extrêmement amusée, et le trouva insipide et des plus frivoles. Le repoussant de nouveau, elle donna un libre cours à ses réflexions sur tout ce qui venait de se passer. Ce qui la frappa d'abord fut la pensée de sa cousine Agnès. Quelle enfant extraordinaire ! Combien elle était aimante, pure et simple ! Que de bon sens aussi, et même de sagesse ! Elle prit la résolution d'être sa protectrice, sa sœur aînée en toutes choses. Elle avait

---

[1] Fameuse sorcière du temps d'Auguste.
[2] Religion de l'Afrique centrale.

observé, aussi bien que son père, les fréquents coups d'œil que Fulvius
dirigeait sur elle; ce n'étaient pas, à vrai dire, ces regards libertins qu'elle
avait coutume de repousser avec mépris; mais ils avaient une expression
de fourberie et de ruse qui semblaient indiquer un plan et des desseins
dont Agnès pouvait être la victime. Elle résolut de les entraver, quels
qu'ils fussent, et arriva à se former de lui une opinion tout opposée à celle
de son père. Dorénavant Fulvius n'aurait aucun accès auprès d'Agnès, au
moins dans sa maison; elle se condamna elle-même pour avoir introduit
une enfant aussi jeune dans l'étrange société que réunissait la table de
son père, surtout lorsqu'elle s'aperçut que les motifs de sa conduite
avaient été parfaitement égoïstes.

C'était presque à ce moment que Fulvius, s'agitant sur sa couche,
prenait, lui aussi, la ferme détermination de ne jamais franchir, si cela
était possible, le seuil du palais de Fabius, et de refuser ou d'éluder toutes
les invitations qu'il pourrait avoir de lui.

  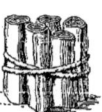

Fig. 20. — *Volumina*, d'après une peinture de Pompéi.
Scrinium, d'après une peinture du cimetière de Saint-Calliste.

Fabiola avait sondé le caractère de Fulvius; de son œil pénétrant elle
avait jugé l'affectation de ses manières et deviné la duplicité de ses regards;
elle ne pouvait s'empêcher de le comparer au franc et généreux Sébastien.
« Quel noble cœur que Sébastien! disait-elle en elle-même; combien il
diffère de tous les jeunes gens qui viennent ici! Jamais une parole légère
ne s'échappe de ses lèvres; ses yeux, animés de la plus douce gaieté,
n'expriment jamais que la bienveillance. Qu'il est sobre à table, ainsi
qu'il convient à un soldat! Qu'il est modeste, comme il sied à un héros,
lorsqu'il s'agit de son courage, de son intrépidité à la guerre, dont tout le
monde parle avec tant d'éloges! Oh! s'il avait seulement pour moi les
sentiments que tant d'autres s'attribuent!... » Elle ne finit pas la phrase;
mais une profonde mélancolie envahit son âme tout entière.

La conversation qu'elle avait eue avec Syra, et tout ce qui s'en était
suivi, se retraça alors à son esprit; ce souvenir lui était pénible, et
cependant elle ne pouvait s'en détacher; il lui semblait que ce jour était
un moment décisif dans son existence. Son orgueil avait eu à s'humilier
devant une esclave; son esprit s'était adouci sans qu'elle pût rien expliquer. Si ses yeux s'étaient ouverts à cette heure, si elle avait pu jeter ses
regards au delà de ce monde, elle eut aperçu un léger nuage, aux riches
couleurs, semblable à la fumée de l'encens, s'élever au-dessus du lit d'une
esclave agenouillée : emblème touchant de la prière et du sacrifice volontaire de la vie montant ensemble vers le trône de la Miséricorde, pour
retomber en rosée bienfaisante sur le cœur desséché de Fabiola.

La jeune Romaine ne pouvait rien apercevoir de cette merveilleuse vision, qui n'en était pas moins réelle : accablée de fatigue, elle chercha enfin le repos. Mais elle eut aussi des songes pénibles. Elle vit un jardin délicieux, inondé d'une lumière aussi vive que celle du soleil en plein midi, mais d'une douceur inexprimable, tandis que tout était sombre alentour. Les fleurs les plus magnifiques formaient une pelouse ; des arbres, des plantes aux riches couleurs s'élançaient en festons parmi les branches des arbres, chargés de fruits resplendissants comme l'or. Au milieu de ce jardin était assise la pauvre fille aveugle, l'air joyeux et satisfait ; d'un côté, Agnès, avec un visage innocent et doux, et de l'autre Syra, avec un sourire tendre et patient, se penchaient sur elle et la comblaient de caresses. Fabiola sentit un irrésistible désir de les aller rejoindre ; elles semblaient jouir d'une félicité qui lui était inconnue et qu'elle contemplait pour la première fois ; elle crut même qu'on lui faisait signe de s'approcher. Comme elle se précipitait en avant pour obéir, elle aperçut, à sa grande terreur, un ravin large, profond et sombre, au fond duquel bouillonnait un torrent impétueux, barrière infranchissable qui la séparait d'elles. Les eaux, s'élevant par degrés, atteignirent les bords supérieurs de l'abîme, et alors, malgré leur profondeur, elles s'écoulèrent en flots brillants, étincelants et pleins de fraîcheur. Oh ! qui lui donnera le courage de se plonger dans ce torrent qu'il faut traverser pour arriver en sûreté sur l'autre rive, d'où l'on continue à lui faire signe de tenter le passage ? Mais tandis qu'elle se tient sur le bord, joignant les mains avec désespoir, Calpurnius semble se détacher des ténèbres environnantes et déployer un lourd et large voile, sur lequel sont représentées les plus monstrueuses, les plus hideuses chimères curieusement enlacées et entremêlées les unes aux autres. Ce voile grandit, grandit toujours, jusqu'à dérober aux yeux la douce vision qu'ils contemplaient. La tristesse s'empara de son âme jusqu'au moment où elle vit un brillant génie (c'est ainsi qu'elle le nomma) dont les traits rappelaient vaguement ceux de Sébastien. Déjà elle l'avait aperçu se tenant tristement à l'écart ; il s'approcha alors, et, souriant avec douceur, il rafraîchit son visage brûlant du battement de ses ailes de pourpre et d'or ; puis la vision s'évanouit, et fit place à un sommeil calme et réparateur.

CHAPITRE IX

RÉUNIONS

 E toutes les collines de Rome, le Palatin est celle que l'on aperçoit le plus facilement de tous côtés. Auguste l'ayant choisie pour sa résidence, ses successeurs l'imitèrent, et transformèrent graduellement sa modeste maison en un palais qui couvrit la colline tout entière. Néron, mécontent de ses dimensions, incendia le voisinage, et étendit ensuite la demeure impériale jusqu'à l'Esquilin, embrassant ainsi, entre les deux collines, tout l'espace occupé maintenant par le Colisée. Vespasien jeta par terre la Maison d'Or, dont les soubassements magnifiques, ornés de très belles peintures, subsistent encore ; à l'aide des matériaux, il éleva de nombreux édifices et l'amphithéâtre que nous venons de mentionner. Peu après cette époque, on établit l'entrée du palais dans la *Via sacra* ou Voie sacrée, à côté de l'arc de Titus. Le visiteur, en traversant le vestibule, arrivait dans une cour splendide ; on en distingue encore aisément les restes. En se dirigeant à gauche, il entrait dans un vaste espace carré, consacré par Domitien à Adonis, et orné par lui d'arbres, de buissons et de fleurs.

Du même côté on pénétrait dans une suite d'appartements construits par Alexandre Sévère, en l'honneur de sa mère Mammæa, dont ils portaient le nom. Ils s'ouvraient sur le mont Cœlius, juste en face de l'angle de cette colline qui aboutit à l'arc de triomphe de Constantin, construit plus tard, et la fontaine appelée *Meta sudans*[1]. Là se trouvait le logement occupé par Sébastien, en qualité de tribun ou d'officier supérieur de la garde impériale. La maison était composée de deux affranchis et d'une

---

[1] « La borne qui sue. » C'était un obélisque de briques revêtu de marbre qui existe encore ; du sommet, l'eau s'écoulait, en ruisselant alentour, dans le bassin intérieur, et semblait l'envelopper d'une couche de glace.

matrone vénérable, qui avait été sa nourrice et l'aimait comme son fils. Ils étaient tous chrétiens, ainsi que les hommes de sa cohorte, grâce à quelques conversions, mais surtout au soin qu'il prenait en recrutant ses nouveaux soldats.

Quelques jours après les scènes décrites dans le chapitre précédent, Sébastien, deux heures après le coucher du soleil, montait les degrés du vestibule dont nous venons de parler, en compagnie d'un jeune homme qui ne nous est pas inconnu. Pancrace admirait Sébastien, et l'aimait de cette

Fig. 21. — Arc de Titus.

affection qu'éprouve un jeune officier pour un vieux capitaine plein de bravoure qui l'admet dans son intimité. Ce n'était pas le soldat de César que le jeune homme regardait avec admiration, mais le champion du Christ, dont la générosité, la noblesse et la valeur, cachées sous un maintien simple et modeste, étaient accompagnées de tant de prudence et de discrétion, qu'il encourageait la confiance de ceux qui traitaient avec lui. Sébastien n'aimait pas moins Pancrace pour la sincérité de son zèle, l'innocence et la candeur de son esprit. Mais il voyait bien les dangers auxquels l'ardeur et l'impétuosité de sa jeunesse pouvaient l'exposer, aussi l'encourageait-il à se tenir près de lui, afin qu'il pût le guider, et au besoin le retenir.

Comme ils pénétraient dans cette partie du palais confiée à la garde de la cohorte de Sébastien, ce dernier dit à son compagnon : « Chaque fois que j'entre ici, je suis frappé de la bonté de la divine Providence, qui a élevé, à la porte même du palais des Césars, cet arc de triomphe rappelant à la fois la chute de ce système qui fut le premier antagonisme sérieux du christianisme, et l'accomplissement de la plus importante prophétie de l'Évangile : la destruction de Jérusalem par les aigles romaines[1]. Je ne puis m'empêcher de croire qu'un jour un autre arc de triomphe s'élèvera pour rappeler une victoire non moins importante sur ce second ennemi de notre religion, Rome païenne et impériale.

— Comment ! considérez-vous la chute de cet immense empire comme nécessaire à l'établissement du christianisme ?

— Dieu m'en préserve ! pour le maintenir je donnerais les dernières gouttes de mon sang, dont j'ai déjà offert les prémices pour sa défense. Comptez que lorsque l'empire se convertira, ce ne sera pas avec la lenteur de notre époque, mais d'une façon si extraordinaire, si divine, que nos vœux les plus ardents n'auront pu les prévoir. Tous s'écrieront : En vérité, la main du Tout-Puissant est ici !...

Fig. 22. — *Meta sudans*, d'après un bronze de Vespasien.
(Nouvelle acquisition du cabinet de France. Un autre exemplaire est au musée de Vienne.)

— Sans aucun doute ; toutefois votre idée d'un arc triomphal chrétien suppose des moyens humains ; d'où les attendez-vous ?

— A vrai dire, Pancrace, mes pensées se tournent vers un des membres de la famille des Augusté, sur lequel je fonde un peu d'espoir pour un avenir meilleur ; je parle de Constance Chlore.

— Cependant, Sébastien, comment ne trouverez-vous pas parmi nous des gens savants et honnêtes prêts à réfuter votre opinion ! Ils vous diront que sous les règnes d'Alexandre, de Gordien ou d'Aurélien, on entretenait de semblables espérances qui n'aboutirent qu'à une déception. Pourquoi, ajouteront-ils, n'en serait-il pas de même aujourd'hui ?

— Je ne le sais que trop, cher Pancrace, et plus d'une fois j'ai amèrement déploré ces sombres regards jetés sur les événements, et qui refroidissent notre zèle ; ces pensées insidieuses, que la vengeance est perpétuelle et que la miséricorde n'a qu'un temps ; que le sang des martyrs et les prières des vierges sont impuissants à raccourcir les heures d'épreuve et à hâter l'arrivée de la grâce. »

Ce fut alors qu'ils arrivèrent dans l'appartement de Sébastien ; la pièce principale était éclairée, et tout semblait préparé pour une réunion. Vis-à-vis de la porte était une fenêtre ouvrant de plain-pied sur une

---

[1] L'arc de triomphe de Titus, sur lequel on a représenté les dépouilles du temple de Jérusalem.

terrasse qui longeait ce côté du palais. La nuit leur parut si brillante, qu'ils se dirigèrent instinctivement vers cette terrasse et y demeurèrent. Un délicieux et charmant spectacle s'offrit alors à leurs regards. Au-dessus de leur tête, la lune, une vraie lune d'Italie, glissait majestueusement au plus haut des cieux ; son ombre arrondie, loin de présenter une surface plate, se détachait en relief vigoureux, et semblait baigner dans les doux reflets de sa propre lumière. Les étoiles voisines en perdaient leur éclat ; elles semblaient s'être réunies en groupes plus serrés et plus brillants dans les coins de ce ciel d'azur. Bien des années plus tard, Augustin et Monique, penchés sur leur fenêtre, à Ostie, s'entretenaient des choses célestes en contemplant une nuit aussi sereine et aussi tranquille.

Fig. 23 — Le Colisée.

En vérité, à leurs pieds, autour d'eux, tout était beau, tout était grand. Le Colisée ou l'amphithéâtre de Flavius, entièrement achevé, se dressait d'un côté ; le doux murmure de la fontaine, dont les eaux étincelaient comme une colonne d'argent, pareille à la vague qui se retire en glissant le long des flancs abrupts d'un rocher, venait doucement flatter l'oreille. De l'autre, le superbe édifice appelé le Septizonium de Sévère ; en face, et dominant fièrement le Cœlius, les bains somptueux de Caracalla réflétaient sur leurs colonnes orgueilleuses et leurs murs de marbre le doux éclat de cette lune d'automne. Mais ces lourds monuments de la gloire humaine n'attiraient point les regards des deux jeunes chrétiens, demeurés silencieux ; le plus âgé avait placé son bras droit autour du cou de son compagnon et s'appuyait sur son épaule. Après une longue pause il reprit le fil de son discours et dit d'une voix plus douce : « Lorsque nous sommes entrés sur la terrasse, j'allais vous désigner à nos pieds l'endroit exact où mon imagination se plaît à élever l'arc triomphal[1] dont je vous ai entretenu. Mais qui pourrait songer aux misères d'ici-bas en contemplant au-dessus de nos têtes cette voûte splendide, si brillamment éclairée, comme pour attirer vers elle et nos yeux et nos cœurs?

— Vous avez raison, Sébastien ; je réfléchis parfois que si cette partie

[1] L'arc de Constantin s'élève exactement à l'endroit où cette scène se passe.

du firmament vers laquelle l'homme indigne et pécheur ose lever ses regards est si éclatante de beauté, que doit être cette autre partie dans les profondeurs de laquelle plonge l'œil de Celui dont la gloire est sans bornes! Je me le représente comme un voile richement brodé, dont le tissu laisse échapper quelques fils d'or; c'est là tout ce que nous pouvons en apercevoir. De quelle splendeur vraiment royale doivent resplendir ces régions élevées que foule le pied léger des anges et des justes qui ont satisfait à la justice de Dieu!

— Quelle gracieuse idée, Pancrace, et combien elle est vraie, puisqu'elle nous apprend que ce voile placé entre nous, qui travaillons ici-bas, et l'Église triomphante, réunie là-haut, est bien délicat et facile à traverser!

— Pardonnez-moi, Sébastien, dit le jeune homme en regardant son ami avec ce même regard qu'il avait dirigé, quelques jours auparavant, sur le visage inspiré de sa mère; pardonnez-moi si, pendant que vous méditez avec sagesse sur le monument destiné à rappeler le triomphe du christianisme, je vois déjà se dresser devant moi, dans toute sa beauté, cet arc triomphal par lequel, malgré notre faiblesse, nous conduirons l'Église à une victoire rapide et glorieuse, et marcherons nous-mêmes à la félicité.

— Où cela, cher enfant? que voulez-vous dire? »

Pancrace étendit lentement la main vers la gauche, en disant : « Là, mon noble Sébastien; c'est l'une de ces arches de l'amphithéâtre de Flavius qui s'ouvrent sur l'arène. Au-dessus de cette arène s'étend ce voile dont vous parliez tout à l'heure; il n'est pas plus épais que le velarium qui abrite les spectateurs. Mais écoutez!

— C'est le rugissement d'un lion qui retentit au pied du mont Cœlius, s'écria Sébastien surpris. Des animaux féroces seront arrivés au *vivarium* [1] de l'amphithéâtre, car je sais qu'il ne s'y en trouvait point hier.

— Oui, écoutez, continua Pancrace, sans remarquer l'interruption, c'est le son de la trompette qui nous appelle, c'est l'harmonie qui accompagnera notre triomphe. »

Tous deux se turent pendant quelque temps; Pancrace rompit enfin le silence, et dit : « Ceci me fait souvenir d'une affaire sur laquelle je voudrais vous consulter, mon fidèle conseiller; vos amis vont-ils bientôt venir?

— Pas encore, et ils n'arriveront que séparément. En attendant, venez dans ma chambre, personne ne viendra nous y interrompre. »

Ils s'avancèrent le long de la terrasse, et entrèrent dans la dernière pièce de l'appartement. Elle était située à l'angle de la colline, précisément en face de la fontaine, et n'était éclairée que par les rayons de la lune qui entraient par la fenêtre ouverte. L'officier se tint debout près de la fenêtre, et Pancrace s'assit sur le modeste lit de camp de Sébastien.

« Quelle est cette grande affaire, Pancrace, qui vous fait désirer mes sages avis? demanda en riant Sébastien.

---

[1] Endroit où l'on gardait les animaux destinés aux jeux.

« Écoutez, dit Pancrace, c'est le son de la trompette qui nous appelle. »

— Une misère, en vérité, répondit-il timidement, pour un homme aussi brave et aussi généreux que vous, mais une chose importante pour un faible enfant aussi inexpérimenté que moi.

— C'est quelque bon et vertueux projet, je n'en doute pas ; dites-moi ce qui vous occupe, et je vous promets de vous aider de mon mieux.

— Eh bien donc, Sébastien, — ne vous hâtez pas de me trouver ridicule, ajouta Pancrace, hésitant et rougissant à chaque mot, — vous savez que j'ai chez moi une grande quantité de vaisselle d'argent, fort embarrassante, vous comprenez, pour nous qui vivons si simplement. Ma chère mère, pour tout au monde, ne voudra jamais porter les nombreux bijoux anciens que l'on garde sous clef et qui ne servent à personne. Je n'ai point d'héritier : je suis et je serai le dernier de ma race. Vous m'avez dit souvent qu'en pareil cas les héritiers naturels d'un chrétien sont la veuve et l'orphelin, les indigents et les infirmes. Pourquoi attendraient-ils ma mort pour entrer en possession de ce qui leur revient de droit? S'il est vrai qu'une persécution soit imminente, et si nous devons faire le sacrifice de notre vie, pourquoi courir le risque de voir ces richesses confisquées ou livrées aux mains avides des licteurs? Pourquoi en dépouiller nos héritiers naturels?

— Pancrace, dit Sébastien, je vous ai écouté sans vous interrompre, afin de vous laisser tout le mérite d'exprimer de si nobles pensées. Maintenant dites-moi quel est le motif qui vous fait hésiter dans l'accomplissement d'un projet qui vous est cher.

— A vrai dire, Sébastien, je crains qu'on ne me trouve présomptueux et impertinent, de vouloir, à mon âge, faire ce que tout le monde est sûr de considérer comme un acte grand et généreux, tandis que je puis vous assurer qu'il n'en est rien. Je ne regretterai nullement tout cela, et je n'y attache aucune valeur; quel précieux secours ce sera pour les pauvres, à qui l'avenir se montre déjà plein de menaces!

— Sans doute Lucine y consent?

— Oh! soyez sans inquiétude. Je ne voudrais pas toucher la moindre parcelle d'or sans sa permission. Mais voici mon principal motif pour solliciter votre assistance. Je serais au désespoir qu'on me crût capable de faire la moindre chose qui pût sembler extraordinaire, surtout de la part d'un jeune homme. Vous me comprenez? Ce que je désire, ce que je vous supplie de faire, c'est de distribuer ces aumônes dans quelque autre maison. Vous pourrez dire qu'elles viennent de... d'une personne qui a grand besoin des prières des fidèles, surtout de celles des pauvres, et qui veut rester inconnue...

— Je vous rendrai ce service de tout cœur, cher et noble enfant! Chut! N'avez-vous pas entendu prononcer le nom de Fabiola? Tenez, encore! et avec une épithète de mauvais augure. »

Pancrace s'approcha de la fenêtre; deux voix se faisaient entendre très près d'eux; mais la corniche empêchait de voir les interlocuteurs, évidemment un homme et une femme. Quelques minutes après, ils s'avancèrent dans la partie éclairée par la lune presque aussi vivement qu'en plein jour.

« Je connais cette Africaine, dit Sébastien; c'est Afra, l'esclave noire
de Fabiola.

— Et l'homme, ajouta Pancrace, est mon ancien condisciple Corvinus. »

Ils crurent qu'il était de leur devoir de chercher à saisir, s'il était
possible, ce qui semblait être la trame d'un complot; mais, comme les
deux complices passaient et repassaient devant la fenêtre, on ne pouvait
surprendre, de temps à autre, que quelques phrases détachées. Nous
n'avons pas l'intention de nous contenter de si peu de choses; nous
donnerons donc le dialogue en entier. Un mot seulement sur ces deux
personnages.

L'esclave, nous la connaissons assez pour le moment. Corvinus, nous
l'avons déjà dit, était le fils de Tertullus, d'abord préfet du prétoire.
Cette charge, inconnue de la république et de création impériale, avait
graduellement absorbé, depuis le règne de Tibère, le pouvoir civil aussi
bien que le pouvoir militaire; celui qui en était investi remplissait à
Rome les fonctions de premier juge au criminel. Il fallait un homme
vigoureusement trempé pour occuper ce poste à la satisfaction d'un maître
despotique et impitoyable. Siéger tout le jour dans un tribunal, entouré
de hideux instruments de torture, insensible aux gémissements et aux cris
douloureux arrachés aux vieillards, aux jeunes gens et aux femmes; interroger froidement un malheureux étendu sur un chevalet, et dont tous les
membres tressaillent dans l'agonie, pendant qu'on en exécute un autre,
condamné à périr sous le fouet garni de plomb; et après de pareilles
scènes aller chercher le repos, et se lever le lendemain avec une nouvelle
ardeur pour les recommencer, quelle occupation! quel emploi digne
d'envie pour les membres du barreau romain! On avait été jusqu'en Sicile
chercher Tertullus, destiné à ces fonctions : non pas qu'il fût cruel; mais
cet homme, au cœur froid et glacé, était également inaccessible à la
pitié et à la partialité. Son tribunal fut la première école de Corvinus;
dès son jeune âge, il y passait de longues heures assis aux pieds de son
père, jouissant avec délices du spectacle cruel qu'il avait sous les yeux,
et se montrant fort irrité si quelqu'un échappait au supplice. Il devint
vulgaire, grossier et brutal; avant même qu'il fût arrivé à l'âge d'homme,
ses traits défigurés, son visage couvert de taches, ses yeux chassieux,
dont l'un était à moitié fermé, annonçaient déjà un caractère dissolu et
l'habitude de la débauche. Sans aucun goût délicat, sans aucune aptitude
pour s'instruire, on trouvait en lui un certain courage instinctif et la force
physique, unie à une forte dose de la plus basse malice. Jamais il n'avait
éprouvé de sentiments généreux, ni cherché à combattre ses passions
mauvaises. Jamais personne ne l'avait offensé sans devenir aussitôt l'objet
de sa haine et le but de sa vengeance. Il avait juré de ne jamais pardonner, surtout à deux personnes : à son ancien maître d'école, qui l'avait
souvent châtié pour son mauvais caractère, et à son ancien condisciple,
qui avait répondu avec tant de douceur à ses brutales injures. La justice,
la miséricorde, le bien et le mal qu'on lui pouvait faire, tout lui était
également odieux.

Tertullus n'avait point de fortune à laisser à son fils, et celui-ci semblait manquer du génie qui la fonde. A ses yeux, devenir riche était la chose du monde la plus importante; car la richesse, qui lui eût permis de satisfaire tous ses désirs, lui apparaissait comme la félicité suprême. Une riche héritière, ou plutôt sa dot, voilà tout simplement quel était le but de ses efforts. Trop maladroit, trop timide, trop lourd pour faire son chemin dans la société, il chercha d'autres moyens, plus dignes de son cœur dépravé, afin d'avancer ses projets ambitieux et cupides. Sa conversation avec l'esclave noire nous fera mieux connaître quels étaient ces moyens.

« C'est la quatrième fois que je viens vous trouver à la *Meta sudans*, à une heure si incommode. Quelles nouvelles m'apportez-vous?

— Aucune : seulement ma maîtresse part après-demain pour sa villa de Cajeta[1]; naturellement je l'accompagne. Il me faut encore de l'argent, pour que je puisse continuer mes opérations en votre faveur.

— Encore de l'argent! mais je vous ai donné tout ce que j'ai reçu de mon père depuis plusieurs mois.

— Ignorez-vous donc qui est Fabiola?

— Non, certes, c'est le plus riche parti de Rome.

— La hautaine et fière Fabiola ne sera jamais le prix d'une si facile victoire.

— Vous m'avez cependant promis que vos charmes et vos philtres me garantiraient son consentement ou au moins sa fortune. Que peut vous coûter tout cela?

— Beaucoup assurément. Les plus précieux ingrédients sont nécessaires et se payent au poids de l'or. Croyez-vous que je puisse sortir à une heure comme celle-ci, pour aller cueillir des simples au milieu des tombeaux de la voie Appienne, sans être convenablement récompensée? De quelle manière comptez-vous seconder mes efforts? Ne vous ai-je pas dit que vous pourriez aussi m'aider à réussir?

— Et que puis-je faire? La nature m'a refusé la beauté et les talents qui s'emparent des cœurs, j'ai plus de confiance dans votre art puissant et ténébreux.

— Eh bien, laissez-moi vous donner un avis : si vous n'avez ni la grâce ni les dons qui puissent vous gagner le cœur de Fabiola..

— Vous voulez dire la fortune.

— Ils sont inséparables; il est une chose irrésistible, comptez-y bien, dont vous pouvez vous munir.

— Qu'est-ce donc?

— L'or.

— Et où le trouverai-je? c'est justement cela que je cherche. »

L'esclave noire sourit malicieusement et dit : « Pourquoi ne vous le procurez-vous pas comme Fulvius?

— Qu'emploie-t-il pour cela?

[1] Gaète.

— Le sang !

— Qu'en savez-vous ?

— Il a un vieux domestique avec lequel j'ai fait connaissance ; la noirceur de sa peau, moins foncée que la mienne, est bien compensée par celle de son cœur. Son langage et le mien ont assez d'affinité pour nous permettre de converser ensemble. Il m'a beaucoup questionnée sur les poisons, et prétend me racheter pour m'épouser ensuite et m'emmener dans son pays ; je crois avoir quelque chose de mieux que cela en vue ; enfin j'en ai tiré tout ce que je voulais.

— Que vous a-t-il dit ?

— Eh bien, il m'a dit que Fulvius avait découvert une grande conspiration contre l'empereur Dioclétien. Un méchant regard de ce vieux coquin me fit comprendre que Fulvius lui-même en était l'auteur ; il a été envoyé à Rome avec de puissantes recommandations pour s'y occuper de ce genre d'*affaires*.

— Quant à moi, il peut m'arriver d'avoir à châtier des conspirateurs ; mais je n'ai pas le don de découvrir ou d'inventer des complots.

— Il y a cependant un moyen facile.

— Quel est-il ?

— Dans mon pays il existe de très grands oiseaux que l'on poursuit en vain avec les chevaux les plus rapides ; si vous cherchez à vous en emparer plus tranquillement, ils se contentent de cacher leurs têtes, et sont les premiers à se trahir.

— Que voulez-vous désigner ainsi ?

— Les chrétiens. Ne va-t-on pas bientôt les persécuter encore ?

— Oui, plus cruellement que jamais.

— Alors suivez mon avis. Ne vous fatiguez point à les poursuivre, pour conquérir, après tout, un assez maigre butin. Soyez vigilant ; tâchez de découvrir autour de vous quelque riche proie, saisissez-la, prenez une grosse part de la confiscation, et revenez avec une bonne poignée d'or, vous en aurez deux en retour.

— Merci, merci, je vous comprends. Vous n'aimez donc pas ces chrétiens ?

— Les aimer ? Je déteste cette race entière. Les esprits que j'adore sont les ennemis mortels de leur nom. » Elle ajouta en grimaçant un horrible sourire :

« Je soupçonne une de mes compagnes d'être chrétienne. Oh ! combien je la déteste !

— Qu'est-ce qui vous le fait supposer ?

— D'abord rien ne pourrait la décider à mentir, et sa sotte franchise nous cause souvent les plus grands ennuis.

— Bon ! après ?

— Ensuite elle méprise l'argent, les cadeaux, et empêche qu'on ne nous en offre.

— De mieux en mieux !

— De plus, elle est... » Le dernier mot vint mourir à l'oreille de Corvinus, qui répondit :

« Je suis sorti de la ville aujourd'hui pour voir entrer une caravane de
vos compatriotes; en vérité, vous l'emportez sur eux tous.

— Est-ce vrai? s'écria joyeusement Afra; qui était-ce?

— Oh! rien que des Africains[1], ajouta Corvinus en riant : des lions,
des panthères, des léopards.

— Misérable! osez-vous m'insulter!

— Allons, allons, ne vous fâchez pas. On les fait venir précisément
pour vous débarrasser de vos odieux chrétiens. Séparons-nous amicalement. Voici votre argent; que ce soit le dernier. Prévenez-moi lorsque
les philtres commenceront à agir. Je n'oublierai point votre avis à propos
de l'or des chrétiens; c'est tout à fait de mon goût. »

Pendant qu'il s'éloignait par la voie Sacrée, elle feignit de s'acheminer
par la rue des *Carinæ*, qui s'étend entre le Palatin et le Cœlius, puis se
retourna, et le regardant de loin : « Crois-tu, dit-elle, que pour un sot
de ton espèce, je vais faire des expériences sur une personne du caractère
de Fabiola! »

Elle le suivit à distance; Sébastien, à son grand étonnement, crut la
voir entrer dans le vestibule du palais. Il prit aussitôt la résolution de
mettre Fabiola sur ses gardes, en la prévenant de ce nouveau complot,
ce qui ne pouvait se faire avant qu'elle revînt de la campagne.

---

[1] Nom générique donné aux bêtes féroces de l'Afrique, par opposition aux ours et aux animaux
des pays du Nord.

CHAPITRE X

 E retour dans la première salle qu'ils avaient traversée en entrant dans l'appartement, les deux jeunes gens y trouvèrent tous les hôtes attendus. Sur la table était un frugal repas, principalement destiné à donner le change aux fâcheux qui pourraient survenir. L'assemblée était nombreuse et variée ; on y comptait des prêtres et des laïques, des hommes et des femmes ; son but était de concerter les mesures nécessaires à l'occasion d'un événement qui venait d'arriver au palais, et que nous allons expliquer en peu de mots.

Sébastien, que l'empereur honorait d'une confiance sans bornes, employait toute son influence à propager la foi chrétienne au sein de la demeure impériale. De nombreuses conversions avaient été opérées successivement ; depuis peu de temps on en avait compté un très grand nombre, dont le souvenir a été conservé dans les actes avérés de ce glorieux soldat. En vertu des lois anciennes, beaucoup de chrétiens étaient saisis et traduits en jugement, ce qui se terminait souvent par la mort. Deux frères, Marcus et Marcellianus, ainsi accusés, n'attendaient plus que l'exécution ; leurs amis, admis à les voir, les conjurèrent avec larmes de sauver leur vie en apostasiant. Ils demandaient à réfléchir. Sébastien, l'ayant appris, accourut pour les sauver. Il était trop connu pour qu'on lui refusât l'entrée de leur sombre prison ; il y pénétra comme un ange de lumière. C'était une chambre solidement bâtie, située dans la maison même du magistrat chargé de les garder, et à qui on laissait ordinairement le choix du local destiné aux prisonniers. Tranquillinus, père des deux jeunes gens, avait obtenu un répit de trente jours, afin d'avoir le temps d'ébranler leur constance ; pour aider ses efforts, le magistrat

Nicostrate les tenait enfermés dans sa propre demeure. L'entreprise de
Sébastien était hardie et dangereuse. Aux deux chrétiens captifs on avait
réuni seize prisonniers païens; les parents des jeunes gens s'empressaient
autour d'eux, les yeux baignés de larmes, et les comblaient de caresses,
afin de les décider à se soustraire au sort qui les menaçait. Le geôlier
Claudius, le magistrat Nicostrate et sa femme Zoé étaient aussi présents,
attirés par la compassion et par le désir d'arracher ces jeunes gens à la
mort. Sébastien pouvait-il espérer qu'au milieu de tant de personnes il
n'en trouverait pas une que le devoir de sa charge, l'espérance du pardon
ou la haine du christianisme décideraient à le trahir, s'il se déclarait
chrétien? Ne savait-il pas qu'un pareil aveu lui coûterait la vie?

Fig. 24. — Saint Sébastien,
d'après in *Roma sotterranea* de M. de Rossi (II, pl. 128).

Il le savait bien; mais que lui importait? Si, au lieu de deux martyrs,
trois s'offraient à Dieu, cela ne valait-il pas mieux? Ce qu'il craignait,
c'est qu'il n'y en eût point. La chambre où ils se trouvaient était une
salle de banquet, rarement ouverte pendant le jour, et pour cette raison
faiblement éclairée, comme au Panthéon, par une ouverture pratiquée
au plafond. Sébastien, désirant être vu de tous, se plaça dans le vif
et brillant rayon de lumière qui s'en échappait, en laissant le reste de
l'appartement dans une obscurité presque complète. A chacun de ses
mouvements, ce rayon, frappant l'or et les pierreries de sa riche armure
de tribun, renvoyait mille feux étincelants dans les coins les plus sombres,
tandis qu'il entourait d'une douce auréole sa tête découverte, montrait
ses nobles traits émus d'une tendre inquiétude, et ses regards dirigés vers
les deux confesseurs ébranlés. Il s'écoula quelques instants avant qu'il
pût ouvrir la bouche pour exprimer la violence de sa douleur, qui se fit
jour, à la fin, en de brûlantes paroles.

« Saints et vénérables frères, s'écria-t-il, qui avez été les témoins du
Christ, emprisonnés à cause de lui, vous dont les membres portent la

6

trace des chaînes endurées pour sa gloire, et qui avez souffert les tourments avec lui, je devrais tomber à vos pieds pour vous rendre hommage
et solliciter vos prières, au lieu de me tenir devant vous prêt à vous
adresser des exhortations et jusqu'à des reproches. Dois-je croire ce que
j'ai appris, que vous avez arrêté la main des anges qui ajoutaient le
dernier fleuron à votre couronne, que vous avez même songé à leur dire
de la briser et d'en abandonner les fragments aux vents du ciel? Puis-je
croire qu'après avoir déjà mis un pied sur le seuil du paradis, vous pensez
à revenir sur vos pas, pour errer de nouveau dans la vallée de l'exil et
des larmes? »

Fig. 25. — Tribuns militaires,
d'après un bas-relief de la colonne Trajane.

Les deux jeunes gens baissèrent la tête et confessèrent humblement
leur faute en versant des pleurs. Sébastien continua :

« Vous ne pouvez soutenir les regards d'un pauvre soldat comme moi,
le dernier des serviteurs du Christ; que ferez-vous donc devant l'œil irrité
du Seigneur, en ce jour terrible où il vous reniera à son tour devant ses
anges, vous qui, étouffant les cris de votre conscience, vous préparez à
le renier à la face des hommes? Au lieu de vous présenter au pied de son
trône avec confiance, comme de bons et fidèles serviteurs, vous aurez
à y comparaître, après vous être traînés dans l'infamie quelques années
de plus, désavoués par l'Église, méprisés par ses ennemis, éternellement
rongés par le remords, qui ne vous laissera pas un instant de repos.

— Cessez, oh! par pitié, cessez, jeune homme, qui que vous soyez,
s'écria Tranquillinus, père des deux jeunes gens, ne parlez pas à mes fils
avec tant de sévérité. Ils n'ont commencé à céder qu'en voyant couler les
larmes de leur mère et en entendant mes supplications; ils ne craignent
pas les tortures qu'ils ont endurées avec tant de courage. Pourquoi laisse-
raient-ils leurs malheureux parents en proie à la misère et au chagrin?
Votre religion l'ordonne-t-elle, pouvez-vous l'appeler sainte?

— Prenez patience, bon vieillard, dit Sébastien d'une voix douce en le regardant avec bonté; laissez-moi d'abord parler à vos fils. Ils savent ce que je veux dire, et vous ne sauriez m'entendre encore; mais, avec la grâce de Dieu, cela vous sera bientôt possible... Votre père a bien raison d'avouer que c'est pour l'amour de lui et de votre mère que vous semblez hésiter à leur préférer Celui qui vous a dit : « Quiconque aime son père « et sa mère plus que moi n'est pas digne de moi. » Vous ne pouvez espérer de procurer la vie éternelle à vos parents en la perdant vous-mêmes. En ferez-vous des chrétiens, si vous reniez le christianisme? Deviendront-ils les soldats de la croix, si vous en abandonnez le drapeau? Leur enseignerez-vous que les doctrines en sont plus précieuses que la vie, si vous les sacrifiez pour sauver la vôtre? Voulez-vous leur procurer, non pas la vie mortelle de ce corps périssable, mais la vie éternelle de l'âme? Eh bien, hâtez-vous de l'acquérir vous-mêmes; jetez aux pieds du Sauveur les couronnes que vous allez recevoir, et implorez-le pour le salut de vos parents.

— Assez, assez, Sébastien, nous sommes prêts, s'écrièrent en même temps les deux frères.

— Claudius, dit l'un, remettez les chaînes que vous m'aviez enlevées.

— Nicostrate, ajouta l'autre, ordonnez qu'on exécute la sentence. »

Mais Claudius et Nicostrate restèrent immobiles.

« Adieu, cher père; adieu, mère bien-aimée, dirent-ils tour à tour en embrassant leurs parents.

— Non, répondit le père, nous ne nous séparerons plus. Nicostrate, allez dire à Chromatius que dès à présent je suis chrétien ainsi que mes fils. Je mourrai avec eux pour cette religion qui a pu en faire des héros.

— Et moi, continua la mère, je ne consentirai pas à être séparée de mon mari et de mes enfants. »

La scène qui suivit défie la description. Tous étaient émus, tous pleuraient; les prisonniers s'unissaient tous dans ce conflit d'émotions nouvelles. Sébastien se vit entouré d'un groupe d'hommes et de femmes touchés par la grâce, adoucis par son influence, et subjugués par son pouvoir; cependant tout était perdu si un seul d'entre eux restait en arrière. Il vit le péril imminent, non pour lui, mais pour l'Église, si on venait subitement à tout découvrir, et aussi pour ces âmes incertaines sur le seuil de l'éternité. Les uns s'attachaient à ses pas; les autres embrassaient ses genoux ou baisaient ses pieds, le prenant sans doute pour cet esprit de paix qui apparut à Pierre dans sa prison, à Jérusalem.

Deux seulement restaient silencieux. Nicostrate était ému peut-être, mais non gagné. Son cœur était remué; mais ses convictions restaient inébranlables. Zoé, sa femme, à genoux devant Sébastien, les bras étendus, le regardait silencieusement et d'un air suppliant.

« Allons, Sébastien, dit le gardien des archives, car tel était l'emploi de Nicostrate, il est temps que vous vous éloigniez. Je ne puis qu'admirer la sincérité de votre foi et la générosité de votre cœur, qui vous font agir ainsi, et qui entraînent ces jeunes gens à la mort; mais mon devoir est impérieux, et doit vaincre mes propres sentiments.

— Ne croyez-vous donc pas avec les autres?

— Non, Sébastien, je ne cède pas si facilement ; il me faut d'autres preuves que celles de votre vertu.

— Oh! parlez-lui, vous! dit Sébastien à Zoé, parlez-lui, femme fidèle, parlez au cœur de votre époux ; je suis sûr de ne pas me tromper en disant que vos regards annoncent que vous, au moins, vous croyez. »

Zoé cacha sa figure dans ses mains, et fondit en larmes.

« Vous avez mis la main sur la plaie, Sébastien, dit son mari : ne savez-vous pas qu'elle est muette?

— Je l'ignorais, noble Nicostrate; car elle pouvait parler lorsque je la vis en Asie pour la dernière fois.

— Depuis six ans, répondit-il d'une voix émue, sa langue, jadis si éloquente, est paralysée, et n'a jamais articulé une seule parole. »

Sébastien resta silencieux pendant un instant; puis tout à coup il étendit les bras, comme le faisaient toujours les chrétiens en prière, éleva ses yeux vers le ciel, et s'écria avec transport :

« O Dieu, Père de Notre-Seigneur Jésus-Christ, daignez achever vous-même l'œuvre que vous avez entreprise. Montrez votre puissance, dont nous éprouvons le besoin. Confiez-la aujourd'hui au plus faible, au plus misérable instrument. Malgré mon indignité, laissez-moi brandir l'épée de votre croix victorieuse, afin que les esprits des ténèbres fuient à son aspect, et que tous mes frères soient sauvés par elle! Zoé, levez encore les yeux vers moi. »

Tout le monde gardait le plus profond silence; Sébastien, après une courte prière intérieure, fit le signe de la croix, avec la main droite, sur la bouche de la muette, en disant : « Parlez, Zoé ; croyez-vous?

— Je crois en Notre-Seigneur Jésus-Christ, » répondit-elle d'une voix claire et ferme. Et elle tomba aux pieds de Sébastien.

Ce fut presque un cri sauvage que poussa Nicostrate en se jetant aux genoux du tribun et en inondant de larmes sa main droite.

La victoire était complète; tout le monde était gagné. Il ne s'agissait plus que de prendre immédiatement des mesures nécessaires pour prévenir une découverte. La personne responsable des prisonniers pouvait les loger où bon lui semblait; Nicostrate les mit tous en liberté dans sa propre maison, ainsi que Tranquillinus et sa femme; de son côté, Sébastien s'empressa de les confier au saint prêtre Polycarpe, du titre de Saint-Pastor. Le cas était si extraordinaire et demandait tant de discrétion, l'époque était si menaçante et les nouvelles causes d'irritation devaient être écartées avec tant de soin, qu'il fallut hâter l'instruction des catéchumènes et la poursuivre nuit et jour, afin de pouvoir leur administrer promptement le baptême.

Ce nouveau troupeau de chrétiens fut à la fois encouragé et consolé par la vue d'une nouvelle merveille Tranquillinus, cruellement tourmenté par la goutte, fut subitement et complètement guéri en recevant le baptême; Chromatius étant préfet de la cité, Nicostrate, responsable envers lui de ses prisonniers, ne pouvait lui cacher plus longtemps ce qui venait d'arriver.

Pour eux, c'était une question de vie ou de mort; mais, fortifiés maintenant par leur foi, ils étaient prêts à tout. Homme d'un caractère droit, le préfet n'aimait pas la persécution, il s'intéressa au récit de l'événement. Lorsqu'il apprit la guérison de Tranquillinus, il fut frappé; car il était victime de la même maladie et en souffrait cruellement. « Si ce que vous racontez est vrai, dit-il, et si je puis éprouver moi-même l'efficacité de ce remède, certainement je ne résisterai pas à l'évidence. »

On manda Sébastien. C'eût été une superstition d'administrer le baptême sans que la foi l'eût précédé, et uniquement pour expérimenter les vertus salutaires de ce sacrement. On prit donc un autre moyen, que nous décrirons plus tard: Chromatius recouvra la santé, et reçut le baptême peu de temps après son fils Tibertius.

Il lui était donc tout à fait impossible de continuer à exercer ses fonctions, qu'il résigna entre les mains de l'empereur. Tertullus, père de l'illustre Corvinus et préfet du prétoire, lui succéda; aussi le lecteur comprendra que les faits que nous venons de raconter, d'après les actes de saint Sébastien, sont un peu antérieurs au commencement de notre récit; déjà, dans un chapitre précédent, nous avons parlé du père de Corvinus comme étant préfet de la cité.

Reportons-nous à cette soirée pendant laquelle Sébastien, accompagné de Pancrace, reçut dans ses appartements la plupart des personnes que nous venons de nommer. Beaucoup d'entre elles demeuraient au palais ou dans le voisinage; Castulus, qui occupait un poste élevé à la cour[1], et sa femme Irène étaient aussi présents. Plusieurs réunions avaient eu lieu précédemment, dans le but de chercher quel était le meilleur plan pour compléter l'instruction des convertis, et soustraire à l'attention du public un si grand nombre de personnes, dont le changement de vie et l'empressement à se démettre de leurs emplois devaient exciter l'étonnement et la curiosité. A la demande de Sébastien, l'empereur avait accordé à Chromatius la permission de se retirer dans une villa de Campanie : on décida qu'un grand nombre de néophytes iraient l'y rejoindre et formeraient une seule famille, afin de continuer leur instruction religieuse et de pratiquer en commun tous les exercices de piété. C'était la saison où tout le monde se rendait à sa campagne, et l'empereur lui-même se disposait à partir pour la côte de Naples, puis de là comptait aller visiter l'Italie méridionale. Le moment était favorable pour mettre à exécution le plan concerté. On rapporte que ce fut le pape qui proposa ce départ de Rome, après avoir célébré les divins mystères, dans la maison de Nicostrate, le dimanche qui suivit cette conversion.

On régla tout pendant cette réunion : de petites troupes devaient partir les jours suivants, par des routes différentes; les uns allaient directement par la voie Appienne; les autres, suivant un chemin de montagne, derrière Tibur, traversaient Arpinum; mais tous devaient se réunir à la villa, non loin de Capoue. Pendant toute la fastidieuse discussion de

[1] On n'a jamais défini exactement ce que c'était.

ces arrangements, Torquatus, un des prisonniers convertis par la visite de Sébastien, se montra téméraire, plein d'impatience et d'impétuosité. Il trouvait à redire à tous les plans, semblant mécontent des avis qu'on lui donnait, et parlait avec mépris de ce qu'il appelait la fuite du péril. Pour lui, disait-il, il était prêt à se rendre le lendemain sur le forum, pour y renverser n'importe quel autel, et se déclarer ouvertement chrétien devant le premier juge qu'il rencontrerait. Rien ne fut épargné pour l'adoucir et le calmer; on sentait combien il était important qu'il partît avec les autres pour la campagne. Il insista cependant pour agir à sa guise.

Il ne restait plus qu'une chose à fixer : c'était de savoir qui se mettrait à la tête de la petite colonne et en dirigerait les opérations. Une lutte affectueuse se renouvela donc entre le saint prêtre Polycarpe et Sébastien; l'un et l'autre souhaitaient de rester à Rome, et de courir le premier la chance du martyre. La question fut tranchée par l'arrivée d'une lettre du pape, adressée à son « cher fils Polycarpe, prêtre du titre de Saint-Pastor », lui enjoignant d'accompagner les convertis et de laisser Sébastien au difficile devoir d'encourager les confesseurs et de protéger les chrétiens dans Rome. Entendre, c'était obéir : l'assemblée se dispersa après une prière de reconnaissance.

Le tribun, ayant tendrement salué ses amis, insista pour accompagner Pancrace jusque chez lui. Comme ils quittaient la chambre, ce dernier dit à Sébastien : « Ce Torquatus ne me plaît point, et je crains qu'il ne nous cause de l'embarras.

— C'est vrai, répondit l'officier, je voudrais qu'il fût autrement; mais n'oublions pas qu'il est encore néophyte; il changera avec le temps et l'aide de la grâce. »

Au moment où ils traversaient la cour d'entrée du palais, ils entendirent un mélange de sons bizarres, mêlés à de grossiers éclats de rire et parfois à des cris sauvages qui paraissaient s'élever de la cour voisine, servant de quartier aux archers mauritaniens. Un grand feu flambait sans doute au centre; car la fumée et les étincelles s'élevaient en tourbillonnant au-dessus de l'enceinte des portiques.

Sébastien accosta la sentinelle placée dans la cour où ils se trouvaient: « Ami, demanda-t-il, que se passe-t-il chez nos voisins?

— L'esclave noire, répondit le soldat, qui est leur prêtresse, et doit épouser leur capitaine, si elle peut racheter sa liberté, vient d'arriver pour accomplir certains rites ténébreux : sa présence est toujours la cause de cet horrible vacarme.

— En vérité, dit Pancrace; et pourriez-vous me dire quelle religion pratiquent ces Africains?

— Je n'en sais rien, seigneur, répondit le légionnaire, à moins qu'ils ne soient ce qu'on appelle des chrétiens.

— Qu'est-ce qui vous le fait croire?

— Mais j'ai entendu dire que les chrétiens se réunissent la nuit pour se livrer à des chants détestables et commettre toutes sortes de crimes;

qu'ils font cuire et dévorent la chair d'un enfant tué pour la circonstance[1]; sans doute c'est là ce qui se passe à côté de nous.

— Bonsoir, camarade, » dit Sébastien; puis, en sortant du vestibule, il s'écria : « N'est-il pas étrange, Pancrace, qu'en dépit de tous nos efforts, et après trois cents ans, le peuple nous confonde avec les partisans des plus dégradantes superstitions, et nous range parmi les idolâtres, que nous abhorrons par-dessus tout; nous qui sommes certains de n'adorer en esprit et en vérité qu'un seul Dieu vivant, nous qui savons avec quelle sollicitude on doit chercher à se préserver des souillures du péché, nous enfin qui préférerions mourir plutôt que de prononcer une parole déshonnête! Jusques à quand, Seigneur, oh! jusques à quand serons-nous ainsi méconnus?

— Aussi longtemps, dit Pancrace en s'arrêtant sur les degrés extérieurs du vestibule et en élevant ses regards vers la lune sur son déclin, aussi longtemps que cette pâle lumière continuera d'éclairer notre marche, et jusqu'à ce que le soleil de justice se lève dans toute sa beauté sur notre pays et l'enrichisse de sa splendeur. Sébastien, dites-moi d'où vous préférez voir se lever le soleil

— Le plus beau lever du soleil que j'aie jamais vu, dit le tribun, répondant volontiers à la singulière demande de son compagnon, c'était du haut du mont Latial[2], près du temple de Jupiter. L'astre du jour surgit derrière la montagne, en projetant son ombre immense, semblable à une pyramide, au-dessus de la plaine et au loin sur la mer; puis, à mesure qu'il s'élevait sur l'horizon, cette ombre diminua et finit par disparaître. A chaque instant la lumière frappait quelque nouvel objet; les galères d'abord et les légers esquifs endormis sur l'Océan, puis le rivage lui-même et les flots qui s'y brisent; un à un les blancs monuments de la cité s'éveillèrent à ses jeunes rayons; enfin Rome la majestueuse et ses temples élevés furent inondés de tous les feux du jour. Quel glorieux spectacle! Ceux qui sont dans la vallée ne le peuvent contempler ou s'en faire la moindre idée.

— C'est bien là ce que j'imaginais, Sébastien, observa Pancrace; il en sera ainsi lorsqu'un autre soleil plus éclatant se lèvera sur ce pays plongé dans les ténèbres. Qu'il sera beau de voir les ombres de la nuit se dissiper et mettre au jour les charmes jusque-là cachés de notre sainte foi et de notre culte! La ville impériale elle-même brillera comme le type divin de la cité de Dieu. Ceux qui vivront alors sauront-ils voir ces splendeurs et les apprécier dignement? Ou bien, bornant leurs regards à l'étroit espace qui les environne, mettront-ils leurs mains devant leurs yeux pour les préserver d'un éclat si soudain et si éblouissant? Je ne sais trop, cher Sébastien; mais j'espère que vous et moi nous pourrons contempler ce grand spectacle du haut d'une montagne plus élevée que celle de Jupiter Albain ou Olympien, je veux dire du sommet de la sainte colline où

[1] C'était l'idée que se faisait le peuple du culte catholique.
[2] Maintenant *Monte Cavo*, au-dessus d'Albano.

se tient l'Agneau, au pied duquel coulent les eaux de la source de vie [1]. »

Ils continuèrent à marcher en silence à travers les rues brillamment éclairées [2]; après avoir atteint la maison de Lucine et s'être affectueusement souhaité une heureuse nuit, Pancrace sembla hésiter un instant et dit : « Sébastien, vous avez dit ce soir quelque chose que je voudrais bien vous entendre expliquer.

— Quelle est cette chose ?

— Lorsque vous débattiez avec Polycarpe votre départ pour la Campanie ou votre séjour à Rome, vous avez promis, si vous restiez, d'être très prudent et de ne pas vous exposer au péril sans nécessité; vous avez ensuite ajouté que votre esprit nourrissait un projet qui vous retiendrait efficacement, mais qu'après son exécution il vous serait difficile de modérer l'ardeur qui vous entraîne à donner votre vie pour le Christ.

— Et pourquoi, Pancrace, désirez-vous tant connaître mes folles pensées ?

— Je l'avoue, je suis vraiment curieux de savoir quel est le motif assez puissant pour diminuer en vous le désir extrême d'atteindre le but que vous savez être le plus élevé de la vie d'un chrétien.

— A mon grand regret, cher enfant, je ne puis vous le dire maintenant; vous le saurez un jour.

— Me le promettez-vous ?

— Oui, très solennellement. Que Dieu vous garde ! »

---

[1] Vidi supra montem Agnum stantem, de sub cujus pede fons vivus emanat. (*Office de saint Clément.*)

[2] Ammien Marcellin nous apprend qu'à la fin de l'empire les rues étaient éclairées le soir de façon à rivaliser avec le jour. « Et hæc confidenter agebat (Gallus) ubi pernoctantium luminum claritudo dierum solet imitari fulgorem. »

CHAPITRE XI

ᴘʀᴏꜰɪᴛᴏɴs du congé que s'accordent les habitants de Rome, qui s'en vont, les uns vers les montagnes environnantes, les autres le long de la côte, depuis Gênes jusqu'à Pæstum, se livrer à tous les amusements que peuvent offrir la terre et la mer, pour donner à notre lecteur quelques renseignements purement scientifiques; ils jetteront peut-être quelque lumière sur le commencement de ce récit, et faciliteront l'intelligence de ce qui va suivre.

En général, l'histoire des premiers siècles de l'Église est étudiée d'une façon très succincte, et les vies des saints sont disposées sans aucun égard à la chronologie; il devient ainsi très facile de se former une idée fausse de nos premiers ancêtres chrétiens, et cela de deux manières.

On croit que pendant les trois premiers siècles l'Église fut malheureuse, agitée et cruellement persécutée; que les chrétiens pratiquaient leur religion avec crainte et tremblement, et vivaient, pour ainsi dire, dans les catacombes; que la religion elle-même, incapable de se développer à l'extérieur, sans organisation à l'intérieur, sans aucun éclat, n'était que tolérée; enfin que ce fut une période de combats et d'épreuves, sans un moment de paix ou de consolation. D'autre part on est amené à supposer que ces trois siècles furent divisés en dix époques par autant de persécutions différentes plus ou moins longues, mais clairement séparées les unes des autres par des intervalles d'une tranquillité profonde.

Ces deux opinions sont également erronées; notre désir est d'exposer avec plus de soin la véritable condition de l'Église chrétienne à cette époque de son histoire, si féconde en événements variés.

Depuis l'instant où la persécution s'abattit pour la première fois sur l'Église, on peut dire qu'elle n'a jamais entièrement diminué ses rigueurs jusqu'à la paix définitive de Constantin. Souvent l'édit de persécution, une fois lancé par son empereur, n'était pas rapporté; son exécution pouvait être moins rigoureuse ou même cesser à l'avènement d'un maître plus doux; mais il ne devenait jamais une lettre morte, et restait toujours une arme dangereuse entre les mains de quelque fanatique ou cruel gouverneur de cité ou de province. Entre les grandes persécutions ordonnées par de nouveaux décrets, nous trouvons beaucoup de martyrs qui gagnèrent leurs couronnes grâce à la furie du peuple ou à la haine que de petits magistrats locaux portaient au christianisme. De là vient aussi que nous entendons parler d'une violente persécution sévissant dans une partie de l'empire, tandis que partout ailleurs on jouit de la paix la plus complète.

Quelques exemples des différentes phases de la persécution feront peut-être mieux connaître qu'un simple récit les véritables relations de la primitive Église avec l'État; le lecteur instruit pourra passer cette digression, ou s'armer de patience pour entendre répéter des choses qui lui sont déjà familières et lui paraîtront banales.

Trajan était loin d'être un empereur cruel; au contraire, il passait habituellement pour juste et clément. Néanmoins, quoiqu'il n'eût publié aucun nouvel édit contre les chrétiens, plus d'un noble martyr, parmi lesquels on remarque, à Rome, saint Ignace, évêque d'Antioche, et saint Siméon, à Jérusalem, glorifia le Seigneur pendant son règne. Et même, lorsque Pline le Jeune le consulta sur la conduite à tenir envers les chrétiens qui seraient traduits devant lui comme gouverneur de la Bithynie, l'empereur lui donna cette règle, qui montre bien le niveau infime où étaient descendues ses idées de justice : « Il ne faut pas les poursuivre, mais punir ceux qu'on vous dénoncera. » Adrien, qui ne rendit pas d'édit contre les chrétiens, répondit de même à une semblable question du proconsul d'Asie Serenius Granianus. Sous son règne, et même par ses ordres, l'intrépide Symphorose et ses sept fils souffrirent un cruel martyre à Tibur ou Tivoli. Une magnifique inscription trouvée dans les catacombes rappelle le souvenir de Marius, jeune officier qui répandit son sang pour le Christ sous cet empereur [1]. Saint Justin, le grand apologiste du christianisme, nous apprend qu'il dut sa propre conversion à la constance des martyrs de cette époque.

De même, avant la promulgation des édits de persécution de l'empereur Septime Sévère, de nombreux chrétiens souffrirent les tourments et la mort. On peut citer les célèbres martyrs de Scilita, en Afrique, sainte Perpétue et sainte Félicité avec leurs compagnons. Leurs actes contiennent le journal de la première, noble dame âgée de vingt ans, qu'elle continua jusqu'à la veille de sa mort; c'est un des documents les plus touchants et les plus admirables que nous ait légués la primitive Église.

Ces faits historiques démontrent avec évidence que s'il y avait de temps en temps, par tout l'empire, une persécution générale du nom chrétien plus active et plus cruelle, il arrivait aussi à certaines époques, et en

---

[1] *Roma subter.,* l. III, ch. XXII.

quelques provinces, qu'elle diminuât de rigueur; parfois même elle cessait universellement. Un événement de ce genre nous a valu les détails les plus intéressants qui se rapportent à notre sujet. Lorsque la persécution de Sévère se fut assoupie en quelques endroits, Scapula, proconsul d'Afrique, la continua sans relâche et cruellement dans sa province. Il avait condamné entre autres Mavillus d'Adrumetum à être dévoré par les bêtes, quand il fut saisi lui-même d'une grave maladie. Tertullien, le plus ancien des écrivains latins, lui envoya une lettre pour l'engager à profiter de cet avertissement céleste et à se repentir de ses crimes; il lui rappela les châtiments qui avaient atteint les juges impitoyables des chrétiens en différentes parties du monde. Telle était la charité de ces pieux fidèles, qu'ils offraient au Ciel d'ardentes prières pour la guérison de leur ennemi.

Il lui apprend encore qu'il peut remplir son devoir sans cruauté, en agissant comme d'autres magistrats. Par exemple, Cincius Severus suggéra aux accusés les réponses qu'ils avaient à faire pour être acquittés. Vespronius Candidus renvoya un chrétien sous prétexte que sa condamnation serait une occasion de troubles. Asper, en voyant un autre près de céder à des tortures légères, ne le voulut pas presser davantage, et exprima son regret d'avoir eu à juger une pareille cause. Pudens, lisant un acte d'accusation, le déclara irrégulier parce qu'il était calomnieux, et le mit en pièces.

Nous voyons ainsi combien l'exécution des édits impériaux variait suivant le caractère, et peut-être suivant les tendances des gouverneurs et des juges; saint Ambroise nous raconte que quelques magistrats se vantaient d'être revenus de leurs provinces sans avoir jamais souillé de sang leurs épées (*incruentos enses*).

Il est donc aisé de comprendre comment, à certaines époques, la persécution pouvait sévir avec fureur dans les Gaules, en Afrique ou en Asie, tandis que la plus grande partie de l'Église demeurait en paix. Mais Rome était bien l'endroit le plus exposé à ces déchaînements d'un esprit hostile; à tel point que, pendant les premiers siècles, ses pontifes semblaient avoir le privilège de répandre leur sang pour attester la foi qu'ils enseignaient. Être élu pape, c'était être promu au martyre.

A l'époque de notre récit, l'Église jouissait d'un de ces moments de paix relative, plus long qu'à l'ordinaire, qui lui permettait de prendre beaucoup d'accroissement. Depuis la mort de Valérien, en 268, il n'y avait pas eu de nouvelle persécution proprement dite, quoique cet intervalle eût été illustré par plus d'un noble martyre. Les chrétiens pouvaient alors donner à la religion tout son développement, et l'entourer même de splendeur. La cité était divisée en districts ou paroisses, ayant chacun leur titre ou église, desservis par des prêtres, des diacres et des ministres inférieurs. Le clergé de chaque église assistait les pauvres, visitait les malades, instruisait les catéchumènes; il administrait aussi les sacrements, accomplissait quotidiennement les cérémonies du culte, et veillait à l'exécution des canons pénitentiaux. Pour subvenir à toutes ces dépenses, on faisait des collectes qui permettaient de remplir les devoirs de l'hospitalité, cette conséquence nécessaire de la charité religieuse. En l'an 250, sous le pontificat de Cornelius, il y avait, dit-on, à Rome, quarante-six prêtres, cent cinquante-quatre ministres inférieurs, entretenus par les aumônes des fidèles, ainsi que quinze cents pauvres[1]. Ce nombre de prêtres correspond assez exactement à celui des églises de Rome, cité par saint Optat.

Les tombes des martyrs dans les catacombes continuèrent cependant à être l'objet de la dévotion des fidèles pendant ces intervalles de tranquillité; ces asiles pour le temps de la persécution furent soigneusement entretenus et réparés; néanmoins on ne s'en servait plus alors que pour les cérémonies du culte.

Les églises dont nous venons de parler étaient souvent publiques, vastes et splendides; les païens assistaient quelquefois aux sermons qui s'y prononçaient, et aux parties de la liturgie auxquelles étaient admis les catéchumènes. La plupart du temps elles étaient renfermées dans les demeures particulières; on consacrait peut-être à cet usage les vastes salles, ou *triclinia*, des maisons les plus considérables; ce qui est arrivé pour un grand nombre des églises de Rome, qui n'ont pas eu d'autre origine. Tertullien parle de l'existence de cimetières chrétiens; le nom qu'il leur donne et les circonstances dont il fait mention indiquent que ce n'étaient pas ceux des catacombes; car il les compare à des « aires », ce qui implique nécessairement qu'ils étaient à ciel ouvert.

Un antique usage de la vie romaine va détruire l'objection que l'on peut élever : comment de si grandes multitudes pouvaient-elles se réunir en ces lieux sans attirer l'attention, et par suite la persécution? C'était l'usage que les gens riches tinssent chaque matin ce que nous pourrions appeler un petit lever, auquel accouraient des inférieurs, des clients, des messagers, esclaves ou affranchis, envoyés par des amis; quelques-uns pénétraient dans l'appartement intérieur, en la présence du maître, tandis que les autres ne faisaient que se montrer et étaient aussitôt congédiés. Des centaines de personnes pouvaient ainsi envahir sa maison opulente et en sortir; ajoutez à cela la foule des serviteurs esclaves, des fournisseurs et autres, qui avaient accès par l'entrée principale ou par la porte de service; on faisait donc peu d'attention à tout ce mouvement.

Si l'histoire ecclésiastique et les actes les plus authentiques des martyrs ne nous en fournissaient pas les preuves les plus évidentes, personne n'ajouterait foi à l'existence d'un autre phénomène très important de la vie sociale des premiers chrétiens, c'est-à-dire du secret qu'ils réussissaient à garder. Sans aucun doute il existait des chrétiens du plus haut rang, occupant des positions élevées et approchant de la personne des empereurs, et qui, malgré cela, échappaient aux soupçons de leurs plus intimes amis païens. Bien plus, il arrivait parfois que les plus proches parents restaient dans une complète ignorance sur ce sujet. Pour garder le secret on n'autorisait jamais aucun mensonge, aucune feinte, aucun acte surtout qui ne

[1] Euseb., *Hist. eccles.*, l. VI, c. XLIII.

fût pas d'accord avec la moralité ou la véracité chrétiennes; mais on prenait toutes les précautions qui, sans blesser la vérité, permettaient de dérober le christianisme aux regards du public [1].

Cette conduite prudente, si nécessaire pour empêcher une persécution, eut souvent de funestes conséquences pour ceux qui l'observèrent. Le monde païen, le monde du pouvoir, de l'influence et des dignités, le monde qui se forgeait des lois à sa guise et les exécutait, le monde qui aimait les prospérités terrestres et haïssait sa foi, se sentait entouré, envahi, pénétré par un système mystérieux qui s'étendait invisible et exerçait une influence dont la source était inconnue. Des familles étaient stupéfaites en découvrant tout à coup qu'un fils, une fille avaient embrassé cette loi nouvelle avec laquelle, à leur insu, ils avaient été en contact, et qu'une imagination échauffée et des préjugés populaires leur faisaient considérer comme stupide, avilissante et antisociale. La haine du christianisme était donc politique autant que religieuse; le système était considéré comme antiromain, comme opposé par ses intérêts à l'extension et à la prospérité de l'empire, et comme soumis à un pouvoir invisible et spirituel. Les chrétiens étaient dénoncés comme *irreligiosi in Cæsares*, « déloyaux envers les empereurs; » c'était assez. Aussi leur sécurité et leur paix dépendaient beaucoup du sentiment populaire. Un démagogue ou un fanatique réussissait-il à l'exciter, ni le démenti donné aux accusations qu'on leur imputait, ni leur maintien tranquille, ni les droits de la vie civilisée ne suffisaient pour les préserver des mesures de persécution qu'il était possible d'ordonner contre eux sans courir aucun risque.

Cette digression terminée, nous allons continuer notre récit et en renouer le fil interrompu.

---

[1] Rien n'est plus difficile assurément, pour une femme, que de cacher sa religion à son mari. Tertullien croit cependant que le cas n'était pas rare. Parlant d'une femme mariée qui se communiait elle-même, chez elle, selon la coutume de ces temps de persécution, il dit : « Faites en sorte que votre mari ne sache pas quelle est la nourriture que vous prenez en secret avant toute autre; s'il découvre que c'est un pain, qu'il en ignore le vrai nom. » (*Ad Uxor.*, lib. II, c. v.) Dans un autre endroit, il parle d'un mari catholique et de sa femme qui se communiaient mutuellement. (*De Monogamia*, c. II.)

CHAPITRE XII

 ES insinuations de l'esclave africaine n'avaient pas été perdues pour l'âme sordide de Corvinus. La haine qu'elle avait vouée au christianisme avait une cause particulière. Une de ses anciennes maîtresses était devenue chrétienne et avait affranchi tous ses autres esclaves; mais croyant qu'elle aurait tort d'abandonner à elle-même une personne d'un caractère aussi dangereux qu'Afra ou plutôt Jubala, son véritable nom, elle la vendit à un autre propriétaire.

Corvinus avait souvent rencontré Fulvius aux bains et en d'autres endroits publics; il l'admirait et lui portait envie à cause de ses avantages extérieurs, de l'élégance de son costume et de la grâce de sa conversation. Mais sa timidité gauche et son caractère morose lui auraient toujours ôté le courage de lui parler, s'il n'avait appris que ses manières plus raffinées étaient celles d'un aussi profond scélérat que lui. L'esprit de Fulvius et son intelligence pouvaient suppléer aux qualités qui manquaient à sa triste personne, dont la force brutale et la stupide hardiesse seraient de précieux auxiliaires pour les qualités distinguées de Fulvius. Il tenait ce jeune étranger en son pouvoir par la découverte qu'il avait faite de son véritable rôle. Il se détermina donc à s'efforcer de gagner l'alliance de celui qui autrement pouvait devenir un rival dangereux.

Environ dix jours après l'entrevue que nous avons décrite, Corvinus alla se promener dans les jardins de Pompée qui environnaient le théâtre du même nom, dans le voisinage de la place Farnèse. Sous le règne de Carinus, un incendie avait récemment détruit ce qu'on appelait la scène de cet édifice; Dioclétien l'avait réparée avec beaucoup de magnificence. Les jardins se distinguaient entre tous par des rangées de platanes qui donnaient un ombrage délicieux; on y avait prodigué les ornements, les animaux sauvages sculptés dans la pierre, les fontaines, les ruisseaux artificiels.

Corvinus, marchant avec distraction, aperçut Fulvius et se dirigea immédiatement vers lui.

« Que me voulez-vous? demanda l'étranger en jetant un regard de surprise et de mépris sur les vêtements négligés de son interlocuteur.

— Je désire échanger avec vous quelques paroles qui pourraient tourner à votre avantage... et au mien.

— Qu'avez-vous à me proposer qui puisse tourner à mon avantage? Quant au vôtre, je sais à quoi m'en tenir.

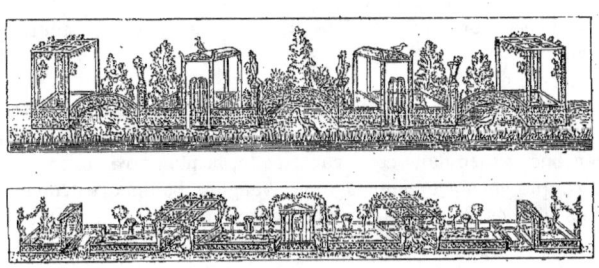

Fig. 26 et 27. — Jardins romains, d'après une peinture antique.
(V. *La Peinture et l'Architecture antiques d'Herculanum*, pp. 77-79; Naples, 1752.)

— Fulvius, je parle simplement, et je ne prétends pas rivaliser avec vous de finesse et d'élégance; nous sommes du même métier, et conséquemment nous serons d'accord. »

Fulvius tressaillit en rougissant, et reprit avec hauteur : « Que voulez-vous dire, misérable ?

— Si vous serrez les poings, répondit Corvinus, pour me faire admirer les riches anneaux qui chargent vos doigts délicats, c'est parfait; mais si c'est une menace, je vous conseille fort de les cacher de nouveau sous les plis de votre toge : c'est plus gracieux.

— Finissons-en. Je vous le demande encore, que me voulez-vous?

— Ceci, Fulvius. » Et il lui dit tout bas à l'oreille : « Vous êtes un espion et un délateur ! »

Fulvius chancela; mais, se remettant : « De quel droit, dit-il, osez-vous proférer contre moi une aussi odieuse accusation?

— Vous avez *découvert*, répondit Corvinus avec emphase, une conspiration en Orient, et Dioclétien... »

Fulvius l'interrompit : « Quel est votre nom, et qui êtes-vous?

— Je suis Corvinus, fils de Tertullus, préfet de la cité. »

Cette réponse sembla tout expliquer. Fulvius ajouta d'un ton radouci : « Pas un mot de plus ici; je vois des amis qui s'avancent. Venez me trouver demain au point du jour, avec un déguisement, dans la voie

Patricienne [1], sous le portique des bains de Novatus. Nous y causerons plus à loisir. »

Corvinus rentra chez lui satisfait de son premier essai de diplomatie. Il emprunta aux esclaves de son père des vêtements encore plus misérables que les siens, et arriva au rendez-vous dès la pointe du jour. Il eut à attendre longtemps ; il commençait à perdre patience, lorsqu'il vit arriver son nouvel ami.

Fulvius était soigneusement enveloppé dans un ample manteau qu'il avait rabattu sur sa tête. Il salua Corvinus :

« Bonjour, camarade; je crains de vous avoir fait attendre par cette froide matinée, d'autant plus que vous êtes légèrement vêtu.

— J'avoue, répliqua Corvinus, que j'aurais éprouvé de la fatigue, si certaines observations que je viens de faire ne m'avaient amusé autant qu'intrigué.

— Qu'est-ce donc ?

— Depuis l'aurore, et même longtemps, je crois, avant que je fusse ici, on a pu voir arriver de tous côtés, et entrer dans cette maison par une porte dérobée, située dans cette rue étroite, la plus rare collection d'êtres misérables que vous ayez jamais vue : aveugles, boiteux, estropiés, décrépits, gens affligés de toutes les difformités imaginables, tandis que par l'entrée principale pénétraient plusieurs personnes évidemment d'une autre classe.

— Savez-vous à qui appartient cette maison ? Elle semble vaste, mais en assez mauvais état.

— C'est la propriété d'un vieux patricien très riche et, dit-on, fort avare. Tenez, en voici d'autres qui approchent. »

A ce moment s'avançait un vieillard débile, courbé par l'âge, soutenu par une riante jeune fille qui causait gaiement avec lui en l'aidant à marcher.

« Nous voici arrivés, lui dit-elle; encore quelques pas, et vous pourrez vous asseoir et vous reposer.

— Merci, mon enfant, répondit le pauvre vieillard ; que vous êtes bonne d'être venue me chercher de si grand matin !

— Je savais, dit-elle, que vous aviez besoin d'être aidé, et comme je suis la personne la plus inutile du monde, j'ai cru que je ferais bien d'aller vous prendre.

— J'avais toujours entendu dire que les aveugles étaient égoïstes, cela paraît naturel; mais vous, Cécilia, vous êtes certainement une exception.

— Pas du tout; c'est seulement *ma* manière de montrer mon égoïsme.

— Que voulez-vous dire ?

— D'abord je jouis de vos yeux, et puis j'ai la satisfaction de vous aider. Vous êtes « l'œil de l'aveugle, » et moi « le pied du boiteux [2]. »

Comme elle disait ces mots, ils arrivèrent à la porte.

[1] Le vcius Patricius.
[2] Job, XXIX, 15.

« Cette fille est aveugle, dit Fulvius à Corvinus; ne remarquez-vous pas comme elle marche avec assurance, sans regarder à droite ou à gauche?

— C'est vrai, répondit l'autre. Cependant cette maison ne me semble pas être l'endroit dont on a tant parlé, où se réunissent les mendiants, où les aveugles voient, les boiteux marchent, et où tous festoient ensemble. Du reste, ils sont bien différents de ceux que l'on rencontre sur le pont d'*Aricia* [1]. Ils ont l'air respectables et même gais; pas un ne m'a demandé l'aumône en passant.

— C'est fort étrange, et j'aimerais à éclaircir ce mystère. Peut-être y aurait-il quelque bon coup à faire. Ne m'avez-vous pas dit que ce vieux patricien est très riche?

— Immensément!

— Hum! comment pénétrer dans la maison?

— J'y suis! je vais ôter mes chaussures, marcher à la façon d'un estropié, me joindre au premier groupe de ces étranges gens, et entrer bravement, en imitant toutes leurs actions.

— Vous aurez peine à réussir; soyez sûr que chacun de ces mendiants est connu de la maison.

— Je suis sûr du contraire; car plusieurs d'entre eux m'ont demandé si c'était là que demeurait la noble Agnès.

— Qui? demanda Fulvius en tressaillant.

— Qu'avez-vous donc? s'écria Corvinus. C'est la maison de ses parents; mais elle est plus connue qu'eux; car c'est une riche héritière, presque aussi riche que sa cousine Fabiola. »

Fulvius s'arrêta un moment : un violent soupçon, trop subtil et trop important pour être communiqué à son grossier compagnon, traversa son esprit. Il dit donc à Corvinus :

« Si vous êtes certain que ce ne sont point des familiers de la maison, essayez votre plan. Comme j'ai déjà rencontré dans le monde la noble Agnès, je vais risquer de pénétrer par la porte principale. Nous aurons ainsi double chance.

— Savez-vous à quoi je songe, Fulvius?

— Sans doute quelque idée lumineuse.

— Je crois que lorsque nous entreprendrons une affaire ensemble, nous aurons toujours deux chances de notre côté.

— Lesquelles?

— Celle du renard et celle du loup quand ils s'unissent pour piller une bergerie. »

Fulvius lui jeta un regard de mépris, auquel Corvinus répondit par un ricanement hideux; et ils se séparèrent pour se rendre à leurs postes respectifs.

---

[1] L'endroit le plus célèbre dans le voisinage de Rome à cause de ses mendiants criards et importuns.

CHAPITRE XIII

 OMME il ne saurait nous plaire d'entrer dans la maison d'Agnès, soit avec le loup, soit avec le renard, nous allons employer un moyen plus fantastique et nous transporter tout à coup à l'intérieur. Les parents d'Agnès représentaient une longue suite d'aïeux, et sa famille, dont la conversion remontait fort loin, pratiquait la vraie foi depuis plusieurs générations. De même que dans les maisons païennes on conservait avec soin la mémoire des ancêtres qui avaient obtenu le triomphe et occupé les charges les plus élevées de l'État, de même aussi cette famille et les autres maisons chrétiennes gardaient avec un pieux respect et une douce fierté le souvenir de ceux de leurs membres qui, depuis plus de cent cinquante ans, avaient remporté la palme du martyre ou occupé les plus éminentes dignités de l'Église. Ainsi anobli, malgré les flots de sang répandu pour le service du Christ qui avaient arrosé ses nobles branches, l'arbre généalogique de la famille n'avait jamais été coupé, et avait toujours survécu aux assauts répétés des orages. Cela pourrait surprendre; mais si nous réfléchissions au grand nombre de ces soldats qui, après toute une campagne fertile en combats, ne reçoivent pas une seule blessure, si nous songions à ces familles nombreuses qui traversent sans souillure les temps de calamité comme la peste, nous serions moins étonnés. Car enfin si la Providence veille au bien de l'Église, en permettant que d'antiques familles gardent intacte la longue chaîne de leurs traditions, n'est-ce pas afin que les fidèles puissent s'écrier : « Si le Dieu des armées n'eût conservé quelques restes d'Israël, Israël aurait été semblable à Sodome et à Gomorrhe[1] ? »

Tous les honneurs et toutes les espérances des parents d'Agnès étaient donc réunis sur une seule tête, sur leur fille, l'unique rejeton de cette

---

[1] Is., 1, 9.

ancienne famille et dont le nom est déjà connu de nos lecteurs. Accordée
à son père et à sa mère au moment où ils commençaient à perdre l'espoir
de perpétuer leur race, elle avait reçu du Ciel, dès l'enfance, un caractère
si doux et si docile, tant d'intelligence, de simplicité et d'innocence, qu'elle
était devenue l'objet de l'amour, et même de la vénération de tous, depuis
ses parents jusqu'aux plus humbles serviteurs. Rien n'avait encore gâté
ou faussé la disposition profondément vertueuse de son naturel. Ses bonnes
qualités, après s'être épanouies dans une juste mesure, avaient mûri,
puis, malgré son âge si tendre, s'étaient transformées en un heureux
mélange de grâce et de sagesse. Elle entrait dans toutes les pieuses pensées
de ses parents, et, comme eux, ne se souciait point du monde. Ils vivaient
ensemble dans un coin du palais élégamment meublé, mais sans luxe. Leur
genre de vie était approprié à leurs besoins. Là venaient les amis avec
lesquels ils avaient conservé quelques rapports intimes; ils n'étaient pas
nombreux, attendu que les parents d'Agnès recevaient peu de personnes
et ne quittaient pas leur intérieur. Fabiola venait de temps à autre visiter
sa jeune cousine, bien qu'Agnès préférât la voir chez Fabius, et lui disait
son impatience de la voir, unie à un digne époux, venir embellir cette
splendide demeure et en rouvrir les portes; car, malgré la loi Voconienne,
alors tombée en désuétude, sur « l'exhérédation des femmes¹ », Agnès
avait considérablement accru la fortune qu'elle pouvait attendre de sa
famille, par des héritages provenant de sources collatérales.

En général, les païens qui les visitaient ne manquaient pas d'attribuer
tous ces arrangements à l'avarice; ils supputaient les richesses immenses
entassées par ces parents sordides, et finissaient par conclure que, derrière
le mur solide qui cachait la seconde cour aux regards du public, tout
devait être en désordre et tomber en ruine.

Il n'en était rien cependant. L'intérieur du palais se composait d'une
vaste cour et d'un jardin, au milieu duquel un triclinium, ou salle à manger
isolée, avait été transformé en église; le haut de la maison, accessible seulement de ce côté, était consacré à l'administration des abondantes aumônes
distribuées par l'Église, qui les considérait comme la grande affaire de son
existence. Tout cela était dirigé et surveillé par le diacre Reparatus et son
exorciste Secundus, officiellement chargés par le souverain pontife de soigner
les malades, les pauvres et les étrangers d'une des sept régions de la cité,
que le pape Caïus avait ainsi divisée, pour cette raison, cinq ans auparavant;
il avait confié chaque région à un des sept diacres de l'Église romaine.

On avait réservé des chambres pour les étrangers qui venaient de loin,
recommandés par d'autres Églises : on leur offrait aussi un frugal repas.
Dans les appartements supérieurs se trouvait l'hôpital pour les malades
alités, les vieillards et les infirmes, confiés aux diaconesses et à ceux des
fidèles qui aimaient à partager avec elles ces œuvres de charité. La jeune
fille aveugle y avait sa chambre, quoiqu'elle refusât, comme nous l'avons
vu, d'y prendre sa nourriture. Le *tablinium*, ou chartrier, était générale-

¹ « Ne quis hæredem virginem neque mulierem faceret; » — Que personne ne pût léguer ses
biens à une jeune fille ou à une femme.

ment une salle détachée, au milieu du passage qui séparait les cours infé-
rieures; il servait de bureau pour l'expédition des affaires de cet établissement charitable; on y conservait aussi les documents d'intérêt local, tels
que les actes des martyrs, recueillis ou mis en ordre par l'un des sept
notaires institués à cet effet par le pape saint Clément Ier, qui avait été
attaché à cette région.

Une porte de communication permettait à la famille de prendre sa part
de toutes ces bonnes œuvres; depuis son enfance, Agnès avait l'habitude
d'entrer et de sortir constamment pendant le jour, de courir partout, et de
passer plusieurs heures dans cet endroit, répandant, comme un ange de
lumière, la consolation et la paix sur tous ceux qu'éprouvaient la souffrance

Fig. 18. — Un diacre, d'après la *Roma sotterranea* de M. de Rossi (I, pl. vi).

et le chagrin. Cette maison pouvait donc être appelée l'aumônerie de la
région ou du district de charité ou d'hospitalité où elle était située; ceux
qui y avaient affaire entraient par le *posticum* ou porte de derrière, qui
s'ouvrait sur une ruelle étroite et peu fréquentée. Il est donc facile de
comprendre que les fondateurs de cet établissement n'étaient pas embarrassés de l'emploi de leurs revenus.

Nous avons entendu Pancrace prier Sébastien de tout arranger pour la
distribution de son argenterie et de ses bijoux parmi les pauvres, sans
qu'on pût savoir quel en était le possesseur. Le tribun n'avait pas perdu
de vue cette commission; il choisit la maison d'Agnès comme la plus
convenable pour ce dessein. Or c'était justement pendant la matinée dont
nous parlons que la distribution devait avoir lieu. Les autres régions
avaient envoyé leurs pauvres, sous la conduite de leurs diacres; Sébastien,
Pancrace et autres personnes de haut rang étaient venus pour aider au
partage; quelques-uns de ces derniers avaient été aperçus en entrant par
Corvinus.

CHAPITRE XIV

LES EXTRÊMES SE TOUCHENT

IEN à propos un groupe de pauvres s'avança alors vers la porte, ce qui permit à Corvinus de se mêler à eux, en les imitant en tout avec une grande perfection, excepté dans la modestie de leur démarche. Il se tint assez près pour entendre que chacun d'eux disait en entrant : *Deo gratias* (grâces soient rendues à Dieu). Ceci n'était pas seulement un mot de passe chrétien, il était aussi catholique ; car saint Augustin nous apprend que les hérétiques tournaient en ridicule les catholiques qui en faisaient usage, et prétendaient que c'était plutôt une réponse qu'une salutation; mais ces derniers le conservèrent comme un pieux usage qui existe encore en Italie.

Corvinus prononça les paroles mystiques, et fut admis à l'entrée. Suivant les autres de près, copiant leurs manières et leurs gestes, il se trouva dans la cour intérieure de la maison, déjà remplie de pauvres et d'infirmes. Les hommes étaient rangés d'un côté, les femmes de l'autre. Au fond, sous le portique, on voyait des tables encombrées de magnifiques pièces d'argenterie, et à côté, une autre table couverte de joyaux brillants. Deux orfèvres s'occupaient à peser et à évaluer consciencieusement ces objets de prix; près d'eux était l'argent destiné à les payer, puis à être équitablement distribué entre tous les pauvres.

Corvinus regardait ces préparatifs d'un œil avide. Il eût donné tout au monde pour s'emparer de ces richesses, et eut presque envie de se précipiter sur quelque chose et de s'enfuir. Il comprit tout de suite la folie d'un pareil plan et résolut d'attendre sa part, en prenant soin de tout observer afin d'en rendre compte à Fulvius. Bientôt cependant il commença à se trouver fort embarrassé de sa position. Tandis que les pauvres se groupaient et s'avançaient ensemble, il restait isolé; il aperçut aussi plusieurs jeunes gens aux manières singulièrement douces, actifs, et qui semblaient avoir une certaine autorité. Ils portaient un vêtement qu'il connaissait bien, la dalmatique, ainsi appelée à cause de la Dalmatie, à laquelle on l'avait empruntée; c'était une tunique plus courte et plus étroite, que l'on mettait par-dessus la tunique ordinaire au lieu de la toge; les manches, assez amples, n'étaient ni trop larges ni trop longues. Les diacres l'avaient adoptée et s'en revêtaient, non seulement à l'église pendant les cérémonies les plus solennelles, mais encore lorsqu'ils s'acquittaient de leurs devoirs secondaires envers les malades et les pauvres.

Ces officiers dirigeaient les assistants et conduisaient à certains endroits, sous les portiques, les gens de leur district particulier, qu'ils semblaient tous connaître personnellement. Mais personne ne reconnut ou ne réclama Corvinus comme étant un des siens; à la fin il demeura seul au milieu de la cour, et son esprit obtus finit par comprendre dans quelle absurde situation il s'était placé. Lui, fils du préfet de la cité, lequel était chargé de punir les violateurs des droits domestiques, il venait de s'introduire par ruse dans l'intérieur d'une maison patricienne, en compagnie de mendiants et vêtu comme eux, sans doute avec quelque intention sinistre au moins contraire aux lois. Pensant à la retraite, il jeta les yeux vers la porte; mais elle était gardée par un vieillard nommé Diogène, et par ses deux fils, dont le sang bouillonnait à la vue d'une pareille insolence, et qui avaient peine à retenir l'explosion de leur colère, en lui lançant des regards furieux et en se mordant les lèvres. Corvinus vit les jeunes diacres se consulter à son sujet, et le regarder de temps en temps; il s'imagina que les aveugles eux-mêmes le contemplaient avec surprise, et que les infirmes allaient brandir leurs béquilles au-dessus de sa tête, comme des haches de combat. Une seule consolation lui restait, évidemment il était inconnu; il espérait donc inventer quelque excuse pour sortir de ce mauvais pas.

A la fin, le diacre Reparatus s'avança vers lui, et l'aborda avec courtoisie.

« Mon ami, lui dit-il, vous n'appartenez sans doute pas à une des régions invitées à se réunir aujourd'hui. Où demeurez-vous?

— Dans la région de l'Alta Semita[1]. »

Cette réponse indiquait la division civile et non la division ecclésiastique de Rome; toutefois Reparatus ajouta : « L'Alta Semita est dans ma région, néanmoins je n'ai aucun souvenir de vous avoir vu. »

En disant ces mots, il fut stupéfait de voir l'étranger devenir d'une pâleur mortelle, et chanceler comme s'il allait tomber, tandis que ses regards étaient fixés sur la porte de communication avec l'appartement des parents d'Agnès. Reparatus jeta les yeux de ce côté, et aperçut Pancrace, qui venait d'entrer, interroger rapidement Secundus. Le dernier

---

[1] C'est la partie supérieure du Quirinal, conduisant à la porte Nomentane, *porta Pia.*

espoir de Corvinus était détruit. Un moment après, Reparatus s'étant retiré à la prière de Pancrace, Corvinus se trouva en présence de son ancien condisciple, à peu près dans la même position qu'à leur dernière rencontre, mais avec cette différence, qu'au lieu d'être environné d'un cercle approbateur de partisans, il était cerné de tous côtés par une multitude qui n'avait de sympathique admiration que pour son rival. Corvinus ne put s'empêcher de remarquer le gracieux développement et le maintien viril que son ancien camarade avait pris depuis quelques semaines. Il s'attendait à de violents reproches, et peut-être au châtiment qu'il eût infligé lui-même en pareille circonstance. Quel fut son étonnement lorsque Pancrace, de sa voix la plus douce, s'adressa à lui en ces termes :

« Corvinus, êtes-vous donc réduit à la misère, ou blessé par suite de quelque accident? auriez-vous abandonné la maison de votre père?

— Je n'en suis pas encore là, j'espère, répondit le misérable, que tant de douceur encourageait à l'insolence; sans doute vous seriez enchanté qu'il en fût ainsi.

— Pas le moins du monde, je vous assure : je ne vous ai point gardé rancune. Aussi, si vous avez besoin de secours, dites-le-moi; bien que vous n'ayez aucun droit à être ici, je vous emmènerai dans une chambre particulière où vous recevrez sans être vu.

— Eh bien, voici la vérité : je ne suis venu ici que par plaisanterie, et je serais enchanté si vous pouviez m'en faire sortir tranquillement.

— Corvinus, dit le jeune homme avec sévérité, ceci est très grave. Que dirait votre père, si j'ordonnais à ces jeunes gens, qui m'obéiraient à l'instant, de vous conduire tel que vous êtes, nu-pieds, vêtu comme un esclave, contrefaisant le boiteux, en plein forum, devant son tribunal, sous l'accusation de ce qui blesse si profondément un Romain, c'est-à-dire d'avoir violé le sanctuaire d'une maison patricienne?

— Au nom des dieux, cher Pancrace, ne m'infligez pas un si terrible châtiment.

— Vous savez, Corvinus, que votre père serait obligé d'agir envers vous comme Junius Brutus ou de résigner sa charge.

— Je vous en conjure, par tout ce que vous aimez, par tout ce que vous considérez comme sacré, ne me déshonorez pas si cruellement moi et les miens. C'est mon père, c'est toute ma famille, et non pas moi seulement, dont vous détruiriez la réputation en consommant leur ruine. Soyez miséricordieux, et je me traînerai à vos genoux afin d'expier mes insultes d'autrefois.

— Assez, assez, Corvinus! ne vous ai-je pas déjà dit que tout était oublié depuis longtemps? Mais écoutez-moi maintenant. Tous ceux qui nous entourent, sauf les pauvres aveugles, ont pu voir votre conduite outrageante : j'ai donc là cent témoins prêts à l'affirmer. Si vous parlez de cette assemblée, bien plus, si vous cherchez à molester quelqu'un de ceux qui y ont pris part, songez que nous avons le pouvoir de vous conduire au pied du tribunal de votre père. Me comprenez-vous, Corvinus?

— Oh! oui, certainement, répondit-il d'un ton plaintif; jamais, aussi longtemps que je vivrai, je ne raconterai à un mortel mon séjour dans ce terrible endroit. Je le jure par les...

— Taisez-vous! nous n'avons que faire ici de ces serments. Prenez mon bras et marchons ensemble. » Puis, se tournant vers les spectateurs de cette scène : « Je connais cette personne, dit-il, elle est venue ici par méprise. »

Ceux-ci, qui avaient pris le ton et les gestes suppliants du misérable pour l'accompagnement obligé du récit de ses malheurs et pour une demande de secours, s'écrièrent ensemble : « Pancrace, vous n'allez pas le renvoyer à jeun et sans assistance?

— Fiez-vous à moi, » fut la réponse. Les officieux portiers s'écartèrent devant Pancrace, qui conduisit Corvinus, toujours feignant de boiter, jusque dans la rue, où il le congédia en disant : « Corvinus, nous voilà quittes; mais n'oubliez pas votre promesse. »

Fulvius, comme nous l'avons vu, était allé tenter la fortune par la grande porte d'entrée. Selon l'usage romain, il la trouva ouverte; car personne n'aurait soupçonné qu'un étranger y pût pénétrer à une heure si indue. Au lieu du portier, le seul gardien de la porte était une petite fille d'environ douze à treize ans, à la figure innocente, et vêtue comme une jeune paysanne. En conséquence, il s'adressa ainsi à la petite gardienne :

« Quel est votre nom, mon enfant, qui êtes-vous?

— Je suis, répondit-elle, Émérentienne, la sœur de lait de la noble Agnès.

— Êtes-vous chrétienne? » demanda-t-il brusquement.

La pauvre et ignorante petite paysanne ouvrit des yeux étonnés. « Oh! non, » répondit-elle. Impossible de ne pas ajouter foi à tant de simplicité; Fulvius se persuada qu'il s'était trompé. Or l'enfant était la fille d'une paysanne autrefois nourrice d'Agnès. La mère venait de mourir, et celle-ci avait envoyé chercher la petite orpheline, dans l'intention de la faire instruire et baptiser; arrivée depuis un ou deux jours, elle n'avait pas encore entendu parler de religion.

Fulvius resta donc fort embarrassé sur ce qu'il devait faire. La solitude qui l'environnait le mettait aussi mal à l'aise que Corvinus devant la foule. Il songea à se retirer, mais cela détruisait toutes ses espérances; il voulait pénétrer dans l'intérieur du palais, mais la crainte de se compromettre d'une façon désagréable le retenait encore. A ce moment critique, qui voit-il traverser légèrement la cour? la jeune maîtresse de la maison, joyeuse, alerte, brillante comme un rayon de soleil. Aussitôt qu'elle l'aperçut, elle s'arrêta, semblant attendre ce qu'il pouvait avoir à lui dire; alors il s'approcha, avec son plus doux sourire, son geste le plus gracieux, et lui parla ainsi :

« J'ai devancé l'heure habituelle à laquelle se présentent les visiteurs, noble Agnès, et je crains d'être indiscret. Mais j'étais impatient de m'inscrire moi-même comme un humble client de votre illustre maison.

— Notre maison, répondit-elle en souriant, ne saurait se vanter d'avoir des clients et ne les recherche pas; nous n'avons aucune prétention à l'influence ni au pouvoir.

— Pardonnez-moi; avec un pareil chef elle a la plus haute influence et le plus grand pouvoir, car elle domine sans efforts et soumet tous les cœurs. »

Incapable de s'imaginer que ces paroles s'adressaient à elle, Agnès répondit avec la plus grande simplicité :

« Oh! que vos paroles sont vraies! Le maître de cette maison dispose, en vérité, de toutes les affections de ceux qui l'habitent.

— Mais, interrompit Fulvius, je fais allusion à cette domination plus douce et plus tendre qu'exercent la grâce et la beauté sur ceux qui peuvent les contempler de près. »

Agnès semblait ravie en extase; ses yeux admiraient une image bien différente de celle que lui présentait ce vil flatteur. Elle répondit en jetant un regard passionné vers le ciel :

« Oui, Celui dont le soleil et la lune, au haut du firmament, considèrent et admirent la beauté, Celui-là est seul mon maître et l'objet de mon amour[1]. »

Fulvius était confondu et perplexe. Le regard, l'attitude inspirée d'Agnès, le son émouvant et harmonieux de sa voix, le sens mystérieux de ses paroles, l'étrangeté de cette scène, le clouaient au sol et fermaient ses lèvres. Comprenant à la fin qu'il allait perdre la meilleure occasion qu'il pouvait jamais espérer de lui découvrir ses sentiments (on ne saurait dire son affection), il s'écria avec audace :

« C'est de vous que je parle, Agnès, je vous conjure de croire à l'expression de mon admiration la plus sincère et à mon ardent amour. »

En achevant ces paroles, il mit un genou en terre et essaya de lui prendre la main; mais la jeune fille bondit en arrière en frémissant, et se couvrit le visage de ses mains tremblantes.

Fulvius se releva précipitamment; il venait d'apercevoir Sébastien qui cherchait Agnès pour la conduire près des pauvres impatients de la revoir, s'avancer à grands pas, l'indignation au visage.

« Sébastien, lui dit Agnès quand il fut près d'elle, cet étranger est entré ici par méprise, il va se retirer tranquillement. » Après quoi elle s'éloigna.

L'officier s'adressa avec calme et fermeté à cet intrus, qui tressaillit sous le feu de son regard : « Fulvius, que faites-vous ici? quelle affaire vous amène?

— Il me semble, répondit-il en prenant courage, qu'ayant rencontré la maîtresse de ce lieu en même temps que vous à la table de sa noble cousine, j'ai aussi bien le droit de me présenter ici que les autres clients volontaires.

— Au moins, je crois que vous pourriez choisir une heure plus convenable.

---

[1] Cujus pulchritudinem sol et luna mirantur, ipsi soli servo fidem. (*Office de sainte Agnès.*)

— L'heure convenable pour un jeune officier, répliqua Fulvius avec insolence, ne l'est pas moins pour moi, à mon avis, quoique je ne sois pas tribun. »

Sébastien, contenant à grand'peine son indignation, malgré l'empire qu'il avait sur lui-même, répondit :

« Fulvius, mesurez vos paroles, et souvenez-vous que deux personnes peuvent être admises dans une famille à des titres bien différents. Néanmoins les rapports les plus familiers et les plus anciens, et, à plus forte raison, une simple rencontre à un repas, ne sauraient autoriser et justifier l'audace de votre conduite envers la jeune maîtresse de cette maison, il n'y a qu'un instant.

— Oh ! vous êtes jaloux, j'imagine, brave capitaine, s'écria Fulvius du ton le plus sarcastique. Le bruit court que vous êtes le candidat acceptable, sinon accepté, à la main de Fabiola. Elle est maintenant à la campagne ; et sans doute vous désirez vous assurer la fortune de l'une ou de l'autre des plus riches héritières de Rome. Il n'y a rien de tel que d'avoir deux cordes à son arc. »

Cet amer et grossier sarcasme blessa au vif les généreux sentiments du noble officier ; s'il ne s'était pas soumis depuis longtemps aux lois de la douceur et de la charité chrétiennes, son ardeur impétueuse eût vaincu sa raison.

« Il y aurait danger pour nous deux, Fulvius, à ce que vous demeurassiez ici plus longtemps. Le congé poli que vient de vous donner la noble dame que vous avez insultée ne suffit pas ; il est donc nécessaire que je sois l'exécuteur plus rude de ses désirs. » Puis il saisit d'une main vigoureuse le bras de cet hôte forcé, et le conduisit à la porte. Dès qu'ils furent dehors, il ajouta en le retenant encore solidement : « Allez en paix, Fulvius, et souvenez-vous qu'aujourd'hui votre indigne conduite vous expose à toutes les sévérités des lois de l'empire. Je vous épargnerai si vous savez vous taire ; mais rappelez-vous que je suis au courant du genre d'occupation qui vous retient à Rome, et que votre insolence de ce matin, que je tiens comme une menace suspendue sur votre tête, me sera garant de votre discrétion. Encore une fois, allez en paix. »

Il ne l'avait pas plus tôt lâché qu'il se sentit lui-même saisi par derrière par un invisible et vigoureux ennemi. C'était Eurotas, à qui Fulvius n'osait rien cacher ; instruit du rendez-vous demandé par Corvinus, il avait suivi son maître et veillait sur lui. L'esclave noire lui avait dévoilé le bas et grossier caractère de ce client de son art magique ; ce qui lui fit craindre un piège. Lorsqu'il crut remarquer une lutte à la porte, il courut traîtreusement derrière Sébastien, qu'il pensait être le nouvel allié de son pupille, et s'élança sur lui avec la rage d'une bête féroce. Mais il n'avait pas affaire à un vulgaire ennemi, et ce fut en vain qu'aidé par Fulvius il essaya de terrasser l'officier. A la fin, désespérant d'en venir à bout par ce moyen, il détacha de sa ceinture une arme légère, bien que mortelle, un casse-tête syrien du travail le plus exquis. Déjà il le brandissait au-dessus de la tête de Sébastien, quand une main de fer le lui arracha

tout à coup, et, après l'avoir fait tourner plusieurs fois sur lui-même,
l'envoya rouler au milieu de la rue.

« Quadratus, je crains que vous n'ayez blessé ce pauvre diable, dit
Sébastien à son centurion, homme d'une stature et d'une force hercu-
léennes, et qui arrivait précisément à cet instant pour se joindre à ses
frères chrétiens.

— Il ne l'a pas volé, tribun, par cette lâche attaque, » répondit-il; puis
ils entrèrent ensemble dans la maison.

Les deux étrangers, confus, quittèrent à la hâte le théâtre de leur
défaite; en tournant le coin de la rue, ils aperçurent Corvinus, qui ne
boitait plus cette fois, et fuyait aussi rapidement que ses jambes le lui
permettaient, après son échec dans l'intérieur de la cour. Les deux héros
de cette matinée se rencontrèrent souvent dans la suite, mais ne firent
jamais aucune allusion à leurs exploits. Chacun d'eux savait bien que son
compagnon n'avait éprouvé que l'insuccès et la honte : ils conclurent
ensemble qu'il y avait à Rome au moins une bergerie que le loup et le
renard ne pourraient emporter d'assaut.

CHAPITRE XV

FRUITS DE LA CHARITÉ

 ROUBLÉ par ce double événement, le calme se rétablit enfin, et on reprit la besogne de la journée. Outre les aumônes considérables distribuées par l'Église, et semblables à celles qu'offrit saint Laurent, il n'était pas rare, dans ces premiers temps, de voir les personnes qui voulaient se retirer du monde faire l'abandon immédiat de tous leurs biens[1]. Sans doute on doit s'attendre à ce que l'Église de Rome imite la noble charité de l'Église apostolique de Jérusalem. Mais ces exemples extraordinaires de générosité étaient naturellement plus fréquents lorsque l'Église était menacée de persécution. Alors les chrétiens qui, grâce à leur position et aux circonstances, se croyaient fondés à espérer le martyre, s'empressaient, pour employer une expression commune, de nettoyer leurs maisons et leurs cœurs de tout ce qui pouvait les attacher encore à la terre et devenir la proie des soldats impies, au lieu de passer aux mains des pauvres, qu'ils constituaient ainsi leurs héritiers[2].

On n'oubliait pas non plus le grand principe qui consiste à faire luire devant les hommes la lumière des bonnes œuvres, tandis que la main qui remplit la lampe y verse l'huile en secret, sous l'œil de celui-là seul à qui rien n'est caché. L'argenterie et les bijoux d'une noble famille publiquement vendus, et leur prix donné aux pauvres, c'est là un acte remarquable de charité qui consola l'Église, excita les âmes généreuses, fit honte aux avares, toucha le cœur des catéchumènes, et amena sur les lèvres du pauvre des bénédictions et des prières. Néanmoins cette main droite qui donna si largement resta tout à fait inconnue à la gauche; l'humilité et la modestie du noble donateur s'abritèrent dans le sein de Dieu, où il avait déposé tous ses biens terrestres, afin qu'ils lui fussent rendus au centuple dans l'éternité.

---

[1] On nous a conservé le souvenir de Népotien, qui, au moment de sa conversion, distribua toute sa fortune aux pauvres. Saint Paulin de Nole en fit autant.

[2] Dabis impio militi quod non vis dare sacerdoti, et hoc tollit fiscus quod non accipit Christus.

C'était précisément ce qui venait d'arriver. Lorsque tout fut prêt, Dionysius, à la fois prêtre et médecin chargé des pauvres, entra, s'assit sur un siège à l'une des extrémités de la cour, et s'adressa ainsi à l'assemblée :

« Chers frères, notre Dieu, dans sa miséricorde, a touché le cœur d'un homme charitable, qui a eu compassion de ses frères plus pauvres que lui, et s'est dépouillé, pour l'amour du Christ, d'une somme considérable. Quel est son nom? Je l'ignore et ne veux pas le savoir. C'est un de ceux qui n'aiment point à placer leurs biens là où la rouille les consume et où les voleurs peuvent chercher à les ravir; mais, comme le bienheureux Laurent, il préfère que ce soient les mains des pauvres du Christ qui les déposent dans le trésor céleste.

« Acceptez donc, comme un don de Dieu, inspirateur de cet acte de munificence, la distribution que l'on va faire : elle sera un secours utile pour les temps de tribulation qui nous menacent. Unissons nos prières, puisque c'est là le seul retour qu'on exige de vous, et offrons à Dieu celle que nous répétons tous les jours pour nos bienfaiteurs. »

Pendant ce bref discours, le pauvre Pancrace ne savait où diriger ses regards. Il s'était caché dans un coin, derrière les assistants. Sébastien, ému de pitié, se plaça devant lui en se faisant aussi large que possible. Son émotion faillit le trahir, quand toute l'assemblée, s'agenouillant et les yeux et les mains élevés vers le ciel, s'écria avec ferveur et d'une voix unanime :

Retribuere dignare, Domine, omnibus nobis bona facientibus propter nomen tuum, vitam æternam. Amen.

On distribua ensuite les aumônes, qui se trouvèrent plus considérables qu'on ne l'espérait. Tous reçurent ensuite une abondante portion de nourriture, et un joyeux banquet termina cette scène édifiante. L'heure était encore peu avancée; toutefois beaucoup d'entre les assistants s'abstinrent de toucher aux mets : une fête spirituelle encore plus délicieuse se préparait pour eux dans l'église titulaire voisine.

Le festin terminé, Cécilia insista pour accompagner son pauvre estropié jusque chez lui, l'y voir en sûreté, et porter pour lui sa lourde besace de toile; ils causèrent si gaiement ensemble, qu'il fut tout stupéfait de se trouver à la porte de son humble mais propre logis. Son guide aveugle lui dit adieu en toute hâte en lui rendant son sac, puis s'enfuit précipitamment et disparut bientôt à ses regards. La besace semblait extraordinairement pleine; il en examina le contenu avec soin, et à son grand étonnement y trouva double part; nouvel examen, même résultat. A la première occasion il s'informa auprès de Reparatus, qui ne put rien lui dire. Mais s'il avait vu Cécilia rire de tout son cœur après avoir dépassé l'angle de la rue, comme si elle venait de jouer un bon tour à quelqu'un, et courir comme une personne que ne gêne aucun fardeau, il eût pu résoudre le problème de sa richesse.

---

[1] « Daignez, Seigneur, accorder la vie éternelle à tous ceux qui nous font du bien en **votre** nom. »

CHAPITRE XVI

N Italie le mois d'octobre est certainement une magnifique saison. Le soleil a perdu sa chaleur, et non sa splendeur ; il est moins brûlant, et toujours radieux. Le matin, à son lever, il inonde de ses feux la nature à son réveil, comme un prince indien, en entrant dans son palais, prodigue au sein de la foule l'or et les pierres précieuses. Les montagnes semblent dresser la tête, et les forêts agiter leurs bras immenses, afin d'attirer sur elles ses royales largesses. Lorsqu'il est arrivé au terme de sa carrière, après avoir traversé un ciel sans nuages, il trouve à l'occident, sur les flots de la mer, un lit d'or liquide sous un dais de nuages empourprés, bordés de légères et brillantes franges, et plus éclatants que la couche de Salomon, ornée des dépouilles d'Ophir. Alors, élargissant son disque, il voile ses rayons, comme pour saluer les lieux qu'il vient de parcourir. Presque aussitôt après avoir disparu à nos yeux, il nous envoie encore, de ce nouveau monde qu'il va visiter et réjouir, de brillants messagers chargés de nous garantir son prompt et joyeux retour. S'il est moins puissant, ses rayons sont plus riches et plus féconds. Il a fallu des mois pour que le bois de la vigne, desséché et flétri, produisît d'abord de vertes feuilles, puis de tendres bourgeons, et enfin de petits bouquets de baies acides et dures ; la végétation a été d'une lenteur désespérante. Mais maintenant l'arbre est couvert de larges feuilles, dignes du nom qu'elles portent dans les pays de vignobles[1] ; les petites baies, espacées entre elles, sont devenues de luxuriantes grappes de raisins. Déjà quelques-unes ont pris une légère teinte ambrée, tandis que celles qui doivent revêtir l'opulente pourpre

---

[1] Pampinus, pampino.

impériale y arrivent rapidement en passant par toutes les couleurs fugitives de l'opale, qui ne lui cède guère en magnificence.

Qu'il est alors agréable de s'asseoir dans un endroit ombragé, au revers d'une colline, et de laisser ses yeux quitter les pages du livre pour contempler les effets changeants du paysage! Quand la brise passe au-dessus des oliviers qui poussent sur les flancs du coteau, elle agite doucement leurs têtes, en produisant mille jeux de lumière et d'ombre parmi leur feuillage diversement coloré. Quand le soleil tour à tour se voile de nuages ou caresse de ses rayons les vallées voisines et le brillant manteau de pampres jetés sur les vignobles, il découvre à nos regards des tons bruns ou jaunissants de cette verdure merveilleuse. Ajoutez à cela les autres couleurs si variées qui enrichissent le tableau : le sombre cyprès, l'yeuse plus triste encore, le verdoyant châtaignier, le chaume brûlé par le soleil, le pin mélancolique, qui est à l'Italie ce que le palmier est à l'Orient, dominant le buis, l'arbousier et le laurier des villas. Remarquez encore, épars sur la montagne, la colline ou la plaine, les fontaines jaillissantes, les cascades rapides, les portiques de marbres étincelants, les statues de bronze et de pierre, les maisons rustiques, aux vives peintures, ornées de fleurs innombrables et entourées de frais gazons; vous aurez alors une faible idée des attraits de ce mois qui, selon l'usage conservé jusqu'à nos jours, avait le privilège de faire sortir les chevaliers et les patriciens romains de ce qu'Horace appelle le bruit et la fumée de Rome, afin de réjouir leurs yeux par la contemplation des tranquilles beautés de la campagne.

Aussi, à mesure que cet heureux mois approche, on ouvre les villas pour renouveler l'air; des armées d'esclaves s'emploient activement à tout ranger et à tout nettoyer; ils taillent les haies d'une manière fantastique, ils nettoient le lit des ruisseaux artificiels, et arrachent les herbes des allées. Le *villicus,* ou intendant de la villa, dirige tout : d'un mot impératif ou à l'aide d'un fouet impitoyable, il fait souffrir un grand nombre d'hommes pour les jouissances d'un seul.

A la fin les routes poudreuses sont encombrées de toutes sortes de véhicules, depuis le lourd chariot chargé de meubles et lentement tiré par des bœufs, jusqu'au char léger rapidement entraîné par un élégant attelage d'impétueux chevaux barbes. Comme les meilleurs chemins étaient fort étroits, et les cochers de cette époque tout aussi délicats en paroles que les nôtres, on peut s'imaginer la confusion, le bruit et les querelles qui retentissaient partout, sans aucune exception. A Sabine, à Tusculum et sur les montagnes d'Albe, s'étendaient de splendides demeures; on y voyait aussi de plus humbles maisonnettes, que Mécène ou Horace n'auraient pas dédaignées. Malgré son terrain plat, la campagne de Rome elle-même montre encore de nombreuses ruines d'immenses maisons de campagne; tandis que depuis l'embouchure du Tibre, tout le long de la côte, à Laurentum, Lanuvium et Antium, jusqu'à Cajeta, Baiæ et autres villes d'eaux à la mode, autour du Vésuve, on peut dire que ce n'était qu'une longue rue de nobles résidences. Ces limites ne suffisaient point à satisfaire la fièvre de villégiature qui saisissait périodiquement les Romains. Le lac Benacus (maintenant lac Majeur, au nord de Milan), celui de Côme et les bords ravissants de la Brenta, recevaient la visite non seulement des habitants des villes voisines et des voyageurs, beaucoup plus rares, d'origine germanique, mais surtout des citoyens de la capitale de l'empire.

C'est vers un de ces « doux yeux de l'Italie [1] », ainsi que Pline nomme ces villas, parce qu'elles en sont le plus bel ornement, que Fabiola se dirigeait rapidement avant que la route fût couverte de voitures, le lendemain de l'entrevue de son esclave noire et de Corvinus. Cette villa, située sur le versant d'une colline qui s'abaissait jusqu'à la baie de Gaëte, était remarquable, comme sa maison de Rome, par le bon goût et la simplicité qui avaient dirigé l'installation des objets les plus précieux. Du haut de l'élégante terrasse qui s'étendait devant la maison, on pouvait contempler les eaux bleues et tranquilles du golfe, bordées du plus délicieux rivage, et semblables à un miroir dans un cadre richement sculpté et doré. Ce tableau enchanteur était relevé par les blanches voiles des galères, des bateaux de plaisance et des barques de pêcheurs que le soleil dorait de ses rayons. D'un côté, on entend des rires bruyants, les barcarolles accompagnées de la harpe de famille en partie de plaisir; de l'autre, s'élèvent les chants plus âpres et moins harmonieux de pêcheurs, ces laboureurs de la mer. Une galerie de treillages, garnis de plantes grimpantes, conduisait aux bains sur le rivage; à moitié chemin elle s'ouvrait sur un petit endroit tapissé de verdure, grâce à une source dont l'eau, aussi claire que le cristal, bouillonnait avec impatience dans un bassin naturel, jusqu'au moment où elle franchissait en murmurant les bords de sa prison, pour s'en aller avec plus de calme, le long de la galerie, se perdre au milieu des flots de la mer. Deux énormes platanes, pareils à ceux qui ornaient l'endroit où Platon et Cicéron s'abandonnaient à leurs recherches philosophiques, abritaient de leur ombrage et préservaient en même temps de la sécheresse et du froid ce terrain classique, où l'on s'était efforcé d'acclimater les plus belles fleurs et les plantes des pays étrangers.

Fabius, pour des raisons que nous expliquerons plus tard, ne faisait jamais à cette villa qu'une courte visite de deux jours à peine; en général, il prétendait alors que ses affaires l'appelaient dans des endroits plus gais, fréquentés par la haute société romaine. La plupart du temps sa fille était seule et jouissait délicieusement de cette solitude. Outre la bibliothèque fort bien garnie de la villa, remplie d'ouvrages d'agriculture ou d'intérêt local, elle apportait tous les ans de Rome une provision de livres, vieux favoris, et toutes les nouvelles productions de la littérature légère, dont elle se procurait à prix d'or les premières copies; elle y joignait aussi quelques-unes de ces œuvres d'art d'un genre moins élevé, qu'on peut distribuer dans les appartements d'une nouvelle demeure, afin d'être toujours environné d'objets familiers. Fabiola passait à peu près toutes les heures de la matinée dans la chère retraite que nous venons de décrire,

---

[1] Ocelli Italiæ.

une cassette pleine de manuscrits à ses côtés. Celui qui serait venu la
visiter cette année aurait été surpris de la trouver presque toujours avec
une compagne..., avec une esclave !

Il est facile de s'imaginer quel fut son étonnement lorsque, le lendemain du repas donné chez elle, Agnès l'informa que Syra avait refusé de
quitter son service, malgré l'offre bien tentante de la liberté. Sa surprise
fut bien plus grande encore en apprenant que c'était par attachement pour
sa personne. Elle ne pouvait néanmoins se rendre le consolant témoignage
d'avoir mérité cette affection par sa bonté, ni par sa reconnaissance pour
tous les soins que lui avait prodigués Syra pendant sa maladie. D'abord
elle crut que Syra agissait ainsi par bêtise ; mais cette explication ne
pouvait satisfaire son esprit. A dire vrai, elle avait souvent lu ou entendu
raconter des traits de fidélité ou de dévouement attribués à des esclaves
au service de maîtres impitoyables[1]. Qu'était-ce donc, pendant plusieurs
siècles, qu'un nombre si restreint d'exemples d'affection, comparés aux
milliers de gens haineux qui l'environnaient ! Cependant elle en avait un
sous les yeux, évident, palpable ; elle ne pouvait s'empêcher d'être vivement frappée. Elle attendit, et observa attentivement Syra, afin de voir
si elle pourrait découvrir dans sa conduite certains airs, certains symptômes annonçant qu'elle s'imaginait avoir fait un acte remarquable, qui
devait attirer l'attention de sa maîtresse. Il n'en fut rien. Syra poursuivit
l'accomplissement de ses devoirs avec la même diligence, et ne laissa
échapper aucun signe qui pût faire supposer qu'elle se croyait moins
esclave qu'auparavant. Le cœur de Fabiola s'adoucissait de plus en
plus ; elle commençait à penser qu'il n'était pas si difficile d'aimer une
esclave, ce qu'elle avait déclaré impossible dans sa conversation avec
Agnès. Elle avait aussi découvert une seconde preuve qu'il y avait sur la
terre un amour désintéressé, une affection qui ne demandait rien en retour.

Depuis l'entretien que nous avons raconté précédemment, elle avait pu
s'assurer, en causant avec Syra, qu'on lui avait donné une éducation
supérieure. La délicatesse l'empêchait de la questionner sur son enfance ;
car elle savait que certains maîtres faisaient élever de jeunes esclaves
avec recherche pour augmenter leur valeur. Bientôt elle s'aperçut encore
qu'elle lisait le grec et le latin avec facilité et élégance, et écrivait cor-
rectement dans ces deux langues. Par degrés, au grand ennui de ses
compagnes, elle améliora sa position. Euphrosyne reçut l'ordre de lui
donner une chambre séparée ; pour la pauvre fille c'était le plus grand
des bienfaits ; elle remplit auprès de Fabiola l'emploi de secrétaire et de
lectrice. Malgré ces faveurs, on ne remarqua aucun changement dans
sa conduite, ni orgueil, ni prétentions ; s'il se présentait un de ces
travaux manuels dont elle était autrefois chargée, jamais elle ne songeait à l'abandonner à une autre, mais elle s'en acquittait avec joie et
simplicité.

Les lectures de Fabiola, d'un genre abstrait et élevé, comme nous

[1] Ces exemples sont cités par Macrobius dans ses *Saturnalia*, lib. 1, et par Valère Maxime.

l'avons déjà dit, roulaient principalement sur la littérature philosophique. Souvent elle fut très surprise de voir comment une simple remarque de son esclave suffisait à réfuter les maximes les plus solides en apparence, et réduisait à rien de longues tirades vertueuses et déclamatoires ; elle suggérait des vérités morales, plus relevées et plus pures, d'une pratique plus aisée que tous les systèmes proposés par ses auteurs favoris. Toutes ces réflexions ne semblaient pas être l'annonce évidente d'un jugement pénétrant uni à un esprit exercé ; ce n'était pas non plus le fruit de lectures étendues, de profondes réflexions ou d'une grande supériorité d'éducation. Quoique les paroles, les idées et la conduite de Syra laissassent entrevoir toutes ces choses, les livres et les doctrines qu'elle lisait maintenant lui étaient certainement inconnus. Il semblait qu'au fond de l'âme de cette pauvre esclave était cachée une sorte de criterium infaillible de la vérité, une clef puissante qui ouvrait sans peine tous les trésors fermés des sciences morales, une corde harmonieuse qui vibrait infailliblement à l'unisson de tout ce qui était juste et vrai, sans pouvoir jamais trouver l'accord avec tout ce qui était injuste, vicieux et même inexact. Quel était ce secret, qui paraissait plutôt une intuition que tout ce qu'elle avait vu jusqu'à présent ? c'était là ce qu'elle voulait découvrir. Fabiola ne pouvait encore comprendre que le dernier et le plus humble dans le royaume des cieux (qu'y a-t-il de plus vil qu'un esclave ?) était plus grand en sagesse spirituelle, en lumières intellectuelles et en privilèges célestes, que saint Jean-Baptiste lui-même, le saint précurseur[1].

Par une délicieuse matinée d'octobre, la maîtresse et l'esclave étaient assises près de la source et occupées à lire, lorsque la première, fatiguée de la pesanteur de l'ouvrage, chercha quelque chose de plus léger et de plus nouveau, et tirant un manuscrit de sa cassette :

« Syra, laissez ce livre ridicule. Voici quelque chose que l'on m'a dit être fort amusant et qui vient de paraître ; cela nous intéressera toutes deux. »

La servante obéit à cet ordre, regarda le titre de l'ouvrage qu'on lui présentait et ne put s'empêcher de rougir. Elle parcourut rapidement les premières lignes, et ses craintes se confirmèrent. C'était une de ces œuvres misérables dont saint Justin se plaint si amèrement, et qu'on laissait circuler partout, malgré leur grossière immoralité et leur mépris de toutes les vertus, tandis qu'on cherchait à empêcher ou à entraver la publication des livres chrétiens. Syra déposa tranquillement le manuscrit, et dit avec fermeté :

« Chère maîtresse, ne m'obligez pas à lire ce livre ; il ne serait pas bon pour moi de le faire, ni pour vous de l'écouter. »

Fabiola fut très étonnée. Elle n'avait jamais songé qu'on pût avoir l'idée de restreindre le champ de ses études. Ce qui, de nos jours, serait trouvé inconvenant pour le public, était une partie de la littérature habituelle du monde élégant. Depuis Horace jusqu'à Ausone, tous les auteurs classiques

---

[1] Matth., XII, 11.

démontrent cette vérité. Quelle loi morale pouvait donc condamner ces grossières lectures, développement d'un système que le ciseau et le pinceau s'efforçaient chaque jour de rendre familier à tous les yeux ? Fabiola, élevée d'après ce système, ne possédait pas de type plus élevé pour la guider dans la distinction entre le bien et le mal.

« Quel danger y a-t-il pour nous ? demanda-t-elle en souriant ; sans doute ce livre raconte beaucoup de crimes et de mauvaises actions ; mais cela ne nous engage pas à les commettre, et, après tout, le récit en est amusant.

— Voudriez-vous, à quelque prix que ce fût, vous en rendre coupable ?

— Non, pas pour tout au monde.

— Cependant, en les lisant, leur image occupe votre esprit ; et, comme ils vous amusent, votre pensée s'y arrête avec plaisir.

— Certainement. Eh bien, après ?...

— Ces images sont impures, ces pensées mauvaises.

— Comment cela serait-il possible ? Pour devenir coupable, ne faut-il pas un acte ?

— Vous avez raison, chère maîtresse ; mais qu'est-ce que la pensée, sinon l'action de l'esprit, ou, comme je l'appelle, de l'âme ? La colère qui fait désirer la mort de quelqu'un est l'action invisible de cet invisible pouvoir ; le coup qui la donne n'est que l'acte machinal du corps, acte aussi facile à discerner que son origine. Qui commande, et qui obéit ? A qui incombe la responsabilité du résultat final ?

— Je vous comprends, dit Fabiola après un court instant de méditation. Il se présente encore une difficulté. La responsabilité existe, prétendez-vous, aussi bien pour l'acte intérieur que pour l'acte extérieur. Envers qui ? Si l'action suit la pensée, on est également responsable de ces deux choses envers la société, envers les lois et les principes de la justice, envers soi-même. Mais s'il ne s'agit que de l'acte intérieur, à qui en doit-on rendre compte ? Qui le voit ? Qui ose le juger ou le contrôler ?

— Dieu, » répondit-elle simplement et avec ferveur.

Fabiola était désappointée. Elle s'attendait à entendre développer quelque nouvelle théorie, quelques principes extraordinaires. Au lieu de cela, elles retombaient dans ce qu'elle croyait être de la superstition, quoique cette crainte fût déjà moins forte chez elle qu'autrefois. « Comment ! Syra, croyez-vous à Jupiter, à Junon ou même à Minerve, qui est peut-être le membre le plus respectable de toute cette famille olympienne ? Croyez-vous qu'ils s'occupent de nos affaires ?

— Loin de là, j'ai leurs noms même en horreur, et je déteste la perversité que leurs histoires et leurs fables symbolisent sur la terre. Non, je ne parle pas des dieux et des déesses ; il s'agit d'un seul Dieu.

— Et comment l'appelle-t-on dans votre système ?

— Il n'a pas d'autre nom que Dieu. Ce nom lui a été donné par les hommes, afin qu'ils puissent s'entretenir de lui ; il ne décrit ni sa nature, ni son origine, ni ses qualités.

— Et quelles sont toutes ces choses ? demanda Fabiola avec une nouvelle curiosité.

— Sa nature, simple comme la lumière, est une et toujours la même en tous lieux, pure, indivisible, pénétrante, répandue universellement, omniprésente et illimitée. Il ne cessera jamais d'exister. La puissance et la sagesse, la bonté, l'amour, la justice et l'infaillibilité dans ses jugements, font partie de sa nature, et sont comme elle sans limites et sans bornes. Lui seul peut créer, lui seul conserver, lui seul détruire. »

Fabiola avait lu bien souvent la description des regards inspirés de la sibylle ou prêtresse des oracles; mais elle n'en avait pas vu jusqu'alors. La figure de l'esclave était animée, ses yeux brillaient d'un doux éclat, son corps était immobile, les paroles coulaient de ses lèvres, de même que d'un léger chalumeau sortent les sons harmonieux dus à un souffle étranger. Ses traits et toute sa personne rappelèrent vivement à Fabiola le regard mystérieux et recueilli qu'elle avait maintes fois remarqué chez Agnès : chez l'enfant, l'expression du visage était plus tendre et plus gracieuse; chez l'esclave, plus ardente et plus inspirée. Que ces natures orientales sont enthousiastes et excitables ! pensait-elle en contemplant Syra ; je ne m'étonne pas que l'Orient soit appelé la terre de la poésie et de l'inspiration. Lorsqu'elle s'aperçut que l'esprit de Syra était moins absorbé, elle ajouta du ton le plus léger qu'elle put prendre : « Syra, pouvez-vous croire qu'un être tel que celui que vous venez de décrire, fort au-dessus de la conception des fables antiques, soit continuellement occupé à surveiller les actions, bien plus, les misérables pensées de millions de créatures ?

— Ce n'est pas une occupation, noble maîtresse, ni même un choix. Je l'ai appelé la lumière. Est-ce une occupation ou un travail pour le soleil d'envoyer ses rayons, à travers les eaux transparentes de cette fontaine, jusque sur les cailloux qui en tapissent le fond ? Remarquez comme d'eux-mêmes ils mettent en relief non seulement les beautés, mais aussi les objets désagréables qui s'y dérobent aux regards. Voyez ces brillantes étincelles que l'eau fait jaillir en tombant sur les pierres raboteuses, et ces bulles légères, semblables à des perles qui montent à la surface pour étinceler un instant avant de s'y briser. A côté de ces poissons d'or qui se réchauffent à la lumière du soleil, voyez aussi ces animaux noirs et repoussants, qui rampent çà et là, cherchant à s'ensevelir au fond des coins les plus obscurs, sans pouvoir y réussir, car la lumière les poursuit. Est-ce donc là un labeur et une occupation pour le soleil qui vient ainsi les visiter ? On pourrait l'affirmer s'il arrêtait ses rayons à la surface de cette eau limpide, et leur défendait d'y faire pénétrer leur clarté. Ce qu'il fait à nos pieds, il le répète aussi facilement pour le ruisseau voisin et pour ceux qui sont à une distance infinie; ses rayons pourront augmenter en nombre et en puissance, sans qu'il nous vienne jamais à l'idée qu'ils seront insuffisants, ou que la lumière s'épuisera avant de les éclairer tous.

— Vos théories sont toujours magnifiques, Syra, et bien extraordinaires, si elles sont vraies, » observa Fabiola après un moment de silence; pendant lequel ses yeux contemplaient fixement la source, comme si elle cherchait à vérifier l'exactitude des paroles de l'esclave.

« Elles ont aussi un accent de vérité, ajouta-t-elle, puisque le mensonge ne saurait être plus beau que la vérité. Qu'il est effrayant de penser que l'on n'a *jamais* été seul, jamais eu un désir en propre ni une pensée secrète; que l'on n'a jamais caché les fantaisies les plus folles, inspirées par l'orgueil et la légèreté, à celui qui ne connaît pas d'imperfections? Terrible pensée, que l'on vit toujours sous le regard immobile de cet œil auprès duquel le soleil n'est qu'une ombre, car il transperce l'âme! C'en est assez pour inspirer un soir la résolution de se donner la mort, afin d'échapper à cette vigilance qui torture. Et cela semble si vrai! »

Fabiola semblait hors d'elle en prononçant ces mots. L'orgueil agitait violemment ce cœur païen; elle était révoltée de ce qu'il lui serait impossible d'être seule avec ses propres pensées, et de ce qu'il existait un pouvoir assez fort pour contrôler ses désirs les plus intimes, ses fantaisies ou ses caprices. Et cette idée revenait sans cesse : Cependant cela semble si vrai! Son cœur généreux luttait contre les efforts de la passion, comme l'aigle, aux prises avec un serpent, cherche à dominer son ennemi à demi vaincu, bien plus par l'énergie de son regard qu'à l'aide de son bec et de ses serres puissantes. Après un combat qui se peignit sur son visage et dans ses gestes, la paix lui fut rendue. Pour la première fois elle parut reconnaître la présence d'un être plus puissant qu'elle, d'un être qu'elle redoutait, et que néanmoins elle souhaitait de pouvoir aimer. Elle humilia son esprit, courba son intelligence jusqu'à ses pieds; son cœur avoua aussi pour la première fois qu'elle reconnaissait un maître et un seigneur.

Syra, en proie à une douce et profonde émotion, observait en silence le travail qui se faisait dans l'esprit de sa maîtresse : elle savait de quelle importance serait l'issue de cette lutte. Si Fabiola, devenue son élève, pour ainsi dire, accueillait la vérité qui se présentait alors à ses regards, avec quelle rapidité marcherait sa conversion! Aussi implorait-elle cette grâce avec ardeur.

A la fin Fabiola releva sa tête, qui s'était courbée comme pour prendre sa part de l'humiliation de son esprit, et dit avec la plus gracieuse bonté :

« Syra, je suis sûre que je n'ai pas encore pénétré les profondeurs de votre science; vous devez avoir encore bien des choses à m'apprendre. » A ces mots, la pauvre esclave rougit d'émotion en versant des larmes de joie. « Aujourd'hui vous avez ouvert mes pensées à un monde nouveau, vous m'avez montré une nouvelle vie. Je comprends qu'il existe une sphère de vertu à l'abri des opinions et des jugements des hommes; je sens qu'il existe un pouvoir qui contrôle, qui approuve et qui *récompense*, est-ce bien cela? » Syra fit un geste d'approbation. « Ce pouvoir se tient toujours près de nous quand personne ne peut nous voir, nous retenir ou nous encourager. Je sens encore que si nous étions condamnés à une perpétuelle solitude, il en serait toujours ainsi pour nous; car cette influence supérieure à tous les principes humains ne peut nous abandonner. Si j'ai bien compris votre théorie, telle est la haute position morale où elle place chaque individu. Tomber au-dessous de cette position, tout en conservant à l'extérieur les apparences de la vertu, n'est qu'une hypocrisie et un crime véritable. N'est-il pas vrai?

— O chère maîtresse, s'écria Syra, comme vous exprimez tout cela mieux que je ne le saurais faire!

— Vous ne m'aviez pas encore flattée, Syra; n'allez pas commencer aujourd'hui. Vous avez jeté une nouvelle lumière sur d'autres sujets qui étaient restés obscurs pour moi jusqu'à présent. Dites-moi maintenant, n'était-ce pas cela que vous vouliez faire entendre, lorsque vous prétendiez, il y a quelque temps, que votre théorie n'admettait aucune distinction entre la maîtresse et l'esclave? C'est-à-dire que cette distinction, étant purement extérieure, sociale et corporelle, ne peut être comparée à cette égalité qui existe devant votre Être suprême, et cette autre égalité morale qu'il peut accorder à l'un de préférence à l'autre, à l'inverse de leur rang dans le monde.

— C'était à peu près mon idée, noble maîtresse, quoiqu'elle renferme aussi d'autres considérations qui n'auraient pas encore d'intérêt pour vous.

— Et cependant, lorsque vous m'en fîtes part, elle me sembla si monstrueuse, si absurde, que l'orgueil et la colère s'emparèrent de moi. Vous en souvenez-vous, Syra?

— Oh! non, non, répliqua la douce esclave, ne parlez pas de cela, je vous en prie.

— Syra, m'avez-vous pardonné ce jour-là? » dit-elle avec une émotion qui lui était inconnue. La pauvre fille ne put y résister. Elle se leva, et, s'agenouillant aux pieds de sa maîtresse, elle voulut lui prendre la main; mais celle-ci la prévint, et pour la première fois de sa vie elle se jeta au cou d'une esclave et pleura.

Elle répandit longtemps de bien douces larmes; le cœur, adouci par degrés, avait pu vaincre l'esprit. Fabiola devint enfin plus calme, et dit en relevant la tête:

« Une chose encore, Syra : ose-t-on offrir un culte à cet être que vous m'avez dépeint? N'est-il pas trop grand, trop élevé, trop loin de nous pour cela?

— Oh! non, chère maîtresse, pas le moins du monde, répondit l'esclave. Il n'est pas éloigné de nous. Nous vivons, nous agissons, nous jouissons de l'existence environnés de la splendeur de sa puissance, de sa bonté et de sa sagesse, aussi bien que de la lumière du soleil. Aussi, puisque nous sommes en lui, nous lui adressons nos demandes non comme à un être qui se tient loin de nous, mais autour de nous, mais en nous; nos paroles vont directement dans son sein, et nos souhaits disparaissent dans les abîmes de son cœur.

— Mais, poursuivit timidement Fabiola, est-ce qu'il n'y a pas quelque

acte solennel, quelque chose comme un sacrifice, par lequel il serait for=
mellement reconnu et adoré? »

Syra hésita, car la conversation s'engageait sur un terrain mystérieux
et sacré, que l'Église ne livrait jamais aux profanes. Elle répondit néanmoins d'une manière affirmative, mais simplement et en général.

« Ne pourrais-je pas, demanda d'un ton encore plus humble sa maîtresse, m'instruire assez dans votre doctrine pour qu'il me soit permis
de lui rendre de plus augustes hommages?

— Je crains que non, noble Fabiola; il est indispensable que la victime
soit digne de la Divinité.

— Ah! oui, c'est juste, répondit Fabiola. Un bœuf est assez bon pour
Jupiter, ou un bouc pour Bacchus; mais où trouver un sacrifice digne de
celui que vous m'avez fait connaître?

— En effet, la victime doit être digne de lui, immaculée, incomparable
et d'une infinie perfection.

— Et quelle est donc cette victime, Syra?

— Lui-même! »

Fabiola cacha son visage dans ses mains; puis, regardant Syra avec
attention, elle dit:

« Je suis sûre qu'après m'avoir décrit avec tant de clarté le sentiment
de grave responsabilité qui inspire habituellement vos actes et vos paroles,
vous me cachez leur sens réel et terrible, que je ne puis comprendre.

— Aussi vrai qu'il entend toutes mes paroles et connaît toutes mes
pensées, j'ai dit la vérité.

— Je n'ai plus la force de continuer maintenant ce sujet, et le repos
m'est nécessaire. »

CHAPITRE XVII

ABIOLA se retira après cet entretien; pendant le reste du jour son esprit fut livré à des alternatives de calme et d'agitation. Chaque fois qu'elle considérait avec attention cette immense perspective de vie morale que son esprit venait d'apercevoir, elle jouissait d'une paix extraordinaire. Il lui semblait avoir découvert un grand phénomène dont la connaissance allait lui permettre de s'élever jusqu'à des régions éthérées et inconnues, où elle n'aurait plus qu'un sourire pour les erreurs et les folies humaines. Mais en réfléchissant à la responsabilité que lui imposait cette lumière, à la vigilance et aux luttes secrètes et gratuites qu'elle exigeait, l'aspect désolé, pour ainsi dire, de cette vertu privée d'admirateurs et de sympathies la faisait reculer devant une existence qu'il fallait passer sans puiser aux sources où elle trouvait autrefois des secours et le soutien nécessaires. Dans son ignorance, elle pouvait voir qu'il lui manquait les instruments ou les moyens indispensables pour mettre en pratique cette magnifique théorie qui, semblable à une lampe brillante, suspendue au milieu d'une salle immense, vide et nue, n'en fait seulement ressortir que la tristesse et l'abandon. A quoi pouvaient donc servir tant de splendeurs prodiguées en vain ?

La matinée du lendemain avait été fixée pour une de ces visites qu'il est d'usage de faire tous les ans à la campagne : il s'agissait cette fois d'aller voir l'ancien préfet de la cité, Chromatius. Notre lecteur doit se souvenir qu'après sa conversion et l'abandon de sa charge, ce magistrat s'était retiré à sa villa de Campanie, emmenant avec lui la plupart des personnes converties par Sébastien, ainsi que le saint prêtre Polycarpe, chargé d'achever leur instruction. Naturellement Fabiola ignorait toutes ces circonstances; mais elle avait entendu parler des bruits singuliers qui circulaient au sujet de la villa de Chromatius. On disait qu'il avait réuni un nombre inaccoutumé de visiteurs, auxquels on ne donnait aucune fête; qu'il avait affranchi tous les esclaves de sa propriété, mais qu'une grande partie d'entre eux avaient préféré rester avec lui; quoique nombreux, ils paraissaient très gais, sans se livrer jamais aux distractions brillantes et aux parties de plaisir. Tout cela stimulait la curiosité de Fabiola, qui désirait aussi s'acquitter d'un agréable devoir de politesse envers un des meilleurs amis de son enfance; du reste, elle était bien aise de voir de ses propres yeux ce qui lui semblait être une expérience très platonique, ou ce que nous appellerions maintenant une utopie.

Fabiola partit de bonne heure dans une légère voiture de campagne attelée de bons chevaux, qui parcoururent avec rapidité les plaines immenses de « l'heureuse Campanie ». Une pluie d'automne avait abattu la poussière, et couvert de perles brillantes les feuilles de la vigne, dont les longues guirlandes, au lieu de ramper à terre, couraient d'arbre en arbre tout le long du chemin. Elle atteignit en peu de temps le petit mamelon, qu'on ne saurait appeler une colline, au sommet duquel on apercevait les murs éclatants de blancheur d'une villa considérable, environnée de massifs de buis, d'arbousiers, de lauriers, dominée çà et là par de gigantesques cyprès. Elle s'aperçut d'un changement qu'elle ne put d'abord expliquer; mais, lorsqu'elle eut dépassé la porte d'entrée, les nombreux piédestaux dépouillés et les niches vides lui rappelèrent que la villa avait entièrement perdu l'un de ses ornements les plus caractéristiques, c'est-à-dire les statues innombrables rangées avec grâce le long des charmilles toujours vertes, et qui lui avaient valu son nom, maintenant dépourvu de sens, de villa *ad statuas* (villa des statues).

Chromatius, qu'elle avait vu jadis marcher avec peine à cause de la goutte, maintenant un vigoureux vieillard, la reçut avec courtoisie, s'informa affectueusement de la santé de son père, et lui demanda s'il était vrai qu'il fût sur le point de se rendre en Asie. Ces paroles attristèrent et mortifièrent Fabiola; car son père ne lui avait point fait part de son intention. Chromatius exprima l'espoir que ce serait une fausse alarme, et lui proposa de parcourir les jardins. Elle les trouva aussi bien entretenus qu'auparavant et remplis de plantes magnifiques; malgré tout, elle regrettait les anciennes statues. Ils arrivèrent enfin à une grotte ornée d'une fontaine où des nymphes et quantité d'autres déesses de la mer prenaient autrefois leurs ébats; ce n'était plus maintenant qu'une surface unie et sombre. A cette vue elle ne put se contenir plus longtemps, et se retourna vers Chromatius en disant:

« Mais que vous est-il donc arrivé, Chromatius, pour que vous ayez impitoyablement chassé toutes les statues de votre charmante villa, et détruit ce qui en faisait le charme et le caractère? Qu'est-ce qui a pu vous y décider?

— Chère Fabiola, répondit gaiement le vieux préfet, ne vous fâchez pas. De quelle utilité étaient toutes ces statues?

— Si c'est là votre idée, répliqua-t-elle, ce n'est pas celle de tout le monde. Mais, dites-moi, qu'en avez-vous fait?

— A vrai dire, je les ai toutes fait passer sous le marteau.

— Comment ! sans m'en avoir prévenue ! Vous savez qu'il y en avait quelques-unes que j'aurais achetées volontiers. »

Chromatius rit de bon cœur, et dit à Fabiola d'un ton familier qu'il pouvait toujours se permettre avec elle, car il la connaissait depuis son enfance :

« Oh ! que votre jeune imagination marche vite ! et ma pauvre vieille langue est forcée de rester en arrière. Je ne parle pas du marteau des vendeurs publics, mais bien de celui des démolisseurs. Les dieux et les déesses ont été mis en pièces, pulvérisés. Si par hasard vous aviez besoin d'une jambe où d'une main à laquelle il manquerait plusieurs doigts, je crois que je pourrais trouver de quoi satisfaire vos désirs. Mais je ne puis m'engager à vous fournir un visage avec un nez ou une tête intacts. »

Fabiola était confondue, et s'écria : « Quel affreux barbare vous êtes devenu, mon cher et vénérable préfet ! Quelle ombre de raison avez-vous à m'offrir pour justifier une conduite si outrageante ?

— Remarquez, je vous prie, qu'en vieillissant je suis devenu plus sage. A mon avis, maître Jupiter et sa femme Junon ne sont pas plus dieux que vous et moi ; je m'en suis donc débarrassé sans peine.

— Oui, cela peut être ; pour moi, sans être ni vieille ni sage, je partage depuis longtemps votre opinion. Mais pourquoi ne pas les garder seulement comme œuvres d'art ?

— Parce qu'elles n'avaient pas été placées ici à ce titre, mais comme divinités ; ce sont autant d'imposteurs introduits chez moi sous de fallacieux prétextes. De même que vous chasseriez de chez vous, comme un intrus, un buste ou une image trouvée parmi ceux de vos ancêtres et appartenant à une autre famille, de même aussi j'ai expulsé ces fourbes qui prétendaient avoir avec moi des liens beaucoup plus intimes. Je n'ai pas non plus voulu les vendre, afin de ne pas courir le risque de propager leurs erreurs.

— Je vous le demande, au nom de la justice, mon vieil ami, n'est-ce pas une imposture d'appeler toujours votre villa *ad statuas,* quand il n'y en a plus une debout ?

— Certainement, répondit Chromatius, amusé par ses saillies ; du reste, vous voyez que j'ai beaucoup planté de palmiers alentour. Aussitôt que leurs têtes s'élèveront au-dessus des arbustes verts, la villa remplacera son nom par celui de *ad palmas* (villa des palmes).

— Ce sera un nom charmant, » dit Fabiola, qui était loin de soupçonner le sens si élevé et si juste qu'il renfermait. Elle ignorait aussi que la villa était une sorte d'école pareille aux gymnases institués pour les lutteurs et les gladiateurs, où l'on élevait des soldats de la foi qui devaient combattre ce grand combat du martyre jusqu'à la mort. On pouvait également dire de ceux qui entraient dans cette maison et de ceux qui en sortaient, qu'ils marchaient tous ensemble à la conquête de cette palme du triomphateur qui serait portée devant eux au pied du tribunal du Christ, comme l'emblème de leur victoire sur le monde. Un grand nombre de palmes devaient être bientôt cueillies dans cette retraite des premiers chrétiens.

Nous raconterons ici l'histoire de la démolition des statues de Chromatius; c'est un curieux épisode des « Actes de saint Sébastien ».

Lorsque Chromatius, en sa qualité de préfet de Rome, eut été informé par Nicostrate de la mise en liberté des prisonniers et de la guérison de Tranquillinus, délivré de la goutte après avoir reçu le baptême, il fit prendre tous les renseignements possibles pour vérifier le fait; ayant ensuite mandé près de lui Sébastien, il lui proposa de se faire chrétien afin de guérir de la même maladie. Naturellement on jugea la chose impraticable, en suggérant un autre moyen qui lui donnerait personnellement une preuve nouvelle et très évidente de la vérité du christianisme, sans lui faire courir le risque de recevoir le baptême avant d'avoir la foi. Chromatius était connu pour le nombre immense de statues idolâtres qu'il possédait; Sébastien lui assura que, s'il consentait à les faire mettre en pièces, il recouvrerait immédiatement la santé. La condition était dure; il y consentit cependant. Son fils Tiburce était furieux, et protesta que si le résultat désiré ne se produisait pas, il ferait jeter Sébastien et Polycarpe dans une fournaise ardente : menace dont l'exécution était peut-être facile pour le fils du préfet.

En un jour deux cents statues païennes furent brisées, aussi bien à la villa que dans le palais de Rome. Une fois la chose terminée, Chromatius ne guérit pas. On fit venir Sébastien, qui fut accablé de reproches. Mais ce dernier, calme et inflexible : « Je suis sûr, dit-il, que tout n'a pas été détruit; on a sauvé quelque chose de la destruction. » Il avait raison. De menus objets avaient été traités plutôt comme ouvrages d'art que comme emblèmes religieux, et, ainsi que les « dépouilles convoitées d'Achan[1] », mis en lieu sûr. Ils furent apportés et détruits; à l'instant Chromatius fut guéri. Il ne fut pas le seul à se convertir; son fils Tiburce devint un chrétien des plus fervents; après avoir versé son sang dans un glorieux martyre, il donna son nom à une catacombe. A sa prière, on lui avait permis de rester à Rome pour encourager et assister ses frères pendant la persécution qui s'approchait; les amis qu'il avait à la cour, son grand courage et son activité, lui permettaient de s'acquitter efficacement de ce devoir. Il va sans dire qu'il était devenu le grand ami et le compagnon assidu de Pancrace et de Sébastien.

Après cette petite digression, reprenons la suite de l'entretien entre Chromatius et Fabiola, qui continua ainsi sa dernière phrase :

« Vous savez sans doute, Chromatius, — mais asseyons-nous dans ce charmant endroit où se trouvait, je m'en souviens, un superbe Bacchus; — vous connaissez, dis-je, tous les bruits qui circulent dans le pays à propos de votre conduite?

— Est-il possible? Qu'est-ce donc? Racontez-moi cela, je vous en prie.

— Il paraît que vous avez chez vous une quantité de personnes incon-

[1] Jos., VII.

nues. Vous ne recevez pas, vous n'allez nulle part, vous vivez en quelque sorte comme des philosophes qui forment une république à la manière de Platon.

— J'en suis très flatté, interrompit Chromatius en s'inclinant avec un sourire.

— Ce n'est pas tout, continua Fabiola; ils prétendent que vous avez adopté un genre de vie extraordinaire, sans aucune distraction; que vous êtes d'une extrême sobriété; en un mot, que vous vous laissez presque mourir de faim.

— J'espère qu'ils sont assez justes pour ajouter que nous payons nos dettes, observa Chromatius. Disent-ils aussi que nous avons un gros compte chez le boucher et les autres fournisseurs?

— Oh! non, dit Fabiola en riant.

— Que c'est aimable à eux! ajouta gaiement le vieux magistrat. Ils semblent, je parle du public, prendre un très grand intérêt à nos affaires. Chère enfant, voyez quelle chose étrange. Aussi longtemps qu'on vécut à ma villa d'une manière un peu libre et indépendante, tant qu'on s'y livra aux conversations légères, à l'intempérance et à toutes les joyeuses saillies de la jeunesse, et qu'on se permit toutes les folies les plus désagréables pour le voisinage, ce qu'on voit partout, — je vous demande pardon pour ces détails, — en un mot, tant que mes amis et moi ne fûmes ni sobres ni irréprochables, personne ne s'informa de notre conduite. Mais que des gens tranquilles se réunissent dans la retraite, la sobriété et le travail, à l'écart des affaires publiques, sans jamais parler de politique ou des bruits du monde, à l'instant la curiosité la plus vulgaire cherche à pénétrer tout ce qui les concerne, et les diplomates du troisième ordre sont dévorés par l'envie de se mêler de ce qui ne les regarde pas. Les bruits les plus mensongers circulent de toutes parts, tandis que les soupçons les plus vils s'attaquent aux motifs qui les font agir. N'est-ce pas là un phénomène?

— C'est vrai; et comment l'expliquez-vous?

— Uniquement par cette faculté qu'ont les petits esprits d'être toujours jaloux de sentiments plus élevés que les leurs; de sorte qu'ils déprécient par instinct ce qui paraît supérieur à leurs propres aspirations.

— Mais quel est donc votre but, cher ami, et quelle est votre manière de vivre ici?

— Nous passons notre temps à cultiver nos facultés les plus élevées. Nous nous levons à une heure extraordinairement matinale, si matinale, que je n'ose vous le dire; après quelques heures consacrées aux devoirs religieux, nous nous occupons d'une façon très variée : les uns lisent, les autres écrivent, d'autres soignent le jardin. Je vous assure que des ouvriers mercenaires ne travailleraient pas mieux ni avec plus de courage que nos agriculteurs improvisés. Nous nous réunissons à certaines heures, pour chanter ensemble des hymnes magnifiques, ne respirant que la vertu et la pureté; nous lisons d'admirables ouvrages, afin de nous soutenir dans le bien, et nous recevons les leçons des maîtres les plus éloquents. Nos repas sont très sobres, et des légumes nous suffisent; j'ai déjà découvert qu'on pouvait être très gai en ne mangeant que des lentilles, et qu'une bonne mine n'est pas toujours la conséquence d'une chère délicate.

— Mais vous êtes devenu un véritable disciple de Pythagore; et moi qui croyais que ce système était hors de mode! Cela doit être aussi fort économique, observa Fabiola d'un air malin.

— Ah! petite rusée! vous croyez vraiment que notre but est de gagner de l'argent. Pas le moins du monde; car nous avons pris une résolution désespérée.

— Et laquelle, je vous prie? demanda la jeune fille.

— Rien moins que celle-ci : nous sommes résolus à ce qu'on ne puisse trouver autour de nous un véritable pauvre. Nous tâcherons cet hiver de vêtir ceux qui sont nus, de nourrir ceux qui ont faim, et de soigner les malades. Toutes nos économies y passeront.

En vérité, c'est là une idée généreuse, bien nouvelle pour notre époque; on ne manquera pas de rire à vos dépens et de se moquer de vous de tous côtés. Ils vous calomnieront encore plus si la chose est possible; mais elle ne l'est pas.

— Comment cela?

— Ne vous offensez pas de mes paroles; ils ont été jusqu'à suggérer que vous étiez peut-être des chrétiens. Mais je vous assure que je les ai contredits avec la plus vive indignation. »

Chromatius lui dit en souriant : « Pourquoi avec *indignation*, chère enfant?

— Mais parce que je vous connais trop bien, ainsi que Tiburce, Nicostrate et votre chère muette Zoé, pour croire un instant que vous ayez adopté ce mélange de stupidité et de fourberie qu'on appelle le christianisme.

— Laissez-moi vous faire une question : Avez-vous pris la peine de lire un seul des ouvrages chrétiens, afin d'apprendre ce que fait et croit en réalité cette secte si méprisable?

— Oh! non, je ne voudrais pas perdre ainsi mon temps; je n'aurais pas la patience d'étudier leur doctrine. Je les méprise trop, ces ennemis de tout progrès intellectuel, ces citoyens d'un patriotisme douteux, livrés à la plus sotte crédulité, et qui autorisent les crimes les plus abominables, pour me risquer à les connaître davantage.

— Eh bien, chère Fabiola, j'étais tout à fait de votre avis; mais j'ai bien changé d'opinion.

— C'est vraiment fort étrange; car, en votre qualité de préfet de la cité, vous avez dû punir un grand nombre de ces misérables, à cause de leur continuelle transgression des lois. »

Un nuage passa sur le front serein du vieillard, et une larme mouilla sa paupière. Il pensait à saint Paul, qui avait autrefois persécuté l'Église de Dieu. Fabiola, qui s'aperçut de ce changement, en fut attristée et lui dit du ton le plus affectueux : « Je crains d'avoir parlé très légèrement et rappelé des souvenirs douloureux pour votre excellent cœur. Pardonnez-moi, cher Chromatius, et causons d'autre chose. Un des motifs de ma visite était de m'informer si vous connaissiez quelqu'un qui allât immédiatement à Rome. J'ai entendu parler en différents endroits du voyage que projette mon père, et je désire lui écrire[1], afin qu'il ne recommence pas ce qu'il a déjà fait, et ne s'éloigne pas sans prendre congé de moi, sous prétexte de m'épargner le chagrin des adieux.

— Oui, répondit Chromatius, il y a un jeune homme qui part demain matin de bonne heure. Venez dans ma bibliothèque écrire votre lettre; celui qui doit la porter s'y trouve probablement. »

Ils retournèrent à la maison et entrèrent dans une salle du rez-de-chaussée remplie de caisses de livres. Un jeune homme assis à une table au milieu de la pièce transcrivait quelques passages d'un gros volume, qu'il ferma et mit de côté en voyant entrer une étrangère.

« Torquatus, dit Chromatius en s'adressant à lui, voici une dame qui désire envoyer une lettre à son père, à Rome.

— Je serai toujours heureux, répondit-il, de servir la noble Fabiola ou son illustre père.

— Comment les connaissez-vous? demanda le juge un peu surpris.

— Dans mon enfance, j'ai eu l'honneur, ainsi que mon père, d'être employé en Asie par le noble Fabius. Ma mauvaise santé m'obligea de quitter cette position. »

De nombreuses feuilles de beau *vellum,* d'une grandeur uniforme, évidemment destinées à recevoir des transcriptions de quelque ouvrage, étaient placées sur la table. Le bon vieillard en mit une avec de l'encre et un roseau devant Fabiola, qui écrivit à son père quelques lignes d'affection. Elle plia la lettre, l'entoura d'un fil et la fixa avec de la cire; elle y imprima ensuite un cachet, qu'elle tira d'une bourse richement brodée. Désirant récompenser plus tard le messager aussitôt qu'elle pourrait le faire convenablement, elle choisit une autre feuille de vellum, y écrivit son nom et sa résidence, et la serra dans les plis de sa tunique. Après avoir accepté quelques rafraîchissements, elle monta dans son char et prit affectueusement congé de Chromatius. Les yeux du vieillard avaient une expression tendre et paternelle, comme s'il croyait ne jamais la revoir. Elle le pensait aussi; pour lui, son cœur était ému de sentiments bien différents. Resterait-elle toujours dans cet état? La laisserait-il périr dans cette ignorance obstinée? Ce cœur généreux, cette noble intelligence, étaient-ils donc condamnés à ramper dans la boue d'un paganisme impitoyable, tandis que chacun des sentiments, chacune des pensées de cette enfant étaient autant de fibres délicates, mais fortes, que la vérité pouvait revêtir du plus riche tissu? Non, il n'en serait pas ainsi; et cependant mille raisons retenaient l'aveu près de quitter ses lèvres; il sentait qu'il ne servirait alors qu'à l'écarter fatalement du chemin qui conduit à la foi.

---

[1] Il n'y avait point de poste alors; les personnes qui désiraient expédier des lettres étaient forcées d'envoyer un messager ou d'attendre une occasion.

« Adieu, mon enfant, s'écria-t-il; que les plus abondantes bénédictions, dont vous ne connaissez pas encore la valeur, vous accompagnent. »

Il détourna la tête en abandonnant la main de Fabiola, et s'éloigna avec précipitation.

Fabiola était aussi émue du mystère autant que de la tendresse de ses paroles; au moment d'arriver à la porte, Torquatus fit signe d'arrêter son char. Elle fut péniblement frappée du contraste qui existait entre les manières aisées, presque familières, quoique respectueuses, du jeune homme, et la douce gravité unie à la bonne humeur de l'ancien préfet.

« Pardonnez-moi la liberté que je prends de vous arrêter, madame, dit-il; mais désirez-vous que votre lettre arrive sans retard?

— Certainement; je souhaite que mon père la reçoive le plus tôt possible.

— Je crains de ne pouvoir vous rendre ce service. Ne devant voyager qu'à pied ou en profitant des occasions peu dispendieuses qui se présenteront sur le chemin, je serai plusieurs jours en route. »

Fabiola hésita un instant et dit : « Serais-je indiscrète en vous offrant de payer les frais d'un transport plus rapide?

— En aucune manière, répondit Torquatus avec empressement, si je puis ainsi mieux servir votre noble maison. »

Fabiola lui tendit une bourse bien garnie, qui pouvait non seulement défrayer son voyage, mais lui laisser une bonne récompense. Il la reçut avec un sourire avide et disparut par une allée latérale. Ses manières causèrent une impression défavorable à Fabiola, qui ne put s'empêcher de croire que ce n'était pas là un digne compagnon pour son cher et vieil ami. Si Chromatius avait pu voir son ardeur à s'emparer de cette bourse, il l'eût comparé à Judas. Quant à Fabiola, elle ne fut pas fâchée de s'être ainsi déliée de l'obligation qu'elle avait contractée envers son messager. Elle chercha donc la petite feuille de vellum sur laquelle était écrit son nom, afin de la détruire, lorsqu'elle s'aperçut qu'on avait tracé quelques caractères sur le côté opposé; car le copiste du volume qu'elle avait vu serrer y avait commencé la suite de son travail. Il ne s'y trouvait d'ailleurs que deux ou trois phrases, qu'elle se mit à lire. Ce fut la première fois que ses yeux s'arrêtèrent sur les paroles suivantes, extraites d'un livre qui lui était inconnu :

« Je vous dis : Aimez vos ennemis, faites du bien à ceux qui vous haïssent, et priez pour ceux qui vous persécutent et qui vous calomnient, afin que vous soyez les enfants de votre Père qui est dans les cieux, qui fait lever son soleil sur les bons et sur les méchants, et qui fait pleuvoir sur les justes et les injustes [1]. »

On peut se figurer l'embarras d'un paysan indien qui a ramassé dans le lit d'un torrent un caillou d'une transparente blancheur, et dont les côtés rugueux et ternes projettent mille étincelles brillantes si l'on en détache quelques fragments. Est-ce un splendide diamant digne d'être placé sur

---

[1] Matth., v, 44.

une couronne royale, ou un caillou sans valeur qu'un mendiant foulerait
aux pieds? Mettra-t-il un terme à son indécision en le lançant au loin, ou
bien le fera-t-il estimer par un lapidaire, qui rira peut-être de sa crédulité? Telles étaient les pensées de Fabiola en retournant chez elle : Qui a
composé ces maximes? Aucun des philosophes grecs ou romains. Elles sont
fausses ou éminemment vraies, d'une moralité sublime ou profondément
dégradante. Y a-t-il des partisans de cette doctrine, ou n'est-ce qu'un
magnifique paradoxe? Je ne veux plus me préoccuper de ce sujet, ou plutôt j'en parlerai à Syra : cela ressemble beaucoup à ses belles et impraticables théories... Non, il vaut mieux n'en rien faire; elle m'épouvante
avec ses vues sublimes, qu'il m'est impossible de réaliser, quoiqu'elles lui
paraissent très simples et très faciles. Mon esprit a besoin de repos. Le
meilleur moyen est de me débarrasser de ce qui me rend si perplexe; et
d'oublier ces paroles importunes. Va donc, au gré du vent, tourmenter
l'esprit de ceux qui te trouveront sur la route... « Ho! Phormion, arrêtez-
vous, et allez me ramasser ce morceau de vélin que je viens de laisser
tomber. »

Le cocher obéit, tout en se disant à lui-même que la feuille de papier
lui semblait avoir été volontairement abandonnée. Fabiola la replaça dans
son sein : ce fut comme un sceau qu'elle posait sur son cœur, car ce
cœur fut calme et silencieux jusqu'au moment de son arrivée à la villa.

CHAPITRE XVIII

E très bonne heure, le lendemain, une mule et un guide s'arrêtèrent à la porte de la villa de Chromatius. On chargea sur la mule deux modestes sacs, contenant tout ce que Torquatus semblait posséder sur la terre. Un grand nombre de ses amis s'étaient levés pour assister à son départ et échanger avec lui le baiser de paix. Souhaitons que ce ne soit pas celui de Gethsémani! Quelques-uns murmurent doucement à son oreille de tendres paroles, et l'exhortent à rester fidèle aux grâces qu'il a reçues; il promet tout avec ardeur, peutêtre avec sincérité. D'autres, connaissant sa pauvreté, lui glissent un petit présent dans la main, et le supplient d'éviter les endroits et les personnes qu'il fréquentait autrefois. Cependant Polycarpe, le chef de la communauté, le prit à part, et le conjura en pleurant, avec de ferventes paroles, de corriger des irrégularités, légères, il est vrai, mais dangereuses, qui se manifestaient dans sa conduite, de réprimer la légèreté de son maintien, et de cultiver avec plus de soin toutes les vertus chrétiennes. Torquatus, pleurant aussi, l'assura de son obéissance; il s'agenouilla aux pieds du bon prêtre, lui baisa les mains, et obtint de lui sa bénédiction. Des lettres de recommandation lui sont ensuite remises pour son voyage, ainsi qu'une petite somme qui devra défrayer ses modestes dépenses.

Enfin tout fut prêt; le dernier adieu, le dernier souhait furent échangés, et Torquatus, monté sur sa mule que le guide tenait par la bride, parcourut lentement l'avenue qui conduisait à la porte. Tout le monde était depuis longtemps rentré à la maison; mais Chromatius était debout, à la même place, et ses yeux, humides de larmes, cherchaient encore à l'apercevoir. C'était bien le regard du père de l'enfant prodigue, assistant au départ de son fils.

9

Comme la villa était loin de la grande route, on avait loué cet humble moyen de transport pour conduire le voyageur jusqu'à Fundi (maintenant Fondi), comme l'endroit qui en était le plus rapproché. Là il trouverait moyen de continuer son voyage; la bourse de Fabiola le mettait fort à l'aise sur ce point.

La route qu'il suivait était belle et variée. Parfois elle côtoyait les bords de la Liris, parsemés de riantes villas et de maisonnettes; puis elle s'enfonçait dans un petit ravin, formé par les dernières collines des Apennins, entouré de rochers, tapissé de myrtes, d'aloès et de vigne sauvage, au milieu desquels broutaient quelques chèvres aussi blanches que la neige. A côté de la route un petit ruisseau sinueux bouillonnait et murmurait en affectant les allures d'un torrent de montagne, tant il se donnait de mouvement, tant il faisait de tapage et roulait d'écume; il semblait se féliciter bruyamment d'avoir produit une cascade en sautant deux pierres à la fois, avant de disparaître dans un abîme dont une longue feuille d'acanthe cachait les profondeurs. Puis la route s'élevait de nouveau et permettait d'admirer l'immense jardin de la Campanie, et dans le fond les eaux bleues de la baie de Cajeta, où l'on voyait briller les blanches voiles des barques; elles ressemblaient de loin aux bandes nombreuses d'oiseaux aquatiques qui effleurent de leurs ailes brillantes la surface tranquille d'un beau lac.

Quelles étaient les pensées du voyageur au milieu des scènes variées de ce nouvel acte de son existence? Jouissait-il de toutes ces beautés? Excitaient-elles son admiration? Son cœur en était-il adouci ou abattu? Il ne les voyait pas. Son regard contemplait bien au delà les frais portiques et les rues animées de la capitale. Les jardins poudreux avec leurs fontaines artificielles, les bains de marbre et les voûtes aux riches peintures avaient plus de charme à ses yeux que les frais coteaux couverts de vignes dans leur parure d'automne, les ruisseaux limpides, l'océan de pourpre et l'azur du ciel. Sa pensée ne s'arrêta pas un instant sur les crimes et les impiétés qui s'y commettent, sur la luxure, la débauche, les sacrilèges, les indignités, les calomnies, les trahisons et les impuretés de Rome. Oh! non, un chrétien n'avait rien de commun avec tout cela. Parfois son imagination vagabonde lui faisait voir, dans le coin obscur d'une salle des Thermes, une table autour de laquelle des joueurs à l'air sombre jetaient leurs dés d'une main avide; il sentit alors le frisson d'une passion mal éteinte; mais en même temps deux yeux aussi doux que ceux de Polycarpe apparurent derrière la table, et, s'arrêtant sur lui, le tirèrent de sa torpeur. Puis il se vit encore assis à une riche table de bois d'érable; devant lui le vin de Falerne brille comme un rubis enchâssé dans l'or de sa coupe, et circule alentour en faisant naître mille paroles légères, filles de l'intempérance. Mais le visage courroucé de Chromatius se dresse en face de lui, et son regard sévère met en fuite ces images coupables.

En réalité il ne regrettait que les distractions innocentes de la cité impériale; ses promenades, sa musique, ses peintures, ses magnificences et sa beauté, étaient l'unique objet de ses désirs. Il oubliait que tous ces plaisirs n'étaient que des accessoires pour cette foule haletante d'êtres

humains, dont elle excitait les passions, enflammait les désirs et l'ambition, détruisait tous les bons mouvements et énervait les esprits. Pauvre
jeune homme, qui croyait marcher dans cette fournaise, et n'en pas sentir
les atteintes! Pauvre papillon, qui veut voler à travers les flammes sans
se brûler les ailes!

Absorbé par ses rêves, il s'avançait le long d'un défilé étroit et profond,
lorsqu'il en atteignit soudain l'extrémité, en face d'une petite anse baignée
par les flots de la mer; au milieu, un léger esquif se tenait solitaire et
immobile. Cette vue lui rappela une histoire de son enfance, vraie ou
fausse, peu importe : il lui semblait qu'elle se passait devant ses yeux.

Il y avait une fois un jeune et hardi pêcheur qui vivait sur les côtes de
l'Italie méridionale. Par une nuit orageuse et sombre, son père et ses
frères n'osèrent pas s'embarquer dans leur bonne et solide barque; en
dépit de toutes leurs remontrances, il se décida à partir seul dans la frêle
et petite nacelle qu'elle traînait à sa remorque. Il tint bon devant l'orage,
jusqu'à ce que le soleil se levât chaud et brillant sur la mer unie comme
une glace. Accablé de fatigue et de chaleur, il s'endormit; mais il fut
réveillé peu après par de grandes clameurs qu'il entendait au loin. Il
regarde autour de lui, et aperçoit la barque de ses parents; ceux-ci, sans
chercher à se rapprocher, l'appellent de la voix et du geste. Que veulent-
ils? Que signifient ces cris? Il saisit ses avirons, et se met à ramer vigoureusement de leur côté. Quelle n'est pas sa surprise de voir le bateau vers
lequel il avait dirigé la proue de sa petite barque apparaître à sa droite?
Un instant après, quoiqu'il eût repris la bonne direction, il le vit à sa
gauche. Évidemment il décrivait un cercle; revenu à son point de départ,
il recommençait déjà à suivre une courbe encore plus étroite. Un horrible
soupçon traversa tout à coup son esprit; il jeta sa tunique, et se précipita
comme un fou sur ses rames. En vain parvenait-il à briser çà et là le
cercle fatal; il tournait sans cesse en s'approchant du centre, qui n'était
qu'un affreux abîme où les eaux écumantes s'engouffraient en rugissant.
En proie au désespoir, il jeta ses avirons, et, se dressant dans sa barque,
il agita ses bras comme un insensé; un oiseau de mer, qui passait alors en
jetant des cris aigus, l'entendit crier aussi haut que lui : « Charybde[1]! »
Sa malheureuse nacelle décrivait maintenant des cercles qui avaient à peine
deux ou trois fois sa longueur; il se coucha au fond, ferma ses yeux et
ses oreilles avec ses mains, il retint son haleine jusqu'au moment où il
vit les eaux se rejoindre au-dessus de sa tête, et où il se sentit lui-même
entraîné dans les profondeurs du gouffre.

Je serais curieux de savoir, se dit Torquatus, si personne a jamais péri
de cette façon. Ou bien n'est-ce qu'une allégorie, et alors que signifie-
t-elle? Quelqu'un pourrait-il être ainsi entraîné à la perte de son âme?
Et les pensées qui m'agitent seraient-elles un de ces cercles qui m'aurait
déjà saisi, et...

« Fundi! » s'écria le muletier en indiquant du doigt une ville qui appa-

---

[1] Tourbillon entre l'Italie et la Sicile.

rut à leurs yeux; un instant après, les pieds de la mule résonnèrent sur
les larges dalles de ses rues.

Torquatus regarda ses lettres, et garda celles qu'il devait laisser en cet
endroit. Il fut conduit dans une petite auberge de modeste apparence par
son guide, qu'il paya généreusement; ce qui n'empêcha pas ce dernier de
se retirer en murmurant et en jurant qu'il était le plus avare des voyageurs. Il s'informa ensuite de la demeure du maître d'école Cassianus, le
trouva et remit sa lettre. Torquatus fut reçu avec autant de bonté que
dans sa propre famille. Son hôte lui offrit de partager son frugal repas,
pendant lequel il lui raconta son histoire.

Né à Fundi, il avait établi à Rome, longtemps auparavant, l'école que
nous connaissons déjà et avait eu des succès. Mais, craignant une persécution et se sachant découvert, il vendit son école et se retira dans sa ville
natale, où les principaux habitants lui promirent leurs enfants après les
vacances. Pour lui, un chrétien était un frère; aussi parla-t-il librement
de sa vie passée et de ses espérances dans l'avenir. Une étrange idée vint
à l'esprit de Torquatus, qu'il pourrait un jour battre monnaie avec ces
précieux détails.

Il était encore de bonne heure lorsque Torquatus prit congé, en disant
qu'il avait affaire en ville, et sans permettre à son hôte de l'accompagner.
Il alla donc s'acheter des vêtements plus convenables, et commander dans
la meilleure hôtellerie deux chevaux avec un guide pour le suivre. Afin de
remplir la commission de Fabiola, il était indispensable de voyager promptement, en changeant de chevaux à chaque relais, et de ne pas s'arrêter
la nuit : ce qu'il fit jusqu'à son arrivée à Boville, située auprès des montagnes d'Albe. Là il se reposa, changea ses vêtements de voyage, et che-
vaucha gaiement entre deux rangées de tombeaux, jusqu'à la porte de
cette cité, qui cachait derrière ses remparts plus de bien et de mal que
n'importe quelle province de l'empire.

CHAPITRE XIX

CHUTE.

ORQUATUS, élégamment vêtu, se rendit immédiatement au palais de Fabius, remit la lettre, répondit à toutes les questions, et accepta sans trop se faire prier une invitation à souper pour le soir même. Il se mit ensuite en quête d'un logement convenable qui répondit à l'état actuel de sa bourse; ce qui ne fut pas difficile.

Fabius, comme nous l'avons dit, n'accompagnait jamais sa fille à la campagne et l'y visitait rarement. Il n'avait aucun goût pour les vastes prairies et les gais ruisseaux; les conversations frivoles de l'élégante société romaine avaient sa préférence. Pendant l'année, la présence de Fabiola le forçait à se contraindre; mais lorsqu'elle allait en Campanie avec tous ses gens, il se passait de singulières scènes dans sa maison, et l'on y voyait des personnages qu'il n'aurait jamais osé admettre en sa présence. Sa table était le rendez-vous des débauchés; l'orgie, qui se prolongeait presque toute la nuit, le jeu et les propos licencieux étaient généralement la suite de ces repas splendides.

Après avoir invité Torquatus à souper avec lui, il se mit à la recherche d'autres convives. Il rencontra bientôt une troupe de parasites qui rôdaient dans ses promenades favorites en quête d'une invitation.

Comme il rentrait chez lui, en revenant des bains de Titus, il aperçut, dans le bosquet qu'environnait un temple, deux personnes causant avec animation. Après les avoir considérées un instant, il s'avança vers elles, et attendit à quelque distance qu'une pause dans la conversation lui permit de les aborder. Voici à peu près quel en était le sujet.

« Ces nouvelles sont donc certaines?

— Assurément. Il est positif que le peuple s'est soulevé à Nicomédie et a livré aux flammes l'église des chrétiens, comme on l'appelle; et cela, à côté et en vue du palais. Mon père l'a appris ce matin du secrétaire de l'empereur.

— Ces chrétiens sont donc fous d'aller bâtir un temple dans l'endroit le plus apparent de la métropole! Ils devraient savoir que tôt ou tard l'esprit religieux de la nation doit se lever contre eux et contre ce qui offusque ses regards; or que peut-il y avoir de plus désagréable pour le peuple que le spectacle d'une religion étrangère?

— En vérité, mon père a raison de dire que, si ces chrétiens avaient le moindre bon sens, ils devraient se cacher dans les plus obscures retraites, tandis que l'excessive humanité de nos princes veut bien les tolérer pour quelque temps. Puisqu'ils refusent d'adopter ce parti, et préfèrent bâtir des temples publics, au lieu de se retirer dans les ruelles, comme ils faisaient auparavant, eh bien! tant pis pour eux. On peut faire sa réputation et sa fortune en poursuivant ces odieuses gens, et en les détruisant si c'est possible.

— Comme il vous plaira; mais venons à notre affaire. Il est bien convenu entre nous que si nous découvrons de riches chrétiens, pas trop puissants pour commencer, nous partagerons le butin. Nous nous aiderons mutuellement. Vous proposez des moyens hardis et violents : je me tairai quant aux miens. Chacun de nous aura tout le profit de ses découvertes personnelles, et prendra sa part de celles que nous devons partager. Est-ce bien cela?

— Oui, tout à fait. »

A ce moment Fabius s'avança, en disant d'un air affable : « Comment vous portez-vous, Fulvius? Il y a un siècle que je ne vous ai vu; venez souper avec moi ce soir, je réunis quelques personnes. Votre ami Corvinus, je crois (ce dernier salua gauchement), vous accompagnera sans doute.

— Je vous remercie, répondit Fulvius; mais je crois m'être déjà engagé ailleurs.

— C'est impossible, dit l'excellent patricien, il n'est resté personne en ville avec qui vous puissiez souper, si ce n'est moi. La peste est donc dans ma maison? on ne vous y a pas revu depuis le jour où vous y avez dîné avec Sébastien et où vous vous êtes querellés ensemble. Êtes-vous en proie à quelque charme magique qui vous en éloigne? »

Fulvius pâlit, et tira Fabius à part en lui disant : « A vous parler franchement, c'est quelque chose de ce genre-là.

— J'espère, répondit Fabius un peu étonné, que la noire sorcière ne vous a pas joué quelque tour de son métier; je souhaiterais de tout mon cœur qu'elle fût hors de chez moi. Allons, continua-t-il d'un ton de bonne humeur, n'étiez-vous pas, l'autre soir, sous l'influence de charmes bien plus puissants? J'ai les yeux ouverts; j'ai bien vu que votre cœur s'était laissé surprendre par les charmes de ma petite cousine Agnès. »

Fulvius le regarda avec quelque surprise, et répondit après un court moment de silence : « Quand cela serait, j'ai bien vu que votre fille avait pris la résolution d'empêcher la réussite de mes projets.

— Dites-vous vrai? Voilà ce qui explique vos refus obstinés de revenir chez moi. Fabiola est un philosophe et n'entend rien à tout cela. Plût aux dieux qu'elle consentît à abandonner ses livres et songeât à s'établir elle-même au lieu d'en empêcher les autres! Mais j'ai de meilleures nouvelles à vous donner; Agnès vous porte autant d'intérêt que vous lui en portez vous-même.

— Est-ce possible? Comment pouvez-vous le savoir?

— En vérité, je vous l'aurais dit il y a longtemps, si vous n'aviez pas tant cherché à m'éviter : elle m'a tout confié le jour même.

— A vous?

— Oui, à moi; vos bijoux ont gagné son cœur. C'est tout ce qu'elle m'a dit. J'étais sûr qu'elle voulait parler de vous. Maintenant je n'en doute pas. »

Fulvius crut qu'il s'agissait des riches joyaux étalés sur sa personne, tandis que le patricien songeait à ceux qu'il s'imaginait avoir été offerts à Agnès. « Malgré son maintien réservé, c'est une proie facile, pensait Fulvius; si je puis bien conduire ma barque, le rang et la fortune sont à mes pieds. » Fabius interrompit ainsi ses rêves : « Allons, marchez hardiment, et vous remporterez la victoire, malgré Fabiola. Je vous le promets. Vous n'avez rien à craindre d'elle maintenant. Elle est absente avec toute sa maison; l'appartement qu'elle habite est fermé, et nous entrerons par derrière dans la partie la plus agréable de ma demeure.

— Je viendrai donc sans faute, répondit Fulvius.

— Et votre ami Corvinus aussi, » ajouta Fabius en s'éloignant.

Nous n'entreprendrons point de décrire le banquet; disons seulement que les vins les plus rares coulèrent avec abondance, et que presque tous les convives étaient plus ou moins échauffés et excités. Seul Fulvius garda son sang-froid.

La conversation tomba sur les nouvelles d'Orient. Après la destruction de l'église de Nicomédie, on avait essayé à plusieurs reprises de mettre le feu au palais impérial. Il n'y avait pas le moindre doute que ce ne fût d'après les ordres de l'empereur Galérius; mais il en accusa les chrétiens, et par là excita Dioclétien à devenir, malgré lui, leur plus féroce persécuteur. Tout le monde prévoyait que, dans quelques mois, l'édit impérial ordonnant cette œuvre de destruction arriverait à Rome, et trouverait Maximien tout disposé à l'entreprendre.

Les convives étaient généralement d'avis qu'il fallait frapper cet ennemi à terre; car il est rare de trouver des cœurs assez héroïques pour montrer de la générosité à ceux que poursuit la haine populaire. Les plus libéraux mêmes trouvaient de bonnes raisons pour que les chrétiens fussent exceptés de toute mesure de clémence. L'un ne pouvait supporter leur mystère, l'autre était irrité de leurs progrès supposés; celui-ci les croyait ennemis de la gloire de l'empire, celui-là les considérait comme un élément étranger dans l'État, et qu'il était important de retrancher. Leurs doctrines sont détestables, disait-on, et leurs pratiques infâmes. Pendant tout ce débat, si l'on peut lui donner ce nom, puisque les deux camps en venaient aux mêmes conclusions, Fulvius, promenant ses regards d'un convive à l'autre, avait fini par les arrêter sur Torquatus avec une expression de mauvais augure.

Le jeune homme était silencieux; son visage pâlissait et rougissait tour à tour. Le vin lui avait donné une sorte de courage audacieux que de solides principes retenaient encore : tantôt il serrait ses poings crispés contre sa poitrine et se mordait les lèvres; tantôt il émiettait son pain avec ses doigts ou vidait sans y faire attention une coupe remplie de vin.

« Ces chrétiens nous haïssent et nous détruiraient tous si c'était en leur pouvoir, » dit l'un. Torquatus se pencha en avant, ouvrit la bouche, mais resta silencieux.

« Nous détruire, assurément? N'ont-ils pas brûlé Rome sous Néron? et ne viennent-ils pas, en Asie, d'incendier le palais même où se trouvait l'empereur? » ajoutait un second convive. Torquatus se dressa sur son lit, étendit la main comme s'il voulait parler, et la retira encore.

« Mais ce qu'il y a de pire, reprit un troisième, ce sont les doctrines antisociales qu'ils soutiennent, les odieux excès auxquels ils se livrent, et surtout le culte dégradant qu'ils rendent à une tête d'âne. » Torquatus se tordait de rage, et, se levant, avançait le bras, lorsque Fulvius, calculant froidement l'instant convenable, ajouta froidement cet amer sarcasme : « Oui, et, de plus, ils massacrent un enfant, dévorent sa chair et boivent son sang à chacune de leurs assemblées[1]. »

Le bras de Torquatus s'abattit sur la table avec une telle violence, que les coupes et les autres vases s'entre-choquèrent avec fracas, et il s'écria d'une voix étouffée : « C'est un mensonge! un abominable mensonge !

— Comment le savez-vous? demanda Fulvius du ton et de l'air le plus affables.

— Parce que, répondit l'autre avec exaltation, je suis moi-même chrétien et prêt à mourir pour ma foi! »

Si la magnifique statue d'albâtre, à la tête de bronze, placée dans une niche près de la table, était tombée tout à coup, et se fût brisée sur le pavé de marbre, elle n'aurait pas causé plus d'effroi que cette déclaration inattendue. Tous les convives étaient dans la plus grande stupéfaction. Le silence devint général, après quoi chacun laissa paraître ses sentiments sur son visage. Fabius, fort mal à son aise, s'aperçut qu'il venait de fourvoyer ses convives. Calpurnius se rengorgea, blessé de ce qu'on avait introduit un individu que des gens absurdes pouvaient supposer plus instruit que lui touchant les chrétiens. Un jeune homme, la bouche ouverte, contemplait avidement Torquatus; et un vieillard, de figure rébarbative, se demandait s'il n'y avait pas lieu de châtier quelqu'un, n'importe qui. Corvinus regardait ce pauvre chrétien avec un affreux sourire, moitié idiot, moitié sauvage, de même qu'un paysan considère un animal nuisible qui un beau matin s'est pris à son piège. Il avait devant lui un homme qu'il pouvait à son gré faire étendre sur un chevalet ou placer sur des

_____
[1] C'était là l'idée que se faisaient les païens de la sainte Eucharistie.

charbons ardents. Mais le visage de Fulvius était le plus remarquable de tous. Si un observateur attentif cherche, avec un microscope, à surprendre l'expression du regard dans une araignée qui, après un long jeûne, aperçoit une mouche gonflée de sang s'approcher de sa toile, et suit avec attention chaque mouvement de ses ailes afin de l'entourer habilement de ses fils et de se gorger de sa proie, celui-là aura une fidèle image des regards, et sans aucun doute des sentiments qui agitaient Fulvius. S'emparer d'un chrétien capable de trahir ses frères était depuis longtemps l'objet de ses désirs et de ses efforts. Il se croyait sûr de réussir avec celui qu'il avait sous les yeux, en agissant avec prudence. Comment pouvait-il soupçonner sa faiblesse? C'est qu'il savait bien qu'un chrétien digne de ce nom ne s'abandonne pas aux excès du vin, ni ne se vante d'être prêt à courir au martyre.

On se sépara; tout le monde s'éloignait du chrétien comme d'un pestiféré. Il se sentait seul et humilié, lorsque Fulvius, après avoir dit quelques mots à l'oreille de Fabius et de Corvinus, l'aborda, et, lui prenant la main, dit avec courtoisie : « Je crains d'avoir parlé d'une manière inconsidérée et d'avoir provoqué une déclaration qui pourrait vous mettre en danger.

— Je ne crains rien, répondit Torquatus avec une nouvelle animation, je serai fidèle jusqu'à la fin.

— Taisez-vous, taisez-vous, interrompit Fulvius, les esclaves pourraient vous trahir. Venez avec moi dans une autre chambre, nous pourrons y causer plus à l'aise. »

En disant ces mots, il le conduisit dans une salle élégante où Fabius avait fait apporter des coupes et des flacons du vin de Falerne le plus exquis, pour ceux qui, selon l'usage romain, aiment à se livrer à une *comessatio* ou orgie de buveurs. Corvinus fut le seul que Fabius engagea à les suivre.

Sur une table magnifiquement incrustée se trouvaient des dés. Fulvius, après avoir encore pressé Torquatus de boire, prit négligemment les dés et les jeta en jouant sur la table, tout en causant de choses indifférentes. « Ah! s'écria-t-il, quels coups! il est heureux que je ne joue avec personne, car je serais ruiné. Essayez, Torquatus. »

Le jeu, ainsi que nous l'avons déjà vu, avait été la ruine de Torquatus. C'était une affaire de ce genre qui l'avait fait mettre en prison, à l'époque où Sébastien le convertit. Pendant qu'il prenait les dés, sans avoir l'intention de jouer, il le pensait du moins, Fulvius l'observait comme un lynx veille sur sa proie. Les yeux de Torquatus brillèrent, ses lèvres et ses mains se mirent à trembler; à tous ces symptômes, ainsi qu'à l'adresse de la main qui balance les dés et les jette avec habileté, à la vigilance de l'œil qui calcule les points, Fulvius reconnut la violence de la tentation et d'un vice à peine guéri.

« Je crains que vous ne soyez pas plus heureux que moi à ce ridicule passe-temps, dit-il avec indifférence; mais je ne doute pas que Corvinus ne soit prêt à se mesurer avec vous, si vous ne voulez engager qu'une petite somme.

— Ce ne sera que très peu de chose, assurément, par simple récréation, car j'ai renoncé au jeu. Autrefois...; n'importe.

— Allons, » dit Corvinus, à qui Fulvius fit signe de se mettre à l'œuvre.

Ils commencèrent à jouer de très faibles sommes, que Torquatus gagna presque toujours. Fulvius continuait à lui verser à boire de temps à autre, il devint de plus en plus expansif.

« Corvinus, Corvinus, dit-il en cherchant à rappeler ses souvenirs, n'était-ce pas là le nom que m'a cité Cassianus?

— Qui? demanda l'autre avec surprise.

— Oui, c'est cela, continua Torquatus, se parlant à lui-même, ce méchant, cette brute de Corvinus. Êtes-vous celui, dit-il en regardant Corvinus, qui a frappé ce cher enfant, le jeune chrétien Pancrace? »

La colère de Corvinus allait éclater; mais Fulvius l'arrêta à temps d'un geste, et ajouta :

« Ce Cassianus dont vous nous parlez est un éminent maître d'école; pourriez-vous nous indiquer sa demeure? »

Il savait que son compagnon désirait éclaircir ce point, et réussit à le calmer ainsi. Torquatus répondit :

« Il demeure, voyons un peu...; non, non, je ne veux pas être un traître. Non, je suis prêt; qu'on me brûle, qu'on me torture, qu'on me fasse mourir pour la foi; je ne veux trahir personne, je ne le veux pas.

— Laissez-moi prendre votre place, Corvinus, » dit Fulvius, qui voyait Torquatus s'intéresser davantage au jeu. Il déploya assez d'habileté pour exciter l'attention et la passion de son antagoniste, et mit un enjeu un peu plus considérable. Après un instant de délibération, Torquatus fit de même et gagna. Fulvius semblait piqué. Torquatus jeta les deux sommes sur la table; Fulvius parut d'abord hésiter; mais il plaça devant lui une somme égale, et la perdit encore. Le jeu devint silencieux; l'un et l'autre gagnaient et perdaient tour à tour. Fulvius avait constamment l'avantage; du reste, il avait plus de sang-froid que son adversaire.

Tout à coup Torquatus leva la tête en tressaillant : il crut voir le bon prêtre Polycarpe derrière le siège de son antagoniste. Il se frotta les yeux, et n'aperçut que Corvinus, qui le regardait fixement. Toute son habileté était concentrée sur son jeu; sa conscience ne lui faisait plus aucun reproche; sa foi était chancelante. La grâce l'avait abandonné. Le démon de la convoitise, du vol, de la déloyauté, du libertinage, était revenu, avec sept esprits plus méchants que lui, s'emparer de cette âme purifiée, mais mal gardée; en entrant, ils en chassèrent tout ce qui s'y trouvait de sain et de bon.

Enfin, devenu furieux des pertes qu'il faisait et excité par de trop fréquentes libations, il jeta sur la table la lourde bourse que lui avait donnée Fabiola et dans laquelle il avait fréquemment puisé. Fulvius l'ouvrit froidement, la vida sur la table, compta la somme, et plaça en face la même quantité d'or. Tous deux se préparèrent à jouer le coup fatal : les dés roulèrent, et Fulvius attira tout à lui. Torquatus se laissa tomber sur la table, et cacha sa tête dans ses bras. Fulvius fit signe à Corvinus de s'éloigner.

Torquatus frappa la terre du pied en se lamentant, grinça des dents avec fureur, puis porta les mains à sa tête et s'arracha les cheveux. Une voix murmurait à son oreille : « Êtes-vous chrétien? » Quel était celui des sept esprits mauvais qui parlait ainsi? Sans doute le plus méchant.

« Tout est inutile, continua la voix, vous avez déshonoré votre religion; vous l'avez trahie.

— Non, non, disait en gémissant ce malheureux au désespoir.

— Oui, vous nous avez tout révélé dans votre ivresse; vous en avez assez dit pour qu'il ne vous soit plus possible de retourner auprès de ceux que vous avez trahis.

— Retirez-vous, retirez-vous, s'écriait misérablement ce pauvre pécheur torturé par les remords; ils me pardonneront encore. Dieu...

— Silence! ne prononcez pas son nom. Vous êtes avili, parjure, perdu sans ressource. Vous êtes un mendiant; demain vous aurez à demander votre pain. Vous êtes un banni, un prodigue ruiné, un joueur. Qui vous regardera? Vos frères chrétiens? Et cependant vous *êtes* chrétien; à cause de cela vous serez cruellement mis à mort, et vous n'en retirerez aucun honneur, car vous ne serez pas martyr. Vous êtes un hypocrite, Torquatus, rien de plus.

— Qui donc me tourmente ainsi? » s'écria-t-il en relevant la tête. Fulvius, les bras croisés, se tenait debout à ses côtés. « Si toutes ces accusations sont vraies, qu'est-ce que cela vous fait? Qu'avez-vous encore à me dire? continua-t-il.

— Beaucoup plus que vous ne pensez. Votre trahison vous a fait tomber complètement en mon pouvoir. Je suis devenu le maître de votre argent (il lui montra la bourse de Fabiola), de votre réputation, de votre tranquillité, de votre vie. Je n'ai qu'à faire connaître à vos frères chrétiens ce que vous avez fait, ce que vous avez dit, le rôle que vous avez joué ce soir, et vous n'oserez plus les regarder en face. Si je vous abandonne à la rage de cette « brute grossière », comme vous l'avez appelé, qui n'en est pas moins le fils du préfet de la cité, personne ne pourra le retenir après une pareille provocation; demain vous serez traîné au pied du tribunal de son père, afin d'expier par votre sang le crime de cette religion que vous venez de trahir et de déshonorer. Êtes-vous prêt *maintenant* à vous rendre au milieu du forum, devant le juge, et de défendre votre christianisme sans chanceler sur vos jambes comme un joueur pris de vin? »

Le malheureux n'eut pas le courage d'imiter le repentir de l'enfant prodigue, dont il avait imité la chute. L'espérance était éteinte dans son cœur; car il était retombé dans son péché capital, et en sentait à peine du remords. Il était silencieux; mais Fulvius le tira de sa rêverie en lui demandant : « Eh bien! avez-vous fait votre choix? Aller tout de suite vous présenter aux chrétiens avec vos crimes de cette nuit sur la conscience, ou paraître demain sur le forum? Que choisissez-vous? »

Torquatus souleva ses paupières alourdies, et dit d'un air hébété : « Ni l'un ni l'autre.

— Allons, allons, que ferez-vous? demanda Fulvius en le maîtrisant avec un de ses regards de faucon.

— Ce que vous voudrez, répondit Torquatus; mais non ce que vous venez de me proposer. »

Fulvius s'assit à côté de lui, et dit d'une voix douce et caressante : « Voyons, Torquatus, écoutez-moi, faites ce que je vous dis, et tout s'arrangera. Vous aurez une belle demeure, une table exquise, de riches vêtements; vous ne manquerez pas d'argent pour le jeu, si vous voulez suivre mes avis.

— Quels sont-ils?

— Sortez demain comme à l'ordinaire, reprenez votre figure de chrétien, et allez tranquillement vous joindre à vos frères; agissez comme si rien n'était arrivé; mais répondez à toutes mes questions, ne me cachez rien. »

Torquatus poussa un soupir : « Toujours trahir! dit-il.

— Le nom ne fait rien à la chose, cela ou la mort! oui, la mort à petit feu. J'entends Corvinus, qui marche impatiemment dans la cour. Vite, que sera-ce?

— Pas la mort! oh! non; tout ce que vous voudrez, mais pas la mort! »

Fulvius sortit et trouva son ami rendu furieux par la colère et le vin; il eut beaucoup de peine à le calmer. De nouveaux ressentiments avaient presque fait perdre à Corvinus le souvenir de Cassianus; mais son ancienne haine s'était rallumée, et il brûlait de se venger. Fulvius lui promit de découvrir sa demeure, et parvint ainsi à l'empêcher de se livrer sur-le-champ à de violentes mesures.

Après avoir renvoyé chez lui Corvinus mécontent et de mauvaise humeur, il retourna près de Torquatus, qu'il désirait accompagner afin de savoir où il demeurait. Aussitôt que Fulvius eut quitté la salle, sa victime s'était levée de son siège, et s'efforçait, en marchant à pas précipités, de recueillir ses idées et de reprendre son sang-froid. Ce fut en vain; sa tête était trop étourdie par l'ivresse et la scène violente qui venait d'avoir lieu. Les murs semblaient tourner autour de lui et le plancher osciller sous ses pas; il souffrait, et entendait presque distinctement les battements de son cœur. La honte, le remords, le mépris et la haine de ses séducteurs et de lui-même, l'amertume du banni, le violent désespoir du réprouvé, envahissaient son âme comme de sombres vagues qui se succédaient tour à tour en s'entre-choquant les unes contre les autres. Incapable de se soutenir plus longtemps sur ses jambes, il se jeta sur une couche de soie, et, cachant son front brûlant dans ses mains glacées, il poussa de longs gémissements. Toujours il sentait le terrain se dérober sous lui, et de sourds grondements résonnaient dans ses oreilles.

Fulvius le trouva dans cet état et lui toucha l'épaule pour le réveiller. Torquatus tressaillit, et, se dressant avec effroi, il s'écria : « Serait-ce donc là le gouffre de Charybde? »

Fig. 29. — Diogène le *Fossor*[1],
d'après une peinture du cimetière de Domitille.

DEUXIÈME PARTIE

COMBAT

CHAPITRE I

DIOGÈNE

USQU'A présent nous avons assisté, avec notre lecteur, à des scènes qui se passaient durant une de ces époques de tranquillité douteuse, et non de paix véritable, séparant parfois les persécutions. Déjà nous avons remarqué sur notre route les signes avant-coureurs de la lutte, et le bruit de ses préparatifs est distinctement parvenu à nos oreilles. Le rugissement des lions de l'amphithéâtre, qui étonnait Sébastien sans lui causer d'effroi, les nouvelles d'Orient, les insinuations de Fulvius et les menaces de Corvinus nous fortifient dans cette idée, que nous reverrons

[1] Diogène, fossoyeur, déposé en paix, huit jours avant le 1er octobre. (*Actes de saint Sébastien*, Boldetti, i, 15, p. 60.)

sous peu les horreurs de la persécution, et que les flots répandus du sang chrétien se changeront en un torrent plus grandiose et plus noble que tous ceux qui ont jamais arrosé le paradis de la loi nouvelle. L'Église, toujours prudente et calme, ne néglige point ces indices multipliés d'un combat prochain, ni les précautions qu'il rend nécessaires. Nous plaçons cette seconde partie de notre récit au moment où elle se revêt avec ardeur de ses armes, c'est-à-dire à l'origine de la lutte.

Vers la fin de septembre, un jeune homme que nous connaissons déjà, soigneusement enveloppé dans son manteau, car le temps est froid et sombre, s'avançait à travers le dédale des étroites ruelles du district appelé la Suburra; on n'est pas d'accord sur l'étendue et la position exacte de ce quartier, situé dans le voisinage du Forum. Malheureusement le vice et la misère, trop souvent unis, trouvaient là un commun asile. Cette partie de

Fig. 39. — Jonas,
d'après une peinture du cimetière de Calliste.

la cité semblait inconnue à Pancrace; après s'être plusieurs fois égaré, il découvrit enfin la rue objet de ses recherches. Néanmoins, les maisons n'étant point désignées par des numéros, trouver celle où il avait affaire était un problème difficile, mais non insoluble. Il chercha du regard le logis de la plus respectable apparence; l'un d'eux se faisait particulièrement remarquer entre tous par sa bonne tenue et sa propreté; il frappa hardiment à la porte. Elle fut aussitôt ouverte par un vieillard, nommé Diogène, que nous avons déjà rencontré dans le cours de notre récit. Il était grand et fort comme un homme accoutumé à porter de lourds fardeaux; à cause de cela, légèrement voûté. Ses cheveux blancs encadraient un front large et imposant; ses traits, fortement accentués, avaient une expression de mélancolie douce et grave. On eût dit que, habitué depuis longtemps à vivre parmi les morts, il n'était heureux que dans leur compagnie. Près de lui étaient ses deux fils, Maius et Sévère, jeunes gens à la tournure athlétique. Le premier s'occupait avec ardeur de sculpter grossièrement une épitaphe sur une vieille plaque de marbre, dont le revers portait encore les traces d'une inscription sépulcrale païenne que son nouveau possesseur avait effacée à la hâte. Pancrace regarda son travail et se mit à sourire; à peine s'y trouvait-il un mot ou une expression correcte. Voici cette épitaphe dans toute sa simplicité :

DE BIANOBA
POLLECLA QVE ORDEV BENDET DE BIANODA
De la rue Neuve. Pollecla, qui vend de l'orge dans la rue Neuve [1].

Le second exécutait à grands traits, sur une planche avec du charbon, un dessin où l'on pouvait reconnaître Jonas dévoré par la baleine, et la

Fig. 31. — Résurrection de Lazare. (Perret; *Catacombes*, pl. VI.)
Le même type se trouve dans la catacombe *Inter duos lauros* et dans le cimetière des saints Nérée et Achillée, etc.

résurrection de Lazare. Les deux personnages, représentés d'une manière symbolique et largement esquissés, n'étaient sans doute que l'ébauche d'une peinture définitive. En outre, lorsqu'on frappa à la porte, le vieux Diogène était évidemment occupé à remettre un nouveau manche à une vieille pioche. Ces occupations variées d'une même famille pourraient surprendre notre lecteur moderne; mais le jeune visiteur ne s'en étonnait pas. Il savait que toute cette famille appartenait à l'honorable confrérie des *fossores*, ou fossoyeurs des cimetières chrétiens; Diogène en était le chef et le directeur. Quelques antiquaires modernes, d'accord avec un écrivain anonyme con-

[1] Inscription trouvée dans le cimetière de Calliste.

temporain de saint Jérôme, croient que le *fossor*, de même que le *lector* ou lecteur, était un des ordres mineurs de la primitive Église. Malgré le peu de fondement de cette opinion, il est très probable que l'on confiait les devoirs de cette charge à des personnes choisies et reconnues par l'autorité ecclésiastique. Le système uniforme adopté pour l'excavation et l'arrangement des tombes dans les nombreux cimetières, autour de Rome, était si complet depuis son origine, qu'il n'a laissé aucune trace de progrès ou de changement pendant le cours des siècles. Il nous est donc permis

Fig. 22. — Un *fossor*, d'après une peinture du cimetière de Calliste.

de conclure que ces étonnants et vénérables travaux étaient exécutés, d'après une impulsion unique, par quelque société instituée à cet effet. Ce n'était point une entreprise qui spéculait sur l'ensevelissement des morts, mais une pieuse confrérie établie dans ce but spécial.

Une série d'inscriptions intéressantes trouvées dans le cimetière de Sainte-Agnès prouve que telle était l'occupation de plusieurs générations des mêmes familles; le grand-père, le père et ses enfants l'exerçaient au même endroit [1]. Nous pouvons ainsi facilement nous rendre compte de l'exécution habile et uniforme des tombeaux que l'on remarque dans les catacombes. Les *fossores* avaient cependant des fonctions plus élevées, une sorte de juridiction dans ce monde souterrain. Quoique l'Église se

---

[1] Cité par F. Marchi dans son *Architecture de Rome chrétienne souterraine*, 1844, ouvrage que nous mettrons souvent à profit.

chargeât de trouver un lieu de sépulture pour tous ses enfants, il était naturel que quelques-uns offrissent une compensation pour celui qu'ils choisissaient, si c'était un endroit favori, comme le voisinage de la tombe d'un martyr. Pour tous ces arrangements on s'entendait avec les fossoyeurs; les inscriptions des anciens cimetières en font souvent foi. En voici une que l'on conserve au Capitole :

**EMPTV LOCVM AB ARTEMISIVM VISOMVM HOC EST
ET PRAETIVM DATVM FOSSORI HILARO IDEST
FOL NOOD PRAESENTIA SEVERI FOSS ET LAVRENTI**

C'est-à-dire :

Ceci est la tombe pour deux corps, achetée par Artémisius, et le prix a été donné au fossoyeur Hilarus, c'est-à-dire, bourses [1]..., en présence de Sévère le fossoyeur et de Laurentius.

Ce dernier était peut-être le témoin de l'acquéreur, et Severus celui d'Hilarus. Quoi qu'il en soit, nous croyons avoir exposé à nos lecteurs tout ce qu'on sait touchant la profession exercée par Diogène et ses fils.

Nous avons laissé Pancrace fort amusé des grossiers essais de Maius dans l'art glyptique; il lui adressa ainsi la parole :

« Exécutez-vous toujours ces inscriptions vous-même?

— Oh! non, répondit l'artiste en souriant, je fais cela pour de pauvres gens qui ne peuvent payer de plus habile que moi. Ceci est pour une excellente femme qui vendait de l'orge dans la *via Nova ;* elle n'était pas devenue riche, comme vous le supposez, et cela surtout à cause de son honnêteté. Il me venait une singulière idée en gravant cette épitaphe.

— Dites-la-moi, Maius.

— Je m'imaginais que peut-être, dans quelques milliers d'années, des chrétiens liraient respectueusement sur la muraille mon grossier travail, et entendraient parler avec plaisir de la pauvre vieille Pollecla et de son petit commerce d'orge, tandis que les épitaphes des empereurs qui ont persécuté l'Église, au lieu d'attirer l'attention, tomberont dans le plus profond oubli.

— Cependant j'ai peine à croire que les superbes mausolées des empereurs seront entièrement détruits par le temps, et que la mémoire d'une pauvre femme passera à la postérité la plus reculée... Qu'est-ce qui vous inspire cette pensée?

— Je songeais simplement qu'il valait mieux perpétuer le souvenir d'un mendiant vertueux que celui d'un roi vicieux. On lira peut-être mon humble inscription, pendant que les débris des arcs de triomphe couvriront le sol. C'est pourtant bien mal écrit, n'est-ce pas?

— Ne vous inquiétez pas de cela. Malgré sa simplicité, votre œuvre ne le cède pas à de plus magnifiques. Quelle est cette tablette appuyée contre le mur?

---

[1] Le prix, marqué en chiffres, était malheureusement illisible.

— Ah! ceci est une supérbe inscription que l'on nous a confiée pour la fixer à sa place; vous pouvez voir que l'auteur et le graveur sont deux personnes différentes. Elle est destinée au cimetière de la villa appartenant à la noble Agnès, sur la voie Nomentane, et rappelle, je crois, la mémoire d'un enfant bien-aimé dont la mort a plongé ses parents dans la douleur. »

Pancrace approcha une lumière et lut ce qui suit :

Fig. 33. — Inscription du cimetière de Sainte - Agnès, sur la voie Nomentane.

L'innocent enfant Dionysius repose ici parmi les saints. Souvenez-vous, dans vos prières, de l'auteur et du graveur.

« Cher et bienheureux enfant, continua Pancrace après avoir parcouru cette inscription, ne m'oubliez pas non plus, moi qui viens de lire cette épitaphe, dans les saintes prières que vous offrez pour son auteur et pour celui qui l'a gravée.

— Amen, » répondit la pieuse famille.

Pancrace, étonné du son rauque de la voix de Diogène, se retourna, et aperçut le vieillard s'efforçant, avec beaucoup d'ardeur, de couper l'extrémité d'une petite pièce de bois qu'il venait d'enfoncer dans le manche de sa pioche afin de le fixer plus solidement au fer. Mais à chaque instant ses yeux se voilaient de larmes qu'il écartait du revers de sa main brunie par le travail. « Qu'avez-vous, mon vieil ami ? lui dit le jeune homme avec bonté; pourquoi l'épitaphe de Dionysius vous cause-t-elle tant d'émotion ?

— Ce n'est pas précisément cette inscription qui m'émeut; mais elle réveille tant de souvenirs et fait naître tant de craintes menaçantes pour l'avenir, que je sens défaillir mon courage.

— Quelles sont vos tristes pensées, Diogène?

— C'est bien simple, n'est-ce pas? de prendre dans ses bras un cher enfant comme Dionysius, enveloppé dans son linceul, embaumé d'aromates, et de le déposer dans sa tombe? Ses parents pleurent cependant; son passage de cette triste vie au bonheur éternel a été doux et calme. C'est bien autre chose, même pour un cœur endurci comme le mien par l'habitude (il s'essuya encore les yeux en prononçant ces mots), de réunir à la hâte les chairs meurtries et les membres brisés d'un autre enfant comme celui-ci; de les entourer d'abord d'un suaire, et, au lieu d'aromates, d'une seconde enveloppe de chaux vive avant de les confier précipitamment à la terre [1] Oh! combien on souhaiterait de pouvoir traiter autrement les restes sacrés d'un martyr !

Fig. 34. — Une galerie dans le cimetière de Sainte-Agnès, sur la voie Nomentane.
(Perret, *Catacombes*, t. II, pl. II.)

— C'est vrai, Diogène; mais un vieil officier préfère la modeste sépulture du soldat sur le champ de bataille à un splendide sarcophage sur la voie Appienne. Les époques de persécution amènent-elles souvent des scènes aussi douloureuses que celles que vous venez de décrire?

[1] Dans quelques tombes du cimetière de Sainte-Agnès on a trouvé des fragments de chaux qui avaient conservé l'empreinte exacte du corps qu'elle recouvrait : à l'intérieur on voyait la trace d'un linge fin, et à l'extérieur celle d'une étoffe plus grossière. Quant aux aromates et aux parfums, Tertullien observe que « les Arabes et les Sabéens n'ignoraient pas que les chrétiens en consommaient bien plus chaque année pour leurs morts que le monde païen tout entier pour ses dieux ».

— Ce n'est pas rare, mon cher maître. Je suis sûr qu'un pieux jeune homme comme vous a dû visiter, au jour de son anniversaire, la tombe de Restitutus, dans le cimetière d'Hermès.

— Oui, certes, et je lui ai souvent envié cette couronne du martyre qu'il a remportée à la fleur de l'âge. Est-ce vous qui l'avez enseveli?

— Oui; ses parents lui firent élever un tombeau magnifique; c'est l'*arcosolium* de sa crypte[1]. Nous la construisîmes, mon père et moi, de six pièces de marbre réunies à la hâte, et j'y gravai l'inscription qu'on y lit maintenant. Il me semble que je gravais alors un peu mieux que Maius, ajouta le vieillard redevenu tout à fait gai.

— Vous ne vous flattez pas beaucoup, mon cher père, répondit le fils sur le même ton. Mais voici une copie de cette inscription, ajouta-t-il en choisissant une feuille de parchemin parmi un grand nombre d'autres.

— Je m'en souviens très bien, » dit Pancrace, qui la parcourut du regard et lut ensuite ce qui suit, en corrigeant les fautes d'orthographe, mais non celles de grammaire.

```
AELIO FABIO RESTVTO
FILIO PIISSIMO PARI N
TES FECERVNT QVIVI
XIT ANNI. S XVIII MENS
VII INIRENE.
```

A Ælius Fabius Restitutus, leur fils très pieux, ses parents érigèrent (cette tombe). Il vécut dix-huit ans et sept mois en paix.

« Quelle gloire pour ce jeune homme, continua-t-il, d'avoir confessé le Christ à cet âge!

— Sans doute, répondit le vieillard; néanmoins je suis sûr que vous avez toujours pensé que son corps reposait seul dans le sépulcre. Tous ceux qui lisent l'inscription pourraient le croire.

— Certainement. N'en serait-il pas ainsi?

— Non, noble Pancrace, un compagnon plus jeune repose à ses côtés sur la même couche funèbre. Comme nous allions fermer la tombe de Restitutus, on nous apporta le corps d'un enfant de douze à treize ans à peine. Oh! jamais je n'oublierai l'affreux spectacle qui s'offrit à mes regards. On l'avait suspendu au-dessus d'un brasier ardent : sa tête, son corps, ses membres inférieurs, à peu près jusqu'aux genoux, furent dévorés par les flammes et calcinés jusqu'aux os; il était défiguré, méconnaissable. Pauvre enfant, quelles affreuses souffrances! Mais pourquoi le plaindrai-je? Nous étions pressés; nous pensâmes que le jeune homme de dix-huit ans ne refuserait pas une place au petit soldat martyr âgé de douze ans, et le considérerait comme un plus jeune frère; il fut donc couché aux pieds d'Ælius Fabius. Le feu ayant desséché le sang dans

[1] Nous expliquerons ces termes plus tard.

ses veines, il nous fut impossible de placer en dehors de sa tombe la
fiole de sang attestant qu'il contenait un second martyr[1].

— Quel noble enfant! si le premier était plus âgé, le second était plus
jeune que moi. Qu'en dites-vous, Diogène? ne pensez-vous pas que vous
aurez peut-être un jour à me rendre le même service?

— Oh! non, je l'espère, répondit le vieux fossoyeur en s'attendrissant
encore; ne faites pas allusion à de si tristes choses, je vous en prie. Mon
tour viendra sûrement avant le vôtre. Comment se fait-il, en vérité, que
les vieux troncs soient épargnés, tandis que les plantes délicates sont jetées
par terre!

Fig. 35. — Un type d'arcosolium.

— Allons, allons, mon bon ami, je ne veux pas vous affliger. J'ai presque
oublié le message dont j'étais chargé. Voici ce que c'est: demain, au point
du jour, venez à la maison de ma mère afin de régler tous les travaux à
exécuter dans les cimetières, en prévision des temps orageux qui nous
menacent. Notre saint pape sera présent, ainsi que les prêtres des différents
titres, les diacres de chaque région, les notaires, dont le nombre a été
complété, et vous le chef des fossoyeurs; ainsi tout le monde agira de
concert.

— Je n'y manquerai pas, Pancrace, répondit Diogène.

— Maintenant, ajouta le jeune homme, j'ai une faveur à vous demander.

— Une faveur à moi? s'écria le vieillard étonné.

— Oui; vous aurez à vous mettre immédiatement au travail, je crois.
Or, quoique j'aie souvent visité par dévotion nos cimetières sacrés, je ne
les ai jamais étudiés et examinés avec attention. C'est là ce que je voudrais
faire avec vous, qui les connaissez si bien.

[1] Le 22 avril 1823, on découvrit cette tombe, qui n'avait jamais été violée. En l'ouvrant, on
aperçut des ossements blancs, brillants et polis comme l'ivoire; leur disposition correspondait à la
stature d'un jeune homme de dix-huit ans; près de la tête était une fiole de sang. A ses pieds,
et la tête appuyée sur eux, se voyait le squelette d'un enfant de douze à treize ans, dont le chef et
le haut du corps étaient noirs et carbonisés jusqu'au milieu des cuisses; à partir de cet endroit
jusqu'aux pieds, les os blanchissaient graduellement. Ces deux corps, recouverts de riches étoffes,
reposent côte à côte sous l'autel du collège des jésuites, à Lorette.

— Rien ne pourra m'être plus agréable, répondit Diogène, quelque peu flatté du compliment, mais bien plus heureux encore de cette preuve de vénération pour ce qu'il chérissait tant lui-même. Après avoir reçu mes instructions, j'irai tout de suite au cimetière de Calliste. Venez me rejoindre hors de la porte Capène, une demi-heure avant midi, nous irons ensemble.

— Je ne serai pas seul, continua Pancrace. Deux jeunes gens récemment baptisés ont un grand désir de visiter nos cimetières, qu'ils connaissent très peu ; ils m'ont prié d'y être leur guide.

— Tous vos amis seront toujours les bienvenus. Dites-moi leurs noms, afin d'éviter toute erreur.

— L'un d'eux est Tiburce, fils de l'ancien préfet Chromatius ; l'autre est un jeune homme appelé Torquatus. »

Severus tressaillit légèrement et dit : « Êtes-vous bien sûr de ce dernier, Pancrace ? »

Diogène le réprimanda en ajoutant : « Puisqu'il vient en compagnie de Pancrace, nous devons être tranquilles.

— J'avoue, dit le jeune homme, que je ne le connais pas aussi bien que Tiburce, qui est vraiment un brave et noble cœur. Cependant Torquatus paraît très désireux de connaître nos affaires et très zélé. Qu'est-ce qui vous donne cette crainte, Severus ?

— Presque rien, en vérité. Néanmoins, ce matin, en me rendant de bonne heure au cimetière, j'entrai dans les bains d'Antonin[1].

— Comment ! interrompit Pancrace en riant, fréquentez-vous des endroits si élégants ?

— Non, pas tout à fait, répondit l'honnête artisan ; mais vous ne savez peut-être pas que le *capsarius*[2] Cucumio et sa femme sont chrétiens ?

— Est-ce possible ? Où en trouvera-t-on désormais des chrétiens ?

— Eh bien, c'est pourtant la vérité ; de plus ils se sont fait construire une tombe dans le cimetière de Calliste : j'avais à leur faire voir l'inscription que Maius a faite à cette occasion. La voici, ajouta-t-il en la lui montrant :

CVCVMIO ET VICTORIA

SE VIVOS FECERVNT

CAPSARARIVS DE ANTONINIANAS[3]

« Parfait ! s'écria Pancrace, qu'amusaient les fautes de l'épitaphe ; mais nous oublions Torquatus.

— Or, comme j'entrais dans les bains, dit Severus, je ne fus pas peu surpris de trouver dans un coin, à cette heure matinale, ce Torquatus en conversation intime avec le fils du préfet actuel, Corvinus. Ce dernier,

---

[1] Ils sont mieux connus sous le nom de bains de Caracalla.

[2] C'était la personne qui avait soin des habits des baigneurs ; de *capsa* (coffre).

[3] « Cucumio et Victoria érigèrent (la tombe) pour eux-mêmes, pendant leur vie. *Capsararius* des (bains) Antonins. » Trouvé dans le cimetière de Callistus, et publié d'abord par F. Marchi, qui l'attribue à tort au cimetière de Prætextatus.

vous devez vous en souvenir, contrefit le boiteux et se glissa dans la maison d'Agnès, lorsqu'une personne charitable et inconnue (que Dieu la bénisse!) y faisait distribuer d'abondantes aumônes aux pauvres assemblés. Ce n'est pas là une société convenable pour un chrétien, pensais-je, surtout à un pareil moment.

— C'est vrai, Severus, répondit Pancrace, dont la figure se couvrit d'une vive rougeur; sa foi est encore jeune, et ses amis ignorent peut-être sa conversion. Ne cessons pas d'augurer mieux de l'avenir. »

Pancrace se leva pour partir; les deux jeunes gens lui offrirent de l'escorter, afin qu'il pût traverser sain et sauf leur quartier pauvre et dissolu. Il accepta avec plaisir cette offre courtoise, et souhaita affectueusement une bonne nuit au fossoyeur des catacombes.

CHAPITRE II

M. ANTONI
VS. RESTVTV.
S . FECIT . YPO
CEVSIBI . ET
SVIS . FIDENTI
BVS . IN , DOMINO[1]

L semble que nous avons laissé dans l'ombre un personnage dont le caractère et les pensées avaient attiré notre attention au commencement de ce modeste récit; nous voulons parler de la pieuse Lucine. Ses vertus tranquilles et cachées ne lui faisaient pas désirer de paraître sur la scène du monde et de se mêler au tumulte des affaires. Sa maison, qui était, ou, pour mieux dire, qui contenait un titre ou église paroissiale, avait en outre l'honneur d'être la résidence du souverain pontife. L'approche d'une persécution violente, pendant laquelle les gouvernants du royaume spirituel du Christ seraient les premiers à en éprouver la rigueur, comme ennemis de César, rendait nécessaire le changement de résidence du chef de l'Église. Il abandonna son habitation ordinaire pour un asile plus sûr; on choisit la maison de Lucine, où, à la grande joie de la sainte matrone, le pape continua de résider, ainsi que son successeur Marcellus, jusqu'au moment où ce dernier reçut

---

[1] « Marcus Antonius Restitutus a fait ce souterrain pour lui et les siens, qui se fient au Seigneur. » Il est singulier que dans les noms propres de l'épitaphe du martyr Restitutus, cité plus haut, et de celle-ci, on ait omis précisément la syllabe qu'il est aisé de supprimer en les prononçant.

l'ordre d'y nourrir lui-même les animaux féroces qu'on y transporta. Ce traitement barbare causa bientôt sa mort.

Lucine, admise à quarante ans[1] dans l'ordre des diaconesses, fut bientôt absorbée par les exigences de sa charge. La surveillance des femmes à l'église, le soin des pauvres et des malades de leur sexe, la

Fig. 34. — Un escalier des catacombes.

fabrication et l'entretien des ornements sacrés et des linges de l'autel, l'instruction des enfants et des nouvelles converties qui se préparaient au baptême et qu'elles devaient assister pendant cette grave cérémonie : telles étaient les attributions des diaconesses, sans préjudice de leurs devoirs domestiques. C'est au milieu de ces diverses occupations que s'écoulaient doucement les jours de Lucine ; elle semblait avoir atteint le but de son

[1] Soixante ans était l'âge requis ; mais on était parfois admis à quarante.

existence. Son fils s'était offert à Dieu et se tenait prêt à répandre son sang pour la foi. Veiller sur lui, prier pour lui, loin d'être une préoccupation nouvelle, faisaient toute sa joie.

Le lendemain, de très bonne heure, eut lieu le rendez-vous dont nous avons parlé plus haut. Contentons-nous de dire qu'on y prit toutes les mesures nécessaires pour augmenter les aumônes destinées à l'agrandissement des cimetières et aux sépultures, aux secours envoyés à ceux que la persécution forçait à se cacher, à la nourriture des prisonniers, près desquels on ne pénétrait qu'à prix d'or, et enfin au rachat du corps des martyrs. Un notaire par région fut chargé de rédiger leurs actes et de recueillir les événements mémorables. Les cardinaux ou prêtres titulaires reçurent des instructions pour l'administration des sacrements, et en particulier de la sainte Eucharistie, pendant le temps de la persécution. A chacun d'eux on confia un ou plusieurs cimetières souterrains, dans l'église desquels ils devaient offrir les divins mystères. Le saint pontife s'adjugea celui de Callistus, ce qui n'excita pas peu l'innocente fierté de Diogène, le principal gardien.

Le bon vieux fossoyeur semblait se réjouir des signes avant-coureurs de la persécution. Le chef d'un corps d'ingénieurs chargé de la défense d'une forteresse confiée à son habileté n'aurait pas commandé avec plus d'entrain et d'énergie que Diogène, lorsqu'il réunissait chez lui les employés inférieurs des cimetières autour de Rome, pour leur transmettre les ordres du conseil supérieur. Le cadran solaire de la Porta Capena marquait midi au moment où, accompagné de ses deux fils, il trouva les trois jeunes gens qui l'attendaient. Ils s'avancèrent deux à deux le long de la voie Appienne ; environ à trois milles de la porte [1], ils se glissèrent entre les tombeaux, et se réunirent, par des chemins différents, à une villa située à droite de la route. Là ils trouvèrent les objets indispensables pour descendre dans les catacombes : des torches, des lanternes, et tout ce qu'il fallait pour les allumer. Severus, voyant que les guides et les étrangers étaient en nombre égal, proposa de se diviser par couples ; il eut soin de s'adjoindre Torquatus, pour un motif que l'on devinera aisément.

Il serait tout à fait inutile de rapporter avec détail la conversation de notre petite troupe. Diogène, non content de répondre à toutes les questions, donnait de courtes et intelligentes explications sur toutes les choses qui lui semblaient les plus remarquables. Nous les abrégerons dans un récit continu, pour ceux de *nos amis* qui désirent savoir quel fut le sort de ces intéressantes et merveilleuses excavations dont nos jeunes pèlerins explorent en ce moment les mystérieuses profondeurs.

L'histoire des premiers cimetières chrétiens, des *catacombes*, comme on les appelle ordinairement, peut se diviser en trois périodes : la première s'étend depuis leur origine jusqu'à l'époque de notre récit, et même quelques années au delà ; la seconde, depuis ce moment jusqu'au VIII° siècle : enfin la troisième se prolonge jusqu'à nos jours, qui, nous l'espérons, sont le commencement d'une ère nouvelle.

[1] Il s'agit ici de la porte actuelle de Saint-Sébastien ; l'ancienne porte Capène était plus rapprochée d'un mille.

En général, nous nous sommes abstenu de parler des catacombes, afin de ne pas faire croire à nos lecteurs que ce fut là, dès l'origine, le nom générique de ces antiques souterrains : il n'en est rien. Rome était, pour ainsi dire, entourée d'une ceinture de cimetières, au nombre d'environ soixante, portant chacun le nom d'un ou de plusieurs des saints dont les

Fig. 37. — Type d'une galerie souterraine, d'après Th. Roller (*Catacombes de Rome*, t. I, pl. III).

corps y reposaient. Nous avons ainsi les cimetières des Saints-Nérée-et-Achillée, de Sainte-Agnès, de Saint-Pancrace, de Prætextatus, Priscilla, Hermès, etc.; quelquefois ils portaient le nom du lieu où ils se trouvaient[1]. Le cimetière de Saint-Sébastien, aussi appelé *cœmeterium ad sanctam Cæciliam*, avait encore, entre autres noms, celui d'*Ad Cata-*

[1] Ad Nymphas, ad Ursum Pileatum, inter duas Lauros, ad Sextum Philippi, etc.

cumbas. Le sens de ce mot est complètement inconnu ; peut-être vient-il de cette circonstance que les reliques des saints Pierre et Paul furent momentanément cachées dans une crypte voisine ; le nom s'appliqua d'abord à ce cimetière, puis se généralisa à tel point, que nous désignons l'immense réseau de ces excavations sous le nom de catacombes[1].

On disputa pendant le siècle dernier sur leur origine. Trompés par quelques textes vagues et obscurs, de savants écrivains pensèrent que les catacombes étaient d'anciennes carrières de sable creusées par les païens pour les constructions de la ville. On les appelait des *arenaria* ; les cimetières chrétiens étaient parfois désignés ainsi. Cette théorie a été renversée par les savantes et consciencieuses recherches de F. Marchi. Comme on peut le voir encore, l'entrée des catacombes se trouvait souvent dans ces carrières de sable, qui s'avancent assez profondément dans la terre ; c'était un excellent abri pour les cimetières. Mais plusieurs circonstances nous prouvent qu'on ne les convertit jamais en un lieu de sépulture chrétienne.

Celui qui cherche à extraire le sable du sol conduit ses travaux aussi près que possible de la surface, afin de se ménager un facile accès, et creuse suivant ses besoins et de façon à éviter les éboulements. Voilà ce qu'on a remarqué dans tous les nombreux *arenaria* qui abondent encore autour de Rome. Les catacombes sont construites sur un plan tout opposé.

En général, dans les catacombes on trouve des degrés qui s'enfoncent brusquement sous la couche de sable[2] sec et friable, jusqu'à l'endroit où elle se transforme en une roche plus dure, mais cependant assez tendre pour conserver encore, distinctement gravés, chacun des coups de pioche des chrétiens. A cette profondeur vous êtes au premier étage du cimetière, et de nouveaux degrés vous conduisent au second et au troisième, construits d'après les mêmes principes.

Une catacombe peut se diviser en trois parties : ses passages ou rues, ses chambres ou places, et ses églises. Les passages sont de longues et étroites galeries taillées avec assez de régularité pour que le plancher et le plafond soient à angle droit avec les côtés, et souvent si étroites que deux personnes ont de la peine à s'avancer de front. Elles se dirigent parfois en ligne droite jusqu'à une grande distance, mais sont coupées par d'autres galeries qui s'entre-croisent encore à leur tour, et forment un immense labyrinthe de corridors intérieurs. Celui qui s'y égarerait serait bientôt exposé à périr.

Ces galeries n'ont point été construites, comme on pourrait le croire, afin de conduire à un point déterminé ; elles constituent la catacombe ou

---

[1] Mot qui semble formé d'une préposition grecque et d'un verbe latin.

[2] C'est-à-dire la pouzzolane, sable rouge, d'origine volcanique, et dont les Romains faisaient le plus grand cas pour leur ciment. « La plupart de ces cimetières provenaient des sablonnières d'où l'on extrayait la pouzzolane, très abondante dans tout le sol de la campagne romaine, et ils sont souvent mentionnés sous ce nom dans les Actes des martyrs. Toutefois, comme les fidèles ne pouvaient pratiquer dans les sablonnières toutes ces galeries et ces corridors dont ils avaient besoin, ils approfondissaient leurs fouilles dans une couche plus dure et plus compacte, tel qu'était le tuf granulaire. » (*Actes du martyre de sainte Agnès*, par Mgr Dominique Bartolini, traduit par l'abbé Materne, p. 98.)

cimetière. Les murs, aussi bien que les parois des escaliers, sont garnis de tombes, rangées comme les cellules d'une ruche d'abeilles ; ces exca-

Fig. 88. — Cimetière de Calliste.

vations, de grandeurs différentes, peuvent recevoir le corps d'un homme ou celui d'un enfant placé parallèlement à la galerie. Parfois on trouve jusqu'à quatorze de ces tombes superposées, d'autres fois seulement trois ou quatre. Évidemment elles étaient creusées selon la grandeur du corps, qui attendait peut-être aux pieds du fossoyeur qu'il eût terminé son travail.

Lorsque le cadavre, enveloppé de son linceul, selon les explications de Diogène, était couché dans son étroite cellule, l'ouverture était hermétiquement close à l'aide d'une plaque de marbre, ou, le plus souvent, de larges tuiles qu'on fixait dans une rainure taillée dans le roc et qu'on entourait de ciment. L'inscription était gravée sur le marbre ou simplement tracée à la main sur le mortier humide. On a réuni des milliers de ces inscriptions dans les musées et les églises ; un grand nombre ont été copiées et publiées ; mais la plupart des tombes sont anonymes et ne fournissent aucune indication. Le lecteur demandera sans doute à quelle époque a commencé ce mode d'inhumation dans les catacombes, et pendant combien de temps il fut continué : nous allons tâcher de lui répondre aussi brièvement que possible.

Rien ne prouve que les chrétiens enterrèrent jamais leurs morts avant la construction des catacombes. Deux principes aussi anciens que le christianisme lui-même régissent ce mode de sépulture. Le premier est la manière dont le Christ fut enseveli. Il fut mis dans un tombeau creusé dans une caverne, enveloppé d'un linceul, embaumé d'aromates ; une pierre scellée ferma son sépulcre. Or saint Paul nous propose souvent le Christ comme le modèle de notre résurrection, et dit que nous avons été ensevelis avec lui dans le baptême ; il est donc bien naturel que ses disciples aient désiré l'imiter dans sa sépulture, afin d'être prêts à ressusciter avec lui.

Cette attente de la résurrection est le second principe qui avait présidé à la formation de ces cimetières ; toutes les expressions employées à cet égard y font allusion. Le mot « enseveli » est sans exemples parmi les inscriptions. « *Déposé* en paix, la *déposition* de, » sont les expressions habituellement usitées : c'est-à-dire les morts ne sont déposés là que pour un temps, jusqu'à ce qu'ils soient réclamés comme de précieux otages momentanément confiés à de fidèles gardiens. Le nom même du cimetière suggère l'idée d'un lieu de repos où plusieurs sommeillent comme dans un dortoir en attendant l'arrivée de l'aurore et le son de la trompette qui doit les tirer de leur assoupissement. De là ce nom donné aux tombeaux, « la place » ou plus exactement « l'étroite demeure[1] » de ceux qui sont morts dans le Christ.

Ces deux idées, dont l'association avait inspiré le plan et la disposition des catacombes, ne pénétrèrent point tardivement dans le système chrétien, et jouissaient sans doute d'une grande faveur dans les premiers temps. Elles marquaient l'horreur pour la coutume païenne de brûler les morts ; rien ne nous autorise à supposer que ce système ait jamais été adopté par les chrétiens.

C'est dans les catacombes que l'on trouve la meilleure preuve de leur antiquité. Le style des peintures encore existantes annonce une époque où l'art n'avait pas cessé d'être florissant. Le goût pour les symboles et

[1] Locus, loculus.

Fig. 39. — Crypte de Sainte-Cécile dans le cimetière de Calliste.

les symboles eux-mêmes dénotent des temps anciens; car ce goût cessa
graduellement pendant les siècles qui suivirent. Malgré la rareté des
inscriptions accompagnées d'une date, on en trouve environ trois cents
portant des dates consulaires, depuis les premiers empereurs jusqu'au
milieu du IVᵉ siècle (A. D. 350), parmi les dix mille que le savant et
habile chevalier de Rossi a réunies et se dispose à publier. Une autre coutume aussi curieuse qu'intéressante nous fournit encore quelques dates.
Au moment de la fermeture d'un tombeau, les parents et les amis enfon-
çaient dans le ciment encore humide une pièce de monnaie, un camée,
une pierre gravée, parfois même une coquille et un caillou, sans doute
afin de pouvoir reconnaître la tombe lorsqu'elle ne recevait pas d'inscription. On a retrouvé beaucoup de ces objets, et leur nombre s'accroît tous
les jours. Il arrive souvent, lorsque la pièce de monnaie, ou, pour parler
scientifiquement, la médaille a disparu, qu'on distingue sous le ciment une
empreinte assez nette pour qu'on puisse y reconnaître une date : quelques-
unes remontent au règne de Domitien et des premiers empereurs.

On se demandera peut-être pour quelle raison on met tant de soin à
établir avec certitude la date d'une sépulture. Outre le motif bien naturel
de satisfaire la piété, il en est un autre constamment rappelé par les
inscriptions funéraires. En Angleterre, si le défaut d'espace empêchait que
la date d'un décès ne fût consignée avec détail, on trouverait préférable
de marquer au moins l'année plutôt que le jour du mois ; cela aurait plus de
valeur historique. Personne ne tient à se souvenir du jour qu'une personne
est morte, sans savoir en quelle année, tandis que l'année sans le jour a bien
son importance. Malgré cela, peu d'anciennes inscriptions chrétiennes nous
donnent l'année du décès, et des milliers fixent avec soin le jour où quelque
chrétien s'endormit tranquillement dans le Seigneur ou obtint la palme du
martyre. Cela est facile à expliquer. Chaque année on faisait la commémoration de ces deux classes de défunts le jour même de leur mort ; la date
en devenait donc importante ; c'est là tout ce que l'on désirait conserver.

Dans un cimetière[1] voisin de celui où nous avons laissé nos trois jeunes
gens avec Diogène et son fils, on a récemment découvert des inscriptions
variées, se rapportant aussi bien aux simples fidèles qu'aux martyrs. Une
d'elles, en grec, après avoir rappelé la « déposition d'Augenda, le trei-
zième jour avant les calendes (1ᵉʳ juin) », ajoute ces simples paroles :

ZHCAIC ENΩ KAI
EPΩTA YΠEPHMΩN

Vis dans le Seigneur, et prie pour nous.

Voici un autre fragment d'inscription :

. . . . . N. IVN-
. . . . . . IVIBAS-
IN PACE ET PETE
PRO NOBIS

... Nones de juin .. Vis en paix, et prie pour nous.

[1] Celui des SS. Nérée et Achillée.

11

En voici une troisième :

VICTORIA . REFRIGERER (ET)
ISSPIRITVS . TVS IN BONO

Victoria, sois rafraîchie, et puisse ton esprit être dans la joie.

Cette dernière inscription nous en rappelle une autre, fort singulière, que l'on trouva grossièrement gravée sur le ciment d'une sépulture dans le cimetière de Prétextat, à quelques pas de celui de Callistus. Elle est remarquable, d'abord parce qu'elle est en latin écrit en lettres grecques; ensuite parce qu'elle contient un témoignage de la divinité de Notre-

Fig. 40.— Un loculus fermé.

Seigneur; enfin, parce qu'elle exprime une prière pour le soulagement de l'âme du défunt. Nous restituons les lettres qui manquent par suite de l'altération du ciment :

A la bien méritante sœur Bon... le huitième jour avant les calendes de nov. Que le Christ
Dieu tout-puissant rafraîchisse ton esprit dans le Christ.

En dépit de cette digression à propos de prières inscrites sur les tombeaux, le lecteur n'oubliera pas, je l'espère, que nous avons établi ce fait, que l'origine des premiers cimetières chrétiens de Rome remonte aux temps les plus anciens.

Il nous reste à déterminer jusqu'à quelle époque ils furent en usage. Lorsque la paix fut rendue à l'Église, la dévotion des chrétiens les porta à souhaiter d'être enterrés près des martyrs et des saints personnages des premiers siècles. La plupart du temps ils se tenaient pour satisfaits si on leur accordait d'être placés sous les dalles des galeries. C'est pour cette raison que les pierres sépulcrales que l'on trouve souvent parmi les débris des catacombes, ou en la place même qu'on leur avait marquée, et portant des dates consulaires du IVe siècle, sont plus épaisses, plus larges, mieux gravées, et d'un style moins simple que celles d'une plus haute antiquité, rangées le long des murs. Mais avant la fin de ce siècle ces sépultures deviennent plus rares; elles cessent tout à fait au plus tard dans

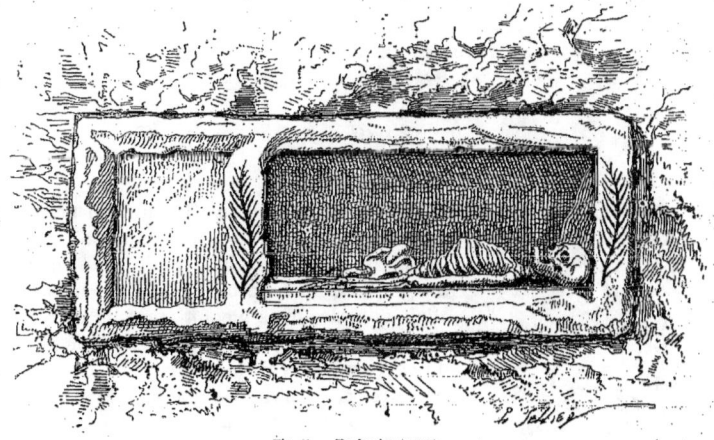

Fig. 41. — Un *loculus* ouvert.

le siècle suivant. Le pape Damase, qui mourut en 384, n'osa pas, par respect, comme il nous en prévient dans son épitaphe, reposer en une si sainte compagnie.

C'est pourquoi Restitutus, dont la tablette funéraire orne le titre de ce chapitre, peut être considéré comme s'exprimant au nom des premiers chrétiens, lorsqu'il revendique comme leur propriété et le fruit exclusif de leur travail, les ramifications infinies de ces galeries souterraines, où six millions de ses frères reposent en paix dans le Seigneur, en attendant la résurrection glorieuse[1].

[1] Ce chiffre est le résultat de recherches scrupuleuses de F. Marchi. Ajoutons ici que, dans la construction de ces cimetières, le sable extrait d'une galerie était transporté dans d'autres galeries creusées précédemment; ce qui explique pourquoi l'on en découvre encore qui sont tout à fait comblées.

CHAPITRE III

CE QUE DIOGÈNE NE POUVAIT PAS DIRE
AU SUJET DES CATACOMBES

IOGÈNE vivait à peu près à la fin de la première période de l'histoire des catacombes. S'il lui eût été accordé de prévoir l'avenir, son cœur se serait réjoui de l'approche de l'ère nouvelle qui allait s'ouvrir; mais bientôt après un autre événement l'eût rempli de chagrin. Quoique le sujet de ce chapitre n'ait aucun rapport direct avec notre récit, il servira néanmoins à bien préciser la scène où il se passe.

Lorsque la paix et la liberté furent rendues à l'Église, ces cimetières devinrent de pieux pèlerinages très fréquentés. Chacun de leurs noms réveillait le souvenir d'un ou de plusieurs des glorieux martyrs qu'on y avait ensevelis. Le jour de leur anniversaire, une grande foule de citoyens et de pèlerins environnaient leurs tombes; on y offrait les divins mystères, et l'on prononçait une pieuse homélie en leur honneur. C'est alors que parurent les premiers martyrologes ou calendriers des martyrs, qui indiquaient aux fidèles où ils devaient aller. « A Rome, sur la voie Salarienne, ou la voie Appienne, ou la voie Ardéatine, » telles sont les indications que nous trouvons presque quotidiennement dans le martyrologe romain, sensiblement augmenté depuis cette époque, grâce aux additions des siècles postérieurs [1].

---

[1] Un ou deux extraits de l'ancien *Kalendarium romanum* expliqueront notre pensée :

« III. Non. Mart. Lucii in Callisti.

IV. Id. Dec. Eutichiani in Callisti.

XIII. Kal. Feb. Fabiani in Callisti et Sebastiani ad Catacumbas.

VIII. Id. Aug. Systi in Callisti. »

Si nous recueillons ces « dépositions dans le cimetière de Callistus », c'est parce qu'au moment où nous écrivons ce chapitre, nous apprîmes la découverte des tombes et des inscriptions lapidaires

Un lecteur inattentif ne se rendra pas compte de l'importance des indications du martyrologe, qui ont cependant aidé à reconnaître l'emplacement douteux de plusieurs catacombes. Une autre classe importante d'écrivains nous est aussi d'un grand secours ; mais, avant de les faire connaître, jetons un rapide coup d'œil sur les changements que l'affluence des fidèles produisit dans les cimetières. D'abord l'entrée devint plus commode, les escaliers moins raides ; des murailles étayèrent les galeries croulantes ; d'espace en espace, des ouvertures en forme de cheminée furent pratiquées à travers les voûtes pour donner accès à l'air et à la lumière. Enfin, au-dessus de l'entrée, se dressèrent de riches basiliques et des églises généralement construites de manière qu'on pût communiquer directement avec le tombeau principal, qui prit alors le nom de *confession*. Le pèlerin, à son arrivée dans la cité sainte, visitait chacune de ces églises, coutume qui subsiste encore de nos jours ; il descendait dans les cryptes, et, grâce au bon état des galeries, n'avait point à chercher péniblement sa route ; il allait d'abord au tombeau du principal martyr, et visitait ensuite ceux pour lesquels il éprouvait le plus de confiance.

Pendant cette période, pas une tombe ne fut ouverte, pas un corps ne fut enlevé. A travers une ouverture pratiquée dans les tombeaux on faisait toucher aux reliques des martyrs des mouchoirs ou écharpes, appelées *brandea*, qu'on envoyait ensuite dans les pays éloignés, pour y être conservés avec la plus grande vénération. Rien d'étonnant que saint Ambroise, saint Gaudens et d'autres évêques aient éprouvé tant de difficultés afin d'obtenir pour leurs églises soit des corps entiers, soit des reliques considérables de martyrs. Une autre espèce de reliques, appelée l'huile des martyrs, était un mélange d'huile et de baume brûlant dans la lampe suspendue près des tombeaux. Souvent une petite colonne de pierre, de trois pieds de haut et creusée au sommet, se trouve tout auprès, sans doute pour y poser la lampe ou servir à la distribution de son contenu. Saint Grégoire le Grand, écrivant à la reine Théodelinde, lui mande qu'il lui envoie de l'huile des papes martyrs. La liste qui accompagnait ce présent a été copiée par Mabillon, dans le trésor de Monza, et publiée de nouveau par Ruinart[1]. Elle se trouve encore au même endroit, ainsi que les fioles qui contenaient les huiles, scellées dans des tubes de métal.

Ce soin jaloux de ne pas troubler le repos des saints paraît dans un charmant récit de saint Grégoire de Tours. Parmi les martyrs spécialement honorés par l'antique Église romaine étaient les saints Chrysanthe et Darie. Leurs tombes devinrent bientôt si célèbres à cause des guérisons qui s'y

---

de chacun de ces papes, et de saint Antherus, dans une chapelle du cimetière récemment retrouvé de Callistus, ainsi que d'une inscription en vers de saint Damase :

> « Prid. Kal. Jan. Sylvestri in Priscillæ.
> IV. Id. (Aug.) Laurentii in Tiburtina.
> III. Kal. Dec. Saturnini in Thrasonis. »
>
> Publié par Ruinart. (*Acta*, t. III.)

[1] *Acta martyr.*, t. III.

opérèrent, que les chrétiens construisirent au-dessus, ou plutôt creusèrent une sorte de salle voûtée où les fidèles se réunirent en grand nombre. Les païens ayant découvert cette retraite, l'empereur fit murer l'entrée et jeter quantité de terre et de pierres, sans doute par le *luminare*, ouverture supérieure servant à renouveler l'air; l'assemblée tout entière fut enterrée vive, à l'exemple des saints martyrs qu'elle vénérait. A la paix de l'Église, cet endroit était encore inconnu, jusqu'au moment où la volonté de Dieu jugea à propos de le manifester. Au lieu de permettre aux pèlerins d'entrer dans ce lieu sacré, on leur accorda seulement de contempler à travers une étroite ouverture pratiquée dans la muraille les deux saints martyrs et la pieuse troupe de fidèles ensevelis à leurs pieds. Cet acte de cruauté ayant été accompli au milieu des préparatifs de l'oblation de la sainte Eucharistie, on voyait encore, gisant à terre, les vases d'argent qui contenaient le vin destiné au sacrifice sans tache[1].

Il est évident que les pèlerins venant à Rome avaient besoin d'un guide qui leur indiquât à l'avance ce qu'ils avaient à visiter; il est également bien naturel qu'en rentrant dans leur pays ils aient cherché à édifier leurs amis moins fortunés, en leur racontant leur voyage. Non moins favorisés que ces derniers, nous avons recueilli quelques récits de ce genre. Les plus importants de ces documents sont des catalogues compilés au IVe siècle : l'un énumère les sépultures des pontifes romains; l'autre, les tombeaux des martyrs[2]. On remarque ensuite trois guides bien distincts dans les catacombes : leur intérêt est d'autant plus considérable, que, tout en décrivant des parcours variés, ils sont toujours merveilleusement d'accord entre eux.

Afin de montrer la valeur de ces documents et d'énumérer les changements que subirent les catacombes pendant la seconde période de leur histoire, nous ferons brièvement le récit d'une découverte faite dans le cimetière où nous avons laissé notre petite troupe de visiteurs. Parmi les décombres entassés à l'entrée d'une catacombe dont le nom était douteux, et qu'on prenait pour celle de Prétextat, on trouva un fragment d'une tablette de marbre brisée obliquement, de gauche à droite, et portant les lettres suivantes :

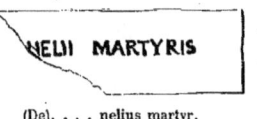

(De). . . . nelius martyr.

Le jeune chevalier de Rossi déclara immédiatement que c'était une partie de l'inscription sépulcrale du saint pape Cornelius; que sa tombe, d'une forme particulière, se trouverait probablement plus loin. Or, comme tous

---

[1] S. Greg. Turon., *de Gloria mart.*, lib. I, cap. XXVIII, ap. Marchi, p. 81. On serait tenté, en cette occasion, d'appliquer à ces martyrs l'épigramme de saint Damase. carm. XXVIII.
[2] Publié par Bucherius en 1634.

les anciens itinéraires la placent dans le cimetière de Calliste, le cimetière où l'on se trouvait alors pouvait donc revendiquer ce nom glorieux qui n'appartenait point à celui de Saint-Sébastien, situé à quelques centaines de pas. Il alla même jusqu'à prédire, d'après ces documents, que saint Cyprien ayant été enseveli à côté de Cornelius, on trouverait près de cette tombe la preuve de cette assertion ; on savait du reste que le corps de

Fig. 42. — Saint Corneille et saint Cyprien
(d'après la *Roma sotteranea* de Rossi, t. 1, pl. VI).

saint Cyprien reposait en Afrique. Ces paroles furent bientôt confirmées par l'événement. On découvrit le grand escalier[1] ; il conduisait à un endroit plus vaste, soigneusement revêtu de briques au moment de la paix de l'Église, et bien pourvu de lumière et d'air par le haut. A gauche était un tombeau taillé comme les autres dans le roc, mais qui n'était point orné d'un arceau extérieur. Il était cependant de belles dimensions ; à l'exception d'un second placé beaucoup plus haut, il n'y en avait pas d'autre alentour. On trouva dans la première tombe le reste de l'inscription qui manquait ; l'autre fragment, apporté du musée Kircher, où on l'avait

[1] La crypte a probablement été découverte avant l'escalier.

déposé, s'y adaptait parfaitement. Une fois réunis, ils donnèrent l'inscription suivante :

(De) Cornelius, martyr, évêque.

Au-dessus, depuis le bord de cette inscription jusqu'au sol, on en voyait une seconde gravée sur une plaque de marbre: l'angle gauche seul subsiste encore; le temps avait brisé le reste et dispersé les fragments. Au-dessus de la tombe se trouvait une autre tablette, enchâssée dans le tuf, dont il ne reste que l'angle droit et quelques morceaux retrouvés dans les débris, pas assez nombreux pour rétablir l'inscription, mais suffisants pour indiquer que c'étaient des vers composés par le pape Damase. Comment a-t-on pu reconnaître cette origine? Très facilement. Car non seulement ce saint pape aimait à composer des vers qu'il plaçait sur la tombe des martyrs, mais ces inscriptions sont tracées en caractères d'une forme particulière et fort élégante que les antiquaires appellent des lettres damasiennes. Des fragments de cette inscription sont écrits avec ces lettres.

Continuons : sur le mur à droite de la tombe, et sur le même plan, on a peint deux figures en pied, revêtues d'ornements sacerdotaux, la tête entourée d'un nimbe, ouvrage de l'art byzantin et datant du VIIᵉ siècle. Au-dessous et à gauche de chaque personnage étaient inscrits leurs noms; les lettres, disposées une à une et perpendiculairement, étaient effacées en partie. Nous les rétablissons en italiques :

SI ✠ CORNEL*I* PP   SCI ✠ PRI*ANI*.ᵃ

Un étranger sachant que l'Église célèbre le même jour la fête de ces deux martyrs s'imaginerait aisément, en voyant ces peintures et en lisant ces inscriptions, qu'ils ont été enterrés dans la même tombe. Enfin, à droite, se trouve une colonne d'environ trois pieds de haut et légèrement creusée au sommet, comme nous l'avons dit précédemment. Ce qui confirme notre assertion relativement à l'usage auquel on les employait, c'est que dans la liste des huiles saintes que saint Grégoire envoyait à la reine des Lombards on trouve l'huile de saint Cornelius, *oleum S. Cornelii.*

---

[1] « (Portrait) de saint Cornelius, pape, de saint Cyprien. » De l'autre côté, sur un petit mur qui s'avance à angle droit, sont deux portraits semblables; on n'a pu déchiffrer qu'un nom, celui de saint Sixtus, ici et en d'autres endroits appelé Sustus. On peut encore lire, grossièrement tracés sur le mortier en caractères du VIIᵉ siècle, les noms des visiteurs de la tombe. Voici ceux de deux prêtres :

☙LEO P̄R̄B̄ I ANNIS P̄R̄B̄.

Ajoutons une curieuse note prise dans le calendrier romain :
XVIII. Kal. Oct. Cypriani Africæ : Romæ celebratur in Callisti. — « 14 sept. (Déposition) de Cyprien, en Afrique. A Rome on la célèbre dans (le cimetière) de Callistus. »

Nous voyons donc que, pendant la deuxième période, les dispositions simples et primitives des cimetières se modifièrent et devinrent plus élégantes et plus commodes. Il ne faut pas croire pour cela que nous confondons ces embellissements nouveaux avec les travaux des premiers âges. La différence est si grande, que l'on prendrait plutôt un Rubens pour un Fra Angelico qu'un ouvrage byzantin pour un produit de l'art des deux premiers siècles.

Venons maintenant à la troisième période de l'histoire de ces lieux vénérables; c'est le triste moment de leur désolation. Lorsque les Lombards et plus tard les Sarrasins vinrent dévaster les environs de Rome, et que les catacombes furent exposées à la profanation, les papes enlevèrent les corps des plus illustres martyrs pour les placer dans les basiliques de Rome. Ce qui fut continué pendant le viiie et le ixe siècle, époques pendant lesquelles on entend encore parler des réparations faites dans les catacombes par les souverains pontifes. Ces lieux saints cessèrent d'être l'objet de la dévotion des fidèles; et les églises qui en recouvraient l'entrée furent détruites ou tombèrent en ruines. Seules, celles qui étaient fortifiées et qu'on pouvait défendre résistèrent à tous ces ennemis. Citons, entre autres, les basiliques *extra muros* de Saint-Paul sur la voie d'Ostie, de Saint-Sébastien sur la voie Appienne, de Saint-Laurent sur la voie Tiburtine ou dans l'*ager Veranus*, de Sainte-Agnès sur la voie Nomentane, de Saint-Pancrace sur la voie Aurélienne, et la première de toutes, celle de Saint-Pierre au Vatican. La première et la dernière de ces basiliques étaient entourées de *bourgs* et de cités; autour de quelques autres le voyageur peut encore apercevoir la trace de murailles fortifiées.

Néanmoins il est bien étonnant que le jeune antiquaire que nous avons déjà nommé plusieurs fois avec éloge ait retrouvé, presque dans leur intégrité, deux des basiliques qui s'élevaient à l'entrée du cimetière de Callistus. La première sert d'étable et de boulangerie; la seconde est un dépôt de vins. Il est très probable que l'une d'elles fut bâtie par le pape Damase, dont le nom reparaît si souvent. Les anciennes catacombes ne sont plus qu'une ruine; car les terres, entraînées par la pluie, ont envahi les ouvertures; ajoutons à cela le pillage séculaire des propriétaires, qui trouvaient dans leurs vignes des issues secrètes pour y pénétrer, et l'action destructive du temps et du climat. Il y a lieu cependant d'être très reconnaissant pour le peu qui nous reste; il suffit à vérifier l'exactitude des documents légués par des temps plus heureux; ces documents nous servent de guides pour la restauration de ces débris vénérables. Le pontife qui gouverne maintenant l'Église a plus fait pour les catacombes que tous ses prédécesseurs pendant les siècles écoulés. La commission mixte qu'il a nommée s'est merveilleusement acquittée de sa tâche. Avec des ressources limitées, elle mène les travaux d'une façon régulière et achève entièrement la restauration des parties qu'elle met au jour. Les objets découverts ne sont point enlevés; ils sont remis en place, et, autant que possible, en leur état primitif; on copie soigneusement toutes les peintures, et on lève le plan de chaque partie nouvellement explorée. Pour arriver à ces beaux résultats, le pape a payé, sur sa cassette, des vignes et des champs, particulièrement à Tor-Marancia, où se trouve le cimetière des SS. Nérée et Achillée; il en a fait autant, je crois, pour les terrains qui recouvrent celui de Callistus. L'empereur des Français a envoyé à Rome des artistes qui ont produit une œuvre magnifique, trop splendide peut-être sur les catacombes[1], mais une œuvre vraiment impériale[2].

Il est bien temps de rejoindre nos jeunes gens, et de terminer notre visite dans cette merveilleuse cité des saints sous la conduite de nos amis les fossoyeurs.

[1] Il s'agit ici de l'œuvre de M. Perret (6 volumes in-folio).

[2] Depuis que le cardinal Wiseman a écrit ces lignes, la science des catacombes a fait d'admirables progrès, et le monde entier salue en M. de Rossi le plus illustre des archéologues comtemporains. Sa *Roma sotteranea* a élargi le champ des recherches et l'étendue des connaissances. Il a fait en France d'excellents élèves, parmi lesquels il faut tout d'abord mentionner M. l'abbé Martigny, auteur d'un excellent *Dictionnaire des antiquités chrétiennes*, et M. Paul Allard. La plus récente publication est celle de M. Roller (2 vol. in-4°); mais M. de Rossi est loin d'avoir dit son dernier mot, et nous nous attendons à de nouvelles découvertes qui profiteront à la cause de l'Église.

CHAPITRE IV

CE QUE DIOGÈNE RACONTA AU SUJET DES CATACOMBES

 OUT ce que nous venons de raconter à nos lecteurs au sujet de la première période de l'histoire de Rome souterraine, puisque tel est le nom que les antiquaires ecclésiastiques aiment à donner aux catacombes, a certainement été redit par Diogène à ses jeunes auditeurs d'une façon beaucoup plus intéressante. Pendant qu'il parlait, ceux-ci s'avançaient lentement, la torche à la main, le long d'une immense galerie droite, coupée par un grand nombre d'allées latérales où ils se gardaient bien de s'engager ; de temps en temps on faisait une pause pour écouter les mêmes explications que nous venons de donner bien prosaïquement dans notre dernier chapitre.

A la fin Diogène prit à droite ; Torquatus jeta autour de lui des regards étonnés.

« Je serais curieux de savoir, dit-il, combien nous avons laissé derrière nous d'allées transversales avant de quitter la grande galerie.

— Un grand nombre, reprit sèchement Severus.

— Combien, pensez-vous ? dix ou vingt ?

— Pour le moins, à ce que j'imagine, car je ne les ai jamais comptées, »

Torquatus, lui, les avait comptées, mais il était bien aise de vérifier son calcul. Il reprit en s'arrêtant encore :

— Comment reconnaissez-vous donc le bon chemin ? Oh ! qu'est-ce que cela ? » Et il feignit d'examiner une petite niche à l'angle du mur. Mais Severus était vigilant, et s'aperçut qu'il faisait une marque dans le sable.

« Allons, allons, venez, dit-il, nous allons perdre de vue les autres, et nous ne saurions plus où tourner. Cette petite niche sert à placer une lampe ; vous en trouverez une à chaque angle. Quant à nous, nous con-

naissons les moindres détours de ces souterrains aussi bien que vous
connaissez les rues de la ville au-dessus de nos têtes. »

Torquatus parut satisfait de cette explication sur les lampes; il s'agissait
évidemment de ces petites lampes en terre fabriquées spécialement pour
les catacombes, et que l'on y trouve en très grand nombre. Mécontent
néanmoins du laconisme de Severus, il compta avec soin, en marchant, tous les tournants; sous un prétexte quelconque il s'arrêtait à
chaque instant pour noter certains endroits et scruter les angles des

Fig. 43. — Une lampe au type du Bon Pasteur, trouvée à Ostie et antérieure au IIIe siècle
(d'après les *Catacombes* de Roller, t. I, pl. xxviii).

murailles. Mais Severus tenait fixés sur lui des yeux perçants, et ne
laissait rien échapper.

Enfin ils entrèrent sous un porche, et se trouvèrent dans une petite
chambre carrée, richement ornée de peintures.

« Comment appelez-vous cet endroit? demanda Tiburce.

— C'est une des nombreuses cryptes ou *cubicula* (chambres) qui abou-
tissent dans les cimetières, répondit Diogène; parfois ce ne sont que de
simples sépultures de famille; mais en général elles contiennent le tombeau d'un martyr, pour l'anniversaire duquel on s'y réunit. Voyez en
face de nous cette tombe surmontée d'un arceau, quoiqu'elle soit presque au niveau du mur; le jour de la commémoration, elle devient l'autel
sur lequel on offre les divins mystères. Vous connaissez sans doute cette
coutume?

— Mes deux amis, interrompit Pancrace, baptisés il y a si peu de temps, n'en ont peut-être pas entendu parler; mais je la connais bien. C'est là un des glorieux privilèges des martyrs; on offre au-dessus de leurs cendres le corps sacré et le précieux sang du Seigneur; ils reposent ainsi sous les pieds de Dieu[1]. Examinons bien les peintures qui couvrent cette crypte.

— C'est précisément à cause d'elles que je vous ai amenés dans cette salle de préférence à toutes les autres du cimetière. C'est une des plus anciennes; elle contient une série de peintures depuis les temps les plus éloignés jusqu'à celles qui ont été exécutées par mon fils.

Fig. 41. — La Cène (d'après une peinture du cimetière de Calliste).

— Eh bien, Diogène, dit Pancrace, vous allez les expliquer avec méthode à mes amis. Je les connais pour la plupart; mais je serais enchanté d'entendre vos explications.

— Je ne suis pas un savant, répondit modestement le vieillard; mais lorsqu'on a vécu soixante ans, depuis la jeunesse jusqu'à la vieillesse, au milieu des mêmes choses, on finit par les connaître mieux que d'autres personnes, et aussi parce qu'on les aime davantage. Tous ceux qui sont ici ont été complètement initiés, n'est-ce pas? ajouta-t-il après une pause.

— Tous, répondit Tiburce, quoiqu'ils ne soient pas aussi instruits que les convertis le sont ordinairement. Torquatus et moi nous avons reçu le don sacré.

[1] Sic venerarier ossa libet,
Ossibus altar et impositum :
Illa Dei sita sub pedibus
Prospicit hæc, populosque suos
Carmine propitiata fovet.

(Prudentius, περί Στεφ., III, 43.)

« C'est ainsi que nous aimons à vénérer les ossements et l'autel qui les surmonte. Elle repose sous les pieds de Dieu, et sourit à ses enfants, dont elle exauce les ardentes prières... »
L'idée que le martyr repose « sous les pieds de Dieu » est une allusion à la présence réelle dans la sainte Eucharistie.

— Il suffit, ajouta le fossoyeur. Les peintures de la voûte sont les plus anciennes, ce qui n'a rien d'étonnant. On les exécuta lorsque la crypte fut creusée, tandis que les deux murailles ne furent ornées qu'à mesure que les tombes furent mises en place. Remarquez ce léger treillis orné de grappes de raisin qui couvre la voûte; il représente notre véritable vigne, dont nous ne sommes que les branches. Voyez aussi Orphée, assis et jouant mélodieusement non seulement pour son propre troupeau, mais pour les animaux sauvages du désert; charmées par l'harmonie, ces bêtes cruelles s'arrêtent autour de lui.

— Comment! mais c'est une peinture tout à fait païenne, interrompit vivement Torquatus d'un ton un peu sarcastique. Quel rapport cela peut-il avoir avec le christianisme?

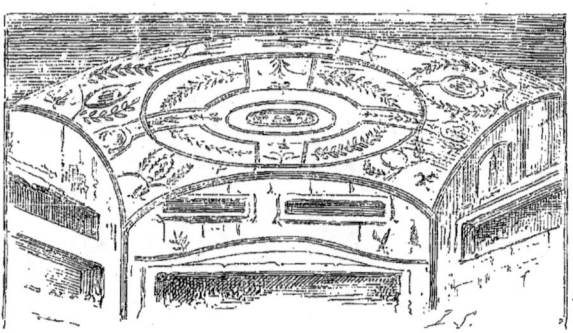

Fig. 45. — Une voûte des Catacombes. (Rossi, *Roma sotterranea*, t. II, pl. VIII.)

— C'est une allégorie, Torquatus, répliqua doucement Pancrace, et une allégorie favorite. L'usage des symboles païens, lorsqu'ils sont innocents, est permis. Par exemple, vous pouvez voir à la voûte des masques et d'autres ornements païens qui appartiennent en général à une très ancienne période. C'est ainsi que Notre-Seigneur a été représenté sous la figure d'Orphée, afin de mettre sa personnalité sacrée à l'abri du blasphème sacrilège des païens. Regardez cet arceau, vous y trouverez une représentation plus récente du même sujet.

— Je vois, dit Torquatus, un berger avec une brebis sur ses épaules : le bon Pasteur. Ah! je comprends, et je me souviens de la parabole.

— Mais pourquoi ce sujet obtient-il tant de préférence? demanda Tiburce; je l'ai remarqué dans les autres cimetières.

— Jetez les yeux au-dessus de l'*arcosolium* [1], répondit Severus, vous y verrez une peinture plus détaillée de cette scène. Ne serait-il pas mieux de continuer ce que nous avons commencé, et d'achever l'examen de la voûte? Apercevez-vous cette figure à droite?

---

[1] On appelait ainsi les tombes ornées d'un arceau. — On pourrait les comparer à un foyer muré jusqu'à la hauteur de trois pieds; les peintures seraient à l'intérieur et au-dessus de ce mur.

— Oui, répondit Tiburce, c'est celle d'un homme qui semble être dans un coffre, tandis qu'une colombe se dirige vers lui. Serait-ce là une image du déluge?

— C'est, dit Severus, l'emblème de la régénération par l'eau et l'Esprit-Saint et du salut du monde. Tel est notre commencement; voici ce qui symbolise notre fin : Jonas jeté hors du bateau et avalé par la baleine, puis tranquillement assis sous son calebassier. C'est encore la résurrection avec Notre-Seigneur et le repos éternel qui en est la suite.

— Que ce symbole est bien ici à sa place! observa Pancrace en indiquant

Fig. 46. — Orphée, figure du Christ (d'après une peinture du cimetière de Domitille).

du doigt le côté opposé; voici une autre image de cette même doctrine consolante.

— Où donc? demanda Torquatus d'un air fatigué, je ne vois qu'une figure emmaillotée comme un enfant et debout dans un petit temple; en face d'elle est une autre personne.

— Précisément, dit Severus, c'est là notre manière de représenter la résurrection de Lazare. Tenez, voyez ici de quelle touchante manière on a exprimé les souffrances de nos ancêtres persécutés : les trois enfants de Babylone au milieu de la fournaise ardente.

— Eh bien, je crois, dit Torquatus, que nous pouvons maintenant nous occuper de l'*arcosolium* et terminer l'examen de cette salle. Quelles sont ces peintures qui l'entourent?

— Si vous jetez les yeux sur la gauche, vous remarquerez la multiplication des pains et des poissons. Le poisson[1], vous ne l'ignorez pas, est le symbole du Christ.

— Et pourquoi ? » demanda Torquatus d'un ton où perçait l'impatience.

Severus se tourna vers Pancrace, comme plus capable que lui de répondre à cette question

« Il y a là-dessus deux opinions, répondit aussitôt le jeune homme ; l'une d'elles trouve son explication dans le mot lui-même, dont chaque lettre ne serait que l'initiale de plusieurs mots signifiant : Jésus-Christ, Fils de Dieu, Sauveur[2]. La seconde opinion ne distingue que le symbole : de même que les poissons naissent et vivent dans l'eau, de même aussi le chrétien naît dans les eaux du baptême[3] et y est enseveli avec le Christ. C'est pour cela qu'en venant nous avons vu la figure du poisson, ou son nom, gravés sur les tombeaux. Maintenant continuez, Severus.

— L'union du pain et du poisson, dans le miracle de la multiplication,

Fig. 47. — Le Bon Pasteur. Une orante (d'après un *arcosolium* du cimetière des SS. Nérée et Achillée).

nous montre comment, dans l'Eucharistie, le Christ devient la nourriture de tous les fidèles[4]. En face est Moïse frappant le rocher pour abreuver son peuple. Il est l'image du Christ, notre breuvage aussi bien que notre nourriture[5].

— Enfin, dit Torquatus, nous voici arrivés au Bon Pasteur.

— Oui, continua Severus, le voici au centre de l'*arcosolium*, vêtu d'une simple tunique, les jambes entourées de bandelettes ; sur ses épaules repose la brebis égarée qu'il ramène à la bergerie. A ses côtés on

---

[1] La plupart du temps ce mot est écrit en grec ; le Christ est familièrement appelé IXΘΥΣ, *Ichthus*.

[2] Telle est l'explication de saint Optat (*Ad. Parm.*, lib. III) et de saint Augustin (*De Civitate Dei*, lib. XVIII, c. xxxiii).

[3] Explication donnée par Tertullien (*De Baptismo*, lib. II, c. II).

[4] Dans le même cimetière se trouve une autre peinture intéressante. Sur une table on voit un pain et un poisson au-dessus desquels un prêtre étend les mains ; en face une femme est en adoration. Le prêtre est le même qu'on voit, dans une peinture voisine, administrer le baptême. Dans une autre salle qu'on vient de déblayer, on remarque de très anciennes décorations, des masques, etc., et des poissons qui nagent en portant sur le dos des paniers remplis de pains.

[5] Cette figure est du même type que celle de saint Pierre, tel qu'on le représente dans les catacombes. Sur un verre où l'on a peint cette scène, le mot PETRUS est écrit au-dessus de la tête du personnage qui frappe le rocher.

voit, à droite le bélier vagabond, à gauche une douce brebis; le pénitent occupe une place d'honneur. A chaque extrémité vous remarquez deux personnages évidemment envoyés pour prêcher; penchés en avant, ils s'adressent aux brebis qui ne font pas partie de la bergerie. A leurs pieds, une brebis semble ne pas écouter leurs paroles et continue à brouter paisiblement; mais une autre, levant la tête, les écoute et les regarde avec une extrême attention. La pluie tombe abondamment sur eux;

Fig. 48. — Une voûte des Catacombes (cimetière de Domitille, IIIᵉ siècle).

c'est l'image de la grâce de Dieu. Rien n'est plus facile que d'expliquer cette peinture.

— Pourquoi cet emblème est-il donc en si grande faveur?

— Nous croyons que cette peinture et les autres du même genre appartiennent à l'époque où l'hérésie de Novatien était une cause de grande désolation pour l'Église, répondit Severus.

— Quelle est cette hérésie? demanda Torquatus du ton indifférent d'un homme qui croit perdre son temps.

— Cette hérésie enseignait et enseigne encore qu'il y a des fautes que l'Église n'a pas le pouvoir de remettre, et qui sont trop graves pour obtenir le pardon de Dieu. »

Pancrace ne se doutait pas de l'effet de ses paroles; mais Severus, qui tenait ses yeux vigilants fixés sur Torquatus, le vit rougir et pâlir tour à tour.

« Est-ce donc une hérésie? demanda le traître d'un air embarrassé.

— Certainement, c'en est une abominable, répondit Pancrace, de marquer des limites à la miséricorde et à l'indulgence de Celui qui n'est pas venu appeler les justes, mais les pécheurs à la pénitence. L'Église catholique a toujours enseigné qu'un pécheur sincèrement contrit peut recevoir son pardon, quels que soient la noirceur et le nombre de ses crimes, grâce au remède de la pénitence, dont elle est la dépositaire.

Fig. 49. — Les poissons et l'ancre.

C'est pourquoi elle affectionne tant ce type du Bon Pasteur, prêt à parcourir le désert à la recherche de la brebis égarée qu'il veut ramener au bercail.

— Mais, dit Torquatus, évidemment fort ému, si celui qui est devenu chrétien et a reçu le don sacré succombait à la tentation, se plongeait dans le vice, et en venait presque à... à... (sa voix tremblait), à trahir ses

Fig. 50. — Les poissons et les colombes.

frères, l'Église ne le rejetterait-elle pas de son sein sans lui laisser aucune espérance?

— Non, non, répondit le jeune homme, et c'est précisément parce que l'Église pardonne de tels crimes que les novatiens lui prodiguent des insultes. L'Église est une tendre mère dont les bras sont toujours étendus pour presser sur son cœur ses enfants égarés par leur faute. »

Des larmes mouillaient les yeux de Torquatus, ses lèvres s'agitaient convulsivement pour livrer passage à l'aveu de son crime; puis tout à coup, comme si une goutte de fiel lui fût montée à la gorge pour l'étouffer, son regard devint fixe et dur, il se mordit les lèvres et dit avec un sang-froid affecté : « Voilà une bien consolante doctrine pour ceux qui en ont besoin. »

Severus fut le seul à s'apercevoir que l'appel de la grâce avait été repoussé, et qu'une résolution désespérée venait d'anéantir tout espoir dans le cœur de cet homme. Diogène et Maius, qui s'étaient éloignés pour examiner l'emplacement d'une nouvelle galerie qu'on voulait ouvrir à peu de distance, revinrent à ce moment. Torquatus s'adressa au vieux fossoyeur :

« Nous venons de parcourir les galeries et les salles; je serais désireux maintenant de visiter l'église où nous devons nous rassembler. »

Le fossoyeur sans défiance allait lui montrer le chemin ; mais l'inexorable Severus s'interposa :

« Je crois, mon père, que c'est trop tard pour aujourd'hui, et nous avons notre ouvrage à terminer; nos amis nous excuseront; du reste, ils verront

Fig. 51. — La sainte Vierge et les Mages (d'après la peinture du cimetière de Calliste).

l'église un peu plus tard et en meilleur état, puisque le saint pontife doit y officier. »

Tout le monde y consentit; lorsqu'ils arrivèrent à l'endroit où ils avaient quitté la grande galerie pour aller visiter la salle ornée de peintures, Diogène arrêta la petite troupe, s'avança de quelques pas dans une galerie qui s'ouvrait en face et dit :

« En suivant ce corridor, si vous tournez à droite, vous arriverez à l'église. Je vous ai fait venir jusqu'ici afin de vous montrer un *arcosolium* orné d'une magnifique peinture. Voyez la Vierge mère portant dans ses bras le divin enfant qui reçoit les adorations des trois mages, représentés ici au nombre de quatre, tandis que nous n'en comptons généralement que trois [1]. »

On admira beaucoup cette peinture; mais le pauvre Severus était désolé de voir que son bon père avait fourni par mégarde à Torquatus tous les renseignements qu'il désirait, ainsi qu'un excellent moyen de reconnaître

---

[1] Cette peinture a été découverte, si nous nous en souvenons bien, dans le cimetière des SS. Nérée et Achillée. Elle est fort antérieure au concile de Chalcédoine, époque à laquelle on fait ordinairement remonter cette manière de représenter Notre-Seigneur.

la galerie en appelant son attention sur la tombe voisine, si remarquable par sa belle décoration.

Lorsqu'on se sépara, le pauvre garçon raconta à son père tout ce qu'il avait remarqué, en ajoutant : « Cet homme nous sera une cause de malheur ; je le soupçonne beaucoup. »

En un clin d'œil ils détruisirent toutes les marques que Torquatus avait faites aux angles des murs. Pour déjouer ses calculs, ils se déterminèrent à changer la route en comblant le chemin actuel, qu'ils firent partir d'un autre point. Dans ce but ils transportèrent tout le sable qui provenait des récentes excavations à l'extrémité d'une allée latérale croisant la grande galerie, et l'y laissèrent entassé jusqu'à ce que les fidèles pussent être prévenus des changements qui devaient avoir lieu dans cet endroit.

CHAPITRE V

AU-DESSUS DU SOL

FIN de remettre notre lecteur de ce long voyage souterrain, nous allons le mener avec nous visiter « l'heureuse Campanie », *Campania felix*, comme l'eût appelée un ancien auteur. Là nous avons laissé Fabiola fort intriguée de quelques phrases qu'elle avait lues par hasard, qui lui semblaient venir d'un autre monde et dont elle ne savait trop que penser. Elle eût souhaité en mieux saisir le sens; mais elle n'osait pas s'en informer. Beaucoup de visiteurs survinrent le lendemain et les jours suivants; plus d'une fois elle songea à leur soumettre ces phrases mystérieuses : elle ne pouvait s'y décider.

Une dame, comme elle philosophiquement irréprochable et froidement vertueuse, se présenta et s'entretint avec elle des sujets à la mode du jour. Fabiola fut au moment de tirer de son sein la petite feuille de vellum, afin de l'embarrasser par son contenu; elle ne put se résigner à faire ce qui lui semblait une profanation. Un savant profondément versé dans toutes les branches de la science et de la littérature demeura longtemps avec elle, et discourut avec beaucoup de charme sur les sublimes théories des anciennes écoles. A celui-là encore elle brûlait de communiquer sa découverte ; mais elle crut que ces paroles mystérieuses renfermaient un sens trop élevé pour lui. Chaque fois que cette noble et fière patricienne avait besoin de consolations et de sages avis, n'était-il pas étrange de la voir se tourner instinctivement vers son esclave chrétienne? C'est ce qui arriva. Après quelques jours consacrés aux exigences de la société, et lorsqu'elles furent seules, Fabiola plaça la feuille de vellum sous les yeux de Syra. Après l'avoir lue, l'esclave, en proie à une émotion qui échappa à sa maîtresse, leva cependant les yeux vers elle d'un air parfaitement calme.

« Cet écrit m'a été remis par erreur à la villa de Chromatius, dit Fabiola, et je ne puis éloigner de mon esprit ces paroles qui l'inquiètent.

— Pourquoi en serait-il ainsi, ma noble maîtresse? Leur sens est pourtant bien clair.

— Oui, et c'est précisément cette clarté qui me trouble. Ma nature se révolte contre de tels sentiments. Ne devrais-je pas plutôt mépriser un homme qui ne ressentirait pas une injure, et ne saurait rendre la haine pour la haine? Pardonner, c'est déjà beaucoup; mais rendre le bien pour le mal dépasse les forces de l'homme. Eh bien! malgré cela, j'avoue que je ne puis m'empêcher de vous estimer, parce que votre conduite est opposée à celle que je me sens invinciblement portée à conseiller.

— Oh! ne parlez pas de moi, chère maîtresse; ne considérez que le principe, que vous honorez aussi chez les autres. Éprouvez-vous du mépris ou du respect pour Aristide, qui, afin d'obliger un ennemi grossier, écrivit son propre nom sur la coquille dont ce dernier allait se servir pour voter son bannissement? Noble patricienne de Rome, méprisez-vous ou honorez-vous Coriolan à cause de sa généreuse modération envers votre cité?

— Je les honore certainement tous les deux, Syra; mais vous n'ignorez pas que c'étaient des héros et non des hommes ordinaires.

— Et pourquoi ne serions-nous pas tous des héros? demanda Syra en riant.

— Oh! enfant que vous êtes, que deviendrait le monde s'il en était ainsi? Il est fort intéressant de lire les hauts faits de ces personnages extraordinaires; mais on serait désolé de les voir exécuter tous les jours par tout le monde.

— Et pourquoi cela? demanda Syra.

— Pourquoi? Quelle femme aimerait à voir son petit enfant jouer avec des serpents et les étrangler dans son berceau? Je serais vraiment fâchée qu'un des amis que j'invite à ma table me racontât tranquillement qu'il a tué le matin un minotaure ou étouffé une hydre, ou qu'un autre m'offrît de faire passer le Tibre à travers mes écuries pour les nettoyer. Que les dieux nous préservent d'une génération de héros! » Et Fabiola se mit à rire de bon cœur, tandis que Syra reprit avec non moins de gaieté :

« Supposez que nous eussions le malheur de vivre dans un pays où se trouveraient des monstres tels que les centaures, les minotaures, les hydres et les dragons. Ne serait-il pas alors plus avantageux que tous les hommes fussent plus ou moins des héros, afin de les dompter, plutôt que d'être obligés d'envoyer au bout du monde chercher un Thésée ou un Hercule pour nous rendre le même service? Dans ce cas, celui qui combattrait de si terribles animaux n'aurait pas plus le droit de passer pour un héros que les chasseurs de lions de mon pays.

— C'est parfaitement vrai, Syra; mais je ne vois pas l'application de votre idée.

— La voici : selon moi, la colère, la haine, l'ambition, l'avarice, sont des monstres aussi horribles que les serpents ou les dragons, qui attaquent les hommes ordinaires comme les plus illustres. Pourquoi n'essayerais-je pas de les exterminer, à l'exemple d'Aristide, de Coriolan ou de Cincinnatus? Pourquoi abandonner aux seuls héros une gloire que je puis conquérir moi-même?

— Prétendez-vous faire de cette théorie une règle commune de morale? S'il en est ainsi, je crois que vous visez trop haut.

— Non, chère maîtresse. Vous étiez fort étonnée lorsque j'ai osé affirmer qu'une vertu tout intérieure et cachée était aussi indispensable qu'une vertu extérieure et visible; je crains d'avoir à vous surprendre encore davantage.

— Continuez, et ne craignez pas de me dévoiler votre pensée tout entière.

— Eh bien! le fondement du système que je professe est celui-ci : nous devons considérer et pratiquer comme une vertu ordinaire, et même comme un simple devoir, ce que les autres codes, quelque purs et sublimes qu'ils soient, considèrent à l'égal des vertus les plus héroïques et les plus élevées.

— Voilà, en vérité, une superbe règle de morale; mais remarquez bien la différence qui sépare nos deux systèmes. Les louanges du monde soutiennent le courage du héros; ses hauts faits sont recueillis et transmis à la postérité, chaque fois qu'il dompte ses passions ou accomplit quelque belle action. Qui donc tournera les yeux vers son obscur et humble imitateur? Qui s'en occupera? Qui le récompensera? »

Syra, d'un air respectueux et avec un geste solennel, leva les yeux et la main vers le ciel et dit lentement : « Son Père qui est dans les cieux, qui fait lever son soleil sur les bons et sur les méchants, et fait tomber la pluie sur les justes et sur les injustes. »

Fabiola, profondément émue, s'arrêta un instant, puis d'un ton qui exprimait à la fois le respect et l'affection, elle ajouta : « Une fois de plus, Syra, vous avez vaincu ma philosophie. Votre sagesse est logique autant que sublime. Une vertu héroïque, même cachée, doit être, selon vous, celle de tout le monde. Pour essayer d'atteindre un pareil but, il faudrait dépasser en puissance celle que nos dieux nous semblent avoir; l'idée seule vaut toute une philosophie. Pourriez-vous me faire gravir des sommets plus élevés encore?

— Oh! beaucoup plus élevés.

— Et où donc enfin me conduiriez-vous?

— Là où votre cœur avouerait qu'il a trouvé la paix. »

CHAPITRE VI

A persécution, depuis quelque temps, ravageait les provinces d'Orient, sous les empereurs Dioclétien et Galérius, et Maximien venait de recevoir le décret qui allait la faire naître en Occident. Cette fois-ci on était bien résolu non pas seulement à réprimer, mais à exterminer le christianisme. Personne ne devait échapper; les chefs de la religion seraient frappés d'abord, puis les rangs inférieurs sommairement massacrés. Pour cela il fallait concerter les mesures nécessaires, afin que tous les engins variés de destruction pussent accomplir leur œuvre avec un impitoyable accord, que tout le monde fût prêt à seconder ce gigantesque effort, et que l'éclat d'un ordre impérial augmentât la terreur de ce coup terrible, qui devait anéantir le nom chrétien.

Pour arriver à ce but, l'empereur, malgré son impatience de se plonger dans le sang, cédait aux avis de ses conseillers, qui voulaient tenir l'édit secret afin de pouvoir le promulguer en même temps dans les provinces d'Occident. Les foudres de sa vengeance, mystérieusement retenues d'une main puissante, devaient produire un effet plus désastreux, en tombant à l'improviste sur les pauvres victimes, qu'elles enseveliraient sous des monceaux de ruines.

Ce fut pendant le mois de novembre que Maximien Hercule réunit un conseil afin d'arrêter ses plans d'une manière définitive. Il y appela les premiers officiers de la cour et de l'État. Un des principaux, le préfet de la cité, avait amené avec lui son fils Corvinus, pour lequel il sollicitait le titre de capitaine d'une troupe de « poursuivants » armés, choisis pour leur férocité et leur haine pour les chrétiens, qu'ils devaient traquer et massacrer sans pitié. Les préfets ou gouverneurs de la Sicile, de l'Espagne et des Gaules, étaient présents, afin de recevoir des ordres. En outre, on avait invité quelques savants, des philosophes, des orateurs et parmi ces derniers notre vieille connaissance Calpurnius. Beaucoup de prêtres, venus de différentes parties de l'empire, pour réclamer un redoublement de persécutions, reçurent l'ordre d'être présents.

Nous avons déjà dit que la résidence habituelle des empereurs était le mont Palatin. Il y en avait une autre cependant qu'ils aimaient beaucoup, et qui était particulièrement agréable à Maximien Hercule. Sous le règne de Néron, l'opulent sénateur Plautius Lateranus fut accusé de conspiration et mis à mort : son immense fortune fut confisquée par l'empereur, ainsi que son palais, d'une grandeur et d'une magnificence extraordinaire, décrit par Juvénal et par d'autres écrivains. Sa situation sur le mont Cœlius, à la limite méridionale de la cité, était délicieuse, et permettait d'embrasser

Fig. 52. — Maximien Hercule (VIRTUS MAXIMIANI AUG.)
tenant son cheval par la bride, et armé d'un bouclier qui est orné de la louve
(d'après un médaillon en bronze du cabinet de France).

une vue ravissante et unique aux environs de Rome. L'œil émerveillé voyait s'étendre à perte de vue la campagne romaine, coupée par d'énormes aqueducs, couverte de voies bordées de tombeaux de marbre, et parsemée de villas étincelantes au milieu des lauriers et des cyprès. Le soir, Alba et Tusculum, « avec leurs filles, » selon l'expression orientale, apparaissaient mollement étendues sur le flanc des collines, empourprées par le soleil couchant : à gauche, les montagnes pierreuses de la Sabine, et à droite, l'immensité de la mer encadraient noblement ce merveilleux tableau.

Il faudrait attribuer à Maximien une qualité qu'il n'avait pas pour affirmer que l'amour du beau était la seule raison de sa préférence pour une demeure si bien située. La splendeur de ce palais, qu'il avait encore surchargé d'ornements, ou peut-être la facilité de s'éloigner de la ville pour chasser l'ours et le loup, pouvaient suffisamment l'expliquer. Véritable barbare né à Sirmium, en Esclavonie, d'une basse extraction, soldat de fortune sans aucune éducation, et doué seulement d'une force brutale qui justifiait parfaitement son surnom d'Hercule. Maximien avait été élevé à la pourpre impériale par son frère Dioclès, non moins barbare que lui, et connu dans l'histoire sous le nom de Dioclétien ; à son exemple, cupide jusqu'à la bassesse, et prodigue jusqu'à la sottise, livré aux mêmes vices bas et criminels qu'une plume chrétienne ne saurait décrire, incapable de commander à ses passions, dépourvu de tout sentiment de justice et d'huma-

nité, ce monstre n'avait jamais cessé d'opprimer, de persécuter et de
massacrer tous ceux qui lui faisaient obstacle. Maximien se réjouissait
de l'approche de la persécution, comme un gourmand, devant une table
somptueuse, se réjouit de pouvoir se dédommager, par un excès plus
grand, de la monotonie de ceux qu'il commet tous les jours. Ce dernier
des tyrans de Rome, d'une taille gigantesque, portant sur les traits de
son visage l'empreinte bien connue de sa race, aux cheveux et à la barbe
plutôt jaunes que roux et aussi rudes que des brins de paille, aux regards
inquiets et toujours agités par le soupçon, la volupté et la cruauté, effrayait
tous ceux qui le regardaient, excepté les chrétiens. Est-il étonnant qu'il
détestât leur race et jusqu'à leur nom?

Ce fut dans la vaste basilique ou salle du palais de Latran (*Ædes Late-
ranæ*) que Maximien réunit son conseil, composé d'éléments si confus, et
auquel la discrétion était imposée sous peine de mort. L'empereur s'assit
sur un trône d'ivoire richement orné, placé au milieu de l'abside semi-
circulaire de l'extrémité de la salle; devant lui se rangèrent ses obséquieux
et tremblants conseillers. Une troupe d'élite gardait l'entrée. Sébastien,
l'officier qui la commandait, négligemment appuyé contre la porte, à l'intérieur, ne perdait pas un mot de tout ce qui se disait.

Maximien Hercule ne se doutait pas que la salle où il était assis, et qu'il
donna plus tard à Constantin, avec le palais adjacent, comme une partie
de la dot de sa fille Fausta, serait cédée par son gendre au chef de cette
religion qu'il cherchait à détruire, et que, gardant son nom de basilique
de Latran, elle deviendrait cathédrale de Rome, « mère et maîtresse de
toutes les églises de la cité et du monde[1]. » Il était loin de songer qu'à
l'endroit même où était placé son trône, s'élèverait une chaire occupée par
une race impérissable de souverains spirituels et temporels dont les com-
mandements seraient exécutés jusqu'en des contrées inconnues à la domination romaine.

Par respect pour la religion, les prêtres eurent les premiers la parole;
chacun d'eux avait son mot à dire. Ici une rivière avait débordé en ravageant les prairies environnantes; là un tremblement de terre avait détruit
la plus grande partie d'une ville. Sur les frontières du Nord les barbares
menaçaient d'une invasion; au Midi la peste décimait une population qui
se faisait remarquer par sa piété envers les dieux. Partout les oracles
avaient déclaré que tous ces malheurs étaient une preuve de la colère des
dieux irrités de la tolérance accordée aux chrétiens, dont les maléfices
désolaient l'empire. Bien plus, quelques oracles avaient affligé leurs prêtresses en déclarant sans détour qu'ils n'ouvriraient plus la bouche tant
qu'on n'exterminerait pas les odieux Nazaréens; le grand oracle de Delphes
n'avait pas craint de dire que le « *Juste* ne permettait pas aux dieux de
parler ».

Les philosophes et les orateurs vinrent ensuite qui prononcèrent tour
à tour d'interminables harangues, pendant lesquelles Maximien donna des

[1] Inscription placée sur le fronton de la basilique de Latran et sur les médailles.

signes non équivoques d'ennui. Mais comme les empereurs d'Orient avaient tenu une réunion semblable, il crut de son devoir de la supporter jusqu'au bout. Les mêmes calomnies furent répétées pour la dix-millième fois, aux applaudissements de l'assemblée; on rappela le meurtre des enfants qui devaient être mangés dans les assemblées chrétiennes, tous les crimes affreux qu'ils commettaient, le culte des martyrs, l'adoration d'une tête d'âne; on les accusa enfin, sans beaucoup de logique, d'être incrédules et de ne point reconnaître de Dieu. Toutes ces histoires passaient pour véritables, quoique ceux qui les racontaient n'ignorassent pas que ce n'étaient que de bonnes inventions païennes, très utiles pour entretenir l'horreur du christianisme.

A la fin un homme se leva, qui passait pour être très versé dans les doctrines de l'ennemi et très habile à déjouer sa dangereuse tactique. On disait qu'il avait étudié dans les livres mêmes des chrétiens et que sa vigoureuse réfutation porterait un coup mortel à leurs erreurs. Son autorité était si grande parmi ses partisans, que s'il eût attribué aux chrétiens quelques monstrueuses croyances, le grand prêtre en personne venant démentir une assertion de Calpurnius aurait été en butte à toutes les moqueries.

Il se lança dans une voie tout opposée, et l'érudition qu'il déploya fit l'étonnement de ses frères en sophismes. « Il ne s'était pas contenté, disait-il, de lire tous les livres originaux des chrétiens, mais encore les ouvrages des Juifs, leurs ancêtres; ceux-ci, étant venus en Égypte pour éviter la famine à laquelle leur pays était en proie, achetèrent tout le blé, grâce à l'habileté de Joseph, leur chef, et l'envoyèrent chez eux. Ptolémée les fit emprisonner, en leur disant que, puisqu'ils avaient mangé tout le grain, ils se nourriraient de la paille[1] qui leur servait à faire des briques pour la construction d'une grande ville. Démétrius de Phalère, les ayant entendus raconter un grand nombre de curieuses histoires au sujet de leurs ancêtres, enferma dans une tour Moïse et Aaron, les plus savants d'entre eux, après leur avoir coupé la moitié de la barbe, jusqu'à ce qu'ils eussent traduit en grec toutes leurs annales. Calpurnius avait lu ces livres curieux, dont il se contenterait de donner quelques extraits. Cette race faisait la guerre aux rois et aux peuples qu'elle rencontrait sur son chemin et les exterminait. S'ils prenaient une ville, les Juifs avaient pour principe d'en passer tous les habitants au fil de l'épée. Cette conduite leur était inspirée par l'ambition de leurs prêtres; car, lorsqu'un certain roi Saül, aussi appelé Paul, s'empara du pauvre monarque nommé Agag, ce furent les prêtres qui ordonnèrent son massacre.

« Maintenant encore, continua-t-il, ces chrétiens sont sous la domination de ces prêtres; guidés par eux, ils seraient prêts à renverser l'empire romain, et à nous brûler tous sur le forum; bien plus, ils oseraient porter

[1] Les anciens nous apprennent que telle était la manière de faire les briques, qu'on séchait ensuite ou cuisait au soleil. La paille servait de lien pour tenir la terre ferme. Les Égyptiens, encore de nos jours, emploient pour bâtir des briques séchées au soleil; car dans ces contrées la pierre est rare. (D'Allioli, *Comment. de la Bible*, Exod., ch. v.)

une main sacrilège sur la personne vénérable et sacrée de nos divins empereurs. »

A ces paroles un frisson d'horreur agita l'assemblée ; elle se calma bientôt en voyant Maximien se disposer à parler.

« Quant à moi, dit-il, j'ai de plus graves motifs pour détester ces chrétiens. Ils ont osé établir au cœur de l'empire, à Rome même, le chef suprême de leur religion : ce pontife, inconnu auparavant, est indépendant de l'État, dont il balance l'influence sur les esprits. Autrefois l'empereur représentait la plus haute autorité religieuse et civile; aussi porte-t-il encore le titre de *pontifex maximus*. En reconnaissant deux pouvoirs distincts, ces chrétiens ont affaibli leur patriotisme. Cette usurpation de ma puissance par les prêtres m'est odieuse, j'aimerais mieux voir un rival me disputer mon trône que d'entendre parler de l'élection d'un de ces pontifes à Rome[1]. »

Ce discours, prononcé d'une voix rude et discordante et avec un accent barbare et vulgaire, fut couvert d'applaudissements; on prit aussitôt des mesures pour la publication de l'édit dans les provinces de l'Occident, et pour l'exécution rigoureuse des ordres sanguinaires qu'il contenait.

L'empereur, se retournant tout à coup vers Tertullus, lui dit : « Préfet, ne m'avez-vous pas dit que vous aviez à me proposer quelqu'un capable de surveiller tout cela et de traiter sans pitié ces misérables traîtres ?

— Seigneur, le voici, c'est mon fils Corvinus. » Et Tertullus présenta le jeune candidat, qui fléchit les genoux au pied du trône de ce tyran farouche. Maximien le considéra attentivement, et, poussant un hideux éclat de rire, il s'écria : « Sur ma parole, je crois qu'il fera l'affaire. Je ne me doutais pas, préfet, que vous eussiez une si laide progéniture C'est tout à fait ce qu'il nous faut; car on peut lire sur le visage de votre fils toutes les qualités d'un parfait coquin. »

Puis, se tournant vers Corvinus, devenu pourpre de rage, de terreur et de honte, il lui dit : « Fais attention, drôle, de ne pas gâter ta besogne; point de boucherie ni de massacres, point de bévues. Je paye bien quand on me sert bien, et je règle promptement les comptes de ceux qui me servent mal. Va maintenant, et souviens-toi que ton dos me répondra des petites fautes, et ta tête des grandes : les faisceaux des licteurs contiennent des haches aussi bien que des verges. »

L'empereur se levait pour s'éloigner, lorsque ses yeux tombèrent sur Fulvius, convoqué à titre d'espion à la solde de l'empereur, et qui cherchait à se dérober aux regards. « Holà ! mon digne Oriental, lui cria-t-il, venez un peu ici. »

Fulvius obéit avec un empressement simulé, mais au fond avec une

---

[1] Ce sont les propres paroles de Dèce, à propos de l'élévation de saint Cornelius au siège de saint Pierre : « Cum multo patientius audiret levari adversum se æmulum principem, quam constitui Romæ Dei sacerdotem. » (S. Cypr., Ep. LII, *ad Antonianum*, p. 69, éd. Maur.) Où trouverait-on une preuve plus convaincante que, même sous la domination des princes païens, la puissance des papes était sensible et extérieure, au point d'exciter la jalousie impériale ?

véritable répugnance, et comme s'il se fût approché d'un tigre dont la chaîne ne lui offrait aucune garantie de solidité. Depuis son arrivée à Rome, il s'était aperçu qu'il déplaisait à l'empereur, sans pouvoir en deviner la véritable cause. Sans doute Maximien avait assez de favoris à enrichir et d'espions à payer pour que Dioclétien s'abstînt de lui en expédier d'Asie ; cette explication avait sa valeur, mais ne suffisait pas.

Il s'imaginait donc que la mission de Fulvius avait principalement pour but de l'espionner lui-même, et de communiquer à Nicomédie tout ce qui se disait ou se faisait à sa cour. Obligé de le supporter et de l'employer, il éprouvait néanmoins pour lui une méfiance et une répugnance qui allaient jusqu'à la haine. Ce fut presque une consolation pour Corvinus lorsqu'il entendit son élégant confrère aussi rudement apostrophé que lui, comme on va pouvoir en juger.

« Point de ces regards hypocrites, coquin ; il me faut des actes et non des grimaces. On t'a envoyé ici comme un fin limier, habile à dépister les conspirateurs et à les faire sortir de leurs repaires. Jusqu'à présent je n'ai rien vu de tout cela, et tu m'as déjà coûté des sommes énormes pour commencer tes travaux. Ces chrétiens sont un fameux gibier ; ainsi prépare-toi à nous montrer ce que tu sais faire. Tu connais mon système ; marche droit, ou il t'arrivera malheur. Les biens des accusés sont divisés entre les dénonciateurs et le trésor, à moins que je n'aie des raisons particulières pour garder tout. Tu peux t'en aller maintenant. »

La plupart pensèrent que ces raisons particulières se transformeraient en règle générale.

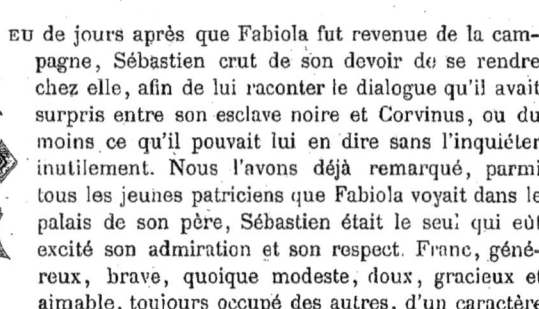 EU de jours après que Fabiola fut revenue de la cam-
pagne, Sébastien crut de son devoir de se rendre
chez elle, afin de lui raconter le dialogue qu'il avait
surpris entre son esclave noire et Corvinus, ou du
moins ce qu'il pouvait lui en dire sans l'inquiéter
inutilement. Nous l'avons déjà remarqué, parmi
tous les jeunes patriciens que Fabiola voyait dans le
palais de son père, Sébastien était le seul qui eût
excité son admiration et son respect. Franc, généreux, brave, quoique modeste, doux, gracieux et
aimable, toujours occupé des autres, d'un caractère
à la fois plein de noblesse et de simplicité, d'une haute sagesse et d'un
grand bon sens, il lui apparaissait comme le type achevé de la vertu virile,
que le temps ne pourrait entamer, et que la familiarité ne saurait affaiblir.

Aussi, lorsqu'on lui annonça que le tribun Sébastien désirait l'entretenir en particulier dans une des salles du rez-de-chaussée, son cœur
battit à cette nouvelle, et son imagination lui suggéra mille suppositions
bizarres sur ce qu'il avait à lui dire. Son trouble ne diminua guère quand
le jeune officier, après s'être excusé de son apparente importunité, lui dit
avec un sourire que, sachant très bien les ennuis que lui causaient les
nombreux candidats à sa main, il regrettait de venir en déclarer un autre
dont le nom ne figurait pas encore sur la liste. Cette façon ambiguë d'entrer en matière la surprit, et peut-être ne lui déplut pas; mais elle fut
bientôt désabusée en apprenant qu'il s'agissait de ce vulgaire et sot Corvinus. Fabius lui-même, malgré son peu de discernement des caractères,
avait assez observé Corvinus dans son dernier banquet, pour le dépeindre
à sa fille en se servant de ces flatteuses épithètes.

Sébastien, qui craignait beaucoup plus les effets physiques des philtres
d'Afra que leur influence sur le moral, trouva bon d'informer Fabiola du

traité conclu entre ces deux savants adeptes de la magie, et dont le but principal, après tout, était d'arriver jusqu'à la bourse d'une dupe récalcitrante ; il se garda bien de répéter ce qui avait été dit des chrétiens. Il la mit sur ses gardes, et elle lui promit de mettre un terme aux expéditions nocturnes de son esclave nécromancienne. Fabiola ne crut pas un seul instant qu'Afra accomplirait ce qu'elle avait promis de faire ; du reste les dernières paroles de l'esclave noire, après avoir quitté sa victime, étaient bien la preuve qu'elle voulait le tromper ; elle ne craignait pas non plus des artifices qu'elle méprisait profondément ; mais son indignation était grande d'avoir été l'objet d'un marché entre deux personnages aussi vils, et surtout d'avoir été prise pour une femme avaricieuse que l'on pouvait acheter.

« Je reconnais là votre bonté, dit-elle enfin à Sébastien, de venir me donner cet avis ; j'admire la délicatesse avec laquelle vous avez traité un sujet si désagréable, et votre bienveillance envers ceux qu'elle concerne.

— Ce que je viens de faire, répondit le tribun, je suis prêt à le recommencer pour tous ceux que je pourrais préserver ainsi de la douleur et sauver d'un danger.

— Pour vos amis, n'est-ce pas ? demanda Fabiola en souriant ; autrement votre vie entière se passerait à rendre des services qui resteraient sans récompense.

— Qu'il en soit ainsi, je ne saurais mieux l'employer.

— Vous ne parlez pas sérieusement, Sébastien. Si vous voyiez un de vos ennemis, qui vous eût toujours détesté et qui cherchât à vous détruire, menacé d'un malheur qui le rendrait impuissant dans ses mauvais desseins, étendriez-vous la main pour le sauver et le secourir ?

— Certainement. Si Dieu fait briller le soleil et tomber la pluie indistinctement sur ses amis et ses ennemis, comment un faible mortel oserait-il agir d'après un autre principe de justice ? »

Ces paroles surprirent Fabiola ; elles semblaient pareilles à celles du mystérieux parchemin, et appartenaient au système philosophique de son esclave.

— Vous êtes donc allé en Orient ? demanda-t-elle vivement à Sébastien. Est-ce là que vous avez puisé ces principes ? car j'ai chez moi une jeune fille asiatique, demeurée volontairement mon esclave ; elle est douée de rares qualités morales et m'a développé la même théorie.

— Ce n'est point en pays étranger que j'ai puisé ces principes, je les ai sucés avec le lait de ma mère ; néanmoins je crois que nous les tenons de l'Orient.

— Ils sont magnifiques abstractivement, remarqua Fabiola ; mais la mort nous atteindrait avant que nous eussions pu les mettre en pratique, si nous devions régler sur eux notre conduite.

— Et la mort, sans nous surprendre, pourrait-elle venir à un meilleur moment que lorsque nous sommes occupés de l'accomplissement de notre devoir, avant même que nous ayons atteint le but de nos efforts ?

« — Pour moi, répondit-elle, je suis de l'avis du vieux poète épicurien. La vie est un banquet que je ne quitterai pas sans être rassasiée, *ut conviva satur*. Je veux lire le livre de la vie jusqu'à la fin, et le fermer avec calme, après en avoir parcouru la dernière page. »

Sébastien secoua la tête en souriant et dit : « La première page du livre de ce monde se trouve souvent au milieu du volume, à l'endroit que la mort vient désigner du doigt. Mais à la page suivante commence le livre glorieux d'une nouvelle vie, le livre dont la dernière page est l'éternité.

— Je vous comprends, répondit Fabiola d'un air enjoué, vous parlez comme un brave soldat. Il vous faut toujours être préparé à la mort qui *vous* menace de mille manières. Quant à *nous*, nous la voyons rarement s'approcher avec tant de rapidité; elle est plus miséricordieuse, et s'avance à la dérobée pour ménager notre faiblesse. Sans doute vous rêvez le sort plus glorieux et plus honorable de succomber en face de l'ennemi, la poitrine percée de flèches : vous espérez les funérailles solennelles d'un soldat sur un bûcher orné de vos trophées militaires. C'est alors que s'ouvriront pour vous les pages brillantes du livre de gloire.

— Non, non, noble dame, s'écria vivement Sébastien, ce n'est pas là ce que je veux dire. Je ne tiens pas à une gloire dont on ne jouit qu'en se la présentant d'avance. Je parle de la mort la plus vulgaire, qui peut m'atteindre à l'égal du dernier des esclaves : que ce soient la fièvre dont l'ardeur consume le corps, la consomption qui le mine lentement, les cruels ulcères qui le dévorent, ou bien le supplice plus cruel encore que lui inflige la méchanceté des hommes. Quoi qu'il arrive, je reçois tout comme un don de la main que j'aime.

— Prétendez-vous dire qu'une pareille mort soit la bienvenue?

— Oui, elle me rendrait aussi joyeux que l'épicurien qui pénètre dans la salle d'un banquet, et dont les yeux ravis parcourent les tables richement servies et brillamment éclairées, les mets succulents, les esclaves élégants et couronnés de roses. Lorsque la mort, sous quelque forme que ce soit, m'ouvrira les portes, de fer de notre côté, et d'or de l'autre, qui conduisent à une nouvelle et éternelle vie, mon cœur tressaillira d'allégresse comme celui de l'épouse vers laquelle s'avance l'époux, les mains chargées de présents, afin de la conduire dans sa nouvelle demeure. Je ne crains pas le messager hideux de la mort; car il m'annonce l'approche de Celui dont le visage resplendit d'une céleste beauté.

— Et qui est-il? demanda Fabiola avec ardeur. Faut-il donc être déjà dans les bras de la mort pour avoir le droit de le contempler?

— Non, répondit Sébastien; car c'est lui qui nous récompensera, non seulement pour notre vie, mais encore pour notre mort. Heureux les cœurs au fond desquels il a toujours trouvé la pureté et l'innocence! Heureux ceux dont les actions ont toujours été vertueuses! Ceux-là jouiront du bonheur de le contempler, et ce ne sera encore que le commencement de la récompense. »

Combien cette doctrine ressemble à celle de Syra, pensa-t-elle; mais avant qu'elle pût ouvrir la bouche pour s'informer de son origine, une esclave apparut sur le seuil de la porte et dit avec respect :

« Madame, un courrier arrive à l'instant de Baïa [1].

— Excusez-moi, Sébastien, s'écria-t-elle. Qu'il vienne tout de suite. »

Le courrier, qui avait laissé à la porte d'entrée son cheval épuisé de fatigue, entra couvert de poussière, l'air abattu, et lui remit un pli cacheté.

« Est-ce de mon père ?

— Il s'agit de lui, du moins, » fut la réponse de mauvais augure.

Elle ouvrit la lettre et la parcourut du regard ; puis elle jeta un cri et tomba à la renverse. Sébastien la reçut dans ses bras avant qu'elle touchât la terre, l'étendit sur un lit de repos, et l'abandonna aux soins de ses femmes, qui étaient entrées précipitamment en entendant le cri qu'elle venait de pousser.

Un coup d'œil lui avait tout révélé : son père était mort.

---

[1] Ville d'eaux à la mode aux environs de Naples.

CHAPITRE VIII

ANS la cour Sébastien trouva un petit groupe de domestiques réunis autour du courrier, et recueillant les détails de la mort de leur maître.

La lettre que Torquatus avait remise à Fabius avait eu le résultat désiré; elle le fit venir à sa villa, où il passa quelques jours avec sa fille avant de prendre le chemin de l'Asie. Il fut plus affectueux que de coutume; au moment du départ, le père et la fille semblaient avoir le triste pressentiment qu'ils ne devaient plus se revoir. Cependant Fabius reprit sa gaieté ordinaire à Baïa, où une joyeuse compagnie de viveurs l'attendait avec impatience; il se crut obligé d'y séjourner pendant qu'on remplissait sa galère des vins les plus exquis et des produits les plus délicats de la Campanie, et s'abandonna avec excès à tous ses goûts voluptueux. En sortant d'un bain après un trop bon souper, il fut pris d'un frisson; vingt-quatre heures après ce n'était plus qu'un cadavre. Sa fille unique devenait héritière de tous ses biens. Le courrier partit pendant qu'on s'occupait à embaumer son corps, que sa galère devait ramener à Ostie.

En entendant ce triste récit, Sébastien eut presque du regret d'avoir parlé de la mort comme il venait de le faire, et s'éloigna tristement de la maison.

Dès le premier moment, Fabiola se plongea dans l'abîme de la douleur la plus terrible jusqu'à en perdre la raison. L'élasticité de la jeunesse et la vigueur de son esprit l'aidèrent à sortir de cet état; mais l'horizon de la vie ne lui apparaissait plus que comme une mer sombre, aux flots tumultueux, sur laquelle elle était abandonnée sans défense. Son malheur lui semblait infini et irréparable; elle fermait les yeux en frémissant, et retombait dans l'insensibilité jusqu'au moment où le réveil de l'esprit la ramenait brusquement à la réalité de sa position. Plus d'une fois elle sembla passer ainsi de la vie à une mort apparente, tandis que ses serviteurs appliquaient tous les remèdes que semblaient réclamer de si alarmantes convulsions. A la fin elle se dressa sur sa couche, pâle, les yeux secs, le regard fixe, repoussant tous ceux qui s'empressaient à lui offrir leurs soins. Elle demeura longtemps ainsi; tout son corps semblait paralysé par la stupeur : l'œil était presque insensible à la lumière; on commençait à craindre pour sa raison. Le médecin qu'on avait appelé prononça distinctement et fortement ces paroles à son oreille : « Fabiola, savez-vous que votre père est mort? » Elle fit un brusque mouvement, retomba en arrière, et d'abondantes larmes dégagèrent son cœur et sa tête. Elle parla de son père, l'appela en sanglotant, et lui prodigua, au milieu de son délire, les noms les plus tendres. Parfois elle le croyait encore vivant, puis se souvenait tout à coup qu'il était mort; elle continua ainsi de gémir et de pleurer, jusqu'au moment où le sommeil, remplaçant les larmes, acheva de guérir son esprit et son corps ébranlés.

Euphrosyne et Syra étaient seules à la veiller. De temps en temps la première prodiguait à sa maîtresse les banales consolations païennes : elle disait quel bon maître avait été Fabius, quel homme intègre, et quel tendre père pour sa fille. Mais la chrétienne, silencieusement assise au chevet de Fabiola, n'élevait la voix que pour prononcer de douces et consolantes paroles, et la servait avec un zèle délicat, que déjà la malade savait apprécier. Que pouvait-elle faire de plus, sinon prier? Que pouvait-elle espérer, sinon que cette tribulation serait peut-être la source d'une nouvelle grâce?

Peut-être un ange de lumière veillait-il derrière les ténèbres qui enveloppaient encore cette fière patricienne humiliée.

En diminuant, le chagrin fit place à de tristes réflexions qui s'emparèrent de l'esprit de Fabiola. Qu'était devenu son père? Où était-il allé? Avait-il simplement quitté la terre, ou était-il retombé dans le néant? Sa vie avait-elle subi l'examen de Celui dont l'œil scrutateur discerne même les actes invisibles? Avait-il trouvé grâce devant ce juste Juge dont Sébastien et Syra l'avaient entretenue? Impossible! Alors qu'était-il devenu? Elle frémit à cette pensée importune, qu'elle s'efforça de chasser de son esprit.

Oh! combien elle désirait qu'un rayon de lumière inconnue vînt éclairer ce tombeau et lui en livrer les secrets! La poésie avait la prétention d'y créer la lumière et même de le glorifier; mais comme un génie impuissant elle se tenait à la porte, la tête baissée et sa torche renversée à ses pieds. La science y avait pénétré, mais n'avait pas tardé à en sortir, avec sa lampe éteinte par l'impureté de l'air; elle n'avait trouvé qu'un charnier. La philosophie s'était contentée d'errer alentour, de considérer la tombe avec effroi et de se retirer; après avoir balbutié quelques explications, elle avait secoué la tête et avoué que le problème n'était pas encore résolu, ni le mystère dévoilé. Qui donc enfin pourra détruire ces ténèbres qui tiennent son esprit dans une si pénible perplexité?

Pendant que ces sombres pensées occupent le cœur de Fabiola, son esclave croit voir, dans une vision, des corps brillants de lumière s'élever des tombeaux où ils ont laissé leur grossière enveloppe sans altérer leur nature. Spiritualisés, libres, glorieux, ils abandonnent ces lieux de corruption. Un à un elle les voit arriver de la terre et des mers; ils quittent les cimetières, les autels consacrés qui les recouvraient, les endroits solitaires où la main du crime les avait immolés, et les champs de bataille où Israël combattait autrefois pour le Seigneur. Ils s'élancent dans les airs comme de brillants météores qui montent vers le ciel, et cette armée innombrable, animée d'un souffle de vie joyeuse et éternelle, repeuple la création. Comment une pauvre esclave savait-elle cela? Parce que Celui qui surpasse en perfection et en grandeur les poètes, les sages et les sophistes, a le premier donné l'exemple en se soumettant à la puissance de la mort, qu'il a bénie, comme il a béni le berceau et sanctifié l'enfance; il a transformé la mort en une chose sainte, et sa demeure en un sanctuaire. Son corps, enveloppé d'aromates, fut mis au tombeau pendant la nuit; mais il en sortit comme une aurore resplendissante, revêtu d'une chair incorruptible. Depuis, la tombe n'est plus un objet d'horreur pour l'âme chrétienne; mais elle est toujours ce que le Christ l'avait faite, c'est-à-dire un sillon où doit germer la semence de l'immortalité.

Il n'était pas encore temps de donner ces explications à Fabiola; elle se lamentait comme ceux qui n'ont point d'espérance. Ses journées s'écoulaient en de sombres méditations sur le mystère de la mort; heureusement de nouvelles préoccupations vinrent l'arracher à cet état. Le corps de Fabius arriva, et ses funérailles furent un spectacle que Rome avait rarement alors l'occasion de contempler. De solennelles processions où l'on portait les images en cire des ancêtres eurent lieu à la lueur des torches; on éleva un bûcher gigantesque formé de bois aromatiques, embaumés des plus riches parfums de l'Arabie. Quelques poignées de poussière, quelques ossements calcinés, ce fut tout ce que la pauvre Fabiola put recueillir: elle en remplit une urne d'albâtre qu'on plaça dans une niche de la sépulture de famille, avec une inscription rappelant le nom de celui auquel ils avaient appartenu.

Calpurnius prononça l'oraison funèbre. Selon l'usage de l'époque, il établit un contraste entre les vertus de l'hospitalier et laborieux citoyen qu'ils venaient de perdre, et la fausse moralité de ces gens appelés chrétiens, qui passent leurs journées en jeûnes et en prières, font traîtreusement pénétrer leurs dangereux principes dans toutes les familles patriciennes, et enseignent la déloyauté et l'immoralité à toutes les classes de la société. S'il existait une vie future, ce que les philosophes discutent encore, il ne doutait pas que Fabius, couché sur les gazons fleuris de l'Élysée, ne fût occupé de s'enivrer de nectar. « Oh! s'écriait en finissant ce vieil hypocrite bavard, qui n'aurait pas donné une coupe de bon falerne pour une amphore[1] pleine du divin breuvage, oh! puissent les dieux hâter le jour

---

[1] Vase en terre d'une assez grande capacité, et dans lequel on conservait le vin à la cave.

qui me permettra à moi, son humble client, d'aller rejoindre Fabius sous les ombrages de cet heureux séjour et d'y partager ses sobres banquets! » Ces nobles paroles soulevèrent d'unanimes applaudissements.

A ces préoccupations vinrent s'en ajouter d'autres. Fabiola se vit forcée d'appliquer sa vigoureuse intelligence à examiner et à terminer les affaires compliquées de son père. Que de fois n'eut-elle pas à souffrir en croyant apercevoir des traces d'injustice, de fraude, d'exactions, dans les actes de celui que le monde avait applaudi comme le plus loyal et le plus intègre des fermiers publics.

Quelques semaines après, Fabiola, en grand deuil, alla visiter quelques amis; la première personne qu'elle alla voir fut sa cousine Agnès.

CHAPITRE IX

LE FAUX FRÈRE

OTRE lecteur voudra bien se reporter en arrière à quelques faits de l'histoire de Torquatus. Le matin qui suivit sa chute, il trouva près de son lit, à son réveil, Fulvius. C'était bien le fauconnier qui, ayant mis la main sur un excellent faucon, s'occupe à l'apprivoiser, le dresser à chasser pour lui la colombe, et en échange de cet esclavage lui prodigue la bonne chère.

Avec tout le sang-froid d'un homme expérimenté, Fulvius lui rappela tous les détails de la débauche de la nuit précédente, sa ruine complète et son unique chance de salut; d'une main habile et impitoyable il fortifia et resserra toutes les mailles du filet où il le tenait enfermé depuis la veille.

Voici quel était la position de Torquatus : s'il faisait un pas vers le christianisme, et Fulvius assurait que ce serait inutile, à l'instant il était traduit devant le juge et souffrait une mort cruelle; s'il restait fidèle à ses promesses de trahison, il ne manquerait de rien.

« Vous avez une fièvre brûlante, lui dit enfin Fulvius, une promenade et l'air frais du matin vous remettront. »

Le malheureux consentit. A peine avaient-ils atteint le forum, que Corvinus survint comme par accident. Après un échange de politesses : « Je suis heureux de vous rencontrer, dit-il, car je voulais vous montrer l'atelier de mon père.

— L'atelier? demanda Torquatus avec surprise.

— Oui, l'endroit où il garde ses outils : il vient précisément de le faire restaurer avec soin. C'est tout près d'ici : tenez, voici son vieux contre-maître, le féroce Catulus, qui ouvre les portes. »

Ils entrèrent dans une cour spacieuse, entourée de hangars remplis d'instruments de torture de formes variées. Torquatus recula.

« Entrez, seigneur, ne craignez rien, s'écria le vieux bourreau; le feu n'est pas encore allumé, et à moins que vous ne soyez d'abominables chrétiens, personne ne vous fera aucun mal. C'est pour eux que nous venons de nettoyer notre arsenal.

— Voyons, Catulus, dit Corvinus, expliquez à ce jeune homme étranger l'usage de tous ces jouets délicats. »

Catulus, dans la joie de son âme, leur montra son horrible musée, en y joignant toutes les explications possibles, et une quantité de plaisanteries que nous n'avons pas jugées dignes d'être rapportées. Dans son enthousiasme, il fut sur le point de donner à Torquatus une démonstration pratique de ce qu'il lui décrivait, et faillit lui saisir une oreille avec des pinces tranchantes, et lui briser les dents à l'aide d'un pesant maillet, qu'il fit passer presque à un pouce de son visage.

Ce fut une véritable jouissance pour Catulus d'exhiber les chevalets, un gril immense, une chaise de fer placée au-dessus d'un fourneau, d'énormes chaudières pour préparer les bains d'eau ou d'huile bouillante; les cuillers pour faire fondre le plomb et l'introduire délicatement dans la bouche; les tenailles, les crochets et les peignes de fer de toute façon pour mettre les côtes à nu; les scorpions ou fouets terminés par des boucles de fer ou de plomb; les colliers de fer, les menottes et les chaînes, dont la forme ingénieuse causait d'affreuses tortures; enfin des épées, des couteaux et des haches à l'infini. Il se promettait aussi le plus grand plaisir à les essayer sur ces chrétiens dont la tête est si dure et la peau si épaisse [1].

Torquatus était accablé. On le conduisit aux bains d'Antonin, où il attira l'attention du vieux Cucumio, le capsarius chargé de la garde des vêtements, et de sa femme Victoria, qui l'avaient vu à l'église. Après un bon repas, il se rendit à une salle de jeu des Thermes, où il perdit son argent, comme cela devait être. Fulvius lui en prêta; mais il ne lui donna pas un denier sans exiger une reconnaissance. Après quelques jours de ce traitement il fut complètement en son pouvoir.

Ils ne se réunissaient que le matin et le soir; pendant le reste du jour Torquatus était libre, car ses alliés craignaient qu'il ne perdît sa valeur en devenant suspect aux chrétiens. Corvinus voulut frapper un grand coup, aussitôt que l'édit serait publié; il imposa donc à Torquatus, en vertu de leur association, l'étude du principal cimetière où le pontife devait officier. Ce dernier ne tarda pas à obéir; sa visite au cimetière de Calliste avait pour but de remplir cet engagement. Lorsque Severus observa la lutte qui avait eu lieu dans l'âme de ce traître entre la grâce et le péché, ce fut l'image de Catulus et de ses horribles instruments, et le souvenir des sommes dues à Fulvius, qui firent pencher la balance du côté du crime. Corvinus, après avoir entendu son rapport et dressé grossièrement un plan du cimetière, se détermina à l'envahir de bonne heure, le lendemain même de la publication du décret.

---

[1] Les Actes des martyrs et les historiens ecclésiastiques mentionnent tous ces instruments de torture.

Fulvius agit autrement. Il chercha à connaître de vue les principaux membres du clergé et les chrétiens les plus importants de Rome. Une fois maître de ce précieux renseignement, il était sûr qu'aucun déguisement ne saurait les dissimuler à ses yeux clairvoyants; il lui serait facile de les faire arrêter dans la suite, les uns après les autres. Torquatus fut donc obligé de le prendre pour compagnon à la première cérémonie importante qui devait réunir un grand nombre de prêtres et de diacres autour du pape. Fulvius surmonta toutes ses objections, dissipa toutes ses craintes, et l'assura qu'une fois mêlé à l'assistance, grâce au mot d'ordre, il se comporterait aussi bien que le meilleur chrétien. Le traître l'informa qu'il se présentait une excellente occasion : c'était l'ordination qui allait bientôt avoir lieu, précisément pendant ce mois de décembre.

CHAPITRE X

UICONQUE a lu l'histoire des premiers papes ne doit pas ignorer ce fait, invariablement raconté de chacun d'eux, qu'ils célébraient au mois de décembre certaines ordinations où ils créaient des prêtres et des diacres, et sacraient des évêques pour différents endroits. On conférait les deux premiers ordres pour entretenir le clergé de la cité; le troisième était destiné à procurer des pasteurs aux diocèses éloignés. Plus tard, le souverain pontife choisit les Quatre-Temps de décembre, dont la date était réglée par la fête de sainte Lucie, pour tenir ses consistoires, pendant lesquels il nommait les cardinaux-prêtres et les cardinaux-diacres, et préconisait, selon le terme consacré, les évêques de toutes les parties du monde. Maintenant les consistoires ne coïncident plus avec les ordinations; mais leur but essentiel est toujours le même.

Marcellinus, qui gouvernait l'Église au moment de notre récit, célébra deux ordinations au mois de décembre, bien entendu à une année de distance. C'est précisément l'une de celles-ci qui allait avoir lieu.

La grande préoccupation de Fulvius était de savoir le jour exact de la cérémonie; à notre avis, cette recherche n'est pas moins intéressante pour l'antiquaire chrétien. Notre connaissance de l'ancienne Église romaine serait incomplète, si nous ignorions l'endroit précis où ces pontifes, à mesure qu'ils se succédaient sur le siège de Pierre, avaient l'habitude de prêcher, de célébrer les divins mystères, de réunir des conciles, l'endroit où ils célébraient ces glorieuses ordinations qui fournissaient non seulement des évêques, mais des martyrs aux autres églises, qui conféraient le diaconat à un saint Laurent, et le sacerdoce à saint Novatus et à saint Timothée. Là un Polycarpe ou un Irénée venait visiter le successeur de saint Pierre; là encore reçurent leur mission les apôtres qui convertirent notre roi Lucius à la vraie foi.

La maison qu'habitèrent les pontifes romains et l'église où ils officièrent, jusqu'à ce que Constantin les établit dans la basilique et le palais de Latran, résidence et cathédrale, pendant trois cents ans, d'une illustre suite de papes martyrs, ne sauraient être des lieux indignes d'intérêt. Afin de ne pas nous laisser égarer, en les décrivant, par des préjugés nationaux ou personnels, nous nous en rapporterons à un savant antiquaire encore vivant qui, tout en s'occupant d'autres recherches, a réuni par hasard tout ce qui nous est nécessaire pour ce dessein [1].

Nous avons dit que la maison des parents d'Agnès était située dans le *vicus Patricius*, ou rue Patricienne, qui s'appelait encore rue des Cornelius, *vicus Corneliorum*, car c'est là que demeurait l'illustre famille de ce nom. Le centurion converti par saint Pierre [2] appartenait à cette famille; peut-être même est-ce grâce à lui que l'apôtre en connut le chef, Cornelius Pudens. Ce sénateur épousa Claudia, noble dame anglaise. Il est curieux d'observer que le poète Martial, ordinairement si peu chaste, rivalise avec les auteurs les plus purs en chantant l'épithalame de ces deux vertueux personnages.

Saint Pierre demeurait dans leur palais; l'apôtre saint Paul, compagnon de ses travaux, en parle dans ses lettres comme de ses amis intimes : « Eubulus et Pudens, Linus, Claudia et tous les frères te saluent [3]. » C'est de cette maison que sortirent les évêques envoyés par le prince des apôtres pour répandre la foi du Christ en l'arrosant de leur sang. Après la mort de Pudens, le palais devint la propriété de ses enfants [4] ou petits-enfants, deux fils et deux filles. Ces dernières sont mieux connues, parce qu'elles ont trouvé place dans le calendrier général de l'Église [5], et qu'elles ont donné leurs noms aux deux plus illustres églises de Rome, Sainte-Praxède et Sainte-Pudentienne. Alban Butler appelle la deuxième « la plus ancienne église du monde »; ce qui désigne à la fois le *vicus Patricius* et la maison de Pudens.

Dès l'origine, à Rome comme partout ailleurs, le sacrifice eucharistique n'était offert par l'évêque que dans un seul endroit. Et même, après l'érection de plusieurs autres églises, la communion était apportée de l'unique autel par les diacres, et distribuée par les prêtres à l'assemblée des fidèles. Ce fut le pape Évariste, quatrième successeur de saint Pierre, qui multiplia les églises à Rome, au milieu de circonstances tout à fait remarquables.

Ce pape fit deux choses : il décida d'abord qu'on n'élèverait plus que des autels de pierre, qui devaient être bénits; ensuite il distribua les

---

[1] « Sopra l'antichissimo altare di legno, rinchiuso nell' altare papale, etc. » Du très ancien autel de bois enchâssé dans l'autel papal de la très sainte basilique de Latran, par Mgr D. Bartolini. Rome, 1852.

[2] Act., x.

[3] II Tim., IV, 21.

[4] On mentionne un autre Pudens, mais plus jeune.

[5] 19 mai.

titres, c'est-à-dire il divisa la cité en paroisses et donna le nom de titres à leurs églises. La connexion de ces deux actes paraît bien clairement dans le vingt-huitième chapitre de la Genèse (v. 17 et 18); Jacob, après avoir joui d'une vision angélique, pendant qu'il dormait la tête appuyée sur une pierre, s'écria en tremblant : « Que ce lieu est terrible ! *C'est véritablement la maison de Dieu* et la porte du ciel. » Se levant donc le

Fig. 53. — Une ordination aux premiers siècles de l'Église.

Près de l'autel d'une basilique, au-dessus de la *confessio* ou du *martyrium* où repose le corps d'un martyr, le nouveau prêtre reçoit des mains d'un évêque le calice avec le vin, et la patène avec le pain. Ce rite (qui, suivant Martène, ne serait pas antérieur au VIIIe siècle) est accompagné de ces paroles, prononcées par l'évêque : *Accipe potestatem offerre sacrificium Deo missasque celebrare*, etc.

matin, il prit la pierre... et l'érigea comme un titre, répandant de l'huile dessus. »

L'église ou oratoire où l'on célébrait les sacrés mystères était vraiment pour un chrétien la maison de Dieu : l'autel de pierre qu'on y érigeait, consacré par l'effusion de l'huile, comme cela se fait encore, car l'ordonnance d'Évariste a conservé toute son autorité, devenait ainsi un *titre* ou monument[1].

Nous pouvons recueillir deux faits intéressants de ce qui précède : l'un

---

[1] Il est inutile de faire connaître ici les différents sens classiques du mot *titulus*.

qu'il n'y avait alors à Rome qu'une seule église avec un autel ; il n'a jamais été mis en doute que ce ne fût l'église connue depuis, et jusqu'à nos jours, sous le nom de Sainte-Pudentienne ; l'autre est que l'unique autel de cette époque n'était pas en pierre. Cet autel, dont se servit saint Pierre, était en bois ; on le conserva dans l'église jusqu'à ce que saint Sylvestre le fît transporter à la basilique de Latran, où il fait partie du maître-autel [1]. Concluons donc que cette loi n'eut point d'effet rétroactif, et que l'autel de bois des papes fut conservé dans l'église où on l'avait érigé, quoique de temps à autre il ait pu être transporté ailleurs pour y servir à la célébration des divins mystères.

L'église située dans le *vicus Patricius*, antérieure à la création des *titres*, n'était donc pas un titre. Elle continua d'être l'église épiscopale, ou mieux pontificale de Rome. Le pontificat de saint Pie Ier, de 142 à 157, est une des périodes les plus intéressantes de son histoire, et pour deux raisons.

D'abord ce pape, sans altérer le caractère de l'église elle-même, y ajouta un oratoire dont il fit un titre qu'il confia à son frère Pastor ; d'où lui vient le nom de *Titulus Pastoris* [2]. Ce nom désigna pendant longtemps le cardinal attaché à cette église, ce qui prouve que l'église elle-même était plus qu'un titre.

Ensuite, pendant ce pontificat, le saint et savant apologiste saint Justin vint à Rome pour la seconde fois, et y recueillit la palme du martyre. En comparant ses écrits avec ses *Actes* [3], nous recueillons de précieux renseignements sur le culte chrétien pendant les persécutions.

« En quel endroit se réunissent les chrétiens ? lui demanda le juge.

— Croyez-vous, répondit-il, que nous nous réunissions tous au même endroit ? Il n'en est pas ainsi. » Mais lorsqu'on voulut savoir où il tenait ses réunions avec ses disciples, il dit : « J'ai vécu jusqu'ici non loin de la maison d'un certain Martin, aux bains de Timothée. Je viens à Rome pour la seconde fois, et je ne connais pas d'autre endroit que celui que je viens d'indiquer. » Les bains de Timothée faisaient partie de la maison des Pudens, c'est là que Fulvius et Corvinus se rencontrèrent une fois de très grand matin. Novatus et Timothée étaient frères des pieuses vierges Praxède et Pudentienne : de là ces noms de bains Novatiens et Timothéens, selon qu'ils furent possédés par l'un ou l'autre des deux frères.

Saint Justin demeurait donc en cet endroit, et, *comme il n'en connaissait point d'autre à Rome*, il y assistait aux divins mystères [4]. Décrivant dans son Apologie la liturgie chrétienne, tel qu'il pouvait la voir, il parle du prêtre officiant en des termes qui annoncent clairement qu'il s'agit d'un évêque ou du pasteur suprême. Il ne se contente pas de lui donner

---

[1] Le pape seul, ou un cardinal spécialement autorisé par une bulle, peut dire la messe sur un autel, qui vient d'être décoré avec beaucoup de magnificence. Une planche de cet autel de bois a toujours été conservée à l'autel de Saint-Pierre, dans l'église Sainte-Pudentienne. Récemment comparée avec le bois de l'autel de Latran, cette planche a été trouvée parfaitement identique.

[2] Sur l'emplacement actuel de la chapelle Gaetani.

[3] Ils sont en tête de l'édition de ses œuvres donnée par la congrégation de Saint-Maur. Voyez aussi dom Ruinart.

[4] Du reste, les lois de l'hospitalité l'eussent exigé.

des titres réservés·aux évêques dans l'antiquité[1]; mais il le désigne comme celui qui prend soin des orphelins et des veuves, qui secourt les malades, les indigents, les prisonniers, les étrangers qui viennent demander l'hospitalité, comme celui, en un mot, qui prend soin de tous les nécessiteux. Celui-là ne peut être que l'évêque ou le pape lui-même.

Observons encore qu'on attribue à saint Pie l'érection dans cette église de fonts baptismaux fixes, autre prérogative de la cathédrale, transférée, avec l'autel papal, à la basilique de Latran. On rapporte aussi que le saint pape Étienne (A. D. 257) baptisa le tribun Nemesius et sa famille dans le *titre* de Pastor[2]. Ce fut là encore que le bienheureux diacre Laurent distribua aux pauvres les riches vases sacrés de l'Église.

Dans la suite, le nom fut changé; mais l'endroit est resté le même. Il est hors de doute que pendant les trois premiers siècles de l'Église Sainte-Pudentienne fut l'humble cathédrale de Rome.

C'était en cet endroit que Torquatus avait pris, de fort mauvaise grâce, l'engagement de conduire Fulvius, afin qu'il pût assister à l'ordination de décembre.

Les inscriptions sépulcrales, les martyrologes, l'histoire ecclésiastique conservent les traces nombreuses de tous les ordres que l'on confère encore dans l'Église catholique. Les inscriptions mentionnent peut-être plus souvent les lecteurs et les exorcistes. En voici deux exemples :

Pour un lecteur :

CINNAMIVS OPAS LECTOR TITVLI FASCIOLE AMICVS PAVPERVM QVI VIXIT ANN. XLVI. MENS. VII. D. VIII. DEPOSIT IN PACE X KAL. MART.

Cinnamius Opas, lecteur du *titre* de Fasciola (maintenant SS. Nérée et Achillée), l'ami des pauvres, qui vécut quarante-six ans·sept mois et huit jours. Déposé en paix le dixième jour avant les calendes de mars. (Pris à Saint-Paul.)

Pour un exorciste :

MACEDONIVS
EXORCISTA DE KATOLICA.

Macedonius, exorciste de l'Église catholique. (Recueilli dans le cimetière des SS. Thrasus et Saturnius, sur la voie Salaria.)

Toutefois n'oublions pas de remarquer cette différence, que la réception d'un ordre ne conduisait pas nécessairement au suivant; beaucoup de personnes restaient la vie entière dans un des ordres mineurs. Il y avait donc peu de cérémonies de ce genre; quant aux ordres sacrés, on les conférait probablement dans le plus grand secret.

---

[1] Ὁ προεστώς, *præpositus*, Hebr. XIII, 17. Ὁ τῶν Ῥωμαίων προεστώς Βίκτωρ. « Victor, évêque des Romains. » (Euseb., *Hist. eccl.*, l. V, XXIV.) C'est le même mot dont se sert saint Justin.

[2] Le savant Bianchini suppose avec raison que la station du dimanche de Pâques n'est pas à la basilique de Latran ni à Saint-Pierre, où le pape officie, comme on serait disposé à le croire, mais à la basilique Libérienne, qui est proche de l'église Sainte-Pudentienne, où était la station à cause de l'administration du baptème.

Torquatus, muni du mot d'ordre, entra accompagné de Fulvius, qui se montra fort habile à imiter ceux qui l'entouraient. L'assemblée n'était pas nombreuse. Elle se tenait dans une salle de la maison, transformée en église ou oratoire, où s'étaient réunis le clergé et les ordinands. Parmi ces derniers se trouvaient Marcus et Marcellianus, deux frères jumeaux, convertis en même temps que Torquatus; ils reçurent le diaconat, tandis que leur père Tranquillinus fut ordonné prêtre. Fulvius grava profondément dans son esprit les traits et la tournure de ces différentes personnes; il étudia avec un soin extrême les membres les plus éminents du clergé, qui se trouvèrent alors ensemble. Mais son œil exercé s'arrêtait plus particulièrement sur l'un d'eux, et scrutait ses moindres gestes, son regard, sa voix et sa physionomie dans ses plus petits détails.

Cet homme était le pontife qui célébrait les augustes cérémonies. Marcellinus, vieillard vénérable, gouvernait déjà l'Église depuis six ans. Sa figure bienveillante et douce ne semblait point indiquer cette énergie propre aux martyrs, et dont il fit preuve en mourant pour le Christ. Pendant ces jours de trouble, on évitait avec soin tout ce qui pouvait désigner aux loups cruels le pasteur suprême du troupeau; le pontife se contentait des modestes vêtements d'un homme respectable. Mais lorsqu'il officiait à l'autel, il cachait ses habits ordinaires sous une robe d'une blancheur immaculée dont il se revêtait avant l'ample chasuble. Sur sa tête il plaçait la couronne ou *infula* origine de la mitre, tandis qu'à la main il tenait la crosse, emblème de son office et de son autorité de pasteur.

L'espion d'Orient le dévorait des yeux pendant qu'il se tenait debout devant l'autel, le visage tourné vers les assistants[1]. Il l'examina minutieusement, mesura sa taille du regard, nota la couleur de ses cheveux et son teint, observa chacun des mouvements de sa tête, son maintien, le son de sa voix, son souffle même, jusqu'à ce qu'il pût se dire : Si je rencontre cet homme au dehors, sous n'importe quel déguisement, il est à moi, et je sais la valeur d'une pareille capture.

---

[1] Dans les grandes et anciennes basiliques de Rome, le célébrant est tourné vers les fidèles.

CHAPITRE XI

LES VIERGES

 ı le savant Thomassin avait eu connaissance de cette inscription récemment découverte, il se fût empressé de la citer[2], lorsqu'il cherchait à établir avec tant de science que dans la primitive Église on pouvait faire profession de virginité à l'âge de douze ans. Sans aucun doute cette jeune fille, vierge *à peine* âgée de douze ans, servante de Dieu et du Christ, n'était vierge que par suite d'une consécration à Dieu. Autrement plus son âge serait tendre, moins son état de virginité serait remarquable.

Quoique la douzième année, l'âge nubile, selon la loi romaine, fût l'époque à laquelle l'Église permettait ce sacrifice, elle réservait pour un âge plus avancé la consécration solennelle et la réception du voile de la virginité, donné par l'évêque presque toujours le dimanche de Pâques. La première cérémonie n'était probablement que la remise, faite par les parents, d'un vêtement très simple, de couleur sombre. Mais aux moments

---

[1] La veille du premier jour de juin a cessé de vivre la jeune Pretiosa, vierge âgée seulement de douze ans, servante de Dieu et du Christ. Sous le consulat de Flavius Vincentius, et de Flavius, homme consulaire. (Trouvé dans le cimetière de Callistus.)

[2] *Vetus et Nova Ecclesiæ Disciplina;* circa Beneficia. Pars I, lib. III. (Luc, xvii, 27.)

de troubles, l'Église tolérait que l'on anticipât cette époque de plusieurs années, et fortifiait les épouses du Christ dans leur pieux dessein en leur accordant de plus solennelles bénédictions [1].

Une violente persécution, qui ne devait pas épargner les plus tendres brebis du troupeau, allait bientôt commencer ses ravages. Il ne faut donc pas s'étonner de voir ces vierges, qui, dans le fond de leur cœur, s'étaient unies à l'Agneau comme ses chastes épouses, désirer ardemment de célébrer leurs noces avec lui avant de mourir. Si la palme du martyre devait être leur portion, elles voulaient l'unir dans leurs mains au lis éclatant, emblème de la virginité.

Depuis son enfance, Agnès avait choisi le plus saint des états. La sagesse surnaturelle qu'elle avait toujours montrée dans ses paroles et ses actions, et qui s'unissait si gracieusement à la simplicité de sa jeunesse innocente, lui avait donné une maturité au-dessus de son âge; elle était bien digne qu'on usât d'indulgence envers elle, et qu'on hâtât l'heure où un cœur si pur s'unirait à celui du Christ. Elle saisit avec ardeur le prétexte du danger prochain, pour obtenir qu'on tempérât la rigueur de la loi qui prescrivait un délai de plus de dix ans avant l'accomplissement de ses désirs. Une autre compagne se joignit à elle pour obtenir la même faveur.

On s'imaginera sans peine qu'une sainte affection avait pris naissance entre Agnès et Syra depuis leur première entrevue, que nous connaissons déjà. Tout ce que Fabiola avait raconté à sa jeune cousine à la louange de son esclave favorite n'avait pu que fortifier ce sentiment. D'après ces renseignements et les modestes explications de l'esclave, elle jugea qu'on pouvait lui abandonner entièrement l'œuvre de la conversion de sa maîtresse, à laquelle elle venait de se consacrer; cette œuvre, conduite avec prudence et aidée de la grâce, était en très bonne voie. Dans les fréquentes visites qu'Agnès faisait à Fabiola, elle se contentait d'admirer et d'approuver tout ce que sa cousine lui rapportait de ses conversations avec Syra; mais elle évitait avec le plus grand soin de prononcer la moindre parole qui pût lui faire deviner qu'elles étaient d'intelligence.

Syra, comme esclave, et Agnès, à titre de parente, avaient pris le deuil à la mort de Fabius; il était impossible à sa fille de soupçonner qu'elles avaient pris ensemble et secrètement quelque grave décision. Elles pouvaient donc, sans courir aucun risque, prier qu'on les admît sans retard à se consacrer solennellement à une perpétuelle virginité. Leurs vœux furent exaucés; mais pour de sérieuses raisons elles durent garder le secret. Ce fut seulement un ou deux jours avant celui de leurs noces spirituelles que Syra confia cette grande nouvelle à son amie aveugle.

« Eh bien! dit celle-ci se prétendant offensée, vous prenez toutes les bonnes choses pour vous. Voyons, pouvez-vous appeler cela de la charité?

— Chère enfant, lui dit Syra d'un ton caressant, ne vous fâchez pas; il était nécessaire que la chose ne fût pas divulguée.

---

[1] Thomassin, p. 792.

— Aussi ma pauvre petite personne ne devra pas assister à la cérémonie.

— Oh! certainement, Cécilia, vous pourrez venir, et même regarder tant que vous vous voudrez, répondit Syra en riant.

— Ne vous occupez pas de cela. Dites-moi comment vous serez habillée. Tous vos vêtements sont-ils prêts? »

Syra lui décrivit tout exactement, ainsi que la couleur et la forme de son voile.

« Que c'est intéressant! s'écria l'aveugle; et qu'avez-vous à faire? »

Sa compagne, fort amusée de sa curiosité inaccoutumée, lui expliqua tous les divers détails de cette cérémonie.

« Allons, encore une question, reprit la jeune aveugle : quand et où cela aura-t-il lieu? Il faut bien que je le sache, puisque vous m'avez invitée. »

Syra lui répondit que ce serait dans trois jours, au *titre* de Pastor, et de grand matin.

« Mais pourquoi êtes-vous si curieuse, chère petite? Je ne vous ai jamais vue ainsi ; vous devenez tout à fait mondaine.

— Soyez sans inquiétude, dit-elle; si les gens ont des secrets pour moi, je ne vois pas pourquoi je n'en aurais pas moi-même. »

Syra ne put s'empêcher de rire de cette mauvaise humeur affectée; car elle connaissait l'humble simplicité de ce cœur d'enfant. Elles s'embrassèrent avec affection, puis se séparèrent. Cécilia se rendit directement chez la bonne Lucine, où elle trouva le bon accueil auquel on l'avait accoutumée partout. A peine fut-elle admise en présence de la pieuse matrone, qu'elle se précipita dans ses bras et fondit en larmes. Lucine chercha à la consoler par ses caresses, et réussit bientôt à la calmer. Quelques minutes après, on aurait pu la voir, aussi gaie et joyeuse qu'auparavant, traiter d'un air mystérieux, avec l'aimable patricienne, une affaire qui semblait la pénétrer de joie. En quittant la maison d'un pas léger, elle marcha rapidement vers la maison d'Agnès, et pénétra dans l'hôpital qu'habitait le bon prêtre Dionysius. Elle le trouva chez lui; se jetant à ses pieds, elle plaida sa cause avec tant d'ardeur, qu'il fut ému jusqu'aux larmes, et lui adressa quelques douces et consolantes paroles. Le *Te Deum* n'avait pas encore été composé; mais le cœur de la jeune fille chantait une hymne qui lui ressemblait beaucoup pendant qu'elle regagnait son humble demeure.

L'heureuse matinée arriva enfin; dès l'aurore, les mystères solennels ayant été célébrés, l'assemblée des fidèles se dispersa. Ceux-là seuls demeurèrent qui devaient prendre part à cette cérémonie plus intime, ou qui avaient été spécialement conviés à en être témoins. C'étaient Lucine et son fils, les vénérables parents d'Agnès, et naturellement Sébastien. Syra chercha en vain son amie aveugle; elle s'était sans doute retirée avec la foule. La douce esclave craignit de l'avoir blessée en montrant tant de réserve avant leur dernière entrevue.

La salle était encore plongée dans la demi-obscurité d'une matinée d'hiver, tandis qu'au dehors l'orient empourpré présageait une brillante journée de décembre. Sur l'autel brûlaient de grands cierges qui répandaient

14

un suave parfum ; alentour de précieuses lampes d'or et d'argent éclai-
raient doucement le sanctuaire. En face de l'autel, et non moins venérable
que lui, était la chaire maintenant enchâssée au Vatican, la chaire même
de saint Pierre, sur laquelle son auguste successeur était assis, la crosse
à la main et la couronne en tête, entouré de ses dignes ministres, qui
s'efforçaient de marcher sur les traces de leur pasteur.

De l'extrémité encore obscure de la chapelle s'éleva un chœur de voix
aussi douces que celles des anges, et chantant sur un air mélodieux une
hymne remplie des mêmes pieux sentiments, dont l'écho se fit entendre
plus tard dans une autre hymne qui commence par ces mots :

Jesu, corona virginum.
Jésus, couronne des vierges.

Ensuite une procession de vierges déjà consacrées à Dieu, conduites
par les prêtres et les diacres qui en avaient soin, s'avança dans la lumière
du sanctuaire. Au milieu d'elles on remarquait deux jeunes filles dont les
robes d'une blancheur éblouissante brillaient au milieu du sombre costume de toutes les autres. C'étaient les deux nouvelles postulantes ; pendant que leurs compagnes se rangeaient sur deux lignes, elles furent
conduites, assistées de deux professes, jusqu'au bas de l'autel, où elles
s'agenouillèrent aux pieds du pontife. Leurs répondants restèrent auprès
d'elles pour prendre part à la cérémonie.

Elles s'approchèrent l'une après l'autre ; l'évêque leur ayant demandé
solennellement ce qu'elles désiraient, elles exprimèrent le vœu de recevoir
le voile et de pratiquer les devoirs de leur nouvelle position, avec l'assistance de guides choisis. On avait vu déjà avant cette époque des vierges
consacrées se réunir pour vivre en communauté ; néanmoins un grand
nombre demeuraient chez elles, car la persécution empêchait la clôture.
Elles avaient à l'église une place séparée des autres fidèles, et se réunissaient souvent pour des instructions et des dévotions particulières.

L'évêque adressa ensuite aux jeunes postulantes quelques paroles pleines
de ferveur et d'affection. Il leur fit comprendre combien il était glorieux
d'être appelé par la vocation à vivre sur la terre comme les anges, qui ne
se marient point, à fouler le céleste sentier de la chasteté, que le Verbe
incarné a choisi pour sa propre mère. « Quel bonheur, après être arrivé
au but, de se mêler aux rangs de cette armée choisie qui suit l'Agneau
partout où il dirige ses pas ! » Puis il expliquait la doctrine de saint Paul
écrivant aux Corinthiens que la virginité l'emporte sur tous les autres
états, et parla avec émotion de la joie qu'on éprouve à renoncer à l'amour
terrestre, pour s'attacher à ce seul amour qui, au lieu de se flétrir, s'épa-
nouit éternellement dans le ciel. « Le bonheur éternel, ajouta-t-il, n'est que
l'épanouissement de cette fleur que l'amour divin a fait éclore sur la terre. »

Après cette courte allocution et l'examen des candidats qui sollicitaient
un si grand honneur, le saint pontife bénit les différentes parties de leurs
habits religieux, en se servant de prières qui devaient ressembler à celles

encore maintenant en usage; leurs répondants les en revêtirent aussitôt. Les nouvelles religieuses touchèrent l'autel de leurs fronts, comme signes de l'offrande qu'elles faisaient d'elles-mêmes. Dans les provinces d'Occident on n'avait pas l'usage oriental de couper les cheveux, ils restaient dans toute leur longueur. Une couronne de fleurs fut placée sur la tête de chacune d'elles; car, malgré la rigueur de l'hiver, la terrasse bien garnie de Fabiola avait fourni une moisson abondante et parfumée.

Tout semblait terminé. Agnès, agenouillée au pied de l'autel, était plongée dans l'immobilité de ses douces extases, les yeux fixés vers le ciel; tandis qu'à ses côtés Syra s'humiliait profondément, étonnée d'avoir été jugée digne d'une si grande faveur. Elles étaient si absorbées dans leurs actions de grâces, qu'elles ne s'aperçurent pas d'un léger mouvement dans l'assemblée, ce qui semblait annoncer quelque chose d'inattendu.

Leur attention s'éveilla en entendant l'évêque répéter la question : « Ma fille, que cherchez-vous ? » Avant qu'elles eussent eu le temps de se retourner, elles sentirent une main se glisser dans la leur et entendirent une voix qui leur était chère répondre ces paroles : « Saint Père, je désire recevoir le voile de la consécration à Jésus-Christ, mon seul amour sur la terre, sous les auspices de ces pieuses vierges, déjà ses heureuses épouses. »

Leurs cœurs débordaient de joie et de tendresse : c'était la pauvre aveugle Cécilia. Lorsqu'elle eut appris le bonheur réservé à Syra, elle vola, comme nous l'avons vu, chez la bonne Lucine, qui la consola bientôt en lui suggérant l'idée qu'elle pourrait peut-être obtenir la même grâce. Elle promit de fournir tout ce qui serait nécessaire; seulement Cécilia mit pour condition que ses vêtements seraient grossiers, comme il convenait à une pauvre mendiante. Dionysius présenta sa requête au pontife, qui l'accueillit. Comme elle désirait avoir ses deux amies pour répondants, on convint qu'elles la conduiraient à l'autel après leur consécration. Cécilia garda soigneusement son secret.

La bénédiction avait été prononcée, l'habit et le voile revêtus; on lui demanda si elle avait apporté une couronne de fleurs. Alors elle tira timidement de dessous sa robe la couronne dont elle s'était munie, une branche d'épines attachée en cercle, et la présenta en disant :

« Je n'ai point de fleurs à offrir à mon Époux, il n'en a pas non plus porté pour moi. Je ne suis qu'une pauvre fille : croyez-vous que le Seigneur s'offensera, si je le prie de vouloir bien me couronner de la même façon qu'il a daigné être couronné lui-même ? Du reste, les fleurs sont les emblèmes des vertus; mais mon pauvre cœur n'a jamais produit que des épines. »

Ses yeux, privés de lumière, ne lui permirent pas de voir ses deux compagnes arracher leurs fleurs pour les placer sur sa tête. Un signe du pontife les arrêta. Elle se retira au milieu de l'émotion générale, et la figure joyeuse, sous sa couronne d'épines, emblème de ce que l'Église a toujours enseigné, que l'innocence couronnée par la pénitence est la véritable reine des vertus.

CHAPITRE XII

N s'éloignant de Rome, la voie Nomentane, séparée de la voie Salarienne par un profond ravin,
se dirige vers l'est, et traverse un peu plus loin
une région gracieusement accidentée. Au milieu
de ce beau pays on aperçoit un petit temple
circulaire extrêmement pittoresque, et, tout au
près, une basilique splendide, dédiée à sainte
Agnès.

Là, environ à un mille et demi de la ville, se
trouvait la villa qui lui appartenait, et où l'on
avait décidé que les trois vierges nouvellement consacrées à Dieu devaient
passer la journée dans le recueillement et la tranquille jouissance de leur
bonheur. L'avenir ne leur ménageait peut-être qu'un petit nombre d'aussi
heureux jours.

Sans essayer de décrire cette demeure champêtre, disons seulement que
tout y respirait le contentement et la joie. C'était par une de ces journées
d'hiver dont on ne jouit qu'à Rome; les rudes Apennins étaient légèrement poudrés de neige, la terre était à peine durcie, l'atmosphère transparente, le soleil brillant et le ciel sans nuage. De légers flocons de fumée
s'échappaient des maisonnettes; les branches dépouillées de la vigne indiquaient seules que l'on était en décembre. Toutes les créatures animées
semblaient témoigner leur amour pour la douce maîtresse de l'endroit.
Les colombes s'arrêtaient sur son épaule et sur ses bras; à son approche
les agneaux quittaient la bergerie, et se précipitaient vers elle pour prendre
dans ses mains des herbes parfumées qu'elle leur apportait. Aucun d'eux
ne reconnaissait plus complètement son empire que le vieux Molosse, le
formidable chien de garde. Enchaîné près de la porte d'entrée, il était si
féroce, qu'un petit nombre d'esclaves favoris osaient seuls en approcher.
A peine apercevait-il Agnès, qu'il se couchait par terre, poussait des

gémissements en remuant sa grosse queue, jusqu'à ce qu'on l'eût détaché, ce qu'un enfant eût pu faire alors sans danger. Jamais il ne quittait sa maîtresse, qu'il suivait comme un agneau. Si elle s'asseyait, il s'étendait à ses pieds, les yeux fixés sur elle, flatté de sentir sur son énorme tête les caresses de sa main délicate.

Oui, c'était vraiment un jour de paix profonde. Tantôt les trois jeunes vierges, le cœur rempli du plus doux sentiment de leur bonheur, s'entretenaient de cette heureuse matinée qui n'était que le gage de cette journée plus heureuse encore qui verrait se lever l'aurore de la vie éternelle; tantôt, gaies et joyeuses, elles grondaient Cécilia pour le bon tour qu'elle leur avait joué. Celle-ci se mit à rire de tout son cœur, selon son habitude, en disant qu'elle leur jouerait un bien meilleur tour quand luirait cette glorieuse aurore; car elle se promettait bien de les devancer alors et de ne plus arriver la dernière.

Pendant cette journée, Fabiola, pour la première fois depuis son malheur, parut à la villa d'Agnès, afin de la remercier de la sympathie qu'elle lui avait montrée. Elle s'avança, mais s'arrêta soudain, en arrivant près de l'endroit où cet heureux groupe était réuni. Lorsqu'elle aperçut les deux jeunes filles qui pouvaient contempler la beauté du ciel, penchées sur leur compagne qui semblait en avoir renfermé toutes les splendeurs dans son âme, elle crut voir dans cette scène la réalisation de son rêve. Ne voulant pas se présenter inopinément devant elles, préférant trouver Agnès seule plutôt qu'en compagnie d'une esclave ou d'une pauvre aveugle, elle se détourna avant d'avoir été remarquée, et gagna une partie éloignée des jardins. Néanmoins elle ne put s'empêcher de s'adresser cette demande : Pourquoi ne serais-je pas aussi gaie et aussi heureuse qu'elles? Pourquoi sommes-nous séparées par un abîme?

Cette journée, d'un bonheur trop grand pour la terre, ne devait pas finir sans nuages. Une autre personne que Fabiola s'éloignait aussi de Rome pour faire à Agnès une visite qui devait lui être moins agréable. C'était Fulvius : il n'avait point oublié l'assurance à lui donnée par Fabius que ses manières fascinatrices et la richesse de ses vêtements avaient tourné la tête folle d'Agnès. Il attendit que les premiers jours de deuil fussent passés, et respecta cette demeure où sa réception avait été assez rude, et son départ très précipité. Ayant appris qu'elle s'était rendue pour la première fois à sa villa suburbaine sans être accompagnée de ses parents ou de valets, il voulut profiter d'une si bonne occasion pour avancer ses affaires. Après avoir chevauché le long de la voie Nomentane, il arriva bientôt à la porte de la villa, où il descendit. Le portier, auquel il expliqua qu'il venait pour d'importantes affaires, cédant à ses instances, l'admit et lui indiqua une allée à l'extrémité de laquelle il devait trouver sa maîtresse. Le soleil s'abaissait vers l'horizon, en réchauffant de ses doux rayons l'endroit où Agnès se trouvait seule avec le vieux Molosse couché à ses pieds, tandis que ses compagnes se promenaient à quelque distance. Un léger grognement poussé par le chien (chose rare lorsqu'il était près de sa maîtresse) lui fit lever les yeux de dessus les fleurs d'hiver qu'elle réunissait à mesure qu'on les lui apportait, et menacer du doigt l'animal qui donnait instinctivement ce signe de méfiance.

Fulvius s'approcha d'un air respectueux et plus dégagé qu'à l'ordinaire, comme quelqu'un assuré du succès.

« Je suis venu, noble Agnès, pour vous renouveler l'expression de ma sincère estime Il m'eût été difficile de choisir un plus beau jour; car l'été ne nous en a pas encore accordé d'aussi splendide.

— En vérité, ç'a été une bien belle journée pour moi, répondit Agnès se rappelant la scène du matin; jamais le soleil n'en a éclairé de plus belle... *Une seule* pourrait la surpasser. »

Fulvius, intérieurement flatté, comme si ce compliment était dû à sa présence, répondit : « Vous parlez sans doute du jour de vos noces avec celui qui aura gagné votre cœur.

— C'est déjà fait, répondit-elle, se méprenant sur la pensée de Fulvius, et je célèbre aujourd'hui ce jour glorieux.

— Est-ce donc pour cela que vous avez orné votre tête de ce voile et de ces fleurs ?

— Oui, cet emblème posé sur mon front par mon bien-aimé indique que j'appartiens tout entière à lui seul[1].

— Quel est cet heureux mortel? J'ai toujours eu l'espoir d'obtenir une place dans vos pensées et peut-être dans vos affections; je n'y renonce pas encore. »

Agnès semblait à peine l'entendre; son regard n'était point timide ni ses gestes embarrassés.

Sa physionomie enfantine restait franche, ouverte et pure; ses regards, animés d'un doux éclat, étaient fixés sur Fulvius avec une expression de naïve simplicité qui le fit presque trembler devant elle. Elle se leva et lui répondit d'un air à la fois gracieux et digne :

« Ses lèvres distillaient le lait et le miel, tandis que ses joues meurtries empourpraient les miennes[2]. »

Elle est folle, pensait Fulvius; mais son air inspiré et l'éclat de ses yeux, qui semblaient considérer un être visible pour elle seule, le jetaient dans le trouble et l'inquiétude. Elle revint à elle en un instant; il reprit courage, et résolut de présenter sa demande.

« Madame, lui dit-il, vous traitez bien légèrement une personne qui vous admire et vous aime. J'ai appris de la source la plus sûre, oui, de la source la plus sûre, d'un ami commun, qui n'est plus, que vous étiez bien disposée en ma faveur, et prête à écouter favorablement ma demande de votre main, demande que je renouvelle aujourd'hui avec une ardente sincérité Vous trouverez peut-être que dans ma précipitation je semble manquer aux convenances; mais du moins mon cœur est plein de franchise et d'affection.

— Arrière, aliment de corruption! répondit-elle avec calme et majesté; mon cœur appartient à celui qui a déjà reçu ma foi, et auquel je me suis

---

[1] Posuit signum in faciem meam, ut nullum præter eum amatorem admittam. (*Office de sainte Agnès.*)

[2] Mel et lac ex ejus ore suscepi, et sanguis ejus ornavit genas meas. (*Office de sainte Agnès.*)

attachée sans réserve. Son amour est chaste, ses caresses sont pures, et ses épouses ne perdent jamais leurs virginales couronnes[1]. »

Fulvius s'était agenouillé en achevant la phrase qui lui avait attiré cette réponse sévère; il se releva plein de fureur et de dépit en se voyant trompé dans son attente. « N'est-ce pas assez d'être refusé après avoir été encouragé? dit-il. Pourquoi ajouter l'insulte? Pourquoi me dire en face que j'ai été supplanté aujourd'hui même? Sébastien, sans doute, aura encore...

— Qui donc, s'écria derrière lui une voix indignée, qui donc ose nommer avec dédain celui dont l'honneur est sans tache et dont la vertu est aussi inattaquable que le courage? »

Il se retourna et aperçut devant lui Fabiola, qui, après s'être promenée quelque temps dans le jardin, croyait trouver Agnès seule. Elle était arrivée subitement près de Fulvius, et avait surpris ses dernières paroles.

Ce dernier, stupéfait, resta silencieux.

Fabiola, animée d'une noble indignation, continua : « Quel est celui qui, après avoir pénétré furtivement dans la demeure de ma jeune cousine, se permet de violer sa maison des champs?

— Et qui êtes-vous aussi, rétorqua Fulvius, pour avoir le droit de commander en maîtresse dans la maison d'une autre?

— Je suis, répondit Fabiola, celle qui, après vous avoir permis de rencontrer à table sa jeune parente, s'aperçut alors de vos desseins sur cette innocente enfant, et se croit obligée par le devoir et l'honneur à les déjouer et à la mettre à l'abri de vos entreprises. »

Elle prit Agnès par la main et l'emmena. Molosse, dont l'indignation menaçait de se traduire autrement que par de sourds grognements, reçut pour la première fois de sa vie une bonne tape, ce qui ne parut pas le mécontenter. Quant à Fulvius, il murmura entre ses dents de façon à être entendu :

« Orgueilleuse Romaine! ce jour et cette heure te coûteront cher. Tu sauras bientôt par expérience comment on se venge en Asie. »

---

[1] Discede a me, pabulum mortis, quia jam ab alio amatore præventa sum. — Ipsi soli servo fidem, ipsi me tota devotione committo. — Quem cum amavero, casta sum; cum tetigero, munda sum; cum accepero, virgo sum.

ORSQUE arriva enfin le jour de la publication de l'édit pour l'extermination des chrétiens, ou plutôt pour l'extirpation de leur nom même, Corvinus sentit l'importance de la mission qu'on lui avait confiée, de l'afficher dans un endroit convenable du forum. On venait d'apprendre qu'à Nicomédie un brave soldat chrétien, nommé Georges, après avoir arraché et mis en pièces un décret pareil, avait courageusement souffert la mort en expiation de sa hardiesse. Corvinus s'était bien promis qu'il n'arriverait rien de semblable à Rome; un tel malheur, il ne l'ignorait pas, aurait pour lui les plus sérieuses conséquences : aussi prit-il toutes les précautions imaginables afin de le prévenir. L'édit, tracé en larges caractères sur plusieurs feuilles de parchemin jointes ensemble, fut cloué sur une planche et solidement accroché à un pilier, non loin du *puteal Libonis*, le siège du préteur dans le forum : ce qu'on prit soin de faire à l'heure où l'endroit était désert et les ténèbres épaisses. Les citoyens apercevraient l'édit aux premières lueurs du jour, et leur esprit n'en serait que plus épouvanté.

Pour empêcher que ce précieux document ne fût l'objet d'une attaque nocturne, le prévoyant Corvinus, aussi rusé que les Juifs, qui voulaient empêcher la résurrection du Christ, obtint, pour garder le forum durant la nuit, une compagnie de la cohorte Pannonienne. Ce corps était formé de soldats recrutés parmi les peuplades les plus barbares du Nord, les Daces, les Pannoniens, les Sarmates et les Germains; leurs traits grossiers, leur aspect farouche, leur chevelure rousse nattée et leurs grosses moustaches rouges, les faisaient passer aux yeux des Romains pour de vrais sauvages. A peine ces hommes pouvaient-ils parler latin; ils étaient commandés par des officiers de leur pays, et composaient, au déclin de l'empire, la garde la plus fidèle des tyrans couronnés, souvent leurs propres compatriotes. Sur un ordre de leur chef ils n'hésitaient pas à commettre les plus monstrueux excès.

Un certain nombre de ces sauvages, toujours prêts à tout événement, furent disposés autour du forum, de façon à en garder toutes les avenues, avec l'ordre sévère de transpercer quiconque tenterait de passer outre sans donner le mot d'ordre ou *symbolum*. Chaque nuit le général en chef le communiquait aux tribuns et aux centurions, qui le transmettaient à toutes les troupes. Mais, afin d'empêcher qu'aucun chrétien, s'il venait à le surprendre, n'en fît usage pendant cette nuit, le perfide Corvinus en choisit un que des lèvres chrétiennes se refuseraient à prononcer. C'était NUMEN IMPERATORUM (la divinité des empereurs).

Son dernier soin fut de faire sa ronde, en donnant aux sentinelles les instructions les plus précises, et en particulier au barbare qu'on avait placé près de l'édit. Ce dernier avait été choisi pour ce poste à cause de son extraordinaire vigueur, de sa haute stature, et de la férocité de ses regards et de son naturel. Corvinus lui renouvela l'injonction formelle de n'épargner personne de ceux qui tenteraient de porter la main sur l'édit sacré. Il lui répéta le mot d'ordre à plusieurs reprises, et le laissa à moitié ivre de bière ou de *sabaia*[1], et comprenant vaguement, grâce à son intelligence abrutie, qu'on lui avait commandé de massacrer quelqu'un avant le lever du soleil.

La nuit était affreuse; le vent soufflait et la pluie tombait avec violence. Le Dace, enveloppé dans son manteau, se promenait de long en large, et de temps à autre buvait longuement à un flacon caché sous ses habits, et contenant une liqueur que l'on dit être distillée de cerises sauvages récoltées dans les forêts de la Thuringe. Dans l'intervalle son cerveau alourdi ne lui représentait pas les jeux de ses jeunes compagnons barbares, au fond des bois et au bord des rivières de son pays, mais cherchait à deviner quand arriverait enfin le moment d'égorger l'empereur et de saccager la ville.

Pendant tous ces préparatifs, le vieux Diogène et ses vaillants fils s'occupaient de leur frugal repas, à très peu de distance, dans leur pauvre maison du quartier de la Suburra. Ils furent interrompus par un léger coup frappé à la porte, qui s'ouvrit presque aussitôt et livra passage à deux jeunes gens. Diogène les reconnut à l'instant et leur souhaita la bienvenue.

« Entrez, mes nobles jeunes maîtres. Que vous êtes bons d'honorer ainsi ma pauvre demeure! J'ose à peine vous offrir mon maigre dîner; pourtant, si vous daignez y prendre part, ce seront de véritables agapes de charité chrétienne.

— Merci de tout notre cœur, bon père Diogène, répondit le plus âgé des deux, Quadratus, le vigoureux centurion de Sébastien. Pancrace et moi nous sommes venus tout exprès pour souper avec vous, mais un peu

---

[1] « Est autem sabaia ex hordeo vel frumento in liquorem conversis paupertinus in Illyrico potus. » La sabaia est la boisson des pauvres en Illyrie, et se fait d'orge et de froment transformés en liquide. (Ammien Marcellin, lib. XXVI, c. VIII, p. 422, éd. Lips.)

plus tard. Nous avons quelques affaires à traiter dans cette partie de la ville ; ensuite nous serons enchantés de partager votre repas. Pendant ce temps-là un de vos fils pourrait sortir et aller aux provisions. Allons, faisons une petite fête ; une coupe de bon vin nous réjouira le cœur. »

En disant ces mots, il glissa sa bourse à l'un des fils, et lui enjoignit d'acheter des mets plus délicats que ceux dont cette bonne et simple famille se nourrissait ordinairement. Ils s'assirent. Pancrace, pour entretenir la conversation, s'adressa au vieillard : « Bon Diogène, j'ai entendu Sébastien dire que vous vous souveniez d'avoir vu le glorieux diacre Laurent mourir pour le Christ. Racontez-nous cela.

— Avec plaisir, répondit le brave homme. Quarante-cinq ans [1] se sont écoulés depuis lors, et j'étais plus âgé à cette époque que vous ne l'êtes maintenant. Vous pouvez croire que je n'ai oublié aucun détail. C'était le plus beau jeune homme qu'on pût voir, doux, avenant et gracieux ; il parlait toujours d'une façon aimable et affectueuse, surtout aux pauvres. Combien tous l'aimaient ! J'étais présent lorsque le vénérable pontife Sixte, marchant au supplice, fut rencontré par Laurent, qui lui fit les plus tendres reproches d'un fils envers son père, parce qu'il ne lui avait pas permis d'être son compagnon dans ce sacrifice de sa personne, comme il l'avait été jusqu'à présent dans celui du corps et du sang de Notre-Seigneur.

— Quelles glorieuses époques étaient celles-là ! n'est-ce pas, Diogène ? interrompit le jeune homme ; combien nous sommes dégénérés ! Quelle race différente ! Qu'en pensez-vous, Quadratus ? »

Le rude soldat sourit de l'ardente sincérité de ces plaintes, et pria Diogène de poursuivre.

« Je l'ai vu aussi distribuer aux pauvres les richesses de l'Église. Jamais rien n'a été si splendide. Il y avait des lampes et des candélabres d'or, des encensoirs, des calices et des patènes [2], et en outre une immense quantité de lingots d'argent qui furent distribués aux aveugles, aux boiteux et aux indigents.

— Dites-moi, demanda Pancrace, comment il a supporté les dernières tortures de son martyre. Cela devait être affreux.

— J'ai tout vu, répondit le vieux fossoyeur, et cet affreux spectacle eût été intolérable dans un autre que lui. Il fut placé sur un chevalet, et tourmenté de diverses manières, ce qui ne lui arracha pas une plainte. Puis le juge ordonna que le gril, cet horrible lit, fût préparé et chauffé. Sa chair délicate se tuméfiait avant de s'entr'ouvrir au-dessus du feu, tandis que les barres de fer, chauffées à blanc, rayaient son corps de profondes brûlures qui pénétraient jusqu'aux os : une vapeur épaisse s'élevait en l'air comme d'une chaudière bouillante, et la flamme semblait rugir chaque fois qu'un lambeau de chair fondait sur les charbons. De temps à autre on pouvait observer de légers frémissements de la peau, le tremblement de chacun des muscles agités par l'agonie, et les convulsions spasmodiques

[1] A. D. 258.
[2] Saint Prudence, dans son hymne de saint Laurent.

qui ébranlèrent les membres bientôt contractés par la mort; tout cela, je
l'avoue, fut le spectacle le plus épouvantable qu'il m'ait été donné de contempler durant ma vie. Mais un coup d'œil jeté sur sa figure faisait tout
oublier. La tête, soulevée au-dessus de son corps dévoré par les flammes,
semblait contempler avidement une céleste vision, comme son compagnon
le diacre Étienne. Son visage, rougi par l'ardeur du brasier, était couvert
de sueur; mais la lumière du feu, passant à travers ses cheveux blonds,
entourait sa tête d'une sorte d'auréole : on eût dit que déjà il avait franchi
le seuil de la céleste patrie. Ses traits respiraient tant de calme et de sérénité, ses regards levés au ciel un si ardent désir, qu'on aurait volontiers
pris sa place.

— Je le ferais de grand cœur, s'écria encore Pancrace, et aussitôt qu'il
plaira à Dieu ! Je n'ose croire que je pourrais endurer ce qu'il a souffert;
car c'était vraiment un noble et héroïque lévite, et je ne suis qu'un faible
et imparfait enfant. Ne pensez-vous pas, cher Quadratus, qu'à cette heure
terrible une grâce de force nous est accordée en proportion de nos épreuves,
quelles qu'elles puissent être? Vous, je n'en doute pas, qui êtes un bon
et brave soldat endurci aux fatigues et aux blessures, vous pourriez tout
supporter. Pour moi, je n'ai à offrir qu'un cœur rempli de bonne volonté.
Croyez-vous que cela soit suffisant?

— Certainement, certainement, mon cher enfant, » s'écria le centurion
fort ému, et regardant avec tendresse le jeune homme, qui, les yeux
humides de larmes, se leva de son siège et vint s'appuyer sur l'épaule de
Quadratus. « Dieu vous accordera la force, comme déjà il vous a donné le
courage. Mais n'oublions pas ce que nous avons à faire cette nuit. Entourez-
vous bien de votre manteau, et couvrez-vous la tête de votre toge : c'est
cela. La nuit est humide et froide. A présent, bon Diogène, mettez du bois
sur le feu et que le souper soit prêt à notre retour. Nous ne serons pas
longtemps; laissez seulement la porte entr'ouverte.

— Allez, allez, mes enfants, dit le vieillard, et que Dieu vous protège;
quel que soit votre but, je suis sûr qu'il est digne d'éloges. »

Quadratus s'enveloppa bravement de sa chlamyde; puis les deux jeunes
gens se plongèrent dans les ruelles obscures de la Suburra, en prenant
la direction du forum. Pendant leur absence, la porte s'ouvrit devant la
salutation bien connue : « Rendons grâces à Dieu. » Sébastien entra et
s'informa avec inquiétude auprès de Diogène s'il avait vu les deux jeunes
gens; car on l'avait averti de ce qu'ils voulaient faire. Il apprit qu'on les
attendait dans quelques instants.

Un quart d'heure venait à peine de s'écouler, lorsqu'on entendit des pas
précipités qui s'approchaient. La porte fut rapidement ouverte et fermée,
puis barrée avec soin derrière Quadratus et Pancrace.

« Les voici ! » s'écria ce dernier, qui montra en riant un paquet de
parchemins froissés.

« Qu'est-ce donc? demanda tout le monde avec curiosité.

— Ni plus ni moins que le fameux décret, répondit Pancrace avec une
joie d'enfant; voyez : DOMINI NOSTRI DIOCLETIANUS ET MAXIMIANUS, INVICTI,

SENIORES, AUGUSTI, PATRES IMPERATORUM ET CÆSARUM [1], ainsi de suite.
Regardez-le bien » Et il le jeta au milieu des flammes; les gigantesques
fils de Diogène le recouvrirent d'un fagot afin de le maintenir et d'étouffer
le crépitement du parchemin, qui se crispa, se tordit avec effort et se
contracta de mille façons. On vit d'abord apparaître une lettre, un mot,
puis briller l'éloge d'un empereur ou un blasphème contre les chrétiens,
jusqu'à ce qu'il n'en restât plus qu'un petit tas de cendres noirâtres.

Où seront dans quelques années ceux qui ont publié cet orgueilleux
édit lorsque leurs corps auront été brûlés sur un bûcher de bois de cèdre
et d'aromates ? Leurs cendres soigneusement recueillies rempliront à
peine une urne d'or. Que deviendra aussi dans quelques années ce paganisme, auquel la publication de cet édit devait conserver la vie? Une
lettre morte tout au plus, des cendres sans valeur et semblables à celles
qui recouvraient la pierre de ce foyer. Et cet empire lui-même, que ces
Augustes « invincibles » ne soutenaient qu'à force de cruauté et d'injustice, comme son sort dans quelques siècles devait ressembler à celui de
ce décret! Les monuments de sa grandeur seront réduits en cendres et
en ruines, et proclameront que le Seigneur des seigneurs est seul plus
puissant que les Césars, et que les desseins et les efforts des hommes ne
sauraient prévaloir contre lui.

Des pensées de ce genre traversaient peut-être l'âme de Sébastien tandis
qu'il considérait d'un œil distrait les fragments, près de s'éteindre, de ce
cruel et pompeux édit, qu'ils avaient détruit non par une ridicule vengeance, mais parce qu'il blasphémait Dieu et les plus saintes vérités. Ils
savaient qu'une fois découverts, les plus affreuses tortures seraient leur
partage; mais les chrétiens de ce temps, toujours occupés à se préparer
au martyre, ne s'abandonnaient pas à de pareils calculs. La mort pour le
Christ, rapide ou peu douloureuse, ou lente et cruelle, voilà le but vers
lequel étaient tournés leurs regards. Comme de braves soldats qui marchent
au combat, ils ne se demandaient pas quel serait l'endroit de leur corps
atteint par l'épieu ou par l'épée, ni si le coup mortel terminerait soudain
leur existence, ou bien s'ils auraient à se débattre pendant de longues
heures sur le sol, mutilés ou transpercés, pour y mourir peu à peu au
milieu des monceaux de cadavres abandonnés.

Sébastien sortit bientôt de sa rêverie, et n'eut pas le courage de répri-
mander les auteurs d'une action si hardie. Du reste elle avait un côté
comique, et il ne pouvait s'empêcher de rire en songeant à la stupeur de
Corvinus le lendemain matin. Il prit la chose gaiement; car il voyait Pancrace le regarder avec inquiétude, et son centurion un peu déconcerté.
Aussi, après avoir ri de bon cœur, ils se mirent joyeusement à table. Il
n'était pas encore minuit, heure à laquelle le jeûne qui doit précéder
la réception de la sainte Eucharistie devient obligatoire. En arrangeant
cette petite fête, Quadratus, outre sa bonté ordinaire, avait deux choses

---

[1] Nos seigneurs Dioclétien et Maximien, invincibles augustes, vénérables, pères des empereurs
et des Césars.

« Regardez-le bien. » Et il jeta le décret au milieu des flammes.

en vue : d'abord, en cas de surprise, ils avaient un prétexte suffisant
pour colorer leur réunion; ensuite il voulait entretenir la bonne humeur
de ses plus jeunes compagnons et de la famille de Diogène, s'ils venaient
à s'alarmer du coup audacieux qu'ils venaient de faire. Mais rien ne vint
justifier ces appréhensions. La conversation tourna bientôt sur les souvenirs de la jeunesse de Diogène et sur la ferveur du bon vieux temps,
ainsi que Pancrace persistait à l'appeler. Sébastien accompagna son ami
jusqu'à sa demeure, et fit un détour pour éviter le forum en rentrant
chez lui. Si quelqu'un avait pu observer Pancrace cette nuit-là, lorsqu'il
fut seul dans sa chambre, se préparant au repos, il l'eût vu sourire
plus d'une fois comme au souvenir de quelque étrange et amusante
aventure.

CHAPITRE XIV

ORVINUS, dès l'aube, était debout. Malgré le mauvais temps, il alla droit au forum, dont les avant-postes étaient restés tranquilles, et se hâta d'arriver auprès du principal objet de sa sollicitude. Inutile de chercher à décrire sa stupéfaction, sa rage, sa fureur, en voyant la planche dépouillée, les fragments de parchemin restés autour des clous, et à côté le Dace plongé dans la plus stupide immobilité.

Il allait lui sauter à la gorge comme un tigre, mais l'expression féroce qu'il observa dans les yeux du barbare tempéra son impétuosité. Il s'écria néanmoins d'un ton irrité :

« Imbécile ! qu'est devenu l'édit? Réponds à l'instant.

— Doucement, doucement, Herr Kornweiner, répondit l'homme du Nord d'un air impassible, le voici tel que vous me l'avez confié.

— Où cela, coquin? viens le voir. »

Le Dace s'approcha de lui, et pour la première fois regarda la planche. Après l'avoir considérée un instant : « N'est-ce pas là, dit-il, la planche que vous avez suspendue hier soir?

— Oui, pauvre sot; mais il y avait aussi une inscription qui a disparu. C'est elle qu'on avait confiée à ta garde.

— Écoutez, capitaine; pour ce qui est de l'écriture, je n'y connais rien, n'ayant jamais rien appris; mais comme il a tombé de l'eau toute la nuit, la pluie aura tout emporté.

— Et comme le vent soufflait, le parchemin, sans doute, aura suivi l'inscription.

— Exactement, Herr Korweiner, vous avez raison.

— Voyons, soldat, ceci n'est pas une plaisanterie. Dis-moi sur-le-champ qui est venu pendant la nuit.

— Eh bien, ils étaient deux.

— Deux quoi?

— Deux sorciers, deux esprits, ou pis encore.

— Point de toutes ces sottises! » Les yeux du barbare étincelèrent du feu de l'ivresse. « Allons, dis-moi, Arminius, quelle sorte de gens c'étaient et ce qu'ils firent.

— L'un d'eux n'était qu'un jeune garçon, grand et mince, qui passa derrière le pilier, et enleva probablement ce que vous réclamez, pendant que j'étais occupé avec l'autre.

— Et à qui ressemblait l'autre? »

Le soldat ouvrit la bouche et les yeux, contempla Corvinus pendant quelques instants, et puis ajouta d'un air stupidement solennel : « A qui il ressemblait? Par ma foi, si ce n'était pas le dieu Thor en personne, il lui ressemblait bien. Quelle vigueur!

— Qu'a-t-il donc fait pour te la montrer?

— Il s'approcha d'abord et causa amicalement; il me demanda si le temps ne me paraissait pas très froid, et autres questions semblables. A la fin je me souvins que j'avais l'ordre de transpercer tous ceux qui s'approcheraient de moi.

— Précisément, interrompit Corvinus, et pourquoi ne l'as-tu pas fait?

— Parce qu'il m'en a empêché. Je lui dis de s'éloigner, sinon que j'allais le clouer au sol, et, reculant, je levai mon javelot; mais, je ne sais comment, il me l'arracha sans effort, le brisa sur son genou, comme l'épée de bois d'un saltimbanque, et en lança le fer à cinquante pas de distance, là où vous pouvez encore le voir profondément enfoncé dans le sol.

— Pourquoi ne t'es-tu pas précipité sur lui pour le frapper de ton épée? Mais où est ton épée? elle n'est plus dans le fourreau. »

Le Dace, d'un air stupide, montra le toit de la basilique voisine en disant : « La voyez-vous là-haut briller sur la toiture aux rayons du soleil levant? » Corvinus dirigea ses regards de ce côté, et aperçut ce qui semblait être une épée; il ne pouvait en croire ses yeux.

« Comment est-elle arrivée là, imbécile? »

Le soldat caressa sa moustache d'un air menaçant, ce qui décida Corvinus à répéter plus poliment sa demande; il lui fut répondu :

« Cet homme, ou un esprit quelconque, me l'arracha sans aucun effort, à l'aide d'un sortilège, et la jeta à l'endroit où vous pouvez la voir, aussi facilement que je puis lancer un palet à douze pas.

— Après?

— Après, l'enfant quitta le pilier, et tous deux disparurent dans les ténèbres.

— Quelle étrange histoire! murmura tout bas Corvinus; et pourtant il existe des preuves du récit de ce drôle. Tout le monde ne saurait accomplir de telles prouesses.

« Mais, maladroit, pourquoi n'as-tu pas donne l'alarme? les sentinelles les auraient poursuivis.

— D'abord, maître Kornweiner, parce que dans mon pays nous ne refusons pas le combat contre des hommes de chair et d'os, et que nous n'aimons pas à poursuivre les esprits. Ensuite, à quoi bon? la planche que vous m'aviez confiée étant saine et sauve.

— Stupide barbare! » grommela prudemment Corvinus entre ses dents; puis il ajouta: « Cette affaire te coûtera cher; tu sais que c'est une offense capitale.

— Quoi?

— Mais d'avoir laissé quelqu'un s'approcher de toi et te parler sans exiger le mot d'ordre.

— Doucement, capitaine. Qui vous dit qu'il n'a pas été prononcé? Je n'ai pas dit cela.

— L'a-t-il donné? alors ce n'était pas un chrétien.

— Oh! certes ; il s'approcha et dit très distinctement : *Nomen imperatorum* (le nom des empereurs).

— Comment? rugit Corvinus.

— *Nomen imperatorum.*

— *Numen imperatorum* était le mot d'ordre ! s'écria le Romain au paroxysme de la rage.

— *Nomen* ou *numen*, c'est tout à fait la même chose, il me semble. Une lettre ne saurait être une différence. Vous m'appelez Arminius, moi je m'appelle Hermann, et cependant la signification est la même. Est-ce que je puis connaître toutes les finesses de votre langue? »

Corvinus était exaspéré contre lui-même. Il vit qu'il eût bien mieux atteint son but en confiant ce poste à un intelligent prétorien, au lieu de l'abandonner à cet inepte sauvage. « C'est bien, ajouta-t-il d'un ton de mauvaise humeur; tu auras à répondre de tout cela devant l'empereur, et tu sais qu'il n'a pas l'habitude de passer légèrement sur de pareilles fautes.

— Écoutez-moi un peu, Herr Kornweiner, répliqua le soldat d'un air insolent et railleur; dans cette affaire, nous sommes aussi compromis l'un que l'autre. (Corvinus pâlit, car c'était vrai.) Il faut donc que vous inventiez quelque chose pour me sauver et vous sauver vous-même; c'est vous que l'empereur a rendu responsable de cette..., comment l'appelez-vous? de cette planche.

— Tu as raison, mon ami. Je ferai courir le bruit que tu as été attaqué par une troupe nombreuse et massacré à ton poste. Renferme-toi dans tes quartiers pour quelques jours; tu n'y manqueras pas de bière, jusqu'à ce que ton aventure soit oubliée. »

Le soldat se retira et alla se cacher. Quelques jours après, le cadavre d'un Dace, évidemment victime d'un assassinat, fut rejeté par les eaux du Tibre. On supposa qu'il avait été tué dans quelque bataille d'ivrognes, et l'on ne s'en occupa plus. Le fait était vrai; mais Corvinus aurait pu donner les meilleurs détails sur cette affaire. Avant de quitter ce fâcheux endroit du forum, il examina soigneusement le sol, afin d'y trouver au moins des traces de cet acte audacieux ; il aperçut juste au-dessous de l'édit un couteau qu'il était certain d'avoir vu en la possession d'un de ses anciens condisciples. Après l'avoir ramassé avec soin, comme l'instrument de ses futures vengeances, il se hâta de se procurer une nouvelle copie de l'édit.

CHAPITRE XV

LUS avant dans la matinée, une foule considérable pénétra de tous côtés dans le forum, curieuse de lire cet édit dont on menaçait les chrétiens depuis si longtemps. A la vue de la planche nue il s'éleva un grand tumulte. Les uns admiraient le courage des chrétiens, qu'on traitait généralement de lâches; les autres étaient indignés de la hardiesse de cet outrage. Quelques-uns se moquaient des fonctionnaires chargés de cette proclamation, et se fâchaient de ce qu'on les eût privés de cette récréation de leur journée.

De bonne heure, dans tous les endroits à la mode, on ne s'occupait que de cet événement; aux Thermes d'Antonin, les habitués le discutaient entre eux. C'étaient Scaurus, homme de loi, Proculus, Fulvius, le philosophe Calpurnius, fort occupé à feuilleter de vieux bouquins, et quelques autres.

« Quelle étrange affaire! remarqua l'un d'eux.

— Dites plutôt quel crime de haute trahison contre les divins empereurs, répondit Fulvius.

— De quelle façon a-t-il été commis? demanda un troisième.

— Ne savez-vous pas, dit Proculus, que le Dace posté non loin du Puteal a été trouvé mort, traversé de vingt-sept coups de poignard, dont dix-neuf eussent chacun été mortels?

— C'est là un faux bruit, interrompit Scaurus : rien n'a été fait par violence, mais entièrement par magie. Deux femmes s'approchèrent du soldat, qui frappa l'une de sa lance : l'arme passa à travers son corps, et se ficha en terre de l'autre côté, sans lui faire aucune blessure. Il assaillit l'autre à grands coups d'épée, mais sans plus de résultat que sur un bloc de marbre. Elle jeta ensuite sur lui une pincée de poudre qui le fit voler en l'air; ce matin on l'a retrouvé sain et sauf, endormi sur le toit de la basilique Émilienne. Un de mes amis, sorti de bonne heure, a vu l'échelle qui avait servi à le descendre.

— Merveilleux ! s'écrièrent plusieurs. Quels gens extraordinaires doivent être ces chrétiens !

— Je n'en crois pas un mot, observa Proculus. La magie n'a point ce pouvoir, et je ne vois pas pourquoi ces misérables en seraient doués de préférence à leurs supérieurs. Allons, Calpurnius, continua-t-il, laissez là ce vieux livre, et répondez à nos questions. En dînant un jour avec vous, j'ai eu plus de détails sur les chrétiens que je n'en avais entendu pendant toute ma vie. Quelle admirable mémoire est la vôtre, qui vous permet de retenir avec exactitude la généalogie et l'histoire de ce peuple barbare ! Ce que Scaurus vient de nous dire est-il possible ? »

Calpurnius débita ce qui suit d'un ton sentencieux :

« Je ne connais pas de raison pour que ce soit impossible, le pouvoir de la magie étant illimité. Pour composer une poudre qui permît à un homme de s'élever en l'air, il suffirait de réunir les herbes dans lesquelles l'air entre pour une plus grande part que les trois autres éléments. Selon Pythagore, les pois et les lentilles sont dans ce cas. Ces plantes doivent être cueillies lorsque le soleil entre dans le signe de la Balance, dont la propriété est d'équilibrer les pesanteurs dans l'air, et au moment de sa conjonction avec Mercure, puissance ailée, vous ne l'ignorez pas. Rendues plus énergiques à l'aide de certaines paroles mystérieuses prononcées par un habile magicien, on les réduit ensuite en poudre dans un mortier formé d'un aérolithe, c'est-à-dire d'une pierre qui est montée vers le ciel et en est redescendue. Sans aucun doute, ces poudres convenablement employées peuvent rendre une personne capable de s'élever en l'air, et même l'y contraindre. On sait du reste que les sorcières de Thessalie voyagent à leur gré d'un endroit à un autre en passant par les nuages, ce qui ne peut avoir lieu qu'à l'aide de sortilèges.

« Pour en revenir aux chrétiens, veuillez vous rappeler, excellent Proculus, que dans la petite explication dont vous me faites l'honneur de vous souvenir, et que je donnai à la table du divin Fabius, je nommai, si je ne me trompe, le pays où cette secte prit naissance, la Chaldée, célèbre par la culture des arts occultes. Mais la meilleure preuve de ce que j'avance se trouve consignée dans l'histoire. C'est un fait avéré qu'ici même, à Rome, un certain Simon, tantôt appelé Simon-Pierre et tantôt Simon le Magicien, vola très haut dans les airs en présence de la foule ; mais le charme qu'il portait ayant glissé de sa ceinture, il tomba et se brisa les jambes ; c'est pourquoi on fut obligé de le crucifier la tête en bas.

— Est-ce que tous les chrétiens sont nécessairement sorciers ? demanda Scaurus.

— Nécessairement ; c'est une partie de leurs superstitions. Ils croient que leurs prêtres ont un pouvoir extraordinaire sur la nature. Par exemple, ils s'imaginent aussi qu'en se plongeant le corps dans l'eau leur âme acquiert par là des dons merveilleux et une grande supériorité, malgré leur état d'esclaves, sur leurs maîtres et sur les divins empereurs en personne.

— C'est abominable! s'écria-t-on en chœur.

— Nous savons tous, reprit Calpurnius, quel affreux crime ils ont commis la nuit dernière, en arrachant l'édit suprême des divinités impériales. Supposons même (que les dieux éloignent ce malheur!) qu'ils aient poussé plus loin la trahison, et attenté à l'existence sacrée des empereurs; eh bien! ils croient qu'il suffit d'aller trouver un de leurs prêtres pour lui avouer leur crime et demander pardon, et, si ce pardon est accordé, ils se considèrent comme tout à fait innocents.

— Affreux! s'écrièrent-ils à l'unisson.

— Une pareille doctrine, dit Scaurus, est incompatible avec la sûreté de l'État. L'homme qui reconnaît à un autre la puissance de pardonner tous les crimes est capable de les commettre lui-même.

— Et cela, observa Fulvius, est précisément la cause de ce nouvel et terrible décret lancé contre eux. Après ce que Calpurnius vient de nous rapporter de ces furieux, aucune mesure ne saurait être trop sévère. »

En disant ces mots, Fulvius regardait fixement Sébastien, qui était entré pendant la conversation, et affectait de lui adresser la parole.

« C'est aussi votre avis, n'est-ce pas, Sébastien?

— Je pense, répondit-il avec calme, que si les chrétiens sont tels que Calpurnius vient de nous les dépeindre, c'est-à-dire d'infâmes sorciers, ils méritent d'être exterminés de la surface de la terre. Néanmoins, même dans ce cas, je leur donnerais volontiers une chance de salut.

— Laquelle? demanda Fulvius d'un ton ironique.

— Ceux-là seuls seraient autorisés à les persécuter qui pourraient fournir la preuve qu'ils sont moins coupables qu'eux. Personne ne lèverait la main contre eux sans avoir bien démontré auparavant qu'il n'a jamais été adultère, concussionnaire, ivrogne, mauvais mari, père dénaturé, fils insoumis, débauché ou voleur; car on n'impute jamais ces crimes aux pauvres chrétiens[1]. »

Fulvius fit la grimace en entendant ce long catalogue de crimes, et surtout en voyant le tranquille regard de Sébastien arrêté sur lui. Le nom de voleur le fit presque bondir. Le tribun l'aurait-il vu ramasser l'écharpe dans la maison de Fabius? Quoi qu'il en soit, la répulsion que lui avait inspirée le tribun à leur première entrevue s'était changée en haine à leur seconde; dans ce cœur, la haine était écrite en caractères de sang, et ne pouvait que croître en intensité.

Sébastien sortit et ne tarda pas à exhaler les sentiments qui l'oppressaient en une tendre prière : « Jusques à quand, Seigneur, jusques à quand? Quel espoir pouvons-nous entretenir de la conversion d'un grand nombre à la foi, et encore moins de cet immense empire, aussi longtemps que nous verrons des personnes honnêtes et savantes croire sans diffi-

---

[1] Voyez le discours de Lucien au juge, à propos de la condamnation de Ptolémée, au commencement de la seconde *Apologie* de saint Justin, ou dans Ruinart, *Acta sincera*, vol. I, p. 120, éd. Aug., 1802.

culté toutes les calomnies que l'on débite contre nous, recueillir d'âge en âge toutes les fables et les fictions, et refuser même d'étudier nos doctrines, sous prétexte qu'elles ne peuvent être que fausses ou méprisables ? »

Il parlait haut, se croyant seul, lorsqu'une voix douce s'éleva à côté de lui pour lui répondre : « Bon jeune homme étranger, dont je crois cependant reconnaître la voix, souvenez-vous que le Fils de Dieu a rendu la lumière aux yeux de l'aveugle en y appliquant un peu de boue, et que ce remède, entre les mains d'un homme, eût aggravé la maladie. Soyons donc comme la poussière sous ses pieds, si nous désirons qu'il nous emploie à rendre la vue aux âmes aveuglées. Laissons-nous fouler aux pieds encore un peu de temps; l'étincelle qui doit tout embraser jaillira peut-être des cendres de notre misérable corps.

— Merci, merci, Cécilia, dit Sébastien, pour vos justes et doux reproches. Où allez-vous si joyeusement en ce premier jour de péril?

— Ne savez-vous pas que j'ai été nommée guide dans le cimetière de Callistus? Je vais prendre possession de ma charge. Priez, afin que je sois la première fleur de ce printemps qui s'approche. »

Elle allait se remettre en route en chantant avec gaieté; mais Sébastien la pria de lui accorder encore un instant.

CHAPITRE XVI

LE LOUP DANS LA BERGERIE

PRÈS les aventures de la nuit, nos jeunes gens eurent peu de temps à consacrer au repos. Les chrétiens se réunirent de très bonne heure aux différents titres, afin de se disperser avant le jour. Ils s'y retrouvaient ensemble pour la dernière fois. Dès lors les oratoires allaient être fermés, et les divins mystères célébrés dans les églises souterraines des catacombes. On ne pouvait raisonnablement espérer qu'il serait possible à tout le monde de s'aventurer sans péril, même le dimanche, à quelques milles au delà des portes de Rome[1]. En ce moment de trouble, un grand privilège était accordé aux fidèles, à qui l'on permettait de conserver dans leurs maisons la sainte Eucharistie et de se communier eux-mêmes en particulier, « avant de prendre aucune nourriture, » comme Tertullien[2] le recommande.

Les fidèles ne se comparaient pas à des brebis que l'on va immoler, ni à des criminels qui attendent l'exécution, mais à des guerriers qui s'arment pour le combat. C'est en participant au banquet du Seigneur qu'ils trouvaient à la fois leurs armes, leur nourriture, la force et le courage; le pain de vie prêtait une énergie nouvelle aux tièdes et aux timides. Dans les églises, ainsi que cela se voit encore dans les cimetières, étaient placés des sièges pour les pénitenciers, aux pieds desquels s'agenouillaient les coupables pour confesser leurs fautes et en recevoir l'absolution. On adoucissait alors la rigueur des lois de la pénitence, et la durée de l'expiation publique était abrégée. Les prêtres, animés d'un saint zèle, avaient

---

[1] Il existait un cimetière appelé *Ad sextum Philippi*. On croit qu'il était situé à six milles de Rome. La plupart n'étaient pas à plus de trois milles du cœur de la cité.

[2] *Ad uxorem*, lib. II, c. v.

passé toute la nuit à préparer leur troupeau à la communion publique, qui, pour un grand nombre, devait être la dernière.

Nous ne rappellerons pas à nos lecteurs que l'office divin, quant au fond et pour beaucoup de détails, était le même qu'ils voient tous les jours célébrer à l'autel catholique : non seulement, alors comme à notre époque, on le considérait comme le sacrifice du corps et du sang de Notre-Seigneur, non seulement l'oblation, la consécration, la communion, étaient semblables, mais la plupart des prières étaient identiques. De telle sorte que le catholique qui les écoute, et plus encore le prêtre qui les récite dans la même langue que l'Église romaine des catacombes, peuvent se sentir en étroite et vivante communion avec les martyrs qui célébraient ces sublimes mystères ou s'y unissaient par leur présence.

Dans la circonstance actuelle, lorsque vint le moment d'échanger le baiser de la paix, témoignage sincère d'amour fraternel, on entendit des soupirs étouffés, on vit les yeux se mouiller de pleurs; car, pour la plupart des assistants, c'était un baiser d'adieu. Plus d'un fils, entourant son père de ses bras, se demandait si ce jour n'était pas le premier d'une longue séparation qui ne se terminerait qu'au ciel. Comme les mères pressaient leurs filles sur leur cœur, dans l'ardeur de ce nouvel amour, rendu plus ardent encore par la crainte de se les voir enlever! Vint ensuite la communion, plus solennelle qu'à l'ordinaire, plus pieuse, plus silencieusement recueillie. « Voici le corps de Notre-Seigneur Jésus-Christ, » disait le prêtre à chaque fidèle en lui présentant la nourriture sacrée. « Amen, » répondait ce dernier d'une voix pénétrée de foi et d'amour. Puis, étendant un *orarium* ou linge de toile blanche, il y recevait une provision de pain de vie assez considérable pour lui permettre d'attendre jusqu'à la fête prochaine. Il enveloppait avec soin et respect ce dépôt sacré, et le plaçait sur son sein après l'avoir encore entouré d'une étoffe précieuse ou renfermé dans une boîte en or [1]. Ce fut alors que, pour la première fois, la pauvre Syra regretta amèrement la perte de sa riche écharpe brodée, qu'elle eût depuis longtemps donnée aux pauvres, si elle n'avait pris soin de la réserver pour une si belle occasion et un si saint usage. Jamais sa maîtresse n'avait pu lui faire accepter aucun objet précieux sans qu'elle y mît cette condition, qu'elle en pourrait disposer à son gré, ce qui voulait dire en faveur des pauvres.

Les différentes réunions des fidèles avaient cessé avant la découverte de la violation de l'édit; il serait plus exact de dire qu'elles avaient continué dans les cimetières. Les fréquentes entrevues de Torquatus avec ses deux associés païens aux bains de Caracalla avaient été épiées par le vigilant capsarius et sa femme. Victoria avait même surpris leur projet d'attaquer le cimetière de Callistus le lendemain de la publication du décret. Les

---

[1] Lorsque le cimetière du Vatican fut exploré en 1571, on trouva dans les tombes deux petites boîtes carrées en or, avec un anneau fixé sur le couvercle. Bottari croit que ces anciens et vénérables objets servaient à porter la sainte Eucharistie suspendu autour du cou. (*Roma subterranea*, t. I, fig. 11.) Pellicia soutient cette opinion par beaucoup d'arguments. (*Christianæ Eccl. Politia*, t. III, p. 20.)

chrétiens se considérèrent donc en sûreté le premier jour, et profitèrent de la circonstance pour inaugurer par de solennels offices les églises des catacombes. Après quelques années d'abandon elles venaient d'être réparées et mises en ordre par les *fossores;* les peintures avaient été refaites en certains endroits, et tous les objets nécessaires au culte remis en place.

Corvinus, après avoir dévoré l'affront qu'on venait de lui faire et avoir fait afficher un autre édit moins pompeux que le précédent, se mit à

Fig. 54. — Le sacrement de la pénitence aux premiers temps de l'Église.

Assis dans une de ces chaires que l'on peut scientifiquement considérer comme des confessionnaux, un prêtre de l'époque des persécutions entend la confession d'un fidèle. Par l'étroit escalier qui conduit à la catacombe, d'autres chrétiens descendent le corps d'un nouveau martyr.

songer sérieusement aux conséquences probables de la colère de son impérial maître. Le Dace avait raison; c'est lui qui aurait à répondre de ce ridicule échec. Il sentit la nécessité de se distinguer pendant cette journée, afin d'effacer la disgrâce qu'il avait encourue, avant d'affronter de nouveau les regards de l'empereur. Son parti fut bientôt pris; le cimetière, au lieu d'être attaqué le jour suivant, le serait le jour même.

Comme il était encore de fort bonne heure, il se rendit aux bains où Fulvius, gardien toujours vigilant de Torquatus, qu'il retenait près de lui, l'attendait pour tenir conseil : ce trio d'honnêtes gens concerta toutes ses manœuvres. Conduit à regret par le maître apostat, Corvinus, à la tête

d'une troupe d'élite mise à sa disposition, devait envahir le cimetière de
Callistus et en chasser le clergé et les principaux chrétiens, tandis que
Fulvius, resté à l'entrée avec d'autres soldats, leur couperait la retraite
et saisirait les plus importants d'entre eux, particulièrement le pontife et
les principaux membres du clergé, que son assistance à l'ordination lui

Fig. 55. — L'Eucharistie aux premiers siècles de l'Église.

Les communiants sont à genoux devant la grille du sanctuaire. A chacun d'eux le prêtre dit : *Corpus Christi*,
et chacun d'eux répond : *Amen*. En leur présentant le calice, le diacre dit : *Sanguis Christi*, et ils répondent : *Amen*. Les hommes reçoivent le corps de Notre-Seigneur dans leur main droite nue, et les
femmes sur un linge blanc nommé *dominicale*. Les uns et les autres approchent directement leurs lèvres
du calice « ministériel » qui leur est présenté par le diacre.

permettait de reconnaître. Tel était son plan. Que les sots, se disait-il
à lui-même, jouent le rôle du furet qui pénètre dans une garenne ; pour
moi, je serai le chasseur qui reste à l'entrée.

Pendant leur délibération, Victoria, qui avait surpris quelques-unes de
leurs paroles, n'en devint que plus attentive, sans paraître écouter leur
conversation, à ranger et à nettoyer la salle écartée où ils s'étaient retirés.

Elle alla tout raconter à Cucumio ; celui-ci se gratta longuement la tête,
et finit par trouver un ingénieux moyen de faire connaître ces graves
nouvelles à qui de droit.

Sébastien, après avoir assisté de très bonne heure à l'office divin, ne
pouvait faire davantage à cause des devoirs qu'il avait à remplir au palais.

Selon l'usage à peu près général, il s'en alla donc aux bains pour rafraîchir et fortifier ses membres, et aussi pour dissiper les soupçons qu'aurait pu exciter son absence de la matinée. Pendant qu'il était occupé de ces soins, le vieux *capsarius* (car c'était là le titre sonore qu'il avait adopté dans son inscription funéraire anticipée) écrivit sur un fragment de parchemin tout ce que sa femme avait pu surprendre touchant le complot d'attaquer immédiatement le cimetière et de s'emparer de la personne du saint pontife, puis

Fig. 86. — Le Baptême aux premiers siècles de l'Église.

Dans un baptistère octogone du iv⁰ ou du v⁰ siècle, un évêque, assisté par un diacre, administre le baptême « par immersion et par infusion » à un catéchumène qu'il vient d'interroger sur le Symbole et qui est lui-même assisté par son parrain.

il l'attacha avec une épingle ou une aiguille à l'intérieur de la tunique de Sébastien, confiée à sa garde ; car il n'osait lui parler en public.

Après son bain, le tribun passa dans la salle où l'on discutait les événements de la matinée ; Fulvius y attendait que Corvinus vînt l'avertir que tout était prêt. Comme il s'éloignait, plein de dégoût, il se sentit, en marchant, piqué à la poitrine : il examina ses vêtements et découvrit le papier. Cucumio avait écrit son petit billet d'un latin aussi élégant que celui de son épitaphe ; néanmoins Sébastien en comprit assez pour qu'il crût nécessaire de diriger ses pas vers la voie Appienne, au lieu du mont

Palatin, afin de communiquer ces importantes nouvelles aux chrétiens rassemblés dans le cimetière.

La pauvre fille aveugle qu'il venait de rencontrer lui paraissant un messager plus sûr et plus rapide que lui-même, et surtout moins propre à attirer l'attention, il l'arrêta, lui confia la lettre, après y avoir ajouté quelques mots à l'aide d'une plume et de l'encre qu'il portait sur lui, et l'exhorta à la faire parvenir le plus tôt possible à sa destination. Fulvius,

Fig. 57. — La Confirmation aux premiers siècles de l'église.

Sous l'un de ces portiques octogones qui entourent la vasque des plus anciens baptistères, un évêque du
IVᵉ siècle impose les mains à deux nouveaux chrétiens. Cette imposition des mains et l'onction du salut
chrême étaient et sont encore les deux rites essentiels de la confirmation.

un instant après le départ de Sébastien, reçut l'avis que Corvinus et sa troupe s'avançaient à travers champs, pour dérouter les soupçons, vers l'endroit convenu. Aussitôt il monta à cheval, et s'en alla le long de la grande route, tandis que dans une rue détournée le soldat chrétien donnait ses instructions à sa messagère aveugle.

Lorsque nous accompagnâmes Diogène et ses amis dans les catacombes, Severus ne nous montra point l'église souterraine, dont il ne voulait pas trahir l'existence à Torquatus. C'est dans son enceinte que les chrétiens étaient alors réunis autour de leur premier pasteur. Elle était construite

comme toutes les excavations de ce genre, et méritait à peine le nom
d'édifice.

Notre lecteur pourra se représenter deux des *cubicula* ou chambres que
nous avons décrites précédemment, placées de chaque côté d'une galerie
de façon que les deux portes, ou plutôt les deux larges ouvertures, soient
opposées l'une à l'autre. Au fond de l'une de ces salles se trouve l'*arcosolium* ou tombeau surmonté de l'autel, autour duquel, selon les conjec-

Fig. 58. — Restes de la basilique de Saint-Alexandre, sur la voie Nomentane
(d'après les *Catacombes de Rome*, de Th. Roller).

tures les plus probables, étaient rangés les hommes sous la conduite des
ostiarii[1], tandis que les femmes, ayant à leur tête les diaconesses, se
tenaient dans la salle la plus éloignée. La primitive Église a toujours
strictement maintenu la séparation des sexes pendant l'office divin.

Parfois quelques ornements d'architecture venaient embellir ces églises
souterraines. Les murs, surtout près de l'autel, étaient enduits de plâtre
et revêtus de peintures; des demi-colonnes, avec leurs bases et leurs cha-
piteaux, assez élégamment taillés dans la pouzzolane, marquaient les

[1] Portiers. C'est un des ordres mineurs de l'Église latine.

divisions ou décoraient l'entrée. Dans la plus considérable des basiliques découvertes jusqu'à présent au cimetière de Callistus, on remarque une chambre sans autel, communiquant avec l'église par une ouverture en forme d'entonnoir, qui traverse en biais un mur de roc d'une épaisseur de près de douze pieds, et débouche de l'autre côté à cinq ou six pieds au-dessus du sol, à cause de la différence du niveau; ce qui permettait aux personnes réunies dans la salle d'entendre ce qui se disait à l'église, mais

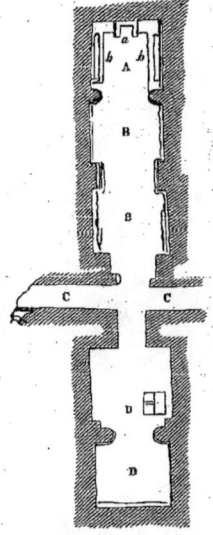

Fig. 59. — Plan de l'église souterraine du cimetière de Sainte-Agnès.

A Chœur ou sanctuaire, avec le siège épiscopal (*a*) et les bancs pour le clergé (*bb*).
B Salle pour les hommes, séparée du chœur par deux piliers supportant une arche.
C Corridor des catacombes par où l'on pénètre dans l'église.
D Salle pour les femmes. Emplacement d'une tombe.
Chaque partie est subdivisée par les colonnes en saillie le long des murs.

non de voir ce qui s'y passait. Il est très naturel de supposer que c'était là l'endroit réservé à cette classe de pénitents publics nommés *audientes* ou auditeurs, et aux catéchumènes qui n'avaient pas encore été initiés par le baptême. La basilique où se trouvaient les chrétiens lorsque Sébastien envoya son message était semblable à celle qui a été découverte dans le cimetière de Sainte-Agnès. Chacune des deux divisions était double, ou plutôt se composait de deux vastes salles La partie que nous appellerons l'église des femmes n'était divisée que par des demi-colonnes, remplacées, dans celles des hommes, par des piliers carrés; l'un d'eux était creusé en forme de niche destinée à recevoir une statue ou une lampe. Ce qu'il y a de plus remarquable dans ces basiliques, c'est leur prolongation de

manière qu'elles puissent avoir un chœur ou presbytère qui égalait à peine
en étendue la moitié de chacune des autres divisions, dont il était séparé
par deux colonnes placées contre les parois. Comme les sanctuaires modernes, sa hauteur était moindre; car dans chaque division on remarque,
enchâssée dans la muraille, d'abord une haute tombe surmontée d'une
arcade et de quatre ou cinq rangées de sépulcres, tandis que le sanctuaire n'est pas plus élevé que ces *arcosolia* ou tombes-autels. Au milieu
et au fond du sanctuaire, appuyé contre le mur, se trouvait un siège avec

Fig. 80. — Une *cathedra* dans la catacombe de Sainte-Agnès.

un dossier et des bras taillés dans le roc : à droite et à gauche, un banc
de pierre régnait tout le long des côtés du chœur. La tablette de la tombe
voûtée étant plus élevée que le dos du fauteuil, qui était fixe, il est évident qu'on ne pouvait y célébrer les divins mystères. On plaçait alors
devant le trône un autel portatif, qui restait isolé au milieu du sanctuaire;
selon la tradition, cet autel avait servi à saint Pierre.

Voilà donc quelles étaient les dispositions exactes des églises bâties
après la paix, et qu'on retrouve encore dans toutes les anciennes basiliques
de Rome : la chaire épiscopale placée au centre de l'abside, le presbytère,
c'est-à-dire les sièges réservés à droite et à gauche pour le clergé, et
l'autel situé entre le trône et le peuple. Les chrétiens, au fond des catacombes, anticipaient ou plutôt établissaient déjà les premiers principes
qui devaient régir l'architecture ecclésiastique.

C'est dans une de ces basiliques que nous devons nous représenter l'assemblée des fidèles au moment où Corvinus et ses satellites arrivent à l'entrée du cimetière. Le traître savait bien où trouver les degrés cachés sous des fagots et conduisant d'un bâtiment en ruines dans l'intérieur du cimetière. L'endroit étant désert, ils prirent aussitôt leurs mesures. Fulvius avec dix ou douze hommes resta aux aguets, afin de surveiller

Fig. 61. — Un autel avec sa *cathedra*, au cimetière de Sainte-Agnès.

l'entrée du souterrain et de saisir ceux qui en sortiraient ou chercheraient à y pénétrer. Corvinus, accompagné de Torquatus et de huit soldats, se prépara à descendre.

« Je n'aime pas ces expéditions ténébreuses, dit un vieux légionnaire à barbe grise ; je suis militaire et non chasseur de rats. Qu'on me donne un ennemi à combattre en plein jour, et je lui disputerai le terrain pied à pied, l'épée à la main ; mais je ne me soucie point d'être étouffé ou empoisonné comme la vermine dans un égout. »

Ces paroles furent bien accueillies des soldats. L'un d'eux ajouta : « Peut-être y a-t-il plusieurs centaines de ces hypocrites chrétiens cachés ici, et nous ne sommes guère qu'une demi-douzaine.

16

— Nous ne sommes pas payés non plus pour faire un pareil métier, s'écria un autre.

— Je crains leurs sortilèges, continua un troisième, beaucoup plus que leur valeur. »

Il fallut toute l'éloquence de Fulvius pour leur rendre un peu d'énergie. Il leur assura que rien n'était à craindre, que les lâches chrétiens fuiraient comme des lièvres à leur approche, et qu'ils trouveraient dans l'église plus d'or et d'argent qu'ils n'en pourraient gagner pendant une année entière.

Fig. 62. — Un autel dans le cimetière de Saint-Sixte.

Ainsi encouragés, ils descendirent les degrés à tâtons. De distance en distance des lampes projetaient une lumière incertaine dans ces mystérieuses profondeurs.

« Chut! dit l'un d'eux, écoutez cette voix! »

Des accents lointains arrivaient, adoucis par la distance : c'étaient les notes joyeuses d'une voix fraîche et jeune, que la peur ne faisait pas trembler, et si claire, qu'on pouvait distinguer les paroles. Elle chantait les versets suivants :

Dominus illuminatio mea et salus mea : quem timebo?
Dominus protector vitæ meæ : a quo trepidabo?

« Le Seigneur est ma lumière et mon salut : qui craindrai-je? Le Seigneur est le défenseur de ma vie : qui pourra me faire trembler? »

On entendit ensuite s'élever un chœur de voix semblable au mugissement des eaux :

*Dum appropiant super me nocentes, ut edant carnes meas, qui tribu-
lant me, inimici mei, ipsi infirmati sunt et ceciderunt.*

« Lorsque ceux qui veulent me perdre sont près de fondre sur moi pour
dévorer ma chair, ces mêmes ennemis qui me persécutent ont été affaiblis
et sont tombés. »

En entendant ces paroles pleines de calme et de confiance, qui semblaient un défi, la honte et la rage entrèrent à la fois dans le cœur des
soldats.

La voix recommença seule le chant, qui devenait moins distinct :

Si consistant adversum me castra, non timebit cor meum.

« Quand des armées d'ennemis seraient campées devant moi, mon cœur
n'en serait point effrayé. »

« Je connais cette voix, il me semble, murmura Corvinus, je la recon-
naîtrais entre mille. C'est la voix de celui qui a empoisonné mon existence, de celui qui a été la cause de cette maudite aventure de la nuit
dernière, et de l'embarras où nous sommes aujourd'hui; c'est Pancrace,
c'est lui qui a arraché le décret. En avant, en avant, mes amis! Je ne
marchanderai pas la récompense à qui me l'amènera mort ou vif.

— Attendez, dit un soldat, allumons les torches.

— Écoutez, ajouta un second pendant qu'ils s'occupaient de ce soin;
quel est ce bruit sourd et étrange, semblable à un grincement ou à des
coups de marteau? Voilà déjà quelque temps que je l'entends.

— Tenez, reprit un troisième, les lumières viennent de disparaître
là-bas, et les chants ont cessé. Nous sommes certainement découverts.

— Il n'y a aucun danger, dit Torquatus d'un ton beaucoup plus rassuré
qu'il ne l'était réellement. Ce sont ces vieilles taupes, Diogène et ses fils,
qui font ce tapage en creusant des tombes pour les chrétiens que nous
allons prendre. »

En vain Torquatus avait-il engagé sa petite troupe à ne pas se munir de
torches, mais à se procurer des lampes comme celles que nous voyons
représentées entre les mains de Diogène, ou bien encore des flambeaux
de cire, tels qu'il en avait apporté lui-même; mais ces hommes jurèrent
qu'ils ne descendraient point, s'il ne leur était pas permis de se procurer une abondante lumière, que le vent ou un choc violent sur le bras
ne saurait éteindre. Le résultat ne se fit pas attendre. A mesure qu'ils
s'avançaient le long de l'étroite et basse galerie, les torches de résine
pétillaient en jetant des lueurs éclatantes qui leur brûlaient le visage d'une
manière intolérable, tandis que les flots d'une fumée noirâtre, descendant
de la voûte, enveloppaient les porteurs de torches d'une atmosphère épaisse
et lourde, et les replongeaient, pour ainsi dire, dans une obscurité plus
profonde. Torquatus, à la tête des soldats, comptait à droite et à gauche
toutes les galeries latérales, dont il avait noté le nombre; mais on avait
soigneusement détruit toutes les marques qu'il avait tracées. Après avoir

compté un peu plus de la moitié du nombre nécessaire, il demeura stupéfait et désappointé en trouvant le chemin comblé du haut en bas.

Il lui fallut reconnaître que des yeux plus vigilants que les siens avaient déjoué ses calculs. Résolu à ne pas être surpris, Severus n'avait pas cessé de se tenir en alerte. Lorsque les soldats étaient en haut de l'ouverture du cimetière, il était au bas des degrés. Aussitôt il courut à l'endroit où l'on avait préparé du sable pour combler le passage; son frère et plusieurs vigoureux travailleurs s'y tenaient tout prêts au moindre signal de danger. En un clin d'œil, de cette façon silencieuse et rapide à laquelle ils étaient habitués, ils se mirent au travail avec leurs pelles de chaque côté de l'étroite et basse galerie, qu'ils remplirent de sable, tandis que des coups de pioches habilement dirigés détachèrent de la voûte d'énormes fragments de roc qui achevèrent d'obstruer le passage. Abrités par cette barrière, ils pouvaient à peine s'empêcher de rire en entendant leurs ennemis à travers les pierres mal jointes. C'est ce travail, dont le bruit était arrivé jusqu'aux oreilles des soldats, qui avait étouffé le bruit des chants et intercepté la lumière des lampes.

L'extrême perplexité de Torquatus ne fut pas diminuée par la grêle de jurements, d'imprécations et de menaces qui tomba sur lui; on l'accusa de sottise et de trahison. « Attendez un instant, je vous en conjure, dit-il, peut-être me suis-je trompé dans mes calculs. Le vrai chemin est à quelques pieds au delà d'une tombe fort remarquable; je vais jeter un coup d'œil dans les deux allées latérales que nous venons de dépasser. »

En disant ces mots il courut vers la première galerie à gauche, fit quelques pas en avant et disparut tout à coup.

Ses compagnons le suivirent jusqu'à l'entrée de la galerie, et ne purent néanmoins comprendre ce qui lui était arrivé. Cela semblait être de la magie, et ils étaient tout disposés à y croire. Sa lumière et sa personne s'étaient évanouies en un instant. « En voilà assez comme cela, s'écrièrent-ils; ou Torquatus est un traître, ou un sorcier l'a enlevé. » Fatigués, brûlés par l'épaisse atmosphère que leurs torches avaient presque échauffée comme une fournaise; noirs de suie, aveuglés, étouffés par la fumée noire et résineuse, abattus et découragés, ils revinrent sur leurs pas. Comme leur chemin les menait droit à l'entrée, ils se débarrassèrent de leurs torches en les jetant çà et là dans les allées latérales, à mesure qu'ils les rencontraient. Lorsqu'ils regardèrent derrière eux, il leur sembla qu'une illumination triomphale avait enflammé l'atmosphère même de ce sombre corridor. Une clarté éblouissante, sortant de l'ouverture de chacun de ces antres ténébreux, teignait les grossières murailles de tuf d'une pourpre somptueuse; les longues spirales de la fumée semblaient autant de légers nuages dorés flottant le long des voûtes. De chaque côté, les plaques de marbre et les tuiles jaunes qui scellaient les tombes, subitement inondées de cette riche lumière, jetaient l'éclat de l'or et de l'argent, et se détachaient sur le rouge étincelant des murailles : c'était comme un hommage rendu au martyre par les furies du paganisme, en ce premier jour de la persécution. Les torches qu'elles avaient allumées pour le détruire ne servaient qu'à illuminer les monuments de cette vertu qui n'avait jamais failli au salut de l'Église.

Mais avant d'avoir atteint l'entrée, ces limiers en défaut, la tête basse, reculèrent à la vue d'une apparition étrange. Ils crurent d'abord reconnaître la lumière du jour; mais bientôt ils s'aperçurent que c'était la lueur incertaine d'une lampe, qu'une personne droite et immobile tenait d'une main ferme, de façon à être éclairée de ses rayons. Sombrement vêtue, elle ressemblait à ces statues de bronze dont la tête et les extrémités sont de marbre blanc, et qui, au premier coup d'œil, causent un instant de surprise, tant elles semblent animées.

« Qui cela peut-il être? Qu'est-ce donc? se demandaient les soldats à voix basse.

— Une sorcière, répondit l'un.

— Le *genius loci* (génie du lieu), observa un autre.

— Un esprit, » suggéra un troisième.

Comme ils approchaient avec précaution, le fantôme ne parut pas s'apercevoir de leur présence; ses regards étaient sans expression; il demeurait immobile et sans effroi. Enfin deux d'entre eux arrivèrent assez près pour lui saisir les bras.

« Qui êtes-vous? demanda Corvinus furieux.

— Une chrétienne, répondit Cécilia de sa voix toujours tranquille et gaie.

— Emmenez-la, ordonna-t-il; celle-là du moins payera pour les autres. »

 ÉCILIA, déjà prévenue, était arrivée au cimetière par une autre entrée, voisine de la première. A peine fut-elle descendue, qu'elle sentit la forte odeur des torches. Voilà qui ne ressemble pas à *notre* encens, se dit-elle; l'ennemi est déjà dans la place. Elle se hâta donc de se rendre au milieu de l'assemblée, et remit la note de Sébastien, en ajoutant ce qu'elle venait de remarquer. Chacun alors se dispersa, et se réfugia dens les galeries éloignées et inférieures. On supplia le pontife de ne point sortir avant qu'on l'eût prévenu; car c'était particulièrement sa personne qu'on recherchait.

Pancrace pressa la messagère aveugle de se mettre à l'abri. « Non, répondit-elle, mon devoir est de veiller près de la porte et de servir de guide aux fidèles.

— Mais l'ennemi s'emparera de vous.

— Qu'est-ce que cela fait? dit-elle en riant; ma capture peut sauver des vies plus précieuses. Donnez-moi une lampe, Pancrace.

— Elle vous sera inutile, observa-t-il gaiement.

— C'est vrai, mais elle éclairera les autres.

— Les autres peuvent être vos ennemis.

— Quand il en serait ainsi, répondit-elle, je ne voudrais pas être arrêtée dans les ténèbres. Si mon fiancé vient à moi dans la nuit de ce cimetière, je veux qu'il me trouve avec de l'huile dans ma lampe. »

Elle partit et arriva à son poste; puis, n'entendant point d'autre bruit que des pas étouffés, elle crut que des amis s'avançaient, et leva sa lampe pour les éclairer.

Lorsque la petite troupe sortit au grand jour, avec son unique captive, Fulvius entra dans une violente colère. Descendre dans les entrailles de la terre pour en ramener cette petite souris, c'était pire qu'un insuccès complet, c'était ridicule. Il railla Corvinus d'une si amère façon, que ce dernier en devint tout frémissant de rage; puis tout à coup il demanda : « Où est Torquatus? » Le récit qu'on lui fit de sa disparition soudaine était aussi embrouillé que l'histoire du Dace posté sur le Forum; il en fut extrêmement mortifié. Il ne mettait pas en doute la trahison de sa victime supposée, qui venait de lui échapper dans les labyrinthes inextricables du cimetière. Sa captive pouvait le renseigner à ce sujet; il se détermina donc à la questionner. S'étant placé devant elle, après avoir pris son air le plus fin et le plus imposant, il dit d'un ton sévère : « Regardez-moi, femme, et dites la vérité.

— Je me contenterai de dire la vérité sans vous regarder, seigneur, répondit la pauvre fille avec un joyeux sourire, et de sa voix la plus douce : ne voyez-vous pas que je suis aveugle?

— Aveugle! » s'écrièrent tous ceux qui étaient présents, en s'approchant pour la considérer. Un imperceptible mouvement d'émotion agita les traits de Fulvius, semblable à une brise légère qui fait à peine onduler les épis mûrs de la moisson dorée. Un soupçon venait de lui traverser l'esprit; il venait de mettre la main sur un indice révélateur.

« Il serait ridicule, reprit-il, que vingt soldats accompagnassent à travers la ville une pauvre fille aveugle. Retournez dans vos quartiers; j'aurai soin que vous receviez une bonne récompense. Corvinus, prenez mon cheval, et allez en avant chez votre père; vous lui raconterez tout. J'accompagnerai la captive dans un char.

— Pas de trahison, Fulvius, dit le fils du préfet d'un air vexé et humilié; ne manquez pas de l'amener. La journée ne doit pas se terminer sans sacrifice.

— Ne craignez rien, » fut la réponse.

Fulvius se demandait si, après avoir perdu un espion, il ne serait pas à propos de s'en procurer un autre. La douceur paisible de la pauvre mendiante l'embarrassait beaucoup plus que le zèle bruyant du joueur libertin, et ses yeux privés de lumière semblaient le défier plus hardiment que les regards effrontés du buveur. Lorsqu'il fut seul avec elle dans le char, il lui adressa la parole d'un ton plus caressant; il savait qu'elle n'avait pas entendu sa conversation avec Corvinus.

« Ma pauvre fille, dit-il, depuis combien de temps êtes-vous aveugle?

— Depuis ma naissance, répondit-elle.

— Quelle est votre histoire? D'où venez-vous?

— Je n'ai pas d'histoire. Mes parents étaient pauvres et m'amenèrent à Rome à l'âge de quatre ans. Ils venaient accomplir un vœu aux saints martyrs Chrysanthe et Darie, lorsque mon existence était menacée par une grave maladie. Pendant qu'ils pratiquaient leurs dévotions, ils me confièrent à une pieuse femme infirme, à la porte du titre de Fasciola. En ce jour mémorable beaucoup de chrétiens furent enterrés vivants, près de la tombe de ces saints martyrs, sous la terre et les pierres dont on les couvrit; mes parents eurent le bonheur d'être du nombre.

— Comment avez-vous vécu depuis ce temps-là?

— Dieu a été mon père, et son Église catholique ma mère. L'un nourrit les oiseaux du ciel; l'autre prend soin des petits et des plus faibles du troupeau. Je n'ai jamais manqué de rien.

— Vous vous dirigez très bien dans les rues, sans aucune hésitation, comme si vous y voyez.

— Comment savez-vous cela?

— Je vous ai vue. Vous souvenez-vous d'avoir conduit, cet automne, de très grand matin, un pauvre infirme le long du vicus Patricius? »

Elle rougit et garda le silence. L'aurait-il vue glisser sa part des aumônes dans la bourse du vieillard?

« Vous avouez être chrétienne? demanda-t-il d'un air indifférent.

— Oh! oui; comment pourrais-je le nier?

— Cette assemblée n'était composée que de chrétiens?

— Sans aucun doute : en pourrait-il être autrement? »

C'en était assez pour justifier ses soupçons. Agnès, que Torquatus n'avait jamais pu ou voulu accuser, était chrétienne. Son plan était donc tracé d'avance : elle céderait, ou bien sa vengeance serait assouvie.

Après un moment de silence, il la regarda fixement et dit : « Savez-vous où vous allez?

— Devant le juge terrestre peut-être, qui m'enverra rejoindre mon époux dans le ciel.

— Avec tant de calme? demanda-t-il tout surpris, car un doux sourire était la seule marque d'émotion qui parût sur sa figure.

— Bien mieux, avec joie, » fut sa courte réponse.

Ayant appris tout ce qu'il désirait savoir, il confia sa prisonnière à Corvinus, auprès des portes de la basilique Émilienne, et l'abandonna à son sort. La journée avait été froide et humide, comme la nuit précédente. Ce mauvais temps et l'aventure de la nuit avaient refroidi l'enthousiasme. Comme le préfet était obligé de siéger dans le tribunal, où très peu de personnes pouvaient trouver à se placer, et que les heures s'envolaient sans arrestations, sans procès et sans nouvelles, les plus curieux s'étaient retirés. Seuls, les plus persévérants étaient restés jusqu'après l'heure ordinaire de la promenade dans les jardins publics. Un instant avant l'arrivée de la captive, un nouveau groupe de spectateurs venait d'entrer, et se tenait près des portes latérales, d'où l'on pouvait voir tout ce qui se passait.

Corvinus avait préparé son père à l'arrivée de Cécilia; aussi Tertullus, ému de compassion et croyant qu'il serait facile de vaincre l'obstination d'une pauvre mendiante ignorante et aveugle, pria les assistants de rester immobiles, afin que, se croyant seule avec lui, elle cédât plus aisément à ses paroles persuasives. Il menaça de peines sévères ceux qui se permettraient de rompre le silence.

C'est ce qui arriva. Au moment où le préfet lui parla avec douceur, Cécilia ne se doutait pas de la présence du public.

« Comment t'appelles-tu, mon enfant?

— Cécilia.

— C'est un noble nom. L'as-tu reçu de ta famille?

— Non; je ne suis pas noble, à moins que je ne le sois devenue lorsque mes parents, malgré leur pauvreté, moururent pour le Christ. Comme je suis aveugle, ceux qui ont eu soin de moi m'ont donné le nom de *Cæca* (aveugle), que leur affection a transformé en celui de Cécilia.

— Allons, abandonne la folie de ces chrétiens, qui n'ont jamais pu t'empêcher de rester pauvre et aveugle. Honore les décrets des divins empereurs, offre des sacrifices aux dieux. Tu auras des richesses, de beaux habits et de bons repas; les meilleurs médecins s'efforceront de te rendre la vue.

— N'avez-vous rien de meilleur à m'offrir? Je ne cesse de rendre des actions de grâces à Dieu et à son divin Fils pour les maux dont vous prétendez me délivrer.

— Que veux-tu dire?

— Je remercie Dieu de ce que je suis pauvre, mal vêtue, mal nourrie; car c'est ainsi que je ressemble davantage à Jésus-Christ, mon unique époux.

— Folle! interrompit le juge un peu impatienté, as-tu déjà appris toutes ces sottises? Au moins tu ne remercies pas Dieu de t'avoir privée de la vue?

— Pour cela, plus que pour tout le reste, je le remercie à chaque heure du jour de tout mon cœur.

— Comment cela? Penses-tu que ce soit une bénédiction de n'avoir jamais contemplé une figure humaine, le soleil ou la terre? Quelle singulière idée!

— Vous vous trompez, noble seigneur. Au milieu de ce que vous appelez les ténèbres, je distingue un point lumineux, que j'appellerai la lumière, et qui contraste vivement avec tout ce qui l'entoure. Elle est pour moi ce qu'est pour vous le soleil, dont l'éclat n'est que local, si on en juge par la direction variée de ses rayons. Toujours je suis environnée de la douce et incomparable clarté de cette lumière; elle prend sa source en celui que j'aime de l'amour le plus pur. Je ne voudrais pas, pour tout au monde, que sa splendeur fût diminuée par celle d'un plus brillant soleil, ni sa merveilleuse beauté confondue avec des beautés étrangères, ni mon regard détourné d'elle par des visions terrestres. Je l'aime trop pour ne pas désirer de la contempler toujours.

— Allons, allons, assez de propos ridicules. Obéis sans retard aux empereurs, ou bien j'essayerai sur toi l'effet de la douleur. Tu seras bientôt soumise.

— La douleur? demanda-t-elle avec innocence.

— Oui, la douleur. Ne l'as-tu jamais sentie? Personne ne t'a-t-il jamais fait de mal pendant ta vie?

— Oh! non, jamais les chrétiens ne se font de mal entre eux. »

Selon l'usage, le chevalet était dressé devant lui; il fit signe à Catulus d'y placer Cécilia. Le bourreau, l'ayant prise par les bras, la poussa en arrière. Elle ne fit aucune résistance, et fut bientôt étendue sur sa couche de bois. En un instant les nœuds coulants des cordes toujours prêtes furent passés autour de ses pieds, et ses bras tirés au-dessus de sa tête. La pauvre aveugle ne voyait pas celui qui la traitait ainsi, et pouvait croire que c'était la même personne qui venait de converser avec elle. Si les spectateurs avaient été silencieux jusqu'alors, maintenant ils ne respiraient plus; les lèvres de Cécilia s'agitaient dans une fervente prière.

« Encore une fois, avant d'aller plus loin, je t'ordonne de sacrifier aux dieux, afin d'éviter ces tourments cruels, dit le juge d'une voix plus sévère.

— Ni les tourments ni la mort, répondit la douce victime déjà liée sur l'autel, ne me sépareront de l'amour du Christ. Je ne puis offrir de sacrifice qu'au seul Dieu vivant, et l'offrande volontaire que je lui destine est celle de ma propre vie. »

Le préfet fit un signe au bourreau, qui imprima un mouvement rapide aux deux roues du chevalet, dont les cordes étaient enroulées autour des tourniquets. Les membres de la jeune fille se tendirent tout d'un coup sous un violent effort, qui, sans les briser, ce qu'un nouveau tour de roue eût accompli, lui fit ressentir dans tout son être les inexprimables tortures propres à ce genre de supplice. Les ténèbres où son infirmité la tenait plongée augmentaient ses souffrances, en ne lui permettant pas d'en deviner la cause ni d'en apercevoir les préparatifs. Un légère convulsion des traits de son visage, une pâleur soudaine indiquèrent seules la douleur qu'elle endurait.

« Ah! ah! s'écria le juge, tu sens cela? Allons, cela suffira; obéis, et tu auras la liberté. »

Elle sembla ne faire aucune attention à ces paroles, et exhala ses sentiments dans cette prière : « Je vous rends grâces, ô Seigneur Jésus-Christ, qui me permettez de souffrir une première fois pour l'amour de vous. Je vous ai aimé dans la paix, je vous ai aimé dans l'abondance, je vous ai aimé dans la joie, et je vous aime maintenant plus que jamais dans la douleur. Combien il est plus doux d'être étendu avec vous sur la croix que d'être même durement assis à la table du pauvre! »

— Tu te moques de moi, s'écria le juge exaspéré, et tu méprises mon indulgence! Nous allons essayer quelque chose de plus fort. Ici, Catulus, approchez de ses côtés les torches enflammées[1]. »

Un mouvement de dégoût et d'horreur parcourut l'assemblée, qui ne pouvait s'empêcher de ressentir de la sympathie pour la pauvre aveugle. Un murmure d'indignation mal contenu se fit entendre dans toute la salle.

Pour la première fois Cécilia comprit qu'elle se trouvait au milieu de la foule. Son front, son visage et son cou, jusqu'alors d'une blancheur de marbre, s'empourprèrent aussitôt d'une modeste rougeur. Le juge furieux

[1] Le chevalet était à deux fins : il était en lui-même un supplice et servait aussi à tenir le corps bien étendu pendant l'application des autres tortures; une des plus fréquentes était celle du feu.

prévint d'un geste l'explosion des sentiments du public; tous écoutèrent avec recueillement la nouvelle prière, plus ardente encore, qui s'échappait des lèvres de la jeune fille :

« O cher Seigneur, mon époux bien-aimé, témoin de ma fidélité à votre égard, je consens à souffrir pour l'amour de vous la douleur et les tortures, mais épargnez-moi l'humiliation des regards des hommes. Appelez-moi sans retard près de vous, et qu'en paraissant devant vos yeux la honte ne m'oblige pas à me voiler la face. »

Un murmure de compassion se fit entendre dans la salle.

« Catulus ! hurla le juge frémissant de rage et trompé dans son attente, remplis ton devoir, coquin ! Que fais-tu là avec ta torche ? »

Le bourreau s'avança, et étendit la main pour écarter la robe de la victime avant d'appliquer la torture. Mais il recula, et, se tournant vers le préfet, il ajouta d'une voix émue :

« C'est trop tard. Elle est morte.

— Morte ! cria Tertullus, morte d'un tour de roue ! C'est impossible ! »

Catulus fit mouvoir la roue en arrière, et le corps resta sans mouvement. Il était vrai. Elle avait passé du chevalet au trône de gloire, elle n'entendait plus les paroles de ce juge au visage sombre et cruel, et jouissait maintenant des caresses de l'Époux. Son âme pure était-elle montée au ciel, comme un doux parfum, avec l'encens de sa prière? ou bien le sang que sa modestie virginale avait fait affluer à son visage y était-il resté sans avoir la force de retourner au cœur[1] ?

Au milieu de la stupeur et de la surprise, une voix claire et hardie, s'élevant d'un groupe arrêté près de la porte, cria : « Tyran impie, ne vois-tu pas qu'une pauvre chrétienne aveugle a plus de puissance sur la vie et la mort que toi ou tes maîtres cruels ?

— Comment ! pour la troisième fois en vingt-quatre heures, je te trouve encore sur mon chemin ! Cette fois tu ne m'échapperas pas. »

Puis, quittant brusquement son père avec d'affreuses imprécations, Corvinus franchit l'enceinte du tribunal et se dirigea vers le groupe. Comme il se précipitait en avant, il se heurta, bien par hasard sans doute, contre un officier d'une taille herculéenne qui s'en éloignait; il chancela du coup, et le soldat le soutint en disant :

« J'espère que vous ne vous êtes pas fait de mal, Corvinus?

— Non, non; laissez-moi, Quadratus, laissez-moi aller.

— Où allez-vous si vite? Puis-je vous être utile? demanda l'officier en le retenant toujours.

— Lâchez-moi, vous dis-je, ou il m'échappera.

— Qui donc vous échappera?

— Pancrace, répondit Corvinus, qui vient d'insulter mon père.

— Pancrace? dit Quadratus regardant autour de lui afin de s'assurer que ce dernier avait disparu, je ne le vois pas. » Puis il le laissa aller; mais

---

[1] On lit fréquemment dans les Vies des martyrs que la mort fut accordée à leurs prières. Il en fut ainsi pour sainte Praxède, sainte Cécile, sainte Agathe, etc.

il était trop tard : le jeune homme était en sûreté chez Diogène, dans le quartier de la Suburra.

Pendant toute cette scène, le préfet, très mortifié, ordonna à Catulus de faire jeter le cadavre dans le Tibre. Mais un autre officier, enveloppé d'un manteau, s'avança vers l'exécuteur et lui fit un signe. Celui-ci comprit, et étendit la main pour recevoir la bourse qu'on lui présentait.

« Au delà de la porte Capène, à la villa de Lucine, une heure après le coucher du soleil, dit Sébastien.

— Il sera fidèlement remis, » répondit Catulus.

« De quoi pensez-vous que cette pauvre fille est morte? demanda un spectateur à son voisin en sortant du tribunal.

— De frayeur, je crois, répondit-il.

— De modestie chrétienne, » reprit un étranger qui passait à côté d'eux.

CHAPITRE XVIII

ERTULLUS alla faire son rapport sur les fâcheux événements de la journée, en s'efforçant d'inventer quelque excuse pour son misérable fils. Il trouva Maximien d'une humeur détestable; si Corvinus se fût trouvé sur son passage, ce jour-là, de bonne heure, personne n'aurait pu répondre de sa tête. Au moment où Tertullus pénétra dans la salle d'audience, la nouvelle de l'inutile attaque du cimetière venait encore d'exaspérer l'empereur. Sébastien avait trouvé moyen d'être de garde dans la salle.

« Où est votre imbécile de fils? furent les premières paroles qu'il adressa au préfet en guise de salut.

— Il attend humblement au dehors le bon plaisir de votre divinité, et il est très anxieux de conjurer votre divine colère, justement excitée par les revers que la fortune vient d'infliger à son zèle.

— La fortune! s'écria le tyran; il s'agit bien de cela! dites sa propre stupidité et sa lâcheté. Un joli commencement en vérité! Mais il me le payera. Qu'il entre. »

Le misérable arriva tout tremblant et gémissant, et se prosterna devant l'empereur, qui l'envoya, d'un coup de pied, rouler au milieu de la salle, comme un chien qu'on châtie. Ce succès dérida son impériale divinité et calma sa colère.

« Relève-toi, drôle, et viens ici nous raconter toi-même tes exploits. Comment l'édit a-t-il disparu? »

Corvinus fit un récit décousu et amusa parfois l'empereur, à qui un bon tour plaisait assez. C'était là un heureux symptôme.

« Allons, dit-il à la fin, je serai miséricordieux. Licteurs, préparez vos faisceaux. »

Ils saisirent aussitôt leurs haches et en essayèrent le tranchant. Corvinus se précipita de nouveau à genoux en s'écriant :

« Épargnez-moi ; je ferai d'importantes révélations si l'on me fait grâce de la vie !

— Qui voudrait prendre ta misérable vie ? répondit le doux Maximien. Licteurs, laissez de côté vos haches, les verges sont assez bonnes pour lui. »

En un clin d'œil ses mains furent liées et sa tunique arrachée de ses épaules, qui reçurent une volée de coups distribués avec habileté et méthode, tandis qu'il vociférait au milieu d'étranges contorsions, à la grande joie de son impérial maître.

Meurtri et humilié, il dut encore se tenir debout devant lui.

« Maintenant, dit l'empereur, quelle est cette merveilleuse révélation que tu as à faire ?

— Je connais celui qui a outragé, la nuit dernière, l'édit impérial.

— Quel est-il ?

— Un jeune homme appelé Pancrace ; j'ai trouvé son couteau au-dessous de l'endroit où l'édit a été mis en pièces.

— Pourquoi ne l'as-tu pas saisi et amené devant la justice ?

— Deux fois aujourd'hui il s'est trouvé à portée de ma main, car j'ai entendu sa voix ; mais il m'a échappé.

— Eh bien ! fais attention qu'il ne t'échappe pas une troisième, ou tu aurais à prendre sa place. Mais comment l'as-tu reconnu lui et son couteau ?

— Il a été mon condisciple à l'école de Cassianus, qui est devenu chrétien.

— Comment un chrétien ose-t-il enseigner à mes sujets à devenir des ennemis de leur patrie, déloyaux envers leurs souverains et contempteurs des dieux ! Sans doute c'est lui qui aura suggéré à cette petite vipère de Pancrace le dessein d'arracher l'édit impérial. Sais-tu où il demeure ?

— Oui, seigneur ; Torquatus, qui a abandonné les superstitions chrétiennes, me l'a indiqué.

— Et qui est ce Torquatus, s'il te plaît ?

— C'est un de ceux qui ont passé quelque temps avec une société de chrétiens à la villa Chromatius.

— Allons, de plus fort en plus fort. L'ancien préfet serait-il donc aussi devenu chrétien ?

— Oui, seigneur, il vit en Campanie avec plusieurs autres membres de la secte.

— Perfidie ! trahison ! Je ne saurai bientôt plus à qui me fier. Préfet, faites arrêter immédiatement tous ces gens, ainsi que le maître d'école et Torquatus.

— Ce dernier n'est plus chrétien, répondit le juge.

— Eh ! que m'importe ! reprit l'empereur d'un ton bourru ; arrêtez-en autant que vous pourrez ; n'épargnez personne, et faites-les bien souffrir ; vous m'entendez ? Maintenant, que tout le monde se retire, c'est l'heure de mon souper. »

Corvinus rentra chez lui; en dépit de tous les remèdes qu'il s'appliqua, il passa une nuit affreuse, dévoré par la fièvre, torturé par de cuisantes douleurs et par la haine. Le lendemain, il pria son père de le charger de l'expédition de Campanie, afin de relever sa réputation, d'assouvir sa vengeance, et d'échapper aux railleries et aux sarcasmes que la société romaine ne manquerait pas d'accumuler sur sa tête.

Après avoir laissé sa prisonnière au tribunal, Fulvius se hâta de prendre le chemin de sa demeure pour raconter son aventure à Eurotas, selon sa coutume. Le vieillard écouta son récit avec une imperturbable gravité, et lui dit froidement :

« Il y a peu de profit à retirer de tout cela, Fulvius.

— Pas pour le moment, je l'avoue; mais du moins l'avenir n'est pas sans espérance.

— Comment cela?

— La noble Agnès n'est-elle pas en mon pouvoir? Je suis très sûr qu'elle est chrétienne. Il n'y a pas de milieu : si elle refuse de m'appartenir, je la dénoncerai. Dans l'un ou l'autre cas ses biens m'appartiendront.

— Choisissez le second moyen, dit le vieillard, dont le regard s'alluma, mais dont les traits demeurèrent impassibles; c'est le plus rapide et le moins embarrassant.

— Mais mon honneur est engagé; je ne puis souffrir d'être repoussé, comme je viens de vous le dire.

— Vous avez été repoussé néanmoins, et cela crie vengeance. Souvenez-vous que vous n'avez pas de temps à perdre en folies. Vos fonds sont épuisés, et rien ne rentre. Il faut frapper un grand coup.

— Sans aucun doute, Eurotas, vous devez désirer que les moyens à employer pour acquérir ces richesses soient honorables plutôt que malhonnêtes. »

Une pareille question fit sourire Eurotas.

« Agissez, agissez comme il vous plaira, pourvu que votre système soit prompt et sûr. Vous n'ignorez pas notre pacte : ou la famille retrouvera son opulence et sa splendeur passées, ou elle finira en vous et avec vous. Jamais elle ne se traînera dans le déshonneur, c'est-à-dire dans la misère.

— Je sais cela, je sais cela. Qu'avez-vous besoin de me rappeler tous les jours de si rudes conditions? dit Fulvius, qui se tordait convulsivement les mains. Donnez-moi le temps, et tout ira bien.

— Je vous donnerai du temps jusqu'à ce que tout espoir soit perdu; pour le moment nos affaires ne sont pas brillantes. Fulvius, l'heure est venue de vous dire qui je suis.

— N'êtes-vous pas un serviteur fidèle de mon père, qui m'a confié à vos soins?

— Je suis le frère aîné de votre père, Fulvius, et le chef de la famille. Pendant toute ma vie, mon unique pensée, mon seul but a été de rendre à notre maison le haut rang et l'opulence que la négligence et la prodigalité de mon père lui avaient fait perdre. Persuadé que mon frère, votre père, était plus capable que moi de réussir, je lui cédai mes droits et mes biens à certaines conditions; l'une d'elles était que je demeurerais chargé de votre tutelle et du soin de votre éducation. Je vous ai appris, vous ne l'ignorez pas, à ne jamais vous préoccuper des moyens, pourvu que notre grand but soit atteint. »

Fulvius, pénétré d'étonnement, écoutait avec stupeur les paroles d'Eurotas; mais il tressaillit de honte en l'entendant dévoiler aussi brutalement les plus viles pensées de leurs cœurs.

La sombre vieillard le regarda d'un œil scrutateur, et continua :

« Vous n'avez pas oublié par quels moyens ténébreux et criminels nous avons réuni sur votre tête les débris épars des richesses de la famille. »

Fulvius frissonna en se cachant la figure dans ses mains, et dit d'un ton suppliant :

« Oh! épargnez-moi ce récit, Eurotas; au nom du Ciel, prenez pitié de moi !

— Eh bien! reprit l'autre froidement, je serai bref. Souvenez-vous, mon neveu, que celui qui ne refuse pas un brillant avenir, même s'il doit être le produit d'un crime, ne doit pas craindre non plus d'évoquer le passé qui lui a servi à l'acheter; car le futur ne tarde pas à devenir le passé. Notre contrat doit être honnête; il peut y avoir de l'honnêteté dans le crime même. La nature m'a donné la hardiesse et l'impitoyable persévérance nécessaires pour tirer parti de l'égoïsme et de la ruse qu'elle vous a fort généreusement départis. Un seul et même coup de dés marquera notre avenir; nous deviendrons riches ou nous mourrons ensemble. »

Dans le fond de son cœur, Fulvius maudit le jour qui l'avait vu arriver à Rome, et s'unir à ce maître implacable par des liens mystérieux beaucoup plus forts qu'il ne se l'imaginait. Enchaîné à cet homme, il se sentait aussi impuissant qu'un chevreau sous les griffes d'un lion. Il s'étendit sur sa couche le cœur rempli de crainte, et l'âme en proie aux sinistres pressentiments qui revenaient l'obséder tous les jours à l'entrée de la nuit.

Le lecteur est sans doute curieux de connaître le sort du troisième membre de cet honnête trio, l'apostat Torquatus. Lorsque, dans sa confusion, il se précipita en avant pour découvrir la tombe qui devait lui servir de guide, il arriva par hasard que dans la galerie où il venait d'entrer se trouvait un escalier abandonné, taillé dans le tuf, et conduisant à un étage inférieur des catacombes. Les marches usées et arrondies par l'usage rendaient la descente extrêmement rapide. Torquatus, sa lumière à la main, courait sans précaution; il tomba par l'ouverture, et resta au fond, étourdi, évanoui, longtemps après que ses compagnons se furent retirés. Peu à peu il reprit assez de connaissance pour se souvenir de l'endroit où il était. Se levant ensuite, il étendit les mains autour de lui. Enfin la lumière se fit dans son esprit; il reconnut qu'il était dans une catacombe, sans pouvoir s'expliquer néanmoins comment il se trouvait seul et dans les ténèbres. Tout à coup il songea qu'il avait emporté une provision de flambeaux de cire et tout ce qui est nécessaire pour les allumer. Il en fit usage, et le retour de la lumière ramena la joie et l'espoir dans son cœur. Mais il s'était éloigné de l'escalier, et en avait même perdu le souvenir; il continua sa marche, s'engageant de plus en plus dans les dédales souterrains de cet inextricable labyrinthe.

L'espérance qu'il entretenait de découvrir une issue avant d'avoir épuisé ses forces et sa provision de lumière faisait insensiblement place à de sérieuses alarmes. L'un après l'autre ses flambeaux s'éteignirent, et la fatigue s'empara de ses membres; car il n'avait rien pris depuis le commencement du jour, et, après avoir erré vraisemblablement pendant plusieurs heures, il venait de se retrouver à son point de départ. D'abord il jeta négligemment les yeux autour de lui, et lut d'un air distrait les inscriptions des tombeaux. A mesure que s'affaiblissaient ses forces et qu'il perdait tout espoir de secours, ces solennels monuments de la mort lui parlaient un langage qu'il ne pouvait plus refuser d'écouter ni de comprendre. *Déposé en paix*, disait l'un; *Reposant dans le Christ*, disait l'autre. Et autour de lui des milliers de fidèles ensevelis dans leurs sépulcres, sans nom, marqués chacun d'un signe tracé par le doigt maternel de l'Eglise, reposaient dans un calme et majestueux silence. Sous la pierre froide du tombeau, leurs restes embaumés attendaient, pour ressusciter joyeusement, que le son de la trompette de l'ange retentît dans les airs. Et lui, après quelques heures encore, serait glacé comme eux; il venait d'allumer son dernier flambeau et de se laisser tomber sur un tertre. De pieuses mains viendraient-elles l'ensevelir « en paix »? Sur la terre nue il allait mourir, sans exciter la pitié ou les larmes, seul, inconnu. Ses membres y deviendraient la proie des vers. Et si, plus tard, on découvrait ses os privés de la sépulture chrétienne, la tradition pourrait permettre de conjecturer que ce seraient les restes maudits d'un apostat égaré dans le cimetière. Ils seraient rejetés au loin, comme il méritait de l'être lui-même, hors de ce sol sanctifié par ses frères, avec lesquels il n'était plus en communion.

La mort arrivait à grands pas; il sentait déjà son étreinte; sa tête se troublait; les battements de son cœur s'affaiblissaient. Il plaça près de lui, sur une pierre, le flambeau que ses doigts ne pouvaient plus retenir. Peut-être allait-il brûler encore trois minutes; mais une goutte d'eau filtrant à travers la voûte l'éteignit tout d'un coup. Ah! combien il devint avare de ces trois dernières minutes de lumière; combien jaloux de ces fragments de cire, son dernier lien avec les joies de la terre; combien anxieux de les saluer d'un dernier regard, qu'il redoutait de porter au dedans de lui-même! Il tira de sa poche un silex et un briquet, et s'efforça pendant plus d'un quart d'heure d'enflammer un morceau d'amadou trempé de la sueur froide qui coulait de son front. Et lorsqu'il eut allumé ce malheureux débris, au lieu de profiter de cette petite lumière pour saluer d'un dernier regard les objets environnants, il les arrêta sur elle d'un air égaré, et la regarda se consumer, comme si c'était le charme qui prolongeait sa vie, et qu'elles dussent s'éteindre ensemble. Bientôt la dernière étincelle, semblable à un vers luisant, jeta un dernier regard sur le sol et disparut.

La mort était-elle venue? se demanda-t-il. Pourquoi non? Des ténèbres

17

épaisses, éternelles, l'environnaient. Il était séparé du reste des vivants; son palais ne serait plus flatté par le goût des mets, ses oreilles ne percevraient plus aucun son; ses yeux ne contempleraient plus la lumière, les beautés de la nature, rien. Il était dans la compagnie des morts; seulement son tombeau était plus vaste que le leur. A part cela, il était aussi sombre, aussi solitaire, et fermé aussi pour l'éternité! La mort est-elle autre chose?

Non, ce ne pouvait être la mort; car après la mort il doit se présenter autre chose. Déjà il commençait à l'éprouver. Un ver rongeur torturait sa conscience, et, prenant rapidement les proportions d'une hideuse vipère, enlaçait son cœur de ses replis. Il s'efforça de diriger sa pensée vers de plus riants tableaux, il songea aux douces heures passées à la villa avec Chromatius et Polycarpe, à leurs affectueuses paroles, à leurs derniers adieux. Mais la terrible vérité traversa rapidement son esprit : il les avait trahis, ces amis dévoués! il avait vendu le secret de leur retraite à Fulvius et à Corvinus! Une corde fatale venait d'être touchée, semblable à un nerf douloureux, et ses frémissements portèrent jusqu'à son cerveau les tortures qu'il endurait. L'orgie, la débauche, le jeu malhonnête, la basse hypocrisie, l'indigne trahison, la fausse apostasie, les sacrilèges et les remords des jours précédents, la tentative de meurtre du matin même, toutes ces pensées tourbillonnaient autour de lui dans les ténèbres, comme une troupe de démons qui se tiennent par la main, hurlant, riant, se moquant, pleurant, gémissant et grinçant des dents. Des étincelles passaient devant ses yeux; son cerveau affaibli lui faisait croire qu'elles s'échappaient des torches enflammées agitées par la ronde infernale... Il tomba sur le sol en se couvrant les yeux.

« Peut-être suis-je mort, après tout, se dit-il; car les supplices de l'enfer ne sauraient être plus horribles que celui-ci. »

Son cœur, trop faible pour ressentir les effets de la colère, s'affaissa dans l'impuissance du désespoir. Ses forces l'abandonnaient, lorsqu'il crut entendre un son éloigné. Il voulut écarter cette idée; mais une lointaine harmonie vint encore frapper son oreille. Il se souleva : elle devenait plus distincte. Les notes étaient si douces, et ressemblaient tellement aux concerts angéliques dans les espaces célestes, qu'il se dit en lui-même : Qui pourrait croire que le ciel est si près de l'enfer! Serait-ce la voix des anges qui escortent le juge terrible devant lequel je vais comparaître?

Un faible rayon de lumière apparut alors à l'endroit d'où les chants semblaient venir, et ces paroles devinrent parfaitement distinctes :

In pace, in idipsum, dormiam et requiescam.

(Pour moi je dormirai et je me reposerai dans la paix.)

« Ces paroles ne s'appliquent point à moi. Elles conviennent à la déposition d'un martyr, et non aux derniers moments d'un réprouvé. »

La lumière brillait de plus en plus vivement; ainsi que l'aurore d'une journée nouvelle; elle pénétra dans la galerie, qu'elle traversa de ses rayons, et permit à Torquatus de contempler, comme dans un miroir, une vision trop distincte pour n'être pas réelle. Des vierges vêtues de blanc et tenant des torches à la main s'avancèrent d'abord ; quatre d'entre elles portaient un corps enveloppé dans un suaire de lin avec une couronne d'épines sur la tête ; le jeune acolyte Tarcisius venait ensuite agitant un encensoir d'où s'élevaient des nuages d'une fumée odoriférante. Après les autres membres du clergé parut le vénérable pontife lui-même, assisté de Reparatus et d'un autre diacre. Enfin Diogène et ses fils, l'air affligés, suivis de beaucoup d'autres personnes, parmi lesquelles on remarquait Sébastien, terminaient la procession. Un grand nombre des assistants avaient à la main des lampes ou des flambeaux ; ils semblaient s'avancer au milieu d'une atmosphère sereine et lumineuse.

En passant devant Torquatus, ils chantèrent le verset suivant du psaume :

Quoniam tu, Domine, singulariter in spe constituisti me.

(Parce que vous m'avez, Seigneur, affermi d'une manière particulière dans l'espérance.)

« Voilà, s'écria-t-il en se redressant, voilà qui est pour moi. »

A cette pensée il se jeta à genoux ; et par un instinct de la grâce il retrouva des paroles qui ne résonnaient plus que comme un écho affaibli de sa mémoire, paroles appropriées à la circonstance, et qui s'échappaient invinciblement de ses lèvres. Il se traîna en avant, tout épuisé et affaibli, jusque dans la galerie où s'avançait la procession, et la suivit à distance sans attirer l'attention. Elle entra dans une salle qui s'illumina de l'éclat des lumières, de façon que l'image du Bon Pasteur paraissait se pencher vers lui en lui souriant avec bonté. Mais il n'osait franchir le seuil, et, se frappant la poitrine, il implorait miséricorde.

Le corps avait été placé à terre. On chanta d'autres psaumes et d'autres hymnes, et l'on récita d'autres prières, de ce ton joyeux et plein d'espérance que prend l'Église quand il s'agit de la mort. Enfin il fut déposé dans une tombe préparée pour le recevoir, au-dessous d'une arcade. Pendant cette opération, Torquatus s'approcha d'un des spectateurs et lui dit à voix basse :

« Pour qui se fait cette cérémonie funèbre ?

— C'est la déposition, lui fut-il répondu, de la bienheureuse Cécilia, jeune vierge aveugle, tombée ce matin entre les mains des soldats, dans ce cimetière, et dont l'âme s'est envolée au ciel.

— Alors je suis un meurtrier ! » s'écria-t-il avec un sourd gémissement ; puis il alla d'un pas mal assuré se jeter aux pieds du saint évêque. Il lui fut d'abord impossible d'exprimer les sentiments qui l'oppressaient ; lorsque enfin il put articuler quelques paroles, il demeura fidèle à sa résolution et s'écria :

« Père, j'ai péché contre le Ciel et contre vous, et je ne suis pas digne d'être appelé votre enfant. »

Le pontife le releva avec bonté et le pressa sur son sein en disant :

« Qui que vous soyez, vous êtes le bienvenu, mon fils, à votre retour dans la maison de votre père. Mais vous êtes épuisé de fatigue et vous avez besoin de repos. »

On lui apporta quelque nourriture. Torquatus ne voulut accepter aucun secours avant d'avoir confessé toutes ses fautes, et en particulier le crime qu'il avait commis le matin même, car les dernières heures de ce jour néfaste ne s'étaient pas encore écoulées. Tous se réjouirent du retour de ce fils prodigue, de cette brebis égarée. Agnès détourna ses regards attendris des restes inanimés de la douce vierge aveugle et les leva vers le ciel; elle s'imaginait l'y voir, assise aux pieds de l'Époux, souriante, les yeux grands ouverts et jetant des fleurs sur la tête de ce pénitent, premier gage de sa puissante intercession dans le ciel.

Diogène et ses fils prirent soin de Torquatus. On lui procura un modeste logement chez une famille chrétienne, à peu de distance, afin qu'il ne fût exposé ni à la tentation ni à la vengeance, et on l'enrôla dans la classe des pénitents. De longues années d'expiation, abrégées par l'intercession des confesseurs, c'est-à-dire des futurs martyrs, devaient le préparer à regagner les privilèges qu'il avait perdus[1].

---

[1] La description du système pénitentiaire de la primitive Église serait mieux à sa place dans un ouvrage qui ferait connaître les anciens usages de la seconde période de l'histoire ecclésiastique, sous le titre de l'*Église des basiliques*. Nous lisons, surtout dans les œuvres de saint Cyprien, que ceux qui faiblissaient pendant la persécution étaient soumis à la pénitence publique, et pouvaient obtenir une diminution de leur peine, c'est-à-dire une indulgence, par l'intercession des confesseurs ou des personnes emprisonnées pour la foi.

CHAPITRE XIX

DOUBLE VENGEANCE

N allant au cimetière, Sébastien avait pour but, non seulement d'y faire transporter, afin d'y être ensevelies, les reliques de la première martyre, mais de s'entretenir avec Marcellinus des mesures à prendre pour le mettre à l'abri du danger. Une existence si précieuse pour l'Église ne pouvait être encore sacrifiée. Sébastien n'ignorait pas avec quelle ardeur on cherchait à s'emparer du saint pontife. Torquatus le confirma dans cette idée en lui découvrant le plan de Fulvius et la raison de son assistance à l'ordination de décembre. La résidence habituelle du pape n'était donc plus sûre; un audacieux projet venait d'être conçu par ce soldat intrépide, « protecteur des chrétiens, » selon le titre qui lui est solennellement accordé dans ses actes. C'était de loger le pontife là où personne ne soupçonnerait sa présence, et où l'on ne songerait jamais à faire des recherches, — dans le palais même des Césars [1]. Soigneusement déguisé, le saint évêque quitta le cimetière, et, sous l'escorte de Sébastien et de Quadratus, arriva dans les appartements d'Irène, noble dame chrétienne, qui vivait dans une partie retirée du Palatin, où son mari occupait une charge.

Le lendemain, de très bonne heure, Sébastien alla trouver Pancrace.

« Mon cher enfant, lui dit-il, il faut que vous quittiez Rome immédiatement pour aller en Campanie. Quadratus vous attend avec des chevaux; il n'y a pas un instant à perdre.

— Et pourquoi, Sébastien? répondit le jeune homme d'un air affligé et les larmes aux yeux. Ai-je commis quelque faute? Doutez-vous de mon courage?

---

[1] Ce fait est consigné dans les *Actes de saint Sébastien*.

— Pas le moins du monde, je puis vous l'affirmer. Mais vous m'avez promis de vous laisser guider par moi en toutes choses, et votre obéissance est plus importante que jamais en cette occasion.

— Donnez-moi quelque explication, bon Sébastien, je vous en prie.

— Cela doit encore rester secret.

— Comment! encore un secret?

— Oui, encore un secret, qui vous sera révélé en même temps que l'autre. Je puis cependant vous dire ce que vous aurez à faire; cela ne vous déplaira pas. Corvinus a reçu l'ordre de s'emparer de Chromatius et de toute sa communauté, dont la foi n'est pas encore bien vigoureuse, ainsi que vient de nous le prouver l'exemple de Torquatus; il doit aussi torturer jusqu'à la mort votre ancien maître Cassianus, à Fundi. Il faut donc que vous devanciez son courrier, à moins qu'il ne se décide à partir lui-même, et que vous mettiez nos frères sur leurs gardes. »

Les yeux de Pancrace brillèrent de joie; il voyait que Sébastien avait confiance en lui. « Votre désir est pour moi la meilleure explication; j'irais volontiers au bout du monde pour sauver mon cher Cassianus ou quelque autre de nos frères. »

Il fut bientôt prêt, et prit affectueusement congé de sa mère. Avant que Rome fût sortie du sommeil, Quadratus et lui, montés sur d'excellents chevaux et bien munis de provisions, s'avançaient au grand trot à travers la campagne romaine, afin de gagner la voie Latine, qui était plus sûre et moins fréquentée.

Corvinus, ayant résolu de diriger lui-même cette expédition, qui lui semblait devoir être aussi agréable qu'honorable et lucrative, fut obligé d'attendre deux jours la guérison de ses pauvres épaules endolories et la fin de ses préparatifs. Il loua un char et des cavaliers numides qui pourraient le suivre à toute vitesse. Néanmoins nos chrétiens eurent deux journées d'avance, malgré le soin qu'il prit de suivre la voie Appienne, beaucoup plus courte et plus praticable.

Lorsque Pancrace arriva à la villa des Statues, il trouva la petite communauté déjà fort agitée par la nouvelle de la publication de l'édit; elle l'accueillit avec beaucoup d'affection, et écouta très respectueusement les avis contenus dans la lettre de Sébastien. Après avoir prié et délibéré, on prit quelques résolutions. Marcus et Marcellianus, avec leur père Tranquillinus, s'étaient déjà rendus à Rome pour l'ordination. Nicostrate, Zoé et les autres les y suivirent. Chromatius, à qui la couronne du martyre ne devait pas être accordée, quoique l'Église célèbre sa mémoire et celle de son fils le 11 août, trouva un refuge dans la villa de Fabiola, faveur qu'il avait obtenue par écrit de sa nouvelle amie, sans lui en donner la raison, car il désirait séjourner encore quelque temps dans le voisinage. Enfin la villa *ad statuas* fut confiée à quelques fidèles serviteurs sur lesquels on pouvait compter.

Nos deux messagers, après avoir pris quelque repos, ainsi que leurs montures, s'engagèrent dans le même chemin que Torquatus avait parcouru pour se rendre à Fundi. Arrivés en cet endroit, ils descendirent à une petite auberge située hors de la ville, sur la route de Rome. Pancrace eut bientôt trouvé son ancien maître, qu'il embrassa affectueusement; il lui fit connaître le but de son voyage, et le conjura de fuir ou du moins de se cacher.

« Non, répondit l'excellent homme, je n'en ferai rien. Je suis vieux déjà et fatigué de ma profession si peu lucrative. Mon serviteur et moi nous sommes les deux seuls chrétiens de la ville. Les meilleures familles, il est vrai, envoient leurs enfants à mon école, car ils savent que j'enseigne une morale aussi pure que le paganisme le permet. Précisément à cause de cela je ne compte pas un ami parmi mes élèves; ce sont de grossiers provinciaux qui n'ont rien de la délicatesse raffinée de Rome païenne. Les plus âgés ne se feront certainement aucun scrupule d'attenter à ma vie, si on leur assure l'impunité.

— En vérité, quelle triste existence, Cassianus! n'avez-vous donc pu faire aucune impression sur eux?

— Une très légère, et, pour ainsi dire, aucune, cher Pancrace. Comment le pourrais-je, étant obligé de leur faire lire ces livres dangereux remplis de toutes les fables de la littérature romaine et grecque? Non, mes paroles ont été sans effet; ma mort sera peut-être plus fructueuse. »

Pancrace comprit l'inutilité de ses conseils, et se fût bien volontiers décidé à partager son sort; mais il avait promis à Sébastien de ne pas exposer sa vie pendant le voyage. Néanmoins il résolut de rester dans la ville jusqu'à la fin.

Corvinus, suivi de sa troupe, arriva à la villa de Chromatius; de grand matin il franchit bruyamment les portes et pénétra jusque dans la maison. Elle était vide. Il la parcourut de fond en comble, sans pouvoir y découvrir ni une personne, ni un livre, ni un symbole du christianisme. Confondu et inquiet, il sortit, et, promenant ses regards de tous côtés, il aperçut un esclave qui travaillait dans le jardin; il alla lui demander où était son maître.

« Maître pas dire à esclave où il va, lui fut-il répondu dans un latin barbare dont nous essayons de donner une idée.

— Tu te moques de moi. De quel côté s'est-il dirigé avec ses compagnons?

— Du côté de cette porte.

— Mais ensuite?

— Regardez par là, répondit l'esclave, vous voir porte? Très bien, vous voir rien de plus. Moi travailler ici, moi voir porte, moi voir rien de plus.

— Quand sont-ils partis? Tu pourras me dire cela, au moins.

— Après les deux venus de Rome.

— Quels deux? toujours deux, on dirait....

— Un bon jeune homme, très beau, chante si délicieusement. L'autre très gros, très fort, oh! très fort! Vous voir ce jeune arbre arraché jusqu'aux racines? Lui faire cela aussi facilement que moi retirer ma bêche de la terre.

— Encore ces deux! s'écria Corvinus plein de rage; une fois de plus
ce misérable enfant a renversé mes plans et frustré mon espoir. Il en
sera cruellement puni. »

Aussitôt qu'il se fut un peu reposé, Corvinus reprit son voyage, bien
déterminé à décharger toute sa colère sur son ancien maître, à moins qu'il
ne rencontrât sur sa route celui qu'il considérait comme son mauvais
génie. Pendant le chemin il repaissait son esprit des projets de vengeance
qu'il méditait contre son maître et son condisciple; aussi à son arrivée à
Fundi fut-il enchanté de mettre la main sur l'un d'eux. Il montra au gouverneur son mandat pour arrêter et torturer Cassianus, le plus dangereux
des chrétiens. Ce magistrat, homme plein d'humanité, remarquant que
cet ordre suspendait tous les droits de sa juridiction en pareil cas, l'auto-
risa à agir comme bon lui semblait, et lui offrit l'assistance du bourreau
et tout ce qui lui serait nécessaire. Corvinus refusa et se fit seulement
accompagner d'un officier public; la force brutale et la cruauté ne devaient
pas lui faire défaut parmi les gens de son escorte.

Il se dirigea vers l'école, alors remplie d'écoliers, ferma la porte, et
répondit au bon accueil de Cassianus, qui s'avançait vers lui le visage
souriant et les mains tendues, en l'accusant de conspirer contre l'État et
d'être un hypocrite chrétien. Les enfants applaudirent. Ce cri de joie
et l'aspect de ces jeunes visages apprirent à Corvinus qu'il était entouré
d'un grand nombre de petits animaux sauvages, au cœur d'hyène, et aussi
féroces que lui.

« Enfants! s'écria-t-il, aimez-vous votre maître Cassianus? Il a été
mon maître aussi, et j'ai plus d'un compte à régler avec lui. »

Des cris de haine lui répondirent de toutes parts.

« Eh bien, je vous apporte de bonnes nouvelles. Par ordre du divin
empereur Maximien il vous est permis de le traiter comme il vous plaira. »

Une grêle de livres, de tablettes et d'autres objets tomba sur Cassianus,
qui se tenait immobile, les bras croisés, devant son persécuteur. Puis tous
ces petits monstres se levèrent et se préparèrent à l'attaquer brutalement.

« Arrêtez, arrêtez, s'écria Corvinus, il faut se mettre à l'œuvre avec
plus de méthode. »

Il venait de se reporter par la pensée à ses années d'école, à cette époque
que l'on n'évoque jamais sans éprouver les sentiments plus doux que
ceux inspirés par la contemplation des choses présentes, ces heures écoulées, remplies, pour la plupart d'entre nous, de si agréables et de si doux
souvenirs. Il fouillait dans sa mémoire, afin d'y trouver la vengeance qui
lui eût alors causé le plus de joie, et d'en accorder le plaisir à cette jeunesse si pleine d'espérances. Rien ne devait tant réjouir ce cœur cruel
que de rendre à son maître chacune des corrections qu'il en avait reçues,
et d'écrire sur son corps et avec son sang chacun de ses reproches. Délicieuse pensée qu'il allait exécuter sans retard!

Loin de nous, certes, l'intention de blesser les sentiments délicats de
nos lecteurs, en décrivant les cruelles et infernales tortures infligées à nos
ancêtres chrétiens par leurs persécuteurs païens. Il en est peu de plus

horribles et néanmoins de plus authentiques que celles endurées par le martyr Cassianus. Entouré de liens, il fut livré à ces jeunes tigres, comme une victime à laquelle leurs mains débiles arracheraient lentement la vie. Les uns, ainsi que le rapporte le poète chrétien Prudentius, taillèrent

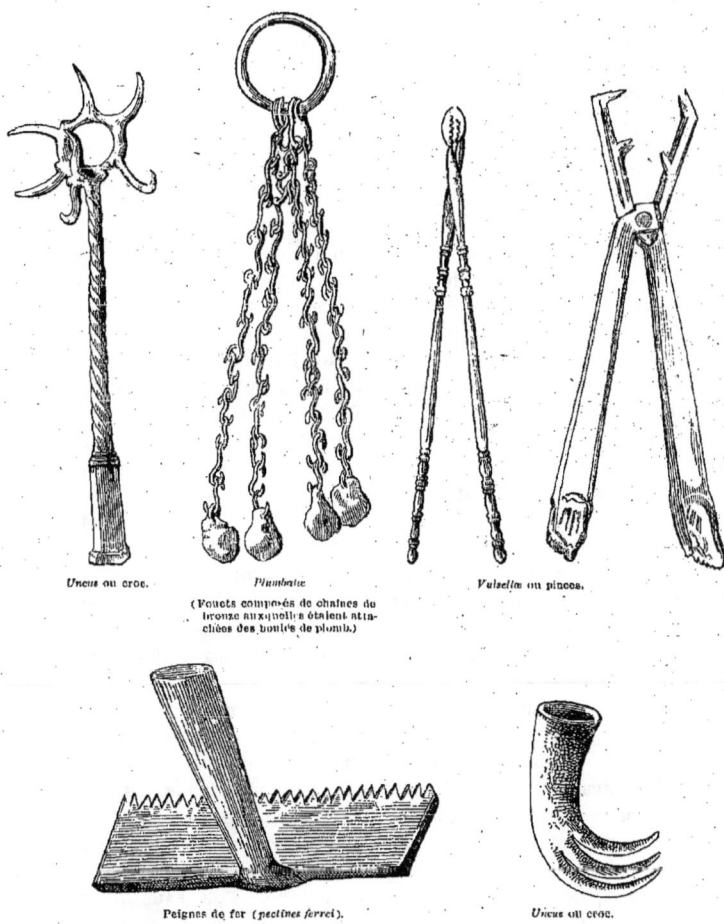

Uncus ou croc.   Plumbatæ   Vulsellæ ou pinces.
(Fouets composés de chaînes de bronze auxquelles étaient attachées des boules de plomb.)

Peignes de fer (pectines ferrei).   Uncus ou croc.

Fig. 63. — Instruments de torture employés contre les chrétiens (d'après Roller, Catacombes de Rome, t. 1, pl. VII, p. 21.)

leurs devoirs sur son corps avec des pointes d'acier qui servaient à tracer les caractères sur des tablettes enduites de cire; les autres s'ingéniaient, avec une brutalité précoce, à tourmenter de mille manières ce corps lacéré et en proie à d'inexprimables souffrances. Les flots de sang qui s'échappaient des blessures du martyr épuisèrent ses forces; il tomba sans pouvoir se relever. De nouveaux cris de joie s'élevèrent alors au milieu de cette troupe de jeunes démons, qui s'acharnèrent encore sur leur victime, puis se dispersèrent pour aller raconter à leurs parents les nobles exploits de cette journée. Jamais les persécuteurs des chrétiens ne songeaient à les ensevelir avec décence. Corvinus, après avoir encouragé les instincts cruels de ces trop dociles instruments de ses volontés et assouvi ses regards du spectacle de sa vengeance, abandonna sur le sol Cassianus expirant, seul et privé de secours. Cependant son fidèle serviteur le releva, le mit sur son lit, et, comme il était convenu, envoya un messager à Pancrace, qui fut bientôt à son chevet, tandis que son compagnon s'occupait des préparatifs de départ. En voyant son vieux maître et en écoutant le récit de ses affreuses tortures, Pancrace fut rempli d'horreur autant qu'édifié par sa patience; car son esprit était resté tellement absorbé dans la prière qu'au lieu de reproches ses lèvres n'avaient murmuré que des bénédictions.

Cassianus reconnut son élève bien-aimé, lui sourit, lui serra les mains, sans pouvoir articuler une parole. Après avoir langui jusqu'aux premières heures du jour, il expira. Son corps fut chrétiennement et modestement enseveli dans la maison qui lui appartenait. Pancrace s'en éloigna, le cœur rempli de tristesse et aussi d'indignation contre le barbare qui avait pu comploter ce lâche assassinat et y assister sans remords.

Et pourtant il se trompait. A peine Corvinus eut-il satisfait sa vengeance qu'il en comprit toute la honte et la bassesse. Il craignait que son père, qui avait toujours montré de l'estime pour Cassianus, n'en fût informé; il redoutait aussi la colère des parents dont il avait démoralisé les enfants ce jour-là, en les excitant à commettre ce qu'on pouvait appeler un parricide. Il donna l'ordre de préparer ses chevaux; mais on lui répondit qu'ils avaient encore besoin de quelques heures de repos. Ce contretemps augmenta sa mauvaise humeur, les remords s'emparèrent de son âme; il s'assit et se mit à boire pour noyer ses soucis et gagner du temps. Enfin il put s'éloigner, et après une nouvelle halte d'une heure ou deux il poursuivit son chemin pendant la nuit. La route, devenue très fangeuse par suite d'une pluie continuelle, s'avançait entre deux rangées d'arbres, le long du grand canal qui assainit les marais Pontins.

Corvinus avait encore bu à la dernière halte; il était excité par le vin, le désappointement et le remords. L'allure un peu lente de ses chevaux fatigués l'irrita, et il se mit à les frapper avec fureur. Exaspérés par ces mauvais traitements, et entendant le piétinement d'autres chevaux qui approchaient, ils se lancèrent en avant à toute vitesse sans qu'on pût les retenir. L'escorte fut bientôt laissée en arrière; les coursiers, effrayés, passèrent entre les arbres, et suivirent l'étroit sentier au bord du canal, avec une rapidité inouïe et en imprimant au char de violentes secousses. Les cavaliers, entendant le galop furieux des chevaux, le bruit des roues et les cris de l'escorte, pressèrent leurs montures de l'éperon et s'élancèrent bravement en avant. Ils avaient déjà dépassé les coureurs, lorsqu'ils entendirent un grand bruit et la chute d'un corps dans l'eau. Une roue avait frappé contre un arbre, le char s'était renversé, et son conducteur, à moitié ivre, avait disparu dans l'eau la tête la première. En un instant Pancrace et son compagnon mirent pied à terre, et s'approchèrent des bords du canal.

A la faible lueur de la lune qui venait de se lever, et au son de sa voix, le jeune homme reconnut Corvinus, se débattant dans les flots bourbeux.

L'eau, peu profonde sur le bord, coulait entre deux talus fort élevés et d'une terre argileuse, alors humide et glissante. Chacun de ses efforts pour les gravir était inutile; à chaque fois son pied glissait, et il retombait au milieu du canal, dans une eau plus profonde. Le froid engourdissait déjà ses membres épuisés par ce bain glacial.

« Il mériterait qu'on le laissât où il est, murmura le rude centurion.

— Taisez-vous donc, Quadratus! Comment pouvez-vous parler ainsi? Donnez-moi votre main: allons! » s'écria-t-il en se penchant au-dessus du talus; et il saisit son ennemi par le bras au moment où ce dernier, lâchant les rameaux flétris d'un buisson, allait retomber sans force au milieu du courant. C'eût été sa dernière chute. Ils le tirèrent à eux, et l'étendirent sur la route; ce fut dans ce triste état qu'il parut devant son plus grand ennemi. Ils s'empressèrent de lui frictionner les tempes et les mains; à l'arrivée de son escorte, il avait déjà recouvré ses sens. Il fut confié aux soins de ses serviteurs, ainsi que sa bourse, qui s'était échappée de sa ceinture lorsqu'ils le retirèrent du canal. Mais Pancrace reprit possession de son couteau, tombé en même temps, et que Corvinus portait avec lui afin de pouvoir le convaincre d'avoir lacéré l'édit. Quand il eut repris connaissance, les soldats lui racontèrent qu'il leur était redevable de la vie, mais que sa bourse était restée dans la vase au fond du canal. Ils le transportèrent dans une petite villa à peu de distance, pendant qu'on réparait son char; puis ils profitèrent de son sommeil et de son argent pour passer le temps le plus agréablement possible.

Ce jour-là une double vengeance s'était accomplie : celle du païen et celle du chrétien.

CHAPITRE XX

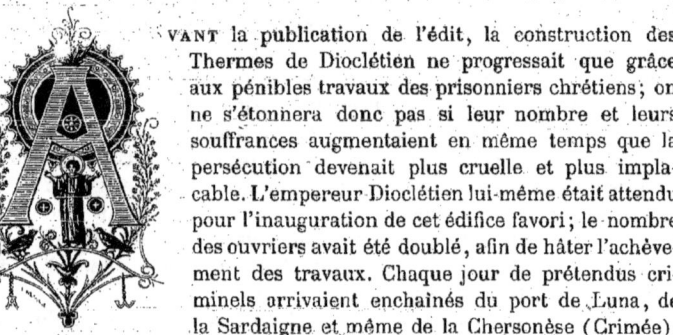

VANT la publication de l'édit, la construction des Thermes de Dioclétien ne progressait que grâce aux pénibles travaux des prisonniers chrétiens; on ne s'étonnera donc pas si leur nombre et leurs souffrances augmentaient en même temps que la persécution devenait plus cruelle et plus implacable. L'empereur Dioclétien lui-même était attendu pour l'inauguration de cet édifice favori; le nombre des ouvriers avait été doublé, afin de hâter l'achèvement des travaux. Chaque jour de prétendus criminels arrivaient enchaînés du port de Luna, de la Sardaigne et même de la Chersonèse (Crimée), où on les employait dans les carrières et dans les mines; les plus rudes travaux de maçonnerie leur étaient destinés. Transporter les matériaux, scier ou tailler la pierre et le marbre, pétrir le mortier et construire les murailles : tels étaient les emplois réservés aux criminels condamnés pour leur religion; beaucoup d'entre eux étaient peu accoutumés à de si viles occupations. En retour de tant de fatigues, ils n'étaient pas mieux traités que les mulets et les bœufs qui partageaient leurs labeurs. Pour se reposer, on ne leur accordait qu'une étable, parfois même indigne de ce nom; leur nourriture était à peine suffisante pour entretenir les forces du corps, et leurs vêtements trop minces pour les garantir de l'inclémence des saisons; c'était là tout ce qu'ils pouvaient attendre. Des entraves et de lourdes chaînes les empêchaient de fuir, en augmentant leurs souffrances. Des surveillants, dont le caractère injuste et cruel était la meilleure recommandation pour l'emploi, se tenaient près de chaque section le fouet ou le bâton à la main, toujours prêts à ajouter la douleur à la fatigue de ces pauvres gens sans défense, soit pour satisfaire leurs instincts stupidement féroces ou pour flatter ceux d'un maître plus impitoyable.

Les chrétiens de Rome prenaient très grand soin de ces saints confesseurs, pour lesquels ils éprouvaient une vénération particulière. En corrompant les gardes, les diacres parvenaient à les visiter; de hardis jeunes gens s'aventuraient parmi eux, et leur distribuaient une nourriture plus substantielle, des vêtements plus chauds, ou l'argent nécessaire pour se concilier leurs gardiens et en être mieux traités. Ils baisaient les chaînes et les blessures que ces saints confesseurs enduraient pour le Christ, et se recommandaient à leurs prières.

Cette foule innombrable d'hommes accusés de servir fidèlement leur divin Maître avait encore un autre emploi. Les travaux publics étaient, pour ainsi dire, une sorte de réserve, pareille au vivier où le voluptueux Lucullus engraissait les lamproies destinées à ses festins, aux cages remplies d'oiseaux rares, et aux enclos où un nombreux bétail attendait l'heure des sacrifices ou le retour des fêtes anniversaires de l'empereur : on pouvait encore les comparer à ces cavernes situées près de l'amphithéâtre, où l'on nourrissait avec soin les animaux féroces qui devaient paraître sur l'arène. Chaque fois que le peuple romain désirait assouvir sa passion pour les jeux sanglants du cirque, ou célébrer quelque fête, il trouvait, parmi les condamnés aux travaux publics, le choix le plus varié pour une sanguinaire hécatombe, et une abondante nourriture pour ces bêtes cruelles dont il partageait les instincts sanguinaires.

Une occasion de ce genre approchait. La persécution était languissante : aucun personnage de marque n'avait été arrêté, et l'insuccès du premier jour n'était pas réparé; on voulait frapper un grand coup. Le peuple demandait des jeux, et l'approche du jour de la naissance de l'empereur justifiait ces réclamations. Les animaux féroces entendus par Sébastien et Pancrace rugissaient encore pour avoir la proie qui leur était due; *christianos ad leones* (les chrétiens aux lions) semblait aussi vouloir dire que les chrétiens leur appartenaient de droit.

Par un après-midi de la fin de décembre, Corvinus se rendit aux bains de Dioclétien, accompagné de Catulus, qui savait distinguer en connaisseur les meilleurs combattants pour le cirque, comme un bon maquignon choisit le meilleur bétail à la foire. Il manda Rabirius, chargé de la surveillance des condamnés, et lui dit :

« Rabirius, je viens, par ordre de l'empereur, choisir un nombre suffisant des odieux chrétiens confiés à votre vigilance; ils auront l'honneur de combattre dans l'amphithéâtre à l'occasion de la fête prochaine.

— En vérité, répondit le surveillant, je n'en ai pas de trop. Je dois terminer les travaux à une époque fixe; ce qui me sera impossible, si l'on me retire mes hommes.

— Je n'y puis rien : il en viendra d'autres pour remplacer ceux que nous vous prendrons. Vous allez me conduire, ainsi que Catulus, au milieu des travaux et nous laisser faire notre choix. »

Rabirius, tout en murmurant, se soumit néanmoins à cette demande exagérée, et les conduisit dans une vaste pièce qu'on venait de voûter. On y avait accès par un vestibule circulaire, éclairé par en haut, comme le Panthéon. De cette pièce on passait dans la partie latérale d'une salle immense, en forme de croix, où venaient aboutir d'autres salles aussi belles, quoique moins grandes. A chaque angle, et au point de section des bras de la croix, on devait élever d'énormes piliers de granit, d'un seul morceau. Deux étaient déjà en place; un autre, entouré de cordes fixées à des cabestans, allait être dressé le lendemain. Un certain nombre de travailleurs étaient fort occupés à terminer les préparatifs. Catulus, touchant Corvinus du coude, lui désigna du pouce deux beaux jeunes gens nus jusqu'à la ceinture, à la façon des esclaves, et dont les formes admirables dénotaient une vigueur athlétique.

« Il me faut ces deux-là, Rabirius, s'empressa de dire le pourvoyeur des animaux féroces; ils feront un effet splendide. Je suis sûr que ce sont des chrétiens, ils travaillent de si bonne grâce!

— Il m'est impossible de m'en passer à présent. Ils font le travail de six hommes, au moins de deux chevaux. Attendez que les plus rudes travaux soient terminés, vous pourrez ensuite en disposer.

— Dites-moi leurs noms, afin que je puisse en prendre note. Surtout faites bien attention à ne pas me les gâter.

— Ils s'appellent Largus et Smaragde, et sont de familles patriciennes; mais ils travaillent comme des plébéiens et vous suivront sans difficulté.

— Leurs désirs seront exaucés, » dit en riant Corvinus : ce qui ne manquera pas plus tard d'arriver.

En parcourant les travaux, ils choisirent un certain nombre de captifs, sans tenir compte des protestations de Rabirius, qui cherchait à s'opposer à leur départ. Ils arrivèrent enfin près d'une des pièces situées le long du côté méridional de la salle la plus importante. Dans l'une d'elles, quelques-uns des condamnés (si l'on peut employer cette expression) se reposaient après le travail. Au centre du groupe se tenait un vénérable vieillard, à la longue barbe blanche descendant sur sa poitrine, à la physionomie douce, au geste encore plein d'entrain et de gaieté, aux paroles bienveillantes. C'était le confesseur Saturninus, chargé de deux lourdes chaînes, malgré ses quatre-vingts ans. A ses côtés se tenaient deux jeunes travailleurs, Cyriaque et Sisinnius, qui, selon la tradition, ajoutaient à la fatigue de leurs labeurs celle de porter ses chaînes. Bien plus, leur plus grand plaisir, après avoir accompli leur tâche, était d'aider leurs frères trop faibles pour terminer celle qui leur avait été confiée [1]. Leur temps n'était pas encore venu; avant d'aller recevoir la couronne du martyre, ils furent ordonnés diacres sous le pontificat suivant.

D'autres captifs, couchés sur le sol aux pieds du vieillard assis sur un bloc de marbre, semblaient oublier leurs souffrances en écoutant avec avidité ses douces et graves paroles. Que leur disait-il donc? Pour récompenser Cyriaque de sa tendre charité, lui annonçait-il que, pour en perpétuer le souvenir, une grande partie du gigantesque bâtiment élevé

---

[1] Voyez ce que dit Piazza, à propos de l'église *Santa-Maria-degli-Angeli*, dans son livre sur les stations de Rome.

par eux avec tant de peines serait consacrée à Dieu, sous son invocation, deviendrait un titre, et que le dernier de ses nombreux titulaires porterait un nom illustre [1]. Ou bien leur racontait-il une vision plus glorieuse encore? leur disait-il que ce petit oratoire, remplacé et absorbé par un temple magnifique en l'honneur de la Reine des anges, renfermerait dans son enceinte cette salle superbe avec son vestibule, et que la construction en serait dirigée par le plus puissant génie [2] du monde? Quelle pensée plus consolante pour ces pauvres opprimés, s'ils avaient pu savoir qu'au lieu de bâtir des bains destinés à satisfaire le luxe d'un peuple païen ou la prodigalité d'un infâme empereur, ils travaillaient en réalité à la plus imposante des églises où les chrétiens adorèrent le vrai Dieu et entourèrent d'affectueux hommages la Vierge-Mère, dans le sein de laquelle il s'est incarné!

Corvinus aperçut ce groupe de loin, et, s'arrêtant, demanda au surveillant les noms de ceux qui le composaient. Celui-ci les énuméra rapidement; puis ajouta : « Vous feriez bien de prendre ce vieillard, si cela vous fait plaisir; son travail ne compense pas son entretien.

— Je vous remercie, répondit Corvinus; il ferait une jolie figure dans l'amphithéâtre. Le peuple ne saurait se contenter de vieillards décrépits, qu'un lion ou un tigre abattraient d'un premier coup de griffe. Il aime à voir couler le sang, et la vie lutter contre les blessures, jusqu'à ce que la mort vienne terminer le combat. Mais il me semble apercevoir une personne que vous ne m'avez pas nommée; son visage est tourné d'autre côté; elle ne porte pas le costume et les chaînes des autres prisonniers. Qui est-ce donc?

— J'ignore son nom, répondit Rabirius; c'est un beau jeune homme, qui passe beaucoup de temps parmi les condamnés; il leur apporte des secours, et même les aide quelquefois dans leurs travaux. Naturellement cette faveur est payée très cher : nous n'avons pas le droit de faire des questions.

— C'est peut-être bien le mien, » reprit vivement Corvinus; et il s'avança vers le groupe. L'étranger entendit sa voix et se retourna vers lui.

Corvinus le reconnut, bondit avec l'agilité d'une bête fauve, et, le saisissant, s'écria d'une voix triomphante : « Cette fois-ci, du moins, Pancrace, tu ne m'échapperas pas. »

---

[1] Le cardinal Bembo fut le dernier titulaire de l'église Saint-Cyriaque, formée d'une partie de ces bains; ce titre est maintenant éteint.

[2] Michel-Ange édifia la belle et noble église Santa-Maria-degli-Angeli en se servant de la salle centrale et du vestibule circulaire décrits dans le texte. Le plancher fut élevé plus tard, ce qui diminua la hauteur des piliers et de tout l'édifice.

CHAPITRE XXI

LA PRISON

I un chrétien de nos jours désirait connaître dans tous ses détails ce que nos pères ont enduré pour la foi pendant trois siècles de persécution, nous ne nous contenterions pas d'être descendu avec lui dans les catacombes pour lui apprendre quel genre de vie ils étaient forcés d'y mener; mais nous lui donnerions le conseil de parcourir ces annales impérissables, les Actes des martyrs, c'est là qu'il pourrait voir comment ils savaient mourir. Après les saints Évangiles, nous ne connaissons rien de plus émouvant, rien de plus propre à attendrir et à consoler, à fortifier la foi, à augmenter l'espérance, que ces vénérables monuments. Si le loisir manquait à nos lecteurs pour s'adonner à une si touchante lecture, nous les prierions de prendre au moins connaissance des Actes authentiques des saintes Perpétue et Félicité; les personnes instruites les liront avec le plus grand plaisir dans leur simple latin d'Afrique, ainsi que plusieurs autres anciens et curieux documents chrétiens. Ceux que nous venons d'indiquer étaient connus de saint Augustin, et ne sauraient être parcourus sans émotion. Si notre lecteur veut bien comparer le récit, plein d'une sensiblerie morbide et exagérée, d'un écrivain moderne qui a publié le journal imaginaire d'un criminel, depuis sa condamnation à mort jusqu'à l'heure de son exécution, avec le touchant et fidèle tableau des derniers moments de Vivia Perpetua, noble dame de vingt et un ans, il n'hésitera pas à le trouver beaucoup plus naturel, beaucoup plus gracieux et attachant que les conceptions les plus hardies et les plus romanesques.

Lorsque la tristesse envahit notre âme, ou que les misères de cette vie excitent les murmures de notre faible cœur, que pourrions-nous faire de mieux que de feuilleter ces précieuses et véridiques légendes des nobles martyrs de Lyon et de Vienne, et tant d'autres qui sont arrivées jusqu'à

nous à travers les siècles? Là nous trouverons le remède à notre lâcheté, en
voyant ce que des enfants, des femmes, des catéchumènes, des esclaves,
ont souffert sans se plaindre, pour l'amour du Christ.

Mais n'abandonnons pas notre récit. Pancrace, enchaîné avec une ving-
taine de compagnons, fut conduit en prison à travers les rues de la ville.
Comme on les traînait ainsi, trébuchant et tombant à chaque pas, ils étaient
frappés sans pitié par les gardes qui les escortaient; et tous ceux qui passaient à portée ne se faisaient aucun scrupule de les accabler de coups
de pied et de coups de poing : les plus éloignés leur jetaient des pierres

Fig. 64. — La prison Mamertine.

ou des ordures, en les insultant de la façon la plus grossière[1]. Enfin ils
arrivèrent à la prison Mamertine, où on les jeta brutalement; d'autres
victimes, des deux sexes, y attendaient déjà le moment de leur sacrifice.
Pancrace eut à peine le temps, pendant qu'on lui attachait les menottes,
de prier un de ses gardiens de faire connaître son arrestation à sa mère
et à Sébastien, et de lui glisser sa bourse dans la main.

Les prisons de l'ancienne Rome n'étaient pas un endroit où un pauvre
pût désirer d'être renfermé, dans l'espoir d'une meilleure nourriture et
d'un logement plus agréable. Deux ou trois de ces cachots, car ce n'était
pas autre chose, existent encore; nous nous contenterons de donner une
brève description de l'un d'eux; on pourra voir ce qu'il en coûtait pour
devenir confesseur de la foi, sans préjudice des souffrances du martyre.

La prison Mamertine se composait de deux salles carrées, souterraines,
bâties l'une au-dessous de l'autre : une seule ouverture, pratiquée au
centre, donnait passage à l'air, à la lumière, à la nourriture, à tous les

[1] Voir le récit de saint Pothin. Ruinart, I, p. 145.

objets indispensables, et aux prisonniers eux-mêmes. Lorsque l'étage le
plus élevé était plein, on peut se demander comment l'air et la lumière
pouvaient arriver à l'étage inférieur. Il ne pouvait y avoir aucun autre
moyen de renouveler l'atmosphère, d'y entretenir la propreté, ou seulement d'y avoir accès. De larges anneaux de fer pour attacher les prisonniers sont encore scellés dans les pierres massives de la muraille; plusieurs
de ces infortunés avaient les pieds serrés par des ceps. L'ingénieuse cruauté
de leurs persécuteurs trouvait souvent moyen d'augmenter l'incommodité
que leur causait le sol humide, en y répandant des fragments de vases
brisés, afin que ces pauvres chrétiens étendissent leurs membres fatigués
sur ce lit douloureux. C'est ainsi qu'en Afrique une petite troupe de martyrs, conduits par les saints Saturnin et Dativus, succombèrent aux souffrances qu'ils eurent à endurer en prison. Les actes des martyrs de Lyon
nous apprennent qu'un grand nombre de ceux qui arrivaient dans ces affreux
cachots y mouraient avant d'avoir été soumis à d'autres tortures, tandis
que, au contraire, ceux qui y retournaient après de cruels supplices, et
dans un état désespéré, y recouvraient la santé, sans médecin et privés
de tous secours[1]. Les fidèles parvenaient à s'introduire dans ces asiles de
la douleur, mais non de la tristesse; ils s'efforçaient, autant qu'il était
possible, d'adoucir les souffrances de ces bien-aimés et vénérables frères,
et de leur procurer toutes les consolations spirituelles et temporelles.

La justice romaine réclamait au moins les formes extérieures d'un
jugement; c'est pourquoi les prisonniers chrétiens passaient de leur cachot
au pied du tribunal; ils y subissaient un interrogatoire dont nous retrou-
vons de précieux modèles dans les actes proconsulaires des martyrs, tels
qu'ils étaient enregistrés par le greffier de la cour.

Lorsqu'on demanda à Pothin, évêque de Lyon, alors dans sa quatre-
vingt-dixième année : « Quel est le Dieu des chrétiens? » il répondit avec
dignité ces simples paroles : « Vous le saurez quand vous en serez digne[2]. »
Parfois le juge entrait en discussion avec les chrétiens, et ne s'en tirait
point à son honneur, quoiqu'ils se contentassent, la plupart du temps, de
réitérer leur profession de foi chrétienne. Souvent le magistrat posait cette
unique question, comme il arriva au nommé Ptolémée, selon le magnifique
récit de saint Justin, et à sainte Perpétue : « Êtes-vous chrétien? » et,
sur une réponse affirmative, il prononçait la peine capitale.

Pancrace et ses compagnons furent donc amenés devant le tribunal; car
on devait célébrer dans trois jours le *munus* ou les jeux pendant lesquels
ils devaient lutter contre les bêtes sauvages.

« Qui êtes-vous? demanda le juge à l'un d'eux.

— Je suis chrétien par la grâce de Dieu, fut la réponse.

— Et vous? dit le préfet à Rusticus.

— Je ne suis, il est vrai, qu'un esclave de César; mais, en devenant
chrétien, j'ai été affranchi par le Christ lui-même; par sa grâce et sa

[1] Ruinart, p. 145.
[2] Si dignus fueris, cognosces. (Ruinart, *ibid.*)

miséricorde, je partage les mêmes espérances que ceux qui vous entourent. »

Le juge se tournant ensuite vers le saint prêtre Lucianus, vénérable par
son âge et ses vertus, lui adressa ces paroles : « Allons, obéissez aux dieux
eux-mêmes et aux décrets impériaux.

— Personne, répondit le vieillard, ne peut être réprimandé pour avoir
obéi aux préceptes de Jésus-Christ notre Sauveur.

— De quelle science et de quelles études-vous occupez-vous?

— J'ai essayé de me rendre maître de toutes les sciences, et je me suis
appliqué à toutes les études; mais j'ai fini par m'arrêter aux doctrines du
christianisme, quoiqu'elles déplaisent à ceux qui s'égarent à la poursuite
de fausses opinions.

— Misérable! comment une pareille science peut-elle vous plaire?

— Elle fait tout mon bonheur; car la doctrine des chrétiens est la seule
véritable.

— Quelle est-elle?

— Voici quelle est la pieuse doctrine des chrétiens : Nous croyons en un
seul Dieu, auteur et créateur des choses visibles et invisibles. Nous confes-
sons le Seigneur Jésus-Christ, Fils de Dieu, annoncé autrefois par les prophètes; il viendra juger les hommes et annoncera le salut réservé à ceux
qui croiront à ses paroles. Quant à moi, homme faible et impuissant, je
ne saurais parler comme il convient de son infinie divinité, c'est la fonc-
tion des prophètes[1].

— Vous enseignez aux autres l'erreur, votre châtiment sera donc plus
sévère. Qu'on place ce Lucianus sur le chevalet, et que ses pieds soient
tendus jusqu'à la cinquième ouverture[2]. Et vous deux, femmes, quels sont
vos noms et votre condition?

— Je suis chrétienne, et je n'ai pas d'autre époux que le Christ. Mon
nom est Secunda, répondit l'une.

— Je suis veuve, je m'appelle Ruffine, et je professe la même foi salutaire, » ajouta l'autre.

Enfin, après avoir posé à tous les mêmes questions et toujours reçu la
même réponse, excepté d'un misérable qui, au grand chagrin de ses
frères, hésita et consentit à offrir un sacrifice, le préfet, se tournant vers
Pancrace, lui dit :

« Et vous, insolent jeune homme, qui avez eu l'audace d'arracher l'édit
des divins empereurs, le pardon vous est encore offert si vous consentez à
sacrifier aux dieux. Faites preuve de piété et de sagesse, car vous n'êtes
encore qu'un enfant. »

Pancrace s'arma du signe vénéré de la croix et répondit avec calme :
« Je suis le serviteur du Christ. Je le confesse de bouche, je l'aime de
tout mon cœur et *je l'adore sans cesse*. Quoique je ne sois qu'un jeune
homme, j'ai toute la sagesse d'un vieillard, parce que je ne reconnais qu'un

---

[1] *Actes de saint Justin.* Ruinart, p. 129.
[2] C'était la plus forte tension possible.

seul Dieu. Vos divinités et leurs adorateurs sont voués à une éternelle destruction[1].

— Qu'on le frappe sur la bouche pour ce blasphème; qu'il soit battu de verges, s'écria le juge irrité.

— Je vous rends grâces, répondit doucement le jeune homme, de ce que vous me permettez de souffrir le même châtiment que mon Sauveur[1]. »

Le préfet prononça ensuite la sentence selon la forme habituelle : « Lucianus, Pancrace, Rusticus et les autres, les femmes Secunda et Ruffina, qui se sont déclarés chrétiens et ont refusé d'obéir au divin empereur ou d'adorer les dieux de Rome, seront, par notre ordre, exposés aux bêtes dans l'amphithéàtre de Flavius. »

La populace hurla de joie et accompagna les confesseurs jusqu'à leur prison en les poursuivant de ses cris de haine. Mais leur dignité et la majesté calme qui brillait sur leurs fronts lui imposèrent peu à peu; quelques-uns affirmèrent que les martyrs étaient parfumés; car une atmosphère embaumée environnait leurs personnes[3].

[1] Ruinart, p. 56, *Actes de sainte Félicité et de ses fils.*
[2] Id., p. 220, *Actes de sainte Perpétue*, etc.
[3] Id., pp. 146 et 219. *Actes des martyrs de Lyon.*

CHAPITRE XXII

ETTE scène, qui se passait dans la prison, constrastait d'une manière saisissante avec la fureur et la discorde qui rugissaient au dehors. La paix, la sérénité, la joie et une douce gaieté y régnaient sans conteste, tandis que la douce harmonie des chants que dirigeait Pancrace, glissant le long des froides pierres de la muraille, résonnait sous les voûtes et semblait inviter l'abîme à répondre à l'abîme; car les prisonniers du donjon inférieur s'unissaient à leurs compagnons de captivité en répétant alternativement les versets des psaumes que la situation présente amenait naturellement sur leurs lèvres.

Selon la coutume, on accordait une plus grande liberté aux prisonniers la veille du jour où ces malheureuses victimes devaient lutter avec les animaux féroces, ou plutôt être déchirées par eux. On permettait à leurs amis de venir les voir; et les chrétiens profitaient courageusement de cette faveur pour arriver en foule et se recommander aux prières des saints confesseurs du Christ. Le soir ils se rendaient au souper libre; c'était un repas abondant et même recherché qu'ils prenaient en public. La table était entourée de païens, curieux d'observer la conduite et la physionomie des combattants du lendemain; mais ils ne remarquèrent en eux ni la bruyante affectation de courage, ni l'air abattu, ni l'animosité des condamnés ordinaires. C'était plutôt une agape, une véritable fête de la charité; ils soupèrent avec une joie calme, en s'entretenant avec gaieté. Néanmoins, une ou deux fois, Pancrace réprima la brutale curiosité et les remarques grossières de la foule : « La journée de demain, leur dit-il, ne peut donc vous suffire? vous faut-il encore repaître vos yeux de la vue des futurs objets de votre haine? Aujourd'hui vous êtes de nos amis, demain vous serez nos ennemis. Regardez bien nos visages, afin de les reconnaître au jour du jugement. » Plusieurs se retirèrent à ces paroles de reproche, et quelques-uns se convertirent[1].

Tandis que les persécuteurs préparaient ainsi une fête pour le corps de leurs victimes, l'Église, mère tendre, préparait un autre banquet plus délicat pour l'âme de ses enfants. Les chrétiens avaient constamment été visités par les diacres, surtout par Reparatus, qui eût bien volontiers pris place au milieu d'eux; mais son devoir ne le lui permettait pas alors. Après avoir veillé aussi bien que possible à leurs besoins temporels, il était convenu avec le saint prêtre Dionysius, qui demeurait encore dans la maison d'Agnès, d'envoyer vers le soir une quantité suffisante de pain de vie, afin de fortifier, au matin du combat, les champions du Christ. Quoique les diacres eussent la mission de transporter les espèces consacrées de l'église principale aux autres églises où elles étaient distribuées par les titulaires, cependant on chargeait des ministres inférieurs d'aller les porter aux martyrs en prison et même aux mourants. En ce jour où les passions hostiles de Rome païenne étaient extraordinairement surexcitées par l'approche du massacre de tant de victimes chrétiennes, l'accomplissement de ce devoir n'était pas sans péril; car on savait, par les révélations de Torquatus, que Fulvius avait soigneusement observé tous les ministres du sanctuaire et donné leur signalement à ses actifs et nombreux espions. Il n'était donc pas prudent de sortir pendant le jour, à moins d'être parfaitement déguisé.

Le pain sacré était préparé et placé sur l'autel; le prêtre, se retournant, jeta les yeux sur l'assemblée afin d'y choisir un messager sûr et fidèle. Avant que personne eût eu le temps de se présenter, le jeune Tarcisius s'agenouillait devant lui. Ses mains étendues étaient prêtes à recevoir le dépôt sacré; son doux et innocent visage, d'une beauté angélique, semblait solliciter la préférence, et même la réclamer comme un droit.

« Tu es trop jeune, mon enfant, dit le bon prêtre, tout pénétré d'admiration à cette vue.

— Ma jeunesse, saint père, sera ma meilleure protection. Oh! ne me refusez pas ce grand honneur. » En disant ces paroles, ses yeux se remplirent de larmes, et ses joues se couvrirent d'une modeste rougeur. Il présentait ses mains avec tant d'ardeur, ses supplications étaient si ferventes, son air si résolu, qu'il était impossible de le refuser. Le prêtre prit alors les divins mystères soigneusement entourés d'un linge et d'une seconde enveloppe, et les remit entre ses mains en ajoutant :

« N'oubliez pas, Tarcisius, quel est le trésor que l'on confie à votre faiblesse. Évitez en chemin les places publiques, et souvenez-vous que les choses saintes ne doivent pas être données aux chiens, ni les perles jetées au-devant des pourceaux. Garderez-vous fidèlement les dons sacrés de Dieu?

— Plutôt mourir, » répondit le saint jeune homme en serrant sur sa poitrine le céleste dépôt, qu'il entoura des plis de sa tunique; puis, saluant

[1] *Actes des martyrs de Lyon,* p. 219.

le prêtre d'un air joyeux, il se mit en route. Sa figure respirait un air de gravité au-dessus de son âge, tandis qu'il s'avançait rapidement le long des rues, évitant les endroits les plus fréquentés ou mal famés.

Comme il approchait de la porte d'une maison considérable, la maîtresse de cette demeure, riche dame sans enfants, le vit venir, marchant rapidement, les bras croisés sur sa poitrine; frappée de la beauté et de la douce expression de son visage :

« Arrêtez-vous un instant, cher enfant, lui dit-elle en se plaçant sur son chemin; faites-moi connaître votre nom et la demeure de vos parents.

— Je suis l'orphelin Tarcisius, répondit-il en la regardant avec un sourire; quant à ma demeure, il ne vous serait pas agréable de la connaître.

— Venez alors chez moi vous reposer; je désire vous parler. Oh! que n'ai-je un fils comme vous !

— Ce n'est pas possible maintenant, noble dame. On m'a confié une mission solennelle et sacrée que je ne dois pas tarder à remplir.

— Eh bien, promettez-moi de venir demain; voici où je demeure.

— Si je vis, je viendrai, » répondit l'enfant avec un regard inspiré qui le fit ressembler à un messager du ciel. Elle resta quelque temps à le regarder; puis, après un moment d'hésitation, elle se détermina à le suivre. Un grand bruit et des cris discordants qui s'élevèrent peu après la forcèrent de s'arrêter; ne les entendant plus, elle poursuivit sa route.

Cependant Tarcisius, songeant à de meilleures choses qu'aux faveurs de la fortune, se hâtait, et arriva bientôt sur une place remplie d'enfants qui venaient de quitter l'école et de commencer leurs jeux.

« Il nous manque quelqu'un pour compléter le jeu; où le trouverons-nous? dit le chef de la bande.

— Parfait! s'écria un autre. Voici Tarcisius, que je n'ai pas vu depuis un siècle, et qui est toujours si adroit à tous les exercices. Venez, Tarcisius, ajouta-t-il en l'arrêtant par le bras; où courez-vous, si vite? Venez jouer avec nous, en bon camarade.

— Non, non, Petilius, c'est tout à fait impossible; je suis chargé d'une commission très importante.

— Vous viendrez de force, s'écria le premier interlocuteur, jeune homme vigoureux et à l'air brutal, en le saisissant. Je n'aime pas qu'on boude quand je demande quelque chose. Venez à l'instant jouer avec nous.

— Je vous en prie, dit le pauvre enfant d'une voix touchante, laissez-moi aller.

— Non, bien certainement, reprit l'autre. Que portez-vous donc avec tant de soin sur votre poitrine? Une lettre peut-être. Elle ne sera pas perdue pour avoir été une demi-heure hors de sa cachette. Donnez-la-moi; je la mettrai de côté pendant que nous jouerons. » Et il s'efforça de lui arracher le dépôt qu'il serrait sur son cœur.

« Jamais, jamais! répondit l'enfant en levant les yeux au ciel.

— Je veux voir, je veux connaître ce merveilleux secret, » insista-t-il en le secouant avec brutalité. Quelques hommes du voisinage les entourèrent et demandèrent curieusement de quoi il s'agissait. Ils voyaient un enfant, les bras croisés et paraissant doué d'une force surnaturelle, résister à tous les efforts d'un autre enfant plus grand et plus vigoureux, pour lui faire découvrir ce qu'il portait. Souffleté, tiraillé, accablé de coups de poing et de coups de pied, il demeurait invincible. Il supportait tout sans murmures, sans essayer de se venger et sans rien perdre de sa fermeté inébranlable.

« Qu'est-ce donc? » commencèrent-ils à se demander les uns aux autres. Par hasard Fulvius passa de ce côté, et se joignit au cercle au milieu duquel étaient les combattants. Il reconnut aussitôt Tarcisius, qu'il avait vu à l'ordination. Voyant son air distingué, les spectateurs lui adressèrent la même question; il répondit avec dédain, en s'éloignant : « Ce que c'est? Ce n'est qu'un âne chrétien qui porte les mystères[1]. »

Ce fut assez. Fulvius, méprisant une proie si peu profitable, n'ignorait pas quel serait l'effet de ses paroles. Un ardent désir de voir les mystères des chrétiens révélés et de les insulter s'empara de cette foule de païens, qui demandèrent à Tarcisius de livrer son secret. « Vous ne l'aurez qu'avec ma vie, » fut la seule réponse. Un forgeron lui assena un violent coup de poing qui faillit lui faire perdre connaissance, et fit jaillir le sang de la blessure; d'autres lui succédèrent, jusqu'à ce que, couvert de meurtrissures, mais tenant toujours ses bras croisés sur sa poitrine, il tomba lourdement à terre. La populace se précipita sur lui, et allait le mettre en pièces pour arriver jusqu'au dépôt trois fois saint, lorsqu'ils se sentirent tous rejetés à droite et à gauche par une main puissante. Quelques-uns roulèrent jusqu'à l'extrémité de la place; d'autres, tournant sur eux-mêmes sans trop savoir comment, se trouvèrent étendus sur le sol; le reste prit la fuite devant un officier de haute taille et d'une force herculéenne, auteur de cette exécution. A peine s'était-il débarrassé de ces misérables, qu'il s'agenouilla les larmes aux yeux; il prit dans ses bras, avec la tendresse d'une mère, le pauvre enfant évanoui et tout meurtri, et lui demanda avec douceur :

« Êtes-vous gravement blessé, Tarcisius?

— Ne vous occupez pas de moi, Quadratus, répondit-il en ouvrant les yeux et avec un sourire, je porte les divins mystères; prenez-en soin. »

Le soldat souleva l'enfant avec un respect infini; car il n'emportait pas seulement la tendre victime d'un sacrifice, les reliques d'un martyr, mais le Roi lui-même et le Seigneur des martyrs, la victime divine de l'éternelle rédemption. La tête de l'enfant s'appuyait avec confiance sur les épaules vigoureuses du centurion; mais ses mains et ses bras vigilants n'abandonnèrent pas un instant le dépôt confié à sa garde : le courageux Quadratus ne sentait pas le poids de son fardeau doublement sacré. Personne ne l'arrêta; une dame se trouva sur son passage et le regarda d'un air étonné; puis s'approchant afin de mieux voir ce qu'il portait entre ses bras : « Est-il possible! s'écria-t-elle avec effroi; est-ce là Tarcisius que j'ai rencontré tout à l'heure si beau et si plein de vie? Qui a pu le traiter ainsi?

— Madame, répondit Quadratus, ils l'ont tué parce qu'il était chrétien. »

---

[1] *Asinus portans mysteria*, proverbe latin.

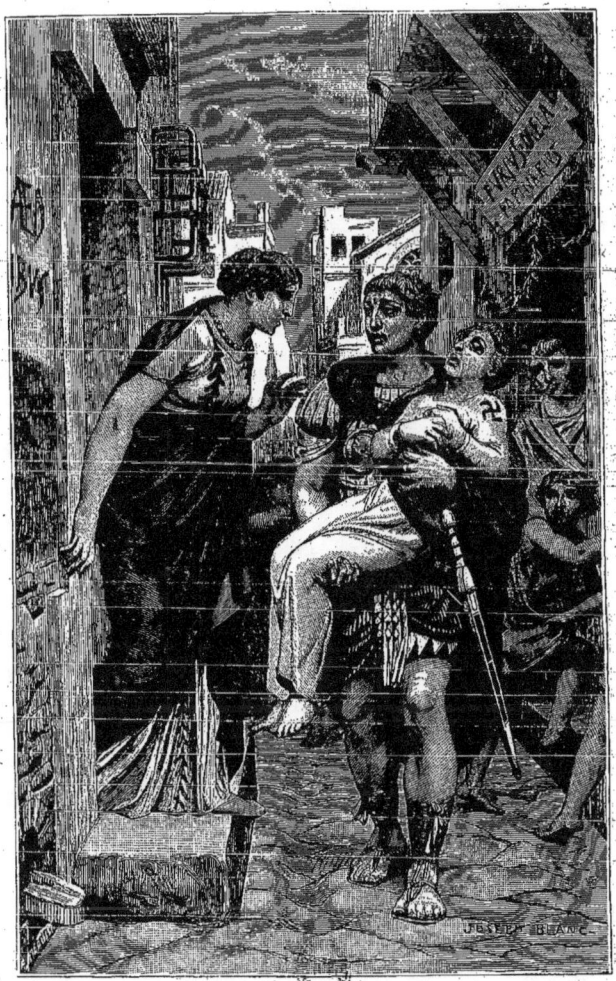

« Est-il possible! s'écria la dame avec effroi; est-ce là Tarcicius
que j'ai rencontré tout à l'heure? »

La noble dame jeta ses regards sur le visage de l'enfant. Celui-ci ouvrit les yeux, lui sourit et expira. Ce coup d'œil porta dans son âme la lumière de la foi; elle ne tarda pas à devenir chrétienne.

Le vénérable Dionysius était tellement ému, que ses yeux remplis de larmes lui permettaient à peine d'écarter les mains de Tarcisius, afin de retirer le Saint des saints qui reposait intact sur sa poitrine. Il lui semblait que ses traits avaient une expression plus angélique encore maintenant qu'il dormait du sommeil du martyre, que lorsqu'il était plein de vie, il y avait une heure à peine. Quadratus le porta lui-même au cimetière de Callistus, où il fut enseveli au milieu de l'admiration des vieux chrétiens. Plus tard le saint pape Damase lui composa une épitaphe que personne ne put lire sans en tirer cette conclusion, que la foi à la présence réelle du corps de Notre-Seigneur dans la sainte Eucharistie était aussi vive à cette époque que de nos jours :

> *Tarcisium sanctum Christi sacramenta gerentem,*
> *Cum malesana manus peteret vulgare profanis,*
> *Ipse animam potius voluit dimittere cæsus*
> *Prodere quam canibus rabidis cœlestia membra* [1].

Des mains sacrilèges voulurent forcer saint Tarcisius, qui portait les sacrements du Christ, à les dévoiler aux profanes; mais il aima mieux se laisser mettre en pièces que de livrer à des chiens furieux les membres divins.

Le Martyrologe romain nous apprend, le 15 août, qu'on célèbre sa commémoration au cimetière de Callistus, d'où ses reliques furent transportées, dans la suite, à l'église Saint-Silvestre-in-Campo. Ce qui est attesté par une ancienne inscription.

Ces nouvelles ne parvinrent aux prisonniers qu'après leur festin. La crainte d'être privés de la nourriture spirituelle qui devait renouveler leur force était peut-être la seule chose capable d'altérer, même légèrement, la sérénité de leurs âmes. Dès son arrivée, Sébastien s'aperçut qu'il était survenu quelque fâcheux événement, que son centurion Quadratus lui fit aussitôt connaître. Il s'efforça néanmoins de ranimer le courage des confesseurs du Christ en leur assurant qu'ils ne seraient point privés de la nourriture qu'ils désiraient avec tant d'ardeur; puis il glissa quelques mots à l'oreille du diacre Reparatus, qui sortit immédiatement en échangeant avec le centurion un regard d'intelligence.

Sébastien, bien connu des gardes, entrait librement dans la prison à toutes les heures du jour, et s'occupait de ses frères captifs avec un zèle infatigable. Mais il était venu dire un dernier adieu à son meilleur ami, Pancrace, qui soupirait après cette entrevue. Ils se retirèrent à part, et Pancrace parla le premier :

« Eh bien! vous souvenez-vous, Sébastien, de cette soirée pendant

---

[1] Voyez aussi les notes de Baronius dans le Martyrologe. Les mots (Christi) cœlestia *membra*, appliqués à la sainte Eucharistie, fournissent un de ces arguments inattendus, mais frappants, qui sont plutôt l'expression de la croyance générale de l'antiquité que des figures symboliques.

laquelle nous entendions de votre fenêtre les rugissements des bêtes féroces, et nous regardions les innombrables ouvertures béantes de l'amphithéâtre qui semblait attendre le triomphe des chrétiens?

— Oui, cher enfant, je me rappelle bien cette soirée, et il me semble que votre cœur anticipait alors ce qui vous attend demain.

— C'est vrai, j'avais une intime certitude que je serais un de ceux qui les premiers devaient calmer la fureur de ces cruels représentants de la méchanceté humaine. Qu'ai-je donc fait, Sébastien, pour être, sinon digne d'un si grand honneur, du moins l'objet d'une si grande grâce?

— Vous le savez, Pancrace, ce n'est ni celui qui veut, ni celui qui court, mais Dieu, dans sa miséricorde, qui se charge de l'élection. Dites-moi plutôt quels sont vos sentiments à l'égard du sort glorieux qui vous est réservé pour demain.

— A dire vrai, ce sort est si beau et dépasse tellement mes plus légitimes espérances, qu'il me semble plutôt un rêve qu'une réalité. Ne vous paraît-il pas incroyable que moi, qui vais passer la nuit dans cette prison glaciale, obscure et triste, avant qu'un nouveau soleil se soit couché, j'entendrai les concerts harmonieux des anges, mêlé à la foule des saints vêtus de blanc, que je respirerai les célestes parfums, et que j'apaiserai ma soif dans les eaux limpides des sources de vie? Ne s'agit-il pas d'un autre? Est-il vrai que dans quelques heures je verrai moi-même la réalisation de toutes ces merveilles?

— N'espérez-vous donc pas contempler quelque chose de plus merveilleux, Pancrace?

— Oh! oui, j'espère contempler de plus grandes merveilles et d'inénarrables beautés. Comment se fait-il que moi, faible enfant à peine sorti de l'école, et qui n'ai rien fait pour l'amour du Christ, je le verrai demain face à face, je recevrai de ses mains une palme, une couronne; bien plus, un tendre baiser? Cet espoir est si beau, que je tremble en pensant qu'il deviendra bientôt une réalité. Et pourtant, Sébastien, continua-t-il en saisissant les mains de son ami, c'est vrai, n'est-ce pas, très vrai?

— Ce n'est pas encore tout, Pancrace.

— Oui, oui, Sébastien, il y a plus encore. Quelle joie de fermer les yeux à la vue de ces figures humaines, de ces milliers de visages où se peignent la haine, le mépris, la fureur, et qui vous contemplent de tous les gradins de l'amphithéâtre, pour les ouvrir en présence de Dieu, de cet esprit aussi brillant que le soleil, et dont la splendeur nous anéantirait si le doux rayonnement qui l'environne ne la tempérait pour notre faiblesse! Quel bonheur de nous réfugier dans le cœur de Dieu, si brûlant d'amour, dans cet océan de miséricorde et de charité, sans que l'effroi de la mort puisse nous y atteindre! Oh! Sébastien, serai-je accusé de présomption en disant que demain..., écoutez..., le veilleur du Capitole annonce minuit..., qu'aujourd'hui, aujourd'hui même, j'entrerai en possession de tant de biens?

— Heureux Pancrace! s'écria l'officier, quelques heures seulement vous séparent de l'éternelle félicité.

— N'est-ce pas, cher Sébastien, continua le jeune homme sans prendre

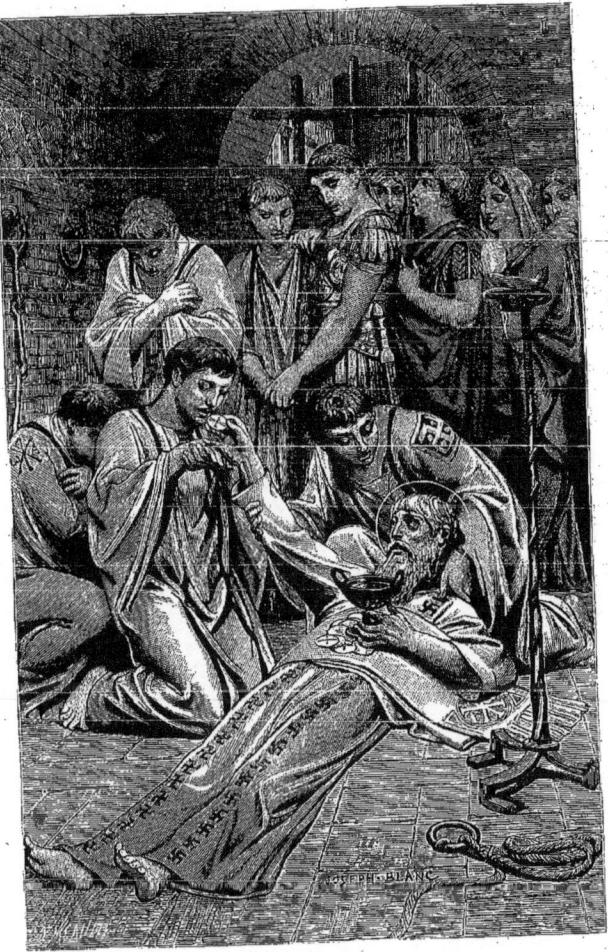

Chaque fidèle s'approcha dévotement et reçut des mains de Lucianus
sa part de la nourriture mystique.

garde à l'interruption, que Dieu est singulièrement bon et miséricordieux
de m'accorder une pareille mort? Elle n'est pas faite pour effrayer un
enfant de mon âge, puisqu'elle met un terme à tout ce qu'il y a de haïssable
sur la terre, puisqu'elle fait disparaître à mes yeux ces bêtes immondes,
ces hommes criminels et non moins redoutables, et m'empêche d'entendre
les rugissements infernaux que leur arrache une commune haine. Combien
n'est-il pas plus poignant d'échanger un dernier regard avec une mère
aussi tendre que la mienne, et de se refuser à écouter la plainte résignée
de sa douce voix! Je sais que d'après nos arrangements je vais la voir et
l'entendre encore une fois aujourd'hui, avant de marcher au combat; mais
je suis sûr qu'elle n'ébranlera pas mon courage. »

Une larme brilla dans les yeux de cet enfant au cœur si affectueux; il
l'essuya, et reprit d'un ton gai :

« A propos, Sébastien, vous n'avez pas accompli votre promesse, —
votre double promesse, — de me confier vos secrets. Allons, voici une
occasion suprême, dites-moi tout.

— Vous souvenez-vous bien quels étaient ces secrets?

— Oh! parfaitement, car ils m'ont fort étonné. D'abord, lors de notre
entrevue dans votre appartement, vous avouâtes qu'il y avait un puissant
motif qui modérait votre ardent désir de mourir pour le Christ. A ce
premier secret vous en avez récemment ajouté un autre, en refusant de
m'expliquer pourquoi vous m'envoyâtes avec tant de précipitation en Campanie, ce que je n'ai jamais pu comprendre.

— Tout cela, néanmoins, ne fait qu'un seul et même secret. J'avais
promis de veiller sur vous, Pancrace; c'était un devoir de charité et d'affection. Voyant votre ardeur extrême du martyre et connaissant le zèle
impétueux de votre cœur, je craignis qu'un acte trop audacieux ne flétrît
quelque peu la palme que vous vouliez cueillir, de même qu'un souffle
suffit à ternir l'acier le plus fin et le plus étincelant. Dans ce but je résolus
de modérer mon impatience jusqu'à ce que je vous eusse vu hors de
danger. Avais-je raison?

— Oh! cher et noble Sébastien, vous êtes trop bon. Mais comment tout
cela se rapporte-t-il à mon voyage?

— Si je ne vous avais pas fait partir, vous eussiez été arrêté pour avoir
osé porter la main sur l'édit et apostrophé le juge en plein tribunal. Sans
aucun doute on vous condamnait à souffrir pour le Christ; mais la sentence n'eût été portée contre vous que pour un délit civil, pour un acte
de rébellion envers les empereurs. De plus, cher enfant, vous auriez acquis
par là un certain relief, une sorte de triomphe : les païens eux-mêmes
eussent honoré votre courage et votre audace, et un léger sentiment d'orgueil se fût peut-être insinué dans votre cœur au milieu du combat. Dans
tous les cas vous auriez été privé de l'ignominie, mérite distinctif et gloire
spéciale de ceux qui expient dans la mort le nom seul de chrétien.

— C'est très vrai, Sébastien, dit Pancrace en rougissant.

— Mais lorsque je vous vis arrêté dans l'accomplissement d'un acte de
généreuse charité envers les confesseurs du Christ, traîné par les rues et

enchaîné à un esclave comme le plus vil des criminels; lorsque je vous vis
assailli de pierres et d'injures avec vos frères dans la foi, et que je vous
entendis condamner avec les autres parce que vous étiez chrétien, et non
pour d'autres causes, alors je vis que mon devoir était accompli, et je
n'aurais pas levé le doigt pour vous soustraire à votre sort.

— Votre affection pour moi, si prudente, si généreuse, si infatigable,
ressemble à l'amour de Dieu envers ses créatures, » répondit Pancrace
tout en larmes, en se jetant au cou du soldat; puis il ajouta : « Promettez-
moi encore une chose : c'est de ne pas me quitter pendant toute cette
journée, et de remettre à ma mère le dernier legs de son fils mourant.

— Je le ferai au péril de ma vie, vous pouvez y compter. Nous ne serons
pas séparés longtemps, Pancrace. »

Le diacre les avertit alors que tout était prêt pour l'oblation du sacrifice
au milieu de la prison. Les deux jeunes gens se retournèrent, et Pancrace
demeura stupéfait. Le saint prêtre Lucianus était couché sur le sol; car
ses membres, cruellement tendus par la *catasta* (chevalet), ne lui permettaient pas de se lever. Sur la poitrine du martyr, Reparatus avait étendu
les trois linges qui doivent toujours recouvrir l'autel; puis il y avait placé
le pain non fermenté et le calice, qu'il soutenait de ses mains, et où
étaient mélangés le vin et l'eau. On avait soulevé la tête du pieux vieillard, afin qu'il pût lire les prières habituelles et accomplir toutes les
cérémonies prescrites pour l'oblation et la consécration. Chaque fidèle
s'approcha ensuite dévotement, et, avec des larmes de reconnaissance,
reçut des mains consacrées de Lucianus sa part, ou plutôt la totalité de
la nourriture mystique [1].

Admirable exemple de la merveilleuse facilité avec laquelle l'Église de
Dieu peut s'adapter à toutes les circonstances! Ses lois sont strictes; mais
son amour ingénieux sait à la fois en fortifier le principe et en adoucir la
rigueur; l'exception même n'est qu'une application plus sublime de la
règle. Voyez ce ministre de Dieu, ce dispensateur de ses mystères : on lui
accorde en cette occasion de plus grands privilèges, et semblable à Celui
qu'il représente, il est à la fois le prêtre et l'autel. L'Église prescrit que
le saint sacrifice ne peut être offert qu'au-dessus des reliques des martyrs; et voici un martyr qu'elle autorise, par une prérogative singulière,
à l'offrir sur son propre corps. Vivant encore, il est « couché sous les
pieds de Dieu ». Les battements du cœur, il est vrai, soulevaient toujours
cette poitrine, sur laquelle reposaient les divins mystères; mais ce n'était
là qu'une partie du rôle de ministre, déjà mort, pour ainsi dire, et ayant
complété le sacrifice de sa vie, encore qu'il n'eût point reçu le coup fatal.
Le Christ lui-même habitait le sanctuaire de cette poitrine [2], sur laquelle
il daignait descendre. Le viatique des martyrs avait-il jamais été plus
dignement préparé ?

---

[1] Un semblable exemple de la célébration des divins mystères est rapporté dans les actes d'un
prêtre du même nom à Antioche. Voy. Ruinart, t. III, p. 182, note.
[2] Ce n'est plus moi qui vis, c'est Jésus-Christ qui vit en moi. (Gal., II, 20.)

CHAPITRE XXIII

LE COMBAT

A matinée était claire et froide; les rayons du soleil levant, glissant sur les ornements dorés des temples et des autres édifices publics, semblaient les revêtir d'une splendeur nouvelle. Le peuple, couvert de ses plus riches habits de fête, envahit bientôt les rues, et ses flots pressés roulent vers l'amphithéâtre de Flavius, plus connu maintenant sous le nom de Colisée. Chacun dirige ses pas vers l'arcade numérotée correspondant au billet qu'il tient à la main, et le gigantesque monument ne cesse d'absorber peu à peu ce fleuve humain, qui remplit et anime les gradins superposés autour de l'ovale immense du Cirque. Tout l'intérieur est bientôt garni d'une foule impatiente, dont l'agitation et le frémissement semblent ébranler les murailles elles-mêmes. Après s'être gorgée de sang et avoir assouvi sa haine, cette masse humaine s'écoulera lentement par les mêmes ouvertures, qui mériteront bien alors leur nom de *vomitoria*[1]. Le splendide amphithéâtre de Rome, rejetant par tous ses pores une vile populace, ivre du sang des martyrs, ne pouvait être justement comparé qu'à un impur réservoir, dont les canaux souillés livrent passage à la lie la plus infâme et à la peste de l'humanité.

L'empereur, non moins impatient que ses sujets d'assister à ces jeux sanguinaires et de se repaître de carnage, arriva entouré de ses officiers, et dans le pompeux appareil que réclamait la circonstance d'une fête impériale. Son trône était placé à la partie orientale de l'amphithéâtre, où

---

[1] Les *vomitoires* ou portes donnaient sur des couloirs faisant le tour de l'édifice, et correspondaient avec des escaliers ménagés dans l'intérieur. A l'aide de ces ouvertures, les cent cinquante mille spectateurs du Colisée pouvaient se disperser en moins de cinq minutes.

l'on avait réservé pour toute sa cour un large espace, richement décoré et appelé le *pulvinar*.

Différents jeux se succédèrent, et déjà plus d'un gladiateur avait arrosé de son sang le sable brillant de l'arène; le peuple, avide de combats plus cruels, se mit à pousser de grands cris ou plutôt à rugir, afin qu'on livrât les chrétiens aux bêtes. Il est donc temps de nous occuper de nos captifs.

Avant que les spectateurs eussent témoigné cette impatience, on avait transféré les martyrs de la prison dans une salle appelé le *spoliatorium* [1], sorte de vestiaire, pour leur enlever leurs chaînes et leurs entraves. On essaya même de leur faire revêtir le brillant costume païen des prêtres et des prêtresses; mais ils refusèrent, en disant que, puisqu'ils allaient librement au combat, il n'était pas juste de leur imposer un déguisement qu'ils avaient en horreur.

Ce fut ainsi qu'ils passèrent ensemble la première partie du jour, s'encourageant les uns les autres et chantant les louanges de Dieu en dépit des clameurs qui de temps à autre étouffaient leurs voix.

Pendant ces pieuses occupations, Corvinus entra avec son air d'insolent triomphe, et s'adressa en ces termes à Pancrace :

« Je rends grâce aux dieux pour cette journée, objet de mes plus ardents désirs. Le combat a été long et rude entre nous; mais je remporte la victoire.

— Que voulez-vous dire, Corvinus? Quand et comment ai-je combattu contre vous?

— Toujours et partout. Vous avez hanté mon sommeil; vous dansiez devant moi comme un fantôme insaisissable; vous étiez mon tourment, mon mauvais génie. Je vous ai haï, voué aux dieux infernaux, maudit, détesté : voici enfin le jour de ma vengeance.

— Il me semble, répondit Pancrace en souriant, que tout cela ne ressemble guère à une lutte. Tous les efforts sont de votre côté; car je n'ai point agi contre vous.

— Comment pensez-vous que je puisse ajouter foi à vos paroles, quand vous vous trouviez sans cesse sur mon chemin, comme une vipère prête à me mordre au talon, pour me jeter par terre?

— Où donc? je vous le demande encore.

— Partout, vous dis-je : à l'école, chez la noble Agnès, au forum, au cimetière, au tribunal de mon père, à la villa Chromatius; oui, partout.

— Ne m'avez-vous pas rencontré dans aucun autre endroit? Lorsque votre char était si violemment entraîné le long de la voie Appienne, entendîtes-vous le galop précipité des chevaux qui cherchaient à vous atteindre?

— Misérable! s'écria le fils du préfet, furieux, c'est donc ton maudit

---

[1] On y dépouillait aussi de leurs armes et de leurs vêtements les gladiateurs tués dans l'arène. (Rich, *Dict. des antiquités.*)

cheval que tu excitais ainsi dans le but d'effrayer les miens, ce qui a failli causer ma mort?

— Non, Corvinus; écoutez-moi avec calme, c'est la dernière fois que nous nous entretiendrons ensemble. Je retournais tranquillement à Rome avec un compagnon, après avoir rendu les derniers devoirs à notre ancien maître Cassianus (Corvinus tressaillit, car il ignorait cette circonstance), lorsque j'entendis le fracas des roues d'un chariot lancé à toute vitesse. Ce fut alors que je pressai mon cheval de l'éperon, et j'eus raison d'agir ainsi.

— Comment cela?

— Parce que j'arrivai près de vous au moment suprême; vos forces

Fig 65. — Gladiateurs (d'après les peintures de Pompéi)

étaient épuisées, et votre sang glacé par vos chutes répétées dans les eaux froides du canal; votre bras engourdi abandonnait déjà son dernier soutien, et vous alliez retomber en arrière, pour la dernière fois, au milieu du courant. Je vous reconnus d'un coup d'œil, et je vous retirai sans connaissance. J'avais entre les mains le meurtrier d'une personne qui m'était chère, la justice divine semblait avoir atteint sa proie : son châtiment ne dépendait plus que de ma volonté. Je tenais ma vengeance, et je ne manquai pas de la satisfaire entièrement.

— Ah! et que fîtes-vous, s'il vous plaît?

— Je vous retirai de l'eau, je vous étendis sur le bord, et je cherchai par mes soins à ranimer les battements de votre cœur; après vous avoir sauvé des mains de la mort, je vous abandonnai à vos serviteurs.

— Tu mens, s'écria Corvinus, car ils m'ont dit que c'étaient eux qui me retirèrent du canal

— Et t'ont-ils rendu mon couteau et ta bourse en peau de léopard, que je ramassai sur le sol après t'y avoir étendu?

— Non, ils me racontèrent que ma bourse était restée au fond de l'eau; elle m'avait été donnée par une sorcière africaine. De quel couteau voulez-vous parler?

— Voyez, il est encore couvert de rouille. Ce couteau m'appartient, et je l'ai gardé. Regardez-le encore : me croyez-vous maintenant? ai-je toujours été une vipère sur votre route? »

Trop peu généreux pour reconnaître qu'il avait joué le plus vilain rôle dans cette affaire, Corvinus se sentit flétri, dégradé aux yeux de son ancien condisciple, écrasé comme une motte de terre entre ses mains. La honte avait pénétré jusqu'au fond de son cœur; humilié, anéanti, il baissa la tête et s'éloigna honteusement. Il maudissait les jeux, l'empereur, la foule

Fig. 56. — Gladiateurs (d'après les peintures de Pompéi).

qui hurlait, les bêtes rugissantes, ses chevaux et son chariot, ses esclaves, son père, lui-même, tous les mortels, sauf un seul : pour tout au monde il n'eût pas osé maudire Pancrace.

Ce dernier le rappela au moment où il atteignait la porte. Il se tourna et jeta sur Pancrace un regard empreint de respect et presque de tendresse. Le jeune homme, posant sa main sur son bras, lui dit : « Je vous ai déjà pardonné de tout mon cœur; mais il y a au-dessus de nous un Être qui ne se laisse toucher que par le repentir; implorez donc son pardon; sinon, je vous annonce dès aujourd'hui que vous périrez un jour de la même mort que moi. »

Corvinus se retira, on ne le revit plus de toute cette journée. Il ne jouit pas de ce spectacle dont son imagination grossière s'était repue plusieurs jours à l'avance, et après lequel il avait soupiré pendant plusieurs mois. Après la célébration des fêtes, son père le trouva complètement ivre; c'était sa seule manière de chasser le remords.

A peine venait-il de quitter les prisonniers, que le *lanista* [1], ou chef

---

[1] Celui qui exerçait les gladiateurs à combattre et leur enseignait leur art. Il était quelquefois propriétaire d'une bande de ces hommes, qu'il louait aux personnes désireuses de donner un spec-

des gladiateurs, entra à son tour et vint les chercher pour le combat. Ils s'embrassèrent à la hâte les uns les autres, et se dirent adieu sur la terre. Ils pénétrèrent dans l'arène, en face du trône impérial, et eurent à passer entre deux rangées de *venatores* [1] ou chasseurs préposés à la garde des animaux féroces, et armés d'énormes fouets, dont ils déchargeaient de grands coups sur chacun des martyrs à mesure qu'ils défilaient devant eux. On les fit avancer un à un ou par groupes, selon le désir du peuple ou les ordres de l'ordonnateur des jeux. Parfois on faisait monter la victime sur une plate-forme élevée, afin qu'elle fût plus en vue, ou bien on l'attachait à un poteau, pour augmenter son impuissance. Un jeu favori consistait à envelopper une femme d'un filet et à l'exposer ainsi à des taureaux furieux, qui la roulaient sans pitié, la jetaient en l'air et la recevaient sur leurs cornes [2]. Tantôt les bêtes féroces achevaient le martyr du premier coup; tantôt on en lâchait trois ou quatre, sans qu'elles daignassent lui infliger une blessure mortelle. Le confesseur était alors reconduit en prison et réservé pour d'autres supplices, ou bien encore les jeunes gladiateurs perfectionnaient leur adresse en l'exécutant dans le *spoliatorium*.

Occupons-nous seulement de notre jeune héros Pancrace. Au moment où il s'avançait dans le corridor qui conduisait à l'amphithéâtre, il aperçut, sur l'un des côtés, Sébastien, accompagné d'une dame soigneusement enveloppée d'un manteau, et la figure couverte d'un voile. Il la reconnut aussitôt, s'arrêta, et, s'agenouillant devant elle, lui baisa la main avec affection. « Bénissez-moi, chère mère, lui dit-il, voici l'heure que vous m'aviez annoncée.

— Regardez le ciel, répondit la pieuse matrone, vous y verrez le Christ et les saints qui vous attendent. Combattez le bon combat, pour sauver votre âme; montrez-vous ferme et fidèle dans votre amour pour le Christ, et n'oubliez pas la précieuse relique que vous portez sur votre poitrine.

— Chère mère, elle aura doublé de valeur à vos yeux dans quelques heures.

— Allons, marchez! trêve de sottises! » s'écria le *lanista* en frappant le jeune homme de son bâton.

Lucine se retira, tandis que Sébastien serrait la main de Pancrace et lui murmurait à l'oreille : « Courage, cher enfant; que Dieu vous bénisse. Je me tiendrai immédiatement derrière l'empereur; envoyez-moi votre dernier regard et votre bénédiction.

— Ah! ah! ah! » s'écria tout près de lui une voix diabolique. Était-ce le rire d'un démon? Sébastien se retourna, et vit le pan d'un manteau disparaître derrière un pilier. Qui cela pouvait-il être? Il ne le devina

---

tacle de gladiateurs; mais plus habituellement c'était l'instructeur et le maître d'armes nommé pour exercer les compagnies appartenant à l'État. (Rich, *Dict. des antiquités*.)

[1] Gladiateurs qui, dans l'amphithéâtre, combattaient contre les animaux féroces; on les nommait plus habituellement *bestiarii*. (Rich, *Dict. des antiquités*.)

[2] Voyez dans les *Actes des martyrs de Lyon*, Ruinart, vol. I, p. 152, le récit du martyre d'un jeune homme de quinze ans, et p. 221, celui des saintes Perpétue et Félicité.

point. C'était Fulvius, à qui ses paroles venaient de fournir le dernier
anneau d'une longue chaîne de témoignages qu'il n'avait pas formée sans
peine : Sébastien était chrétien.

Pancrace, le dernier survivant de ses pieux compagnons, arriva bientôt
au milieu de l'arène. On l'avait réservé pour la fin, dans l'espoir que la
vue des souffrances des autres martyrs ébranlerait sa fermeté; le résultat
avait été tout contraire. Restée immobile à l'endroit où on l'avait placée,
cette douce victime se détachait au milieu des vigoureux et grossiers
bourreaux qui l'entouraient. Bientôt le jeune martyr demeura seul; nous
ne saurions mieux décrire son attitude qu'en empruntant les paroles
d'Eusèbe, témoin oculaire du sacrifice d'un enfant plus jeune.

« On voyait un jeune adolescent, qui n'avait pas encore atteint sa ving-
tième année, debout, délivré de ses chaînes, les mains étendues en forme
de croix, priant Dieu avec recueillement et d'un cœur intrépide. Il demeurait immobile au même endroit sans détourner la tête, tandis que les
ours et les léopards, poussant de furieux rugissements, allaient se précipiter sur lui et se disputer ses membres. Et cependant, sans que je pusse
l'expliquer, ils reculaient à son aspect, et leurs gueules frémissantes semblaient paralysées par quelque divin et mystérieux pouvoir [1]. »

Telle était l'attitude, tel était le privilège de notre héroïque jeune
homme. La foule écumait de rage en voyant les bêtes féroces, les unes
après les autres, courir stupidement dans l'arène, rugir et se battre les
flancs de leurs queues, tandis que Pancrace semblait être entouré d'un
cercle magique qu'elles n'osaient franchir. Un taureau en furie qu'on lança
contre lui se précipita follement, les cornes abaissées; mais il s'arrêta net,
comme s'il eût donné de la tête contre un mur, creusa le sol de ses pieds,
et fit voler le sable autour de lui, en mugissant de colère.

« Provoque-le donc, lâche que tu es! » hurla l'empereur, irrité, d'une
voix qui dominait le tumulte.

Pancrace, sortant comme d'une extase, agita les bras et courut à la
rencontre de son ennemi [2]; mais le taureau sauvage s'enfuit du côté de
l'entrée, comme s'il eût été poursuivi par un lion, et, y rencontrant son
gardien, le prit sur ses cornes et le jeta en l'air. Tout le monde était déconcerté, sauf le courageux martyr, qui avait repris son attitude de prière.
Une voix alors s'éleva au milieu de la foule : « Il a un charme autour du
cou : c'est un sorcier! » Ce cri fut répété par toute l'assistance, jusqu'au
moment où l'empereur, imposant silence, lui cria : « Ote cette amulette
que tu portes à ton cou, sinon je te la fais enlever par des mains plus
rudes que les tiennes.

— Seigneur, répondit l'enfant d'une voix harmonieuse et claire, qui
résonnait au milieu de l'amphithéâtre tout à coup silencieux, ce n'est pas
un charme que je porte sur moi, mais un souvenir de mon père, qui, à

---

[1] *Hist. eccles.*, liv. VIII, c. VII.
[2] Euseb., *ibid.* — Voyez aussi, dans les *Actes de saint Ignace*, sa lettre aux Romains. (Ruinart,
vol. I, p. 40.)

Pancrace, debout en face de l'empereur, n'accordait aucune attention
à la panthère.

cette même place, a souffert pour cette même foi que je confesse humblement à mon tour. Je suis chrétien, et, pour l'amour de Jésus-Christ, Dieu et homme, j'offre ma vie avec joie. Ne m'arrachez pas le seul héritage que mon père a laissé, et dont je veux augmenter la valeur avant de le transmettre à un autre de mes frères. Faites encore un essai : c'est une panthère qui fit gagner à mon père la couronne de gloire; peut-être serais-je aussi heureux que lui. »

Un profond silence régna pendant quelques secondes; les spectateurs semblaient gagnés par l'émotion. La grâce de cet intrépide jeune homme, son regard inspiré, la pénétrante harmonie de sa voix, ses paroles courageuses, son généreux dévouement à sa foi, avaient fait tressaillir ce vil troupeau d'esclaves. Pancrace le comprit, et son cœur valeureux craignit plus leur pitié que leur rage; il s'était promis de gagner le ciel ce jour-là; allait-il être désappointé? Les larmes jaillirent de ses yeux; étendant de nouveau les bras en forme de croix, il s'écria d'une voix forte qui fit encore vibrer tous les cœurs :

« N'est-ce donc pas aujourd'hui, ô Seigneur bien-aimé, n'est-ce donc pas aujourd'hui que vous devez venir? Ne tardez pas plus longtemps; vous avez donné assez de preuves de votre puissance à ceux qui ne croient pas en vous; montrez maintenant votre miséricorde à votre fidèle serviteur! »

« La panthère! » cria une voix. « La panthère! » reprirent vingt autres voix. « La panthère! » hurlèrent ensemble cent mille spectateurs, avec un bruit pareil aux sourds grondements d'une avalanche. Une cage surgit comme par magie du milieu de l'arène, et ses côtés, s'abaissant aussitôt, laissèrent un libre passage à la captive du désert[1]. D'un bond gracieux, l'élégant et sauvage animal regagna sa liberté; malgré la colère qu'il éprouvait de son long emprisonnement dans les ténèbres et les tourments de la faim, il semblait presque joyeux, et s'en allait sautant, courant, folâtrant sans bruit sur le sable. A la fin il aperçut sa proie. Tous les instincts de ruse et de cruauté propres à la race féline reprirent le dessus, et inspirèrent tous les mouvements prudents et perfides de ce corps souple et doux comme le velours. L'amphithéâtre était aussi silencieux que la paisible solitude d'un ermite : tous les yeux, devenus attentifs, surveillaient les mouvements cauteleux de la panthère, qui se rapprochait lentement de sa victime. Pancrace, toujours debout au même endroit, en face de l'empereur, paraissait tellement absorbé dans la pensée du ciel, qu'il n'accordait aucune attention à son ennemi. La bête cruelle, dédaignant de l'attaquer autrement qu'en face, avait tourné autour de lui. Se traînant sur le ventre, elle avança pas à pas, jusqu'à ce qu'elle fût à la distance convenable, et s'y arrêta un instant, au milieu d'un silence de mort. Puis, après un sourd grognement, ramassée sur elle-même comme une sangsue, elle bondit en l'air avec souplesse, s'accrocha à la poitrine du martyr et enfonça ses dents et ses griffes dans sa gorge.

---

[1] Ce système était souvent employé; on a découvert dans les soubassements du Colisée les constructions destinées à cet usage.

Pancrace resta immobile pendant quelques secondes, porta sa main droite à sa bouche, et regarda Sébastien avec un doux sourire; puis, lui envoyant d'un geste gracieux le dernier salut de ses lèvres, il tomba. Les artères du cou avaient été tranchées, et le sommeil du martyre avait aussitôt fermé ses paupières. Les flots de son sang empourprèrent et enrichirent encore, en s'y mêlant d'une manière inséparable, les restes desséchés du sang de son père que la pieuse Lucine avait suspendus autour de son cou. Le sacrifice de la mère avait été accepté [1].

[1] Le martyr Saturus, déchiré par un léopard et près de mourir, adressait des paroles d'exhortation au soldat Pudens, qui n'était pas encore chrétien; lui demandant ensuite l'anneau qu'il voyait à son doigt, il le trempa dans son sang avant de le lui rendre, « lui léguant ce gage et ce souvenir de son martyre. » (Ruinart, vol. I, p. 223.)

CHAPITRE XXIV

 N déposa en paix le corps du jeune martyr sur la voie Aurélienne, dans le cimetière qui bientôt prit son nom, et le donna, comme nous l'avons déjà fait observer, à la porte voisine. Pendant l'ère de paix, on éleva au-dessus de sa tombe une basilique qui perpétue encore de nos jours le glorieux souvenir de son triomphe. La persécution sévissait avec rage, et augmentait tous les jours le nombre de ses victimes. Beaucoup de ceux que nous avons déjà fait connaître à nos lecteurs, surtout la petite communauté de la villa de Chromatius, succombèrent promptement. La première victime fut Zoé, à qui Sébastien avait rendu la parole. Surprise par une troupe de païens pendant qu'elle priait au tombeau de saint Pierre, elle fut bientôt condamnée et suspendue au-dessus de la fumée d'un feu de bois vert, jusqu'à ce qu'elle eût rendu le dernier soupir. Son mari, avec trois autres membres de la petite société, furent arrêtés, torturés à plusieurs reprises et décapités. Tranquillin, père de Marc et de Marcellin, jaloux de la couronne glorieuse gagnée par Zoé, allait ouvertement prier au tombeau de saint Paul; on se saisit de lui, et, sans autre forme de procès, il fut lapidé jusqu'à la mort. Ses deux fils jumeaux eurent une fin non moins cruelle. La trahison de Torquatus, qui avait donné le signalement de ses anciens compagnons, et en particulier du brave Tiburce[1], auquel on avait tranché la tête, facilita beaucoup l'exécution de ces mesures de rigueur.

Au milieu de tous ces massacres, Sébastien s'agitait, non comme un habile constructeur qui voit son œuvre détruite par la tempête, ou comme

---

[1] On célèbre sa commémoration et celle de son père Chromatius le 11 août, ainsi que nous l'avons déjà fait observer.

un berger dont le troupeau est ravi sous ses yeux par les voleurs; il ressemblait plutôt à un général sur le champ de bataille, uniquement préoc-
cupé de la victoire, estimant plus glorieux ceux de ses soldats qui l'achètent
au prix de leur vie, et toujours prêt à sacrifier la sienne pour atteindre
son but. Chacun de ses amis qui le précédait au ciel l'en rapprochait, en
brisant un des liens qui le retenaient sur la terre : c'était un souci de
moins ici-bas, et un nouvel intercesseur dans la véritable patrie. Parfois
il s'asseyait solitaire, ou s'arrêtait silencieux aux endroits où il avait coutume de converser avec Pancrace, rappelant dans son esprit la gaieté vive,
les gracieuses pensées et la vertu modeste de cet aimable et charmant
enfant. Mais il ne sentait pas alors plus vivement leur séparation qu'au
moment où il lui confia l'expédition de Campanie. Il avait dégagé sa
promesse envers lui, et son heure n'allait pas tarder à sonner. Il ne l'ignorait point, et attendait en paix, sentant déjà la grâce du martyre remplir
son cœur de joie. Ses préparatifs furent simples : il distribua aux pauvres
tous les objets de valeur qu'il possédait, et vendit tous ses biens, de façon
à les mettre à l'abri de la confiscation.

Fulvius s'était fait une très belle part des dépouilles chrétiennes, ce qui
ne l'empêchait pas, après tout, d'être fort désappointé. Il n'avait point été
obligé de recourir à la générosité de l'empereur, dont il évitait la présence; mais, ne mettant rien de côté, il était loin de s'enrichir. Chaque
soir il avait à essuyer les reproches d'Eurotas et ses questions railleuses
sur les succès du jour. Il annonça toutefois à ce maître sévère, car c'en
était un pour lui maintenant, qu'il allait s'attaquer à une proie plus riche,
à l'officier favori de l'empereur, qui devait avoir amassé une belle fortune
à son service.

L'occasion ne se fit pas attendre. Le 9 janvier il y eut grande réception
à la cour; tous les solliciteurs et ceux qui redoutaient la colère du maître
y accoururent en foule. Fulvius était présent et fut reçu, comme d'habitude, avec beaucoup de froideur. Après avoir supporté en silence les imprécations, prononcées à demi-voix, de cette brute couronnée, il s'avança
hardiment, mit un genou en terre et s'adressa ainsi à l'empereur :

« Seigneur, votre Divinité m'a souvent reproché de ne lui avoir rendu
que d'insignifiants services en retour de tant de gracieuses libéralités. Je
viens de découvrir la plus indigne trahison et la plus noire des ingratitudes
dans un de ceux qui approchent de bien près votre personne sacrée.

— Que dis-tu là, imbécile? demanda le tyran avec impatience; parle à
l'instant, ou je te fais arracher les mots de la gorge avec un crochet de fer. »

Fulvius se leva, et, accompagnant ses paroles d'un geste accusateur, il
dit d'un ton plein de douceur et d'amère ironie : « Sébastien est chrétien. »

L'empereur, furieux, bondit sur son trône.

« Tu mens, coquin! Tâche de prouver la vérité de ta dénonciation, ou
je te fais mourir à petit feu, et plus cruellement qu'aucun de ces chiens
de chrétiens.

— J'en ai des preuves plus que suffisantes, » répondit-il en tirant un
parchemin qu'il offrit, sur ses genoux, à l'empereur.

Maximien allait lui faire quelque rude réponse, lorsque, à son grand étonnement, Sébastien s'avança vers lui dans une attitude calme et noble, et lui dit avec tranquillité :

« Prince, les preuves sont inutiles. Je suis chrétien, et je m'en glorifie. »

Maximien, soldat brave, mais grossier et illettré, avait de la peine à s'exprimer décemment en latin dans un moment de calme; mais quand il était en fureur il ne parlait plus que d'une manière saccadée, en prodiguant les épithètes les plus vulgaires et les plus outrageantes. Il venait d'entrer dans un accès de colère, et vomit contre Sébastien un torrent d'injures, l'accusant de tous les crimes et de toutes les infamies les plus flétrissantes de son riche répertoire. Les deux crimes qu'il lui reprochait avec le plus d'insistance étaient l'ingratitude et la trahison. Il avait réchauffé dans son sein, disait-il, une vipère, un scorpion, un mauvais démon, et il était étonné de se voir encore en vie.

L'officier chrétien supporta cette accusation avec autant d'intrépidité que le choc d'un ennemi sur le champ de bataille.

« Daignez m'entendre, mon royal maître, répondit-il; c'est peut-être pour la dernière fois. J'ai dit que j'étais chrétien; vous avez là le meilleur gage de votre sécurité.

— Que voulez-vous dire, ingrat?

— Ceci, noble empereur. Voulez-vous environner votre personne d'une garde prête à répandre la dernière goutte de son sang pour votre protection, allez aux prisons, et brisez les entraves et les liens qui retiennent les chrétiens étendus sur le sol ou enchaînés aux murailles; envoyez aux tribunaux, et faites enlever du chevalet et du gril de fer rougi au feu les corps mutilés des confesseurs; ordonnez que dans les amphithéâtres on arrache de la gueule des tigres les débris encore animés d'un souffle de vie; rendez, s'il est possible, à ces restes meurtris une apparence humaine; donnez-leur des armes et placez-les autour de vous; et j'oserai dire que cette petite troupe, défigurée par ses blessures, montrera plus de fidélité, de loyauté et d'audace pour votre défense que toutes vos légions de Dacie et de Pannonie. Vous avez fait couler la moitié de son sang, elle répandra de grand cœur l'autre moitié pour votre service.

— Quelle stupide folie! répondit cette brute sauvage. J'aimerais mieux m'entourer de loups que de chrétiens : votre trahison m'est assez prouvée.

— Et qu'est-ce qui m'eût empêché d'agir comme un traître en plus d'une occasion, si je l'étais véritablement? N'ai-je pas accès jour et nuit auprès de votre personne royale? Ai-je trahi votre confiance? Non, prince, personne ne vous a jamais été plus fidèle. Je sers un autre maître plus puissant que vous, et qui nous jugera l'un et l'autre; ses lois m'obligent plus que les vôtres.

— Pourquoi avez-vous lâchement caché votre religion? Est-ce pour échapper à la mort cruelle qui vous est si justement réservée?

— Non, seigneur, je ne suis ni traître ni lâche. Aussi longtemps que je me suis cru utile à mes frères, je n'ai point refusé la vie, malgré la tristesse que j'éprouvais de les voir tomber autour de moi. L'espérance est enfin morte dans mon cœur, et je remercie de toute mon âme Fulvius, dont l'accusation m'épargne l'embarras du choix entre le désir de la mort et le chagrin de vivre.

— Je ferai ce choix à votre place. La mort sera votre partage, et sa main descendra lentement sur vous. Mais, ajouta-t-il d'un ton plus bas, et comme se parlant à lui-même, cette affaire ne doit pas s'ébruiter; il faut que tout se passe tranquillement au palais, afin que ce traître n'ait pas d'imitateurs. Quadratus, venez arrêter votre tribun. M'entendez-vous, coquin? Pourquoi n'obéissez-vous pas?

— Parce que moi aussi je suis chrétien! »

Nouvel accès de fureur, nouvelle tempête d'injures de la part du tyran, qui condamna aussitôt le courageux centurion au dernier supplice. Sébastien devait être traité différemment.

« Qu'on ordonne à Hyphax de venir ici, » hurla l'empereur. Quelques minutes après apparut un Numide d'une taille gigantesque et à moitié nu. Un arc immense, un carquois garni de flèches et peint des plus vives couleurs, tels étaient à la fois les ornements et les armes du capitaine des archers africains. Il se tint debout devant l'empereur, semblable à une magnifique statue de bronze aux yeux d'émail étincelants.

« Hyphax, je vous réserve une belle besogne pour demain matin; il faudra que ce soit bien fait, dit l'empereur.

— Parfaitement, seigneur, » répliqua le noir capitaine, avec un hideux sourire qui découvrit une rangée de dents non moins brillantes que ses yeux.

« Vous voyez le capitaine Sébastien? » Le nègre fit un signe affirmatif. « Il paraît que c'est un chrétien. »

En supposant qu'Hyphax eût été sur le sol de sa patrie et qu'il eût mis le pied, par mégarde, sur un aspic ou sur un nid de scorpion, il n'eût pas plus vivement tressailli. Être si près d'un chrétien, lui qui adorait toutes les abominations, croyait toutes les absurdités, et s'abandonnait à toutes les débauches et à toutes les infamies!

Maximien continua, et, à chacune de ses phrases, Hyphax marquait son assentiment par un signe de tête et par un sourire qui n'avait rien d'humain.

« Vous emmènerez Sébastien dans vos quartiers; et demain matin, de bonne heure, et non le soir, entendez-vous, car alors vous êtes tous ivres, mais de grand matin, quand vos bras ne trembleront plus, vous l'attacherez à un arbre dans le bosquet d'Adonis, et vous le ferez périr lentement, en le perçant de flèches. Lentement, faites-y attention : point de vos coups merveilleux qui vont droit au cœur et à la tête; que les blessures soient nombreuses, et qu'il expire épuisé par la douleur et la perte de son sang. Me comprenez-vous? Emmenez-le alors, et silence; ou sinon... »

CHAPITRE XXV

N dépit de toutes les précautions, la nouvelle se répandit bientôt parmi tous les familiers de la cour que Sébastien était chrétien, et qu'il devait mourir le jour suivant à coups de flèches. Mais cette double nouvelle n'impressionna personne plus vivement que Fabiola.

Sébastien un chrétien! se dit-elle à elle-même; lui le plus pur et le plus sage parmi toute la noblesse romaine, appartiendrait-il à cette secte vile et stupide! Cela est impossible! Néanmoins le fait paraît certain.

Ai-je donc été trompée? N'était-il pas ce qu'il paraissait être? Était-ce un imposteur qui, sous les dehors de la vertu, se conduisait en libertin? Impossible! oh! oui, c'est tout à fait impossible! elle en avait des preuves évidentes. Sébastien aurait pu solliciter et obtenir sa main et sa fortune, et il s'était conduit envers elle avec la délicatesse la plus généreuse. Non, non, le tribun n'était pas un hypocrite, et un cœur d'or battait dans sa poitrine.

Comment expliquer ce phénomène d'un chrétien parfaitement bon, vertueux et aimable?

Fabiola ne pouvait trouver la seule et unique solution de ce problème, c'est-à-dire que Sébastien n'était si vertueux *qu'en raison* de sa qualité de chrétien; mais elle considérait la question à un autre point de vue, et se demandait comment il pouvait être tel *en dépit* du christianisme.

Ces difficultés agitaient en vain son esprit, qui finit par s'arrêter à cette pensée. Après tout, le bon vieillard Chromatius n'avait peut-être pas tort, le christianisme ne serait pas ce que j'avais pensé; j'aurais dû m'informer de cela avec plus de soin. Je suis sûre que Sébastien n'a jamais commis les crimes abominables qu'on impute aux chrétiens : cependant tout le monde les en accuse.

N'existait-il pas une forme de religion plus élevée, sceptique, réfléchie, et une autre plus grossière, matérielle et plongée dans la fange des jouissances sensuelles, comme dans l'épicurisme[1], dont elle avait adopté la morale? Sébastien appartenait sans doute à cette classe plus distinguée, et repoussait avec dégoût les superstitions et les vices des chrétiens vulgaires. Une pareille hypothèse était peut-être soutenable; mais la haute intelligence de Fabiola avait peine à croire qu'un officier de ce mérite pût appartenir à cette race détestée. Et il était prêt à mourir pour sa foi! Quant à Zoé et aux autres, elle n'en avait pas entendu parler; car elle était revenue la veille d'un voyage en Campanie, entrepris pour mettre ordre aux affaires de son père.

Quel dommage, pensait-elle, de n'avoir pas entretenu Sébastien d'un pareil sujet! Il est trop tard : demain, au point du jour, il n'existera plus. Cette pensée lui transperça le cœur comme un dard aigu. Il lui semblait qu'elle allait être soumise à une rude épreuve, et que le sort de Sébastien allait être partagé par une personne qui lui était intimement unie par des liens secrets et mystérieux.

Ses pensées devenaient de plus en plus sombres : les ténèbres avaient remplacé le jour pendant qu'elle s'abandonnait à ces réflexions. Elle en fut tirée par l'entrée soudaine d'une esclave apportant de la lumière. C'était la négresse Afra, venant préparer le repas du soir de sa maîtresse, qui désirait le prendre seule. Tout en s'occupant de ces préparatifs, elle dit : « Connaissez-vous les nouvelles, madame?

— Lesquelles?

— Il paraît que Sébastien doit être percé de flèches demain matin. Quel dommage, c'était un si beau jeune homme!

— Taisez-vous, Afra, à moins que vous n'ayez quelque chose à m'apprendre sur ce sujet.

— Oh! certainement, noble maîtresse, j'ai quelque chose d'étonnant à vous apprendre. Savez-vous que le tribun reconnaît appartenir à la secte de ces misérables chrétiens?

— Taisez-vous, je vous en prie, et ne parlez pas légèrement de choses que vous ne sauriez comprendre.

— J'obéirai, puisque vous le désirez; son sort, du reste, vous est bien indifférent, et à moi surtout. Il n'est pas le premier officier que mes compatriotes auront exécuté. Plus d'un a péri; mais quelques autres ont été sauvés. Sans doute c'était un pur hasard. »

Il y avait dans les paroles et dans le ton d'Afra une signification qui n'échappa point à l'oreille exercée et à l'esprit délié de Fabiola. Elle leva les yeux pour la première fois, et les fixa d'un air scrutateur sur la face d'ébène de l'esclave. Aucune trace d'émotion ne s'y fit voir; elle plaçait tranquillement un flacon de vin sur la table, comme si elle n'avait rien dit. A la fin, Fabiola reprit :

---

[1] Épicure, philosophe grec (341 à 270 av. J.-C.), enseignait que le plaisir, souverain bien de l'homme, consistait autant dans les jouissances de l'esprit et du cœur que dans celles des sens.

« Afra , que voulez-vous dire?

— Oh! rien, rien. Que peut savoir une esclave, et même que pourrait-elle faire?

— Allons, allons, vos paroles avaient un sens que je dois connaître. »

L'esclave, passant autour de la table, s'approcha du lit de repos où Fabiola était étendue, regarda avec défiance autour d'elle, et lui dit à voix basse : « Voulez-vous sauver la vie de Sébastien? »

Fabiola se redressa brusquement sur son siège et répondit : « Certainement. »

Afra mit un doigt sur ses lèvres pour recommander le silence, et ajouta : « Cela coûtera cher.

— Combien?

— Cent *sestertia*[1] et ma liberté.

— J'accepte vos conditions; mais quelle garantie pouvez-vous me donner?

— Vous ne serez liée que si le tribun existe encore vingt-quatre heures après l'exécution.

— C'est convenu : quelle garantie exigez-vous à votre tour?

— Votre parole, noble maîtresse.

— Allez, Afra, et ne perdez pas un instant.

— Il est inutile de se presser, » répondit l'esclave avec calme, en terminant son service d'un air imperturbable.

Elle se rendit ensuite au palais, gagna le quartier des archers de Mauritanie, et s'en alla droit à leur capitaine : .

« Que veux-tu à cette heure, Jubala? lui dit-il, il n'y a pas de fête cette nuit.

— Je le sais, Hyphax; mais j'ai une importante affaire à traiter avec toi.

— De quoi s'agit-il?

— De nous deux et de ton prisonnier.

— Regarde-le, dit le barbare en le lui indiquant du doigt à travers la cour, que l'on apercevait de la porte de son logement. On ne dirait pas qu'il doit être exécuté demain. Vois comme il dort profondément; son sommeil ne serait pas plus léger s'il était à la veille de ses noces.

— Ce qui nous arrivera au premier jour, n'est-ce pas, Hyphax?

— Doucement, doucement, il y a certaines conditions à remplir.

— Comment donc? lesquelles?

— D'abord ton affranchissement : je ne puis épouser une esclave.

— C'est arrangé.

— Ensuite une dot, une *bonne* dot, tu entends. Je n'ai jamais été si pressé d'argent.

— C'est encore une affaire réglée. Combien espères-tu avoir?

— Pas moins de quarante sesterces (6,000 francs).

— Je t'en apporte le double.

— Parfait! Où as-tu trouvé tout cet argent? Qui as-tu dépouillé ou

---

[1] Environ 20 000 francs de notre monnaie. Sous l'empereur Auguste, le *sestertius* valait 20 centimes. — Le *sestertium*, ou grand sesterce, représentait mille *sestertii*, ou petits sesterces (200 fr.).

empoisonné, ma charmante prêtresse? pourquoi attendre aussi tard qu'a-près-demain? Marions-nous demain, ce soir même si tu veux.

— Calme-toi donc, Hyphax. Cet argent sera honnêtement gagné; mais il y a aussi des conditions. J'ai dit que je venais t'entretenir au sujet de ton prisonnier.

— Quel rapport existe-t-il entre lui et notre prochain mariage?

— Il y en a beaucoup.

— Explique-toi.

— Il ne doit pas mourir. »

Le capitaine la regarda avec une mélange de fureur et de stupidité. Il paraissait fort disposé à la traiter rudement; mais elle resta ferme et intré-pide devant lui, et sembla le fasciner du regard comme les serpents de son pays en face d'un vautour.

« Tu es folle, s'écria-t-il enfin; demande plutôt ma tête. Si tu avais vu la figure de l'empereur, lorsqu'il a donné ses ordres, tu comprendrais qu'il n'est pas prudent de plaisanter avec lui.

— Bah! bah! Hyphax, ton prisonnier aura l'air d'être mort, et tout le monde le croira.

— Et s'il revient à la santé?

— Ses amis chrétiens auront soin de le tenir à l'écart.

— N'as-tu pas dit qu'il devait vivre vingt-quatre heures? Je préférerais que ce ne fût que douze.

— Je sais bien que tu ne peux calculer juste. Qu'il périsse à la vingt-cinquième heure, peu m'importe.

— C'est impossible, Jubala, tout à fait impossible : sa personne est trop importante.

— Très bien, alors notre marché est rompu, l'argent n'étant donné qu'à cette condition. C'est quatre-vingts sesterces (12,000 fr.) de jetés à l'eau! » Elle fit mine de s'éloigner.

« Attends, attends, cria avidement Hyphax, chez qui le démon de la cupidité reprenait l'avantage; voyons un peu. D'abord il faut abandonner la moitié de la somme à mes compagnons, pour les gagner et servir à leurs orgies

— Je tiens une douzaine de sesterces en réserve pour cela.

— Est-ce vrai, ma princesse, ma sorcière; mon charmant démon? Ce sera trop pour ces coquins. Nous leur en abandonnerons la moitié, et l'autre figurera sur notre contrat de mariage, n'est-ce pas?

— Comme tu voudras, pourvu que mes conditions soient fidèlement observées.

— C'est un marché conclu. Le prisonnier vivra pendant vingt-quatre heures, et après nous aurons de fameuses noces. »

Pendant ce temps-là, Sébastien, ignorant toutes ces intéressantes négo-ciations pour lui sauver la vie, dormait profondément au pied du mur de la cour, comme saint Pierre entre ses deux gardiens. Fatigué de sa journée de travail, il jouissait du rare avantage d'avoir pu prendre son repos de bonne heure : le pavé de marbre était un lit assez doux pour un soldat.

Après quelques heures d'un sommeil réparateur, il se réveilla, et, se levant au milieu du silence de la nuit, il étendit ses bras et se mit à prier.

La prière du martyr n'est pas une préparation à la mort, car une telle mort ne demande pas de préparation. Le soldat qui tout à coup s'avoue chrétien, courbe la tête et mêle son sang à celui du confesseur qu'il allait exécuter; l'ami inconnu[1] qui salue le martyr marchant au supplice, qu'on arrête et qu'on force à partager son sort, est aussi bien préparé à mourir que celui qui a passé de longs mois en prière dans sa prison. Ce n'est point un cri poussé vers le ciel pour obtenir le pardon du passé, le parfait amour ne connaissant pas la crainte, et le péché étant incompatible avec la plus grande des grâces.

Sébastien ne priait donc point pour obtenir le courage et la force, puisqu'il n'éprouvait pas le sentiment contraire, qui aurait pu les lui faire demander. Après avoir affronté la mort avec intrépidité sur le champ de bataille au service d'un prince de la terre, pouvait-il craindre de l'affronter encore en quelque endroit que ce fût, pour l'amour du Seigneur du ciel?

Sa prière, jusqu'aux premières lueurs du jour, fut un hymne joyeux à l'honneur et à la gloire du Roi des rois, en union avec les concerts éternels des séraphins.

Lorsqu'il aperçut les étoiles, ces sentinelles aussi vigilantes que lui, briller au haut du firmament, il voulut échanger avec elles le mot d'ordre des louanges de Dieu; lorsqu'il entendit le vent de la nuit agiter les branches dépouillées des arbres du bosquet d'Adonis, et produire ce frémissement, unique et sauvage harmonie de la terre pendant les nuits d'hiver, il s'unit encore à cet hommage de la nature envers son Créateur.

Le coq chanta; il tressaillit en songeant que l'heure matinale était proche, et que le sifflement aigu des flèches qui ne manquaient jamais leur but s'unirait bientôt au murmure du vent au-dessus de sa tête. Il s'offrit avec joie aux morsures de leurs pointes acérées comme la langue du serpent, et prêtes à s'abreuver de son sang. Il s'offrit encore à Dieu comme une oblation en son honneur, destinée à apaiser sa colère; il pria tout particulièrement pour l'Église affligée, et afin que le sacrifice de sa vie pût en adoucir les souffrances.

Sa pensée prit ensuite un nouvel essor, et, semblable au vol hardi de l'aigle qui s'élance des pics les plus élevés et monte vers le soleil, elle abandonna l'Église militante sur la terre pour se tourner vers l'Église triomphante dans les cieux. Les nuages avaient disparu; les voiles qui lui cachaient l'aurore s'étaient déchirés comme ceux du sanctuaire. Aussi favorisé que saint Étienne, il lui était permis de plonger son regard au sein de ses glorieuses et mystérieuses profondeurs, par delà le sénat des saints et les légions angéliques. Il interrompit son cantique de louanges; car le son discordant d'une voix terrestre eût rompu l'harmonie des concerts si doux et si délicieux qui charmaient son oreille. C'était comme un fleuve dont les eaux transparentes et lumineuses, prenant leur source aux

---

[1] Appelé depuis saint Adauctus.

'pieds de l'Agneau, venaient rafraîchir son cœur pénétré d'une silencieuse reconnaissance. Il crut apercevoir les figures aimées de ceux qui l'avaient précédé dans ce bienheureux séjour, réunis auprès de ces flots étincelants et rapides, y tremper leurs lèvres avec avidité, et y plonger leurs corps, qui semblaient y recouvrer une vie nouvelle.

La splendeur de cette vision se reflétait sur le visage de Sébastien. Debout et tourné vers l'Orient, les bras en croix, il était environné de la douce lumière de l'aurore naissante, de cette aurore d'une journée si glorieuse. Si le farouche Hyphax eût alors ouvert sa porte, il fût allé se prosterner la face contre terre, au milieu de la cour, pour l'adorer.

Sébastien sortit comme d'une extase, tandis que le bruit argentin des sesterces résonnait dans les oreilles d'Hyphax, qui se mit en devoir de les gagner selon les règles. Il choisit, parmi ses cent compagnons, cinq archers émérites, qui pouvaient lancer une flèche dans les airs et l'y transpercer rapidement avec une autre flèche plus légère. Après les avoir réunis dans sa chambre, il leur fit connaître la récompense promise, sans parler de la sienne, et combina avec eux la manière dont l'exécution devait avoir lieu. On avait déjà secrètement offert une autre somme d'argent très considérable pour la remise du corps du tribun : deux esclaves devaient attendre au dehors pour le recevoir. Hyphax pouvait compter sur la discrétion de ses compagnons.

Sébastien fut conduit dans une cour voisine du palais, située entre son propre logement et le quartier de ces archers africains; elle était ornée de rangées d'arbres et consacrée à Adonis. Il s'avança gaiement au milieu de ses bourreaux, suivi de la troupe des archers qui devaient seuls assister à ce spectacle, comme s'il ne s'agissait que d'une simple lutte d'adresse. Le tribun, dépouillé de ses vêtements, fut attaché à un arbre; ses cinq exécuteurs, froids et calmes, se placèrent en face de lui. Quelle triste mort était la sienne! Pas un ami n'était à ses côtés, pas une âme sympathique, pas même un frère dans la foi pour porter aux fidèles ses derniers adieux, ses dernières paroles, et le récit de sa constance jusqu'au dernier moment. Lorsqu'un martyr placé au centre du gigantesque amphithéâtre regorgeant de cent mille témoins de sa chrétienne fermeté rencontre les regards de quelques amis dévoués, entend le murmure de leurs bénédictions, son cœur en est tout pénétré de joie et en reçoit un divin élan. Ces émotions humaines sont un faible secours, qui s'unit à l'aide plus puissante de la grâce, et les insultes de la multitude augmentent le courage naturel, de même que les cris des chasseurs raniment les forces du cerf aux abois. Mais cette scène morne et silencieuse, au point du jour, dans la cour obscure d'un palais; cette façon cruelle et indifférente de vous attacher comme une botte de paille ou un mannequin, pour être froidement percé de flèches, comme une cible, par l'ordre d'un tyran, cet abandon au milieu d'une horde de féroces sauvages au langage étrange et inintelligible, qui plaisantaient sans doute et riaient grossièrement entre eux, ainsi que le font les hommes avant de se livrer à des paris ou à des jeux : tout cela ressemblait beaucoup plus à un crime commis au fond des bois par des bandits qu'à une hardie et glorieuse confession du Christ, à un assassinat plutôt qu'à un martyre.

Telles n'étaient pas les préoccupations de Sébastien. Les anges le contemplaient du haut des cieux, et le soleil, qui l'aveuglait de ses rayons en le désignant plus nettement aux flèches des bourreaux, ne jetait pas plus d'éclat que le visage de cet unique témoin qu'il désirait avoir de ses souffrances, et pour lequel il sacrifiait sa vie.

Le premier Maure tendit la corde de son arc jusqu'à son oreille, et une flèche pénétra en frémissant dans le corps de Sébastien. Un à un ces archers expérimentés vinrent lancer leurs traits ; des applaudissements saluaient chacun des coups habiles, qui, selon les ordres de l'empereur, s'approchaient des parties vitales, en se gardant bien de les atteindre. On continua longtemps ce jeu cruel au milieu des rires, des cris et des injures des spectateurs enchantés, qui n'éprouvaient pas le moindre sentiment de pitié à la vue de ce corps sanglant [1] et affaissé par les souffrances. La morsure aiguë des flèches, les tortures inexprimables, l'affaiblissement, la fatigue, les liens cruellement serrés, la position incommode et pénible, tout cela n'était qu'un jeu pour eux, et pour le martyr une réalité douloureuse. Oui, mais le courage de Sébastien, son indomptable énergie, sa foi et sa patience inébranlables, son insatiable désir de souffrir pour l'amour de Dieu, n'étaient pas moins réels. Combien sa prière était ardente ! quels regards de vive espérance il levait vers le ciel ! avec quelle attention il prêtait l'oreille pour entendre les concerts des anges chargés de lui ouvrir les portes de la cité bienheureuse !

Quelle affreuse agonie ! Et ce n'était pas tout encore. La mort ne paraissait point ; les portes d'or restaient fermées. A ce martyre dans son cœur était réservée une gloire plus grande sur la terre ; au lieu de passer tout d'un coup de la mort à la vie, il s'évanouit, soutenu par les mains invisibles des anges. Les bourreaux, voyant qu'ils avaient atteint la limite fixée, coupèrent les liens qui l'attachaient. Sébastien s'affaissa, en apparence privé de vie, sur la pourpre sanglante dont il avait rougi les dalles. Ce courageux guerrier demeura-t-il étendu sur le sol dans cette noble position que rappelle sa statue de marbre placée sous l'autel dans l'église qui lui est dédiée? Nous ne saurions nous le représenter plus beau. Ce n'est pas seulement cette dernière église qui a toutes nos affections, mais encore l'ancienne chapelle qui se dresse au milieu des ruines du Palatin et marque l'endroit où il a succombé [2].

---

[1] Membraque picta cruore novo. (Prud., περὶ Στεφ., III, 29.)

[2] Ceux de nos lecteurs qui pourront visiter le palais de cristal de Sydenham y trouveront une excellente réduction du forum romain. Sur le mont Palatin, entre l'arc de Titus et celui de Constantin, se trouve une chapelle isolée, de belles dimensions. C'est celle dont nous parlons ; elle vient d'être réparée aux frais de la famille Barberini.

CHAPITRE XXVI

'ESCLAVE noire, après avoir réglé les prélim.inaires de son mariage à sa complète satisfaction, regagna la demeure de sa maîtresse. La nuit était déjà fort avancée. C'était une froide nuit d'hiver; aussi, parfaitement enveloppée, Afra ne se souciait guère de s'arrêter en route. Néanmoins le temps était clair, et les rayons argentés de la lune caressaient mollement la surface polie de la *meta sudans*[1]. Elle s'arrêta tout à côté, et après quelques instants de silence, se mit à rire bruyamment, comme si la vue de ce beau spectacle lui rappelait quelque ridicule souvenir. A peine se détournait-elle pour continuer sa route, qu'une main se posa rudement sur son bras.

« Si vous n'aviez pas ri, dit l'interrupteur d'un ton sarcastique, je ne vous aurais pas reconnue. Mais vos éclats de rire ressemblent trop à ceux d'une hyène pour me tromper. Écoutez : les animaux féroces, vos cousins d'Afrique, vous répondent dans l'amphithéâtre. Quel est donc le motif de votre gaieté?

— Vous.

— Moi ! comment cela?

— Je pensais à notre dernière entrevue à cette même place, et au sot rôle que vous y avez joué.

— Que vous êtes aimable, Afra, de penser à moi, tandis que, loin de songer à vous, je n'étais occupé que de vos compatriotes enfermés là-bas dans leurs cages !

— Cessez vos impertinences, et veuillez appeler les gens par leur nom. Je ne suis plus Afra l'esclave, ou du moins je cesserai de l'être dans quel-

---

[1] Fontaine que nous avons décrite précédemment.

ques heures; mais je suis Jubala, femme d'Hyphax, capitaine des archers de Mauritanie.

— Un homme fort recommandable, je n'en doute pas, surtout s'il pouvait s'exprimer autrement que dans son affreux jargon. Ces quelques heures suffiront pour terminer nos affaires. Il me semble que vous vous êtes trompée tout à l'heure. Ne serait-ce pas vous plutôt qui vous êtes moquée de moi à notre dernière entrevue? Où sont allés vos belles promesses et mon or, beaucoup plus précieux, que nous échangeâmes en cette occasion? Mon argent était de bon aloi; ce que je reçus en retour n'était que de la poussière.

— Sans doute; mais un proverbe de mon pays nous apprend que la poussière du vêtement d'un sage a plus de valeur que tout l'or qui garnit la ceinture d'un fou. Pour en revenir à notre affaire, avez-vous toujours cru fermement à la puissance de mes charmes et de mes philtres?

— Certainement. Voulez-vous dire qu'ils n'ont aucun pouvoir?

— Pas tout à fait. Vous venez de voir comment nous nous sommes débarrassés de Fabius : sa fille est maintenant en possession de sa fortune. Ce premier pas était absolument nécessaire.

— Quoi! vos opérations magiques auraient-elles fait disparaître le père? » demanda Corvinus stupéfait et reculant avec effroi. Ce n'était qu'une idée qui avait traversé tout à coup le cerveau d'Afra; elle maintint son avantage et ajouta :

« Eh bien! quoi d'étonnant? Il est très facile de se débarrasser ainsi d'une personne gênante.

— Bonsoir, bonsoir! répondit-il très effrayé.

— Attendez donc! reprit-elle un peu adoucie. Corvinus, je vous ai donné à notre dernier rendez-vous deux avis qui valaient bien tout votre or. Vous avez agi contrairement au premier, et vous n'avez pas suivi le second.

— Expliquez-vous.

— Ne vous ai-je pas recommandé de ne pas persécuter ouvertement les chrétiens, mais de les faire tomber secrètement dans vos pièges? Fulvius a pris ce dernier parti et s'en est bien trouvé. Vous avez suivi le premier système. Où sont vos gains?

— Mes gains ont été la rage, l'humiliation et les coups.

— Mon premier avis n'était donc pas mauvais; suivez maintenant le second.

— Quel est-il?

— Lorsque vous vous serez enrichi avec les dépouilles des chrétiens, offrez votre fortune et votre main à Fabiola. Jusqu'à présent elle a toujours froidement rejeté toutes les offres, mais une chose m'a toujours frappée : tous les prétendants étaient pauvres. Tous les prodigues ont cherché à réparer les brèches de leur fortune à l'aide de la sienne. Notez bien ceci : celui qui mettra la main sur cet opulent parti ne réussira que d'après le principe que deux et deux font quatre. Me comprenez-vous?

— Trop bien; mais où trouverais-je la moitié de ce que je dois fournir?

— Écoutez-moi bien, Corvinus, car c'est notre dernière entrevue; vous m'avez toujours plu, à cause de la haine immense, froide, implacable, que j'ai observée dans votre cœur. » Et l'attirant près d'elle, elle murmura à voix basse : « J'ai appris d'Eurotas, à qui je fais dire tout ce que je veux savoir, que Fulvius a en vue de très riches proies chrétiennes, une surtout. Venez dans l'ombre, et je vous apprendrai un moyen très sûr de lui ravir ces trésors. Laissez-le accomplir ces meurtres froidement calculés; c'est un jeu dangereux. Mais placez-vous hardiment entre lui et ces dépouilles. Il n'agirait pas autrement envers vous. »

Elle continua de lui parler à l'oreille avec animation pendant quelques minutes. Puis à la fin il s'écria très haut : « Parfait ! quelle parole dans une telle bouche ! »

Elle l'arrêta d'un geste rapide, et lui montrant le bâtiment en face : « Silence ! regardez. »

Comme les rôles sont parfois renversés ! ou plutôt avec quelle rapidité marchent les événements ! La dernière fois que ces deux misérables complotaient en ce même endroit leurs perfides desseins, la fenêtre située au-dessus d'eux était occupée par deux jeunes gens qui travaillaient, comme deux esprits bienfaisants, à démêler la trame de leurs complots et à dérouter leurs embûches. Ils ont disparu : l'un repose déjà dans la tombe, et l'autre sommeille tranquillement en attendant d'être exécuté. La mort, qui enlève les bons de préférence aux méchants, nous semble une puissance sacrée; elle cueille la fleur, et abandonne la tige à une vie empoisonnée qui ne tarde pas à se flétrir.

Au moment où ils levèrent les yeux, la fenêtre était occupée par deux personnes.

« C'est Fulvius qui vient de s'approcher de la fenêtre, dit Corvinus.

— L'autre est son mauvais génie, Eurotas, » ajouta l'esclave. Puis tous deux, cachés dans un angle obscur, continuèrent d'écouter et d'observer avec attention.

Fulvius revint alors à la fenêtre, tenant en main une épée dont il examina soigneusement la poignée aux rayons brillants de la lune. Puis, la jetant enfin par terre avec un blasphème :

« Ce n'est que du cuivre ! » s'écria-t-il.

Eurotas parut ensuite, tournant et retournant entre ses mains ce qui semblait être le riche ceinturon d'un officier, et dit : « Toutes les pierreries sont fausses, et notre butin ne vaut pas une demi-douzaine de sesterces (1,200 fr.). Vous avez fait là une misérable affaire, Fulvius.

— Toujours des reproches, Eurotas. Cependant cette misérable affaire m'a coûté la vie d'un des officiers favoris de l'empereur.

— Et ne vous attirera pas la reconnaissance de votre maître, sans doute. »
Eurotas avait raison.

Le lendemain matin, les esclaves qui reçurent le corps de Sébastien furent surpris de voir une femme au teint basané s'approcher d'eux et leur dire à voix basse : « Il vit encore. »

Au lieu d'enlever le corps pour l'ensevelir, ils le transportèrent dans

l'appartement d'Irène; ce qui fut aisément exécuté, grâce à l'heure matinale et au départ de l'empereur, la veille au soir, pour le palais de Latran,
sa résidence favorite. Dionysius fut immédiatement prévenu; il reconnut
que les blessures n'étaient pas mortelles, aucune flèche n'ayant atteint les
parties vitales. Mais la perte de sang avait été si considérable, qu'à son
avis il devait se passer plusieurs semaines avant que le malade pût faire
aucun mouvement.

Pendant vingt-quatre heures, Afra vint presque à chaque instant s'informer de l'état de Sébastien. Lorsque le temps fixé fut écoulé, elle conduisit Fabiola à l'appartement d'Irène, afin qu'elle pût s'assurer par elle-
même qu'au moins il respirait encore. L'acte de sa mise en liberté fut
signé, sa dot payée; et le mont Palatin et le Forum ne tardèrent pas à
retentir du fracas des fêtes bruyantes qui accompagnèrent les hideuses
cérémonies de son mariage.

Fabiola s'enquit de Sébastien avec une si tendre sollicitude, qu'Irène ne
douta pas qu'elle ne fût chrétienne. Aux premières visites, elle se contenta
de prendre des nouvelles à la porte, et remit à l'hôtesse de Sébastien une
somme assez ronde pour subvenir aux dépenses de sa maladie. Mais deux
jours plus tard, lorsqu'il commençait à aller mieux, Fabiola fut poliment
invitée à entrer, et pour la première fois de sa vie se trouva au sein
d'une famille chrétienne.

Irène, comme nous l'avons déjà dit, était la femme de Catulus, un des
convertis de la petite troupe de Chromatius : son mari venait d'être mis à
mort; quant à elle, sa vie, fort retirée, se passait dans l'appartement du
palais que Catulus occupait autrefois. Ses deux filles demeuraient avec
elle; Fabiola, en devenant plus intime, remarqua une notable différence
dans leur conduite. L'une supportait difficilement la présence de Sébastien,
et ne s'approchait de lui que très rarement; ses manières envers sa mère
étaient rudes et hautaines, ses idées étaient vulgaires : elle était égoïste,
légère, d'allures hardies. L'autre, beaucoup plus jeune, contrastait singulièrement avec elle par sa douceur, sa docilité affectueuse, son dévouement pour les autres et pour sa mère; elle entourait aussi le pauvre malade
de soins attentifs. Irène elle-même était bien le type de la matrone chrétienne dans la classe moyenne de la société. Fabiola ne remarquait pas en
elle une intelligence supérieure, ni un grand savoir, ni un brillant esprit,
ni une politesse raffinée; mais elle admirait son calme, son activité, son
bon sens et son honnêteté. Elle était vraiment un parfait modèle de vive et
tendre affection, de générosité et d'inaltérable patience. La noble païenne
n'avait jamais vu un intérieur si simple, si frugal et si rangé; il n'était
jamais troublé que par le mauvais caractère de la fille aînée. Au bout de
quelques jours, elles s'aperçurent que leur visiteuse quotidienne n'était
pas chrétienne, ce qui ne modifia pas leur conduite à son égard. Fabiola
découvrit ensuite une chose qui la mortifia : la fille aînée était encore
païenne. Tout ce qu'elle voyait faisait sur elle une impression favorable, et
détruisait peu à peu les préjugés si fortement enracinés dans son esprit.
Pour le moment, très occupée de Sébastien, qui ne se remettait que len-

tement, elle formait avec Irène le plan de l'emmener à sa villa de Campanie, où elle aurait tout le loisir nécessaire pour l'entretenir de sujets religieux. Un obstacle insurmontable s'opposa à la réalisation de ce projet.

Nous n'essayerons pas de décrire à nos lecteurs les sentiments de Sébastien. Après avoir demandé avec instance la grâce du martyre, après en avoir souffert toutes les douleurs et avoir enduré, pour ainsi dire, les angoisses de l'agonie et de la mort, après avoir perdu connaissance et fermé les yeux à la lumière, n'était-il pas plus cruel que le martyre lui-même de sortir de ce sommeil pour se réveiller pauvre pèlerin sur la terre, soumis encore aux mêmes rudes épreuves et à l'incertitude du salut? Il se trouvait dans la situation d'un homme essayant de franchir, au milieu d'une nuit orageuse, une rivière ou un bras de mer aux flots agités, et qui, malgré de longs et périlleux efforts, finit par aborder à son point de départ. On pourrait encore le comparer à saint Paul renvoyé sur la terre pour servir de jouet à Satan, après avoir entendu les paroles mystérieuses qu'une seule intelligence a le droit de prononcer. Aucun murmure ne s'échappa des lèvres du tribun; il n'exprima aucun regret. Il adorait en silence la volonté divine, dans l'espoir qu'elle ne l'éprouvait ainsi que pour lui accorder la faveur d'un double martyre. Son désir de gagner une seconde couronne était si ardent, qu'il rejeta toutes les propositions de se soustraire au danger par la fuite.

« J'ai bien gagné, disait-il généreusement, le privilège des martyrs, celui de parler hardiment aux persécuteurs. J'en ferai usage aussitôt que je pourrai quitter mon lit. Aussi soignez-moi bien, afin que ce soit le plus tôt possible. »

CHAPITRE XXVII

ULVIUS, dans une conversation avec son gardien, avait déjà fait allusion au mémorable complot dont l'esclave noire avait trahi l'existence à Corvinus. Convaincu, après les innocentes révélations de la martyre aveugle, qu'Agnès était chrétienne, il avait ainsi deux cordes à son arc. Si la crainte ne forçait pas Agnès à l'épouser, en la dénonçant il obtenait, en vertu de la confiscation, une très belle part de son opulente fortune.

Les moqueries et les exhortations d'Eurotas le poussaient à choisir cette dernière alternative; mais ayant perdu l'espoir d'une seconde entrevue avec Agnès, il lui écrivit une lettre respectueuse et fort pressante, renfermant l'expression d'un attachement désintéressé et une demande formelle en mariage. A la fin de son épître il laissait doucement entrevoir que l'insuccès de son humble pétition le pourrait contraindre à faire usage d'autres moyens.

La réponse fut un refus calme et péremptoire, un congé poli et définitif. Agnès lui disait clairement qu'elle était déjà fiancée à l'Agneau sans tache, et ne pouvait agréer les expressions d'attachement d'un homme périssable. Cette façon d'être éconduit ferma son cœur à la pitié; il résolut néanmoins d'agir avec prudence.

Pendant ce temps-là, Fabiola, voyant Sébastien bien déterminé à ne pas fuir, conçut la romanesque idée de le sauver malgré lui en arrachant son pardon à l'empereur. Elle ignorait la perversité profonde du cœur humain, et s'imaginait qu'après un moment de colère le tyran n'enverrait pas deux fois un homme à la mort. Peut-être la pitié et la miséricorde n'étaient pas complètement éteintes en lui. Ses prières et ses larmes émouvront son cœur, de même que la chaleur fait sortir les parfums du bois le plus dur. Elle envoya donc solliciter une audience; connaissant bien l'avarice de l'empereur, elle osait, disait-elle, lui offrir un léger gage de son loyal dévouement et de celui de son père : c'était un anneau orné de pierreries magnifiques, et d'une valeur considérable. Le présent fut accepté; on se contenta de lui faire savoir qu'elle eût à se trouver au Palatin, le 20 janvier, avec sa pétition, en même temps que les autres solliciteurs, pour y attendre l'arrivée de l'empereur, qui devait descendre par le grand escalier en se rendant au sacrifice. En dépit de cette réponse peu encourageante, elle résolut de tout risquer et d'agir pour le mieux.

Le jour fixé arriva. Fabiola, couverte de vêtements de deuil, qui convenaient à sa qualité de suppliante et rappelaient la mort de son père, prit place au milieu d'une foule de malheureux beaucoup plus à plaindre qu'elle, de mères, d'enfants, de sœurs, portant à la main des pétitions, et venant implorer la grâce de ceux qui leur étaient chers et languissaient ensevelis dans les prisons et dans les mines. La vue de tant d'infortunes, trop nombreuses pour être soulagées, ébranla le peu d'espoir resté au fond de son cœur, et qu'elle sentait s'évanouir à chaque pas que le tyran faisait vers elle en descendant les degrés de marbre, bien qu'elle vît son riche anneau briller à ses doigts grossiers. A chaque marche il arrachait un papier à quelque pauvre solliciteur, le parcourait avec mépris, puis le déchirait ou le jetait à ses pieds. De temps à autre il en remettait un à son secrétaire, personnage non moins impérieux que son maître.

Le tour de Fabiola était arrivé; l'empereur n'était qu'à deux pas d'elle : son cœur battait avec force, non de crainte du tyran, mais d'inquiétude pour le sort de Sébastien. Elle eût voulu prier, et ne savait comment s'y prendre ni à qui s'adresser. A l'instant où l'empereur étendit la main pour recevoir un papier qu'on lui offrait, il tressaillit, et se retourna vivement en entendant prononcer son nom sans façon et avec autorité. Fabiola leva aussi les yeux, car elle connaissait la voix.

En face d'elle, presque au haut de la muraille de marbre blanc, elle remarqua une fenêtre ouverte, ornée d'une corniche de marbre jaune, et qui éclairait un corridor conduisant aux appartements d'Irène. Guidée par la voix, elle aperçut, se détachant sur le fond obscur de la fenêtre, un visage d'une effrayante beauté. Sébastien, maigre et décharné, se dressait devant eux : ses traits calmes et graves, que les passions et les émotions violentes ne semblaient pouvoir agiter, avaient une expression presque céleste; à travers les plis du drap dont il s'était enveloppé à la hâte, on apercevait sa poitrine et ses bras couverts de blessures. Il avait entendu le son bien connu de la trompette qui annonçait l'approche de l'empereur, il s'était levé et traîné jusque-là afin de le saluer à son arrivée [1].

« Maximien! cria-t-il d'une voix caverneuse, mais encore distincte.

— Quel est l'insolent qui ose prononcer si familièrement le nom de son maître? s'écria l'empereur en se tournant vers lui.

— Je puis dire que je me suis levé d'entre les morts pour venir t'annoncer que le jour de la colère et de la vengeance est proche. Tu as fait

---

[1] Voyez les *Actes de saint Sébastie*

couler le sang des saints de Dieu sur le pavé de la cité; tu as précipité
leurs corps vénérables dans la rivière, où tu les as abandonnés parmi les
immondices des portes; tu as renversé les temples de Dieu, profané ses
autels, ravi l'héritage de ses pauvres. A cause de tous ces crimes abominables, à cause de tes débauches, de tes injustices, de tes rapines et de
ton orgueil, Dieu t'a jugé, et sa colère va s'appesantir sur toi : tu mourras
de mort violente, et Dieu accordera à son Église un prince selon son cœur.
Ta mémoire sera maudite dans tout l'univers, jusqu'à la fin des siècles.
Homme impie, repens-toi, il est temps encore. Implore la miséricorde de Dieu au nom du Crucifié, que tu n'as pas cessé de persécuter
jusqu'ici. »

Ces paroles avaient été prononcées au milieu d'un profond silence. Maximien semblait paralysé par la frayeur; car, ayant bientôt reconnu Sébastien, il se crut en présence d'un mort. Mais, se remettant aussitôt, sa
colère éclata. « Holà! quelqu'un! s'écria-t-il, qu'on me l'amène à l'instant
(il redoutait de prononcer son nom). Hyphax, ici! Où est Hyphax? je l'ai
vu tout à l'heure. »

Mais le Maure, après avoir reconnu Sébastien, s'était enfui dans ses
quartiers. « Ah! il est parti! je vois. Venez ici, drôle. Comment vous appelez-vous? dit-il à Corvinus, qui accompagnait son père : allez au quartier numide, et ordonnez à Hyphax de venir ici sans retard. »

Corvinus, non sans inquiétude, se mit en devoir d'accomplir sa mission.
L'Africain avait prévenu ses hommes, et les avait placés en ordre de bataille. Une seule des entrées de la cour était ouverte ; mais lorsque le messager l'atteignit, il n'osa pas avancer. Cinquante hommes étaient rangés de
chaque côté ; Hyphax et Jubala étaient au centre. Silencieux, immobiles,
leurs noires poitrines et leurs bras nus, chacun tenant sa flèche dirigée
vers la porte et son arc tendu, ils ressemblaient à une avenue de statues
de basalte conduisant à un temple égyptien.

« Hyphax, dit Corvinus d'une voix tremblante, l'empereur vous demande.

— Dites respectueusement de ma part à Sa Majesté, répondit le noir
capitaine, que mes archers ont juré de ne pas laisser un seul homme entrer dans cette cour ou en sortir sans lui envoyer une centaine de flèches
dans le cœur, soit par la poitrine, soit par le dos, jusqu'à ce que l'empereur nous ait fait remettre un gage de son pardon pour toutes nos
offenses. »

Corvinus se hâta de s'éloigner avec ce message, que l'empereur reçut
en riant. Ces Africains étaient des gens avec lesquels il ne voulait pas se
brouiller : car il comptait sur eux en cas de guerre ou d'insurrection pour
immoler les chefs. « Les adroits coquins! s'écria-t-il. Tenez, portez ce bijou
à la noire épouse d'Hyphax. » Et il lui donna le splendide anneau de Fabiola. Corvinus se hâta de retourner sur ses pas, fit connaître la gracieuse
clémence de l'empereur et jeta la bague au milieu de la cour. En un clin
d'œil tous les arcs s'abaissèrent et les cordes se détendirent. Jubala, en-
chantée, se précipita en avant et saisit l'anneau; mais un vigoureux coup

de poing de son mari l'étendit sur le sol, au milieu de l'applaudissement général. Le barbare s'empara du joyau, et la femme se releva, en se demandant si ce second esclavage n'était pas pire que le premier.

Hyphax se rejeta sur l'ordre de l'empereur : « Si, dit-il, vous nous aviez permis de lui envoyer une flèche dans la tête ou au cœur, tout serait bien terminé; autrement nous ne saurions être responsables.

— Cette fois, du moins, je veillerai moi-même à ce que mes ordres soient convenablement exécutés, dit Maximien. Que deux de vos hommes approchent avec des massues. »

Deux des exécuteurs qui accompagnaient Hyphax s'avancèrent. Sébastien, ayant à peine la force de se soutenir, mais plein de douceur et d'intrépidité, était aussi présent. « Maintenant, mes amis, dit le barbare Maximien, ne répandez pas de sang sur ces degrés; tuez-le à coups de massue et selon les règles. — Que demandez-vous, madame? » ajouta-t-il en étendant la main vers Fabiola, qu'il reconnut, et à laquelle il s'adressa avec plus de respect. Remplie d'horreur et de dégoût, et près de s'évanouir devant un pareil spectacle, elle s'empressa de dire : « Seigneur, je crains qu'il ne soit trop tard.

— Comment! trop tard? » Et il regarda la pétition. Ses yeux brillèrent lorsqu'il lui dit : « Quoi! vous saviez que Sébastien était vivant? Êtes-vous chrétienne?

— Non, prince, » répondit-elle. Cette réponse sembla lui brûler les lèvres. Au péril de sa vie elle n'eût pu dire ce qu'elle était véritablement. Ah! Fabiola, votre jour est proche.

« En effet, lui dit l'empereur en lui rendant la pétition d'un air plus aimable, je crains qu'il ne soit trop tard : ce dernier coup aura été l'*ictus gratiosus* [1].

— Je sens que je me trouve mal, seigneur; me serait-il permis de me retirer?

— Certainement. A propos, j'ai à vous remercier du magnifique anneau que vous m'avez envoyé. Je l'ai donné à la femme d'Hyphax (son ancienne esclave); il aura plus d'éclat sur sa main noire que sur la mienne. Adieu ! » Et il baisa sa main avec un méchant sourire, comme s'il n'y avait pas là, à peu de distance, le corps d'un martyr, témoin redoutable prêt à s'élever contre lui. Il ne se trompait pas : un violent coup de massue à la tête avait été fatal, et Sébastien était arrivé au port du salut, objet de ses constants désirs. Il avait cueilli une double palme et remporté une double couronne. Périr sous le bâton pendant que l'empereur cause tranquillement; quel sort ignominieux aux yeux du monde! Que le martyre est rendu plus méritoire par cette disgrâce! Malheur à nous si nous sommes trop sensibles à l'honneur que nous méritent nos souffrances!

Le tyran, voyant ses ordres exécutés, ordonna que le corps de Sébastien ne fût point jeté dans le Tibre ou aux immondices. « Qu'on attache des

---

[1] Le *coup de grâce*, qui délivrait les coupables de leurs souffrances. Le brisement des jambes des crucifiés était aussi l'*ictus gratiosus*.

poids à son corps, ajouta-t-il, et qu'on le précipite dans la *cloaca*[1] pour
y pourrir et y servir de pâture aux vers : les chrétiens, du moins, n'auront
pas son corps. » Ce qui fut exécuté. Les actes du saint nous apprennent
qu'il apparut la nuit suivante à la sainte matrone Lucine, et lui apprit où
l'on trouverait ses restes sacrés. Elle obéit, et ses dépouilles furent ense-
velies avec honneur à l'endroit où s'élève sa basilique.

[1] Le grand égout de Rome.

CHAPITRE XXVIII

LA JOURNÉE CRITIQUE — PREMIÈRE PARTIE

 OMMES et peuples ont, dans leur vie, des jours critiques. Nous n'entendons pas désigner ainsi les journées de Marathon, de Cannes ou de Lépante, dont le résultat, s'il eût été différent, aurait gravement influencé l'état social et politique du monde. Il est probable que Christophe Colomb pourrait se reporter non seulement au jour, mais à l'heure exacte où son énergie et sa décision acquirent au monde tout ce qu'il lui a donné et enseigné, et le placèrent lui-même au nombre de ses plus signalés bienfaiteurs. Chacun de nous, malgré son peu d'importance, a eu aussi son jour critique, son jour de choix, qui a décidé du sort de toute sa vie ; son jour providentiel, qui a changé sa position et ses rapports avec autrui ; son jour de grâce, où l'esprit a vaincu la matière. De quelque manière que ce soit, chaque âme, comme Jérusalem[1], a eu *son* jour.

A l'égard de Fabiola, tous les événements n'ont-ils pas marché vers une crise ? L'empereur et l'esclave, Fabius et son convive, les bons et les méchants, les chrétiens et les païens, les riches et les pauvres, la vie et la mort, la joie et la douleur, la science et la simplicité, le silence et la conversation, tous ces agents divers n'avaient-ils pas contribué à entraîner son esprit par les chemins opposés en maintenant néanmoins son âme généreuse et noble, quoique impétueuse et hautaine, dans une seule et unique direction, de même que le souffle du vent et le gouvernail ne luttent l'un contre l'autre que pour maintenir le vaisseau dans la bonne voie ? Quel est

---

[1] Ah! si tu reconnaissais au moins en ce jour qui t'est encore donné... (Luc, XIX, 42.)

celui qui dirigera ces forces contraires ? Ce n'est point l'affaire de l'homme,
ni de la sagesse, ni de la philosophie. Nous venons de raconter les événements du 20 janvier; que le lecteur jette les yeux sur un calendrier et
regarde la date suivante : il verra aussitôt que cette journée ne sera pas
une des moins importantes de notre récit.

Après l'audience, Fabiola se retira dans les appartements d'Irène, où
elle ne trouva que la désolation et la tristesse. Elle partageait vivement la
douleur de ses amies ; mais elle sentait aussi la différence des motifs qui
l'inspiraient. Leur chagrin indiquait moins le découragement; une joie secrète et voilée brillait à travers leurs larmes; parfois un rayon de soleil
perçait les nuages amoncelés sur leurs fronts. La douleur de Fabiola, au
contraire, était morne et sombre, lugubre et accablante, comme si elle eût
fait une perte irréparable. Elle ne voulait plus poursuivre ses études sur le
christianisme, qui lui semblaient jusqu'alors si aimables et si pleines d'intérêt ; le maître auprès duquel elle aurait tant aimé s'instruire n'était plus.
Lorsque la foule se fut éloignée du palais, elle prit un affectueux congé
de la veuve et de ses filles; mais, sans qu'elle pût se l'expliquer, la jeune
païenne lui inspirait moins d'affection que sa sœur.

Fabiola rentra chez elle, s'assit dans une chambre solitaire et s'efforça
de lire. Elle prit les uns après les autres tous ses ouvrages favoris sur la
mort, le courage, l'amitié et la vertu; tous lui parurent fades, absurdes et
faux. Elle se plongea de plus en plus dans la plus noire mélancolie, qui
dura jusqu'à l'approche de la nuit, lorsqu'elle en fut tirée par l'arrivée
d'une lettre qu'on plaça entre ses mains. Graia, l'esclave grecque, se retira
à l'extrémité de la chambre, alarmée et stupéfaite de ce qu'elle vit. A peine
sa maîtresse eut-elle parcouru cette lettre, qu'elle se leva vivement d'un
air égaré, pressa fortement ses tempes dans ses mains, comme dans un
paroxysme de douleur, et resta un instant dans cette position, les cheveux
en désordre, les yeux hagards, puis retomba lourdement sur son siège
avec un profond gémissement. Elle demeura pendant quelques minutes
les bras inertes, la lettre toujours entre les mains, et presque sans connaissance.

« Qui donc a apporté cette lettre? demanda-t-elle ensuite d'un air plus
tranquille.

— Un soldat, madame, répondit l'esclave.

— Priez-le de venir ici. »

Pendant qu'on transmettait ce message, elle tâcha de se remettre et
répara le désordre de sa chevelure. A l'arrivée du soldat, elle lui demanda
rapidement :

« D'où venez-vous?

— Je suis de garde à la prison de Tullius.

— Qui vous a remis cette lettre?

— La noble Agnès elle-même.

— Pour quel motif la noble enfant est-elle détenue?

— Un nommé Fulvius l'accuse d'être chrétienne.

— Est-ce là tout?

— Oui, j'en suis sûr.

— Alors l'affaire sera bientôt arrangée. Je puis prouver le contraire. Dites-lui que je viendrai bientôt la voir, et prenez ceci pour votre peine. »

Le soldat s'éloigna, et Fabiola demeura seule. Lorsqu'il fallait agir, son esprit retrouvait son énergie et sa vigueur ; plus tard la tendresse de la femme reprenait douloureusement tout son empire. Elle s'enveloppa soigneusement d'un manteau, et se dirigea seule vers la prison ; on la conduisit sans retard à la cellule séparée qu'avait obtenue Agnès en considération de son rang et des largesses de sa famille.

« Que veut dire tout ceci, Agnès ? demanda Fabiola avec anxiété après avoir affectueusement embrassé sa cousine.

— J'ai été arrêtée il y a quelques heures et amenée ici.

— Comment Fulvius peut-il être assez insensé et assez vil pour inventer contre vous une accusation que je détruirai en moins de cinq minutes ? J'irai moi-même trouver Tertullus, afin de mettre fin à une pareille absurdité.

— Quelle absurdité, chère cousine ?

— Mais cette ridicule accusation d'être chrétienne.

— Je suis chrétienne, grâce à Dieu ! » répondit Agnès en faisant le signe de la croix.

Cette déclaration ne frappa point Fabiola comme un coup de foudre, ne l'irrita point, ne l'étonna ni ne l'embarrassa. La mort de Sébastien avait adouci et amorti l'ardeur de son esprit. Elle avait trouvé la foi en celui qu'elle considérait comme le type de toutes les vertus viriles ; elle n'était donc pas surprise de la retrouver en celle qu'elle chérissait comme le plus parfait modèle des vertus de son sexe. La vertu à la fois simple et grande de cette enfant, son admirable innocence, son inaltérable bonté inspiraient à Fabiola une affection qui allait presque jusqu'à l'adoration. En découvrant ces deux êtres incomparables, ces deux plantes qui n'avaient pas surgi par hasard, mais étaient sorties de la même semence, elle vit toutes ses difficultés s'évanouir et tous ses problèmes se résoudre. Elle baissa la tête en signe de respect pour l'enfant, et lui demanda :

« Depuis combien de temps êtes-vous chrétienne ?

— Depuis ma naissance, chère Fabiola ; j'ai sucé la foi, comme nous disons, avec le lait de ma mère.

— Et pourquoi me l'avoir caché ?

— Parce que je voyais quels violents préjugés vous nourrissiez contre nous, que vous nous détestiez comme des gens qui se livrent aux plus ridicules superstitions et commettent les infamies les plus odieuses. Je m'apercevais que vous nous méprisiez, parce qu'il vous plaisait de nous croire dépourvus d'intelligence, d'éducation, de savoir et de bon sens. Vous ne vouliez pas entendre parler de nous. Le nom de chrétien était la seule chose pour laquelle votre cœur généreux ressentait de la haine.

— C'est vrai, chère Agnès ; mais je crois que si j'avais su que vous et Sébastien étiez chrétiens, je n'eusse point gardé cette opinion. Je n'aurais pu m'empêcher d'aimer ce que vous aimiez vous-mêmes.

— Vous dites cela maintenant, Fabiola; mais vous ignorez la force des préjugés universellement répandus, le poids des mensonges répétés chaque jour. Combien de nobles esprits et de hautes intelligences subissent cet esclavage, ajoutent foi à toutes les faussetés dont on nous accuse, et nous croient plus coupables que les plus grands criminels !

— En vérité, Agnès, je serais bien égoïste de disputer avec vous dans la position où vous êtes. Sans doute vous allez contraindre Fulvius à prouver que vous êtes chrétienne.

— Oh! non, chère Fabiola; je l'ai déjà confessé, et je suis prête à renouveler cette confession demain matin.

— Demain! dites-vous, demain matin! s'écria la jeune Romaine stupéfaite de tant de précipitation.

— Oui, demain. Afin d'éviter des troubles à mon sujet (je crois pourtant que peu de personnes s'occuperont de moi), mon interrogatoire aura lieu de bonne heure, et mon sort sera promptement décidé. Quelle bonne nouvelle, n'est-ce pas, chère Fabiola? » dit Agnès avec ardeur en lui prenant les mains. Et avec un de ses regards inspirés elle s'écria : « Voici que j'aperçois déjà le but de mes continuels désirs et que j'entre en possession de l'objet de mes espérances. Je me sens par avance unie dans le ciel à celui que j'ai aimé sur la terre du plus ardent amour[1]. Oh! qu'il est beau, Fabiola! combien il dépasse en splendeur les anges qui l'entourent ! Que son sourire est plein de bonté! que ses regards sont tendres et aimables ! Et cette douce et affectueuse Reine, toujours à ses côtés, notre souveraine et notre maîtresse, qui lui a donné tout son amour, avec quel air gracieux elle me fait signe de venir la rejoindre ! Je viens! je viens! ils sont partis, Fabiola, mais ils reviendront me chercher demain de bonne heure; de bonne heure, entendez-vous? et pour ne plus nous séparer. »

Fabiola sentit son cœur se gonfler et se pénétrer comme d'un élément nouveau. Elle n'en connaissait pas la nature; mais il lui semblait que ce n'était pas une simple émotion humaine. Jamais le nom de la grâce n'avait frappé ses oreilles. Agnès remarqua ce merveilleux changement de son âme, et en remercia Dieu dans le fond de son cœur. Elle pria sa cousine de venir la retrouver avant l'aurore, afin de recevoir ses derniers adieux.

Au même instant, dans la maison du préfet, ce fonctionnaire et son digne fils tenaient conseil ensemble. Le lecteur fera bien d'écouter leur conversation, afin de connaître leurs plans.

« Certainement, disait le magistrat, si la sorcière avait raison en un sens, elle ne pouvait se tromper en l'autre. Je puis affirmer, par expérience, que la puissance des richesses est irrésistible.

— Et vous conviendrez aussi, après l'énumération que nous venons d'en faire, que parmi le nombre des aspirants à la main de Fabiola il n'en est pas un seul qui ne puisse être appelé un aspirant à sa fortune.

— Vous avez compris, mon cher Corvinus.

[1] Ecce quod concupivi jam video, quod speravi jam teneo; ipsi sum juncta in cœlis, quem in terris posita tota devotione dilexi. (*Office de sainte Agnès*.)

— Oui, jusqu'à un certain point; mais il n'en sera pas ainsi lorsque, avec ma personne, je mettrai à ses pieds la grande fortune d'Agnès.

— Surtout si vous agissez de façon à impressionner favorablement son caractère, que l'on dit être généreux et hautain. Offrez-lui cette opulence sans conditions, et présentez-vous ensuite. Vous lui imposerez ainsi deux obligations : ou elle vous agréera pour époux, ou elle vous abandonnera cette fortune.

— Admirablement combiné, mon père. Je n'avais jamais songé à cette seconde alternative. Croyez-vous qu'il serait possible de s'assurer de cette fortune autrement qu'en la faisant passer par ses mains?

— C'est impossible. Fulvius, naturellement, réclamera sa part; il est très probable que l'empereur déclarera son intention de tout garder pour lui, car il déteste Fulvius. Mais si je propose un plan évidemment plus raisonnable et plus juste, d'abandonner ces biens aux parents les plus proches, dévoués aux dieux de l'empire, comme l'est Fabiola, n'est-ce pas?...

— Certainement, mon père.

— Je crois qu'il l'adoptera, tandis qu'il n'y a aucune chance qu'il m'en fasse un don gratuit. Une telle demande de la part d'un juge le mettrait en fureur.

— Comment ferez-vous donc, mon père?

— Je ferai préparer pendant la nuit un rescrit impérial prêt à être signé. Aussitôt après l'exécution je me rendrai au palais et j'y exagérerai l'effervescence populaire qui doit certainement la suivre, en rejetant tout sur Fulvius; et je prouverai à l'empereur qu'en accordant cette fortune aux héritiers les plus proches, il augmentera grandement par cette mesure son crédit et sa gloire. Maximien est aussi rempli de vanité que cruel et rapace; il faut donc combattre un vice par un autre.

— Rien ne pourrait être mieux combiné, cher père; je vais me livrer au sommeil avec un esprit tranquille. Demain sera l'époque critique de ma vie. Tout mon avenir dépend de l'acceptation ou du refus de Fabiola.

— Mon seul désir, ajouta Tertullus en se levant, eût été d'avoir pu contempler cette incomparable dame, afin de sonder les profondeurs de sa sagesse avant que l'affaire soit définitivement conclue.

— Soyez sans inquiétude, mon père; elle est très digne d'être votre belle-fille. Oui, la journée de demain est bien celle qui décidera de mon sort. »

Corvinus lui-même pouvait avoir son jour critique : pourquoi Fabiola ne l'aurait-elle pas aussi?

Pendant ce conciliabule domestique, Fulvius et son aimable oncle tenaient conseil de leur côté. Ce dernier, rentrant tard, trouva son neveu assis solitairement chez lui et plongé dans une morne tristesse. Il l'aborda en ces termes :

« Eh bien, Fulvius, est-elle en sûreté?

— Oui, mon oncle, autant qu'on peut l'être derrière les barreaux et les murs; mais son esprit est aussi libre que jamais.

— Ne vous préoccupez pas de cela ; le tranchant du poignard a bientôt raison de l'esprit. Son sort est-il décidé ? Quelles seront les conséquences de son jugement ?

— Si rien n'arrive, sa condamnation est inévitable ; son exécution dépend du caprice de l'empereur. J'éprouve de douloureux remords en sacrifiant une vie si jeune pour un résultat incertain.

— Allons, Fulvius, dit sévèrement le vieillard, aussi froid et aussi dur qu'un rocher trempé par le brouillard du matin, pas de faiblesse dans cette affaire, je vous en prie. Vous souvenez-vous quel jour c'est demain ?

— Oui, c'est le douzième avant les calendes de février (21 janvier).

— Ce jour a toujours été pour vous un moment critique. C'est à pareille date que, pour ravir les biens d'une autre, vous avez commis...

— Taisez-vous, taisez-vous ! s'écria Fulvius d'un air de désespoir ; pourquoi me rappeler sans cesse ce que je voudrais tant oublier ?

— Par cette raison que vous finirez par vous oublier vous-même, ce qui ne doit pas être. Je veux tuer dans votre cœur les sentiments qui vous portent à suivre les inspirations de votre conscience, de la vertu et de l'honneur. C'est une folie d'épargner par compassion la vie d'une personne qui forme un obstacle entre vous et la fortune, après votre conduite envers *celle* que vous savez. »

Fulvius se mordit les lèvres dans un accès de rage silencieuse, et cacha dans ses mains son front rougissant. Eurotas le fit tressaillir en lui disant : « Eh bien, demain sera pour vous une autre journée critique et probablement la dernière. Calculons de sang-froid ses conséquences. Vous irez trouver l'empereur, et vous réclamerez la part qui doit vous revenir dans les biens confisqués. Supposons qu'on vous l'accorde.

— Je la vends aussi promptement que possible, je paye mes dettes, et je me réfugie dans un pays où mon nom n'aura jamais été prononcé.

— Supposons encore que vos droits soient méconnus.

— Impossible ! impossible ! s'écria Fulvius, que cette pensée faisait horriblement souffrir ; c'est mon droit, que j'ai assez durement gagné pour qu'on ne puisse m'en priver.

— Doucement, mon jeune ami. Discutons tranquillement l'affaire. Souvenez-vous de notre proverbe : de l'étrier à la selle il y a place pour plus d'une chute. Supposez seulement qu'on refuse de reconnaître vos droits.

— Alors je suis un homme ruiné. Je n'ai plus aucun moyen de rétablir ma fortune ici. La fuite est ma seule ressource.

— Très bien ! et combien devez-vous à l'arcade de Janus [1] ?

— Je dois environ deux cents sesterces (40,000 fr.) à ce voleur de Juif Éphraïm, en y comprenant le capital et l'intérêt accumulé à cinquante pour cent.

— Quelle garantie lui avez-vous donnée ?

— Mes espérances certaines sur l'héritage d'Agnès.

[1] Presque à l'entrée du Forum on remarquait plusieurs arcades dédiées à Janus, ou simplement appelées de son nom. C'est auprès de cet endroit que se tenaient les usuriers et les prêteurs sur gages.

— Et si vous êtes trompé dans votre attente, croyez-vous qu'il vous laissera fuir?

— Non, certainement, s'il vient à l'apprendre. Nous devons donc être préparés dès maintenant à toutes les éventualités, et agir avec le plus grand secret.

— Laissez-moi ce soin, Fulvius. Vous voyez de quelle importance sera pour vous la journée de demain, ou plutôt ce jour-ci, car l'aurore ne va pas tarder à poindre. C'est une question de vie ou de mort, et le moment le plus grave de notre vie. Courage donc! que votre fermeté soit inébranlable, et que vos énergiques efforts assurent le succès! »

CHAPITRE XXIX

L ne fait pas jour encore, et nous parlons déjà de sa seconde partie. Comment cela peut-il se faire? Cher lecteur, n'avez-vous pas célébré les premières vêpres de cette glorieuse journée, divisées comme elles le sont, entre Sébastien, martyr d'hier, et Agnès, la victime d'aujourd'hui? Ces deux âmes bienheureuses ne les ont-elles pas chantées dans une fraternelle union, la première au ciel, où elle était parvenue le matin, et la seconde au fond du cachot où on l'avait enfermée le soir? Glorieuse Église du Christ, que ton inaltérable unité est puissante! elle s'étend du ciel jusque dans les entrailles de la terre, et dans tous les endroits où sont emprisonnées les âmes des justes!

Fulvius quitta sa demeure, pour rafraîchir son sang et son front brûlants au contact de l'air vif et piquant de la nuit. Il errait au hasard, sans but, et se rapprochait insensiblement et malgré lui de la prison de Tullius. Quel aimant secret attirait en cet endroit ce cœur sans affection? C'était un mélange de sentiments bizarres, aussi amers que les ingrédients qui entrent dans la coupe de l'empoisonneur : le remords rongeur, l'orgueil humilié, l'avarice insatiable, la honte ignominieuse, et cette frayeur inexprimable qui s'empare du criminel au moment où il va consommer son forfait. Il est vrai qu'il avait été rejeté avec mépris et vaincu par une enfant dont la fortune lui était indispensable pour le sauver de la misère et de la mort; et cependant il aimait mieux obtenir sa main que de voir tomber sa tête. Un pareil meurtre lui semblait révoltant d'atrocité, quoiqu'il fût absolument indispensable. Il voulut donc lui donner encore une chance de salut.

Arrivé à la porte de la prison, il prononça le mot d'ordre, qui lui avait été communiqué, entra et fut conduit, selon son désir, à la cellule de sa victime. Elle ne se leva pas précipitamment pour s'enfuir dans un coin, comme un oiseau effarouché par l'entrée d'un faucon dans sa cage; calme et intrépide, elle se tint debout devant lui.

« Respectez-moi au moins ici, Fulvius, dit-elle avec douceur. Je n'ai plus que quelques heures à vivre : ne pourrai-je les passer en paix ?

— Madame, répondit-il, je suis venu afin de changer ces quelques heures en de longues années, si vous y consentez ; au lieu de paix, je vous offre le bonheur.

— Si je comprends bien vos paroles, Fulvius, il me semble que le moment est assez mal choisi pour de pareilles vanités. C'est une cruelle moquerie de venir parler ainsi à une personne que vous abandonnez à la mort. ▾

— Détrompez-vous, noble dame; votre sort est entre vos mains, et la seule cause de votre mort est votre obstination. Je viens encore une fois solliciter votre main et vous offrir la vie. C'est votre dernière chance de salut.

— Ne vous ai-je pas déjà dit que j'étais chrétienne, et que j'aimerais mille fois mieux mourir que de trahir ma foi ?

— Je ne vous demande même plus cela. Les portes de la prison s'ouvriront devant moi. Fuyons ensemble; en dépit des décrets impériaux, vous serez chrétienne et vous vivrez.

— Je vous ai déjà dit que j'étais fiancée à mon seigneur et sauveur Jésus-Christ, et que je veux lui garder une fidélité éternelle.

— Folie que tout cela ! Persévérez jusqu'à demain dans ces sentiments, et vous aurez à subir le sort ignominieux que vous redoutez tant, et qui chassera pour toujours ces illusions de votre esprit.

— Je ne crains rien avec le Christ. Sachez qu'un ange[1] veille toujours sur moi, qui ne permettra pas que la servante de son maître souffre aucun outrage. Cessez vos sollicitations injurieuses, et laissez-moi jouir du dernier privilège des condamnés, la solitude. »

Fulvius avait fini par perdre patience, et ne pouvait plus retenir sa colère. Rejeté encore une fois, vaincu par une enfant dont la tête allait tomber sous le tranchant du glaive! Une flamme ardente s'échappa du foyer de mauvaises passions qui couvaient en lui. Tout le venin de son cœur se concentra en une seule goutte, la *haine*. L'œil enflammé, le geste menaçant, il s'écria :

« Malheureuse femme, encore une fois je vous offre les moyens d'échapper à la destruction. Voulez-vous la vie avec moi, ou la mort ?

— C'est la mort que je choisis pour elle, plutôt que la vie avec un monstre tel que toi ! s'écria une voix près de la porte.

— Elle l'aura, répondit Fulvius en fermant les poings et en lançant un regard plein de colère à son nouvel interlocuteur ; et toi aussi, si tu oses jeter encore ton ombre malfaisante sur mon chemin. »

---

[1] Meum enim habeo custodem corporis mei, angelum Domini. (*Bréviaire*.)

Pour la dernière fois, Fabiola était seule avec Agnès. Pendant quelques minutes, elle avait assisté, sans être vue, à cette lutte que, si elle eût été chrétienne, elle aurait appelée un combat entre un ange de lumière et un esprit de ténèbres; car la douce Agnès ressemblait autant à un ange qu'il est possible à une créature humaine. Pour se préparer dignement à cette fête si proche de ses noces avec l'Agneau sans tache, où elle allait signer comme lui, avec son sang, la promesse d'un éternel amour, elle avait jeté par-dessus ses vêtements de deuil la robe nuptiale, d'une blancheur immaculée. Au milieu de cette sombre prison, éclairée par une lampe solitaire, elle paraissait environnée d'un éclat éblouissant; tandis que son tentateur, enveloppé d'un manteau sombre, et se courbant vers la terre pour franchir la porte basse du cachot, semblait un noir démon se précipitant, après une honteuse défaite, dans les abîmes de l'enfer.

Fabiola contempla ensuite le visage d'Agnès, qui ne lui avait jamais paru si beau. On n'y remarquait aucune trace d'emportement, de crainte ni d'anxiété; l'agitation ou la frayeur ne l'avaient pas tour à tour empourpré ou pâli. Ses doux et intelligents regards brillaient à peine d'un éclat plus vif; son sourire était aussi tranquille et aussi gai que d'habitude, pendant qu'elles conversaient ensemble. Son maintien et son expression étaient si nobles et si imposants, que Fabiola les eût volontiers comparés à cette majesté et à cette atmosphère d'ambroisie auxquelles on reconnaissait sur la terre [1], dans la mythologie poétique, les êtres appartenant à une sphère supérieure. Ce n'était pas de l'inspiration, car on n'y voyait aucune trace de passion, mais une expression, un caractère particulier, un reflet, pour ainsi dire, qui paraissait au dehors, de la beauté et de l'élévation de son âme. L'amour de Fabiola pour sa cousine prit alors un caractère plus élevé : ce fut plutôt du respect.

Agnès prit les mains de Fabiola dans les siennes, les croisa tranquillement sur son sein, et, fixant sur elle ses yeux remplis de la plus vive tendresse, elle dit :

« J'ai une requête à vous adresser avant de mourir. Vous ne m'avez jamais rien refusé jusqu'à présent : je suis sûre que vous m'entendrez aujourd'hui.

— Comment pouvez-vous parler ainsi, Agnès? Ne me suppliez pas, commandez-moi.

— Eh bien! promettez-moi que vous allez étudier sans retard les doctrines du christianisme. Je sais que vous les embrasserez; et alors vous ne serez plus ce que vous êtes maintenant.

— Que suis-je donc?

— Environnée de ténèbres, Fabiola, de profondes ténèbres. Lorsque je vous considère en ce moment, je distingue en vous une noble intelligence, des dispositions généreuses, un cœur aimant, un esprit cultivé, des sentiments élevés et une vie vertueuse. Que peut-on désirer de plus dans une femme? Néanmoins, au-dessus de tous ces dons magnifiques, mes yeux

[1] Incessu patuit dea.

aperçoivent un nuage épais, l'ombre de la mort. Chassez-le, et la lumière vous pénétrera de ses rayons.

— Je le sens, chère Agnès, je le sens. Ici, devant vous, il me semble que je suis un point ténébreux, en présence de la lumière qui vous environne. Si j'embrasse le chistianisme, comment pourrais-je marcher sur vos traces ?

— Il faut passer, Fabiola, à travers le torrent qui nous sépare (la jeune Romaine tressaillit, se souvenant de son rêve). Les eaux rafraîchissantes couleront sur votre corps, et l'huile vivifiera votre chair. Votre âme deviendra aussi blanche que la neige, et votre cœur aussi tendre que celui d'un enfant. Vous sortirez de ce bain transformée dans tout votre être, et vous renaîtrez à une vie nouvelle et immortelle.

— Perdrai-je aussi tous les dons que vous estimiez en moi? demanda Fabiola découragée.

— Vous n'ignorez pas, répondit la martyre, que le jardinier choisit une plante robuste et vigoureuse pour y greffer l'imperceptible bourgeon d'une autre plante plus délicate; les fleurs et les fruits de celle-ci appartiennent à la première, et ne lui enlèvent rien de la grâce, de la beauté et de la vigueur qu'elle avait auparavant. De même la nouvelle vie que vous recevrez ennoblira, épurera, sanctifiera (vous pouvez à peine comprendre ce mot) les dons précieux que vous tenez déjà de la nature et de l'éducation. Que vous serez une grande chrétienne, Fabiola !

— Dans quel monde inconnu vous me conduisez, chère Agnès ! Oh ! pourquoi me laissez-vous sur le seuil ?

— Écoutez, s'écria Agnès dans une extase de joie, les voilà, les voilà ! Entendez-vous le pas cadencé des soldats qui résonne dans la galerie? Ce sont les amis de l'Époux qui viennent me chercher. Je vois dans les cieux, sur les nuages brillants qui se lèvent avec l'aurore, les compagnons de l'Époux qui me font signe de les rejoindre. Oui, ma lampe est prête, je me lèverai et j'irai au-devant de l'Époux. Adieu, Fabiola, ne pleurez pas sur mon sort. Oh ! que ne puis-je vous faire comprendre, comme je le ressens moi-même, le bonheur de mourir pour le Christ ! Et maintenant je vous dirai une parole que jamais je ne vous avais adressée auparavant : « Que Dieu vous bénisse ! » Puis elle traça le signe de la croix sur le front de Fabiola. La jeune patricienne serra convulsivement Agnès sur son sein, et celle-ci lui rendit son étreinte avec calme et tendresse : ce fut la dernière marque d'affection qu'elles se donnèrent ici-bas. La première rentra chez elle le cœur animé d'un nouveau et généreux dessein ; la seconde s'abandonna aux mains des soldats, honteux d'avoir à remplir une pareille mission.

Nous jetterons un voile sur la première partie des souffrances de la jeune martyre, quoique les anciens Pères et les offices de l'Église aient insisté sur ce détail, qui lui a mérité une double couronne[1]. Disons seulement que son ange gardien la préserva de tout danger[2], et que la seule présence

---

[1] Duplex est corona præstita martyri. (*Prudentius.*)
[2] Ingressa Agnes turpitudinis locum, angelum Domini præparatum invenit. (*Bréviaire.*)

d'une si innocente victime transforma un repaire infâme en un sacré et glorieux sanctuaire[1]. Il était encore de très bonne heure lorsqu'elle parut pour la seconde fois au pied du tribunal du préfet, en plein Forum, aussi calme, aussi pure qu'auparavant, sans que la honte eût fait rougir son visage souriant, ou qu'une crainte douloureuse eût agité son cœur. Ses longs cheveux détachés, symbole de la virginité, ondulaient en flots d'or sur ses vêtements, aussi blancs que la neige[2]. La matinée était délicieuse. Un temps magnifique favorise presque toujours cet anniversaire ; c'est ce que n'oublient jamais ceux qui, pour le célébrer, franchissant la porte Nomentane, maintenant Porta Pia, se rendent à l'église érigée sous le vocable

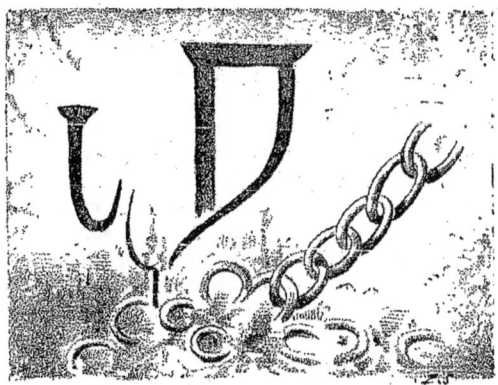

Fig. 67. — Chaînes pour les martyrs
(d'après une peinture trouvée dans une crypte à Milan, en 1841).

de notre vierge martyre, et vont assister à la bénédiction des deux agneaux dont la laine sert à tisser le pallium que le pape envoie aux archevêques de sa communion.

L'amandier est déjà tout blanc, non de gelée, mais de fleurs ; on écarte la terre au pied des vignes : le printemps semble caché dans tous les bourgeons gonflés de sève, qui n'attendent que le premier souffle de la brise du midi pour éclater et s'épanouir[3].

---

[1] C'est l'église Sainte-Agnès, sur la place Navone, une des plus belles de Rome.

> Cui posse soli Cunctipotens dedit
> Castum vel ipsum reddere fornicem.
> . . . .
> Nil non pudicum est, quod pia visere
> Dignaris, almo vel pede tangere.
> (*Prudentius.*)

[2] « Non intorto crine caput comptum. » Ses cheveux n'étaient pas ornés de tresses. (S. Ambroise, lib. I. *de Virgin.*, c. II. — Voyez le portrait de sainte Eulalie, par Prudence, περὶ Στεφ., hymn. III, 31.)

[3] Solvitur acris hiems, grata vice veris et Favoni. (*Horace.*)

L'air était pur, le ciel sans nuages ; les rayons déjà puissants du soleil répandaient cette douce chaleur, qui adoucit la fraîcheur de l'atmosphère sans la rendre accablante. Enfin c'est le temps particulier à la fête de sainte Agnès, et dont nous avons souvent joui en compagnie de milliers de pèlerins qui s'en vont visiter sa châsse.

Le juge était assis au milieu du Forum ; une foule assez compacte entourait cet endroit redoutable que les chrétiens avaient seuls le courage de franchir. Parmi les spectateurs, deux surtout attiraient tous les regards ; ils se tenaient en face l'un de l'autre à chaque extrémité du demi-cercle formé par l'assistance. Le premier était un jeune homme, enveloppé dans sa toge, un chapeau rabattu sur les yeux, de façon à cacher ses traits. L'autre était une dame à tournure aristocratique, et d'une taille élégante, qu'on ne s'attendait pas à trouver en pareille société. Soigneusement voilée des pieds à la tête, comme cette belle statue antique que les artistes appellent la Modestie (*Pudicitia*), elle avait roulé autour d'elle une écharpe ou manteau indien, orné des plus riches broderies de pourpre et d'or, véritable vêtement impérial, non moins déplacé qu'elle en cet endroit. Elle était accompagnée d'une esclave de la classe supérieure, aussi soigneusement voilée que sa maîtresse. Cette dame semblait en proie à quelque vive préoccupation, et demeurait immobile, accoudée sur un pilier de marbre.

Agnès fut introduite par ses gardes dans l'espace resté vide, et se tint intrépidement debout, en face du tribunal. Ses pensées semblaient bien loin de la scène qui se passait sous ses yeux ; elle ne remarqua pas ces deux mystérieux personnages qui jusqu'alors avaient attiré l'attention générale.

« Pourquoi n'est-elle pas enchaînée ? demanda le juge irrité.

— Elle n'en a pas besoin ; elle est si obéissante, répondit Catulus, et si jeune !

— Mais elle est aussi obstinée que les plus âgés. Mettez-lui les menottes à l'instant. »

L'exécuteur chercha parmi un grand nombre de ces joyaux de la prison, ainsi que les chrétiens les appelaient, et finit par choisir les plus petites et les plus légères qu'il pût trouver, et les fixa autour de ses poignets. Agnès secoua ses mains en souriant, et elles tombèrent bruyamment à ses pieds, comme la vipère qui avait mordu saint Paul [1].

« Ce sont les plus étroites que nous ayons ici, seigneur, répondit le bourreau d'une voix émue ; une enfant si jeune devrait porter d'autres bracelets.

— Silence, Catulus, » reprit le juge exaspéré ; puis, se tournant vers la martyre, il lui dit d'un ton radouci :

« Agnès, j'ai pitié de votre jeunesse, de votre famille et de la mauvaise éducation que vous avez reçue. Si cela est possible, je désire vous sauver la vie. Renoncez aux fausses et pernicieuses maximes du christianisme, obéissez aux décrets impériaux et sacrifiez aux dieux.

[1] Saint Ambroise, *ubi supra.*

Le juge reprocha durement au bourreau son hésitation, et lui ordonna
de remplir aussitôt son devoir.

— Il est iuutile, répondit-elle, de me tenter plus longtemps. Ma résolution est inébranlable. Je méprise vos divinités trompeuses ; car je ne dois aimer et servir que le seul Dieu vivant. « O Maître éternel, ouvrez toutes grandes les portes du ciel, dont les hommes ont été si longtemps exclus ! Bienheureux Christ, recevez une âme qui soupire après vous, une victime qui vous a d'abord consacré sa virginité, et qui s'immole maintenant, par le martyre, à l'honneur de votre Père[1] ! »

— Je perds mon temps, je le vois bien, dit le préfet avec impatience, en remarquant quelque signe de pitié parmi la foule Secrétaire, enregistrez la sentence. Je condamne Agnès, pour son mépris des ordres de l'empereur, à périr par l'épée.

— Sur quelle route et à quelle borne milliaire le jugement sera-t-il exécuté[2] ? demanda le bourreau.

— Qu'on l'exécute sur-le-champ, » fut la réponse.

Agnès leva un instant les mains et les yeux au ciel, et s'agenouilla tranquillement. Elle ramena elle-même ses beaux cheveux au-dessus de sa tête, et présenta son cou au tranchant du glaive[3]. Il y eut ensuite un moment de silence ; car le bourreau, tremblant d'émotion, n'avait pas la force de brandir son arme[4]. Cette douce enfant agenouillée, vêtue de sa robe immaculée, la tête penchée en avant, les bras modestement croisés sur la poitrine, et ses cheveux aux reflets d'or pendant jusqu'à terre et cachant son visage, ne ressemblait-elle pas à une plante rare dont la tige délicate, aussi blanche qu'un lis, se courberait accablée par le poids d'une riche moisson ?

Le juge reprocha durement au bourreau son hésitation, et lui ordonna de remplir aussitôt son devoir. Catulus passa le revers de sa main gauche sur ses yeux, et leva son épée, qui jeta un rapide éclair : un instant après, la fleur et la tige, à peine déplacées, gisaient sur le sol. On aurait pu croire qu'Agnès était toujours prosternée dans l'attitude de la prière, si sa robe, qu'elle venait de laver dans le sang de l'Agneau, ne se fût subitement teinte de la pourpre la plus éclatante.

Le personnage placé à la droite du juge avait contemplé cette scène d'un œil impitoyable, et le pli méprisant de sa lèvre laissa deviner la joie d'une vengeance assouvie. La dame en face de lui avait détourné la tête jusqu'à ce que le murmure qui s'élève toujours dans la foule après un moment de vive anxiété lui eût appris que tout était terminé. Puis, s'avançant avec une noble assurance, elle déroula le splendide manteau brodé qui l'enveloppait,

---

[1] Æterne rector, divide januas
Cœli, obseratas terrigenis prius,
Ac te sequentem, Christe, animam voca,
Cum virginalem, tum Patris hostiam.
(*Prudentius*, περὶ Στεφ., 14.)

[2] On décapitait ordinairement hors des portes de la ville, à la seconde, à la troisième ou à la quatrième borne milliaire. D'après Prudence et d'autres auteurs, il est clair que sainte Agnès fut exécutée à l'endroit même où elle subit son jugement.

[3] Prudentius.

[4] S. Ambroise.

et l'étendit comme un suaire sur le corps mutilé de la jeune martyre. Des applaudissements saluèrent cet acte gracieux de sensibilité féminine[1]; elle apparut alors couverte de vêtements de deuil, et se tint debout devant le tribunal.

« Seigneur, dit-elle d'une voix claire et nette, mais pleine d'émotion, accordez-moi une faveur. Ne permettez pas que les mains rudes de vos serviteurs touchent et profanent encore les restes sacrés de celle que j'aimais le plus au monde. Qu'il me soit permis de les transporter au sépulcre de ses pères; car elle était noble autant que bonne. »

Tertullus était visiblement irrité : « Madame, répondit-il, qui que vous soyez, je ne puis consentir à votre demande. Catulus, faites en sorte que le corps soit jeté dans le Tibre, selon l'usage, ou livré aux flammes.

— Je vous en conjure, seigneur, au nom de tous les droits que peut avoir sur vous la vertu d'une femme, par les larmes que vous avez fait répandre à votre mère, par toutes les consolations qu'une sœur vous aura prodiguées durant la maladie ou dans l'infortune; au nom de la tendresse de ces êtres chéris, exaucez mon humble prière. Ce soir, lorsque vous rentrerez dans votre demeure, si vos filles se pressent sur le seuil pour baiser votre main encore souillée du sang de cette victime, à laquelle vous pourriez être fier de les voir ressembler, puissiez-vous leur dire alors que vous avez rendu à la pudeur virginale l'humble hommage que je viens réclamer en son nom. »

La sympathie paraissait si générale dans l'auditoire, que Tertullus, désireux d'en affaiblir l'effet, lui demanda brusquement :

« Vous aussi, seriez-vous chrétienne ? »

Elle hésita un instant avant de répondre; puis elle reprit : « Non, seigneur, je ne le suis pas; mais je dois vous avouer que si quelque chose pouvait me décider à le devenir, ce serait le spectacle auquel je viens d'assister.

— Que voulez-vous dire ?

— Ceci. Je déplore que, pour sauver la religion de l'empire, vous ayez cru nécessaire de sacrifier une existence aussi pure que celle d'Agnès (ses larmes étouffèrent sa voix pendant un instant), tandis qu'il est permis à des monstres qui déshonorent l'humanité de vivre et de réussir dans le monde. Ah! seigneur, vous ne connaissiez pas celle que vous avez condamnée à périr aujourd'hui! C'était l'être le plus innocent, le plus doux et le plus saint de la terre, la fleur de son sexe, malgré son âge si tendre. Elle respirerait encore, si elle n'avait repoussé avec dégoût l'offre qu'un vil aventurier lui faisait de sa main, la poursuivant de ses propositions outrageantes jusque dans sa villa, jusque dans le sanctuaire de la demeure paternelle, et jusque dans sa dernière retraite au fond de son cachot. Elle en mourut, car elle ne voulait pas enrichir ni ennoblir par son alliance cet espion d'Asie. »

---

[1] Prudence rapporte que le corps de sainte Eulalie, couché au milieu du Forum, fut subitement recouvert de flocons de neige.

Elle désignait avec une froide ironie Fulvius, qui bondit à ces paroles et s'écria avec rage : « Elle ment, seigneur ; c'est une indigne calomnie : Agnès s'est ouvertement déclarée chrétienne.

— Permettez-moi, seigneur, répondit la dame avec une dignité calme, d'achever mon accusation ; vous pourrez lire sur sa figure la preuve de ce que j'avance. Ce matin, de bonne heure, Fulvius, n'êtes-vous pas allé la trouver, cette douce enfant, dans sa prison ? ne lui avez-vous pas dit positivement (car je vous entendais à votre insu) que si elle voulait accepter votre main, non seulement vous sauveriez sa vie, mais encore qu'en dépit des ordres de l'empereur vous lui garantiriez la liberté de rester chrétienne ? »

Fulvius, d'une pâleur mortelle, demeura immobile, *immobile* comme s'il eût été touché au cœur ou frappé de la foudre. Il ressemblait à un homme qui attend non une sentence de mort, mais sa condamnation à un éternel pilori d'infamie. Le juge lui dit alors :

« Fulvius, vos regards confirment cette grave accusation. Je pourrais sur-le-champ prononcer contre vous la peine capitale. Suivez mon conseil, éloignez-vous d'ici pour n'y plus reparaître. Fuyez, cachez-vous, afin de vous soustraire, après un pareil crime, à l'indignation des honnêtes gens et à la vengeance des dieux ; qu'on ne vous revoie jamais sur ce Forum ou dans aucun autre lieu. S'il plaît à cette dame, je recueillerai sa déposition contre vous. — Madame, demanda-t-il ensuite avec respect, pourrai-je avoir l'honneur de connaître votre nom ?

— Fabiola, » répondit-elle.

Le juge devint immédiatement fort gracieux ; car il voyait devant lui celle qu'il espérait avoir pour belle-fille. « J'ai souvent entendu parler de vous, madame, ajouta-t-il, de vos grands talents et de votre haute vertu. En outre, je sais que vous êtes alliée de très près à cette victime de la trahison ; vous avez donc le droit de réclamer ses restes. Ils sont à votre disposition. » Le commencement de ce discours avait été interrompu par les sifflets et les huées qui accompagnèrent le départ de Fulvius, blême de honte, de terreur et de rage.

Fabiola remercia gracieusement le préfet, et fit un signe à Syra, qui l'accompagnait ; celle-ci transmit cet ordre à une autre personne, et quatre esclaves s'avancèrent avec une litière de femme. La jeune patricienne ne permit qu'à sa servante de lui aider à recueillir les reliques de la martyre, à les placer sur la litière et à les recouvrir de la précieuse étoffe. « Portez ce trésor à sa demeure, » dit-elle. Et, accompagnée de Syra, elle suivit ce convoi funèbre. Une petite fille tout en pleurs vint lui demander si elle pouvait se joindre à elle.

« Qui es-tu ? lui demanda Fabiola.

— Je suis la pauvre Émérentienne, sa sœur de lait, » répondit l'enfant. Fabiola la prit avec bonté par la main.

A peine le corps avait-il été enlevé, qu'une foule de chrétiens, hommes, femmes, enfants, se précipitèrent avec des éponges et des linges pour essuyer le sang. Ce fut en vain que les gardes s'efforcèrent de les chasser à coups de fouet, à coups de bâton et même à coups d'épée, de façon que plusieurs mêlèrent leur sang à celui de la jeune martyre. Lorsqu'un souverain, à son couronnement ou à son entrée dans sa capitale, jette des poignées d'or et d'argent parmi la foule, il n'excite pas plus d'ardeur à les ramasser que n'en montraient les chrétiens pour recueillir le sang vermeil qui avait jailli, pour l'amour de Dieu, du cœur des martyrs. A leurs yeux, ce trésor était d'un plus grand prix que toutes les richesses et les prières du monde. Mais tous respectèrent les droits sacrés de l'un d'entre eux ; le diacre Reparatus s'avança, au péril de sa vie, une fiole à la main, afin d'y renfermer le sang d'Agnès, qui devait être fixé sur sa tombe comme un sceau indélébile et un glorieux témoignage de son martyre.

CHAPITRE XXX

ERTULLUS se hâta de se rendre au palais, heureusement ou malheureusement peut-être pour ces candidats au martyre. Il y trouva Corvinus, avec le décret préparé et élégamment écrit en *onciales* [1], c'est-à-dire en grandes lettres capitales. Sa position lui donnait le privilège d'être immédiatement admis en présence de l'empereur, auquel il rendit compte de la mort d'Agnès, en exagérant l'émotion qu'elle avait produite dans le public, et qu'il attribua à la folie et à la maladresse de Fulvius, et en cachant la faute plus grave que ce dernier avait commise, de peur d'avoir à le juger et de dévoiler ainsi ses propres manœuvres. Il déprécia la valeur de la fortune d'Agnès, et finit par dire qu'en la donnant, en vertu d'un rescrit, à sa plus proche héritière, l'empereur, par cet acte de gracieuse clémence, calmerait l'irritation populaire. « Fabiola, ajoutait-il, est une jeune dame de la plus remarquable intelligence, et merveilleusement instruite ; animée d'une grande piété envers les dieux, elle offre des sacrifices quotidiens aux génies protecteurs de la maison impériale.

— Je la connais, dit en riant Maximien comme au souvenir de quelque événement plaisant. Pauvre fille ! elle me fit parvenir un anneau magnifique, et me demanda hier la vie de ce misérable Sébastien, pendant qu'on l'assommait derrière moi. » Il se mit à rire de plus belle et ajouta : « Oui, oui, certainement un petit héritage la consolera sans doute de la mort de ce jeune homme. Qu'on dresse un édit, et je le signerai. »

Tertullus produisit celui qu'il tenait en réserve, sûr d'avance, ajouta-t-il,

---

[1] Sorte d'écriture antique dont les lettres ont pour caractère d'être arrondies. Il n'y a que neuf lettres vraiment onciales : *a, d, e, g, h, m, q, t, u.*

de la magnanime clémence de l'empereur. Ce barbare couronné y apposa une signature qui eût fait honte à un écolier. Le préfet confia aussitôt ce document à son fils.

Il venait à peine de quitter le palais, quand Fulvius y entra. Ce dernier s'était d'abord rendu chez lui, afin de faire disparaître de son visage, à l'aide du bain et de l'art du parfumeur, les traces de sa déconvenue matinale. Il avait un vif et secret pressentiment qu'il allait être encore désappointé. La froide discussion qu'il avait eue, la veille au soir, avec Eurotas, l'avait préparé à tout; le renversement de ses desseins et tous les déboires de la journée n'avaient fait que fortifier cette instinctive conviction. Une femme, en vérité, semblait née pour être toujours un obstacle sur son chemin; mais, grâce aux dieux, pensait-il, elle ne m'embarrassera pas ici. Ce matin elle a ruiné ma réputation sans retour; elle ne peut maintenant s'emparer de ma récompense; elle m'oblige de m'exiler, il est hors de son pouvoir de faire de moi un mendiant. — C'était là sa dernière espérance. Le désespoir le poussait en avant; il se détermina donc à défendre ses droits sur les biens confisqués d'Agnès avec le seul rival qu'il eût à craindre, le rapace empereur lui-même. Sa vie pouvait bien être l'enjeu dans cette lutte; car, en cas d'insuccès, il était perdu sans ressource. Après quelques instants d'attente, il fut introduit dans la salle d'audience, et s'avança jusqu'aux pieds de l'empereur avec le sourire le plus affable qu'il pût mettre sur son visage.

« Que venez-vous chercher ici? dit l'empereur en guise de salutation.

— Sire, répondit-il, je viens humblement supplier votre royale justice d'ordonner que l'on me mette en possession de la part à laquelle j'ai droit dans l'héritage de la noble Agnès. C'est sur mon accusation qu'elle a été convaincue d'être chrétienne; elle vient de subir le juste châtiment de ceux qui désobéissent aux décrets impérial.

— Tout cela est fort bien; mais nous venons d'apprendre que vous avez conduit toute cette affaire avec votre maladresse habituelle, et soulevé des murmures et du mécontentement contre nous parmi le peuple. Le parti le plus sûr pour vous est de quitter sans retard notre présence, ce palais et Rome. Me comprenez-vous? Nous n'avons pas l'habitude de répéter de semblables avis.

— J'exécuterai à l'instant tous les ordres de votre suprême volonté; mais je suis dénué de tout. Ordonnez que l'on m'accorde ce qui m'est dû, et je me retire sur-le-champ.

— Pas un mot de plus, répondit le tyran; éloignez-vous sur l'heure. Quant à la fortune que vous réclamez avec tant d'opiniâtreté, vous ne sauriez l'obtenir. Par un édit irrévocable, nous l'avons donnée tout entière à une respectable et digne personne, la noble Fabiola. »

Fulvius n'ajouta pas une syllabe, baisa la main de l'empereur et se retira lentement : il était ruiné, anéanti. Au moment où il franchissait la porte, on l'entendit qui disait : « Eh bien, après tout, elle m'aura aussi réduit à la misère. » A son arrivée chez lui, Eurotas, en regardant son visage, n'eut pas besoin de le questionner, mais il fut étonné de son air calme.

« Je vois, dit-il d'un ton sec, que tout est perdu.

— Oui; vos préparatifs sont-ils terminés, Eurotas?

— A peu près. J'ai vendu avec un peu de perte les bijoux, les meubles et les esclaves; néanmoins, avec ce qui nous reste encore, nous pourrons retourner en Asie. J'ai gardé Stabio, comme le plus fidèle de nos serviteurs; il portera nos bagages sur un cheval. On prépare deux autres chevaux pour vous et moi. Je n'ai plus qu'une chose à me procurer pour le voyage, après quoi je suis prêt à partir.,

— Qu'est-ce donc?

— Du poison. Je l'ai commandé hier soir; mais il ne sera prêt qu'à midi.

— Et pourquoi faire? demanda Fulvius non sans inquiétude.

— Vous savez, répondit froidement Eurotas, que je consens à faire encore un essai dans un autre pays; cependant notre convention est précise : la famille de mon père ne doit pas s'éteindre dans la misère, mais avec honneur. »

Fulvius se mordit les lèvres et dit : « Faites comme vous l'entendrez; aussi bien je suis fatigué de la vie. Quittez la maison aussitôt que possible, de crainte du Juif Éphraïm, et soyez avec les chevaux à la troisième borne milliaire hors de la porte Latine; après la tombée de la nuit je vous y rejoindrai. Moi aussi j'ai une affaire importante à traiter avant mon départ.

— Peut-on la connaître? demanda Eurotas avec une assez vive curiosité.

— Je ne puis la confier à personne, pas même à vous. Si vous ne me voyez pas paraître deux heures après le coucher du soleil, abandonnez-moi à mon sort et sauvez-vous sans moi. »

Eurotas arrêta sur Fulvius un de ces regards sombres et sévères qui le perçaient jusqu'au fond du cœur, afin de savoir s'il songeait à tromper sa vigilance par la fuite. Mais son visage resta calme et lui sembla plus ouvert que d'habitude. Pendant cette conversation, Fulvius s'était débarrassé de son costume de cour pour le remplacer par des vêtements de voyage. Il se préparait si évidemment au départ, qu'il prit jusqu'à ses armes, afin de ne pas avoir à revenir; outre son épée, il plaça dans sa ceinture, en le cachant sous son manteau, un de ces poignards particuliers à l'Asie, à lame recourbée, de la trempe la plus fine et de la forme la plus dangereuse.

Eurotas alla directement au palais, dans le quartier des archers numides, et demanda Jubala. Celle-ci entra avec deux flacons de grandeur différente, et allait lui donner quelques explications lorsqu'elle vit s'approcher son mari à moitié ivre et furieux. Eurotas n'eut que le temps de cacher les flacons dans sa ceinture, et de lui glisser une pièce d'argent dans la main avant l'arrivée d'Hyphax. Jubala ayant avoué à son mari les propositions qu'elle avait reçues d'Eurotas avant son mariage, ce brutal Africain en ressentit une grande jalousie qui s'était changée en haine. Il jeta sa femme hors de l'appartement, et alla se quereller avec le Syrien; mais ce dernier, ayant atteint son but, agit avec prudence, assura le chef des archers qu'il ne le reverrait jamais, et se retira.

Il est temps de retourner auprès de Fabiola. Le lecteur s'attend peut-

être à nous entendre dire qu'elle rentra chez elle déjà chrétienne au fond
du cœur : il n'en était rien cependant. Comment pouvait-elle professer le
christianisme qu'elle connaissait si peu? Elle attribuait volontiers à l'influence de la vraie foi cette vertu généreuse qu'elle remarquait dans Sébastien et dans Agnès. Cette foi donnait un mobile aux actions, des principes à l'existence, à l'esprit de l'élévation, à la conscience du courage, à
une volonté vertueuse de la détermination : aucune des autres croyances
n'avait de semblables résultats. Si, comme elle le soupçonnait déjà et
comptait s'en assurer plus tard lorsqu'elle serait plus calme, si les sublimes
révélations de Syra au sujet d'une sphère invisible de la vertu, et de son
maître à qui rien n'échappe, avaient la même origine, étaient-elles autre
chose, après tout, qu'un grand système intellectuel et moral, moitié pratique, moitié spéculatif, comme les autres écoles de philosophie? Cela ne
ressemblait guère au christianisme, dont personne ne lui avait encore
révélé les réelles et essentielles doctrines, les mystères insondables quoique
accessibles. Elle ne connaissait pas le merveilleux et vaste monument de
la foi que peut embrasser l'âme la plus sainte, comme l'œil d'un enfant
reflète parfaitement et sans effort l'image d'une haute montagne qu'un géant
ne pourrait gravir. Jamais elle n'avait entendu prononcer le nom de Dieu
un en trois personnes, et du Fils, égal aux deux autres et qui s'est incarné
pour le salut des hommes. Jamais on ne lui avait raconté l'admirable histoire de la Rédemption opérée par les souffrances et la mort d'un Dieu.
Nazareth, Bethléhem, le Calvaire lui étaient inconnus. Pouvait-elle s'appeler chrétienne au milieu d'une pareille ignorance?

Que de noms qui lui semblaient alors barbares devaient plus tard réson-
ner familièrement à ses oreilles : Marie, Joseph, Pierre, Paul et Jean,
sans parler de ce nom, le plus doux de tous, baume consolateur des cœurs
blessés, goutte de miel échappée d'un rayon brisé ! Que n'avait-elle pas
à apprendre sur les moyens de salut que l'on trouve ici-bas dans l'Église :
la grâce, les sacrements, la prière, l'amour, la charité envers le prochain !
Que de régions inconnues s'étendaient au delà de l'espace restreint qu'elle
venait d'explorer !

Non, lorsque Fabiola, épuisée par les fatigues de la journée et de la
nuit précédente et par les tristes scènes de la matinée, se retira dans son
appartement, elle n'était plus philosophe, mais elle n'était pas encore chrétienne. Elle ordonna à toutes ses esclaves de se tenir à l'écart, afin de ne
pas être incommodée par le moindre bruit, et défendit qu'on vînt la déran-
ger. Pendant plusieurs heures, elle demeura assise dans la solitude et
le silence, trop agitée pour que le sommeil lui procurât quelque repos.
Semblable à une mère à qui la mort a tout à coup ravi son enfant, elle
pleura longtemps sa jeune cousine. Pas un rayon de lumière n'éclairait le
sombre nuage qui pesait plus lourdement sur son esprit qu'à l'époque de
la mort de son père. N'était-ce pas une insulte à la raison, un outrage à
l'humanité, de songer que la douce Agnès avait péri; que, vêtue de sa
robe blanche, le visage souriant, cette innocente enfant au cœur simple et
joyeux avait disparu dans le néant; qu'attirée par la conscience, la justice

la pureté, la vérité, elle ne s'était avancée, les bras étendus vers toutes ces beautés, que pour trébucher dans un précipice et disparaître au fond du gouffre béant de la destruction? Non, elle en était sûre, Agnès jouissait quelque part du bonheur, ou la justice n'était qu'un vain mot.

N'est-il pas étrange, pensa-t-elle, que toutes les personnes éminentes que j'ai connues, Sébastien parmi les hommes, Agnès parmi les femmes, se trouvent appartenir à cette secte méprisée des chrétiens! J'en connais une encore : demain je l'interrogerai.

Lorsque, changeant le cours de ses pensées, elle arrêtait ses regards sur le monde païen, sur Fulvius, Tertullus, l'empereur, Calpurnius, — elle se surprit avec effroi au moment de prononcer le nom de son père, — alors elle voyait avec dégoût ce contraste de la bassesse et de la noblesse, du vice et de la vertu, de la sottise et de la prudence, de la sensualité et de la haute culture de l'esprit. Son esprit était comme un vase précieux destiné à recevoir la doctrine la plus saine et la plus pratique, ou à être brisé. Son âme, pareille à un sol desséché, soupirait après la rosée que le ciel devait y faire descendre, afin de l'empêcher d'être changée en un désert éternellement aride.

Certes, Agnès avait bien gagné par sa mort la gloire d'obtenir la conversion de sa cousine; mais n'y avait-il pas une esclave de condition plus humble, qui possédait des droits antérieurs? Celle-ci avait sacrifié sa liberté et offert sa vie pour obtenir cette faveur désintéressée.

Tandis que Fabiola était seule et livrée ainsi à la douleur, elle fut distraite par l'arrivée d'un étranger qu'on introduisit sous le nom sinistre de messager de l'empereur. Le portier lui avait d'abord refusé l'entrée; mais, après avoir reçu l'assurance qu'il était chargé d'une importante mission de la part de Maximien, il alla consulter l'intendant; la réponse avait été l'ordre de recevoir une personne munie de pareils droits.

Fabiola était stupéfaite. Néanmoins la tournure ridicule du messager envoyé avec tant de solennité calma son mécontentement. C'était Corvinus, qui s'approchait d'elle avec toute la grâce d'un rustre, et, dans un discours prétentieux, fleuri et appris par cœur, déposa à ses pieds l'édit impérial et son affection sincère, la fortune d'Agnès et sa lourde main. Fabiola, ne s'imaginant pas que le premier de ces dons n'était que le prix du second, ne pouvait comprendre le rapport qui les unissait. Elle le pria donc de transmettre à l'empereur ses humbles remerciements pour cet acte de gracieuse générosité, et ajouta : « Dites-lui que je souffre trop aujourd'hui pour aller moi-même lui présenter mes hommages.

— Vous n'ignorez pas que ces biens étaient confisqués, balbutia le fils du préfet d'un air confus; c'est mon père qui vous les a fait obtenir.

— C'était bien inutile, dit Fabiola; il y a longtemps qu'ils avaient été placés sur ma tête. Ils m'appartiennent depuis..., — sa voix trembla, mais après un effort pour se remettre, elle reprit : — depuis la mort d'une autre personne; ils ne pouvaient donc tomber sous le coup d'une confiscation. »

Corvinus resta muet; à la fin cependant il murmura quelques paroles

qui ressemblaient à une humble supplication d'être compté parmi les aspirants à sa main, et que Fabiola crut être une demande de rémunération
pour avoir apporté un document de cette importance. Elle l'assura que
tous les droits qu'il pouvait avoir à sa reconnaissance seraient fidèlement
et honorablement pris en considération dans un moment plus opportun;
mais que, se sentant très fatiguée et indisposée, elle le suppliait de prendre
congé, ce qu'il s'empressa de faire, la joie dans l'âme et se croyant sûr
de sa proie.

Après son départ, elle n'accorda qu'un coup d'œil distrait au parchemin
laissé sur une table à côté du lit de repos où elle était restée étendue, repas-
sant dans son esprit les tristes scènes de la matinée, jusqu'à une heure
environ avant le coucher du soleil. Ses rêveries s'attachaient tantôt à l'un,
tantôt à l'autre des événements récents; elles s'arrêtèrent enfin à sa con-
frontation avec Fulvius, le matin même, au milieu du Forum. Sa mémoire
lui retraça vivement toute la scène, et son imagination en vint par degrés
à un état si pénible de surexcitation, que, pour y mettre un terme, elle
s'écria tout haut : « Grâce aux dieux, je ne verrai jamais la figure de ce
misérable ! »

Ces paroles venaient à peine de s'échapper de ses lèvres, qu'elle se dressa
sur sa couche, et, abritant ses yeux avec ses mains, elle regarda vers la
porte. Était-ce un fantôme engendré par son cerveau échauffé, ou une
apparition réelle ? Son incertitude ne dura pas longtemps; car elle entendit
bientôt ces paroles :

« Je vous en prie, madame, dites-moi quel était celui auquel vous adres-
siez un si aimable discours.

— Vous-même, Fulvius, répondit-elle en se levant avec dignité, vous,
qui pénétrez de force non seulement dans la demeure, la villa ou le cachot,
mais dans les appartements les plus secrets d'une femme, et, ce qui est
encore plus vil, dans la maison de celle que vous avez plongée dans le
deuil. Retirez-vous à l'instant, ou je vous fais ignominieusement chasser
d'ici.

— Asseyez-vous, madame, et calmez-vous, répondit cet intrus; c'est ma
dernière visite, et nous avons tous les deux à régler un compte de quelque
importance. Ne songez pas à crier pour obtenir du secours; vos esclaves
n'ont que trop bien obéi à vos ordres de se tenir à l'écart; aucun d'eux
n'est à portée de vous entendre. »

C'était vrai. Corvinus, sans le vouloir, avait frayé la route à Fulvius.
Lorsque ce dernier se présenta à l'entrée, le portier, qui l'avait vu deux
fois venir dîner à la maison, lui communiqua les ordres sévères qu'il avait
reçus, et l'assura qu'il ne pouvait l'admettre, à moins qu'il ne vînt de la
part de l'empereur : telles étaient ses instructions. Fulvius lui répondit
qu'il était précisément dans ce cas; le portier, fort étonné de voir arriver
tant de messagers impériaux le même jour, lui permit d'entrer. Fulvius le
pria de laisser la porte ouverte, de peur qu'il ne fût pas à son poste au
moment de son retour; car il était pressé et ne voulait causer aucun
dérangement dans une maison où régnaient le deuil et la tristesse. Un

guide était inutile, le chemin de l'appartement de Fabiola lui était bien connu.

Fulvius s'assit en face de la jeune patricienne, et continua en ces termes :

« Vous ne devriez pas être offensée, madame, de mon arrivée inattendue, qui m'a permis de surprendre vos aimables monologues sur ma personne ; Je suis l'exemple que vous m'avez donné dans la prison de Tullius. Mais nos comptes sont plus anciens. Lorsque je fus invité pour la première fois à la table de votre digne père, j'y rencontrai une personne dont les regards et les paroles conquirent aussitôt toutes mes affections. Il est inutile de la nommer ; son cœur, par une sympathie instinctive, me payait de retour.

— Insolent ! s'écria Fabiola, vous osez m'entretenir ici d'un pareil sujet ; il est faux qu'un semblable attachement existât des deux parts.

— Quant à la noble Agnès, reprit Fulvius, j'ai le meilleur des témoignages, celui de votre regrettable père, qui plus d'une fois m'encouragea à persévérer dans ma recherche, en m'assurant que sa jeune cousine lui avait avoué l'amour qu'elle ressentait pour moi. »

Fabiola était très mortifiée : tout cela n'était que trop vrai, car elle se souvenait maintenant des suggestions de Fabius et de sa ridicule méprise.

« Je me rappelle fort bien que mon père se faisait illusion à ce sujet ; mais moi, à qui cette chère enfant ne cachait rien...

— Excepté sa religion, interrompit Fulvius avec une amère ironie.

— Silence ! dit Fabiola, ce mot résonne comme un blasphème sur vos lèvres ; je sais que vous n'étiez pour elle qu'un objet de mépris et de dégoût.

— Oui, après que vous eûtes pris soin de me dépeindre comme tel à ses yeux. Dès l'heure de notre première entrevue, vous êtes devenue mon ennemie cruelle, implacable, et vous vous êtes alliée avec ce traître de tribun qui a reçu sa récompense, et auquel vous destiniez la place que je convoitais dans votre cœur. Réprimez votre indignation, noble Fabiola, je veux être entendu. Vous avez noirci ma réputation, flétri l'amour d'Agnès, et changé mon amour pour elle en une haine inévitable.

— Votre amour ! s'écria-t-elle indignée : quand tout ce que vous venez de me dire ne serait pas absolument faux, quel amour auriez-vous pu ressentir pour elle ? Pouviez-vous apprécier son innocente simplicité, son honnêteté naturelle, sa rare intelligence, sa candeur naïve, autrement que le renard et le vautour apprécient la douceur de l'agneau et la timidité de la colombe ? Non, c'était sa fortune, l'illustration de sa famille, la noblesse de son nom que vous convoitiez ; rien de plus. Je le vis à l'éclat de vos yeux, lorsque, comme ceux du basilic, ils s'arrêtèrent sur elle.

— C'est faux, répondit-il : si ma demande avait été exaucée, si j'avais obtenu une si parfaite compagne, j'eusse été à la hauteur de ma position, attaché à ma famille, satisfait, plein d'affection, aussi digne de posséder Agnès que...

— Que celui, ajouta vivement Fabiola, qui, en offrant sa main, se déclara prêt, en trois heures, à épouser ou à poignarder l'objet de son affection. Agnès a préféré la dernière alternative : vous avez tenu votre

parole. Éloignez-vous de ma présence ; vous empoisonnez l'atmosphère
que vous respirez.

— Je m'éloignerai lorsque j'aurai accompli ma mission, ce dont vous
n'aurez pas sujet de vous réjouir. De propos délibéré, sans provocation,
vous avez flétri et ruiné tous mes plans d'une vie honorable, et détruit mon
seul espoir. Vous m'avez privé du rang auquel j'aspirais dans la société,
des douceurs de la fortune et du bonheur domestique.

« Ce n'était pas assez. Après avoir joué le rôle d'un espion, pour consommer ma ruine en surprenant mes paroles, ce matin, au mépris de toute
pudeur féminine, vous vous êtes levée en plein Forum pour achever en
public ce que vous aviez commencé en particulier. Vous avez excité contre
moi le suprême tribunal, irrité l'empereur et soulevé parmi le peuple un
tel cri d'injuste vengeance, que si je n'étais pas amené ici par un sentiment plus fort que la crainte, j'en serais réduit à ramper le long des
murailles de la ville, cherchant une porte pour m'enfuir comme un loup,
et poursuivi par les huées de la populace.

— Et je me permettrai d'ajouter, Fulvius, interrompit Fabiola, qu'au
moment où vous en franchirez le seuil, le niveau de la vertu s'élèvera dans
cette coupable ville. Je vous réitère l'ordre de sortir de chez moi, sinon je
chercherai au moins à me soustraire à votre pénible importunité.

— Nous ne nous séparerons pas encore, Fabiola, » s'écria Fulvius, dont
le visage s'empourprait de plus en plus, à mesure que ses lèvres blêmis-
saient de colère. Il la saisit rudement par le bras et la repoussa sur son
siège. « Gardez-vous, lui dit-il, de chercher à fuir ou d'appeler à l'aide ;
votre premier cri sera le dernier, quoi qu'il arrive. Vous m'avez fait chasser
non seulement de la société, mais de Rome ; à cause de vous, je suis un
exilé, errant sans abri sur une terre inhospitalière : n'est-ce pas assez pour
satisfaire votre vengeance ? Non, il vous faut encore l'or et les richesses que
j'ai légitimement et péniblement acquis. La tranquillité de la vie, la réputation, les moyens d'existence, vous avez tout ravi à un pauvre étranger.

— Homme pervers et insolent ! s'écria la jeune Romaine dans sa téméraire indignation, vous rendrez un compte sévère d'une pareille audace.
Osez-vous, dans ma propre maison, me traiter de voleuse ?

— Oui, je l'ose, et j'ajoute que c'est aujourd'hui votre jour d'expiation
et non le mien. J'ai gagné, même au prix d'un crime, peu vous importe,
ma part des biens confisqués de votre cousine. Je l'ai gagnée durement,
au prix des souffrances et des tortures du cœur et de l'âme, au prix de
mes nuits sans sommeil et de mes luttes avec les démons acharnés contre
moi, et avec un autre plus impitoyable encore, et toujours à mes côtés ; au
prix de bien des journées d'inquiètes recherches des preuves de l'accusation,
au prix des remords d'un cœur qui n'est pas sans fierté, quoique dégradé :
n'ai-je donc pas le droit de jouir de ma récompense ? Que ce soit le prix
du sang, si vous tenez à lui donner ce nom, vous n'en êtes que plus vile
et plus infâme en venant m'en dépouiller. Vous ressemblez à l'homme
riche qui arrache de la gueule de son chien le gibier sanglant à la poursuite duquel la malheureuse bête s'est fatiguée et meurtrie.

— Je ne veux plus chercher à qualifier votre conduite ; votre esprit est livré à de vains fantômes, » dit Fabiola avec vivacité et non sans inquiétude. Elle comprit qu'elle était en présence d'un fou, d'un homme qu'une violente passion et une imagination livrée au délire avaient amené à ce point de surexcitation dépravée et de frénésie morale, qu'il se croyait, lui meurtrier, le vengeur de la vertu outragée. « Fulvius, continua-t-elle avec un calme affecté et en le regardant en face, je vous supplie maintenant de vous éloigner. Si vous voulez de l'argent, vous en aurez ; mais retirez-vous, au nom du Ciel, avant que votre colère triomphe de votre raison.

— De quelles vaines rêveries voulez-vous parler ? demanda Fulvius.

— Mais de votre supposition que j'ai pu songer, en un pareil jour, à la fortune d'Agnès, et cherché à profiter de sa mort cruelle.

— Ce n'est pourtant que la vérité. L'empereur lui-même m'a dit vous avoir abandonné ces biens. Voulez-vous me faire croire que ce prince si généreux et si libéral se sépare jamais d'un denier sans qu'on le sollicite ou qu'on l'achète ?

— J'ignore tout cela. Ce que je sais, c'est que j'aimerais mieux mourir de faim que de mendier la moindre portion de ces richesses.

— Prétendez-vous me faire croire qu'il existe à Rome une personne assez désintéressée pour aller d'elle-même solliciter Maximien en votre faveur ? Non, non, noble Fabiola, ce n'est pas croyable... Mais que vois-je ? » Et il saisit avidement l'édit impérial, resté inaperçu depuis que Corvinus l'avait apporté. Il éprouvait la même satisfaction qu'Énée lorsqu'il reconnut le baudrier de Pallas sur le corps de Turnus. Sa fureur, qu'il avait réussi à dompter tandis qu'il accusait astucieusement Fabiola, se ralluma à la vue de ce fatal document. Il le parcourut du regard, et s'écria en grinçant des dents avec rage :

« Maintenant, madame, c'est à mon tour, et à bien plus juste titre, de vous accuser de bassesse, de rapacité et de la plus indigne cruauté ! Regardez ce décret élégamment écrit en lettres d'or et pompeusement orné, et tâchez de me prouver qu'il a été rédigé entre l'heure qui s'est écoulée depuis la mort de votre cousine et celle où l'empereur m'avouait y avoir mis sa signature. Sans doute vous ignorez quel est l'ami généreux qui vous a obtenu un si beau présent. Bah ! pendant qu'Agnès était en prison, et que vous versiez à côté d'elle des larmes hypocrites, pendant que vous m'accusiez, moi étranger à sa famille, d'une odieuse trahison, vous, la noble dame, la philosophe vertueuse, la tendre parente, vous enfin mon impitoyable accusatrice, vous complotiez froidement de vous emparer de ses biens en profitant de mon crime, et vous alliez chercher un scribe élégant dont l'habile pinceau devait cacher sous l'or et le *minium* [1] votre perfidie envers ceux qui vous sont unis par les liens de la chair et du sang !

— Taisez-vous, insensé, taisez-vous ! » s'écria Fabiola, s'efforçant en vain de dominer les regards étincelants de Fulvius, qui continua d'un ton plus violent encore :

[1] Couleur rouge.

« Après m'avoir indignement volé, vous venez m'offrir de l'argent ; après avoir déjoué mes plans par vos ruses, vous me montrez de la pitié ! Vous avez fait de moi un mendiant, et vous m'offrez une aumône prise sur ma récompense, sur la récompense que le Tartare [1] même accorde à ses victimes sur la terre ! »

Fabiola se leva de nouveau ; mais il la saisit avec la violence d'un fou, et cette fois ne la lâcha plus.

« Écoutez mes dernières paroles, continua-t-il, ce seront peut-être les dernières que vous entendrez prononcer. Rendez-moi ces biens frauduleusement acquis. Il n'est pas juste que je garde la honte du crime dont vous retenez le salaire. Transférez-moi la possession de cette fortune, sous votre signature et à titre gracieux ; aussitôt je me retire. Sinon vous aurez signé votre propre condamnation. » Un regard terrible et plein de menaces accompagna ces paroles.

La fierté de Fabiola se révolta en elle ; la Romaine au cœur indomptable demeura ferme. Le danger ne put qu'affermir son courage. Elle rassembla autour d'elle les plis de sa robe avec une dignité de matrone, et répondit :

« Fulvius, écoutez mes paroles ; quoiqu'elles puissent être les dernières que je prononcerai, elles sont aussi les dernières que je vous adresserai. Quant à vous rendre cette fortune, j'aimerais mieux la donner au premier lépreux que je rencontrerai dans les rues ; mais à vous, jamais. Jamais vous ne toucherez à rien de ce qui a appartenu à cette sainte jeune fille, que ce soit une perle ou une paille. Votre attouchement serait une profanation. Prenez tout mon or, si cela vous fait plaisir : aucun trésor ne saurait payer la moindre parcelle de ce qui appartenait à Agnès. Il est un de ses legs que j'estime plus précieux que tout son héritage. Vous venez de m'offrir, comme à elle, la nuit dernière, deux alternatives : consentir à votre requête ou mourir. L'exemple d'Agnès m'apprend quel choix je dois faire. Encore une fois, vous dis-je, sortez !

— Pour vous laisser sans doute en possession de mon bien, et à la joie d'avoir triomphé de moi à force de ruses ? Vous honorée, et moi disgracié, vous riche, et moi pauvre ; vous heureuse, et moi misérable ? Non, jamais ! Je ne puis me soustraire au sort que vous m'avez fait ; mais je puis vous enlever la jouissance des biens auxquels vous n'avez pas droit. »

Tandis qu'il l'accablait de ces reproches, il la repoussait en arrière, avec sa main gauche, vers la couche d'où elle s'était levée, tandis que sa main droite cherchait quelque chose en tremblant dans les plis de sa tunique.

A peine avait-il prononcé ces derniers mots, qu'il la renversa avec violence sur le lit de repos, et la saisit par les cheveux. Une sorte de défaillance paralysa son corps, tandis qu'un sentiment de respect pour elle-même l'empêchait de montrer de la crainte en face d'un ennemi si méprisable. Au moment où elle fermait les yeux, elle vit un éclair briller au-dessus

---

[1] L'enfer païen.

de sa tête, sans pouvoir dire si c'était l'œil étincelant de Fulvius ou la lame d'un poignard.

Presque aussitôt elle se sentit écrasée et suffoquée comme si un poids considérable était tombé sur elle ; les flots d'un liquide brûlant inondaient sa poitrine.

Une voix très douce se fit entendre à ses oreilles :

« Arrête, Orontius, je suis ta sœur Miriam ! »

Fulvius répondit d'une voix étouffée par la colère :

« Tu mens : rends-moi ma proie ! »

Quelques mots furent ensuite prononcés dans une langue inconnue à Fabiola ; puis elle sentit qu'on lâchait ses cheveux, entendit le poignard tomber à terre, et Fulvius s'écrier avec amertume, en s'éloignant avec précipitation de la salle :

« O Christ ! c'est là ta Némésis [1]. »

Les forces revinrent à Fabiola ; mais le poids qui l'accablait semblait s'accroître. Après quelques instants de lutte, elle réussit à se dégager. Un autre corps, en apparence privé de vie et couvert de sang, gisait à sa place.

C'était la fidèle Syra, qui s'était jetée entre la vie de sa maîtresse et le poignard de son frère.

[1] Vengeance.

CHAPITRE XXXI

DIONYSIUS

**ΔΙΟΝΥCΙΟΥ
ΙΑΤΡΟΥ
ΠΡΕCΒΥΤΕΡΟΥ** [1]

 N pareil événement devait suggérer à l'esprit élevé de Fabiola des réflexions auxquelles les préoccupations du moment l'empêchèrent de s'abandonner. Elle s'empressa d'étancher le sang qui coulait en abondance avec le premier objet qui lui tomba sous la main. Pendant qu'elle s'occupait de ce soin, les esclaves se précipitèrent en foule vers l'appartement. Le stupide portier commençait à être inquiet de la longue visite de Fulvius (le lecteur connaît maintenant son nom véritable), lorsqu'il le vit franchir la porte comme un fou, et crut même distinguer des taches de sang sur sa toge. Il donna aussitôt l'alarme à toute la maison. D'un geste Fabiola arrêta tout le monde à l'entrée de la salle, et pria seulement Euphrosyne et l'esclave grecque de s'approcher. Celle-ci, depuis qu'elle avait été soustraite à l'influence d'Afra, montrait beaucoup d'affection pour Syra (nous continuerons à l'appeler ainsi), et prêtait une oreille docile à ses instructions morales. On envoya un messager au médecin que Syra consultait toujours dans ses maladies, à Dionysius, qui demeurait, comme nous l'avons déjà dit, dans la maison d'Agnès.

---

[1] « [La Tombe] de Dionysius, médecin [et] prêtre, » récemment découverte à l'entrée de la crypte de saint Cornelius dans le cimetière de Calliste.

Cependant Fabiola se réjouissait en voyant le sang couler avec moins d'abondance, et sa servante lever les yeux sur elle, quoique ce ne fût que pour un instant. Elle n'eût pas donné pour un empire le doux sourire qui accompagnait ce regard.

Au bout de quelques minutes le bon médecin arriva. Il examina la blessure avec attention, et ne la jugea pas dangereuse pour le moment. Le coup avait été porté de telle sorte, qu'il eût atteint Fabiola au cœur. Mais la dévouée Syra, malgré la défense, n'avait pas cessé, pendant toute la journée, de se tenir à peu de distance de sa maîtresse, ne l'importunant jamais, et attendant avec inquiétude une occasion favorable qui lui permît d'aider les bonnes impressions de la grâce que les scènes du matin ne pouvaient manquer d'avoir produites. Tandis qu'elle se tenait dans une chambre voisine, elle entendit l'éclat d'une voix qui n'était que trop familière à ses oreilles; elle s'approcha sans bruit, et se cacha derrière la draperie qui recouvrait la porte de l'appartement de Fabiola. Rendue invisible par les ombres du crépuscule, elle se tenait à l'endroit même où, quelques mois auparavant, Agnès s'était efforcée de la consoler.

A peine s'était-elle blottie en cet endroit que la lutte suprême commença. Pendant que Fulvius repoussait sa victime en arrière, elle marcha derrière lui; au moment où il leva le bras, elle se précipita et couvrit de son corps la poitrine de sa maîtresse. En heurtant le bras de l'assassin, elle fit dévier le poignard, qui l'atteignit au cou, et lui fit une blessure encore assez profonde, bien qu'amortie par la clavicule. Inutile de dire ce que ce sacrifice lui coûta. Non que la crainte de la douleur et de la mort l'eût arrêtée un seul instant; mais l'horreur de marquer le front de son frère du sceau d'un double fratricide lui causait les plus profondes angoisses. Elle avait offert le sacrifice de sa vie pour sa maîtresse. Il était complètement inutile de chercher à lutter avec Fulvius, dont elle connaissait trop bien la force et la souplesse; essayer d'alarmer la maison avant qu'il eût porté le coup fatal était impossible. Il ne lui restait donc plus d'autre alternative que de s'immoler elle-même en se substituant à la victime choisie d'avance Et néanmoins elle aurait voulu épargner à son frère l'accomplissement de son crime; ce qui l'obligea à découvrir devant Fabiola leur parenté et leur nom véritable.

Dans son aveugle colère, il refusa de la croire. Mais ces paroles qu'elle prononça dans leur langue maternelle : « Souviens-toi de l'écharpe que tu as ramassée ici, » rappelèrent à sa mémoire un souvenir de famille si terrible, que si la terre se fût entr'ouverte devant lui, il se fût précipité dans l'abîme pour y ensevelir ses remords et sa honte.

N'était-il pas étrange qu'il n'eût jamais permis à Eurotas de mettre la main sur cette relique de famille, que, depuis le moment où il se l'était appropriée, il avait conservée avec le plus grand respect? Lorsque tous ses préparatifs de voyage furent achevés, il l'avait soigneusement pliée et cachée sur sa poitrine. En cherchant son poignard dans sa ceinture, il retira aussi l'écharpe, et ces deux objets furent trouvés sur le sol.

Dionysius, après avoir pansé la blessure et administré quelques remèdes fortifiants, qui firent sortir la malade de son évanouissement, ordonna qu'on la laissât parfaitement tranquille, en ne permettant qu'à très peu de personnes de s'approcher d'elle, afin d'éviter toute émotion, et recommanda qu'on suivît son traitement avec exactitude jusqu'à minuit. « Je viendrai, ajouta-t-il, le matin de très bonne heure, et j'aurai besoin de rester seul avec la malade. » Les paroles qu'il murmura à l'oreille de Syra semblèrent lui faire plus de bien que tous ses remèdes; car son visage s'éclaira d'un sourire angélique.

Fabiola avait fait placer Syra dans son propre lit, et relégué les domestiques dans le vestibule, se réservant exclusivement le droit, qui lui paraissait maintenant un privilège, de soigner cette esclave à laquelle, peu de mois auparavant, elle montrait à peine de la reconnaissance, après tous les soins qu'elle en avait reçus pendant sa maladie. Elle avait raconté à tout le monde comment Syra avait été blessée, sans découvrir la parenté qui unissait son assassin et sa libératrice.

Quoique accablée de fatigue et souffrant de la fièvre, Fabiola ne voulut pas quitter son esclave; comme il n'y avait plus de remèdes à administrer après minuit, elle s'étendit sur un lit de repos, auprès de Syra. Quelles étaient les pensées qui agitaient son cœur dans cette demi-obscurité d'une chambre de malade? Elles étaient simples et droites. La jeune patricienne réalisait clairement la vérité de tout ce que lui avait dit son esclave à leur dernière conversation : ces admirables principes et ces magnifiques théories lui avaient paru absolument impraticables. Lorsque Miriam lui avait fait connaître cette sphère de vertu où l'on ne doit pas s'attendre à l'approbation et à une récompense humaines, mais se contenter d'être vu et approuvé de Dieu, cette belle pensée avait profondément ému son cœur généreux; elle se révolta toutefois à l'idée d'en faire le guide et le mobile constant de toutes ses actions. Cependant, si la blessure à laquelle Miriam s'était exposée eût été mortelle (il s'en était fallu de très peu), quelle récompense pouvait-elle espérer? Le motif de sa conduite ne lui avait-il pas été inspiré par cette belle théorie de sa responsabilité envers une puissance invisible.

Quand Miriam l'avait entretenue de l'héroïsme dans la vertu comme d'une règle commune, que ce principe lui paraissait chimérique! Et néanmoins, ici même, sans préparation, sans avoir pu rien prévoir, sans surexcitation, sans espérance de gloire, bien plus, avec le désir évident de rester dans l'ombre, cette esclave avait fait le sacrifice complet et héroïque de sa personne. D'où lui venait ce courage intrépide, sinon de la pratique habituelle d'une aussi sublime vertu, toujours prête à accomplir des actions éclatantes après lesquelles le nom d'un soldat serait digne d'être glorieusement transmis aux siècles futurs? Elle ne se contentait donc pas de rêveries chimériques, et pratiquait sérieusement ce qu'elle enseignait. Était-ce donc là de la philosophie? Oh! non, cela devait être une religion, la religion d'Agnès et de Sébastien, dont Miriam lui paraissait l'égale. Combien elle désirait s'entretenir encore avec elle !

Selon sa promesse, le médecin revint de bonne heure dans la matinée et trouva sa malade beaucoup mieux. Il désira rester seul avec elle. Après avoir étendu un linge sur la table et y avoir placé deux flambeaux allumés, il tira de son sein une écharpe brodée, et découvrit une boîte d'or dont elle connaissait bien le contenu sacré. S'approchant d'elle, il dit :

« Ma chère enfant, je ne vous apporte pas uniquement, selon ma promesse, le remède le plus efficace de toutes les souffrances du corps et de l'âme, mais le médecin lui-même dont la parole répare toutes choses[1], dont l'attouchement ouvre les yeux des aveugles et les oreilles des sourds, dont la seule volonté purifie les lépreux; le bord même de son vêtement a la vertu de tout guérir. Êtes-vous prête à le recevoir ?

— De toute mon âme, répondit-elle en joignant les mains ; je désire posséder celui-là seul qui a toujours eu mon amour, ma foi et mon cœur.

— Éprouvez-vous de la colère ou du ressentiment contre celui qui vous a blessée? Sentez-vous l'orgueil ou la vanité agiter votre âme en songeant à ce que vous avez fait? Vous reconnaissez-vous coupable de quelque autre faute nécessitant une humble confession et l'absolution avant de recevoir ce don sacré dans votre cœur ?

— Quoique je me sache pleine d'imperfection et de péché, vénérable père, je ne me sens coupable d'aucune faute de propos délibéré ; je n'ai pas besoin de pardonner à celui à qui vous faites allusion ; je l'aime trop pour cela, et je donnerais volontiers ma vie pour le sauver. Et de quoi pourrai-je m'enorgueillir, moi, pauvre servante, qui ai seulement obéi aux ordres du Seigneur ?

— Priez donc le Seigneur, mon enfant, qu'il descende dans cette maison, afin que par sa venue il vous guérisse et vous remplisse de sa grâce. »

S'approchant ensuite de la table, il prit une parcelle de la sainte eucharistie, sous la forme de pain sans levain, la mouilla parce qu'elle était sèche, et la plaça sur les lèvres[2] de Syra, qui les referma avec respect et demeura quelque temps absorbée dans la contemplation.

C'est ainsi que le bienheureux Dionysius remplissait ses doubles fonctions de médecin et de prêtre qui sont rappelées sur sa tombe.

---

[1] Qui verbo suo instaurat omnia. (*Bréviaire.*)
[2] Eusèbe, dans son récit de Sérapion, nous apprend que c'est ainsi qu'on administrait la sainte communion aux malades, sans calice et sous une seule espèce.

CHAPITRE XXXII

LE SACRIFICE ACCEPTÉ

IRIAM, pendant toute cette journée, sembla livrée à de profondes et agréables réflexions. Fabiola, qui ne la quittait jamais, sauf pour donner les ordres nécessaires, observait son visage avec un mélange de crainte et de joie. L'esprit de son esclave ne semblait plus occupé des objets environnants, mais transporté dans une sphère supérieure. Tantôt un sourire illuminait ses traits comme un rayon de soleil; tantôt une larme tremblait à sa paupière ou coulait sur ses joues; parfois ses yeux se levaient vers le ciel et y restaient fixés pendant longtemps avec une expression de bonheur ineffable; parfois encore elle tournait vers sa maîtresse des regards chargés d'une tendresse infinie et lui tendait la main, afin qu'elle la serrât dans les siennes. Fabiola passait ainsi de longues heures dans le plus profond silence, recommandé par le médecin: c'était pour elle une grande joie et un contact salutaire que de rester auprès de ce type si rare de vertu.

Enfin, après lui avoir fait prendre quelque nourriture au milieu du jour, elle lui dit en souriant: « Je crois que vous êtes déjà mieux; Miriam, votre médecin vous a administré un remède merveilleux.

— Oh! oui, chère maîtresse. »

Fabiola parut affligée, et se penchant au-dessus d'elle, lui dit avec douceur: « Je vous en prie, ne me donnez pas ce titre. Si quelqu'un doit en faire usage, c'est plutôt moi vis-à-vis de vous. Du reste, je n'y ai plus droit; ce que je voulais faire depuis longtemps est exécuté: l'ordre a été donné de rédiger l'acte de votre libération, non pas en qualité d'affranchie, mais d'*ingenua*[1], car je sais que vous êtes née libre. »

---

[1] Les esclaves à qui l'on accordait la liberté prenaient le titre d'*affranchis* (*libertus, liberta*),

Miriam témoigna sa reconnaissance par ses regards, de peur de blesser encore Fabiola; et elles continuèrent à jouir silencieusement de leur bonheur.

Dionysius revint vers le soir, et constata une si grande amélioration, qu'il ordonna une nourriture plus fortifiante et permit une douce et tranquille conversation.

« Je dois maintenant, dit Fabiola aussitôt qu'elles furent seules, remplir le premier devoir dont mon cœur brûlait de s'acquitter, celui de vous remercier. — Je voudrais trouver un mot plus énergique, non pas pour la vie que vous m'avez sauvée, mais pour le généreux sacrifice de la vôtre, et aussi permettez-moi de le dire, pour le rare exemple de vertu héroïque qui l'a inspiré.

— Après tout, je n'ai fait que remplir le plus simple devoir. Vous aviez le droit de sacrifier ma vie pour un motif moins grave que celui de sauver la vôtre, répondit Miriam.

— Sans doute, reprit Fabiola, vous le croyez ainsi parce que vous avez été élevée dans cette doctrine, dont l'élévation m'accable, qui enseigne que les actions les plus héroïques ne sont que l'accomplissement d'un devoir ordinaire.

— Et par là, ajouta Miriam, elles cessent de mériter le nom que vous leur donnez.

— Non, non, s'écria Fabiola avec enthousiasme, n'essayez pas de m'avilir à mes yeux en dépréciant ce que je ne puis m'empêcher de considérer comme un acte de sublime vertu. J'y ai songé nuit et jour depuis que j'en ai été témoin, et mon cœur désirait ardemment vous en parler; mais je n'osais le faire, de peur d'abuser de votre état de faiblesse en vous découvrant les sentiments qui m'oppressaient. Votre conduite a été noble, grande, au-dessus de tout éloge, ce dont vous ne vous souciez guère. Je ne crois pas que votre action puisse être plus sublime ou votre vertu plus méritoire. »

Miriam, qui s'était soulevée sur sa couche, prit la main de Fabiola, et, se tournant vers elle, lui dit avec douceur, mais d'un ton pénétré:

« Bonne et noble dame, daignez m'écouter un instant. Je ne veux pas rabaisser ce que vous êtes assez bonne pour estimer à un si haut prix, cela vous causerait de la peine; mais, pour vous faire voir combien nous sommes encore loin du but, laissez-moi vous décrire une scène semblable où les rôles seront renversés. Supposez un esclave, — pardonnez-moi, chère Fabiola, la douleur que ce mot vous cause, et que je lis sur votre visage; c'est pour la dernière fois, — supposez donc un esclave brutal et ingrat qui se révolte contre le meilleur et le plus doux des maîtres. Il est menacé non par le poignard d'un assassin, mais par le glaive du ministre de la justice humaine. Quel nom donneriez-vous à l'acte de ce maître vertueux qui, par pure affection, irait arracher ce malheureux au tranchant de

suivi du nom de la personne à laquelle ils avaient appartenu; par exemple : affranchi d'Auguste. S'ils étaient nés libres, on les affranchissait comme *ingenuus* ou *ingenua*, et ils rentraient par émancipation dans la classe libre.

la hache et aux verges ignominieuses, et ensuite, par son testament, lui abandonnerait ses titres et ses biens, en exigeant qu'il fût considéré comme son propre frère ?

— O. Miriam, Miriam, ce que vous venez de raconter s'élève trop au-dessus de l'intelligence humaine. Mais cela ne diminue pas la beauté de votre action, car je ne voulais parler que d'une vertu humaine. Pour agir comme vous venez de le dire, il faudrait, s'il était possible, une vertu divine. »

Miriam appuya sur son cœur la main qu'elle tenait dans la sienne, et, arrêtant sur le visage étonné de Fabiola un regard inspiré, elle dit d'une voix douce et grave : ET JÉSUS-CHRIST, QUI S'EST AINSI SACRIFIÉ POUR LES HOMMES, ÉTAIT VRAIMENT DIEU.

— Miriam, je vous remercie de toute mon âme, dit enfin Fabiola ; vous avez rempli votre promesse d'être mon guide. Depuis quelque temps je craignais que vous ne fussiez pas chrétienne : il n'en pouvait être ainsi. Dites-moi maintenant si ces terribles et douces paroles que vous venez de prononcer et qui ont pénétré dans mon cœur aussi profondément, aussi silencieusement qu'une pièce d'or jetée dans la mer disparaît sans retour dans ses profondeurs, dites-moi si elles ne sont qu'une partie du système chrétien ou son principe essentiel.

— Chère Fabiola, votre puissant esprit, aidé d'une simple allégorie, a atteint d'un seul bond la clef de voûte de toute notre doctrine : votre haute intelligence a saisi, puis condensé en une seule pensée l'enseignement vital du christianisme. Vous en avez, pour ainsi dire, recueilli la quintessence.

« L'homme, créature de Dieu et son esclave, s'était révolté contre son maître, la justice irrésistible le poursuivit et le condamna ; ce Dieu « prit la forme d'un serviteur, fut reconnu pour un homme », et sous cette forme il souffrait les coups, les injures, les moqueries, une mort ignominieuse : il devint le Crucifié, comme on l'appelle ; par là il sauva l'homme du sort qui l'attendait, et le rendit participant de ses richesses et de son royaume. Toutes ces vérités sont comprises dans ce que je viens de vous dire. Vous êtes arrivée à la véritable conclusion. Un Dieu était seul capable d'un pareil acte, et pouvait seul offrir une aussi sublime expiation. »

Fabiola demeura quelque temps silencieuse, puis demanda timidement :

« Était-ce donc là ce que vous vouliez faire entendre en Campanie, lorsque vous parliez de Dieu comme de la seule victime de Dieu ?

— Oui, je faisais encore allusion au sacrifice continué jusqu'à nos jours par une merveilleuse dispensation de l'amour extrême de notre Dieu. Je ne puis encore vous en parler. »

Fabiola reprit : « Je vois de plus en plus que toutes ces vérités se déduisent les unes des autres, et demeurent fermement unies comme les différentes parties d'une même plante. Elles ne sont pas seulement les fleurs élégantes d'une stérile théorie ; votre conduite m'a prouvé qu'elles pouvaient mûrir et se transformer en fruits savoureux. La doctrine que vous venez de m'expliquer me semble être la noble souche d'où partent toutes les autres branches qui produisent à leur tour les mêmes fruits dont nous venons de parler. Cependant, Miriam, il existe une racine invisible et profonde qui entretient partout la vie ; invisible peut-être pour nos faibles yeux, trop profonde aussi et trop complexe pour être saisie par l'esprit humain. J'oserai dire, malgré mon ignorance, qu'elle doit être assez vaste pour s'étendre par toute la nature, assez riche pour la remplir de tout bien et de toute perfection, assez forte pour pouvoir nourrir l'arbre majestueux du christianisme jusqu'à ce que sa tête aille toucher les étoiles, et ses branches les extrémités de la terre.

« J'entends ce Dieu que vous m'avez fait redouter lorsque nous en parlions en philosophes, et que vous me le représentiez comme un juge vigilant, présent partout et toujours occupé à surveiller nos actions. Ce Dieu, je suis sûre de l'aimer lorsque vous m'en parlerez en chrétienne, et que je verrai en lui la source et l'origine d'une bonté et d'une miséricorde si merveilleuses. Sa nature est encore pour moi un profond mystère que je ne puis comprendre, ce qui m'empêche de bien saisir cette admirable doctrine du rachat de l'humanité.

— Fabiola, répondit Miriam, de plus savants que moi devraient entreprendre d'éclairer une intelligence aussi bien douée et aussi élevée que la vôtre. Me croirez-vous si j'ose vous présenter quelques explications ?

— Miriam, dit Fabiola avec gravité, celle qui est prête à mourir pour une autre ne voudrait certainement pas la tromper.

— Eh bien, reprit la malade avec un sourire, vous avez saisi un grand principe, celui de la FOI. Je me contenterai donc de vous rapporter les enseignements de Jésus-Christ, qui est mort pour nous. Mes paroles ne sont que celles d'un témoin fidèle ; mais les siennes, auxquelles vous croirez, sont les paroles d'un Dieu infaillible. »

Fabiola baissa la tête, et écouta avec déférence celle qui lui enseignait depuis si longtemps une merveilleuse sagesse, puisée à quelque école inconnue, et qu'elle vénérait maintenant presque comme un ange chargé de lui ouvrir les digues de l'océan éternel, dont les eaux sont la sagesse infinie répandue sur toute la terre.

Miriam lui expliqua, avec toute la simplicité de l'enseignement catholique, la doctrine sublime de la Trinité. Après avoir raconté la chute de l'homme, elle lui découvrit le mystère de l'Incarnation, et, d'après les paroles mêmes de saint Jean, l'histoire du Verbe éternel jusqu'au moment où il s'est fait chair pour demeurer parmi nous. Elle fut souvent interrompue par les expressions de foi et d'admiration de son élève, jamais par un signe d'incrédulité ou de moquerie. La philosophie avait cédé la place à la religion, la subtilité à la soumission, l'incrédulité à la foi.

Fabiola sentit alors la tristesse pénétrer dans son cœur : Miriam s'en aperçut à ses regards, et lui en demanda la cause.

« J'ose à peine vous l'avouer, répondit-elle. Mais tout ce que vous venez de me dire est si beau et si divin, qu'il me semble impossible d'aller plus loin.

« Le VERBE, quel noble nom ! c'est-à-dire l'expression de l'amour de

Dieu, la manifestation de sa sagesse, l'évidence de son pouvoir, le souffle de sa vie créatrice, lui-même enfin, le Verbe s'est fait chair. Qui la lui donnera ? Se revêtira-t-il de l'enveloppe souillée et flétrie des mortels, ou bien une humanité nouvelle sera-t-elle expressément créée pour lui ? Ira-t-il prendre sa place dans une double généalogie pour recevoir ainsi en lui-même un double courant de corruption ? Y a-t-il donc sur la terre quelqu'un d'assez audacieux et d'assez puissant pour oser s'appeler son père ?

— Non, répondit doucement Miriam, mais on trouva une femme assez sainte et assez humble pour être digne d'être appelée sa mère. Près de huit cents ans avant l'arrivée du Fils de Dieu dans le monde, un prophète parla et confia le dépôt de ses prophéties aux Juifs, les ennemis invétérés du Christ. Écoutez ses paroles : « Voici qu'une vierge concevra et enfantera un fils, et son nom sera EMMANUEL[1], » qui signifie en hébreu DIEU AVEC NOUS, c'est-à-dire avec les hommes. Cette prophétie fut vérifiée par la conception et la naissance du Fils de Dieu sur la terre.

— Et qui était-elle ? demanda Fabiola avec le plus grand respect.

— C'est celle dont le nom est béni par tous ceux qui aiment véritablement son fils. Marie est le nom par lequel vous la connaîtrez. Je l'honore sous le nom de Miriam, qu'on lui donne dans la langue de son pays. Sa sainteté et ses vertus l'avaient bien préparée, vous pouvez le croire, à une destinée si haute ; elle n'avait pas été purifiée, mais elle était toujours demeurée pure ; elle n'avait pas été seulement délivrée de ses fautes, mais toujours exempte de péché. Le courant de corruption dont vous parliez tout à l'heure rencontra devant Marie l'obstacle d'un éternel décret ; car la sainteté de Dieu n'aurait pu s'incorporer à une créature déjà souillée, et qu'il ne pouvait racheter qu'à la condition de lui rester étrangère. La chair et le sang dont l'esprit de Dieu forma dans le sein de Marie la glorieuse humanité de Jésus étaient aussi généreux que le sang d'Adam, lorsque le souffle de Dieu le fit couler dans ses veines, et aussi purs que la chair d'Ève, quand l'Éternel la tenait entre ses mains après l'avoir enlevée du côté du premier homme endormi.

« Après un si glorieux privilège accordé à notre sexe, vous étonnerez-vous si un grand nombre de vierges, semblables à notre douce Agnès, ont choisi cette Vierge incomparable pour modèle de leur vie, trouvant en cette élue de Dieu l'exemple de toutes les vertus, et préfèrent, au lieu de s'attacher, même par les liens les plus doux, aux sordides intérêts de ce monde, monter vers le ciel sur les ailes d'un amour aussi pur que le sien ? »

Après un instant de silence et de réflexion, Miriam lui raconta brièvement l'histoire de la naissance de notre Sauveur, sa jeunesse laborieuse, sa vie publique, active et souffrante, puis enfin son ignominieuse passion. Plus d'une fois son récit fut interrompu par les pleurs et les sanglots de celle qui recueillait ses paroles avec tant d'ardeur et d'avidité. L'heure du repos arriva enfin, et Fabiola demanda avec humilité :

[1] Isaïe, VII, 14.

« Êtes-vous trop fatiguée pour répondre encore à une question?

— Non, répondit gaiement Miriam.

— Quel espoir, dit Fabiola, reste-t-il à une personne qui ne pouvait s'excuser sur son ignorance, puisqu'elle prétendait tout savoir, ni sur sa négligence à s'instruire, car elle affectait de rechercher avec ardeur toutes sortes de sciences; qui méprisait la véritable sagesse et blasphémait Celui qui la donne; qui se raillait du Crucifié et tournait en ridicule les tourments et la mort qu'il a endurés pour l'amour de nous et pour notre salut? »

Un déluge de larmes lui coupa la parole.

Miriam attendit que ce flot de pleurs consolants se fût transformé en cette douce rosée qui attendrit le cœur, et lui dit ensuite d'une voix affectueuse :

« Aux jours de Notre-Seigneur, vivait une femme qui portait le même nom que sa mère immaculée; elle s'était abandonnée à des vices publics et dégradants qui vous feraient horreur, Fabiola. On ne sait de quelle façon elle connut son Rédempteur. Sa gracieuse et miséricordieuse familiarité avec les pécheurs, son extrême indulgence, et sa clémence envers ceux qui avaient failli, touchèrent le cœur de cette femme, et elle se mit à l'aimer d'un ardent amour qui croissait sans cesse. S'oubliant elle-même, elle cherchait de quelle manière elle manifesterait son amour, afin de lui procurer, autant qu'il était en elle, tout l'honneur qui lui est dû, et d'accroître la honte qu'elle avait si justement méritée.

« Elle alla dans la maison d'un homme riche où l'on n'avait pas observé envers le divin convive les lois habituelles de l'hospitalité, d'un homme orgueilleux qui, dans la présomption de son cœur, méprisait la pécheresse publique. Là elle entreprit de rendre à celui qu'elle aimait les honneurs qui lui avaient été refusés; selon son attente, cette manifestation gênante de sa douleur ne lui attira que des injures.

— Que fit-elle, Miriam?

— Elle s'agenouilla à ses pieds pendant qu'il était à table, les mouilla de ses pleurs, qu'elle essuya avec sa belle chevelure, et, après les avoir respectueusement baisés, elle les oignit d'un riche parfum.

— Qu'en résulta-t-il?

— Jésus prit sa défense contre les moqueries ironiques de son hôte, lui dit que ses péchés lui étaient remis à cause de son amour, et la congédia avec douceur.

— Que devint-elle?

— Lorsqu'il fut crucifié sur le Calvaire, deux femmes eurent le privilège de rester à ses pieds : Marie immaculée et Marie la pénitente, afin de montrer que l'amour pur et l'amour repentant peuvent marcher ensemble près de Celui qui a dit qu'il était venu appeler non les justes, mais les pécheurs à la pénitence. »

La conversation en resta là pour la nuit. Miriam, fatiguée de cet effort, céda à un doux sommeil. Fabiola, assise auprès d'elle, sentait son cœur tout rempli de ce récit d'un si grand exemple d'amour. Plus elle y réfléchissait, plus elle voyait avec quelle logique les différentes parties de ce

système étaient liées ensemble. Puisque Miriam, imitant en cela l'amour
de son maître, s'était montrée prête à mourir pour elle, à plus forte raison
était-elle disposée à lui pardonner la blessure qu'elle lui avait faite avec
tant de légèreté. Elle comprenait maintenant que chaque chrétien devait
être la fidèle copie, la personnification vivante de son Maître; et celle qui
dormait alors si tranquillement à ses côtés devait bien certainement ressembler à son modèle et en être la plus frappante image.

Lorsque Miriam ouvrit les yeux quelque temps après, elle vit sa maîtresse
(car l'acte de sa libération n'était pas encore dressé) couchée à ses pieds,
où elle s'était endormie, épuisée par les larmes. Elle comprit tout de suite
le véritable sens et le mérite de cette humiliation volontaire; elle resta immobile, remerciant Dieu de tout son cœur de ce qu'il avait daigné accepter
son sacrifice.

A son réveil, Fabiola se glissa silencieusement dans sa chambre, croyant
n'avoir point été remarquée. Elle avait acheté cet acte d'abaissement au
prix d'un instant de secrète et douloureuse angoisse; mais elle avait ter-
rassé son esprit orgueilleux, et pour la première fois elle sentit qu'elle
était chrétienne dans le cœur.

 SON arrivée, le lendemain matin, Dionysius trouva Miriam et sa garde-malade avec un visage si radieux et si gai, qu'il les complimenta toutes les deux sur l'excellente nuit qu'elles venaient de passer. Elles se mirent à rire, en avouant que cette nuit avait été la plus heureuse de leur vie. Dionysius était fort étonné; mais Miriam, prenant la main de Fabiola, lui dit :

« Vénérable prêtre de Dieu, je confie à vos soins paternels cette catéchumène, qui désire être pleinement instruite des mystères de notre sainte foi, et régénérée dans les eaux du salut éternel.

— Quoi! s'écria Fabiola stupéfaite, seriez-vous plus qu'un médecin?

— Chère enfant, répondit le vieillard, malgré mon indignité, je remplis l'office bien plus sublime de prêtre dans l'Église de Dieu. »

Fabiola s'agenouilla sans hésiter à ses pieds, et lui baisa la main. Le prêtre plaça sa main droite sur la tête et lui dit :

« Prenez bon courage, ma fille; vous n'êtes pas la première de votre maison que le Seigneur a appelée dans sa sainte Église. Il y a déjà bien des années que je fus mandé ici en qualité de médecin par une ancienne servante qui n'existe plus; en réalité, c'était pour administrer le baptême, quelques heures avant sa mort, à l'épouse de Fabius.

— Ma mère! s'écria Fabiola, qui mourut immédiatement après m'avoir mise au monde. Est-elle donc morte chrétienne?

— Oui, et je ne doute pas qu'elle n'ait veillé sur vous toute votre vie, en compagnie de votre ange gardien, pour vous guider jusqu'à cette heure de bénédiction. Prosternée devant le trône de Dieu, elle n'a pas cessé d'offrir ses prières en votre faveur. »

Une joie inexprimable remplit le cœur des deux amies. Après avoir pris avec Dionysius tous les arrangements nécessaires pour son instruction et sa préparation avant d'être admise au baptême, Fabiola s'approcha de Miriam, lui prit la main, et murmura ces douces paroles :

« Miriam, puis-je dorénavant vous appeler ma sœur? » Un serrement de main fut toute la réponse qu'elle put donner.

A l'exemple de leur maîtresse, la vieille nourrice Euphrosyne et l'esclave grecque suivirent les mêmes instructions, afin de se préparer à recevoir le baptême la veille de Pâques. N'oublions pas non plus une autre personne enrôlée déjà parmi les catéchumènes, et que Fabiola avait recueillie chez elle, Émérentienne, la sœur de lait d'Agnès. Toute sa joie était de se rendre utile en servant de messagère entre la chambre de la malade et le reste de la maison.

Pendant sa maladie et sa convalescence, Miriam donna à Fabiola beaucoup de détails sur la première partie de sa vie : comme ils peuvent jeter quelque lumière sur les événements que nous avons précédemment racontés, nous les rapporterons ici sans interruption.

Quelques années avant le commencement de notre récit, vivait à Antioche un homme riche, quoique d'origine plébéienne, et qui fréquentait la société la plus distinguée de cette voluptueuse cité. Afin de soutenir ce genre de vie, il était obligé à de grandes dépenses; faute de prudence et d'économie, il se vit bientôt écrasé de dettes. Il avait épousé une femme très vertueuse, qui devint d'abord chrétienne en secret et obtint difficilement plus tard de son mari la permission de pratiquer ouvertement sa foi. Leurs deux enfants, un fils et une fille, furent élevés sous ses yeux dans la maison paternelle. Le premier, Orontius, ainsi appelé en souvenir du cours d'eau qui arrosait la ville, avait quinze ans lorsque son père découvrit la religion de sa femme. L'enfant avait reçu les premiers enseignements du christianisme sur les genoux de sa mère, qu'il accompagnait à l'église pendant les cérémonies du culte; il possédait ainsi une science dangereuse, dont il fit plus tard un fatal usage.

Il n'avait pas la moindre inclination à embrasser la doctrine ou à adopter les pratiques du christianisme; aussi refusa-t-il de se préparer au baptême. Opiniâtre, astucieux, il ne pouvait supporter qu'on voulût mettre un frein à ses passions et à ses instincts pervers. Son unique but était de faire son chemin en ce monde et de se livrer à tous les plaisirs. Son éducation avait toujours été soignée : outre le grec, généralement usité à Antioche, il parlait couramment et avec élégance le latin, comme nous l'avons vu, mais avec un léger accent étranger. Au sein de la famille, dans les conversations familières avec les domestiques, on se servait de l'idiome du pays. Orontius fut enchanté d'être retiré des mains de sa mère par son père, qui lui ordonna de continuer à suivre la religion dominante et favorisée par l'État.

Quant à sa fille, moins âgée de trois ans, le père s'en inquiéta peu. A son avis, il était ridicule et indigne d'un homme de s'occuper de religion, et une marque de faiblesse d'en changer en abandonnant celle de l'empire. On peut passer aux femmes des fantaisies de ce genre, à cause de la vive

imagination qui domine leurs sentiments. Il permit à sa fille Miriam, dont
le nom était syrien, parce que sa mère appartenait à une riche famille
d'Édesse, de continuer les pratiques de sa nouvelle croyance. Déjà profondément instruite, elle devint un modèle de vertu, de simplicité et de modestie. Remarquons qu'à cette époque la ville d'Antioche était célèbre par
le savoir de ses philosophes, dont les plus éminents étaient chrétiens.

Quelques années plus tard, lorsque le fils fut arrivé à l'âge d'homme,
après avoir développé tous ses fâcheux penchants, la mère mourut. Avant
sa mort, elle avait discerné les symptômes de la ruine prochaine de son
mari. Redoutant que sa fille n'eût à souffrir de la mauvaise administration
de celui-ci, ou de l'égoïsme et de l'ambition de son fils, elle avait soigneusement mis à l'abri de leur rapacité sa grande fortune, qu'elle plaça
sur la tête de Miriam. Elle résista à toutes les manœuvres qu'on employa
pour la décider à abandonner ces biens, ou à consentir à les joindre aux
autres ressources de la famille, pour être employés à réparer ses désastres.
Sur son lit de mort, parmi les graves recommandations maternelles qu'elle
imposa à la piété filiale de Miriam, elle exigea qu'après sa majorité elle
ne consentit jamais à rien changer à ses dispositions.

Les affaires se compliquaient de plus en plus; les créanciers devenaient
pressants; on avait déjà vendu des biens inconsidérément, lorsque parut
dans la famille un personnage mystérieux nommé Eurotas. Le chef de la
maison était le seul qui parût le connaître; son arrivée était évidemment
pour lui à la fois une bénédiction et une malédiction, le salut et la
ruine.

Le lecteur connaît déjà le secret d'Eurotas. Contentons-nous d'ajouter
qu'il était le frère aîné; mais, comprenant bien que son caractère brusque,
sombre et morose, le rendait impropre à soutenir le rôle de chef de famille
et à administrer une fortune bien établie, tourmenté d'abord d'un ambitieux désir d'élever sa maison à un rang supérieur et d'augmenter même
ses richesses, il se contenta d'un modeste capital et disparut pendant plusieurs années. Il revint après avoir entrepris un dangereux commerce dans
l'intérieur de l'Asie, pénétré dans la Chine et l'Inde, amassé une fortune
considérable et réuni une collection de pierreries d'un très grand prix, qui
aidèrent son neveu dans sa carrière à Rome, en le conduisant néanmoins
à sa perte.

Au lieu d'une famille opulente à laquelle il communiquerait son superflu,
Eurotas retrouva une maison qu'il fallait sauver de la ruine. Son orgueil
reprit le dessus; après d'amers reproches et bien des querelles secrètes
avec son frère, il paya ses dettes en anéantissant son propre capital, et
devint réellement le maître des débris de la fortune de son frère et celui
de toute la famille.

Après quelques années d'une vie abreuvée de chagrins, le père tomba
malade et mourut. A son lit de mort, il avoua à Orontius qu'il n'avait rien
à lui laisser, que depuis quelques années ils vivaient des libéralités de son
ami Eurotas, auquel appartenait la maison même où ils demeuraient, et,
sans faire connaître à son fils les liens de parenté qui les unissaient, il

l'engagea à le prendre pour guide et pour soutien. Cet orgueilleux jeune homme, plein d'ambition et livré aux plaisirs, se trouva donc à la merci d'un homme non moins ambitieux que lui, froid et implacable, qui lui enjoignit bientôt, comme la base d'une mutuelle confiance, une soumission absolue à sa volonté, tandis qu'il semblerait lui-même agir comme un homme d'un rang inférieur. Il posa de plus en principe que rien n'était trop important ou trop méprisable, aucune action trop honnête ou trop vicieuse, pour rendre à sa famille sa position et ses richesses.

Il était impossible de rester à Antioche après la ruine qui venait de les atteindre. Avec un bon capital on pourrait réussir ailleurs. Malheureusement la vente de tous les débris de leur fortune permettait à peine de payer les nouvelles dettes découvertes après la mort du père. Les biens de la sœur étaient encore intacts ; ils reconnurent qu'il était *indispensable* de s'en emparer. On essaya tous les artifices, tous les moyens de persuasion : Miriam résista simplement et avec fermeté, par obéissance d'abord aux ordres de sa mère mourante, et ensuite parce qu'elle avait en vue la fondation d'une maison de vierges consacrées à Dieu, où elle comptait passer le reste de ses jours. Du reste elle avait atteint l'âge où la loi lui permettait de disposer de ses biens.

Elle offrit à son frère et à Eurotas tous les avantages qu'elle pouvait leur accorder, et leur proposa même de vivre pour quelque temps ensemble et à sa charge. Tout cela ne répondait point à leurs vues ; après avoir épuisé tous les autres moyens, Eurotas commença donc à suggérer qu'il était nécessaire de se débarrasser à tout prix d'une personne si gênante.

D'abord Orontius frémit à cette pensée. Eurotas l'y accoutuma graduellement, de telle sorte que, reculant devant l'accomplissement d'un fratricide, il finit par croire, à l'exemple des frères de Joseph, qu'il agissait vertueusement en adoptant à l'égard de sa sœur des moyens plus lents et moins sanguinaires. Les stratagèmes et les violences secrètes que la loi ne pouvait atteindre, et que personne n'osait révéler, tels étaient les moyens qui devaient lui offrir les meilleures chances de succès.

Parmi les privilèges des chrétiens aux premiers siècles, nous avons déjà mentionné celui de pouvoir conserver chez eux la sainte Eucharistie pour la communion domestique. Nous avons dit qu'on l'enveloppait dans un *oratorium,* ou toile de lin entourée d'une autre étoffe plus riche encore. Selon saint Cyprien, ce précieux dépôt était conservé dans un coffret (*arca*) muni d'un couvercle [1].

Orontius le savait très bien ; il n'ignorait pas non plus que le contenu était estimé bien au-dessus de l'or et de l'argent, et que, selon le témoignage des Pères, celui qui laissait tomber par négligence une parcelle de pain consacré était considéré comme un criminel [2]. Le nom de « perles »,

---

[1] « Cum arcam suam, in qua Domini sanctum fuit, manibus indignis tentasset aperire, igne inde surgente deterrita est, ne auderet attingere. » — Lorsque ses mains indignes tentèrent d'ouvrir son coffret, où était déposé le saint [corps] du Seigneur, une flamme s'en échappa subitement et l'empêcha d'y toucher... (*De Lapsis.*)

[2] Voyez Martène, *De antiquis Ecclesiæ ritibus.*

donné aux plus petits fragments[1], montrait qu'ils étaient si précieux aux yeux des chrétiens, qu'ils eussent donné tout au monde pour les soustraire à une profanation sacrilège.

L'écharpe richement brodée de perles, qui a déjà joué un grand rôle dans notre récit, était cette enveloppe extérieure dont la mère de Miriam entourait son trésor. Pour sa fille, c'était un précieux héritage, un objet sacré, dont elle continuait à se servir pour le même usage.

Un jour, de grand matin, Miriam s'agenouilla devant son coffret, et, après une fervente préparation, se disposait à l'ouvrir. A son grand désespoir, elle s'aperçut que déjà il avait été fracturé : son trésor n'y était plus ! Comme Marie Madeleine, elle pleura amèrement, parce qu'on avait enlevé son Seigneur, et qu'elle ignorait où on l'avait mis[2]. Comme elle encore « elle se pencha en pleurant et regarda » dans son coffret, où elle aperçut un papier qui avait échappé à ses regards, au milieu de son trouble.

On l'informait que ce qu'elle cherchait était sain et sauf entre les mains de son frère, à qui elle le pourrait racheter. Elle courut aussitôt à l'endroit où il se tenait enfermé avec l'homme au sombre visage dont la présence la faisait trembler; elle se jeta à ses genoux, et le conjura de lui rendre ce qu'elle estimait plus que toute sa fortune. Orontius était sur le point de se laisser toucher par ses larmes et ses supplications; mais Eurotas le terrifia en arrêtant sur lui un regard implacable, et dit à sa sœur :

« Miriam, nous vous prenons au mot. Nous voulons mettre à une épreuve décisive l'ardeur et la réalité de votre foi. Votre offre est-elle vraiment sincère ?

— J'abandonnerai tout ce que je possède pour sauver le Saint des saints de la profanation.

— Alors signez ce papier, » dit Eurotas avec un sourire sarcastique.

Elle prit la plume, et après avoir rapidement parcouru la pièce, la signa. C'était un abandon à Eurotas de tous ses biens. Orontius était furieux, lorsqu'il se vit joué par l'homme auquel il avait suggéré l'idée de tendre ce piège à sa sœur. Il était trop tard : plus que jamais il retombait à la merci de ce maître impitoyable. On exigea ensuite de Miriam une renonciation à ses droits plus explicite, et selon les formalités de la loi romaine.

Pendant quelque temps elle fut traitée avec douceur; puis on lui fit sentir indirectement qu'elle ferait bien de songer à s'éloigner; car Orontius et son ami avaient l'intention de se rendre à Nicomédie, résidence de l'empereur. Elle demanda qu'on l'envoyât à Jérusalem, où elle pourrait être admise dans quelque communauté de saintes femmes. On l'embarqua donc, avec une somme d'argent tout à fait insuffisante, à bord d'un vaisseau dont le capitaine avait une fort mauvaise réputation. Mais elle portait autour du cou ce qu'elle mettait au-dessus de toutes les richesses. Saint Ambroise, parlant de son frère Satyrus, encore catéchumène, nous

---

[1] Il en est de même dans les liturgies orientales. Fortunat appelle la sainte Eucharistie : « Corporis Agni margaritum ingens. » La perle inestimable du corps de l'Agneau. (Lib. III, cap. xxv.)

[2] Joan. xx, 2.

apprend que les chrétiens portaient ainsi la sainte Eucharistie autour du cou quand ils entreprenaient un voyage[1]. Inutile d'ajouter que Miriam avait enveloppé son trésor dans le seul objet de valeur qu'elle tenait à emporter de la maison de son père.

Lorsque le vaisseau mit à la voile, au lieu de suivre la côte jusqu'à Joppé ou tout autre port, le capitaine prit la haute mer, comme s'il se dirigeait vers un rivage éloigné. Il n'était pas facile de connaître son but; ses passagers, peu nombreux, s'alarmèrent, et il s'éleva une grande querelle. Une tempête soudaine termina ce débat; le vaisseau, devenu le jouet des vents pendant plusieurs jours, alla enfin se briser sur les rochers d'une île voisine de Chypre. A l'exemple de Satyrus, Miriam attribua au précieux fardeau qu'elle portait la faveur d'avoir pu arriver saine et sauve sur le rivage. Elle se crut la seule survivante du naufrage; du moins elle ne revit aucun de ses compagnons. Ceux qui survécurent racontèrent sans doute à Antioche qu'elle avait péri avec les autres passagers de l'équipage.

Elle fut recueillie par des hommes qui vivaient des dépouilles de la mer. Pauvre et abandonnée, elle fut vendue à un marchand d'esclaves, envoyée à Tarse sur le continent, et vendue de nouveau à une personne de haut rang qui la traita avec bonté.

Peu de temps après, Fabius donna à l'un de ses agents en Asie l'ordre de lui procurer à n'importe quel prix une esclave de manières distinguées et d'un caractère vertueux, si la chose était possible, pour le service de sa fille. C'est ainsi que Miriam, sous le nom de Syra, vint apporter le salut dans la demeure de Fabiola.

[1] *De Morte Satyri.*

CHAPITRE XXXIV

EU de jours après les événements que nous avons racontés dans notre avant-dernier chapitre, on vint avertir Fabiola qu'un vieillard paraissant être dans le plus grand chagrin demandait à lui parler. Elle alla le trouver, et s'enquit de son nom et de son affaire.

« Mon nom, noble dame, répondit-il, est Éphraïm; il m'est dû une somme importante, garantie par la fortune de feu la noble Agnès, fortune qui vient de passer entre vos mains. Je viens donc vous réclamer cette dette; si vous en refusez le payement, je suis un homme ruiné.

— Comment est-ce possible? demanda Fabiola stupéfaite; je ne puis croire que ma cousine ait contracté des dettes.

— Il ne s'agit pas d'elle, répondit l'usurier avec un peu d'embarras, mais d'un seigneur nommé Fulvius, à qui la fortune devait revenir par confiscation, et sur cette garantie je lui ai avancé des sommes considérables. »

Le premier mouvement de Fabiola fut de faire jeter cet homme à la porte; mais elle pensa à la sœur de Fulvius, et répondit avec politesse :

« Je payerai toutes les dettes que Fulvius aura pu contracter, au taux d'intérêt légal, et sans tenir compte d'arrangements usuraires.

— Songez aux risques que j'ai courus, madame; ma demande est très modérée, je puis vous l'assurer.

— Allez voir mon intendant, il arrangera cette affaire; avec moi, du moins, vous ne courez aucun risque. »

Elle donna à l'affranchi chargé de la gestion de ses biens l'ordre de payer la somme à ces conditions, ce qui la réduisit de moitié. Mais elle lui confia bientôt une tâche plus laborieuse, celle d'examiner tous les comptes de son père, et d'y rechercher toutes les traces de spoliation, afin de restituer toutes ses richesses mal acquises. De plus, s'étant assurée que Corvinus avait réellement obtenu de l'empereur, par l'entremise de son père, l'édit qui sauvait de la confiscation la fortune qui lui revenait de droit, elle lui fit remettre une récompense qui assura le bien-être de sa vie; mais elle refusa de le voir.

Après avoir rapidement arrangé ses affaires temporelles, elle partagea toute son attention entre le soin de la malade et sa préparation au baptême. Afin de hâter le rétablissement de Miriam, elle la fit transporter, avec un petit nombre de domestiques, dans un endroit qui lui était cher, à la villa Nomentane. On était aux premiers jours du printemps : le lit de Miriam pouvait être approché de la fenêtre, et même, pendant la plus chaude partie du jour, on la transportait dans le jardin, devant la maison. Là, avec Fabiola d'un côté, Émérentienne de l'autre, et à leurs pieds le vieux Molosse, qui avait perdu toute son ardeur, ils causaient des amis perdus, et surtout de celle dont les objets environnants leur rappelaient le souvenir. Aussitôt qu'on prononçait le nom d'Agnès, son vieux et fidèle serviteur dressait les oreilles et remuait la queue, en regardant autour de lui. Ils s'entretenaient aussi fréquemment du christianisme, et Miriam complétait avec humilité et modestie, mais avec cette expression ardente qui ravissait autrefois Fabiola, les instructions que leur donnait le vénérable Dionysius.

Par exemple, lorsqu'il leur parlait de la vertu et de la signification du signe de la croix, qu'on emploie au baptême, « soit sur la tête des croyants, soit sur l'eau dans laquelle on les régénère, sur l'huile et sur le chrême dont on les marque, soit enfin sur la victime dont le sacrifice les nourrit[1], » Miriam expliquait aux catéchumènes son usage plus domestique et plus pratique. Elle les exhortait, à l'exemple de tous les bons chrétiens, à tracer déjà sur eux-mêmes le signe de la croix, « durant et avant le travail, en entrant et en sortant, en prenant leurs vêtements et leurs sandales, en se levant, en se mettant à table, en allumant leur lampe, en se couchant, en s'asseyant, et pendant qu'ils conversaient entre eux[2]. »

Tous, excepté Fabiola, observaient avec douleur que la malade ne reprenait point ses forces, quoique sa blessure fût guérie. Souvent c'est la mère ou la sœur qui sont les dernières à s'apercevoir des ravages insensibles que fait la maladie chez ceux qui leur sont chers. L'amour est si plein d'espoir et si aveugle! Les joues de Miriam étaient animées par la fièvre; elle était faible et amaigrie, et une toux légère se faisait entendre de temps à autre. Elle passait de longues heures sans sommeil, et avait fait placer son lit de façon qu'elle pût apercevoir depuis les premières heures du jour l'endroit qui leur semblait à toutes plus splendide que le plus brillant parterre.

Pendant longtemps il avait existé dans la villa une des entrées du cimetière qui avoisinait la route, et qu'on appelait déjà le cimetière d'Agnès, parce que la sainte martyre avait été ensevelie près de la porte. Son corps

[1] S. Aug. Tract. cxviii, in Joan.
[2] Tertullien, qui vivait deux cents ans après Jésus-Christ, est le plus ancien écrivain ecclésiastique. (De Corona milit., c. iii.)

Fabiola aperçut la pauvre Émérentienne baignant dans son sang
et privée de vie.

reposait dans un *cubiculum,* ou chambre, sous une tombe voûtée. Au-
dessus de l'entrée de cette chambre se trouvait une ouverture, entourée
en haut, à l'extérieur, d'un petit parapet caché par des buissons, au milieu
des jardins, et par laquelle l'air et la lumière arrivaient dans la salle
souterraine. C'est vers ce point que Miriam aimait à diriger ses regards ;
son état de faiblesse ne lui permettait pas de vénérer autrement la tombe
de celle qu'elle avait environnée de tant de respect et d'amour.

Un jour, de très bonne heure, par une splendide et calme matinée, car
on n'était plus séparé de Pâques que par quelques semaines, elle regardait
de ce côté, lorsqu'elle remarqua cinq ou six jeunes gens allant pêcher
dans l'Anio et qui se permirent de traverser la villa, commettant ainsi un
délit. Ils passèrent à côté de cette ouverture et l'un d'eux, l'ayant remarquée, appela les autres.

« Voici une des cachettes souterraines des chrétiens, dit-il

— C'est l'entrée de leurs terriers.

— Descendons, ajouta l'un d'eux.

— Oui, et comment remonterons-nous ? » demanda un second.

Miriam ne pouvait entendre ce dialogue ; mais elle observa ce qu'ils firent
ensuite. Un des jeunes gens, qui avait regardé avec plus d'attention en abritant ses yeux, invita ses compagnons à en faire autant, en leur recomman-
dant le silence du geste. Ils prirent aussitôt de lourds cailloux parmi les
rocailles d'une fontaine voisine, et les lancèrent sur ce qu'ils apercevaient
au bas de l'ouverture. Ils partirent en poussant de longs éclats de rire ;
et Miriam s'imagina qu'ils avaient aperçu un serpent ou quelque animal
dangereux, et s'étaient amusés à le détruire à coups de pierres.

Lorsque tout le monde fut levé, elle raconta ce qu'elle avait vu, afin
qu'on allât enlever les décombres. Fabiola descendit elle-même dans le
cimetière avec quelques domestiques ; car elle veillait sur la tombe d'Agnès
avec un soin jaloux. Quel ne fut pas son chagrin d'apercevoir la pauvre
Émérentienne, qui était venue prier auprès de la tombe de sa sœur de lait,
baignant dans son sang et privée de vie ! On découvrit que, la veille au
soir, passant près de la rivière au moment où l'on y célébrait quelque orgie
païenne, elle avait été invitée à y prendre part ; elle ne se contenta pas
de refuser, et reprocha à tous ceux qui étaient présents leur conduite
méchante et cruelle envers les chrétiens. On l'avait aussitôt assaillie de
pierres et grièvement blessée : mais elle échappa à leur fureur en se réfu-
giant dans la villa. Se sentant affaiblie par ses blessures, elle se traîna,
inaperçue, jusqu'à la tombe d'Agnès, afin d'y prier. Elle y était restée,
incapable de se remuer, et c'est là que ses ennemis de la veille l'avaient
découverte. Ces païens brutaux avaient prévenu le ministère de l'Église,
en lui conférant le baptême du sang. On l'enterra près d'Agnès ; et cette
modeste et obscure enfant fut admise à l'honneur d'une commémoration
annuelle parmi les saints.

Fabiola et ses compagnes suivirent le cours ordinaire de la préparation
au baptême, qui fut néanmoins abrégé à cause de la persécution. Comme
elles demeuraient à l'entrée d'un cimetière muni de vastes églises, elles

purent ainsi parcourir les trois degrés du catéchuménat. On les admit
d'abord parmi les *auditeurs* (*audientes*), qui assistaient à la lecture des
leçons; puis au nombre des *agenouillés* (*genuflectentes*), qui restaient pendant une partie des prières liturgiques; enfin parmi les *élus* (*electi*) ou
solliciteurs (*competentes*), qui demandaient le baptême.

Une fois parvenues à cette dernière classe, elles durent paraître fréquemment dans l'église, surtout aux trois mercredis qui suivent le premier,
le quatrième et le dernier dimanche de carême : on trouve encore dans le
missel romain une seconde collecte et une seconde leçon qui rappellent
cet usage. Celui qui étudierait les cérémonies actuelles du baptême dans
l'Église catholique, surtout des adultes, verrait condensé dans cet office
tout ce qui se faisait anciennement à plusieurs reprises. Un jour on renon-
çait à Satan, ce qui se renouvelait au moment du baptême; un autre jour
on touchait les narines et les oreilles des catéchumènes, ce qu'on appelait
la cérémonie de l'*Ephpheta*. On répétait ensuite les exorcismes, les génu-
flexions et les signes de croix sur le front et le corps[1], les insufflations
sur le candidat et d'autres rites mystérieux. Venait ensuite l'onction
solennelle, qui ne se bornait pas à la tête, mais s'étendait à tout le
corps.

Le *Credo* était appris par cœur avec le plus grand soin. Ce n'était qu'après
le baptême qu'on découvrait la doctrine de la sainte Eucharistie.

Durant ces exercices obligatoires multipliés, le carême s'écoulait rapidement et solennellement, et la veille de Pâques arrivait.

Nous ne décrirons pas les cérémonies de l'Église dans l'administration
des sacrements. La liturgie ne reçut son grand développement qu'après
l'établissement de la paix; toute splendeur extérieure du culte était incompatible avec la persécution qui désolait l'Église.

Il nous suffit d'avoir démontré que non seulement les doctrines et les
rites sacrés, mais encore les cérémonies et les accessoires sont les mêmes
qu'aux trois premiers siècles. Si notre exemple paraît digne d'être suivi,
un autre pourra décrire une époque plus brillante que celle-ci. Le baptême
de Fabiola et de ses serviteurs ne fut l'occasion que d'une joie purement
spirituelle. Les différents titres de la ville étaient tous fermés, entre autres
celui de Saint-Pastor, où se trouvait le baptistère papal.

Le grand jour étant arrivé, la petite troupe de nos amis partit de très
bonne heure, contourna la ville le long des murailles, jusqu'à l'extrémité
opposée, s'engagea dans la *via Portuensis*, route qui conduisait au port
situé à l'embouchure du Tibre, entra dans une vigne proche des jardins
de César, et descendit dans le cimetière de Pontianus, célèbre par le tombeau des martyrs persans les saints Abdon et Sennen.

La matinée fut consacrée à la prière et à la préparation : le soir commença l'office solennel qui devait se prolonger pendant la nuit.

Le moment de l'administration du baptême fut une assez triste cérémonie. Au fond des entrailles de la terre on avait réuni les eaux d'une

[1] Dans le baptême des adultes, on ajoutait à ces cérémonies la récitation du *Pater*.

source dans une sorte de puits ou de citerne, profonde de quatre à cinq
pieds. Les eaux contenues dans cette piscine souterraine, taillée dans le
tufo ou roc volcanique, étaient limpides, mais froides et mornes, si l'on
peut s'exprimer ainsi. Une longue suite de marches conduisait à ce grossier
baptistère; de chaque côté on avait ménagé une petite saillie assez grande
pour le prêtre et pour le candidat, qu'on plongeait à trois reprises dans
ces eaux purifiantes.

Tout cela est resté intact jusqu'à nos jours; seulement on remarque
au-dessus de l'eau une peinture représentant saint Jean baptisant Notre-
Seigneur, qui a été ajoutée un ou deux siècles plus tard.

Immédiatement après le baptême on donnait la confirmation : c'est alors
que le néophyte, ce nouveau-né de l'Église, était admis pour la première
fois, après avoir été soigneusement instruit, à la table sainte du Seigneur
et nourri du pain des anges.

Fabiola revint dans sa villa le jour de Pâques, et assez tard; Miriam ne
l'accueillit que par un long et silencieux embrassement. Elles étaient toutes
deux si heureuses, si amplement récompensées de ce qu'elles avaient fait
l'une pour l'autre depuis tant de mois, qu'elles ne pouvaient trouver une
parole pour exprimer leurs sentiments. Pendant toute cette journée, le cœur
de Fabiola fut rempli d'une noble fierté en songeant qu'elle venait de s'élever à la hauteur de son ancienne esclave, non pas en vertu, en beauté
de caractère, en grandeur d'âme, en céleste sagesse ou en mérite devant
Dieu : oh ! non; elle se sentait bien inférieure à tous ces points de vue.
Mais elle dit à Miriam dans un transport de joie qu'elle se croyait son
égale comme enfant de Dieu, comme héritière d'un royaume éternel,
comme membre vivant du corps du Christ, admise au partage de ses
miséricordes et aux mérites de sa rédemption, et comme une créature
qui vient de renaître en lui.

Jamais elle n'avait porté un splendide vêtement avec tant d'orgueil que
la robe dont on l'avait revêtue en sortant des fonts baptismaux, et qu'elle
devait garder pendant huit jours.

Mais notre Père miséricordieux sait tempérer nos joies par nos chagrins
au moment précis où nous sommes le mieux préparés à les recueillir En
embrassant tendrement Miriam, comme nous venons de le dire, elle remarqua pour la première fois la respiration courte et pénible de cette sœur
bien-aimée. Elle ne voulut pas trop y songer alors; mais elle fit prier Dionysius de venir le lendemain. Ce soir-là elles se réunirent toutes pour le
festin du jour de Pâques. Fabiola était heureuse de présider à cette petite
fête, assise à la même table à côté de Miriam, en compagnie de ses esclaves
converties et de celles d'Agnès, qu'elle avait gardées auprès d'elle. Elle ne
se rappelait pas d'avoir fait un plus heureux souper.

Le lendemain de très bonne heure, Miriam appela Fabiola à ses côtés,
et lui dit d'un ton caressant qu'elle n'avait jamais employé avec elle :

« Chère sœur, que ferez-vous donc quand je vous aurai quittée? »

Fabiola fut accablée de chagrin : « Allez-vous donc m'abandonner? J'es-
pérais que nous allions vivre ensemble comme deux sœurs. Si vous dési-

rez quitter Rome, ne puis-je vous accompagner pour vous soigner et vous servir ? »

Miriam sourit, une larme brilla dans ses yeux, et prenant la main de sa sœur, elle lui montra le ciel. Fabiola comprit. « Oh! non, non, chère sœur. Priez Dieu, qui ne vous refuse rien, de ne pas encore me priver de votre présence. C'est un vœu égoïste, je le sais; mais que puis-je faire sans vous ? Maintenant que je sais combien sont puissants auprès du Christ ceux qui règnent avec lui, je vais supplier Agnès[1] et Sébastien d'intercéder en ma faveur et d'éloigner de moi une si grande calamité.

« Tâchez de vous guérir. Je suis sûre qu'il n'y a rien de grave; le temps chaud et l'excellent climat de la Campanie vous remettront bientôt. Nous nous assiérons encore à côté de la source pour nous y entretenir de meilleures choses que de philosophie. »

Miriam secoua la tête avec gaieté : « Ne vous flattez pas, sœur bien-aimée, répondit-elle; Dieu m'a épargnée afin que je pusse voir cet heureux jour. Mais sa main, qui m'a donné la vie, est maintenant sur moi pour me donner la mort. Je la salue avec joie; car je n'ignore pas que mes jours sont comptés.

— Oh! que ce soit le plus tard possible! s'écria Fabiola en sanglotant.

— Ce ne sera pas avant que vous ayez quitté le vêtement blanc, chère sœur, répondit Miriam. Je sais que vous voudrez prendre le deuil pour moi, et je ne veux pas vous priver pendant une seule heure du privilège de porter la couleur mystique de l'innocence. »

Dionysius arriva et constata un grand changement chez la malade, qu'il n'avait pas vue depuis quelque temps. Ses craintes se réalisaient. La lame insidieuse du poignard avait glissé autour de l'os et attaqué la plèvre : la phtisie s'était rapidement déclarée. Il confirma les tristes prophéties de Miriam.

Fabiola s'éloigna pour implorer la résignation au tombeau d'Agnès; elle pria longtemps, ardemment, avec larmes, et revint.

« Ma sœur, dit-elle avec fermeté, que la volonté de Dieu soit faite; je suis prête à vous abandonner à lui. Dites-moi maintenant, je vous en prie, que dois-je faire après que vous m'aurez été enlevée ? »

Miriam leva les yeux au ciel et répondit : « Placez mon corps aux pieds d'Agnès, et demeurez ici pour veiller sur nous; priez pour elle et pour moi, jusqu'à ce qu'un étranger arrive d'Orient, porteur de bonnes nouvelles. »

---

[1] Agnæ sepulcrum est Romulea in domo,
Fortis puellæ, martyris inclytæ :
Conspectu in ipso condita turrium,
Servat salutem virgo Quiritum :
Necnon et ipsos protegit advenas,
Puro ac fideli pectore supplices.
(*Prudentius.*)

« Le sépulcre d'Agnès orne la cité de Romulus : cette vierge intrépide, cette martyre incomparable repose à l'ombre de ses remparts, et veille sur ses habitants. Elle ne refuse pas non plus sa protection aux étrangers qui viennent lui adresser de pures et confiantes prières. »

Le dimanche suivant, le dimanche des vêtements blancs, Dionysius, par une permission spéciale, célébra les sacrés mystères dans la chambre de Miriam et lui administra la très sainte communion en viatique. D'après saint Augustin et d'autres Pères, ce privilège était souvent accordé[1]. Ensuite il lui fit les onctions avec l'huile, en les accompagnant de prières; c'est le dernier sacrement accordé par l'Église.

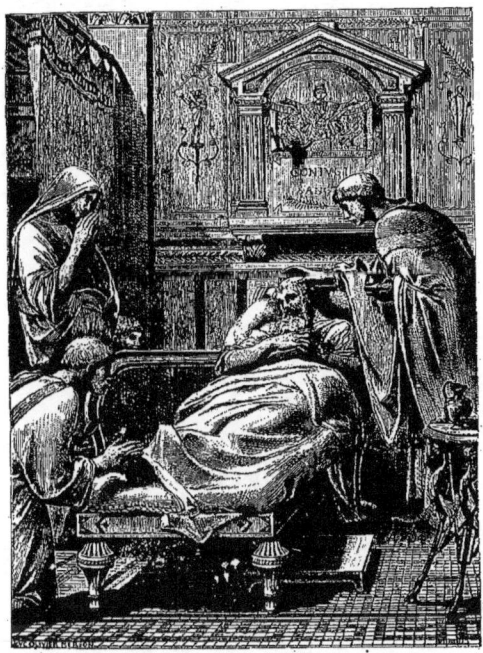

Fig. 68. — L'extrême-onction aux premiers siècles de l'Église.

Dans ce sacrement, qui, durant les premiers siècles de l'Église, s'appelle le sacrement de ceux qui s'en vont, *sacramentum exeuntium*, les onctions se font « non seulement sur le front et sur quelques-uns des sens, mais encore sur les parties du corps où le malade ressent de la douleur ».

Fabiola et toute sa maison, ayant assisté, en larmes et en prières, à ces rites solennels, descendirent dans la crypte, et, après la célébration de l'office divin, retournèrent auprès de Miriam, revêtue d'habits plus sombres.

« L'heure est venue, dit-elle en prenant la main de Fabiola. Pardonnez-moi si j'ai manqué à mes devoirs envers vous et négligé de donner le bon exemple. »

[1] Saint Ambroise célébra la messe dans la maison d'une dame, au delà du Tibre. (Paulin, dans sa vie, tom. II, *Oper.*, édit. Bened.) Saint Augustin parle d'un prêtre qui célébra la messe dans une maison que l'on croyait infestée de mauvais esprits. (*De Civit. Dei*, lib. XXII, cap. VIII.)

C'en fut trop pour Fabiola, qui éclata en sanglots. Miriam s'efforça de la consoler et dit : « Approchez de mes lèvres le signe du salut lorsque je ne pourrai plus parler ; et vous, bon Dionysius, souvenez-vous de moi, après ma mort, à l'autel du Seigneur. »

Il pria à ses côtés ; elle répondit à ses prières jusqu'au moment où sa voix s'éteignit. Mais ses lèvres remuaient encore, et s'approchèrent de la croix qu'on lui présentait. Son regard était toujours gai et confiant ; enfin elle porta la main à son front et à sa poitrine, et s'arrêta tout à coup, en voulant tracer sur elle le signe du salut. Un doux sourire anima son visage, puis elle expira comme des milliers d'enfants du Christ ont expiré depuis.

La douleur de Fabiola était grande ; mais cette fois elle pleura comme ceux qui n'ont pas perdu toute espérance.

TROISIÈME PARTIE

VICTOIRE

CHAPITRE I

L'ÉTRANGER D'ORIENT

Il semble que nous marchons au milieu d'une solitude. L'un après l'autre, ceux dont les paroles, les actions et les pensées même nous avaient accompagnés, encouragés, ont disparu, et un voile de tristesse s'étend sur tout ce qui nous entoure. Faut-il s'étonner de voir tomber autour de nous les héros les plus braves, quand nous décrivons une époque où l'agitation et les combats remplacent la paix et la tranquillité? Nous venons de rappeler une des plus cruelles persécutions qu'ait endurées l'Église, et après laquelle on proposa d'élever une colonne commémorative de l'extinction du nom chrétien; il n'est donc pas étonnant que les plus saints et les plus purs aient reçu les premiers la couronne éternelle.

Néanmoins l'Église du Christ va être persécutée plus rudement encore. Pendant vingt ans, et en diverses contrées, une suite de tyrans et d'oppresseurs lui firent une guerre implacable, même après que Constantin eut cherché à y mettre un terme partout où s'étendait sa puissance. Dioclétien, Galère, Maximien et Licinius en Orient, Maximien et Maxence en Occident, ne laissèrent pas un instant de repos aux chrétiens sous leurs différents règnes. Semblables à ces ouragans impétueux dont les nuées sinistres tracent sur la moitié du monde un long sillon de ruines, cette persécution assouvit d'abord sa rage sur une province, puis sur une autre, en détruisant tout ce qui portait le nom de chrétien ; elle passa d'Italie en Afrique, de la

Fig. 70. — Dioclétien (IMP CC VAL DIOCLETIANUS P F AVG.)
d'après un médaillon du cabinet de France.

haute Asie en Palestine, en Égypte, et revint en Arménie, bouleversant et ravageant tout l'empire.

Et cependant l'Église s'accroissait, prospérait et semblait défier ce monde de péché. Un à un les pontifes montaient les degrés du trône papal et ceux de l'échafaud ; les conciles étaient tenus dans les profondeurs obscures des catacombes ; les évêques venaient à Rome, au péril de leur vie, consulter le successeur de saint Pierre ; les églises échangeaient entre elles, et avec

Fig. 71. — Licinius
(DN VAL LICIN LICINIUS NOB C)
d'après un médaillon du cabinet de
de France.

Fig. 72. — Maxence
(MAXENTIVS P F AVG.)
d'après un médaillon d'argent
du cabinet de France.

Fig. 73. — Galère-Maximien
(MAXIMIANVS NOB C)
d'après un médaillon d'argent
du cabinet de France.

le chef suprême de la chrétienté, des lettres pleines de sympathie, d'encouragement et d'affection ; les évêques se succédaient les uns aux autres sur leurs sièges, ordonnaient des prêtres et les autres ministres qui prenaient la place de ceux qui avaient succombé, et servaient de but, sur les murs de la cité, aux traits de l'ennemi. Enfin l'établissement du royaume impérissable du Christ se continuait sans interruption et sans crainte du péril.

C'est au milieu de ces alarmes et de ces combats que furent posées les fondations d'une œuvre puissante, destinée à produire les plus féconds résultats dans les siècles futurs. Un grand nombre d'hommes chassés des villes par la persécution se réfugièrent dans les déserts de l'Égypte, où la société monastique prit tant de développement, « que la solitude se réjouit et se mit à fleurir comme le lis, poussa et germa de toutes parts dans une effusion de joie et de louanges[1]. » Après la déchéance et la fin misérable de Dioclétien, et lorsque Galère, rongé tout vivant par les ulcères et les vers, eut reconnu, par un édit public, l'insuccès de ses tentatives; quand Maximien Hercule se fut étranglé, et que Maxence se fut noyé dans le Tibre; après que Maximien, dont les yeux sortirent de leur orbite, eut souffert, par la permission de Dieu, des tortures aussi cruelles que les supplices qu'il avait infligés aux chrétiens, et que Licinius eut été massacré

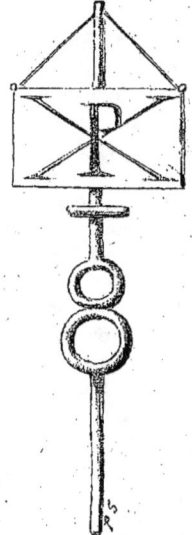

Fig. 74. — Le *labarum*.
(D'après une monnaie de Constantin.)

par Constantin, l'épouse du Christ, qu'ils avaient tous conspiré à détruire, toujours jeune et pleine de vie, inaugura sa glorieuse carrière de domination et d'accroissement dans tout l'univers.

Ce fut en l'an 313 que Constantin, ayant vaincu Maxence, rendit à l'Église toute sa liberté. Si les anciens auteurs ne nous les avaient pas décrits, nous pourrions facilement nous imaginer les transports de joie et la gratitude des pauvres chrétiens à ce grand changement. On eût dit une ville décimée par la peste, et dont les habitants, sortant de leurs maisons, se félicitent, les larmes aux yeux, en apprenant que tout péril est passé. A Rome, après ces dix années de séparation et de retraite pendant lesquelles on ne pouvait pas même se réunir dans les cimetières les plus proches, bien des familles se demandaient si tous leurs membres et leurs

[1] Isaïe, xxxv, 1, 2.

amis avaient succombé ou survécu à de si grands désastres. On sortit
d'abord avec timidité, puis on reprit courage : les anciens lieux de réunion,
que les enfants nés depuis dix ans n'avaient jamais vus, furent réparés,
nettoyés, meublés, purifiés [1], et consacrés sans crainte au culte public.

Constantin ordonna aussi que tous les lieux publics ou privés, appartenant aux chrétiens et confisqués, leur seraient rendus, mais avec cette sage
précaution que ceux qui les possédaient actuellement seraient dédommagés
par le trésor impérial [2]. L'Église s'occupa bientôt de produire au grand
jour ses cérémonies admirables et ses institutions; les basiliques qui exis-
taient alors furent transformées pour son usage, et l'on en bâtit d'autres
dans les endroits les plus vénérés de Rome.

Que le lecteur ne s'imagine pas que nous allons entreprendre une longue
digression. Nous abandonnons à de plus habiles que nous le soin de raconter les grandeurs et les beautés du christianisme délivré de ses chaînes.
Notre rôle se borne à montrer la terre promise qui s'étend à nos pieds,
comme un paradis de délices. Nous ne sommes point un nouveau Josué
dont la mission soit d'y conduire son peuple. Nous nous permettrons seulement d'ajouter, dans cette troisième partie de notre modeste travail, ce
qui est indispensable pour le mener à bonne fin.

Nous nous supposerons donc arrivés à l'année 318, quinze ans après la
mort de Miriam. Le temps et des lois durables ont rendu la sécurité à la
religion chrétienne; l'Église s'organise aussi plus fortement. Un grand
nombre qui, au retour de la paix, baissaient humblement la tête, avaient
alors expié par la pénitence leur chute honteuse et les faiblesses auxquelles ils avaient consenti pour sauver leur vie. De temps à autre les pas-
sants saluaient respectueusement quelque vieillard étranger à qui l'on
avait brûlé les yeux ou mutilé les mains, ou dont la démarche pénible
indiquait qu'on lui avait coupé les tendons du genou, pour la foi du
Christ, pendant la dernière persécution [3].

Si le lecteur veut bien se diriger avec nous, en franchissant la porte
Nomentane, vers la vallée qu'il connaît déjà, il pourra voir comment on a
ravagé les beaux arbres et les fleurs de la villa de Fabiola. Des échafau-
dages remplacent les arbres; des briques, des marbres ou des colonnes
encombrent les plates-bandes. Constantia, fille de Constantin, étant venue
prier, avant d'être chrétienne, près de la tombe de sainte Agnès, pour
obtenir la guérison d'un ulcère virulent, fut soulagée pendant une vision
et radicalement guérie. Baptisée depuis cette époque, elle payait sa dette
de reconnaissance en élevant sur son tombeau une splendide basilique.
Cependant les fidèles pénétraient encore dans la crypte où elle était ensevelie, et où arrivaient sans cesse d'innombrables pèlerins de toutes les
parties du monde.

Un après-midi, Fabiola revenait de Rome à sa villa, après avoir passé la

---

[1] C'était une cérémonie particulière pour expier la profanation.

[2] Eusèbe, *Hist. ecclés.*, l. X, c. v.

[3] En Orient, quelques gouverneurs, fatigués des exécutions en masses, avaient adopté, vers la
fin de la persécution, ce système moins cruel de punir les chrétiens. (Voy. *Eusèbe.*)

journée à soigner les malades dans l'hôpital établi à l'intérieur de son
propre palais, lorsque le *fossor* chargé de l'entretien du cimetière vint la
trouver et lui dit d'un air très ému :

« Madame, je crois vraiment que l'étranger que vous attendez d'Orient
depuis si longtemps est arrivé. »

Fabiola, qui avait pieusement recueilli au fond de son cœur les dernières
paroles de Miriam, lui demanda avec vivacité : « Où est-il ?

Fig. 75. — Un mariage aux premiers siècles de l'église.

Les deux époux sont debout et donnent au mariage leur consentement solennel. L'époux saisit doucement,
un peu au-dessus du poignet, le bras de l'épouse, qui n'est pas voilée, et la bénédiction du prêtre
descend sur le couple fidèle en une église où tout rappelle le glorieux souvenir des persécutions.

— Il est reparti, » fut la réponse.

Fabiola parut désappointée : « Comment avez-vous deviné que c'était
lui ? » Le fossoyeur répondit :

« Dans la matinée, je remarquai parmi la foule un homme à peine âgé
de cinquante ans, mais que les austérités et le chagrin avaient prématu-
rément vieilli. Ses cheveux étaient grisonnants, sa barbe longue. Il était
vêtu à la façon orientale, et portait un manteau semblable à celui des
moines de ce pays. Quand il arriva devant la tombe d'Agnès, il se jeta
sur les dalles, en versant tant de larmes et en poussant de si grands sou-

pirs et de tels gémissements, qu'il excita la compassion de tous ceux qui l'entouraient. Beaucoup de personnes s'approchèrent de lui et dirent : « Frère, vous êtes dans le chagrin; ne pleurez pas tant, la sainte est miséricordieuse. » D'autres ajoutaient : « Nous prierons tous pour vous; ne craignez rien[1]. » Mais il paraissait inconsolable. Bien certainement, me disais-je en moi-même, en présence d'une si douce et si bonne sainte, il n'y a qu'un seul homme qui puisse rester ainsi brisé de douleur.

— Continuez, continuez, interrompit Fabiola; que fit-il ensuite?

— Après un temps assez long, continua le fossoyeur, il se leva, et tirant de son sein un magnifique et brillant anneau, il le déposa sur la tombe. Il me semble avoir déjà vu cet anneau, il y a de longues années.

— Ensuite?

— Il m'aperçut en se retournant et reconnut mon costume. Il s'approcha de moi; je le voyais trembler de tous ses membres, quand il me demanda, sans oser me regarder : « Sais-tu, frère, si on a enterré de ce côté une jeune fille syrienne appelée Miriam? » Je désignai silencieusement la tombe. Après un instant de douloureux silence, il me demanda encore d'une voix troublée par l'émotion : « Sais-tu aussi, frère, de quoi elle est morte? — De consomption, répondis-je. — Dieu soit béni! » s'écria-t-il avec un soupir de soulagement, et il se prosterna sur le sol. Là il gémit et pleura pendant plus d'une heure; puis, s'approchant de la tombe, il la baisa affectueusement et se retira.

— C'est lui, Torquatus, c'est lui! s'écria Fabiola avec animation; pourquoi ne l'avez-vous pas retenu?

— Je n'ai pas osé, madame; après l'avoir reconnu, je n'eus pas le courage de soutenir son regard. Mais je suis sûr qu'il reviendra, car il s'est dirigé vers la ville.

— Il faut qu'on le retrouve, ajouta Fabiola. Chère Miriam, au moment de la mort, cet espoir était votre consolation. »

_____
[1] Ceci est historique.

CHAPITRE II

 E lendemain de bonne heure, le pèlerin traversait le Forum, quand il aperçut un groupe de curieux entourant une personne dont ils se moquaient évidemment. Il eût prêté peu d'attention à pareille scène au milieu d'une place publique, si son oreille n'avait pas saisi un nom qui lui était familier. Il s'approcha donc. Au milieu de la foule était un homme plus jeune que lui ; si la maigreur et la fatigue avaient vieilli l'étranger avant l'âge, ce malheureux paraissait plus vieux encore pour des raisons contraires. Il était chauve et bouffi ; son visage rouge, enflé et couvert de taches et de boutons. Son regard d'ivrogne avait une expression de ruse malicieuse ; sa démarche et sa voix étaient celles d'un homme habituellement pris de vin. Ses habits étaient sales, et toute sa personne fort négligée.

« Eh bien ! eh bien ! Corvinus, lui dit un jeune homme, vous allez avoir ce que vous méritez. Ne savez-vous pas que Constantin va venir à Rome cette année? Ne craignez-vous pas non plus que les chrétiens ne prennent maintenant leur revanche?

— Non, non, répondit l'homme que nous venons de décrire, ils n'oseraient le faire. On pouvait le craindre lorsque Constantin, après la mort de Maxence, publia son premier édit sur la liberté des chrétiens ; mais nous fûmes rassurés l'année suivante, par sa déclaration qui tolérait également tous les cultes[1].

— Tout cela est très bien en général, interrompit quelqu'un décidé à l'exaspérer ; mais on assure qu'il va faire rechercher ceux qui ont pris une part active dans la dernière persécution, afin de leur appliquer la *lex*

---

[1] Eusèbe, *Hist. ecclés.*, l. X, c. v.

talionis[1] : coup pour coup, brûlures pour brûlures, bêtes féroces pour bêtes féroces,

— Qui a dit cela ? demanda Corvinus en pâlissant.

— Mais c'est tout naturel, ajouta l'un.

— Et fort juste, reprit un autre.

— N'importe ! dit Corvinus ; ils relâcheront toujours celui qui deviendrait chrétien. Quant à moi, j'avoue que je suis prêt à devenir n'importe quoi, plutôt que de me trouver...

— A la place de Pancrace, dit un troisième plus malicieux que les autres.

— Taisez-vous, s'écria Corvinus tout à fait furieux ; répétez encore ce nom, si vous l'osez ! » Et il leva le poing en regardant l'interrupteur avec colère.

« Oui, oui, parce qu'il vous a prédit votre genre de mort, s'écria le jeune homme en prenant la fuite. Ho ! ho ! une panthère pour Corvinus ! »

Tout le monde s'écarta devant cette bête humaine, prise d'un accès de rage, avec plus de précipitation que s'il s'agissait d'une véritable bête sauvage du désert. Il accabla la foule de malédictions, et lui jeta des pierres.

Le pèlerin observait cette scène à distance et continua sa route. Corvinus suivait plus lentement le même chemin, qui conduit à la basilique de Latran, maintenant la cathédrale de Rome. On entendit tout à coup un rugissement suivi d'un cri aigu. Comme ils passaient près du Colisée et des cages remplies d'animaux féroces destinés à combattre entre eux à l'occasion de la visite de l'empereur, Corvinus, poussé par cette curiosité morbide naturelle aux personnes qui se croient victimes de quelque fatalité liée à un objet particulier, se dirigea vers une cage où était enfermée une magnifique panthère. S'approchant des barreaux, il agaça l'animal par ses gestes et par ses paroles.

« C'est donc toi, vraiment, qui seras la cause de ma mort ? s'écria-t-il ; tu es pourtant bien en sûreté dans ta cage. » Au même instant l'animal furieux bondit sur lui, et, à travers les barreaux largement espacés, le saisit à la gorge avec ses griffes, et lui fit une terrible blessure.

On ramassa ce malheureux et on le transporta chez lui, à peu de distance. L'étranger le suivit dans sa demeure, qu'il trouva négligée, sale et très misérable ; un seul esclave, vieux, décrépit et aussi abruti que son maître, lui servait de domestique. L'étranger l'envoya chercher un chirurgien, qui tarda beaucoup à venir ; en attendant, il s'efforça d'arrêter l'hémorragie.

Pendant qu'il était occupé de ces soins, Corvinus arrêta sur lui des yeux égarés par le délire et la folie.

« Me reconnaissez-vous ? demanda le pèlerin d'une voix douce.

— Vous reconnaître ? Non, oui. Voyons donc. Ah ! le renard ! Mon renard ! Vous souvenez-vous comme nous chassions autrefois ces odieux

---

[1] C'était la loi des représailles, telle que la loi mosaïque la prescrivait aussi : « Œil pour œil, dent pour dent..., etc. »

chrétiens. Où étiez-vous depuis cette époque? Combien en avez-vous pris? »
Et il poussa d'énormes éclats de rire.

« Taisez-vous, Corvinus, répondit l'autre. Il vous faut demeurer en
repos, si vous tenez à la vie. En outre, je ne veux plus parler du passé ;
car je suis moi-même devenu chrétien.

— Vous un chrétien! hurla Corvinus d'une voix sauvage; vous, l'homme
qui a fait couler avec le plus d'abondance le plus pur de leur sang! Qui
vous a pardonné tous ces crimes? Dormez-vous donc en paix ? Est-ce que
les Furies ne viennent pas vous tourmenter la nuit, des fantômes troubler
votre sommeil, et des vipères sucer le sang de votre cœur? S'il en est
ainsi, dites-moi par quel moyen vous avez pu vous en préserver, afin que
je puisse l'employer à mon tour : sinon ils viendront! ils viendront! Vengeance et furie! pourquoi n'êtes-vous pas torturé autant que moi ?

— Silence, Corvinus; j'ai souffert autant que vous. Mais j'ai trouvé le
remède, et je vous le ferai connaître aussitôt que le médecin vous aura
vu : il ne tardera pas à venir. »

Le médecin l'examina, pansa sa blessure, et dit qu'il y avait peu d'espoir de guérison chez un malade dont le sang était corrompu par la
débauche.

L'étranger s'assit de nouveau près de Corvinus, et lui parla de la miséricorde de Dieu, toujours prêt à pardonner aux pécheurs les plus endurcis :
il en était lui-même un vivant exemple. Le malheureux semblait plongé
dans la torpeur ; s'il écoutait, c'était sans rien comprendre. Néanmoins le
pèlerin s'efforça charitablement de lui expliquer les mystères fondamen-
taux du christianisme, et ajouta, avec l'espoir, sinon avec la certitude d'être
compris :

« Et maintenant, Corvinus, vous allez me demander sans doute comment
celui qui ajoute foi à tout ce que je viens de vous dire peut recevoir son
pardon. C'est par le baptême, et en renaissant par l'eau et le Saint-Esprit.

— Comment? s'écria le malade avec dégoût.

— En vous laissant laver dans les eaux régénératrices. »

Il fut interrompu par un sourd grognement, plutôt que par un gémissement. « De l'eau! de l'eau! non, non, pas d'eau pour moi! Otez-la! »
Un spasme violent contracta sa gorge.

Son gardien, inquiet, chercha à le calmer. « Ne croyez pas, lui dit-il,
que, malgré la fièvre qui vous brûle, je vais vous plonger dans l'eau, — le
malade tressaillit en gémissant; — pour vous administrer le baptême clinique[1], il suffirait de la petite quantité d'eau renfermée dans ce vase. » Et
il le lui indiquait du doigt. A cette vue, le malade se débattit au milieu
d'affreuses convulsions, et sa bouche se couvrit d'écume. Les sons rauques
qui s'échappaient de sa gorge ressemblaient plutôt aux hurlements d'une
bête fauve qu'à une voix humaine.

Le pèlerin s'aperçut aussitôt que la morsure de la panthère avait com-

---

[1] Le baptême clinique, c'est-à-dire celui des personnes retenues dans leur lit, s'administrait en
leur versant de l'eau sur la tête. (Voyez Bingham, liv. XI, c. xi.)

muniqué au malade tous les horribles symptômes de l'hydrophobie. Aidé de l'esclave, il eut de la peine à le maintenir sur son lit. De temps à autre Corvinus proférait les plus horribles blasphèmes contre Dieu et les hommes. L'accès une fois passé, il lui dit d'une voix plaintive :

« Ils veulent me donner de l'eau! de l'eau! de l'eau! Non, point d'eau pour moi! C'est le feu qui me brûle! C'est le feu que j'ai mérité! Les flammes me rongent au dedans et au dehors! Regardez-les. Elles m'environnent; à chaque instant elles me serrent de plus près! » Et il cherchait avec ses mains à éloigner, de chaque côté de son lit, ces flammes imaginaires, et à les écarter de sa tête avec son souffle. Puis, se tournant vers les deux témoins consternés de cette horrible scène, il leur dit : « Pourquoi ne les éloignez-vous point? Ne voyez-vous pas que déjà elles me consument? »

Ainsi se passa cette triste journée; la nuit vint plus triste encore, et avec elle un redoublement de fièvre, de délire et de plus terribles accès de fureur, malgré l'affaiblissement du malade. Enfin il se dressa sur sa couche, et, fixant devant lui ses yeux déjà voilés par l'agonie, il s'écria d'une voix étranglée par la rage :

« Va-t'en, Pancrace, va-t'en! il y a déjà trop longtemps que tes yeux sont arrêtés sur moi. Retiens ta panthère! ne la lâche pas; elle va s'élancer à ma gorge. La voilà! Oh! » Et d'un geste convulsif, comme pour éloigner la bête cruelle, il arracha les bandages de sa blessure. Des flots de sang l'inondèrent aussitôt, et il retomba en arrière, horriblement défiguré par la mort.

Son ami put voir quelle était la triste fin des persécuteurs impénitents.

CHAPITRE III ET DERNIER

ès le lendemain matin, l'étranger s'occupa de l'affaire qu'il n'avait pu terminer plus tôt, à cause des événements de la veille. On eût pu le voir sur le Forum, aux environs des arcades de Janus, s'enquérir activement d'une certaine personne. Il la découvrit enfin, et ils se dirigèrent tous deux vers un sale petit bureau situé au-dessous du Capitole et sur la montée appelée le *Clivus Asyli.* On mit à jour d'antiques volumes, qui furent parcourus colonne par colonne jusqu'à la date du huitième consulat de Dioclétien Auguste et du septième de Maximien Hercule Auguste (A. D. 303). Là on trouva quelques notes qui renvoyaient à de nouveaux documents. D'autres parchemins, non moins poudreux et numérotés, furent sortis de là poussière, et on déroula celui qui portait le chiffre correspondant au renvoi. Le résultat de cet examen parut grandement satisfaire les deux parties.

« C'est la première fois de ma vie, dit le propriétaire de cet antre, que je vois une personne qui s'est parfaitement libérée à mon égard revenir, après quinze ans, pour vérifier le payement de sa dette. Vous êtes sans doute chrétien, seigneur ?

— Oui, certes, par la miséricorde de Dieu.

— C'est ce que je pensais. Adieu, seigneur, je serai enchanté de vous obliger, au même taux raisonnable que mon père Éphraïm, maintenant dans le sein d'Abraham. — Il faut avouer que voilà un grand sot pour sa peine, et je lui en demande bien pardon, » ajouta-t-il lorsque l'étranger fut trop loin pour l'entendre.

Ce dernier s'éloigna d'un pas léger et d'un visage plus souriant qu'à son arrivée, et se rendit directement à la villa de la voie Nomentane.

Après avoir encore prié dans la crypte, le cœur soulagé, il s'adressa immédiatement au fossoyeur, comme s'ils ne s'étaient jamais séparés :

« Torquatus, puis-je parler à la noble Fabiola ?

— Certainement, répondit-il; venez par ici. »

Ni l'un ni l'autre ne firent allusion, en marchant, au passé ni aux événements survenus depuis leur séparation. Ils semblaient instinctivement comprendre que tous ces souvenirs devaient être effacés de la mémoire des hommes, comme ils l'étaient déjà de celle de Dieu. Ce jour-là et la veille, Fabiola était restée chez elle, espérant voir revenir le pèlerin. Elle était assise près de la fontaine, et Torquatus, la désignant du doigt à son compagnon, se retira.

A la vue du visiteur si longtemps attendu, elle se leva et fut saisie d'une inexprimable émotion en sa présence.

« Madame, dit-il avec une profonde humilité et une véritable simplicité, je n'aurais jamais osé me présenter devant vous, si la justice, autant que la gratitude, ne m'en eussent fait une obligation.

— Orontius, répondit-elle, est-ce ainsi que je dois vous appeler? — Il fit un signe affirmatif. — Vous n'avez d'autre obligation envers moi que celle de la charité mutuelle qui nous est recommandée par notre grand Apôtre.

— Je sais que ce sont là vos sentiments. Si, malgré mon indignité, j'ose venir vous trouver, ce n'est point pour de vils motifs, mais afin de remplir un devoir sacré. Je n'ignore pas quelle reconnaissance je vous dois pour la bonté et la tendresse que vous avez prodiguées à celle qui m'est plus chère maintenant qu'aucune sœur ne peut l'être sur la terre, et de quelle façon vous vous êtes acquittée envers elle des devoirs d'affection que je négligeais moi-même.

— C'est précisément à cause de cela, interrompit Fabiola, qu'elle vint dans ma maison, et fut l'ange de ma vie. Souvenez-vous, Orontius, que Joseph ne fut vendu par ses frères qu'afin d'être le sauveur de sa race.

— Vous avez trop d'indulgence, reprit le pèlerin, pour le plus indigne pécheur. Je ne vous remercierai donc pas de votre charité envers celle qui vous en a si richement récompensée. Ce matin seulement j'ai appris avec quelle générosité vous aviez agi à l'égard de celui qui n'y avait aucun droit.

— Je ne vous comprends pas, observa Fabiola.

— Je vais tout vous expliquer, continua le pèlerin. Depuis plusieurs années j'appartiens à une de ces communautés d'hommes, en Palestine, qui vivent au milieu du désert, séparés du monde, et passent la moitié du jour et même de la nuit à chanter les louanges de Dieu, à se livrer à la contemplation et aux travaux manuels. La pénitence sévère pour nos fautes passées, le jeûne, l'humiliation, la prière : tels sont les grands devoirs de notre vie d'expiation. Avez-vous déjà entendu parler de ces communautés?

— La renommée de Paul et d'Antoine n'est pas moindre en Occident qu'en Orient, répondit-elle.

— J'ai vécu avec le plus célèbre disciple de ce dernier, soutenu par son grand exemple et par les consolations qu'il m'a prodiguées. Une seule pensée me troublait, et m'empêchait d'avoir la confiance de mon salut, même après des années d'expiation. Avant de quitter Rome, j'avais contracté une lourde dette, que l'accumulation d'intérêts exorbitants eût fait monter à une somme effrayante. Cette dette, ayant été contractée volontairement, ne pouvait être éludée. Je n'étais qu'un pauvre cénobite[1], vivant à grand'peine du produit des nattes que je tressais avec des feuilles de palmier et des maigres herbes que produit le sable du désert. Comment m'était-il possible de m'acquitter ?

« Il me restait encore un moyen. Je pouvais m'offrir à mon créancier pour être son esclave, travailler pour lui, endurer patiemment ses coups et ses méprisants reproches, ou bien me laisser vendre à son profit ; car je suis encore vigoureux. Dans l'un et l'autre cas, l'exemple de mon Sauveur m'encourageait et me soutenait. Quoi qu'il en soit, j'étais prêt à abandonner tout ce que je possédais, moi-même enfin.

« Je suis allé ce matin au Forum chercher le fils de mon créancier, et examiner ses comptes ; j'ai appris que vous aviez éteint ma dette. Noble Fabiola, je deviens donc votre esclave au lieu d'être celui du Juif. » Et il s'agenouilla humblement à ses pieds.

« Levez-vous, levez-vous, dit Fabiola, se détournant pour verser des larmes ; vous n'êtes pas mon esclave, mais un frère bien-aimé dans le Seigneur. »

Puis, le faisant asseoir à côté d'elle, elle ajouta :

« Orontius, j'ai une grande faveur à vous demander. Racontez-moi ce qui vous a déterminé à embrasser si courageusement ce nouveau genre de vie.

— Je vous satisferai aussi brièvement possible. Je m'enfuis de Rome, vous le savez, pendant une triste nuit, accompagné d'un homme... » La voix lui manqua.

« Je sais, je sais de qui vous voulez parler, Eurotas, interrompit Fabiola.

— Lui-même, la plaie de notre maison, l'auteur de toutes mes souffrances et de celles de ma sœur chérie. A Brindes nous fûmes obligés de fréter un navire à grands frais pour nous rendre à Chypre. Nous entreprîmes le commerce et quelques autres spéculations, mais sans succès. Une malédiction nous suivait dans toutes nos entreprises. Notre capital diminuant, il nous fallut passer dans un autre pays. Arrivés en Palestine, nous nous fixâmes pour un certain temps à Gaza. La misère bientôt vint nous y trouver ; chacun nous tournait le dos sans que nous puissions savoir pourquoi ; ma conscience m'avertissait que la marque de Caïn était sur mon front. »

Orontius s'arrêta un instant, vaincu par les larmes, et reprit en ces termes :

« Enfin toutes nos ressources étant épuisées, comme il ne nous restait plus que quelques joyaux d'un assez grand prix, et dont Eurotas, je ne sais, pour quelle raison, ne voulait point se séparer, il me pressa d'adopter l'odieux métier de dénonciateur de chrétiens ; car une furieuse persécution venait de s'élever. Pour la première fois de ma vie je me révoltai contre ses ordres et refusai d'obéir.

« Un jour il me pria de me promener avec lui hors des portes de la ville :

[1] On appelait ainsi les religieux qui vivaient en communauté.

nous errâmes assez loin et nous atteignîmes une délicieuse oasis, au milieu du désert. C'était une vallée étroite, verdoyante et ombragée de palmiers. Un ruisseau limpide, sortant d'un rocher en haut du vallon, la parcourait d'un bout à l'autre; l'endroit paraissait inhabité. On n'entendait pas d'autre bruit que le murmure de l'eau.

« Nous nous assîmes afin de prendre un peu de repos. Le temps était venu, me dit-il, où nous devions prendre ensemble l'épouvantable résolution de ne pas survivre à la ruine de notre famille. C'est là que nous devions mourir; les bêtes sauvages dévoreraient nos corps, et personne n'apprendrait la triste fin des derniers survivants de notre race.

« En me parlant ainsi, il tira de son sein deux flacons d'inégale dimension, me tendit le plus grand, et avala le contenu du plus petit.

« Je refusai de le prendre et je lui reprochai l'inégalité des doses; mais il me répondit qu'il était vieux et que j'étais jeune, et qu'elles étaient proportionnées à la vigueur de nos corps. Je refusai de nouveau, ne voulant pas mourir; il me saisit alors avec la force d'un géant, tandis que j'étais assis sur le sol, il me renversa sur le dos en criant : « Nous devons périr « ensemble. » Et il me versa de force le contenu de la fiole dans le gosier jusqu'à la dernière goutte.

« Je perdis aussitôt connaissance, jusqu'au moment où je me réveillai dans une caverne et demandai à boire d'une voix affaiblie. Un vieillard vénérable, à barbe blanche, approcha de mes lèvres un vase de bois.

« — Où est Eurotas? lui dis-je.

« — Voulez-vous parler de votre compagnon? reprit le vieux moine.

« — Oui, repris-je.

« — Il est mort, » fut la réponse. J'ignore par quelle fatalité ce malheur arriva, mais je bénis Dieu de tout mon cœur de m'avoir épargné.

« Ce vieillard était Hilarion, natif de Gaza, qui, après avoir passé bien des années au désert avec saint Antoine, était revenu cette année même (A. D. 403) dans son pays pour y établir la vie des cénobites et des ermites; il avait déjà réuni plusieurs disciples. Ils vivaient dans des cavernes peu éloignées, prenaient leurs repas à l'ombre des palmiers, et trempaient leur chétive nourriture dans l'eau de la fontaine.

« Leur charité envers moi, leur douce piété, leur sainte vie, gagnèrent mon cœur à mesure que je recouvrais la santé. Je compris la sublimité de la religion que j'avais persécutée, et rappelai dans mon esprit les instructions de ma mère chérie et les bons exemples de ma sœur. Cédant à la grâce, je confessai[1] mes fautes aux pieds du ministre de Dieu, et je reçus le baptême la veille de Pâques.

— Nous sommes alors doublement frères, et même des enfants jumeaux de l'Église; car je naquis le même jour à l'éternelle vie. Que comptez-vous faire maintenant?

— Je repartirai ce soir. J'ai accompli le double but de mon voyage. Le

---

[1] La confession se faisait en particulier avant la réception du baptême (Voyez Bingham, *Origines*, l. XI, c. VIII, § 14.)

premier était d'éteindre ma dette; le second était de déposer une offrande sur la tombe d'Agnès. Vous vous souvenez, ajouta-t-il en souriant, que votre excellent père me trompa sans le vouloir en me disant qu'elle convoitait les bijoux que je portais alors sur moi, dans ma ridicule sottise. Je résolus donc, après ma conversion, de lui offrir le plus beau qui restait à Eurotas. Je le lui ai apporté.

— Avez-vous tout ce qui est nécessaire pour votre voyage? demanda timidement Fabiola.

— Je suis abondamment pourvu, répondit-il, grâce à la charité des fidèles. J'ai des lettres de l'évêque de Gaza, qui me procureront partout la nourriture et le logement. Néanmoins j'accepterai volontiers de votre part, en qualité de disciple de Jésus-Christ, un peu d'eau et un morceau de pain. »

Se levant tous deux, ils s'avançaient vers la maison, lorsqu'une femme traversa précipitamment un massif d'arbustes et tomba à leurs pieds en criant :

« Oh! sauvez-moi, chère maîtresse, sauvez-moi! il me poursuit pour me tuer! »

Fabiola reconnut dans cette pauvre créature son ancienne esclave Jubala: ses cheveux gris en désordre et toute sa personne annonçaient la plus extrême misère. Elle lui demanda de qui elle voulait parler.

« De mon mari, répondit-elle; voilà longtemps qu'il me traite avec la plus indigne cruauté, aujourd'hui il a redoublé de brutalité. Oh! sauvez-moi de sa vengeance!

— Il n'y a aucun danger ici, dit Fabiola; ma pauvre Jubala, vous paraissez bien malheureuse. Il y a très longtemps que je ne vous ai vue.

— Hélas! noble dame, pourquoi serai-je venue vous raconter tous mes malheurs! Oh! comment ai-je quitté votre maison, où j'aurais pu rester si heureuse! Avec vous, avec Graïa et la bonne Euphrosyne, qui n'est plus de ce monde, j'aurais appris à devenir meilleure en embrassant le christianisme!

— Quoi! y avez-vous réellement songé, Jubala?

— Oui, depuis longtemps; au milieu de mes chagrins et de mes remords, j'ai vu combien les chrétiens étaient heureux, même ceux qui avaient été aussi criminels que moi. Et parce que j'en parlais ce matin à mon mari, il m'a frappée et menacé de me tuer. Mais, Dieu merci, grâce aux instructions d'une amie, je connais la doctrine chrétienne.

— Depuis combien de temps êtes-vous en butte à ces mauvais traitements, Jubala? demanda Orontius, à qui son oncle en avait parlé.

— Aussitôt que je lui eus raconté, peu de temps après mon mariage, les propositions que m'avait faites auparavant un étranger, au teint basané, nommé Eurotas. Oh! quel misérable c'était! livré aux plus odieuses passions qu'il assouvissait sans aucun remords. Un de mes plus pénibles souvenirs est lié à sa personne.

— Comment cela? demanda Orontius avec une vive curiosité.

— Voici. A son départ de Rome, il me pria de lui préparer deux poisons narcotiques : le premier, destiné à un ennemi, s'il pouvait s'en emparer, était mortel; le second n'occasionnait qu'un évanouissement de quelques heures, et devait lui servir à lui-même en cas de besoin. Lorsqu'il vint les chercher, j'allais précisément lui expliquer que, contrairement aux apparences, la petite fiole contenait un poison violent et très concentré, tandis que la grande ne renfermait qu'une dose fortement étendue d'eau et plus faible. Mon mari survint alors, en proie à un accès de jalousie, et me jeta hors de la chambre. Je craignis qu'Eurotas ne commît une méprise et ne fût la cause involontaire de la mort de quelqu'un. »

Fabiola et Orontius se regardèrent silencieusement, étonnés de la justice des vues de la Providence; un cri de Jubala les fit tressaillir. Ils furent saisis d'horreur en apercevant une flèche trembler dans son sein. Tandis que Fabiola la soutenait dans ses bras, Orontius regarda derrière lui et aperçut à travers une barrière une grimaçante et noire figure. Un instant après on vit un Numide s'éloignant de toute la vitesse de son cheval, son arc tendu au-dessus de l'épaule, à la manière des Parthes, et prêt à transpercer ceux qui tenteraient de le poursuivre. La flèche avait passé inaperçue entre Fabiola et Orontius.

« Jubala, dit Fabiola, désirez-vous mourir chrétienne ?

— Oui, de tout mon cœur, répondit-elle.

— Croyez-vous à un seul Dieu en trois personnes ?

— Je crois fermement tout ce que l'Église enseigne.

— Et en Jésus-Christ, qui est né et mort pour racheter nos péchés ?

— Oui, je crois tout ce que vous croyez. » La réponse devenait moins distincte.

« Hâtez-vous, hâtez-vous, Orontius, » cria Fabiola en lui montrant la fontaine.

Déjà il était au bord du bassin, et revint aussitôt les deux mains pleines d'eau, qu'il versa, en prononçant les paroles du baptême, sur la tête de la pauvre Africaine; au moment où elle expira, les eaux régénératrices se mêlèrent au sang de l'expiation.

Après ce triste et consolant spectacle, ils entrèrent à la maison et donnèrent des instructions à Torquatus au sujet de la sépulture de cette catéchumène purifiée par un double baptême.

Orontius fut frappé de l'ordre et de la simplicité qui régnaient dans l'intérieur de la maison, et qui contrastaient fortement avec le luxe et la splendeur d'autrefois.

Son attention fut tout à coup arrêtée dans une des salles à la vue d'une magnifique châsse ou coffret orné de perles, mais voilé par une riche draperie qui n'en laissait voir que l'encadrement. Il s'approcha plus près, et lut l'inscription suivante :

CECI EST LE SANG DE LA BIENHEUREUSE MIRIAM,
RÉPANDU PAR DES MAINS CRUELLES

Le visage d'Orontius se couvrit d'abord d'une pâleur mortelle, puis d'une vive rougeur. Il chancela.

Fabiola s'en aperçut, et, s'approchant de lui avec une franche bonté, posa la main sur son bras et lui dit d'un ton plein de douceur :

« Orontius, il y a ici de quoi nous faire rougir tous deux, mais non désespérer. »

En disant ces paroles elle tira le rideau. Orontius aperçut sur un plateau de cristal l'écharpe brodée qui avait joué un si grand rôle pendant sa vie et celle de sa sœur. Sur cette écharpe étaient posées deux armes aiguës, dont le sang avait rouillé la pointe. L'une d'elles, qu'il reconnut, était son propre poignard ; l'autre lui semblait être un de ces instruments de vengeance féminine, avec lesquels les dames romaines frappaient leurs esclaves pour les punir.

« Nous avons tous les deux, par une blessure involontaire, répandu le sang de notre sœur que nous honorons comme un ange du ciel. Pour moi, c'est en ce jour funeste, qui lui a fourni l'occasion de montrer sa vertu, que j'ai senti l'aurore de la grâce se lever dans mon cœur. Qu'en pensez-vous, Orontius ?

— Et moi aussi, depuis l'instant où je la traitai avec tant de cruauté et où elle me donna un si bel exemple d'héroïsme chrétien, je sentis la main de Dieu s'appesantir sur moi, et je marchai vers la pénitence et le pardon.

— Il en est toujours ainsi, conclut Fabiola ; l'exemple de Notre-Seigneur a fait des martyrs, et l'exemple des martyrs nous conduit au Seigneur. Leur sang adoucit nos cœurs, seul il les purifie et crie à Dieu miséricorde ; le sang d'un Dieu nous l'obtient. Puisse l'Église, en ses jours de paix et de victoire, n'oublier jamais ce qu'elle doit à l'époque des martyrs ! Pour nous, nous lui devons la vie spirituelle. Que ceux qui ne la connaîtront que par la tradition en retirent les mêmes fruits de miséricorde et de grâce. »

Ils s'agenouillèrent et prièrent longtemps et en silence devant ces précieuses reliques.

Puis ils se séparèrent pour ne plus se revoir ici-bas.

Après un certain nombre d'années qui s'écoulèrent pour Orontius dans toute la ferveur de la pénitence, un petit tertre verdoyant dans le vallon proche de Gaza, à l'ombre des palmiers, marqua l'endroit où il dormait le sommeil du juste.

Fabiola consacra aussi les longues années d'une sainte vie aux œuvres de charité et alla reposer en paix à côté d'Agnès et de Miriam.

TABLE DES MATIÈRES

TROISIÈME PARTIE

VICTOIRE

TABLE DES GRAVURES

—⟶⋆⋆⟵—

GRAVURES HORS TEXTE

D'APRÈS LES COMPOSITIONS DE JOSEPH BLANC

GRAVURES DANS LE TEXTE